La Scala

Steve Sohmer

Gli ultimi nove giorni

Traduzione di
Vincenzo Mantovani

Rizzoli

Proprietà letteraria riservata
© *1987 by Steve Sohmer*
Published by Bantam Books, Inc., New York
© *1988 RCS Rizzoli Libri S.p.A., Milano*

ISBN 88-17-67780-9

Titolo originale dell'opera:
FAVORITE SON

Prima edizione: marzo 1988

Gli ultimi nove giorni

*Ad Abram Sohmer e Millie Braunstein Sohmer,
la luce che non venne mai meno*

RINGRAZIAMENTI

Desidero ringraziare Steve Rubin, la cui visione, e convinzione, ha fatto sì che *Gli ultimi nove giorni* vedesse la luce. Grazie anche all'*editor* Fred Klein; ai consulenti Shirley Christian, Charles W. Bailey II, Norman Sandler, Paul R. Sohmer; ai commentatori Elizabeth McKee, Mark Wells, Gail Gordon Kamer, Barbara Alpert, Paul Wang, Raymond J. Timothy, Lynda Farmer, Raeanne Hytone, Andrea Merkel e Martin Cutler.

Perché leggiadra ti ho proclamato, e fulgida creduto,
Tu che nera sei come l'inferno, come la notte cupa.

WILLIAM SHAKESPEARE
Sonetto 147

Il presidente Samuel Baker
e
il vicepresidente Daniel Eastman

furono eletti
il 4 novembre 1984.

MARTEDÌ 9 AGOSTO 1988

Il primo giorno

Ore 7.55. L'atrio del Campidoglio, al pianterreno, era pieno di gente che urlava e spingeva. Urlavano i dipendenti dei vari ministeri, spingevano gli uomini del servizio segreto, e Sally Crain, bloccata nella calca, si chiedeva come mai tutto il potere e la gloria del governo degli Stati Uniti non potessero impedire al ricevimento in onore del colonnello Octavio Martinez di trasformarsi in una baraonda. Era una di quelle donne schiette e scrupolose che, sotto l'amministrazione Carter, erano comparse a Washington. I suoi capelli biondi erano naturali, e gli occhi erano azzurri e distanziati tra loro. Aveva una pelle rosea e fresca, come quella di una bimba lentigginosa allevata con ogni cura. E un passo lungo e sciolto, quel modo di camminare che hanno le donne alte di statura quando sono sicure di sé.

Sally fece del suo meglio per aprirsi un varco nella folla, tra sorrisi e cenni di scusa, e raggiungere Martinez. Ma la ressa e il caldo dell'estate erano soffocanti. Alla fine si ritirò nel vano di una porta e attese che il corteo sfilasse rumorosamente lungo il corridoio, portando Martinez da lei.

Riusciva appena a scorgerlo, in fondo al corridoio, bruno e aitante sotto il basco e nella divisa da fatica, mentre cercava di stringere tutte le mani tese verso di lui, con un lampo dei denti bianchi sotto i baffi foltissimi. Sally aveva seguito le sue campagne nella giungla del Nicaragua con un misto di orgoglio sentimentale e distacco professionale. Octavio Martinez era entrato nella leggenda: un professore di algebra al liceo che aveva visto il suo piccolo paese passare da un'oligarchia di ricchi a una tirannia di poveri e a una dittatura di *comunistas*. In tutto questo tempo aveva continuato pazientemente a spiegare i misteri dei seni e dei coseni a scolaresche di distratti adolescenti. Di anno in anno i libri di testo si erano fatti più laceri e le file di banchi vuoti avevano formato un cerchio sempre più largo intorno alla sua cattedra. Finché un giorno si era reso conto che quei banchi erano vuoti perché i ragazzi che avrebbero dovuto essere a scuola erano invece sulle colline della provincia di Jinotega, a imbracciare un M-16 e a morire dissanguati in mezzo al fango. Allora baciò la moglie e i figlioletti, mise due o tre paia di calzini nella sua vecchia borsa e salì su un ansimante autobus giallo che lo condusse fino al capolinea. Da lì si addentrò a piedi nella giungla, per andare a cercare i suoi studenti.

Il primo uomo che uccise lo uccise con un machete, e dal collo di quell'uomo il sangue sprizzò sulla faccia di Martinez e lo fece vomitare. Dopodiché gli diedero una pistola, e quando morì il *contra* successivo Martinez ereditò il suo M-16. Quell'inverno guidò la spedizione che prese la città di Ocotal e la tenne per tre giorni contro un battaglione governativo. I *contras*, riconoscenti, lo promossero maggiore della marmaglia che formava il loro esercito. E alla fine i contadini lo adorarono, la CIA lo portò sugli scudi, e lui divenne il *Colonel Reynaldo*: il capo, l'ispiratore, la volpe.

Ora il presidente Baker e la sua amministrazione prendevano Octavio Martinez come simbolo degli obiettivi della guerra nell'America Centrale: l'autentica rivoluzione popolare che avrebbe portato la democrazia rappresentativa in quell'istmo turbolento a metà del nostro emisfero. E l'ex professore di algebra, che adesso insegnava ai suoi ragazzi adolescenti a piazzare le Claymore* e a tendere imboscate alle pattuglie in ricognizione, era stato spedito a Washington a fare il giro delle commissioni con le sue storie di contadini scalzi che nella giungla combattevano per la libertà pregando la Beata Vergine che gli *Yanquis* ascoltassero il loro grido d'aiuto. L'eroico colonnello Martinez sarebbe stato il contrappunto ideale agli amari ricordi del colonnello North, dell'Irangate e degli storni illegali di fondi.

La folla stava ormai passandole davanti, e Sally approfittò dell'occasione. Stringendosi al petto il portablocco, s'intromise prontamente tra gli uomini del servizio segreto, così vicino a Martinez che per poco non lo urtò, gridando per farsi sentire in quel baccano.

«Colonnello, sono Sally Crain. Sono il capo ufficio stampa del senatore Fallon.»

Martinez le rivolse un sorriso smagliante, ma si portò la mano all'orecchio per indicarle che non capiva.

Sally cercò di non farsi distanziare mentre quella folla rumorosa scivolava lungo il corridoio verso la luce e l'uscita sulla scalinata del Campidoglio. Provò allora a passare allo spagnolo.

* Mine filoguidate americane impiegate per le imboscate nel Vietnam. [*N.d.T.*]

«*Por favor. Me llamo Sally Crain. Soy assistante periodista del...*»
Nel trambusto Martinez alzò le spalle con aria confusa.
Sally riprese fiato e gridò in portoghese: «*O meu nome é Sally Crain. Sou journalista assistante...*».
Martinez si limitò a sorridere e a scuotere il capo. Mentre raggiungevano la soglia, se la lasciò alle spalle che urlava: «*Je suis Sally Crain, une assistant-presse...*» sforzandosi di sembrare una signora.
Ma Martinez era sparito, nella luce sfolgorante oltre la porta, dove non poteva più sentirla.
Sally smise di lottare e si lasciò sospingere dalla folla che la incalzava. Appena fuori si fermò, strizzando gli occhi, accecata da tutta quella luce, mentre il fiume di gente si apriva e scorreva intorno a lei. E disse a mezza voce, parlando tra sé: «Gli venga un accidente... Ma che lingua parla?».
A un tratto, come se fosse sbucato dal nulla, Martinez si materializzò al suo fianco. Dolcemente la prese a braccetto e la strinse a sé, lasciando che la folla li portasse, come un'onda, lungo la promenade. Sally alzò lo sguardo, stupita, mentre i fan, in preda all'entusiasmo, li spingevano l'uno addosso all'altro. Sentiva, contro la parte posteriore delle braccia, la tela ruvida della sua divisa. Sentiva, sotto la tela, il suo corpo in movimento. Gli occhi di Martinez erano scuri e scintillanti, e la voce profonda sotto il brusìo della folla. Fu come se, per un attimo, fossero soli nella più riservata intimità.
«Le parlo tutte» disse. «Il suo spagnolo è eccellente. Ma il portoghese...» Scrollò il capo e fece schioccare la lingua.
Sally rimase dov'era, a bocca aperta, muta. E mentre lo guardava, stupefatta, la folla che premeva alle sue spalle glielo portò via, giù per la scalinata e verso la tribuna, dove lo aspettavano le impazienti troupe televisive.
Restò là, sentendosi umiliata e ridicola, come uno di quei piccoli burocrati che tanto aborriva. Poi Martinez si voltò a guardarla e strizzò l'occhio, facendola scoppiare in una fragorosa risata.
«Merda» esclamò, e lo seguì giù per la gradinata, provando per quell'uomo l'attrazione di una stupida bambina.

Quando Sally salì la scaletta che portava sulla tribuna di legno, Martinez stava stringendo la mano a una lunga fila di notabili ben pasciuti e vestiti di scuro. La donna consultò l'orologio: erano le 8,09. Sapeva che a New York, nello studio 3B della NBC,

Willard Scott, del programma *Today*, stava riepilogando proprio allora il bollettino meteorologico. Nella cabina di regia Steve Chandler, il produttore, stava parlando con Bryant Gumbel, per ricordargli di avvisare il pubblico che, dopo il prossimo intermezzo pubblicitario, *Today* si sarebbe collegata con Washington, in diretta.

Sally lo sapeva perché aveva garantito a Chandler che Terry si sarebbe alzato per presentare Martinez alle 8,11 in punto. Aveva anche promesso a Gumbel un'intervista esclusiva con Terry e Martinez per mercoledì: purché Chandler acconsentisse a seguire, in diretta, la visita di Martinez in Campidoglio. Chandler non aveva detto di no, anche se sapeva di essere lo specchietto per le allodole.

Chandler sapeva – non meno di Sally – che se un telegiornale del mattino avesse seguito in diretta quell'avvenimento agli altri due non sarebbe rimasto altro da fare che imitarlo, sempre che non volessero lasciare l'esclusiva a *Today*. Il ricevimento del martedì e l'intervista del mercoledì avrebbero assicurato a Terry una copertura televisiva nazionale per due giorni consecutivi. E se in quei due giorni non fosse successo nulla di straordinario, i due servizi avrebbero avuto buone probabilità di essere mandati in onda anche nei telegiornali delle tredici e della sera.

Chandler sapeva tutto questo, e sapeva che Sally lo sapeva. Sapeva che Sally approfittava della concorrenza fra le tre stazioni per promuovere la carriera di Terry Fallon. Ma era d'accordo e non aveva obiezioni da fare, perché sapeva anche che la donna avrebbe convinto il servizio segreto a erigere la tribuna sulla scalinata del Campidoglio dalla parte del Senato, in modo tale che il sole del mattino sarebbe stato dietro gli oratori, aureolandogli i capelli invece di abbagliarli. Sapeva che Sally avrebbe fatto alzare Fallon dalla sedia esattamente alle 8,11, a ogni costo. Sapeva che il discorsetto di Fallon, qualunque argomento riguardasse, sarebbe durato venticinque secondi o anche meno, la lunghezza ideale per un servizio del genere. E sapeva che Sally avrebbe fatto fare a Fallon un figurone. Anzi, era così sicuro che Sally avrebbe mantenuto il controllo della situazione dal primo all'ultimo momento che non fu affatto sorpreso nel vederla ritta sul podio, dietro il grande sigillo degli Stati Uniti d'America, quando *Today* mandò in onda il comunicato commerciale e la linea passò a Washington.

Quando la luce rossa del conto alla rovescia si accese sulla telecamera della NBC, Sally era sul podio, spaziando con lo sguardo sulle indaffarate troupe televisive che formavano un cerchio intorno alla tribuna dietro la squadra dei giornalisti della carta stampata, pettegoli e rumorosi. Venti microfoni la guardavano in faccia. Sally consultò l'orologio da polso: le 8,10. Attaccò: «Il senatore Fallon pronuncerà una breve...».

Solo allora si accorse che i microfoni erano spenti e che stava parlando a se stessa. «Audio, apri il quattro, per favore» disse.

A un tratto il sibilo del feedback elettronico lacerò l'aria. La gente, per istinto, si chinò e si coprì le orecchie con le mani.

La voce di Sally tuonò: «Grazie...». Poi il fonico la ridusse a livelli normali. Sally sorrise mentre la folla si tranquillizzava. Il giochetto funzionava sempre.

«Grazie» ripeté, e la sua voce echeggiò tra il Campidoglio e il Russell Building di là dalla strada. «Il senatore Fallon pronuncerà una breve dichiarazione di benvenuto. Foglio bianco orlato di blu.»

Lo tenne sollevato e diede ai giornalisti un momento per trovare la loro copia.

«Poi il colonnello Martinez risponderà con questo testo...»

Guardò il foglio; quindi, voltando la testa, Martinez. C'era una luce maliziosa in quegli occhi e, suo malgrado, Sally gli restituì il sorriso.

«... in inglese» disse. «Bordo rosso.» Lo tenne sollevato. «Le traduzioni sono in giallo.» Ne mostrò uno, alzandolo davanti a sé. «Stampa estera, se vi serve, chiedetelo a Betty.» Sally fece un cenno e Betty, la sua segretaria, mosse una mano dietro le telecamere. Quattro o cinque corrispondenti esteri corsero a prendere una copia della traduzione.

Sally lasciò errare lo sguardo sulle troupe televisive. C'erano tutti: la NBC, la CBS, l'ABC, la BBC, la CBC, la TF1, ogni paese dell'America Latina, una dozzina di paesi dell'est. Quello che Terry avrebbe detto sarebbe stato diffuso in ogni città, ogni villaggio d'America, praticamente ogni paese del mondo. Sally lo aveva organizzato, Sally lo aveva deciso, Sally lo aveva predisposto fino all'ultimo dettaglio. La luce del mattino le splendeva negli occhi. Cronisti e cameraman la guardavano in silenzio. Gli unici rumori che si udivano erano il fruscìo della brezza che spirava dal Potomac e gli schiocchi della bandiera sopra la cupola del Campidoglio. La donna alzò il viso, controvento, e i suoi occhi erano due fessure colme di soddisfazione.

«Azione» ordinò.

Nelle unità mobili della televisione, i registi ripeterono l'ordine.

Nello studio televisivo della NBC, Bryant Gumbel stava guardando in camera e dicendo: «... Alla scalinata del Campidoglio degli Stati Uniti dove il senatore Terry Fallon darà il benvenuto al combattente per la libertà del Nicaragua che...».

Sally sorrise. «Signore e signori, il senatore del Texas, l'onorevole Terrence Fallon.» E quando cominciarono gli applausi si diresse verso un lato della tribuna, scendendo poi la scala fino a un punto da dove poteva vederlo bene.

Terry attraversò la tribuna con passo agile e disinvolto. Aveva ancora tanto del ragazzo, tanto dell'atleta, che Sally doveva fare uno sforzo per ricordarsi che adesso era un senatore, uno dei cento dai quali dipendeva il destino della nazione. Quando Julio Ramirez, il portavoce dei *contras* in esilio, aveva chiesto che fosse Terry a pronunciare il discorso di benvenuto per Martinez, Sally non si era fatta sfuggire l'occasione. E la Casa Bianca aveva due ottimi motivi per affrettarsi a dare il proprio assenso. Primo, il senatore Fallon godeva di grande considerazione nell'America Centrale. Non amava né Castro, né Ortega, né i sandinisti. Voleva battersi per la buona causa come si battevano la Casa Bianca e gli elettori: i nostri soldi, le nostre armi, i nostri consiglieri... e il loro sangue. L'altro motivo era ancora più evidente: il largo sorriso del ragazzo del Texas, con le fossette sulle guance e il cuore in mano, che era stato il marchio di garanzia di Terry da quando, nel 1978, era entrato nella camera dei deputati in rappresentanza della città di Houston.

Qualcuno si era chiesto se la sua prestanza fisica e le sue idee tra il moderato e il conservatore gli avrebbero spianato la strada fino all'aula del senato. Ma non ce n'era stato bisogno. Nel 1984, quando il senatore Caleb Weatherby rimase impigliato nelle reti dello scandalo dell'ABSCAM, il governatore del Texas assegnò il suo posto a Terry. Dalla sera alla mattina il deputato Fallon diventò il senatore Fallon. E Washington prese nota: quel giovanotto avrebbe fatto strada.

Bryant Gumbel continuò: «... In diretta da Washington, il senatore Terry Fallon». Nella cabina di regia dello studio 3B Steve Chandler disse: «Linea all'uno» e, al momento giusto, la NBC diffuse in tutta l'America un primo piano di Terry sul podio. Nella penombra della cabina di regia, un tecnico emise un sibilo tra i denti, e qualcun altro mormorò: «Straordinario...».

Chandler scoppiò in una risata. «Bel figone» sussurrò, e i tecnici sapevano che questo, in bocca a lui, era il non plus ultra dei complimenti professionali.

L'applauso per Terry fu cordiale e sostenuto. Cominciava

anzi a gonfiarsi: finché Terry alzò le mani per chiedere silenzio. «Americani, miei concittadini» esordì, con una voce sonora da oratore. La folla si calmò. Allora il suo tono mutò – come gli aveva insegnato Sally – fino a stemperarsi in qualcosa che poteva sembrare tenerezza, mentre una luce calda gli riempiva lo sguardo. «Americani, miei concittadini... Per più di duecento anni gli uomini e le donne di coraggio di questo emisfero hanno innalzato la bandiera della libertà contro le forze dell'oppressione. Dal 1981 il colonnello Octavio Martinez ha condotto una lotta storica e temeraria per liberare il Nicaragua, la sua patria, dai dittatori comunisti.»

Sally alzò lo sguardo a Terry, mentre lui parlava, e vide la brezza scompigliargli le ciocche di capelli rossicci sulle tempie. Vide come i suoi occhi si posavano, tra la folla, ora su una faccia ora su un'altra, come salutavano la gente, come parlavano soltanto a loro, uno per uno, com'era largo e pronto il suo sorriso e come si capiva, dal modo in cui teneva le spalle, che il mondo sarebbe andato per il suo verso. Lo lasciò per guardare Martinez.

Ma il colonnello non stava guardando Terry né ascoltando il suo discorso. Guardava fisso lei. Poi, con la testa, accennò a Terry: per dirle che capiva quello che Sally provava per l'asciutto giovanotto sul podio. C'era qualcosa di dolce in questo eroe, qualcosa di molto seducente. Pudicamente, Sally abbassò gli occhi.

Fallon disse: «Sono lieto di darle il benvenuto, colonnello, a nome del popolo degli Stati Uniti. E a nome di tutti i popoli, ovunque siano, che amano la libertà e la pace».

Steve Chandler alzò gli occhi all'orologio sulla parete della cabina di regia. Venticinque secondi precisi.

Fallon si voltò mentre Martinez si alzava per dirigersi verso il podio. I notabili, gli spettatori, persino i giornalisti scoppiarono in un applauso caloroso. Terry gli strinse prima la mano e poi il braccio. L'applauso si fece più forte. I notabili in tribuna si alzarono in piedi, battendo le mani. Allora la stretta di mano tra i due giovanotti divenne un caldo abbraccio. Anche la folla sotto la tribuna scattò in piedi. E il rumore divenne così forte che gli spari sarebbero passati inosservati, sarebbero sembrati dei petardi fatti scoppiare in un'altra strada, non fosse stato per il modo in cui le pallottole parvero esplodere al momento dell'impatto.

Ci fu un attimo, subito dopo che fu sparato l'ultimo colpo, mentre si spegnevano gli applausi, in cui i due uomini rimasero abbracciati come ballerini ubriachi appoggiati l'uno alla spalla dell'altro. E se non fosse stato per il sangue che macchiava le giacche e colava sui pantaloni; non fosse stato per le ossa nude che si vedevano nella schiena di Martinez là dove i colpi gli avevano strappato via le carni; non fosse stato per il sangue e i brandelli di tessuto schizzati sui vestiti, sul bavero e sul viso dei notabili inorriditi alle loro spalle; non fosse stato per l'orrore di tutto questo, la folla avrebbe creduto di essere rimasta vittima di uno scherzo, non di aver assistito a un assassinio politico.

Steve Chandler sibilò: «Che cazzo...?».

Quando i due uomini caddero al suolo, l'urlo della folla mandò in rosso l'audiometro della cabina di regia.

L'ammiraglio William Rausch, direttore della CIA, stava leggendo la rubrica "Heard on the Street" del *Wall Street Journal* quando squillò il telefono rosso della sua camera da letto.

«Sì?» disse.

«Stai guardando la televisione?»

«No...»

«Allora dovresti guardarla.»

E la comunicazione s'interruppe.

Rausch scivolò fuori dal letto e accese l'apparecchio. Aveva già visto uomini presi a colpi di fucile, aveva mandato uomini all'attacco, verso una morte sicura. Ma ciò che vide davanti a lui su quello schermo da diciannove pollici lo riempì di un terrore senza limiti.

Nell'unità mobile della NBC ai piedi della scalinata del Campidoglio il regista stava urlando nella cuffia: «Grant! Alza le chiappe! Va' sulla tribuna! Riprendi quei cadaveri! Datti da fare!».

Il monitor al centro della console mostrò immagini confuse del pandemonio che era scoppiato in tribuna mentre il cameraman della NBC si arrampicava sulla piattaforma. Due agenti del servizio segreto armati di pistole mitragliatrici Uzi si precipitarono tra la folla. Uno di essi indicava, sull'altro marciapiede, il Russell Building.

«Sul tetto! Sgombrare! Sgombrare!» urlò nel walkie-talkie.

Il cameraman della NBC si spinse oltre gli uomini del servizio segreto, facendosi largo, nella confusione, fino al centro della tribuna. I corpi di Terry Fallon e Octavio Martinez giacevano fianco a fianco, scomposti come bambole rotte. Nella pozza di sangue che si stava allargando intorno a loro c'erano degli infermieri e degli agenti del servizio segreto che, in ginocchio, prestavano febbrilmente ai caduti i primi soccorsi. Ma giornalisti, fotografi e operatori avevano invaso la pedana, rendendo quasi impossibile il lavoro dei soccorritori. Agenti del servizio segreto con le armi spianate cercavano di respingere la folla dei cronisti.

Sul monitor centrale una donna bionda – Sally Crain – spezzò il cerchio dei giornalisti e abbassò lo sguardo ai corpi che giacevano ai suoi piedi. E un urlo disperato squarciò l'aria.

Per Sally fu come se tutta la sua vita, tutto il suo avvenire, tutti i suoi progetti si fossero improvvisamente dissolti in quella scarica di fucileria. Era corsa verso le scale solo per farsi mettere in ginocchio e quasi calpestare dai pezzi grossi che scappavano via. Quando si fu ripresa dallo shock, i giornalisti stavano dando l'assalto alla tribuna e l'ondata di folla la sospinse verso la scena spaventosa dell'omicidio. Un anello di fotografi e operatori si era stretto intorno ai due corpi, dilatandosi e ondeggiando qua e là per dare a ciascuno dei presenti la possibilità di riprendere i caduti dall'angolatura migliore.

Sally aveva cercato inutilmente un varco in quel muro. Poi si mise a spingere con tutta la sua forza. Alla fine non le restò altro da fare che picchiare con i pugni sulla schiena degli uomini davanti a lei finché non la lasciarono passare. Solo allora vide Terry.

Il vestito era zuppo di sangue. Un medico gli stava tagliando via la giacca. Sulla destra della camicia, appena sopra la cintola, c'era una ferita pulsante. Freneticamente il medico strappò via la camicia, sforzandosi di tamponare la ferita. Un agente del servizio segreto cercò di respingere Sally e i giornalisti. Ma lei sapeva qual era il suo posto. S'inginocchiò, prese la testa di Terry e se la mise in grembo, come se stringendosi al corpo la sua faccia pallidissima potesse trasmettergli un po' della sua forza.

L'ultima persona sulla scalinata del Campidoglio a capire cos'era successo fu Terry Fallon. Stava abbracciando Martinez quando il suo ospite sembrò fare un salto in alto e cadergli addosso con tutto il peso. Terry fece, barcollando, un passo indietro, nel tentativo di aiutare Martinez a ritrovare l'equilibrio. Poi un dolore lancinante al fianco destro gli fece piegare le ginocchia, e Terry si rovesciò all'indietro sopra una fila di sedie pieghevoli vuote. La nuca colpì l'assito della tribuna, e i lobi frontali del cervello gli si empirono di un dolore sordo e ottenebrante. Terry sentì lo stomaco rimescolarglisi dalla nausea. E poi scoprì di avere la giacca e i calzoni bagnati, bagnati di un liquido caldo, come se si fosse pisciato addosso. Fu solo quando abbassò lo sguardo e vide che la camicia e i pantaloni erano zuppi di sangue che si rese conto di essere stato colpito da un'arma da fuoco. Roteando gli occhi, perse i sensi.

Poi, dopo un attimo o un'eternità, udì una voce lontanissima che invocava il suo nome. Era la voce di Sally, e sembrava piena di dolore. Terry aveva voglia di dormire, di restare in quel buio territorio oltre lo strazio. Ma lo affliggeva il dolore che sentiva nella voce di Sally, lo affliggeva più del dolore della ferita che aveva nel fianco. Scalciando nelle tenebre si diresse verso quel suono come un nuotatore in immersione risale verso la luce, e si voltò da quella parte e aprì gli occhi per vedere se poteva trovare Sally e darle un po' di conforto.

La donna era vicino a lui, a carponi, e si stringeva al corpo la sua testa, con la gonna e le mani coperte di sangue. Aveva sul viso una tale espressione di terrore che Terry pensò per un attimo che fosse stata ferita. Ma quando Sally lo vide aprire gli occhi, un'ondata di sollievo le spazzò via il terrore dal viso. Allora Terry capì che il ferito era lui, che era lui a doversi far coraggio, lui a doversi comportare da uomo nonostante il dolore.

Si aggrappò alla sua mano e cercò di alzarsi. Ma la ferita che aveva nel fianco lo zavorrava come un grosso peso e il pulsare nella fronte lo accecava e lo riduceva uno straccio.

«Stia giù, senatore!» intimò una burbera voce d'uomo al suo fianco.

Ma Terry non voleva stare giù. Lottò per alzarsi su un gomito. «Aiutami, Sally.»

E a dispetto degli uomini del servizio segreto che gli si affollavano intorno, a dispetto dei medici che cercavano di trattenerlo, Terry Fallon si alzò in piedi e si guardò intorno. Quello che vide era il caos.

Come iene, fotografi e giornalisti circondavano il corpo riverso di Martinez bersagliandolo di lampi e concentrando su di esso i raggi dei loro proiettori. Il colonnello giaceva sulla schiena in una pozza di sangue e di brandelli di carne, con la testa rovesciata all'indietro, la bocca e gli occhi aperti, mentre un medico cercava affannosamente di riattivargli la circolazione. Ma il fluido dei suoi occhi stava già cominciando a rannuvolarsi e a seccare, e Terry capì subito che il *Colonel Reynaldo* era morto.

Terry si liberò degli uomini del servizio segreto, spinse via i cameramen urlanti, si aprì un varco, traballando, nel muro dei fotografi. Appoggiandosi alla spalla di Sally, oltrepassò tutti quelli che avevano invaso la tribuna e raggiunse il podio e i microfoni.

Steve Chandler stava strillando nella linea che lo collegava al regista dell'unità mobile della NBC a Washington. «Resta su di lui! Resta su Fallon! Gesù Cristo, qualcuno mi dia quella ferita!»

A un tratto apparve sul monitor un primo piano della falda strappata della camicia insanguinata di Terry.

Chandler urlò: «Gli occhi! Cristo santo! Riprendetegli gli occhi!».

E gli occhi comparvero sul monitor, vincendo risoluti il dolore mentre Terry procedeva a tentoni verso il podio.

«Regia!» gridò Chandler. «Il podio! Una camera su quello! Apritegli il microfono!»

Terry si aggrappò al podio, cercando di non cadere. Sally lo sosteneva stringendolo sotto il gomito. Aveva il viso e le mani coperti del suo sangue.

Fallon tentò di parlare, con una voce incrinata dal dolore. «... Potete... sentirmi?... C'è qualcuno...?»

Nel tumulto della folla che aveva invaso la piattaforma, nel bailamme di quegli uomini e di quelle donne urlanti, la sua voce esile e afflitta fu ignorata.

Si strinse al podio, ritrovando l'equilibrio. «Come possiamo... voltare le spalle... mentre i nostri amici... muoiono?»

Nell'unità mobile il regista stava urlando: «Chandler? Lo ricevi?». E la voce di Chandler gli rispose, tonante, nella cuffia: «Sei in diretta, figliolo, e da un capo all'altro dell'America!».

Nessuno di coloro che quel giorno stavano guardando la televisione dimenticò mai quello che vide. Parecchi anni dopo si sarebbe potuto chiedere a un vecchio o a una donna di mezza età, e quelli ti avrebbero detto dov'erano, e cosa stavano facendo, nel preciso momento in cui Terry Fallon era stato colpito. Era come sentire la notizia della morte di Jack Kennedy, o di Bobby, o di Martin Luther King. Era uno di quegli avvenimenti che si fissarono nel tempo in modo tale che il resto del giorno, del mese e dell'anno svanirono dalla memoria.

In circa 75 milioni di case, quel giorno, entrò l'immagine di un giovane americano, alto e snello, con la camicia bianca e la cravatta rossa tinte di uno scarlatto sanguinoso. Sul suo viso c'erano delle striature di sangue coagulate, e ci vollero una ragazza bionda e un agente brizzolato del servizio segreto per sorreggerlo, tenendogli i gomiti, mentre lui si sforzava di trovare le parole per esprimere ciò che in quel momento sentivano lui e loro e ogni altro americano.

C'era nei suoi occhi una luce ossessiva e remota, che li faceva somigliare a quelli di un viaggiatore tornato dall'ignoto con una rivelazione. Alle sue spalle un sacerdote con le mani insanguinate stava dando l'estrema unzione a un militare caduto. Alle sue spalle uomini armati e giornalisti sconvolti correvano a destra e a sinistra. Ma sul podio, sopra il grande sigillo degli Stati Uniti, Terry Fallon resisteva al dolore e metteva insieme le parole che avrebbero permesso al suo paese di capire.

«Quest'uomo... non era un politico. Era... solo un uomo... col sogno di un uomo semplice... che i suoi figli vivessero liberi.»

Nel commento che fece dopo il telegiornale della notte della NBC, John Chancellor ricordò il suo primo incontro con Terry Fallon in questo modo: «Era difficile credere che qualcuno potesse assicurarsi un seggio nel senato degli Stati Uniti senza difendere interessi particolari, senza scendere a compromessi politici, senza che gli si attaccasse ai vestiti la puzza del fumo dei sigari e degli intrallazzi. Ma Terry Fallon ce l'aveva fatta».

Quel giorno, da qualsiasi parte vi foste voltati – televisione, radio, giornali – avreste sentito echeggiare le parole di Terry e visto i suoi occhi puntati su di voi, un'accusa e una sfida.

«Octavio Martinez è morto... per portarci la verità» disse Terry, e si aggrappò al podio per resistere alle vertigini che lo stavano assalendo. «La sua lotta è la nostra lotta. La sua causa... è la nostra causa. E il suo sogno... non sarà sepolto con lui.»

Dan Rather e Diane Sawyer guardarono insieme il replay quella sera durante uno Special Report della CBS intitolato "Morte di un eroe". Rather una volta aveva visitato i "santuari" dei *contras* nell'Honduras, e intervistato Martinez tra i ranghi del suo esercito di ragazzi e *campesinos*. «Ma è la nostra lotta, Dan?» chiese la Sawyer. «È nostra... o dei politici?» Rather si strinse per un attimo il setto nasale tra le dita. Poi rispose: «Diane, o è la nostra lotta... o sarà quella dei nostri figli...».

Mezzanotte era passata quando Ted Koppel riepilogò le sue interviste col segretario di stato Cranston e Tomás Borge, il ministro dell'interno della Repubblica del Nicaragua. I due uomini si erano scambiati una mezz'ora di accuse e recriminazioni. Koppel aveva voluto chiudere *Nightline* ponendo la questione più importante che era emersa dalla mischia: perciò fece riascoltare ai telespettatori le ultime parole pronunciate da Terry Fallon prima che i medici l'obbligassero a distendersi sulla barella che lo portò all'ospedale Walter Reed.

Ormai era un'immagine familiare. La folla di giornalisti e di agenti del servizio segreto aveva formato un cerchio immobile e silenzioso intorno alle tre persone ritte sul podio. L'agente brizzolato del servizio segreto alla sinistra di Terry piangeva senza ritegno. Gli occhi azzurri e il viso coraggioso di Sally Crain erano rivolti a Terry con un'espressione piena di fiducia e di ammirazione. Con le mani insanguinate gli stringevano i gomiti, per sorreggerlo. Sopra la sua spalla, la bandiera sventolante sopra la cupola del Campidoglio schioccava nella brezza che stava crescendo d'intensità.

«Ancora per quanto tempo, America?» continuò Terry, e la sua voce strozzata dal dolore era resa squillante dal coraggio. «Ancora per quanto tempo uomini come questo soffriranno e moriranno prima che noi ci decidiamo ad ascoltare? Quanto tempo dovrà passare, ancora, prima che solleviamo la testa... e i cuori... e i pugni... in modo che i loro figli – e i nostri – possano vivere liberi in un mondo di pace?»

Quand'ebbe finito, non si sentiva altro che il silenzio. Ma era il silenzio dei secoli.

Un certo Lou Bender vide tutto.

Per lui, l'assassinio di Martinez era solo uno spiacevole contrattempo: un contrattempo che avrebbe dovuto essere affrontato con prontezza e decisione. Ma era un contrattempo che si poteva risolvere.

Per lui, le parole di Terry erano solo le confuse farneticazioni di un idealista in stato di shock.

Per lui, il diluvio di servizi televisivi – gli Special Segment, Special Report, *Nightline, Today, Good Morning America*, e il telegiornale del mattino della CBS – erano un esempio da manuale di come le tre reti s'ingozzavano di violenza, fino a trasformare il gesto insano di un terrorista analfabeta in un avvenimento di portata internazionale. Quando Lou Bender spense la televisione, alle sette e mezzo della mattina dopo, era semplicemente disgustato da tutte le acrobazie di quel patetico circo equestre.

Ma fu la seconda persona al mondo a capire che, se Terry Fallon fosse sopravvissuto alle ferite, era destinato a diventare l'uomo più potente sulla faccia della terra.

MERCOLEDÌ 10 AGOSTO 1988

Il secondo giorno

Ore 8.40. Lou Bender passò davanti alla segretaria del presidente senza degnarla di un'occhiata e spinse il battente per entrare nell'Oval Office. Sam Baker girò sulla poltrona per salutarlo.

«Che c'è, Lou?» chiese.

Bender schiaffò una copia del *New York Times* sullo scrittoio.

«Ecco il nostro uomo» rispose Bender.

Il presidente Baker abbassò lo sguardo al titolo a caratteri cubitali su tutta la pagina:

IL COLONNELLO MARTINEZ ASSASSINATO SULLA SCALINATA DEL
CAMPIDOGLIO

E sotto:

L'eroico discorso del senatore Fallon sbalordisce la nazione

C'erano due fotografie, una di Martinez, il caduto, e l'altra di Fallon sul podio: la sua immagine poteva ben definirsi messianica.

«Perché un uomo è capace?» disse il presidente.

«Perché un uomo è famoso.»

«Ma che razza d'uomo è? Di cos'è fatto?»

«Della stessa cosa di cui sono fatti tutti i buoni candidati alla vicepresidenza. D'inchiostro.»

Il presidente si appoggiò allo schienale della sua vecchia poltrona. Conosceva Lou Bender da ventinove anni. In sei campagne elettorali per un seggio alla camera dei deputati e al senato, e in una lunga corsa verso la Casa Bianca, Lou Bender aveva detto la sua, e i risultati gli avevano dato ragione.

Ora Bender era un vecchio politicante dai capelli grigi, con un vestito nero, una bianca camicia inamidata e una sottile cravatta nera che non gli arrivava alla cintola. Era un ometto tarchiato con una faccia piccola e tesa, un ciuffo di capelli bianchi che gli cadevano, ribelli, sulla fronte e due mani in miniatura sempre in moto. L'imminente elezione presidenziale, la loro richiesta di un secondo mandato, era, per Bender, l'ultimo urrà. Che l'esito consistesse in una vittoria, in una sconfitta o in un pareggio, era l'ultimo urrà per tutti e due. Baker e Bender erano in svantaggio. Lo sapevano. E mancavano otto giorni alla convenzione che avrebbe sanzionato le candidature.

«Ce l'abbiamo, un vicepresidente» obiettò alla fine il presidente. «Si chiama Dan Eastman. Come la mettiamo?»

Bender si ficcò le mani in tasca e abbassò gli occhi alla punta luccicante delle scarpe. «Come la mettiamo?» ripeté, e sembrava che non gliene importasse un fico secco.

Il presidente vedeva benissimo che Bender considerava Terry Fallon un dono di Dio: una mossa che poteva assicurargli il secondo mandato. Bender aveva negli occhi quello sguardo che hanno i pit bull quando stringono le mascelle, e neanche la morte riuscirebbe a fargliele più aprire. Era un'espressione che il presidente Baker ammirava e di cui – al tempo stesso – diffidava. Perché sapeva che voleva dire scorciatoie, trucchi, compromessi.

Quattro anni prima avevano formato una coalizione con Dan Eastman, il corpulento governatore della Pennsylvania, il figlio di un meccanico delle officine dei tram, con due mani che sembravano guantoni da baseball. Eastman era un politico rissoso e battagliero, ma anche pronto a riconoscere i suoi torti, un ritorno a Tweed e Daley. Era il compagno di gara ideale per il senatore Samuel Baker, il piantatore virginiano e l'avvocato con le scarpe bianche di Wall Street. Così aveva detto Lou Bender. E in queste cose Bender era infallibile. L'elezione fu un trionfo della coppia Baker-Eastman.

Ma quella sera – 4 novembre 1984 – segnò il punto più alto della loro popolarità. Da quel giorno, quasi senza remissione, il consenso cominciò a diminuire. Era come correre su una grande ruota a gradini da mulino che si muove a velocità sempre crescente. Per qualche tempo riuscirono a conquistare tanti nuovi elettori quanti ne perdevano. Ma col passare dei mesi i problemi irrisolti del paese si dimostrarono impervi a ogni cura come un'eruzione sulla pelle che non vuole andare via. Ogni giorno Sam Baker correva un po' più in fretta, mettendocela tutta. Ma la ruota continuava a girare, accelerando.

I giornali, un tempo favorevoli, prima balbettarono qualcosa, poi voltarono inesorabilmente la faccia da un'altra parte. La retorica dei commentatori televisivi divenne meno conciliante, più stridula e severa. E i sondaggi – quello del *New York Times* e della CBS, quello della NBC e dell'Associated Press, quello dell'ABC e del *Washington Post*, quello del NOW, quello del Gay Men's Caucus – gli onnipotenti sondaggi dimostravano che la coppia Baker-Eastman stava perdendo terreno mentre il terzo anno della loro amministrazione giungeva arrancando alla fine.

Nel dicembre dell'anno prima una delegazione ad alto livello del partito si era presentata al ranch di Baker, a Santa Fe: sei uomini imbarazzati in camicia bianca e completo blu con la polvere rossa del deserto sulle scarpe a punta nere. Per il gruppo prese la parola il vecchio Charlie O'Donnell, il presidente della camera dei deputati. O'Donnell elencò i successi dell'amministrazione Baker-Eastman. Forse fu troppo generoso nei suoi elogi della riuscita della riforma fiscale, del rilancio del programma della navetta spaziale, dei progressi nel campo degli scambi internazionali e della ripresa industriale. Ma alla fine il soliloquio si ridusse a una semplice domanda: per il bene del partito il presidente Baker era disposto a farsi da parte alla convenzione per la nomination?

Sam Baker sapeva che O'Donnell aveva ragione. Sapeva di essere in svantaggio, e che lo aspettava una lotta dura, una lotta che forse non avrebbe potuto vincere. Ma in pensione non ci si vedeva: un vecchio su una sedia a dondolo, che passava sbadigliando la sfilza d'interminabili pomeriggi che dovevano portarlo alla tomba.

«Mi rincresce» aveva detto alla fine.

Allora O'Donnell si appellò a Dan Eastman.

«Crepa» rispose Eastman.

Adesso erano passati altri otto mesi, alla convenzione mancavano appena otto giorni, e la profezia di O'Donnell si era avverata. Il partito era diviso. Forse non avrebbe potuto negare la riconferma al presidente in carica. Ma c'era, anche tra i fedeli, un senso crescente d'indolenza e di noia. Lo dicevano tutti, anche George Will. «Tutto ciò che serve al presidente Baker per essere rieletto» aveva scritto su *Newsweek* «sono cinquanta milioni di voti e un miracolo.» Ma in politica non c'erano miracoli, solo manovre.

Baker non nutriva alcuna simpatia per le manovre. C'era qualcosa di brutto nella politica basata sull'opportunismo, come un bimbo deforme che era senza dubbio una mostruosità ma che, ciò nonostante, era sempre tuo figlio. Inutile rinnegarne la paternità. Eppure era impossibile abbracciarlo senza provare un senso di ripugnanza.

«Ho ordinato per Fallon una protezione del servizio segreto di prima classe» stava dicendo Bender. «La stessa che avete tu ed Eastman.»

Ma Sam Baker guardava fuori dalla finestra, perso nei suoi sogni.

«Presidente?»

Finalmente tornò a guardare Bender. «Scusa, Lou.»

«Dicevo che ho chiesto per Fallon una scorta di prima classe.»

«Perché? Il bersaglio non era lui.»

«Si è appena trasformato in un bersaglio.» Bender prese un sigaro dal portasigari sulla scrivania del presidente. «Sono tanti i tuoi elettori che vorrebbero vederci lasciare il Centroamerica.» Bender tranciò con i denti la punta del sigaro e la sputò nel cestino. «Inoltre, è appena diventato il figlio prediletto* del partito. Hai del fuoco?»

«No.»

Bender s'interruppe. Guardò fisso il presidente. «C'è qualcosa che ti rode?»

«Dan Eastman.»

«Non è un problema.»

«È una situazione antipatica, Lou.»

Bender si avvicinò alla scrivania del presidente, aprì il primo cassetto sulla destra e trovò una scatola di fiammiferi. Non era la prima volta che avevano delle divergenze. «Stammi a sentire...» Inumidì l'estremità del sigaro con la punta della lingua. «Ecco come faremo. Tu chiederai a Fallon di tenere il discorso programmatico alla convenzione, la settimana prossima. Dopo quello che è successo, i delegati gli assegneranno il secondo posto in lista per acclamazione.»

«Ed Eastman?»

«Se i delegati vogliono Fallon, che scelta ha? Dovrà farsi da parte.» Bender alzò le spalle e sorrise. «Fallon è dentro, noi otteniamo il secondo mandato, ed Eastman è fuori senza impronte digitali sulla pelle. Giusto?»

«Vedremo.» Il presidente tornò a sedersi dietro la scrivania. «Adesso ti prego di scusarmi.»

Ma Bender non si mosse. «Giusto?»

«Lou. Ho detto che vedremo.»

L'interfono del presidente emise il suo ronzìo. Lui schiacciò un tasto.

---

* Con questa espressione si intende, negli Stati Uniti, il candidato alla presidenza proposto dalla delegazione del suo stato natale durante la convenzione del partito. È stato tradotto qualche volta con «figlio prediletto». [N.d.T.]

«Sì, Katherine?»

«C'è lo speaker O'Donnell, signore.»

Il presidente guardò i pulsanti del telefono: nessuno era illuminato.

«Che linea, Katherine?»

«È qui in anticamera, signore.»

Spense l'interfono. Guardò Bender. «O'Donnell? A quest'ora? Cosa credi che voglia?»

Bender accese un fiammifero. «Gli avvoltoi cominciano a beccare prima che il corpo si raffreddi.»

E allora Sam Baker capì cosa doveva aspettarsi per quel giorno: un'interminabile sfilata di notabili e lobbisti venuti tutti a vendergli la stessa idea: molla Eastman e prendi Fallon. Avrebbe dovuto starsene lì seduto ad ascoltarli, ad aspettare che avessero finito, a riconoscere la logica del loro discorsetto. Ma lui solo poteva prendere la decisione di sostituire Dan Eastman, se una decisione simile doveva essere presa. E lui solo se ne sarebbe assunto la responsabilità.

Lou Bender accese il sigaro, rotolandoselo lentamente tra le dita. Poi soffiò nell'aria della stanza una grossa boccata di fumo acre.

«Non fare lo schizzinoso, presidente. Un martire basta per questa campagna.»

Ore 8.50. Per anni Sally Crain aveva lavorato a costruire la popolarità di senatori e deputati, a dotarli di un'immagine, a far sì che rappresentassero qualcosa davanti agli occhi dell'opinione pubblica. Il suo lavoro era stato coronato da successi e fallimenti. Le sue idee erano state adottate o respinte.

Ma in tutta la sua esperienza nulla si era mai avvicinato agli avvenimenti delle ultime ventiquattr'ore.

Quando gli infermieri trasportarono Terry giù per la scalinata del Campidoglio verso l'ambulanza in attesa, Sally era attaccata alle fredde sbarre d'acciaio della barella, correndo al suo fianco. Tutt'intorno a lei c'erano uomini e donne che piangevano. Una vecchia gettò sulla barella il suo rosario mentre gli infermieri la spingevano attraverso la strada.

All'inizio gli agenti del servizio segreto non volevano che salisse sull'ambulanza. Ma lei non si staccò dalla barella, e tanto fece che nessuno ebbe il coraggio di insistere nel divieto.

Mentre l'ambulanza passava per le strade di Washington dietro le sirene ululanti della scorta, medici e infermieri lavoravano come indemoniati, pulendo e tamponando la ferita di Terry. Su istruzioni del Walter Reed, date per radio, iniziarono a praticargli una flebo. Sally strinse la mano di Terry fino a quando lui svenne. Allora uno dei medici si strinse al petto la testa della donna e non la lasciò più fino all'ospedale.

Al pronto soccorso sei medici aspettavano Fallon per portarlo di corsa in sala operatoria. Nella banca del sangue c'erano cinquanta pensionati del MacArthur Post Number 101 dell'American Legion, con bustine blu e nastrini di campagne sul petto, alcuni su sedie a rotelle, che aspettavano tutti di poter dare a Terry il sangue di cui aveva bisogno, litigando tra loro su chi era arrivato primo, chi aveva maggiore anzianità, chi avrebbe avuto l'onore di donargli il proprio sangue. Un monsignore dell'archidiocesi di Washington arrivò dieci minuti dopo per dire a Sally che al vespro, a Roma, il papa avrebbe celebrato una messa per invocare la guarigione di Terry. Era accompagnato da due suore che salirono in cappella per tenervi una veglia solenne che durò tutta la notte.

Nulla, in tutta la sua esperienza, aveva preparato Sally allo slancio di affetto, alla volontà di sacrificio, alla bontà disinteressata della gente intorno a lei. Sedeva nella piccola sala d'aspetto privata, guardando il traffico silenzioso nelle strade sottostanti. Alle undici di quel mattino il chirurgo, un colonnello dell'esercito, venne a dirle che Terry era uscito dalla sala operatoria. La ferita era grave e dolorosa, ma nessuno degli organi interni più importanti aveva subìto danni. Terry aveva bisogno di riposo. Ma era salvo. Sally andò a casa e si cambiò d'abito. Quando ritornò, nel pomeriggio, glielo lasciarono vedere.

Un sergente e un caporale dell'esercito montavano la guardia ai lati della porta. Verificarono la somiglianza tra Sally e la foto del documento d'identità appuntato al bavero del vestito e annotarono il suo nome su un blocco per appunti. Quindi la ragazza poté entrare.

Il sole proiettava nella stanza una fosca luce arancione attraverso le tende tirate. L'infermiera militare accanto al letto si alzò in piedi silenziosamente e Sally prese il suo posto. L'unico rumore era il sommesso, ripetuto bip del monitor cardiaco. Nel gran letto meccanico Terry sembrava così piccolo che il lenzuolo non faceva una piega. L'uomo era stato cateterizzato. La sua faccia era pallida, quasi cinerea, e sembrava umida e fredda.

A lungo Sally rimase là seduta, fissando il letto senza vederlo. Poi stese le braccia sul lenzuolo fino a sentire, sotto le coperte, il corpo di Terry. Posò la testa sulle braccia e si lasciò vincere dal sonno.

Non udì le infermiere andare e venire durante la notte. Non si accorse dei dottori che facevano le loro visite di controllo. Così giacque per tutta la notte, a testa bassa, le braccia tese come una supplice, le dita a lievissimo contatto col calore della vita che pulsava sotto le lenzuola. La mattina dopo non udì il baccano dei cronisti nel corridoio. Le si aprirono gli occhi solo quando sentì Terry muoversi sotto le sue mani. Per un attimo non riuscì a ricordare dov'era. Poi raddrizzò bruscamente la schiena. Terry la stava guardando. Solo allora ricordò quanto era accaduto, dove si trovava, e che era tutto finito.

Volse lo sguardo verso il rumore soffocato delle domande dei giornalisti che filtravano attraverso la porta.

«Ti hanno svegliato» disse, e fece per alzarsi. «Dirò alla polizia di farli tornare nell'atrio.»

Lui mosse le labbra come se volesse parlare; erano secche e malamente screpolate. «No. Non andartene... proprio adesso.»

Sally raggiunse il lavandino, inumidì un fazzoletto di carta e glielo accostò dolcemente alla bocca. Pieno di gratitudine, Terry succhiò l'acqua che lo impregnava.

«Sto... bene?» chiese.

«Ti stanno rimettendo in sesto.»

«È... grave?»

«No.» Sally sedette al capezzale. «Guarirai perfettamente.»

Allora sul viso di Terry sembrò passare un'ombra. «Come... com'è potuto accadere?»

Lei gli prese la mano tra le sue. «Non so. Non lo capisco.»

Poi, da dietro quelle bende, si riaffacciò il ragazzino impertinente. «Come l'hanno chiamato, i giornali? Un graffio? La proverbiale scalfittura?»

Lei gli strinse la mano, e la tenne come se temesse di perderlo per sempre, se fosse sfuggito alla sua stretta. «Stanno dicendo che sei un eroe.»

Lui alzò l'altra mano e gliela mise sulla guancia. «Davvero?» disse, con un pallido sorriso pieno d'ironia.

E lei nascose il viso nel palmo della sua mano e, per la prima volta dopo moltissimo tempo, scoppiò in pianto.

Ore 9.05. Proprio allora il presidente, puntando i gomiti sulla scrivania, si stava sporgendo in avanti per ascoltare con la massima attenzione i due uomini seduti davanti a lui. Era certo che uno di essi mentiva.

Quello calvo, l'ometto rigido con il completo blu, era l'ammiraglio William Rausch, direttore della CIA. L'altro, l'irlandese paffuto e stizzoso, con la giacca di tweed, era Henry O'Brien, direttore dell'FBI. Non si potevano soffrire. Lou Bender stava in piedi vicino alle finestre, mezzo dentro e mezzo fuori dalla conversazione.

«Come fai a sapere che era Peterson?» chiese infine Rausch.

O'Brien consultò un taccuino con i fogli legati da una spirale. Era uno sbirro, era sempre stato uno sbirro, non aveva mai cessato di essere uno sbirro. Era metodico, meticoloso, pignolo: un instancabile raccoglitore di dati. Poteva far uscire dai gangheri chiunque.

«I nostri agenti lo hanno identificato con certezza» rispose O'Brien. «Due segretarie hanno incontrato l'attentatore nel corridoio nord presso la scala sei, quella che porta sul tetto.»

«Non sarebbe la prima volta che l'FBI prende una cantonata» disse Rausch.

«Via, Bill. Hanno riconosciuto la sua foto.»

«Insieme?»

«Separatamente. È stato nella CIA per nove anni» continuò O'Brien. Chiuse di colpo il taccuino. «È un vostro uomo e non c'è altro da aggiungere.»

Rausch si appoggiò allo schienale della poltrona. «Era nostro. Finché non si è dato alla libera professione.»

«Perché?» chiese il presidente. «Perché si è dato alla libera professione?»

Rausch alzò le spalle. «Droga. Soldi. Chi diavolo può sapere perché questi tizi fanno quello che fanno?»

«Scrupoli di coscienza?» disse Bender alle sue spalle.

Rausch si voltò a guardarlo. «Nel caso di Peterson, della coscienza non mi preoccuperei.» Poi si voltò a guardare il presidente. «È un killer, deciso e indifferente. Un autentico professionista.»

«Per chi lavora?» domandò il presidente.

Rausch aprì le braccia.

«Capisco. Dov'è adesso?»

O'Brien disse: «Lo troveremo».

E allora, sottovoce, senza rivolgersi a nessuno in particolare, Bender domandò: «Abbiamo intenzione di trovarlo?».

Per un attimo, nella stanza, ci fu un profondo silenzio. Poi

O'Brien strizzò gli occhi e guardò Bender come se non fosse sicuro di aver udito bene.

«Stavo solo riflettendo ad alta voce, Henry» fece Bender. «Solo chiedendomi cosa penseranno i nostri alleati dell'America Latina quando scopriranno che Martinez è stato fatto fuori da un ex-agente della nostra CIA.»

Rausch disse in tono indifferente: «Per quanto riguarda la Compagnia, non ci metteremo certo a piangere, anche se non dovessimo vederlo mai più».

O'Brien si raddrizzò sulla poltrona. «Fatemi capire. Un alleato del governo americano è stato assassinato sulla scalinata del Campidoglio. E voi mi state dicendo che non volete trovare il suo assassino?»

La voce di Bender alle sue spalle era bassa, untuosa. «Nessuno ha detto che non vogliamo trovare l'assassino, Henry.»

O'Brien fiutava già l'insabbiamento, e l'odore gli pizzicava le narici. «State a sentire, adesso» esclamò. «Io vi dico che dev'esserci un'inchiesta dell'FBI. Altrimenti si scatenerà una sarabanda congressuale che farà sembrare la commissione Warren un tribunale da teatro dei burattini.»

Scoccò a Rausch un'occhiata torva. Ma il direttore della CIA rimase in silenzio, con lo sguardo fisso davanti a sé. Bender si avvicinò a O'Brien e mise la mano sullo schienale della poltrona. «Certo, ma ci sono inchieste... e inchieste.»

O'Brien disse: «Non credo alle mie orecchie. È stato un assassinio a sangue freddo!».

Guardò il presidente. Ma Sam Baker aveva capito. Quel delitto aveva un'altra dimensione, racchiudeva un terribile segreto. Qualcosa che Lou Bender poteva sapere, ma che il presidente non doveva conoscere.

Il presidente lasciò la sua poltrona. «Grazie, signori» li congedò. Rausch si alzò. Solo O'Brien rimase al suo posto, disorientato e confuso, guardando ora l'uno ora l'altro dei tre uomini. L'interfono si mise a ronzare.

«Sì, Katherine?»

«Il vicepresidente Eastman al telefono, signore» gli comunicò. «E qui c'è il signor Flaherty.»

«Va bene» disse il presidente, e pigiò il tasto che, sollevando il ricevitore, gli avrebbe passato la telefonata di Eastman.

Bender si schiarì la voce e il presidente alzò lo sguardo. Pat Flaherty era l'addetto ai sondaggi politici della Casa Bianca. Se si era presentato nell'ufficio del presidente senza appuntamento, doveva avere notizie di enorme importanza.

37

Il presidente tornò a guardare la luce lampeggiante sul telefono che indicava la chiamata di Eastman. Poi, invece, schiacciò il pulsante dell'interfono. «Katherine, fai entrare Flaherty.»

Non aveva finito di parlare quando la porta si aprì e Flaherty irruppe nello studio sventolando un tabulato. «Novantuno di ascolto e ottantotto di consenso! Questo Fallon è più forte di Cosby! Non c'è dubbio, signore. È l'uomo col quale può vincere!»

Il presidente guardò Bender. Bender si ficcò le mani in tasca e si guardò la punta delle scarpe.

Il presidente pigiò il tasto dell'interfono. «Katherine...» Poi s'interruppe. Stava per prendere una decisione, ed era una decisione irrevocabile, che non avrebbe mai potuto rimangiarsi. «Katherine, di' al vicepresidente che lo richiamerò io.»

O'Brien si alzò in piedi. Fissò Bender, poi Rausch, con aria torva. Senza dire una parola, spinse Flaherty da una parte e uscì a grandi passi dalla stanza.

Ore 10.05. «Vaffanculo!» Urlò Joe Mancuso. E gli diede uno spintone così forte che Dave Ross rimbalzò contro la parete di vetro in fondo al campo e dovette tornare subito indietro per colpire la palla dopo la carambola. Era più un combattimento corpo a corpo che un incontro di pallamano.

«Stronzo!» Ruggì Mancuso, mentre il pallonetto di Ross gli descriveva un arco sopra la testa. Si voltò per inseguirlo, tornò a sbattere contro Ross, spinse da una parte quell'uomo più giovane di lui. «Non venirmi sempre tra i piedi!»

«Tua nonna!»

Mancuso raggiunse la palla all'ultimo momento, la ribatté di rovescio dal muro laterale verso il centro. Si staccò dalla parete di fondo e, caparbiamente, prese l'altra direzione.

«Ti ammazzo» ansimò, passandogli vicino.

«Provaci!» Urlò Ross. Era ben piazzato a centro campo quando la fiacca risposta di Mancuso gli rimbalzò davanti ai piedi. Indirizzò un colpo tagliato con precisione nell'angolo destro.

Mancuso gli diede un urtone, a testa bassa. «Levati dai piedi!»

Ross perse quasi l'equilibrio, riprendendosi all'ultimo momento per inseguire il salvataggio di Mancuso nell'angolo sinistro. Adesso era Mancuso a centro campo e Ross lo aveva in pugno. Colpì la palla con tutta la sua forza.

Ma il compagno la prese al volo e la sbatté contro il muro alla sua destra. Ross si gettò da quella parte.

Mancuso allungò una gamba. Ross inciampò e cadde a faccia in giù, scivolando nel proprio sudore sul lucido pavimento di acero. La palla rimbalzò oltre la sua mano tesa e andò a fermarsi nell'angolo opposto.

Ross si girò su un fianco, stringendo ferocemente i pugni. Ma quando alzò lo sguardo, Mancuso stava ridendo.

«Gioco sleale» ansimò Ross, senza fiato.

«Non fare tante storie.» Mancuso lo aiutò ad alzarsi.

Anche Ross si mise a ridere. In due anni la pallamano era l'unica cosa in comune che avessero trovato. Ross, veramente, non era un giocatore di pallamano: era un giocatore di squash che aveva imparato a Yale e si era perfezionato nella scuola di legge di Georgetown. Un giorno, nella palestra al seminterrato dell'Hoover Building, aveva incontrato Mancuso negli spogliatoi, mentre si stava mettendo i calzoncini.

«Giochi a squash?» aveva chiesto Ross.

«Pallamano.»

«Vuoi provare?» Ross alzò la racchetta leggera ed elegante.

«Roba da finocchi.» Mancuso gli gettò un paio di guanti da pallamano, vecchi e sporchi.

Più per ostinazione che per curiosità, Ross aveva imparato a giocare. Erano ben affiatati ormai: il ragazzo bruno e muscoloso che sembrava ancora uno studente ma dava sventole di centocinquanta all'ora con tutt'e due le mani e il toro anziano ma cocciuto che inseguiva ogni palla, che sembrava sempre sul punto di mollare e non mollava mai.

Ross sapeva che cosa lo aspettava quando il Bureau gli aveva dato Mancuso come socio. Mancuso era un firmaiolo, un uomo con trent'anni di carriera sulle spalle, un vecchio sbirro misantropo e saturnino che dalla sua vita nell'FBI non aveva ricavato niente: né parenti, né amici, né gradi. Era ancora soltanto una "suola" mentre tutti i suoi coetanei erano agenti speciali o monumenti. Era un omaccione insignificante e silenzioso. E avvicinandosi all'età della pensione era diventato ancor più riservato e chiuso in se stesso. Ross riusciva simpatico a tutti. Aveva chiesto persino di entrare nel servizio immigrazione. Niente da fare. Ross era di Mancuso, Mancuso era di Ross: finché la morte – o il pensionamento – non li avessero divisi.

Ross raccolse la borsa da ginnastica blu e tirò in faccia a Mancuso l'asciugamano.

«Un altro set e torno a lavorare.»

Ma qualcosa fuori del campo richiamò l'attenzione di Mancuso. «Attenzione. La ronda.»

Nel corridoio dietro la parete di vetro posteriore, l'agente speciale Barney Scott, il loro diretto superiore, stava in piedi con le mani nelle tasche del suo doppiopetto a righine marrone e un'espressione corrucciata sul viso.

Mancuso e Ross uscirono dal campo.

«Salve, capo» lo salutò Ross, e si asciugò il sudore che gli colava sul collo.

«Il tuo turno dura fino a mezzogiorno, Ross.»

«È andato a pranzo più presto del solito» disse Mancuso.

Scott gli rivolse un'occhiata beffarda. «Tu sei fuori a pranzo dal '79, Joe. Perché non ritiri la tua pensione e non la smetti di rompere le scatole al Bureau?»

«Mi mancano tre mesi al benservito, Scotty. Poi entrerò nella storia. E intanto vaffanculo.»

Fece per allontanarsi. Scott gli piantò l'indice nella spalla per fermarlo.

«Quanto mi piacerebbe rovinarti la carriera per insubordinazione.»

I due uomini si guardarono. C'erano fra loro trent'anni di attriti, e si vedeva.

«Io non ho sentito niente» disse Ross.

Scott si girò verso di lui. «Tu bada a dove metti i piedi, Ross. Ne hai ancora, di polenta, da mangiare prima di appendere il distintivo a un chiodo. E fino a quel momento il tuo culo è mio.»

«Vai a farti fottere, eh?» disse Mancuso, e ridendo gli mostrò il dito media di una manona. «Vieni» disse a Ross, e insieme si avviarono lungo il corridoio verso gli spogliatoi.

«Potete saltare la doccia» gli gridò dietro Scott. «Quello del quinto piano vuole vedervi, tutt'e due.»

Mancuso sbuffò. «Come no. E ci manderà in vacanza ad Acapulco.» Diede una gomitata a Ross, che rispose con un'altra gomitata, e scoppiarono entrambi in una fragorosa risata.

«È per l'assassinio di Martinez» continuò Scott.

Questo li fermò di colpo in mezzo al corridoio.

Si voltarono indietro.

«In culo a te, macaroni» disse Scott. E si batté il palmo della mano destra sul bicipite del braccio sinistro.

Ore 10.10. «Sembrate due pagliacci» disse Henry O'Brien. Ross con la sua borsa blu, Mancuso con l'asciugamano, se ne stavano in mezzo all'ufficio del direttore dell'FBI, lungo e foderato di quercia, sudando e sentendosi ridicoli. Un ometto dai capelli grigi era seduto nell'angolo più lontano.

«Sì... Sissignore» dissero.

«Mancuso, ti nomino agente responsabile dell'inchiesta Martinez. Ross sarà il tuo appoggio» continuò O'Brien.

Ci fu un lungo silenzio. Mancuso stropicciò i piedi per terra. «Sì» rispose. «Be', fra tre mesi io sarò fuori di qui, capo.» Chiamava O'Brien "capo" per non sbagliarsi e chiamarlo "Strizza," il nomignolo che i ragazzi gli avevano appioppato quando, nel 1957, O'Brien era entrato nel Bureau.

«Capisco» fece O'Brien. «Quando te ne andrai, lo passeremo a un altro, se il caso sarà ancora aperto.»

Questo fece alzare la testa a Mancuso. «Se...?»

Ma O'Brien lo ignorò. «Dovrai mantenere il più stretto riserbo sugli elementi di questo caso e in particolare sul nome dell'attentatore per...» s'inumidì le labbra «... per ragioni di sicurezza nazionale.»

Mancuso si puntò il pollice sopra la spalla. «Allora come faremo a...»

«Farete del vostro meglio» disse O'Brien. «Tutto qui.»

Mancuso e Ross attesero, in silenzio.

«Tutto qui, ho detto.»

«Sissignore.» Uscirono, chiudendosi la porta alle spalle.

Mentre seguiva Mancuso lungo il corridoio Ross stentava a frenare l'eccitazione. Quando rimasero soli, lo prese per un braccio.

«Gesù! L'affare Martinez.»

«È una trappola.»

«Eh?»

Con un gesto Mancuso gli ingiunse di tacere e proseguì.

Ore 10.10. Ansioso e rubicondo, Christopher Van Allen entrò rinculando nella stanza di Terry all'ospedale. Quando si voltò, Sally vide che aveva le braccia piene di giornali.

Si era fatta prestare un blocco giallo da uno dei sorveglianti per segnarvi i telegrammi e i fiori e i cesti di frutta che avevano cominciato ad arrivare prima delle nove. Un'ora dopo la stanza era piena di rose, crisantemi, ananassi e cioccolatini. Terry era seduto sul letto, a bere del succo d'arancia con una cannuccia, ancora debole ma già in via di guarigione.

Chris era al settimo cielo. «Tre – contali – tre "speciali" televisivi. Tutti i giornali.» Si mise a sfogliarli, uno per uno, lasciando cadere le pagine sul letto. «New York. Chicago. Los Angeles. Detroit. Ti ho detto che Barbara Walters ha chiamato per un'intervista?» Scaricò ai piedi di Fallon tutto il mucchio. Poi si tolse il fazzoletto dal taschino della giacca e si asciugò il viso grassoccio, sudato, ma sorridente. «Gesù, Terry, il tuo nome è sulla bocca di tutti!»

Esausta, Sally raccolse la *Free Press* di Detroit e ne scorse distrattamente il titolo e le foto di Fallon e Martinez. Terry aveva lo sguardo fisso nel vuoto.

Chris aveva l'aria di chi sta per scoppiare da un momento all'altro. «Gesù, cerca almeno di sorridere!»

Terry mormorò: «E dovrei dimenticare che Octavio Martinez è appena morto?».

Chris rimase dov'era, imbarazzato e confuso.

Il telefono squillò.

Rispose Sally. «Sì?» E un po' della tensione le sparì dal viso. Coprendo il microfono disse: «È il presidente». Porse il telefono a Terry e si alzò in piedi, scostandosi dal letto.

Terry si raschiò la gola. Poi accostò l'orecchio al ricevitore. «Sì, signor presidente.» S'interruppe e rimase in ascolto. «Molto meglio adesso, grazie. Sì. Sì, signore, lo farò.»

Porse il telefono a Sally e tornò ad appoggiarsi al cuscino, guardando il soffitto. Sally e Chris rimasero il silenzio.

Ma quando non poté più resistere, Chris gemette: «Dài, Terry, raccontaci qualcosa».

Terry non li guardò. La sua voce era meccanica. «Dice che deve parlarmi appena sarò di nuovo in piedi.»

Chris mantenne il più a lungo possibile il controllo dei propri nervi. Poi batté le mani, una volta sola, con forza. «Hip, hip, hip, urrà!» gridò, infischiandosi di chi potesse udirlo in quel momento.

Ore 11.55. Il dottor Paul Summers indossava un impeccabile camice bianco e un paio di occhiali con le lenti montate a giorno, tonde e spesse. Somigliava a un professore di zoologia con cui Ross aveva studiato a Yale. Ross aveva sempre l'impressione di essere tornato a scuola, quando si trovava nel teatro anatomico del laboratorio di medicina legale dell'FBI: prendendo appunti, adesso, mentre Joe Mancuso sedeva accanto a lui, con i piedi sulla seggiola di fronte, stuzzicandosi distrattamente un orecchio.

«Sotto tutti gli aspetti, un colpo elegantissimo» disse il dottor Summers.

«In che senso?» chiese Mancuso.

Summers prese una microfotografia di un bossolo. Come bacchetta usava la matita. «Dai segni sui bossoli, sappiamo che il fucile era uno Heckler & Koch HK-91. Queste striature orizzontali...»

«Sì, certo» disse Mancuso. «Che tipo di arma è?»

Summers tacque, guardando Mancuso sopra l'orlo superiore degli occhiali. Poi depose tranquillamente la fotografia e prese il fucile dal tavolo davanti a lui. Chiuse l'otturatore, che mandò un secco schianto metallico.

«Automatico» rispose. «Caricatori standard da sette colpi o verticali da venti. Spara dieci colpi al secondo.»

«Chi l'ha in dotazione?»

«Nessuno. È roba da specialisti.»

«Ah sì?»

«Cecchini della NATO.»

Ross alzò lo sguardo dai suoi appunti.

Summers depose il fucile e prese un'altra fotografia, questa volta di una pallottola. «Spara una pallottola ad alta velocità F.62. Un tiratore esperto può tenere premuto il grilletto e mettere a segno tutta la raffica.»

«Che pallottole usa?» chiese Mancuso.

«Tutte quelle che vuoi. A punta tenera, cave, col naso schiacciato, di teflon, corazzate. Dipende da com'è protetto il bersaglio... e da come si vuole che muoia.»

«Martinez com'è morto?» domandò Ross.

«Un primo colpo quasi a segno è bastato a liquidarlo. Il resto della raffica aveva uno scopo, come dire...» alzò le spalle «precauzionale.»

Summers girò la fotografia della pallottola. Sotto c'era la foto di un'altra pallottola, una che aveva colpito il bersaglio. La punta era deforme come la cappella di un fungo, il metallo schiacciato fino a formare una specie di ombrellino con una dozzina di raggi taglienti come rasoi.

«Questa carica è una Tauride. La fabbrica la Arms Ariadne di Deauville. All'urto, schiacciandosi, quadruplica il suo diametro. Produce una piccola ferita d'ingresso, poi fa a pezzi le budella. Se colpisce un osso, si frammenta. E l'osso fa altrettanto. Fallon non sa quant'è stato fortunato.» Summers depose la fotografia. «Ecco i bossoli.» Gettò a Ross il sacchetto di plastica con i corpi di reato. «Li hanno trovati sul tetto del Russell Building.»

Ross accostò il sacchetto di plastica alla luce. I bossoli vuoti tintinnarono. Aprì la cerniera e se li rovesciò sul palmo. Per essere così micidiali, erano leggeri come l'aria. Erano anche molto graffiati.

«Erano stati già usati?»

«I professionisti si caricano personalmente i loro. Tutti i bossoli sono di seconda mano.»

Sei cartucce erano dello stesso ottone. La settima era nera.

«Questi non sono uguali» notò Ross.

«Stesso calibro, bossoli diversi» disse Summers. «Capita spesso quando si fanno questi lavoretti casalinghi.»

«Che altro, che altro?» chiese Mancuso, impaziente.

Il dottore raccolse il suo blocco, sedette sull'orlo del tavolo e cominciò a sfogliarlo. «Ho fatto l'autopsia di Martinez. Vuoi che te ne parli?»

«All'inferno» disse Mancuso. «Uno gli ha sparato e lui è morto.»

«Sarebbe morto comunque.»

«Che vuol dire?» scattò Ross.

«Il colonnello Martinez aveva l'AIDS.»

Ross smise di scrivere.

Al suo fianco, Mancuso esclamò: «Allora era un finocchio. Tanti centroamericani sono dei finocchi».

Summers scosse il capo e sospirò. Sfogliò il blocco fino a un'altra pagina. «Quell'uomo era sposato. Aveva tre... no, quattro figli.»

«Allora era ambidestro.»

«Era un cattolico praticante. Faceva la comunione tutti i giorni.»

Mancuso si alzò dalla sedia, si stirò. «Senta, dottore. Il mondo è pieno di vecchi chierichetti che giocano a nascondino col pisello e lo mettono dove non dovrebbero.»

Summers depose il blocco per appunti sul tavolo. «Sai, Mancuso? Sei una vera cloaca.»

Quello alzò le spalle e si raddrizzò la cravatta.

«Dove vorrebbe arrivare, dottore?» disse Ross.

«Due giorni fa questo colonnello va al Walter Reed per un controllo. Tutto, gli hanno fatto: stomaco, intestino, cuore, sangue, eccetera. Ieri uno sconosciuto lo spedisce nell'aldilà.»

«E allora?»

Summers si tolse gli occhiali. «Lunedì il responso degli esami mostra che non era sieropositivo. Martedì lo era. C'è una sola spiegazione.»

«Sì?»

«Qualcuno al Walter Reed gli ha inoculato del sangue infetto.»

Ci fu un lungo silenzio.

«Carino» disse Mancuso.

Ore 12.10. Terry si sentiva meglio: le mani avevano smesso di tremare e la vista gli si era schiarita. Stava seduto sul letto, con gli occhiali da lettura sulla punta del naso e un mucchio di telegrammi in grembo. Sally sedeva accanto a lui, col taccuino giallo appoggiato alla sponda. Si sforzava di decifrare i propri appunti stenografici, ma aveva cominciato a perder colpi.

«Scusa» chiese. «Quel senatore... era Fulton o Fulham?»

Terry si tolse gli occhiali.

«Sei stanca» disse, gentilmente.

Quel mattino c'era stata una valanga di telefonate: finché Sally aveva chiesto al centralino di prender nota e non passarle più. Una processione di infermiere aveva portato mazzi di fiori, cioccolatini e cesti di frutta: finché lei aveva pregato la caposala di raccogliere i biglietti ma di distribuire i doni agli altri pazienti. E Chris Van Allen non faceva che entrare e uscire dalla stanza, con telegrammi di senatori, capi di governi esteri, governatori, elettori e amici: finché a Sally non aveva cominciato a girare la testa.

«Non sono stanca» disse. «Davvero.»

Terry sorrise e coprì la mano della donna con la sua, obbligandola a deporre la matita. Sorrise. «Che ne diresti di fare un salto giù a comprarci due cassate?»

Anche Sally sorrise. «Volentieri. Ma ci sono delle guardie alla porta.»

Terry si abbandonò sui cuscini. «Sai qual è la cosa al mondo che desidero di più?»

«Cosa?»

Terry la guardò. Vide negli occhi di Sally tanto affetto, tanta devozione, da sapere con certezza che gli avrebbe dato tutto, se darglielo fosse stato in suo potere.

Si grattò il mento. «Vorrei farmi la barba.»

Lei sorrise e gli passò la punta delle dita sulle guance ispide. «Stai benissimo.» Si staccarono di colpo sentendo bussare alla porta.

«Gesù Cristo» esordì Chris Van Allen, e aveva gli occhi fuori dalla testa. «Indovinate chi c'è nel corridoio! O'Donnell, il presidente della camera.»

Spalancò la porta e Charlie O'Donnell entrò come un ciclone. Era un uomo grigio, massiccio, altezzoso, grande dappertutto: gran sorriso, grandi piedi, grande faccia tremolante, ma due occhi piccoli e grigi come l'acciaio.

«Terry, Terry, ragazzo mio, come stai?»

«Faccio progressi, signore» disse Terry. «Scusi se non mi alzo. Sally, dai una sedia al presidente.» Cercò di raddrizzarsi, appoggiandosi al cuscino, ma lo sforzo gli fece affondare nel braccio l'ago della flebo e lui trasalì.

«Soffri molto?»

«No, no» rispose Terry, con un gesto di noncuranza. «Ma mi hanno così riempito di aghi e di tubi che non posso grattarmi senza che si stacchi qualcosa.»

Sally offrì a O'Donnell la sua sedia. «Grazie, cara.» E vi si calò pesantemente. «Che terribile tragedia. Terribile davvero.» Poi, di colpo, disse: «Possiamo parlare in privato?».

Il suo tono non ammetteva repliche.

«Sally?» disse Terry sottovoce.

«Naturalmente.» Rispose lei e uscì dalla porta.

Chris Van Allen aspettava nel corridoio.

«Cristo» esclamò. «O'Donnell in persona.» Poi guardò Sally. «Sei uno straccio. Vieni, ti offro un caffè.» La prese a braccetto.

C'erano due cose, a Washington, alle quali Chris Van Allen amava restare vicino: la politica e Sally Crain. Il giorno in cui si era laureato all'università di Dartmouth aveva preso un treno per New York, cambiato alla stazione della metropolitana, e nel pomeriggio si era presentato all'ufficio di Caleb Weatherby, un anziano senatore del Texas.

Weatherby era lieto di accogliere Chris Van Allen tra i suoi collaboratori. L'assunzione di Chris cementava una relazione con Van Allen, Burns and Company, la banca d'affari al 30 di Wall Street. In realtà, Weatherby aveva detto al suo socio che "non avrebbe toccato quella checca nemmeno con un dito, se non fosse stato l'unico sistema per mettere le mani su 160 milioni di dollari". Quasi tutti gli altri collaboratori di Weatherby la pensavano allo stesso modo. Erano texani arricchiti da poco che portavano stivaletti da cowboy con la firma di Gucci per dimostrare che ce l'avevano fatta. Chris era un autentico aristocratico della costa orientale col nome giusto, con la famiglia giusta, con le amicizie giuste e con l'inclinazione sessuale sbagliata. Forse l'unica persona in quell'ufficio che lo prendesse sul serio era Sally Crain.

Sally capiva che Chris Van Allen era il biglietto da visita per l'ingresso in società dell'ufficio di Weatherby: ed era questo che contava, sotto Reagan. La ricchezza di Chris era antica, e le radici della sua famiglia sprofondavano nel passato. La sua genealogia e i suoi tentacoli raggiungevano l'Olimpo politico e mondano delle città dell'Est e del vecchio Sud, da Grosse Point e Shaker Heights fino, a occidente, San Marino e Bel Air. Un sacco di gente che non avrebbe mai risposto alle telefonate di Bunker Hunt doveva precipitarsi all'apparecchio per un Van Allen. Era il biglietto da visita di cui Caleb Weatherby aveva bisogno – di cui chiunque avrebbe avuto bisogno – se davvero voleva diventare vicepresidente.

Passavano molto tempo insieme, Chris e Sally. Lei conosceva il suo segreto e lui sapeva che lei sapeva e gli andava bene così. Quante sere passarono davanti al caminetto nell'appartamento di Sally a Georgetown, mangiando la roba comprata in un ristorante cinese, bevendo Beaujolais e sognando a occhi aperti. C'era, in Sally, una profonda vena di bontà, e Chris si sentiva più vicino a lei di quanto si fosse mai sentito vicino a un'altra donna, più vicino di quanto avesse mai osato sperare. Ma il castello di carte crollò quando Caleb Weatherby fu messo in stato d'accusa.

Weatherby – uno speculatore petrolifero che non era mai riuscito a togliersi tutto il nero che aveva sotto le unghie – valeva 40 milioni di dollari. Ma quando un falso cercatore di petrolio gliene offrì 150.000, pronta cassa, in cambio di azioni, Weatherby cercò di convincere l'EPA a concedere licenze per la trivellazione nel lotto WT11915. Era inquadrato da una telecamera, allorché concordò il piano, e un'altra telecamera seguì tutte le sue mosse quando prese la borsa piena di contante. Pochi minuti più tardi il cercatore di petrolio e il suo compagno dichiararono la loro vera identità: erano due agenti dell'FBI. Ancora qualche minuto, e Weatherby era in manette. La sua carriera finì sepolta nel lotto WT11915.

L'anno dopo una foto di Weatherby con il braccio levato al cielo e due dita aperte a formare la lettera "V" – "V" come vittoria – apparve a pagina quattordici del *New York Times*, con una didascalia che diceva: «L'ex-senatore Caleb Weatherby entra nel carcere federale di minima sicurezza di Lewisburg per scontare una condanna a sette anni per corruzione e truffa». Ma allora il governatore del Texas aveva già nominato, al suo posto, Terry Fallon, perché restasse in carica fino al termine del mandato.

Fallon spazzò l'ufficio di Weatherby come un tornado. Favori e bustarelle cessarono di colpo. Il primo mese, undici dei ventitré impiegati furono messi alla porta. Alcuni furono sostituiti da stagionati professionisti, altri da orari più lunghi e duro lavoro. La gente in gamba si dimostrò all'altezza, e Chris Van Allen era uno di questi.

Terry Fallon sembrava indifferente al fatto che Chris fosse un gay. Dimostrò, caso mai, una sorta di paterno interesse per quel giovanotto, che venne incaricato di tenere i contatti politici con i funzionari del partito. Questo aprì a Chris le porte del vero mondo politico di Washington. Gli aprì anche quelle di un mondo di nuove occasioni sessuali, che Chris seppe sfruttare nel modo migliore. Molto di quello che apprendeva, lo apprendeva chiacchierando tra due guanciali. E i segreti e le indiscrezioni di cui Chris veniva a conoscenza resero l'ufficio di Fallon il più informato che ci fosse sul Colle del Campidoglio.

C'era un solo inconveniente: Chris doveva dividere la sua amica Sally col senatore. Sia Sally sia Terry venivano da Houston, e strada facendo si erano superficialmente conosciuti. Cominciarono a passare molto tempo insieme, lavorando, parlando, facendo progetti. La moglie di Fallon si trovava in un istituto per malattie mentali di Cleveland. Sally era una controfigura ideale per i banchetti e le serate di gala: bella, eloquente, notissima e stimata in tutta la città dopo gli anni che vi aveva passato prima come giornalista al *Post* poi come addetto stampa del senatore Weatherby. Non mancarono i pettegolezzi; si diceva che un volta al mese Fallon andasse a Cleveland a trovare la moglie impazzita. La Washington mondana, caso mai, avrebbe voluto che Fallon divorziasse per sposare Sally. Ma si sapeva che lui era contrario. Era un uomo fatto così.

All'inizio Chris non approvava. Era in ansia per Sally. Terry Fallon era simpatico e mellifluo. Sally era una sgobbona, una carrierista con poco tempo libero. Se un tipo carismatico come Terry avesse mostrato un po' d'interesse per lei, era certo che le avrebbe fatto girare la testa. Ma Terry si teneva a rispettosa distanza. E più Chris li vedeva insieme, più capiva che Sally poteva essere amica di ambedue. Questo era un bene. Finché fosse durato, Chris avrebbe fatto tutto quello che poteva per aiutare Terry nella sua carriera. Ma se un giorno avesse pensato che Terry gliela stava portando via... Se l'avesse mai pensato, avrebbe potuto ingelosirsi. E se Chris Van Allen si fosse ingelosito, chissà cos'avrebbe potuto combinare.

Ora spinse Sally nella coda del self-service dell'ospedale. Lei posò le mani sul vassoio e la fatica le incurvò le spalle.

«Sei stanca morta» disse lui.

«Sto benone.»

«Prendi una stanza al Mayflower e fatti un pisolino.»

Lei sbadigliò e si portò il dorso del polso alla bocca. «Quando le acque si saranno calmate.» Chris riempì due tazze di caffè nero. «Sally, le acque non si calmeranno per altri cinque anni.»

«Credi che l'otterrà?»

«Potrebbe darsi.» Chris mise le tazze sul vassoio, diede un dollaro alla cassiera, portò il vassoio verso un tavolo deserto. Sedettero. Sally stringeva la tazza fra le mani, guardandola come se non avesse la forza di sollevarla.

«Il presidente è in difficoltà nei centri urbani» disse Chris. «Nel campo dell'assistenza ha un curriculum pietoso. Secondo la stampa e la tivù, è un vecchio verme pauroso ed esitante. E può darsi che abbiano ragione. Terry è giovane. Esperto. Ha una struttura organizzativa. Per le donne e i non-bianchi è un Rambo in doppiopetto. Baker dovrebbe baciarsi i gomiti, se accetta.»

Sally aveva posato le braccia sul piano di formica del tavolo, reggendosi il mento col palmo di una mano. Ascoltava con pazienza, ma gli occhi le si stavano chiudendo.

«Il che significa, a conti fatti, che ci aspettano quattro anni straordinari.» Chris tacque e la guardò. «Per la miseria, Sally. Ti sto dicendo che Terry diventerà vicepresidente, e tu dormi?»

Ore 12.20. In un modo calcolato, obliquo, ma inequivocabile, Charlie O'Donnell, il presidente della camera, aveva appena finito di dire la stessa cosa.

«La situazione è questa, Terry» disse. «Ecco quello che pensa la direzione del partito. Il presidente non ha preso nessuna decisione. Ma il partito deve sapere se tu accetteresti.»

Terry si lasciò sprofondare nel guanciale mentre rifletteva sulla proposta di O'Donnell. «Tu cosa ne pensi, Charlie?»

«Io credo che un uomo chiamato dal suo paese debba servire il suo paese. Non, però, se sa che la sua vita è in pericolo.»

«La situazione ti sembra così brutta?»

Il vecchio giunse le mani. «Tutti noi, che facciamo politica, siamo un bersaglio. Ma tu hai già corso un grave rischio. Nessuno ti criticherebbe se tu non volessi continuare.»

Terry sapeva che O'Donnell lo stava osservando attentamente. Alla fine rispose: «Devo obbedire alla mia coscienza, Charlie. Di' alla direzione che ci penserò su».

A O'Donnell splendevano gli occhi dall'ammirazione. «Dio ti benedica, figliolo» mormorò, e si alzò pesantemente dalla sedia. «Terry, ancora una cosa.» Si chinò sopra il letto. «Dobbiamo sapere... C'è qualcosa, qualche retroscena di cui dovremmo parlare? Qualcosa che potrebbe saltar fuori?» Terry lo guardò fisso. «Be'» disse. «Sai che non perdo mai *Dallas.*» Il vecchio rise e Fallon con lui. Poi il suo tono cambiò. «Harriet» fece Terry. «Conosci la situazione di mia moglie.» «Sì, poverina, lo sappiamo. Terry, tu sai che faremo i nostri controlli. Non c'è altro?» «Non c'è altro, assolutamente.» O'Donnell gli tese la mano. Terry la guardò. Poi si girò appena nel letto e la strinse nella sua. Era come se fosse stata presa una decisione importantissima.

Il presidente della camera strinse una volta, con fermezza, la mano di Terry, poi cominciò ad aprire le dita. Ma l'altro non aprì le sue.

«E il vicepresidente Eastman?»

«Sì» disse O'Donnell. «Dunque.» E chinò il capo. «Dan Eastman ha servito il suo partito per quindici anni. Se sarà necessario, ora servirà il suo partito tirandosi in disparte.»

Terry strinse con forza la mano del vecchio. «Ma come reagirà? Come la prenderà?» La preoccupazione che gli si leggeva sul viso era sincera.

«Malissimo» disse O'Donnell.

Ore 14.40. Dan Eastman sapeva che qualcosa bolliva in pentola, e non aveva la minima intenzione di mangiare il piatto che gli avevano preparato. Erano passate cinque ore da quando aveva chiamato il presidente, e nessuno aveva ancora risposto alla sua telefonata. Si alzò in piedi, puntando i pugni sullo scrittoio, mentre Ted Wyckoff, il suo analista politico, gli illustrava i lunghi fogli dei tabulati.

«La buona notizia è che il tuo punteggio non è cambiato.» Wyckoff gli indicava i numeri via via che li spuntava. «Quasi tutti sanno che Dan Eastman è il vicepresidente degli Stati Uniti.» Scese con la matita lungo una fila di numeri fermandosi al primo capoverso in neretto. «E quasi tutti ti classificano da buono a eccellente. Ecco il problema.»

Wyckoff passò alla pagina seguente e i numeri balzarono dal foglio e colpirono Dan Eastman in pieno viso.

«Accoppiata Baker-Eastman, la dà perdente il 47 per cento» continuò l'analista. «Accoppiata Baker-Fallon, la dà vincente il 53 per cento.»

«So leggere» disse Eastman con aria cupa. Studiò il foglio ancora per un attimo. «Maledizione!» Con un gesto che tradiva la sua rabbia sgomberò la scrivania. Poi si lasciò cadere in poltrona. Wyckoff si chinò a raccogliere i documenti sparsi sul pavimento. Eastman fece ruotare la poltrona e alzò lo sguardo al ritratto ufficiale del presidente Baker appeso al muro. Gli era simpatico, Baker, ma non si fidava. Non si fidava di lui perché era il figlio di un riccone, un gentiluomo della Virginia, un laureato a Harvard, un avvocato di Wall Street e per giunta un seguace della chiesa unitaria. Sam Baker era tutto ciò che Eastman, crescendo, aveva invidiato e disprezzato. La loro coalizione politica era sempre stata scomoda. Meno di un anno dopo il loro successo elettorale, avevano già bisticciato.

Allora Dan Eastman era diventato una delle lingue più schiette e taglienti di Washington. Chiamò "pagliaccio" l'ex-presidente Carter e disse in faccia a Henry Kissinger che "senza l'aiuto di nessuno aveva perso la guerra nel Vietnam". Quando i tassi d'interesse erano aumentati, rilasciò al *Washington Post* un'intervista nella quale sosteneva che "la Federal Reserve ruffianeggia per le grandi banche, e il compratore interno americano paga il conto."

Per qualche tempo si ebbe l'impressione che il telefono del presidente Baker stesse per cedere sotto la valanga di proteste contro Eastman. Lamentele di uomini politici, di capi del congresso, di membri del consiglio dei ministri, del Pentagono e della diplomazia. Alla fine Sam Baker gli rivolse aspri rimproveri.

«Ci stai rendendo la vita difficile» disse il presidente.

«Io dico le cose come stanno.»

«Tu ci costi l'appoggio del Congresso. Se continueranno a pigliarsela con noi, non potremo far passare le leggi di cui il paese ha bisogno.»

«Non mi piacciono gli imbroglioni» ribatté Eastman. «Non mi piacciono i ladri. Non mi piacciono i bugiardi.»

«Ci sono le fiches da un centesimo e quelle da mille dollari» cercò di farlo ragionare il presidente. «Lasciamo che si tengano le prime.»

«No, Sam. Sei tu che gliele rifili, le prime. Io conosco la differenza fra il torto e la ragione.»

Sam Baker lo guardò per un lungo momento. «Vorrei credere che fosse così semplice.»

«Una volta lo credevi» disse Eastman.

Ora capì che la sorte aveva messo un asso nella manica di Baker: Terry Fallon. Ed era certo che gli uomini spietati nella cerchia del presidente lo avrebbero costretto a giocarlo.

Ted Wyckoff aveva raccolto i tabulati, mettendoli sulla scrivania di Eastman. «Credi che il presidente ti sostituirebbe con un altro?» chiese.

Eastman roteò sulla poltrona. «Ha mandato O'Donnell a visitare Fallon. Di cosa credi che abbiano parlato? Del tempo?»

Poi si alzò e a lunghi passi furenti raggiunse l'altro capo della stanza. «Bisogna bloccare. Fallon» disse. «Voglio che Niles riesamini tutte le posizioni che ha preso in parlamento. Di' a Davis di controllare attentamente tutte le questioni sulle quali...»

«Lascia perdere» lo ammonì l'altro.

Eastman alzò lo sguardo.

«Non c'è tempo. La convenzione è tra una settimana. Non possiamo attaccarlo sulle posizioni politiche che ha preso.»

«Che stai dicendo?»

«Non puoi competere con lui» rispose Wyckoff. Mise la mano sulla pila dei tabulati. «È nei sondaggi.»

«Ma tu hai detto che io e Baker non possiamo vincere.»

«È vero.»

Rimasero un momento così, guardandosi fissamente.

Poi l'analista riprese tranquillamente: «Devi solo dimostrare che anche Baker e Fallon non possono vincere».

«E come faccio, eh, intelligentone?».

«Abbiamo qualcosa su di lui. Qualcosa di losco. Qualcosa che possiamo passare ai giornali. È il bilancio delle sue scopate, non quelle delle sue posizioni politiche, che dobbiamo tirar fuori.»

Eastman girò intorno alla scrivania e andò a mettersi così vicino a Wyckoff che i due uomini quasi si toccavano. Poi piantò un dito in faccia all'ometto, e la sua voce diventò un roco sussurro. «Stammi a sentire, piccolo bastardo. Noi non giochiamo ai loro sporchi giochi.»

Wyckoff sorrise. «Nossignore» disse.

Ore 18.30. L'ombra del Lincoln Memorial si allungava nella prima sera estiva, strisciando sui gradini verso la Reflecting Pool. Mancuso passeggiava sul ciglio dell'acqua stagnante. Era un vecchio poliziotto con la cravatta macchiata, calzini di poliestere cascanti e un completo marrone da quattro soldi comprato ai grandi magazzini. Il suo viso era coriaceo e rugoso, e aveva bisogno di una bella rasatura. Ross, al suo fianco, sembrava il giovane ed elegante avvocato che era realmente.

«Be', che ne pensi?» domandò finalmente Ross, come se non riuscisse più a trattenersi.

«Penso che è uno schifo.» Ma Ross era al settimo cielo. «Ragazzi, che caso. Qualcuno contagia quel tipo con l'AIDS. Poi Petersen gli spara. Una vittima, due delitti. Questo è il massimo.»

«Già» disse Mancuso. «E ci sono dentro i pezzi grossi.»

«Eh?»

«Quel tale nell'ufficio di O'Brien. Bender. È della Casa Bianca. Questo è uno show pagato dagli sponsor, figliolo.»

«Be', io sono pronto» disse Ross, e si fregò le mani. «Da che parte andiamo?»

Mancuso si avvicinò all'orlo della Reflecting Pool e contemplò la propria immagine riflessa sull'acqua. «Forse da tutt'e due. Forse da nessuna.»

Il collega gli rivolse un'occhiata sorpresa. «Come sarebbe a dire, da nessuna?»

«Lavoro a tavolino. Fare la commedia. Non sollevare onde. Ecco tutto quello che vogliono.»

Ross non credeva alle proprie orecchie. «Dài, Joe...»

«Un mezzo pensionato e un pivello su un caso come questo? Usa il cervello. Se volessero risolverlo, gli avrebbero assegnato un intero dipartimento.»

«Non importa. Io voglio cercare di risolverlo.»

«Certo. Certo.» Mancuso girò l'angolo dello stagno e si mise a camminare lungo la parte orientale del suo perimetro. «Il guaio è che, là fuori, ci sono due film dell'orrore. E io ho la spiacevole impressione che almeno uno dei due sappia del nostro arrivo.»

Guardò a oriente lungo la Reflecting Pool. Il monumento di Washington spiccava dorato contro il cielo nell'ultima luce estiva. Per tutto il tempo che aveva passato a Washington, per tutto il tempo che era andato a passeggio lungo il Mall quando sentiva il bisogno di riflettere, quell'immagine gli aveva dato un tuffo al cuore. Quella sera non fece eccezione.

Mancuso si tirò su il bavero per proteggersi dalla brezza che aumentava. Presto avrebbe fatto buio, e sarebbe piovuto. Sapeva che non avrebbero mai trovato il colpevole di quell'omicidio. Sapeva che, se ci avessero provato sul serio, sarebbero stati fortunati a uscirne vivi.

Alzò lo sguardo al perfetto obelisco del monumento a Washington. Disse: «Se il governo funzionasse come sembra, questo sarebbe un gran bel posto dove stare». Poi stropicciò i piedi per terra e riprese a camminare.

Ore 18.40. A Baltimora era già cominciato a piovere. La fuliggine che cadeva dal cielo macchiava l'esterno della finestra già sporca del motel e il freddo appannava l'interno del vetro. Era una pioggia diversa, quella che cadeva sull'America del Nord, diversa dalla pioggia tropicale. Una pioggia dura, crudele, una pioggia fredda, acre, sferzante, che ottundeva i sensi e gelava il sangue.

Rolf Petersen giaceva nudo sulle lenzuola umide e aggrovigliate. Era biondo, aveva quarantadue anni, e i muscoli ogni tanto gli gonfiavano la pelle chiara. A pochi centimetri da lui giaceva una pistola Smith & Wesson calibro 44 senza la sicura. Petersen stava pensando alla pioggia nella giungla a nord di Managua, ricordando il delicato tatuaggio del soffitto, e come il caldo vapore portava l'odore della terra su attraverso le nude assi del pavimento. Ricordava come l'odore della terra e dell'umidità si mescolasse a quello della donna con cui faceva l'amore, come lei si torcesse e si piegasse nella notte, e inarcasse la schiena sollevandolo dalla branda. E, pensandoci, scoprì di avere un'erezione.

Dopo che avevano combattuto e ucciso, scopavano. Selvaggiamente. Era come se l'orgasmo confermasse la loro sopravvivenza. Camminavano sulle facce insanguinate dei loro nemici caduti, poi si rotolavano per terra, fremendo e ansimando finché non venivano. Poi si spalmavano il suo seme sul corpo, come per riconsacrarsi alla vita.

Ora Petersen giaceva nella stanza di un motel a sud di Baltimora, ricordando la giungla a duemila miglia di distanza. Solo una persona al mondo sapeva dove trovarlo. Toccò la fredda impugnatura del revolver. Dio aiutasse chiunque altro ci avesse provato.

GIOVEDÌ 11 AGOSTO 1988

Il terzo giorno

Ore 5.25. Verso mezzanotte Sally si era avvolta in una coperta e acciambellata nella poltrona accanto al letto dove Terry dormiva. Per molto tempo dopo la cena nel self-service, per molto tempo dopo che Chris Van Allen l'aveva lasciata per tornare a casa, Sally era rimasta là seduta a guardare Terry, ascoltando il sommesso mormorìo della pioggia contro le finestre, e il bip ripetitivo e tranquillizzante del monitor cardiaco. Pensò al proprio letto comodo, pensò di andare a casa e di strisciarci dentro. Ma sapeva che Terry avrebbe potuto svegliarsi durante la notte e voleva essere lì per lui se lo avesse fatto. Alle due un'infermiera la scosse, le mostrò una stanza vuota di là dal corridoio, le portò una camicia da notte e una vestaglia, e le tirò giù le coperte.

Sally fece smistare le telefonate in quella stanza, si svestì e scivolò tra le lenzuola fresche, lasciando che il suo corpo sprofondasse nel grosso ed elastico materasso. Le dolevano le spalle e aveva le mani irrigidite dal crampo dello scrittore. Si distese e chiuse gli occhi, stanca fino al midollo delle ossa. Ma non dormì.

Continuava a pensare a Charlie O'Donnell e all'espressione che aveva sul viso quando era entrato nella camera di Terry. C'era una tale ansia nei suoi occhi, un'avvisaglia così manifesta del futuro. Si era sempre sentita a disagio davanti a O'Donnell. C'erano, tra i membri del congresso, uomini più intelligenti, e anche più astuti. Ma O'Donnell era il "maestro del gioco". Nessuno a Washington aveva più influenza di lui: né il presidente, né il capo di stato maggiore delle tre armi. Nessuno era meglio informato: né il direttore dell'FBI, né Ben Bradlee del *Post*. Nessuno aveva più prestigio: nemmeno il capo della corte suprema. E nessuno poteva essere più pericoloso.

Charlie O'Donnell poteva fare e disfare una carriera. Dopo trent'anni sul Colle, la sua rete d'informatori e il suo stock di favori dovuti gli conferivano un potere e un'autorità che rasentavano l'onnipotenza. Poteva promuovere una legge o insabbiarla.

Poteva spingere chiunque sulla via del successo o seppellirlo. Forse non aveva la possibilità di far approvare tutte le leggi che voleva, ma poteva racimolare abbastanza voti per sconfiggere qualunque progetto, anche quello – così dicevano – della Dichiarazione dei diritti del cittadino del 1689.

E adesso era venuto nella stanza d'ospedale di Terry Fallon, portando un messaggio del presidente...

Silenziosamente, al riparo delle tenebre sempre più fitte, Sally giaceva immobile nel suo letto, pensando a O'Donnell e ai giorni futuri. Stava per entrare, lo sapeva, nel regno del potere assoluto. Stava per varcarne la soglia. Lentamente gli occhi le si chiusero, e sotto le palpebre un'altra iride si aprì: prima in raggi d'oro sfolgorante, poi in una vertiginosa spirale di calor bianco che montava e saliva finché Sally affondava lo sguardo in un lampo di luce accecante, nella fusione del potere, nella stessa fornace di energia che anima le stelle. Le bruciacchiò la pelle e le fece battere il cuore da scoppiare, le ruggì tra i capelli e la costrinse a trattenere il respiro. Era tutto terrore e tutta gloria e tutta vita. Era tutto ciò che aveva sempre temuto. Era tutto ciò che aveva sempre voluto.

Era il telefono che squillava.

«Sì, Chris?»

«Questo ti piacerà» disse lui.

Sally e Chris si parlavano ogni mattina alle cinque e mezzo. Era sempre lui che la chiamava. Così Sally non avrebbe saputo dove dormiva, se non voleva dirglielo. Quel mattino aveva proprio una gran voglia di dirglielo.

«Ted Wyckoff» continuò Chris. «Ci credi?»

Sally si tirò su appoggiandosi a un gomito. «Quello che lavora per Eastman?»

«Brava.»

«Hai ragione. Non ci credo.»

Chris sedeva al bianco tavolo in ferro battuto sul piccolo patio frondoso dietro la sua villetta di Georgetown. I primi raggi di luce stavano arrossando il cielo, e il mattino d'estate era greve del profumo di gelsomino. Il suo furtivo domestico giamaicano, Maurice, uscì dalla porta di servizio nel suo bianco caffettano di lino e mise una tazza di *café au lait* e un pacchetto di sigarette con la punta dorata sul tavolo davanti a lui.

«È di sopra che sta russando» disse Chris. «Un quadretto proprio carino.»

«Ma mi è sempre sembrato così... maschio.»

«Tesoro, semplicemente tu non capisci queste cose. Forse io

porto alla luce la belva che è in lui.» Scoppiò in una risatina. «Posso essere una tale vamp, quando voglio.»

Sally non riuscì a trattenere le risa.

«Indovina di cosa voleva parlare» continuò Chris.

«Terry»

«Brava. Terry, Terry, solo Terry. Come lo ammira. Come lo rispetta. Quanto gli piacerebbe far parte della squadra quando Terry sarà vicepresidente.»

Questo la costrinse a mettersi a sedere. «Non gli avrai detto qualcosa... Chris? Eh?»

«Sally, andiamo. Credi che non capisca quando vogliono fregarmi?» Chris bevve un altro sorso di caffè. «Senti questo, adesso. Wyckoff dice di aver saputo da fonte sicura che il cervello di Terry è rimasto lesionato dalla perdita di sangue, e che lui è solo un malato, un invalido, insomma, un vegetale.»

«Cosa? Ma è ridicolo!»

«Può darsi. Ma è quello che gli abitanti di questa città masticheranno stamattina col loro bacon e con le loro uova. Ricordati. Questo è Foggy Bottom.»

«E chi diavolo spargerebbe una voce come questa?» chiese Sally, sempre più incollerita.

«Come dicevo...» C'era una vena di compiacimento nella voce di Chris. «È di sopra che russa a tutto spiano.»

Sally tacque, per riflettere un momento. E così era stato dato il via. La squadra di Eastman voleva la nomination: e se proprio dovevano picchiare, avrebbero picchiato sodo. Questa era la scaramuccia iniziale, uno scontro di pattuglie prima della battaglia campale. D'ora in avanti, fino alla nomination, le forze di Eastman avrebbero saggiato le linee di Terry cercando i punti deboli. E se avessero trovato un punto debole avrebbero attaccato, inesorabilmente e senza pietà. Sally sapeva di doversi muovere.

«Conferenza stampa al suo capezzale?» propose Chris.

«Troppo rischiosa.» La donna buttò le gambe fuori dal letto e indossò la vestaglia dell'ospedale, spostando il ricevitore da un orecchio all'altro per continuare la conversazione. «Medici e ospedali terrorizzano la gente. Non voglio tappezzare il paese di foto di Terry che sembra un invalido. Dobbiamo lasciare quella stanza prima di presentarci alle telecamere. Quanto tempo ci metti per arrivare qui?»

«Cristo, capo, pensavo di farmi ancora un riposino.»

«Venti minuti.»

«Sì, *buana*» disse Chris, e interruppe la conversazione.

Sally abbassò il ricevitore e guardò l'orologio da polso. Stava per segnare le cinque e mezzo: presto sarebbero andati in onda i primi notiziari del mattino. Quella era Washington, dove una voce non era uno scherzo. Era un gioco da professionisti: duro, feroce, micidiale. Sally fece il prefisso 212 e il numero della linea privata di Steve Chandler.

«Come sta il tuo ragazzo?» domandò Chandler.

«Benissimo.»

«Cos'è questa storia della lesione al cervello?»

E così la notizia era già arrivata a New York. «Tutto falso» disse Sally.

«Dimostramelo.»

«Lo faremo.»

«E sarà il numero due?»

«No comment.»

«O'Donnell è andato a trovarlo.»

«Semplice visita di cortesia.»

Ma Chandler non la bevve.

«Puoi darmi qualche informazione?»

«Oggi no.»

«Ufficiosamente?»

«Mi spiace.»

«Mi devi un'intervista.»

«Steve, non posso.»

«Abbiamo fatto un patto.»

«Terry scotta troppo, adesso. Stringer e Arledge mi taglierebbero la gola.»

Chandler non gradì, ma sapeva che aveva ragione lei. Ora la posta in gioco era molto più alta. «Okay. Cosa puoi darmi?»

«Lasciamo l'ospedale alle sette e mezzo.»

«Oltre a me, a chi l'hai detto?»

«A nessuno.»

«Grazie» disse Chandler, e schiacciò il tasto che lo metteva in contatto con l'ufficio di Washington della NBC.

Terry era ancora assonnato quando Sally glielo disse.

«Dobbiamo andare a casa.»

Lui alzò lo sguardo, battendo le palpebre. «Perché?»

«Mi spiace. Dobbiamo. Riesci a leggere qui?» Gli porse una scheda bianca. «Imparala.»

Lui fece un sorriso forzato. «Come vuoi tu.»

Alle sei in punto Sally portò la notizia al generale DeVane, l'amministratore dell'ospedale.

«È un'idiozia» disse lui.

«Il senatore corre qualche pericolo?»

«No. Ma dovrebbe restare una settimana a riposo e in osservazione.»

«Mi rincresce, generale. Non abbiamo una settimana.»

DeVane raddrizzò le spalle. «Non ci assumiamo responsabilità.»

«Grazie, generale.»

Cinque minuti dopo l'agente Browning del servizio segreto era nel corridoio, davanti alla porta di Terry, e chiedeva di vederla. Come tutti gli uomini del servizio segreto, era alto, muscoloso, incolore.

Era anche piuttosto sorpreso. «Alle sette e mezzo?»

«Sì.»

«Stamattina?»

«Sì.»

«Cioè» disse consultando l'orologio «tra un'ora e mezzo, signorina.»

«Esatto.»

«Signorina Crain, devo insistere...»

«No, la prego.»

L'uomo cercò di farla ragionare. «Questo è un ambiente sicuro. La casa del senatore non lo è.»

«E da quando la casa del senatore è considerata un rischio per la sicurezza nazionale?»

«Signorina Crain, al senatore è stata accordata una protezione di primo livello. La sua casa non è stata perlustrata per...»

«Chi ha accordato al senatore una protezione di primo livello?

«La Casa Bianca» rispose l'agente sottolineando le parole.

«Sette mezzo» ribatté lei. «In punto.»

Browning scosse la testa. «Va bene, signorina.»

Erano le 7,25 quando Browning tornò per tenere la sua lezioncina. Sally e Chris erano al capezzale di Terry.

«Senatore, sono l'agente Browning del reparto protezione esecutivo. Con la protezione di primo livello, lei viaggerà sotto una calotta difensiva. Ci sono degli uomini in avanscoperta e dei fiancheggiatori che precederanno il suo gruppo, e una scorta ravvicinata di sei agenti intorno alla sua persona. In caso di emergenza questi cerchi si chiuderanno per proteggere lei e il suo gruppo. Ma non possiamo garantire la sua sicurezza senza l'assoluta collaborazione. La prego di seguire le mie istruzioni senza esitare. Lei deve ora considerare ogni momento che passa in pubblico come una situazione pericolosa per la sua vita.» Poi concluse: «Grazie» e, senza attendere risposta, fece un cenno al collega sulla porta.

«Ci serve un minuto per la stampa» gli gridò dietro Sally.

«Spiacente» disse Browning mentre usciva. «Nessuna fermata fuori programma.»

Sally provò una strana sensazione, percorrendo il corridoio sotto il controllo del servizio segreto. Era rassicurante e inquietante al tempo stesso. I sei agenti che circondavano la sedia a rotelle indossavano giubbotti antiproiettile sotto la giacca, portavano pistole nelle fondine e non erano mai a più di un braccio di distanza da Terry. I fiancheggiatori imbracciavano tozze pistole mitragliatrici Uzi per il combattimento a breve distanza o carabine per la difesa dai cecchini. E tutti si muovevano come un corpo solo, programmando ogni tratto del percorso in modo tale che le porte si aprissero, gli ascensori aspettassero e i corridoi venissero sgomberati proprio quando vi giungeva Terry. Somigliava moltissimo a una bolla che, racchiudendoli nel suo interno, procedesse scivolando attorno a loro.

Sally non aveva mai fatto un'esperienza simile. Provò uno strano senso di distacco e di separatezza. Le persone che col loro voto avrebbero potuto eleggerli venivano respinte, sbattute da una parte, tenute a distanza. I portantini e le infermiere dell'ospedale semplicemente sgusciavano via. La barriera protettiva del servizio segreto la precedeva lungo il corridoio, riducendo tutti al silenzio come una fredda ondata di alienazione. Questo, si rese conto all'improvviso, era il grande paradosso: che quelli che avevano il potere più grande avevano da temere più di tutti.

Le uniche persone che il servizio segreto forse non poteva intimidire erano i giornalisti. I giornalisti avevano diritti che andavano ben al di là di quelli dei comuni mortali, e se erano buoni giornalisti ne facevano tutto l'uso possibile. E per questo erano là, anche a un'ora così mattutina – giornalisti, fotografi e teleoperatori – schiacciati contro le gialle transenne che la polizia aveva messo nel viale.

L'agente Browning fermò i suoi uomini all'interno, aspettando un segno dal di fuori.

«Mi scusi, agente» disse Sally con dolcezza. «Abbiamo davvero bisogno di un minuto per la stampa.»

Browning ne aveva abbastanza. «Signorina Crain, se interferisce col servizio segreto è possibile di arresto e detenzione – senza cauzione – fino a quando non avremo la certezza che è cessato ogni pericolo per il senatore Fallon.»

Lei sorrise. «Sa, non sono mai stata arrestata in diretta. Mi scusi.» Passò davanti a Browning e uscì dalla porta.

Lo scoppio di domande dei cronisti risuonò come il boato di un aereo che sfonda il muro del suono.

«Sally, Fallon accetterà la nomination?»

«Ha ricevuto minacce di morte?»

«Eastman si tirerà in disparte?»

Sally sorrise e lasciò errare lo sguardo sul gruppo finché non vide Andrea Mitchell e la telecamera col pavone della NBC. «Un momento di attenzione, prego!» disse, e il baccano si acquietò. «Il senatore Fallon farà una breve dichiarazione. Oggi niente domande, mi spiace. Sono certa che comprenderete.» Si voltò e fece un cenno verso la porta, come per dare il la a Terry e alla sua scorta.

Dietro il vetro affumicato Browning la guardava. «Maledizione» brontolò. Fuori, un agente batté le nocche sulla porta e fece un segnale. «Fuori» ordinò Browning. Due agenti spalancarono la porta e la sedia a rotelle di Terry uscì alla luce del sole.

Fari si accesero. Specchi parabolici lampeggiarono. Il rombo delle domande cresceva. Mentre la sedia a rotelle e il suo seguito si affrettavano verso le porte aperte dell'ambulanza, Sally restava immobile, con aria indifferente ma incrollabile, sulla strada di Browning e dei suoi uomini. Il gruppo si avventò su di lei; Sally non cedette terreno. Per un attimo parve che il gruppo l'avrebbe travolta. Poi, improvvisamente, Browning alzò un braccio. Il convoglio si fermò.

L'agente rivolse un'occhiata torva alla ragazza. «Un minuto.»

«Grazie.» Sally orientò la sedia a rotelle verso la telecamera della NBC. I giornalisti cercarono immediatamente di richiamare l'attenzione di Fallon.

Terry sedeva, immobile, sotto quel fuoco di fila. Non parlò, non cercò di gridare più forte di loro, non alzò le mani per chiedere silenzio. Non mostrò in alcun modo di volergli rivolgere la parola. Continuava a restare là seduto, guardando con pazienza i reporter che gridavano e si scambiavano spintoni dietro la gialla transenna della polizia. Li guardava in silenzio. Poi accadde qualcosa di strano, qualcosa che Sally non aveva mai visto prima.

I reporter cominciarono a calmarsi. Uno a uno, smisero di urlare finché non furono rimasti tutti zitti, chi stropicciando i piedi sull'asfalto, chi preparando il taccuino, chi guardando semplicemente Fallon a bocca aperta e con gli occhi spalancati.

Sally studiava le loro facce. Alcuni erano gli stessi scribacchini, gli stessi corrispondenti a un tanto la riga, gli stessi inviati che avevano assistito al benvenuto di Martinez e che erano così diventati testimoni oculari dell'omicidio. E nelle loro facce lei vide qualcosa che non c'era il giorno dell'assassinio: rispetto, deferenza, quasi un senso di soggezione.

Si capiva benissimo che per loro Terry Fallon non era più un uomo politico. Era diventato un'altra cosa, il sogno che tutti i reporter vorrebbero veder avverarsi almeno una volta nella vita: un autentico eroe. Sally era una ex-giornalista, e sapeva come la pensavano.

Nel 1974, Sally era andata a lavorare al *Post* di Houston. Alle spalle aveva due anni di Peace Corps, durante i quali aveva sperato di contribuire a trasformare le Americhe in un posto migliore. Ma quel che aveva trovato a Houston era il furto legalizzato su una scala che superava la sua immaginazione. I soldi del petrolio affluivano in città come una cascata. I notabili e i potenti decretarono che la città avrebbe fatto un "grande balzo in avanti" fino a raggiungere un rilievo internazionale. Questo richiedeva un nuovo look. E pur di dare alla città un nuovo look, si potevano ignorare tutte le regole della decenza. Grazie a una cabala di espropri e trasferimenti di proprietà, i *barrios* della città furono spazzati via dai robusti manrovesci dei tribunali. Le vite dei poveri furono buttate nella spazzatura con i blocchi di scorie e i tetti di lamiera delle loro baracche. Sally calcò macerie che erano peggio di quelle che aveva visto in America Centrale e ascoltò i lamenti delle donne, i pianti disperati dei bambini. Scrisse articoli che non la facevano dormire o che le riempivano le notti di sogni furenti. Poi, ogni mattina, scorreva le colonne del giornale cercando una parola, una traccia, un segnale che le dicesse che a qualcuno importasse un fico secco. Alla fine, quando stava per esplodere di rabbia o per avere un attacco isterico, affrontò il suo capocronista con un pacco di articoli non pubblicati. Lui si rotolò una matita gialla tra i salsicciotti delle dita e l'ascoltò, senza interromperla, fino in fondo.

«Signorina» disse il capocronista (chiamava sempre le donne della redazione "signorina"). «Signorina Sally, vedo che lei non coglie lo spirito della cosa. I palazzi vanno e vengono. Ma Houston e le grandi famiglie restano.» In quel momento il vecchio giornalista le insegnò l'amara lezione che ogni giovane idealista deve imparare: solo quelli che detengono il potere hanno il potere di cambiare il mondo.

Solo un uomo sembrava disposto a parlare per i poveri. Il suo nome era Terry Fallon. Era un professore di storia a Rice candidato al consiglio comunale proprio nel cuore del *barrio*. I vecchi politicanti sbuffarono e lo ignorarono. I giornali non parlavano di lui nemmeno quando non sapevano cosa scrivere. Persino gli abitanti di lingua spagnola lo prendevano in giro: lo chiamavano *El Gringo*.

Ma questo Fallon era un instancabile oratore che passava ogni minuto libero camminando per le strade e per i vicoli del *barrio*, dicendo a chiunque fosse pronto ad ascoltarlo che la loro lotta poteva essere vinta. Il suo spagnolo era impeccabile. Il suo sorriso era accattivante. E lui aveva un'idea piuttosto precisa di come avrebbe dovuto essere un mondo migliore. Inevitabilmente, la sua strada incrociò quella di Sally. Inevitabilmente, lui era fidanzato con un'altra. Ma Sally se ne infischiava. Lo amava e scriveva comunque su di lui. Fu eletto. Allora Sally lasciò il posto e prese la via del nord.

Un amico che lavorava al *Washington Post* le fece avere un colloquio di cinque minuti con Ben Bradlee. Questi impiegò i primi tre a sfogliare i suoi ritagli e a scartabellare nel mucchio delle sue filippiche inedite. Poi, con un cigolìo, tornò ad adagiarsi in poltrona e si mise i pollici sotto le bretelle. «Neanch'io pubblicherei queste stronzate sentimentali» disse Bradlee. Riprese in mano uno dei suoi articoli pubblicati su Terry, tamburellò col dito sulla foto. «Ci andavi a letto con questo qua?»

«No.»

«Non scopare con nessun uomo politico finché lavori per me» continuò Bradlee. «Quando un uomo politico di Washington ti fotte, sei fottuta. Va' dal capo del personale. Benvenuta a bordo.»

Sally tornò a Houston, chiuse l'appartamento, buttò in macchina la sua roba e partì per il nord. L'ultimo giorno che passò nel Texas, il *Post* di Houston pubblicò la cronaca delle nozze favolose dell'ereditiera Harriet King col brillante consigliere comunale Terry Fallon. Quattordici mesi dopo, la Debuttante dell'Anno era in clinica. Nel 1980 Terry Fallon venne a Washington come deputato. Quello stesso anno Sally lasciò il *Post* per entrare nell'ufficio stampa del senatore del Texas Caleb Weatherby. Nel 1984 Weatherby andò in galera per corruzione e il governatore Taylor nominò Terry al suo posto. Per Sally, tornare insieme fu come l'avverarsi di un lungo sogno. Ma, a pensarci bene, lei non aveva mai dubitato del suo arrivo. Terry era l'uomo di cui la gente aveva bisogno. Era l'uomo da seguire. Fu questo che lesse negli occhi attoniti dei giornalisti schierati lungo il viale d'accesso all'ospedale Walter Reed.

Come lei, anch'essi credevano.

Nel silenzio, Terry parlò. «Oggi tutti gli americani piangono la morte di Octavio Martinez» disse, con una voce chiara e fresca come uno squillo di tromba. «Il *Colonel Reynaldo* era un patriota e un eroe di tutto il mondo libero. Io ora mi rivolgo ai suoi compagni d'armi nella giungla. *Estará vengada su muerte.* La sua morte sarà vendicata.» Guardava proprio nello zoom della telecamera della NBC. «A voi tutti che avete mostrato tanta sollecitudine per le mie sofferenze, grazie, e che Dio vi benedica. Questa ferita non è niente. È un onore averla ricevuta.»

Sally fece un cenno a Browning. In un lampo il servizio segreto spinse la sedia a rotelle verso l'ambulanza.

Andrea Mitchell gridò: «Quali sono i suoi progetti, senatore?».

Terry rise. «Vado alla convenzione. Lei no?» E alzò i pollici in segno di vittoria mentre gli uomini del servizio segreto lo caricavano a bordo e sbattevano gli sportelli dell'ambulanza alle sue spalle.

Sally si voltò per affrontare la schiera di macchine fotografiche. «Il senatore Fallon rimarrà in convalescenza per qualche giorno. Quindi parteciperà alla convenzione per la nomination presidenziale come copresidente della delegazione del Texas. Grazie.»

L'agente Browning l'afferrò per un braccio e la spinse rudemente verso l'ultima Oldsmobile nera.

«Grazie» fece lei mentre correvano. «Le sono debitrice. E io non dimentico.»

«Nemmeno io» ribatté Browning e Sally capì che diceva sul serio anche lui.

Il corteo di veicoli partì tra uno stridore di pneumatici e l'ululare delle sirene. I cronisti corsero ai loro furgoni per lanciarsi all'inseguimento. Di lì a un attimo il viale era deserto. Rimasero soltanto due uomini.

Uno di essi era Mancuso, che vide l'ambulanza e la sua scorta sparire in fondo alla strada e sputò sul marciapiede. «Speriamo che Fallon non abbia fatto l'esame del sangue.»

«Gesù, Joe!»

Mancuso si girò verso la porta dell'ospedale. Aveva un nome scritto su una scheda di sette centimetri per dodici. «Pensaci tu» disse.

Ore 7.45. Era dura bere il caffè, leggere il *Wall Street Journal*, guardare la televisione e, nello stesso tempo, andare a lavorare. Ma Howard Stringer, l'asciutto presidente della CBS News, aveva la limousine e la capacità di farlo. Aveva seguito la cronaca in diretta di Fallon che lasciava l'ospedale con un misto di curiosità e di orgoglio. Provava sempre un senso di soddisfazione quando i suoi ragazzi erano sul posto nel momento in cui succedeva qualcosa. Poi si accorse di essersi sintonizzato sul Canale 4: quello che stava guardando era *Today* della NBC.

«Merda» disse, e prese il telefono che aveva in macchina e schiacciò il pulsante Recall-6.

Dave Corvo, il produttore del telegiornale del mattino della CBS, rispose quasi subito. «Sì, Howard?»

«L'avevamo anche noi?»

Corvo era seduto nel palazzo della Cinquantasettesima Ovest, proprio davanti al set del telegiornale del mattino della CBS. Ma sui monitor, davanti a lui, aveva tutt'e tre le reti. «Fallon, vuoi dire?»

«Sì, voglio dire Fallon.»

Corvo comprese dal suono della voce che il suo capo stava esaurendo la sua scorta di pazienza. «No. Non l'avevamo.»

«Be', maledizione, perché non l'avevamo?»

«Sally Crain avrà dato la dritta a Chandler.»

«Sally chi?»

«La bionda. Il capoufficio stampa.»

«Cristo, gliel'ha praticamente servito su un vassoio!»

«Senti, Howard» disse Corvo, e anche lui cominciava a perdere la calma. «Chandler l'ha in tasca, quella ragazza. Che vuoi da me?»

«Fatti avanti!» urlò Stringer al telefono. «Prendi contatto con lei! Possibile che io sia l'unico in questa fottuta organizzazione, a rendersi conto che Terry Fallon sarà il nuovo vicepresidente degli Stati Uniti?»

Ore 7.50. Mancuso sedeva nell'ufficio d'angolo del generale Green, l'amministratore dell'ospedale, ascoltando la lunga filza di domande stupide di Ross. Il Walter Reed era un ospedale militare, pieno di uniformi e di gradi. Mancuso c'era stato sotto le armi. E non l'aveva gradito neanche un po'.

Il rinvio per motivi di studio di Mancuso era scaduto nel maggio del '52, quando aveva preso la laurea in legge. Un mese dopo era stato richiamato. Aveva appena cominciato a cercare lavoro. C'era anche una ragazza irlandese che abitava in Ocean

Parkway – Mary Louise Dugan – con cui da un anno faceva l'amore. Ma la guerra di Corea stava per concludersi con una tregua poco rassicurante. Ricevette la cartolina e pensò che avessero bisogno di lui.

Dopo l'addestramento a Fort Bragg fu trasferito nella caserma di Scofield a Oahu, poco lontano da Pearl Harbour. Un fine settimana, quando gli diedero il primo permesso, andò giù a Pearl e fece un giro del porto.

Era una di quelle giornate tropicali fresche e luminose che si vedono in tutti i poster delle agenzie di viaggio. C'era un sole caldo oscurato ogni tanto da nuvole passeggere. Il battello dei turisti si fermò presso le vecchie banchine di Ford Island, e la guida schierò tutti a babordo indicando qualcosa giù nell'acqua. Sotto i suoi piedi, distesa appena sotto la superficie della baia, Mancuso distinse la sagoma della corazzata *Arizona*. Bollicine oleose salivano dalla nave affondata, e una macchia bluastra offuscava la superficie del mare. Millecento uomini erano sepolti là sotto, a poche braccia di profondità, rimasti intrappolati nello scafo quando i siluri giapponesi avevano colpito la nave agli ormeggi. L'antenna radio della nave sporgeva dall'acqua, e attaccata alla punta sventolava la bandiera, tesa nella brezza che spirava da ponente. I turisti sul battello sgranavano gli occhi, scherzavano e ciarlavano tra loro. Ma Mancuso strinse le labbra. Trovava la cosa dura da ingoiare. Sotto l'acqua della baia, tra le ombre spettrali dell'*Arizona*, credette di vedere cosa voleva dire servire il suo paese. L'esercito la pensava diversamente.

Lo assegnarono come aiuto giardiniere a un generale con due stellette. Cimava siepi, potava bougainvillee e spargeva letame. Finalmente lo promossero sergente e lo trasferirono alla polizia militare. Anche quello era un lavoraccio: sedare risse, trasportare soldati ubriachi fuori dai bordelli, sequestrare i dadi ai giocatori. Due mesi prima che Mancuso finisse il servizio militare, venne a trovarlo un reclutatore dell'FBI.

L'uomo ne aveva, di storie, da raccontare: storie appassionanti di agenti solitari che per dare la caccia a famigerati desperados potevano contare solo sul loro fegato e sulla loro intelligenza. Gli anni Cinquanta sarebbero stati un periodo di rapida espansione per il Federal Bureau of Investigation, gli disse l'imbonitore. L'FBI si stava trasformando in corpo sofisticato di polizia nazionale, la prima linea difensiva contro il comunismo interno. Il maccartismo era in fiore, la commissione parlamentare per le attività antiamericane era il fatto del giorno, la lista nera di

Hollywood si allungava sempre più. Quella nell'FBI era una bella carriera per un giovane avvocato che non volesse tapparsi in un ufficio e che cercasse una buona occasione per servire il suo paese. A Mancuso piacque quel discorso. Firmò, prese il congedo e partì per San Francisco. Quella ragazza irlandese di Ocean Parkway – Mary Louise Dugan – lo aspettava in un albergo sull'Embarcadero con addosso una camicia da notte di lino bianco e nient'altro. Quattro giorni dopo presero un autobus per Reno e si sposarono. Si fecero fare la foto davanti a un'enorme torta nuziale di gesso a sei piani. Poi volarono sulla costa orientale e Mancuso si presentò al campo di addestramento dell'FBI di Quantico, in Virginia, per un corso di tre mesi. Scelse di diventare uno specialista in elettronica. Dopo la prima lezione capì che stava specializzandosi in intercettazioni telefoniche. Mary Louise trovò un monolocale. Tennero un materasso sul pavimento per cinque mesi prima di potersi permettere un letto. Ma allora un materasso sul pavimento era tutto ciò di cui avevano bisogno.

A quei tempi i microfoni clandestini erano ancora grandi come un dollaro d'argento e i registratori a nastro miniaturizzati appartenevano alla fantascienza. L'unico sistema per mantenere una sorveglianza elettronica efficace consisteva nell'intercettare tutte le linee telefoniche usate dall'individuo sospettato. Mancuso fu spedito a Los Angeles a mettere sotto controllo, per conto della commissione, i telefoni del mondo dello spettacolo. Passava un mucchio di tempo nelle cantine dei palazzi di Wilshire Boulevard e Canon Drive. Si divertiva, in particolar modo, a intercettare le linee telefoniche degli impresari di William Morris. Raccontavano le migliori barzellette, e le raccontavano per primi. Gli agenti dell'FBI litigavano tra loro per intercettare i telefoni dell'agenzia di Morris e quelli personali di Jack Warner. Erano le uniche persone in città con le quali ci si potesse aspettare di farsi una bella risata.

Al primo incarico, chiese di vedere il mandato che lo autorizzava. Ma l'agente speciale che dirigeva l'operazione gli troncò la parola in bocca, dicendo che il mandato era "in archivio". Dopo un po' Mancuso si rese conto che non esisteva alcun mandato. Le intercettazioni non erano ufficiali. Erano solo un modo per dare a Hoover la possibilità di rimestare nel marcio di Hollywood e pescarvi qualche indiscrezione da passare a McCarthy. E Hoover badò bene a mantenere le sue indagini sul piano della non ufficialità; così, se McCarthy fosse caduto in disgrazia, il Bureau non lo avrebbe seguito nella rovina. McCarthy, in effetti, cadde nel 1954, e il Bureau passò ai diritti civili.

Mancuso non aveva nulla contro i neri. D'altra parte, non sentiva per loro nessuna particolare affinità. Così, quando nell'inverno del 1955 fu varata la campagna per il potere nero, non capiva perché diavolo si agitassero tanto. Nel febbraio del 1956 venne trasferito nell'ufficio di zona di Montgomery, Alabama. Era un momento difficile. I neri dicevano che, se non avessero potuto viaggiare sulla parte anteriore degli autobus, non vi sarebbero neanche più saliti. Normalmente, ai bianchi non importava un fico secco se i neri usavano l'autobus, se andavano a piedi o se stavano a casa. Solo che quasi tutti i passeggeri degli autobus di Montgomery erano neri, e venti nichelini neri facevano un dollaro come venti nichelini bianchi. E senza tutti quei milioni di nichelini neri, be', far funzionare gli autobus di Montgomery avrebbe mandato in fallimento la banca cittadina. Così, i notabili della città erano incazzati ma impotenti.

Tutta questa costernazione era dovuta a un giovane predicatore nero di nome King. King non faceva nulla d'illegale organizzando il boicottaggio degli autobus. Anche se bisogna riconoscere che con quell'iniziativa non stava propriamente contribuendo a rafforzare lo spirito comunitario e solidaristico di Montgomery. Allora il signor Hoover decise che il Bureau doveva conoscere un po' meglio il dottor King. E il sistema più celere per farlo consisteva nel mettere sotto controllo il suo telefono. Cosa che Mancuso fece per sette settimane, sentendo King e sua moglie organizzare manifestazioni, spettegolare sui vicini, ordinare la pizza, sgridare i bambini, e condurre nel complesso la vita monotona di una coppia felicemente sposata. King non era comunista. Non era un traditore. Non era un tossicodipendente. Era solo un uomo che aveva un'idea diversa di come avrebbero dovuto andare le cose. Mancuso raccomandò, nel suo rapporto, di porre fine alle intercettazioni. Per tutta risposta, l'agente speciale che dirigeva l'ufficio di Montgomery lo convocò per uno scambio di idee.

«Joe, tu e io dovremmo fare una bella chiacchierata, senza peli sulla lingua» disse l'uomo. Si chiamava Griffiths e portava le bretelle, un farfallino e un paio di scarpe gialle scamosciate. «Tu non sei di qui, ma i ragazzi, quasi tutti, ti trovano simpatico. Cosa insolita per uno di New York, e un macaroni, per giunta.»

Mancuso era seduto alla scrivania con un abito a doppiopetto dal taschino del quale spuntava un fazzoletto bianco inamidato. Gli avevano detto che al signor Hoover piacevano gli uomini con la biancheria pulita e non andava mai a lavorare senza un fazzoletto appena lavato e stirato nel taschino.

«Questi negri soffiano sul fuoco, e si direbbe che tu non abbia voglia di scoprire cosa stanno macchinando» continuò Griffiths.

«King non è un criminale» ribatté Mancuso. «È un reverendo.»

«È un reverendo come lo scimmione dello zoo» disse Griffiths. «Ed è il signor Hoover che decide chi è un criminale e chi no. A proposito, perché ti piacciono tanto i negri?»

«Non ho mai detto che mi piacciono.»

Griffiths toccò un mucchio di trascrizioni battute a macchina. «Be', dai tuoi rapporti si direbbe che fate lingua in bocca tutto il santo giorno.»

«Se i miei rapporti non ti piacciono, perché non scrivi i tuoi e non li mandi alla centrale?»

Spedirono Mancuso a occidente, nel Nevada, dove poteva intercettare dei bianchi e dove la sua conoscenza dell'italiano avrebbe potuto servire.

Fu l'inizio di una lunga serie di brutti rimbalzi e mosse laterali che lo portarono dappertutto e in nessun posto, fino al giorno in cui si trovò là seduto nell'ufficio di un generale medico dell'ospedale militare Walter Reed a sentire la solita serie di domande noiose che gli stava facendo Dave Ross.

Il generale Green porse a Ross una grossa cartella. «Ecco gli esiti degli esami condotti sul colonnello Martinez.»

«Compresi i nomi dei medici che li hanno fatti?»

«Sì, sì» disse Green. «C'è tutto.»

L'agente sfogliò i documenti. «Gli esami del sangue, per esempio?»

«Il modulo giallo. Sì. Quello.»

Ross lo trovò.

Mancuso stava studiando Green. Non notò in lui alcuna esitazione, alcun barlume di emozione, quando Ross accennò agli esami del sangue. Caso mai, il generale era impaziente e annoiato come lui.

«Questo... capitano Beckwith» chiese Ross. «È stato lui a prelevare il sangue e a fare gli esami?»

«Sì.»

«Le risulta che oggi sia in ufficio?»

«No. Gliel'ho detto. Il giovedì è la sua giornata libera. Sarà a casa.»

Ross si mise a rileggere i suoi appunti, cercando quello relativo al giovedì. Ma Mancuso allungò una mano e gli chiuse il taccuino.

«Grazie, generale» tagliò corto Mancuso, e si alzò per andarsene. Il collega non capì. Ma era abbastanza sveglio per raccogliere il suggerimento.

L'indirizzo sulla scheda del capitano Beckwith era ad Arlington, Virginia. Mancuso girò il volante della sua Ford nera e imboccò il ponte Francis Scott Key ed era come passare in un altro mondo.

Una volta le colline a ovest del Potomac erano una distesa di campi e di foreste da Leesburg a Mount Vernon. Ogni tanto, quando Marie Louise era ancora al mondo, Mancuso vi faceva una gita in macchina. Ora il cemento pubblico e privato aveva inghiottito campi, fattorie e ricordi, e le foreste intorno a McLean nascondevano solo il quartier generale della CIA. Agli esseri umani non restava altro che una strada dopo l'altra di case fatte con lo stampino e piazzate tra i colli diboscati e spianati dalle ruspe. Le testimonianze della presenza dell'uomo – qui una bici, là una siepe, o un floscio canestro da basket penzolante dal muro di un garage – davano soltanto un contributo all'aspetto irreale dell'insieme. Mancuso piegò a nord su Cadwell Drive. Ma avrebbe potuto essere Carson Drive o Carlisle Drive o Canter Drive. Ormai non c'era nessuna differenza. Guardò il fondo alla strada e rabbrividì. Ecco la civiltà contemporanea.

Ross studiava i numeri stampati sul cordolo del marciapiede.

«3121, 3123. Eccolo» esclamò. «Quella bianca. 3125.»

«Sono tutte bianche» disse Mancuso. E continuò a guidare.

«Ehi? Dove vai?»

«Visto la porta?»

«E allora?»

«Era aperta.»

Ross si girò sul sedile per guardare la casa alle sue spalle. La porta d'ingresso era socchiusa.

«Oh oh, questa è bella» disse Ross.

Mancuso girò l'angolo e parcheggiò nell'isolato successivo. Risalirono la strada fino a quando poterono vedere il retro della casa di Beckwith. Mancuso si guardò intorno. La strada era perfettamente silenziosa. Erano le otto e tre quarti. I mariti e gli altri lavoratori erano partiti per gli uffici, i bambini per la scuola. Le casalinghe si trattenevano in cucina a ponzare sopra una seconda tazza di caffè. C'era uno strano silenzio. Avrebbe potuto essere una città fantasma.

«Andiamo» disse Ross, e imboccarono il vialetto.

Mancuso lo seguì. Tra i due giardinetti posteriori c'era uno steccato alto circa un metro e ottanta.

«Che te ne pare?» domandò Ross.

Il collega, attraverso lo steccato, guardò il retro della casa di Beckwith. Nelle camere da letto al piano di sopra le tende erano tirate. In una delle finestre ronzava un condizionatore d'aria. Le finestre della cucina al pianterreno avevano le persiane, e queste persiane erano aperte. Una bicicletta da bambina era appoggiata al muro del garage. Nel vialetto c'era una Buick con una targhetta azzurra da ufficiale dell'esercito americano.

«Pare un posto tranquillo.»

Indugiarono un momento.

«Be', siamo qui» disse Ross.

«Già.»

Mancuso si appoggiò a un palo dello steccato.

«Io ci vado, Joe» tagliò corto Ross.

«Già. Me lo immaginavo.» Mancuso alzò un piede. «Dammi un punto d'appoggio.»

Ross si accoccolò, intrecciò le dita e fece uno scalino. Quando l'uomo più anziano si fu aggrappato alla parte superiore dello steccato, Ross si raddrizzò rapidamente, lo sollevò e lo spinse di là. Mancuso perse l'appiglio e cadde pesantemente dall'altra parte, picchiando il culo in terra.

«Gesù Cristo!»

«Tutto bene?» chiese l'altro, ma non riuscì a trattenere una risata.

Mancuso si rialzò, spazzolandosi il vestito. «Cosa sei, un acrobata da circo?»

«Scusa, non volevo...»

«Maledizione» disse Mancuso, schiaffeggiandosi le gambe per toglierne la terra che gli si era attaccata alle ginocchia dei pantaloni. «Dai.»

Ross si issò in cima allo steccato e lo scavalcò con una gamba. Poi i calzoni gli s'impigliarono nella rete metallica. Ci fu il lungo, forte rumore di uno strappo mentre si lasciava cadere a terra. Atterrò sui piedi e sulle mani.

«Cristo, mi sono quasi strappato le palle.» Si tastava il fondo dei calzoni. «Ah, merda.»

«Parla piano.» Mancuso lo prese per un braccio e lo fece girare su se stesso. «Vediamo.»

I calzoni di Ross erano strappati sul sedere dal cavallo alla cintura.

«Si sono rotti, eh?» disse Ross.

«Che stupido pagliaccio.»

«Oh, Cristo, sono tutti strappati» mormorò l'agente più giovane, misurando con le dita la lunghezza dello squarcio. «Merda, li avevo appena comprati al Town and Country. Quarantasette verdoni.»

«Portali indietro. Digli che perdono. Dai, muoviti» lo incitò Mancuso. Tenendosi curvi, raggiunsero di corsa il retro della casa e s'inginocchiarono sotto la finestra della cucina.

Mancuso si fermò a riprender fiato. Si sentiva ridicolo. Era un uomo di mezza età con le ginocchia sporche di terra e un socio con i calzoni strappati sul sedere. Stavano ficcanasando nel cortile di una casa perfettamente borghese in un quartiere perfettamente borghese come una coppia di monelli la vigilia della festa d'Ognissanti. Si sentiva ridicolo. Se qualcuno li avesse visti, pensava che l'imbarazzo lo avrebbe ucciso. Gli mancavano tre mesi alla pensione. E sapeva che era venuto il momento di porre fini ai suoi anni col Bureau.

«Allora?» chiese Ross.

«Fammi dare un'occhiata.»

Mancuso alzò la testa fino al davanzale e sbirciò nell'interno. Era una tipica e stucchevole cucina moderna in una tipica e stucchevole casa a schiera: c'erano biglietti fissati al frigorifero con dei frutti calamitati, una pianta in un vaso rivestito di macramé, un vaso di vetro affusolato pieno di vari tipi di pasta. C'era una pentola sui fornelli. Il fuoco era acceso e il contenuto stava traboccando.

Guardò fisso la pentola. Mentre lo faceva, si sentì coprire tutto il corpo di un sudore freddo e appiccicoso. Abbassò la testa.

«Rogna» disse, ed estrasse la pistola. Ross fece lo stesso.

«Che c'è?»

Mancuso appoggiò la schiena al profilo di alluminio della casa. Non rispose. Il socio lo studiava attentamente. Sulla fronte di Mancuso c'erano goccioline di sudore.

«Ti senti bene?» disse Ross.

«Sì, sì. Andiamo.» Schiacciò il corpo contro il muro della casa, scivolando verso la porta di servizio. Ross si muoveva lentamente alle sue spalle. Quando raggiunsero la porta, Mancuso si fermò. Sembrava che fissasse la maniglia. Ross non capiva, e dopo un attimo gli diede una gomitata. Finalmente l'altro alzò la mano e provò a girare la maniglia. Non incontrò nessuna difficoltà.

Mancuso tornò a sedersi, riposandosi sui talloni.

«Cazzo» mormorò sottovoce. «Cazzo. Cazzo. Cazzo.»

«Che ti piglia?»

«Niente.» Tornò ad allungare la mano verso il pomo della porta. «Coprimi.»

Ross lo prese per un braccio. «Coprimi tu.»

Mancuso si fermò, e si voltò a guardare il giovanotto. «Credevo di averti detto di non offrirti mai volontario.»

«Credevo di averti detto di andare a farti fottere» ribatté Ross, e sorrise.

Per un attimo Mancuso restò seduto dov'era. Poi sgattaiolò all'indietro per lasciare che il collega prendesse il suo posto davanti alla porta. «Tieni giù la testa» disse. Alzò la pistola e tornò alla finestra.

Ross tolse la sicura alla sua. Si voltò a guardare il collega e trasse un profondo respiro. Mancuso allungò il collo piano piano finché i suoi occhi e la canna della pistola non furono all'altezza del davanzale. Quindi mormorò: «Via».

Ross girò lentamente la maniglia. La serratura si aprì con uno scatto e la porta girò lentamente sui cardini, mostrando che la cucina era vuota. Si mise carponi e cominciò a strisciare oltre la soglia. Mentre lo faceva, Mancuso vide che le mutande gli facevano capolino dallo strappo nei calzoni.

«Proprio un bello spettacolo» sibilò.

Ma Ross non rispose. Strisciò in avanti sul pavimento di linoleum, addossandosi ai mobiletti. Aveva fatto questa manovra cento volte nel campo di addestramento dell'FBI di Quantico. Gli avevano insegnato che era più probabile che un assalitore sorpreso sparasse il primo colpo all'altezza della cintola o al di sopra, e che il rinculo dell'arma avrebbe spedito il secondo ancora più in alto. Lo avevano addestrato a stare giù. Gli avevano anche dato in dotazione una Colt automatica calibro 45. Mancuso gliela fece lasciare nel cassetto e lo costrinse a comprare e a portarsi dietro una pistola a tamburo Smith & Wesson calibro 38. Le automatiche s'inceppavano, le pistole a tamburo no. Ross arrivò alla fine della fila di armadietti. Al di là si stendeva il corridoio che portava sul davanti della casa. Il cuore gli batteva come un tamburo. Si fermò per riprendere fiato. Non poteva vedere Mancuso al davanzale; gli armadietti e l'acquaio glielo nascondevano. Ma sapeva che quello sorvegliava il corridoio. Ross strisciò fino in fondo e guardò dentro.

Appena dietro l'angolo c'era una bambina, forse di dieci anni, che indossava una camicia da notte rosa, di cotone, con un nastro intorno al collo. Era distesa sul linoleum con gli occhi fissi in quelli di Ross. Lui fece un salto indietro. Ma quando guardò meglio vide che la pozza di sangue sotto la guancia si stava già asciugando, stava già diventando nera. La bocca della bambina era aperta e c'erano dei bozzi, sulla fronte, come se qualcosa avesse cercato di erompere dall'interno del cervello. Allora vide che era stata colpita due volte alla nuca, appena sotto l'elastico che stringeva la sua bionda coda di cavallo.

Ross si sentì ribollire lo stomaco. Si portò una mano alla bocca per coprire il suono del proprio respiro ansimante. Un'ondata di nausea gli fece girare la testa e i primi conati di vomito gli bruciarono la gola. Boccheggiando, ricacciò gli acidi nello stomaco. Poi qualcosa si mosse dietro la porta a vento che dava in sala da pranzo. Girò bruscamente su se stesso e puntò il revolver mentre urlava con quanto fiato aveva in gola:

«Fermati dove sei!».

La portà si aprì e un cocker spaniel bianco e nero trotterellò in cucina. Si fermò, guardò Ross. Ross era in un bagno di sudore. Non sapeva se ridere o piangere. Abbassò la pistola. Il cane gli passò davanti e raggiunse il corpo della bambina. Le annusò la faccia. Poi si mise a leccare il sangue sul pavimento.

Ross non riuscì più a trattenersi e vomitò.

L'agente era curvo sul water del bagno in fondo al corridoio della casa di Beckwith quando Mancuso scese al pianterreno, infilò il revolver nella fondina e si mise a controllare il contenuto di un portafoglio. Tirò fuori una carta d'identità dell'esercito degli Stati Uniti. Ross premette la guancia contro la fredda porcellana del water aspirando profonde boccate d'aria fresca.

«Capitano Arnold Beckwith» lesse Mancuso. «Ema... Emato... Cazzo, e chi se ne frega?» Tornò a ficcare il tesserino nel portafoglio.

Ross prese un po' di carta igienica e si pulì la bocca. «È morto?»

«Tu cosa dici, eh? Nello studio. Al cane non doveva essere simpatico.»

«Perché?»

«Ha pisciato sul suo cadavere.»

Ross vomitò un'altra volta.

«Bambini» disse Mancuso, e uscì nel corridoio finché il collega non si fu un po' ripreso.

«Questo non è un delitto» disse Mancuso, quando Ross finalmente tirò la catena e uscì dal bagno. «Questo è il lavoro di un macellaio.»

Il corpo di una donna di mezza età, con una veste da camera a fiorami, giaceva scompostamente sulle scale, la testa in giù, sul secondo gradino, le gambe in alto, aperte. C'erano delle strisce di sangue sul muro alle sue spalle e il sangue stava formando una grossa chiazza scura sulla moquette dove poggiava la testa.

Mancuso aveva già ricostruito i movimenti dell'assassino.

«È entrato dalla porta principale, si è affacciato allo studio, ha detto "Salve dottore" e l'ha freddato.» Indicò le scale. «La moglie ha sentito il rumore ed è scesa di corsa. Lui imbocca il corridoio e le spara in un occhio da lì. Bel colpo, niente da dire.»

Ross lo seguì nel corridoio che portava in cucina. «La bambina cerca di scappare dalla porta di servizio. Bang-bang. Molto pulito. Molto professionale.»

Mancuso spense la fiamma sotto la pentola che bolliva. Poi annusò il vapore che ne usciva. «Minestrone. Il piatto che preferisco.»

Ross si appoggiò alla porta. Gli girava la testa, provava un senso di nausea ed era fuori di sé dalla rabbia. «Chi diavolo farebbe una cosa come questa?»

Il vecchio agente si limitò a guardarlo come se avesse detto la cosa più stupida del mondo.

Ross stava per ripetere la domanda quando, dalla strada, si udì l'altoparlante.

«Voi dentro la casa! Attenzione!»

I due poliziotti caddero in ginocchio. Si scambiarono un'occhiata.

L'altoparlante tornò a suonare. «Parla il capitano Brewster della polizia di Arlington. Siete circondati. Gettate le armi e uscite dalla porta principale con le mani sopra la testa.»

«Mi venga un accidente» sibilò Mancuso a bassa voce.

Ross alzò le spalle, aprì la porta di servizio e cominciò ad alzare le mani.

Mancuso sospirò. «Non lo fare...»

Una raffica sparata dal cortile entrò dalle finestre della cucina, mandando in pezzi le veneziane. Ross si tuffò sul pavimento. Poi cominciò il fuoco incrociato delle armi automatiche che sparavano dalla parte opposta. I proiettili forarono i muri della cucina, spaccarono il vetro del fornello, aprirono il portello del frigo, ruppero le bottiglie che c'erano dentro, mandarono in frantumi tutti i piatti negli armadietti sopra l'acquaio. Mancuso e Ross si schiacciavano contro il linoleum, coprendosi la testa mentre le scariche si susseguivano e le schegge d'intonaco e di vetro piovevano su di loro.

«Cristo!» gridò Ross per vincere il rumore della sparatoria. «Che diavolo gli ha preso?»

«Hanno paura» rispose Mancuso. «Qualcuno gli ha detto che i tipi nella casa hanno appena ammazzato tre persone.»

«Chi glielo ha detto?»

«Il tizio che ha ucciso le tre persone, idiota!»

Il rumore delle armi automatiche era diventato assordante. La cucina era un vortice di legno scheggiato e maiolica in frantumi.

Finalmente, Mancuso si girò sulla schiena ed estrasse la pistola.

«Che diavolo stai facendo?» urlò Ross.

«Se per te va bene, mi arrendo.» E gettò la pistola fuori dal vano vuoto della finestra. «Ci arrendiamo!» gridò. «Non sparate!»

E alla fine il fuoco cessò.

Ore 9.05. Ted Wyckoff aspettava in anticamera davanti all'ufficio del vicepresidente. Non aveva novità, e questa era già, di per sé, una brutta notizia. Finalmente Dan Eastman lasciò i membri del gruppo incaricato di studiare i programmi della NASA e uscì.

«Cos'hai trovato?» chiese Eastman.

«Niente.»

Si avviarono, lungo il corridoio, verso lo studio privato di Eastman.

«Hai visto il servizio di *Today?*»

«No» rispose Wyckoff.

«Imbecille! Ti hanno battuto sul tempo.»

Entrarono nell'ufficio ed Eastman sbatté la porta.

«Ti avevo detto di non fare scherzi» disse il vicepresidente, con una voce che tradiva un rabbia fredda e a stento contenuta. «Ti avevo detto di studiare, punto per punto, la sua carriera politica.»

«L'abbiamo fatto» disse Wyckoff, e non era una marcia indietro. «Lì non c'è niente.»

«Allora hai fatto circolare la voce che Fallon è un vegetale? Maledizione!»

«Non sono stato io.»

«Sei un bugiardo.»

Si fissarono, ritti in mezzo alla stanza. Poi Wyckoff sorrise.

«È vero, sono un bugiardo.» Mise la mano sul bar incorporato nella libreria rivestita di legno. «Ti spiace se bevo qualcosa?»

«Cristo, sono le nove del mattino.»

«Ho detto: ti spiace se bevo qualcosa?»

«Fa il cavolo che vuoi» disse Eastman. Andò a sedersi sul divano e mise i piedi sul tavolino. «Merda» esclamò.

Wyckoff si riempì un bicchiere di scotch. «Lascia che ti parli del tuo amico signor Fallon...» Quindi alzò il bicchiere in un brindisi. «Alla salute.» Ma Eastman lo ignorò. Bevve un sorso. Poi si sedette sull'orlo della scrivania e accavallò le gambe.

«Ieri ho cercato tutte le fonti, spremuto ogni contatto, seguito la minima traccia. E sai cos'ho trovato sul conto di Fallon?»

«Cosa?»

«Niente.» Bevve un lungo sorso dal bicchiere. «Un cavolo di niente.» Eastman tacque. Guardava Wyckoff, che stava sorridendo come un gatto del Cheshire.

«Vieni al dunque» disse il vicepresidente alla fine.

«Il nostro uomo insegnava storia al Rice. Nel 1976, mi venga un accidente, era un pidocchioso professore a Rice. Adesso è un senatore degli Stati Uniti e, se non stiamo attenti, lui sarà vicepresidente e noi ce ne torneremo a Filadelfia.»

«Che stai dicendo? Spiegati.»

«Ti sto dicendo che questa è una favola.»

«E allora?»

«Le favole non si avverano mai.»

Eastman non capiva.

«Stammi a sentire, Dan. Ti sto dicendo che non c'è niente da trovare. Il nostro uomo è il più pulito che ci sia.»

«Dunque?»

«Nessuno è così pulito» disse Wyckoff. «Nemmeno Babbo Natale.» Si avvicinò e si mise a sedere all'altro capo del divano. «Ho parlato con tutti quelli che sono riuscito a trovare. Ho passato metà della notte al telefono col Texas.»

«E cos'hai fatto l'altra metà?»

Wyckoff stava per rispondere, ma l'altro alzò bruscamente la mano. «Come non detto.»

«Sai chi lo ha mandato al congresso?» chiese Wyckoff.

«Chi?»

«Nessuno. Il suo collegio elettorale di Houston è un *barrio*. Non c'è un dollaro su cui mettere le mani, anche se Fallon volesse.»

«Bene. Vuol dire che il nostro uomo è andato in giro. Ha lavorato, fatto discorsi. E si è conquistato il seggio senza trucchi.»

«E il governatore Taylor?» disse Wyckoff. «Perché ha scelto Fallon da mettere al posto di Weatherby?»

«Lo sanno tutti. Taylor cercava un uomo con le mani pulite.»

Wyckoff si mise a ridere.

«Che c'è di tanto buffo?» domandò Eastman.

Ma l'altro non riusciva a smettere di ridere. Allora Eastman allungò una mano e lo prese per il bavero.

«Ho detto: che c'è di tanto buffo?»

«Tu» rispose Wyckoff. «Tu credi veramente nel sogno americano.»

Eastman aprì il pugno e lo lasciò libero. Poi si alzò, andò alla porta e l'aprì.

«Fuori» disse.

Ma Wyckoff non si mosse.

«Fuori, ho detto.»

«La figa» ribatté Wyckoff.

«Cosa?» disse Eastman, interdetto. E chiuse la porta.

«La moglie di Fallon è in manicomio. È in manicomio dal 1977.»

«E con questo?»

«Con chi ha scopato, lui, nel frattempo?»

«Con chi?»

«Con nessuno.»

«Con nessuno?» ripeté il vicepresidente, cominciando a capire dove voleva arrivare Wyckoff.

«Con nessuno.» Wyckoff bevve un altro sorso di scotch. «Con nessuno» ripeté.

«Non ci credo.»

«Nemmeno io.»

«E la bionda? La ragazza che lavora per lui?»

«Sally Crain? No.»

«Sicuro?»

«Lo so direttamente da Van Allen, quello stronzo. Comunque, è troppo chiaro.» Wyckoff si alzò per tornare al bar. «No. Con questo tizio dev'essere qualcosa di veramente losco, veramente clandestino e veramente, veramente disgustoso.» Depose il bicchiere vuoto. «Ora, se non hai obiezioni, vorrei scoprire di che si tratta.»

Aspettò. Per un attimo Dan Eastman rimase dov'era. Poi aprì la porta e tornò alla sua riunione.

«Grazie per lo scotch» disse Wyckoff alla porta che si chiudeva alle sue spalle.

Ore 9.35. A favore di Arlington, Virginia, Mancuso una cosa doveva dirla. Avevano un bel carcere, e il vitto non era cattivo. Gli servirono infatti una colazione migliore di quella che di solito consumava nella mensa del Bureau. Ross non aveva fame, perciò Mancuso mangiò anche la sua.

«Come diavolo fai a mangiare?» gli chiese Ross, disgustato. «Cristo, era un mattatoio.»

«Già, è vero» rispose lui, a bocca piena.

«Cazzo.» Ross si attaccò alle sbarre della porta della cella. «Quando usciremo di qui?»

«Che fretta hai?»

Ross si voltò dalla sua parte. «Di' la verità: a te non importa un fico secco che si riesca a risolvere questo caso. Eh?»

Mancuso continuò a mangiare.

«Non ci volevi andare, in quella casa» continuò Ross.

«Sta buono, su.»

«Quando hai visto che la porta di dietro era aperta, sei tornato a sederti sulle chiappe e non volevi entrare.»

L'altro alzò lo sguardo. «Su» disse stancamente, e affondò i denti in un'altra salsiccia.

«Ehi, Joe. Ho gli occhi, io. L'ho visto.»

Mancuso continuò a masticare finché non ebbe finito la salsiccia. Poi si pulì la bocca. «E allora?»

«Perché»

«Che t'importa?»

«Voglio saperlo.»

Per un lungo minuto Mancuso restò seduto sulla sponda della cuccetta. Con i pantaloni sudici e la camicia aperta sul collo sembrava vecchio a Ross, più vecchio di quanto lo avesse mai visto. I carcerieri li avevano privati della cinghia, della cravatta e dei lacci delle scarpe. Là seduto con le lingue delle scarpe a penzoloni, Mancuso sembrava un'ombra, un ricordo, un vecchio che non sapeva dove andare. «Forse ho avuto paura» ammise Mancuso.

«Paura di che?»

L'agente anziano alzò le spalle e abbassò lo sguardo al piatto di stagno che aveva sulle ginocchia. «Forse non mi sento più all'altezza.»

Ross guardò il collega, e gli si leggeva in faccia molta dolcezza e molta compassione. Poi disse: «Sei un bugiardo, lo sai, vero Joe?».

Mancuso tornò alla sua colazione.

«Non avevi affatto paura quando la polizia di Arlington ha aperto il fuoco» disse Ross. «Ti stavo guardando. Avrebbero potuto farci a pezzetti. Non avevi affatto paura.»

Mancuso respinse il complimento muovendo la forchetta.

«Queste guardie campestri non saprebbero colpire una vacca nel culo con un secchio.»

Ross disse a bassa voce: «Non contar balle, Joe».

Ma l'altro non aveva voglia di rispondere.

Ross sedette sulla cuccetta opposta. «Qualcuno è andato da quel generale del Walter Reed prima di noi, è così?» chiese tranquillamente. «Qualcun altro si è fatto dare il nome e l'indirizzo del dottor Beckwith.»

Mancuso alzò le spalle. «Può darsi.»

«Qualcuno sta cercando d'insabbiare tutto; e sono almeno mezzo metro davanti a noi.»

«Può darsi.»

«Chi sono, Joe?»

Mancuso scosse la testa.

«Io credo che tu lo sappia» ribatté il collega, cominciando a perdere la calma.

«Non lo so. E se avessi un po' di sale in zucca, non vorresti saperlo neanche tu.»

Ross scattò in piedi. Era arrabbiato. «Be', se pensavi che qualcuno ci stesse tendendo un agguato in quella casa del cazzo, perché diavolo non hai chiesto rinforzi?»

E in un lampo capì di aver risposto alla propria domanda.

Rimasero così per un minuto, Mancuso guardando il piatto di stagno; Ross guardando in fondo al corridoio, poi mormorò: «Gesù Cristo...».

«Non so» disse Mancuso. «Ma dobbiamo avere un piano.»

«Che piano?»

La pesante porta d'acciaio in fondo al corridoio si aprì con un cigolìo. L'agente speciale Barney Scott, della direzione dell'FBI, era ritto dietro la porta, con le mani sui fianchi. Non sembrava contento. Il tenente della polizia vicino a lui domandò: «Sono loro?».

Scott si grattò le palle.

«Okay. Tirateli fuori» ordinò il tenente.

In un luogo invisibile, chissà dove, una guardia girò un interruttore, e con un profondo gemito metallico la porta della cella cominciò a scorrere lateralmente. Ross porse a Mancuso la giacca.

«Anch'io ho avuto paura» ammise Ross. Ma il rumore del metallo sul metallo era così forte che Mancuso non lo udì.

Ore 9.45. Quando gli uomini del servizio segreto ebbero setacciato la casa di Terry a Cambridge, Maryland, cercando "cimici", trasmettitori a microonde, esplosivi, telecamere e microfoni clandestini, e controllando possibili appostamenti di cecchini e direzioni di tiro, compilarono una lista di cose da farsi e da non farsi che avrebbe accontentato una madre ebrea.

Non rispondere al telefono e non aprire la porta: a entrambe le cose provvederà il servizio segreto. Non sedere nel salotto sul davanti finché il vetro non sarà sostituito con uno a prova di pallottole. Tutta la corrispondenza, tutti i regali, tutta la roba da mangiare e tutti i pacchi che entrano in casa devono passare ai raggi X ed essere sottoposti a un "annusatore" elettronico che individua gli esplosivi. Le due camere da letto sul davanti, al piano di sopra, sono off-limits (troppo vulnerabili per i cecchini). Il patio sul retro e la piscina, anche (finché non si saranno vagliati i vicini e verificata l'efficacia del blocco).

Coricato stancamente sul divano in pigiama e veste da camera, Terry ascoltava il capo del servizio di sicurezza che gli elencava un divieto dopo l'altro. Anche Sally ascoltava e, ascoltando, si rendeva conto che la vita non sarebbe stata più la stessa.

D'ora in poi, in quella casa, ci sarebbero stati degli uomini: uomini armati che non dormivano mai, che a turno sorvegliavano i bambini in bicicletta, il lattaio e il postino in Crescent Drive. Uomini dall'aria anonima, vestiti di scuro, avrebbero cominciato a bussare alla porta di quelle persone fiduciose che erano i parenti e gli amici di Katrina, la corpulenta governante danese, e di Jenny, la cuoca, facendo un mucchio di domande sulle loro abitudini e sulle loro posizioni politiche. Qualcuno sarebbe andato a trovare Roy, il giardiniere, nel suo negozio, e gli avrebbe presentato una lunga lista di domande sugli uomini che tosavano il prato e potavano gli alberi da frutto. E Matsuda, l'addetto alla piscina i cui genitori nippo-americani erano stati internati nel 1942, avrebbe ricevuto un trattamento ancora più completo.

Chiunque si fosse avvicinato alla casa, fosse un amico d'infanzia o un compagno di partito o un notabile in visita o un pastore, avrebbe dovuto presentare le sue credenziali e farsi riconoscere; tutti sarebbero passati attraverso un rivelatore di metalli come quelli degli aeroporti, tutti sarebbero stati ripresi, nei loro andirivieni, da una telecamera munita di videotape, e le targhe delle loro automobili sarebbero state annotate e controllate.

Sally ascoltava la litania di regole con un crescente senso di tristezza e alienazione. Era un'altra "calotta" protettiva, ma una calotta che avrebbe costantemente gravato sulle loro spalle come una coperta soffocante. Era la fine della libertà di movimento, la fine della privacy. Era l'inizio di una vita prigioniera.

Quand'ebbe finito, il capo del servizio di sicurezza mise una copia dell'elenco dattiloscritto e il suo biglietto da visita su un tavolo. Poi disse: «Grazie, senatore» e uscì. Lo seguì l'agente Browning. Quando se ne furono andati, Terry posò la testa sul cuscino e sospirò, chiudendo gli occhi.

Sally attese. Guardava Chris. Chris rispose stringendosi nelle spalle. Insieme guardarono Terry finché non furono sicuri che dormiva. Allora Sally fece un cenno a Chris. Si alzarono e in punta di piedi si avviarono alla porta.

«Andate via?» chiese la voce di Terry alle loro spalle.

Sally si voltò. «Credevamo che...»

«No, no» disse lui, e un pallido sorriso gli incurvava gli angoli della bocca. «È tutta questa tensione. La sicurezza. Gli uomini armati. Non c'era mai stata un'arma in questa casa, finora. Che sta succedendo a questo paese?»

Chris trasse un lungo respiro. Poi guardò fisso il pavimento senza provarsi a rispondere.

Ma Sally si avvicinò a Terry, s'inginocchiò accanto al divano, prese una mano tra le sue. «Bisogna cambiarlo. Bisogna renderlo migliore.»

«Non lo so» disse Terry. «Non lo so più.»

«Possiamo farlo, se ci crediamo. Possiamo farlo, se cominciamo oggi.»

Terry sorrise. Le toccò il braccio. «Oggi no. Oggi voglio dormire fino a domani. Fai lo stesso anche tu.»

«Ci sono tante cose da sbrigare.»

«No» ribatté lui. «Abbiamo tutti bisogno di riposo. Prenditi un giorno di vacanza. Torna domani.»

«Andrò in città a prendere la mia roba. Starò nella casa degli ospiti fino a quando andremo alla convenzione» disse lei. «Mi accompagnerà Chris.»

«Certo» fece quello dalla porta. «Nella mia Toyota blindata.»

Terry le sorrise e le posò la mano su una guancia. Lei vi si rannicchiò, nella calda cavità del suo palmo. E lo sentì dire, a mezza voce, a tutti e a nessuno: «Cos'ha questo paese? Siamo diventati tutti matti?».

Ore 10.10. «.... Che due stupidi pasticcioni... Una casa che sembra un colabrodo... Staremo qui a compilare rapporti fino a Natale, porca miseria» brontolava Barney Scott mentre sfogliava il rapporto sull'autopsia di Martinez. Mancuso e Ross erano in piedi al centro del suo ufficio, spostando il peso del corpo da una gamba all'altra, imbarazzati.

«Non vedo niente sull'AIDS» disse Scott, e chiuse di scatto la cartella.

«È lì dentro» ribatté Ross. «L'ho letto io.»

Scott spinse la cartella attraverso la scrivania. «Fa vedere.»

L'altro scartabellò tra i documenti e trovò il modulo giallo. Mancuso si lasciò cadere su una sedia, in un angolo, con un'aria molto seccata. Scott lo guardò fisso.

«Bucherellare quella casa del cazzo come una fetta di gruviera» disse.

«Non è stata un'idea mia.»

«Ti ho mai detto che sei un emerito coglione?»

«Sì» rispose Mancuso. «Non sei mai stato avaro di complimenti.»

Ross alzò lo sguardo. «Non capisco. Era proprio nella...»

«Nella tua fottuta immaginazione» concluse per lui l'agente speciale.

Mancuso, seduto, si tirava un orecchio. «Telefona al dottore» disse, distrattamente. «Te lo dirà lui.»

«Che dottore?»

«Come si chiama? Summers. Medicina legale. Il quattrocchi.»

«Sì. Farò così» disse Scott, e prese un appunto. «Farò proprio così.»

Ross lanciò a Mancuso un'occhiata torva.

«Anche se...» Mancuso si stava grattando il mento. «Anche se forse parlava di *hearing aids*, di apparecchi acustici e non di AIDS.»

Quella frase richiamò l'attenzione di Scott. «Apparecchi acustici?»

«Sì» rispose Mancuso. «A furia di ascoltare degli idioti, viene il momento che diventi sordo. E allora ti tocca di usarli.»

Scott si abbandonò contro lo schienale della poltrona, fuori della grazia di Dio. «Uscite da questo ufficio! Tutt'e due!»

Obbedirono.

Ross raggiunse Mancuso nel corridoio.

«Perché l'hai fatto?» chiese.

«Fatto cosa?» rispose il collega continuando a camminare.

«Perché hai incastrato il dottor Summers? Maledizione, Joe, lo hai messo tra le grinfie di Scott.»

«Vedi di stare calmo.»

«Non fare il finto tonto con me, Joe.» Ross era veramente arrabbiato. «L'hai fatto. Ti ho sentito.»

Si fermarono davanti all'ascensore. Mancuso premette il bottone.

Sibilò piano, così piano che soltanto Ross riuscì appena a capire le parole: «Dobbiamo scoprire se Scott è dalla nostra parte».

Ma Ross era furioso. «Cosa succede a Summers, se non lo è?»

«Piantala, Dave» disse Mancuso, e guardò a destra e a sinistra lungo il corridoio.

«Cosa gli succede?»

Mancuso alzò le spalle. «Mors tua vita mea.»

Ross aveva l'aria di volergli sputare addosso. «Per la miseria, Joe.» Le porte dell'ascensore si aprirono. Entrarono. Mancuso schiacciò il bottone del pianterreno.

Ross disse: «Ora stammi a sentire, Joe...».

Ma l'altro sorrise e lo prese per un braccio, stringendoglielo come in una morsa. Ross s'interruppe a metà della frase. I suoi occhi seguirono quelli di Mancuso fino alla parete di fronte della cabina. Sopra il quadro di controllo c'era la piccola griglia nera di un microfono. Ancora più in alto, l'obiettivo di una telecamera.

«Non credi di esagerare?» domandò Ross quando furono all'aperto, in E Street.

«Stammi a sentire tu» rispose Mancuso. «Nel 1954 il Bureau mi mandò a caccia di comunisti per McCarthy. Ora dicono che McCarthy è una parolaccia. Nel 1956 mi spedirono a spiare un predicatore negro in Alabama. Ora il giorno del suo compleanno è una festa nazionale. Nel 1971 sono andato a caccia di obiettori di coscienza in Canada. Poi Carter gli ha offerto l'amnistia e un party al Kennedy Center. Ogni volta che il Bureau sventola la bandiera, puoi scommettere che ti mettono in mano il pezzo dell'asta che è sporco di merda.»

Si fermarono all'angolo.

«Tu non credi in niente, eh?» fece Ross.

«In un mucchio di cose. Ma non nelle persone.»

Ross scosse la testa.

«Gli eroi sono morti, figliolo» disse Mancuso. «Non ci restano che i panini.»

E andarono ciascuno per la propria strada.

Ore 11.50. Chris aveva riaccompagnato Sally a Georgetown per fare i bagagli, e lei aveva quasi terminato quando, entrando nel bagno, si accorse di aver finito tutto. Allora s'infilò un pullover sul prendisole giallo e corse giù per l'acciottolato della via fino al People's Drug di Wisconsin Avenue.

Diede di piglio a un carrello e fece la spola tra i banchi, prendendo lacca per i capelli e crema per le mani, più un bottiglione di bagnoschiuma che era in offerta speciale. Ed era così assorbita dalla ricerca di un dentifricio che andò a sbattere in pieno contro un altro carrello in fondo alla corsia.

«Scusi» disse. «Ero distratta.»

Il giovanotto stava fregandosi un ginocchio. «Dovrebbe proprio....» Poi alzò lo sguardo su di lei. «Sally?»

Lei batté le palpebre e lo guardò fisso.

Lui si raddrizzò. Era alto, più di un metro e ottanta, aveva i capelli biondi e gli occhi azzurri, e indossava un blazer blu fresco di bucato e una camicia con le punte del colletto abbottonate, calzoni grigi e mocassini. Era uno schianto.

«Sally Crain?» chiese.

«Sì?»

«Ehi, sono io. Steve Thomas.»

Ma Sally non riusciva a riconoscerlo.

«Steve Thomas. Possibile? Emory University. Dooley's Frolics, 1968.»

Lei sorrise meglio che poté. «Non...»

«La Deke House.»

Sally rise e aprì le mani. «Forse sto diventando rimbambita. Non riesco davvero...»

«La tua amica Angie usciva con Jerry Kramer.»

«Dio» esclamò lei, e scoppiò in una sonora risata. «Non pensavo ad Angie e Jerry da...»

«Hai tempo per un boccone?»

«Dio, no, mi spiace. Ero solo corsa fuori a prendere due o tre cose e...»

«Dovrai pur mangiare, una volta o l'altra.»

Era proprio bellissimo.

«Ma facciamo in fretta, eh?» disse lei.

Mezzogiorno. «Due di tutto» disse Mancuso, e porse all'uomo del baracchino un biglietto da cinque dollari. Non aveva voglia di rifare tutta la strada fino ad Arlington in macchina nel traffico di mezzogiorno, ma lo spaccio era sulla strada di McLean – a metà strada, per l'esattezza – e d'estate c'era sempre una gran folla intorno al monumento a Iwo Jima. Insomma, era un buon posto per non farsi trovare. Mentre aspettava gli hot dog, guardò le famiglie che facevano scattare le Polaroid davanti alla statua di bronzo dell'alzabandiera sul monte Surubachi. Alcuni dei turisti erano giapponesi. Mancuso li guardava a bocca aperta. Dei fottuti musi gialli che facevano fotografie davanti al monumento commemorativo di una battaglia dove ne avevano prese un sacco e una sporta. Curioso come il tempo mettesse ogni cosa a culo in su.

«Vacci piano con i crauti, capo» disse Harry Wilson alle sue spalle. Allungò la mano oltre Mancuso e prese il suo hot dog.

Mancuso intascò il resto, seguì Wilson fino a una panchina e si sedette vicino alui.

«Non posso mangiare troppe spezie» continuò Wilson. «Mi fanno vedere le stelle, sopra e sotto.»

«L'ulcera?»

«La merda» disse Wilson. «Sono così stufo di tutta questa merda burocratica che quando scoreggio puzzo come una vacca.»

Mancuso lo conosceva da molto tempo, e sapeva cosa voleva dire. Wilson era entrato nella CIA nel 1961, in tempo per dare una mano ai colleghi a rendere irreversibile il pasticcio del Vietnam. Spiava, da infiltrato, i gruppi pacifisti di Chicago nel 1968, quando conobbe Mancuso, che faceva lo stesso per l'FBI. Passavano insieme i week-end, andando nel South Side a mangiare pessime pizze e a bere birra. Dopo i disordini della convenzione democratica, Mancuso fu spedito a dar la caccia ai renitenti alla leva e Wilson fu promosso vicecapo del nucleo di Teheran, perché lo scià voleva un esperto nell'infiltrazione dei gruppi radicali. Wilson era in licenza a Parigi nel 1978 quando alcuni degli "studenti" che teneva d'occhio invasero l'ambasciata e diedero inizio all'assedio che sgarrettò Jimmy Carter. Così, Wilson tornò a Langley come membro dell'*intelligence community*: in altre parole, era una spia che non faceva mistero della sua professione. Ormai era troppo vecchio e troppo noto per poter lavorare sul campo. Non essendo riuscito a diventare vicedirettore, e nemmeno caposezione, finì col rassegnarsi a fare il reclutatore. C'erano un mucchio di persone come Wilson nella CIA, gente anziana che non poteva essere sbattuta fuori e che andava trattata con un certo rispetto. Gente che sapeva troppe cose. Non conveniva scontentarli troppo.

«Perché non te ne vai?» domandò Mancuso.

«Ne compio sessantadue in febbraio, Joe. Poi sarò un ricordo. Se tagliassi la corda troppo presto, potrebbero pensare che mi voglio dare alla libera professione. La compagnia non vede di buon occhio chi si mette in proprio.»

«Come Rolf Petersen» disse Mancuso.

«Come Rolf Petersen.»

Rimasero seduti per un po' sulla panchina, mangiando. Mancuso guardò Wilson. Era un elegantone. Bel completo marrone con calzoni ben stirati e scarpe lucide. Indossava una camicia bianca e una cravatta di seta. E portava sempre occhiali da sole cerchiati d'acciaio. Mancuso capiva benissimo perché Wilson non aveva fatto carriera. Era il ritratto di una fottutissima spia.

«Sono nei guai, Harry» disse Mancuso.

«Come mai?»

«Devo trovare Petersen.»

Wilson si pulì la bocca col tovagliolino di carta, vi avvolse l'ultimo pezzo dell'hot dog e lo lasciò cadere nel cestino dei rifiuti accanto alla panchina. «Allora sei proprio nei guai.»

«Tu sapresti dove cercare?»

«No. E non sono curioso.» Wilson si adagiò sulla panchina, volse la faccia al sole e si aggiustò gli occhiali sul naso, come se intendesse schiacciare un pisolino.

«Puoi procurarmi una foto e un curriculum?» chiese Mancuso.

L'uomo della CIA appoggiò la testa alla panchina e chiuse gli occhi. «È una richiesta ufficiale?»

«No.»

«Ci proverò.»

Mancuso masticò l'ultimo boccone del suo hot dog.

«Cosa farai quando andrai in pensione, Harry?»

«Io e mia moglie abbiamo un localino a Vero Beach. È un motel. Venti posti, che possono diventare quaranta. E tu?»

«Non so. Non ho nessun progetto.»

«Mi spiace che tu abbia perso Mary Louise.»

«Eh sì.» Mancuso restò seduto ancora un po', pensando a Mary Louise.

Gli occhi di Wilson si aprirono. «Ehi, Joe...»

«Eh?»

«Petersen è un gran brutto figlio di puttana. Dovrai farlo fuori. Mi sono spiegato?»

«Sì» disse Mancuso, e la sua voce era vecchia e stanca. «Ho visto come lavora.»

A passo lento, si allontanò.

Ore 12.25. «Al nostro incontro» disse Steve Thomas, e alzò il suo bicchiere di borgogna.

«Sei un demonio» fece Sally. «Morirò di vergogna se qualcuno che conosco entrerà qui dentro e mi vedrà così». Stringendosi il davanti del golfino sul vestito alzò il bicchiere fino a toccare il suo. Bevvero.

«Non fare la stupida. Sei bellissima.»

«Oh sì. Struccata come sono. Con le occhiaie che mi ritrovo. Vestita come una ragazzina. Non mi sono neanche messa le calze.»

In effetti, il maître aveva aggrottato la fronte quando erano entrati da Clyde. Che modo di vestirsi! Ma Steve gli aveva dato dieci dollari, e lui aveva subito trovato un separé vuoto in un angolo, in fondo alla sala. Ora Sally se ne stava rannicchiata in fondo al separé, sentendosi sciocca e fuori posto in mezzo alla folla elegante di Georgetown all'ora di pranzo.

«Vivo a Golden, nel Colorado, adesso» disse Steve. «Mi occupo di proprietà immobiliari.»

«È vicino all'università?»

«Eh... sì. E tu? E la ragazza che ho incontrato da Dooley's Frolics mille anni fa?»

Sally assaggiò il borgogna. Era dolce e scuro e greve del profumo dell'uva e della Francia. «Oh, non so. Ha vagabondato a lungo prima di trovarsi. Il Peace Corps, un paio di settimanali e il *Post* di Houston. Poi quassù al *Washington Post* e in politica.»

«Formidabile» esclamò lui, e si vedeva che era impressionato.

«Ho diretto l'ufficio stampa del senatore Weatherby fino... Sai.»

«Weatherby? Weatherby? Non era quello che...»

«Sì.»

«Ehi, dev'essere stata una bella esperienza.»

«Come dice la canzone, ho visto il fuoco e ho visto la pioggia.»

«Lo credo» disse Steve. I suoi occhi erano teneri e premurosi. Le piaceva.

«Adesso lavoro per il senatore Fallon.»

Steve aveva la bocca piena di vino. Tossì e per poco non rimase soffocato. «Gesù» mormorò asciugandosi le labbra. «Vuoi dire quello che...»

«Sì.»

«Mio Dio! Ho visto tutto alla televisione!» s'interruppe. «Ma allora... eri tu! Quella che lo teneva per un braccio.»

«Sì.»

«Dev'essere stato terrificante.»

«Sì.»

«Stai bene? Volevo dire, sta bene? È...»

«È in convalescenza. Lavoreremo da lui finché non si sarà ripreso. Cioè» disse guardando l'orologio «se oggi riuscirò a fare la spesa.»

«Accidenti, scusa tanto. Non avevo capito. Chiamo subito un cameriere.» E si voltò sulla sedia guardandosi intorno.

Lei abbassò lo sguardo alla sua mano sinistra sulla tovaglia. Era una mano forte, abbronzata, con unghie pulite e arrotondate. Non c'era nessuna fede nuziale, e nessuna riga bianca sul dito da cui l'anello avrebbe potuto essere stato tolto. Sembrava una mano gentile. Era la mano di cui aveva bisogno.

Ore 17.35. Joe Mancuso sedeva in fondo al banco nel bar di Gertie, all'angolo della Tredicesima con F. Stava là per un'oretta, dopo il lavoro, ogni giorno feriale. Qualcuno diceva che c'erano stati solo tre giorni, negli ultimi trent'anni, in cui era stato impossibile trovare Mancuso su quello sgabello di quel bar alle sei in punto: il giorno in cui avevano sparato a Jack Kennedy, il giorno dopo che i Redskin avevano vinto la superbowl e il giorno dopo quello in cui era morta Mary Louise. Se Mancuso era abbastanza sobrio per reggersi in piedi, lo trovavi là seduto sul suo trespolo.

Gertie gli aveva messo davanti, sul banco, un doppio Jack Daniel's.

«A che stai lavorando, adesso, Joey? Roba grossa?»

«Già.» Mancuso bevve un sorso. Era buono quando lo mandavi giù.

Gertie si sporse in avanti, puntando gomiti e tette sul banco. «Dici davvero?» domandò. «Raccontami qualcosa.»

«Be'...» Guardò a destra e a sinistra. I clienti abituali c'erano tutti: alcuni vecchi agenti dell'FBI, qualche ergastolano del ministero del lavoro in fondo alla strada. C'erano tre o quattro battone, compresa la sua amica, Mandy, che facevano il turno serale. A sua volta si sporse verso Gertie. «Qualcuno ha rubato delle monetine dal distributore di profilattici nell'ufficio del presidente.»

«No! Dici sul serio?»

«Certo» rispose lui con voce grave.

«Nell'ufficio privato del presidente?» disse lei, e la sua voce era piena di stupore.

«Sssst.»

Gertie scosse la testa. «Che gente.» Stava ancora scuotendo la testa quando andò in fondo al banco a preparare un cocktail.

Ross si arrampicò sullo sgabello di fianco a quello di Mancuso.

«Che hai trovato?» gli domandò quello.

«Gertie, dammi un gin and tonic» esclamò Ross. «No. Meglio un succo di limone con un po' di gin.»

«Quando la smetterai di bere quella roba per signorine?»

«'Fanculo.»

«Brutte notizie, immagino.»

«Merda.» Ross si girò sullo sgabello. «Il dottor Summers non ricorda di aver mai parlato di AIDS.»

Mancuso sbuffò. «Come la mettiamo?»

«Già. Come la mettiamo?»

Gertie depose sul banco il bicchiere di Ross, che avidamente lo portò alle labbra.

Mancuso disse: «E quando sei andato a trovarlo aveva un sacco di appuntamenti e pochissimo tempo per parlare».

«Più o meno.»

«Il che significa che Scott non sta dalla parte degli angeli.»

«A chi possiamo dirlo?» chiese Ross.

«A nessuno.»

«Già.»

Tacquero, fissando la fila di bottiglie dietro il banco.

Poi Ross disse: «Ci ammazzeranno?».

«Solo se ci dimostreremo troppo ficcanaso» rispose il collega. «Tre mesi di lavoro a tavolino. Ecco quello che vogliono. Poi io starò spaparanzato su una spiaggia, tu avrai un trasferimento, e la pista sarà fredda come un pinguino con la bronchite.»

Ross bevve un lungo sorso.

«Intanto ci stanno dicendo di prendere l'altra direzione» continuò Mancuso.

«Quale direzione?»

«Quella del tizio che ha bucato Martinez.»

«Chi ce lo sta dicendo?»

Mancuso s'interruppe e lo fissò, proprio come aveva fatto nella cucina dei Beckwith, col corpo della bambina assassinata ai loro piedi.

«È una domanda seria?» fece Mancuso alla fine.

«Sì.»

Mancuso scosse la testa. «Yale... Non vi hanno insegnato niente?» Scese dallo sgabello, gettò sul banco un biglietto spiegazzato da cinque dollari. «Gli stessi che hanno inventato mille trucchi per non pagare le tasse e il servizio militare obbligatorio. I ricchi. Le classi privilegiate. Le autorità costituite.»

Ross restò seduto là dov'era, senza spiccicare parola, guardando il vecchio agente che si allontanava.

In fondo al banco Mandy, la battona, allungò una mano e prese Mancuso per la manica.

«Che ne diresti di un appuntamento, Joe?»

«Spiacente, bambina. Ne ho già uno.» E uscì.

Ore 22.10. Era stato bello. Era stato divertente. L'aveva fatta sentire di nuovo una ragazzina. Il pranzo a Georgetown, il viaggio fino a Mount Vernon, lungo la George Washington Memorial Parkway, nella decappottabile, col vento che le scompigliava i capelli e gli alberi pieni di foglie verdi e il sole guizzante tra i rami e il buon odore caldo del pomeriggio d'agosto. Sulla strada del ritorno si erano fermati e avevano fatto una passeggiata lungo il Potomac. Cenarono a lume di candela in Willow Tree Road, in quella che una volta era stata una locanda per i passeggeri delle diligenze.

Erano le dieci passate quando la riaccompagnò fino alla porta della sua villetta di Georgetown. Gli antichi lumi a gas baluginavano e la brezza creava sulla soglia un ricamo in movimento di foglie e di punti luminosi. Sally frugò nella borsetta, cercando le chiavi, e lui si sporse su di lei, mantenendo le distanze ma, chiaramente, cercando un bacio.

«Sei sicura di non volermi far entrare per un ultimo bicchierino?» chiese.

«Vorrei» disse Sally. «Ma non stasera. Devo finire di fare i bagagli.»

«Starò a Washington solo cinque giorni... e cinque notti.»

«Me lo ricorderò.» Trovò la chiave, la infilò nella toppa. «Buonanotte, Steve. Grazie. È stata una bellissima giornata. Ne avevo bisogno.»

Si alzò sulla punta dei piedi e gli diede un bacio sulla guancia.

Lui rimase un po' interdetto, contento e deluso al tempo stesso. «Ti chiamerò» disse. E ridiscese i gradini di mattoni rossi sparendo nella notte.

Sally entrò, si chiuse la porta alle spalle e accese la luce.

C'era un uomo dall'aria burbera seduto in una poltrona del soggiorno. Si alzò e fece per mettere una mano in tasca.

La donna cercò nella borsetta la sua lattina di Mace. La strinse tra le dita e gettò la borsetta da una parte.

«Resti dove si trova!» intimò.

«Mancuso» disse lui, alzando il distintivo e la tessera di riconoscimento. «Dell'FBI.»

Lei lo guardò. «Lo metta sul tavolo.»

Mancuso obbedì.

«Indietro.»

Aspettò che lui avesse raggiunto l'altro lato della stanza, poi raccolse il portadocumenti e controllò la somiglianza della foto. «Qual è l'indirizzo del suo ufficio?»

«Angolo Decima e Pennsylvania.»

«Quanti piani ha l'edificio?»

«Sette sulla Penn, undici su E Street. E tre sotto il livello del suolo.»

Lei rifletté un momento. Poi lasciò cadere la tessera sul tavolo. «Okay» disse; andò a prendere la borsa e mise via il Mace. «E lei come la chiama, questa...»

«L'ultima persona che sono andato a trovare, per parlarle di Martinez... Be', qualcuno ha ucciso lui e tutta la sua famiglia.»

Sally alzò lo sguardo.

«Andiamo a fare un giro» propose l'agente.

Mentre viaggiavano lungo la Trentaquattresima Strada, Sally, appoggiandosi alla portiera, studiò Mancuso alla luce dei fari delle macchine che venivano dalla direzione opposta. Era un uomo anziano, con le spalle quadrate ma curve, insaccato in un vecchio completo marrone con i risvolti della giacca fuori moda, i polsi della camicia sfrangiati, la pancia e il doppio mento. Era proprio il tipo d'impiegato statale, disciplinato e ottuso, al quale si aspettava che l'FBI avrebbe assegnato le indagini. Il classico sgobbone che non avrebbe mai trovato nulla che potesse dar luogo a un titolo imbarazzante sui giornali prima della convenzione. Lo guardò e comprese che la Casa Bianca aveva deciso di seppellire l'inchiesta su Martinez. E si chiese se la Casa Bianca aveva le sue ragioni.

«Ha idea di chi possa aver ucciso Martinez?» disse infine.

«E lei crede che quest'anno Aaron ce la farà a riportare i Braves in vetta alla classifica?» ribatté Mancuso.

«Cosa?» Per un attimo Sally non capì. Poi le venne il dubbio di aver capito benissimo.

Mancuso parcheggiò vicino al Lincoln Memorial. Le fece strada su per la lunga rampa di marmorei scalini. Erano le dieci e mezzo, ma faceva caldo, e il posto era pieno di turisti che scattavano fotografie col flash e chiacchieravano a bassa voce tra loro.

Sally salì fino in cima alle scale dietro la figura arrancante dell'uomo e lo seguì tra le gigantesche colonne ai piedi della statua. Una luce calda e gialla splendeva sul granito, e il testone di Lincoln era chino su di loro, stanco e benigno.

Sally cominciava a spazientirsi. «Allora, agente, che posso fare per lei?»

«Perché Fallon ama tanto quei cafoni di sudamericani?»

La donna sbatté le palpebre e non seppe cosa rispondere.

«C'è qualcosa che non va?» disse Mancuso.

«Non mi piacciono le parole che usa, signor Mancuso.» Gli passò davanti.

«Come vuole.» La seguì.

«Il senatore Fallon è convinto che potremo avere la pace in questo emisfero solo se gli Stati Uniti appoggeranno le rivoluzioni popolari fino...»

«Okay, okay» tagliò corto l'agente. «Ho capito.»

Sally cominciava a irritarsi. «Quali sono le sue idee politiche, signor Mancuso?»

«Non voto da quando Truman se ne tornò a Independence.» Tirò fuori un pacchetto di sigarette e gliene offrì una. Bruscamente lei respinse l'offerta.

Mentre proteggeva con le mani la fiamma del cerino davanti al suo viso, Mancuso la studiò. Era bella, presuntuosa, autoritaria e piena di sé. Conosceva il tipo. Era probabilmente una di quelle gentildonne che bazzicavano i ricevimenti eleganti finché qualche alto papavero non le metteva gli occhi addosso. E quando una donna come quella prendeva all'amo un tizio, usava il suo cazzo come piolo per arrampicarsi su per la scala finché non si era assicurata il posto e l'anello o la sistemazione che voleva. Mancuso conosceva il tipo, come no: e non gli piaceva neanche un po'.

«Va bene» disse lei. «Non ho tutta la notte. Che vuole?»

«Una dritta.» Spense il fiammifero stringendolo tra le dita e se lo mise in tasca.

Lei lo studiò un momento. Era un poveraccio stanco e mal ridotto, e per giunta un reazionario. «Mettiamo che avessi una dritta da darle. E allora? Che farebbe? Scriverebbe un rapporto e aspetterebbe una settimana che qualcuno con un minimo di autorità trovasse il tempo di leggerlo?»

«Lei mi dia una dritta, e io la seguirò. Così vanno le cose.»

«Se non le spiace, preferisco parlare con l'agente che dirige l'inchiesta.»

Lui lasciò cadere la cenere sul pavimento di marmo. «L'agente che dirige l'inchiesta sono io.»

«Lei?»

«Già. Senta, sorella, la cosa non le garba?»

Sally scoppiò in una sonora risata. «Il delitto politico più importante degli ultimi dieci anni e incaricano lei di trovare l'assassino?»

Mancuso cominciava ad arrabbiarsi. «Che c'è di tanto strano?»

«Mi perdoni» disse lei. «Ho sempre saputo che la giustizia era cieca. Non sapevo che fosse anche stupida.»

Aveva sempre la risposta pronta, e l'uomo cominciava a incazzarsi. Però sapeva che da quella donna avrebbe ottenuto molto di più se le avesse lasciato credere che era lei ad avere il coltello per il manico. «Si diverte?» le chiese piano.

«Va bene» disse Sally. «Va bene. Le darò una dritta. Così lei potrà seguirla. D'accordo?»

«Sì. D'accordo.»

Era proprio quello che Sally avrebbe potuto aspettarsi dall'amministrazione Baker: la parodia di un'inchiesta nelle mani di investigatori incompetenti che non avevano alcuna possibilità di catturare l'assassino o punire il colpevole. Non era un insabbiamento. Non esattamente. Washington aveva imparato molte cose dopo il Watergate. C'era più di un sistema per sopprimere le prove; il modo migliore consisteva, in primo luogo, nel non scoprirle affatto. Ecco una delle cose che Terry Fallon avrebbe cambiato, quando ne avesse avuto la possibilità.

«Può darsi che io abbia una dritta per lei» proseguì la donna. «Oggi un uomo mi ha abbordato in un drugstore. Un uomo che sostiene di avermi conosciuto all'università. Era molto cordiale.»

«E allora?»

«Dice che abita a Golden, nel Colorado. Vicino all'università.»

«E allora?» disse Mancuso.

«A Golden non c'è l'università. È a Boulder.»

L'agente si ficcò le mani in tasca. Oh, sì, era proprio un tipo in gamba, questa qui. Era capace di dire una cosa e di pensarne un'altra mentre faceva, con le mani o con gli occhi, qualche furbata per metterti fuori strada. E aveva quella bellezza schietta e aperta che invogliava tutti gli uomini a crederle sulla parola.

«Che ne pensa?» gli domandò.

«E lei che ne pensa?».

«Potrebbe essere qualcosa» disse lei. «Potrebbe anche non significare nulla. Solo un giornalista intraprendente che cerca di ottenere qualche indiscrezione sul senatore Fallon.»

«Ci sono delle indiscrezioni sul senatore Fallon?»

«No.»

«Lei ci va a letto insieme?»

Sally tornò a voltarsi, e stavolta i suoi occhi sfavillavano di collera. «Senta, sporco…»

«Va bene» disse Mancuso, e sapeva di aver colto nel segno. «Allora ci va a letto. Non me ne frega niente.»

Sally, rivolta verso di lui, stava praticamente tremando di rabbia, di una rabbia così violenta che le impediva di parlare.

«Va bene, va bene» continuò Mancuso. «È innamorata di lui.» Si allontanò dalla ragazza e appoggiò le spalle a una colonna. Tutt'a un tratto si sentiva piuttosto impudente anche lui.

Sally gli si avvicinò. «Che diavolo gliene importa?»

«Come dicevo, tesoro…» Aspirò una boccata di fumo dalla sigaretta. «Non me ne importa niente.»

Così, squadrandosi reciprocamente, passarono un lunghissimo istante.

«Si chiama Steve Thomas» fece infine Sally. «Sta al Four Seasons Hotel.»

«Venga» disse l'agente. «Andiamo a fare una telefonata.»

Ore 23.30. Nell'atrio del Four Season Hotel era appeso uno striscione con la scritta: BENVENUTI PUBBLICITARI D'AMERICA. L'albergo era pieno di uomini obesi di mezza età correttamente vestiti di scuro con un cartoncino all'occhiello. I cartoncini dicevano: «Salve, io sono Fred» oppure: «Salve, io sono Dick», e gli uomini formavano una chiassosa compagnia di gente che si dava grandi pacche sulle spalle, raccontandosi vecchie barzellette sporche.

Mancuso e Sally attesero in un angolo fino a quando arrivò Ross, sbucando trafelato dalla porta girevole e lottando per annodarsi la cravatta.

«Ce ne hai messo, di tempo» disse Mancuso.

«Eh, dormivo.» Poi Ross vide Sally al fianco del collega e tacque di botto. Era alta e molto carina, bionda e affascinante.

«Questo è Ross» stava dicendo Mancuso. «Lavora con me. Questa è Sally Crain.»

«Crain» fece lei.

«Sì, salve» disse Ross, e non riusciva a toglierle gli occhi di dosso.

«Crain» riprese Mancuso. «Ora, ecco quello che faremo...»

Le porte dell'ascensore si aprirono e ne uscirono danzando muniti di alti bicchieri di plastica, tre dei partecipanti alla convenzione. Dietro di loro uscì anche Steve Thomas, che attraverso l'atrio affollato e rumoroso si avviò nella direzione del bar.

«Eccolo» mormorò la donna. Istintivamente, Mancuso e Ross distolsero il viso.

«Ci ha visti?»

«No.»

Mancuso si voltò indietro. «Quale?»

«Quello alto. Con i capelli biondo-rossi.»

Mancuso prese Sally per un braccio. «Lo tenga giù a chiacchierare per quindici minuti. Noi vedremo cosa riusciamo a trovare.»

«A trovare dove?»

«In camera sua. Dove vuole che cerchiamo?»

«Un momento, un momento.» Sally fece un passo indietro. «Io ho detto che lo avrei chiamato e ve lo avrei indicato. Non ho mai detto che lo avrei intrattenuto mentre voi perquisivate la sua stanza.»

«Vuol trovare l'assassino di Martinez, sì o no?»

Lo sguardo di Sally si posava ora sull'uno ora sull'altro dei due uomini.

«Senta signora» disse Mancuso, e si tolse il cappello. «Occasioni come questa non si presentano tutti i giorni. Lei deve darci una mano.»

«Ma non avete un mandato. Non avete bisogno di un mandato?»

«Solo se ci beccano. Allora, per piacere. Che ne pensa?»

Ma Sally non si muoveva. Guardò Ross. Ross alzò le spalle.

«Okay, okay» sbottò Sally. «Quindici minuti. Ma se mi mette una mano addosso, me ne vado.»

«Affare fatto» disse Mancuso.

La donna si fece largo tra la folla che gremiva l'atrio dell'albergo e scomparve oltre la soglia del bar.

«Sei stato piuttosto sbrigativo con lei, no?» disse Ross.

«È più dura di quello che sembra. Andiamo.» Si incamminarono verso l'ascensore.

Mancuso disse: «Tu fai il palo, io perquisisco».

«Perquisisco io» ribatté l'altro. «Sono più ordinato.»

«Okay.» Mancuso accennò ai telefoni dell'albergo. «Uno squillo significa smammare.»

Ross entrò nell'ascensore. Poi attese, guardando il collega.

«Allora?» chiese Mancuso.

«Vuoi dirmi il numero della stanza?»

«Ah sì, 724.»

«Ci vediamo.» Ross schiacciò un bottone e le porte si chiusero tra loro.

Sally si fermò sulla porta del bar. C'era una fila ininterrotta di pubblicitari per tutta la lunghezza del banco, punteggiata qua e là di battone da cento dollari. Un uomo seduto su un sofà in fondo alla sala si alzò in piedi e la salutò con la mano. Era Steve Thomas.

«Ciao, Steve.»

«Vieni. Accomodati. Bevi qualcosa.» Aveva un'aria fresca, elegante e giovanissima, non aveva un capello fuori posto. Sorrise, e da come gli brillavano gli occhi, Sally comprese ciò che si aspettava.

«Sono contento che tu abbia telefonato» disse lui. Lasciò che si sedesse, poi scivolò sul divano accanto a lei.

«Dovevo sbrigare una commissione» spiegò Sally «che mi ha portato a due passi da qui. Ho pensato di vedere sei eri ancora alzato.» Mentre parlava, vide Mancuso in piedi sulla porta del bar. Le lanciò un'occhiata, quindi occupò l'ultimo posto libero all'estremità del banco più lontana.

«La mia sera fortunata» disse Steve. Con un gesto chiamò il cameriere. «Che ne diresti di un doppio, tanto per cominciare?»

La serratura della porta della camera dell'albergo era una Schlage a tre vie, di quelle con un inserto di teflon nel catenaccio. Ross aveva preso dieci e lode in serrature, a Quantico; entrò nella stanza come se la porta fosse aperta. Poi usò la nocca dell'indice per accendere la luce e si chiuse la porta alle spalle.

S'infilò i guanti da chirurgo e partì dal cassettone. Tirò fuori un paio di mutande e guardò l'etichetta. Ebbe subito una sorpresa. Steve Thomas poteva essere del Colorado, ma la sua biancheria veniva da Woodward and Lothrop, Maryland.

«Non dev'essere facile essere una donna a Washington, una donna bella e senza legami» stava dicendo Steve nel bar dell'albergo al pianterreno. Si sporse verso Sally, così vicino che quasi si toccavano.

«Oh, non so.»

«Tutti quelli che incontri ci proveranno, immagino.»

«No davvero.» Sally guardò verso Mancuso. Lui rispose con un'occhiata imperturbabile.

Steve Thomas ce la stava mettendo tutta. «Non sarà facile conoscere qualcuno che ti sta veramente a cuore. Qualcuno che dimostra veramente un interesse per te.»

«Questo è vero dappertutto, no?»

Sally cominciava a spazientirsi. Si sentiva una scema. Lanciò un'occhiata a Mancuso. Quello la fissò senza espressione.

«Sì. Sì, hai ragione» stava dicendo Steve. Alzò il bicchiere: «Niente come i vecchi amici, dico bene?».

«Certo... È vero.»

Lui tracannò il suo bicchiere di whisky. Lei ne bevve appena un sorso. Era amaro e sapeva di fumo, e Sally non era una gran bevitrice.

«Ehi, Sal» esclamò l'uomo. «Cin cin!» Finì di vuotare il bicchiere. Proprio allora Sally sentì il bisogno di bere. E allora lo imitò.

Di sopra, nella camera d'albergo, Ross chiuse il cassetto dello scrittoio. Si guardò intorno. Quello che mancava era più interessante di quello che c'era.

Nell'armadio non c'erano né un ombrello né un impermeabile. Sulla valigia vuota non c'erano le matrici di nessuno scontrino per il ritiro dei bagagli dai depositi di qualche compagnia aerea: e la valigia era troppo grande per essere un bagaglio a mano e troppo grande per i pochi effetti personali che Ross aveva trovato nel cassettone. Ma, cosa più importante, non c'era né una borsa, né un taccuino, non c'erano cartelle, né calcolatrici tascabili, né numeri da richiamare scritti sul notes accanto al letto. Non c'era nulla dell'armamentario di un commesso viaggiatore. Ora Ross sapeva ciò che Steve Thomas non era. Non era un agente immobiliare del Colorado. Non era un giornalista. Cercò allora degli indizi per capire cosa fosse.

Rapidamente si avvicinò al letto. Qualcuno vi si era coricato, a leggere il numero di *Penthouse* di quel mese. Ross tolse la coperta, ficcò le mani tra la rete e il materasso. Stava esaurendo il tempo a sua disposizione e non aveva combinato nulla.

Sally guardò l'orologio mentre il cameriere posava davanti a loro altri due bicchieri pieni. Mancava un quarto d'ora a mezzanotte.

«Basta, questo è l'ultimo» disse. «Uno di noi deve andare a lavorare, domattina.»

Steve Thomas era su di giri, il liquore cominciava a fargli effetto. Si abbandonò contro la spalliera del divano. «Ehi, credevo che questo fosse solo l'inizio.» Alzò il bicchiere; un po' del liquido che c'era dentro si rovesciò sul tavolo. «Alle lunghe notti!» Scolò il bicchiere, si strinse a lei e le mise una mano sul ginocchio. «Ehi, senti, Sally, che ne diresti se ce ne facessimo portare un altro paio su da me? Potremmo continuare la conversazione in camera mia. Che te ne pare?»

Gentilmente, ma con fermezza, Sally spostò la sua mano. «Non credo proprio» disse.

Steve allora si strusciò contro di lei, ricorrendo alle moine. «Dài. Mezz'ora. Che male c'è?»

Lei si ritrasse. «Ho detto che devo andare.» Esasperata, guardò verso Mancuso, in fondo al bar. Mancuso sembrava felice come una Pasqua mentre ordinava un altro cicchetto e ruminava laboriosamente una manciata di noccioline. Capì che si era fatta infinocchiare, che quell'agente aveva approfittato di lei. Prima che Sally se ne rendesse conto, il poliziotto l'aveva messa in mezzo. Lo aveva sottovalutato, quel tipo. Si era lasciata mettere nel sacco. Doveva assicurarsi che una cosa simile non accadesse mai più.

Steve stava guardando l'orologio, sforzandosi di leggere il quadrante nella penombra del bar, resa più fitta dalla nebbia dell'alcool.

«Ehi, sono appena le undici e mezzo» disse. «Potrai restare fino a mezzanotte, no?»

«No, Steve. Ancora cinque minuti e...»

«Perché diavolo sei venuta, allora?» fece lui, e lei colse il disappunto e l'irritazione che gli alteravano la voce. «Eh? Farmi scendere per...»

S'interruppe di botto, a metà frase. La guardò fisso come se la vedesse per la prima volta. Poi alzò bruscamente lo sguardo.

«Gesù Cristo» sibilò, e spinse il tavolo da una parte. Il suo bicchiere si rovesciò e il ghiaccio si sparse dappertutto. Lui si alzò dal divano, si fece largo tra i partecipanti al raduno e corse fuori dal bar.

Sally guardò ansiosamente Mancuso.

Mancuso scese dallo sgabello. Lasciò sul banco un biglietto

da dieci dollari. «Merda» mormorò, e seguì Steve Thomas fuori dalla porta.

Quando raggiunse l'atrio, Mancuso vide Thomas puntare verso l'ascensore, facendosi largo tra la folla. Si gettò all'inseguimento. Steve spinse due uomini da un lato, agguantò la porta dell'ascensore, che si stava chiudendo, e s'incuneò nell'interno. La porta si chiuse in faccia a Mancuso.

L'agente si voltò e corse ai telefoni. Erano tutti occupati dai pubblicitari e dalle loro mogli, e davanti a ogni apparecchio si allungava una coda senza fine.

«Cazzo» disse. Tornò indietro, verso gli ascensori: le frecce indicavano che entrambe le cabine stavano salendo. Si voltò verso la porta delle scale antincendio e andò a sbatter in pieno contro Sally.

«Non potevo farci niente. Ha...»

«Vada a casa» le ordinò Mancuso. «Dimentichi di essere stata qui.» Aprì la porta antincendio e cominciò a correre su per le scale.

Non c'era niente sotto il materasso, niente sotto i cuscini. Ross prese la bibbia e la scosse. Niente. Tornò a sbatterla nel cassetto del comodino e lo chiuse con un gran colpo. Consultò l'orologio. Quindi si diresse verso il bagno.

Mancuso saliva di corsa le grige scale antincendio, attaccandosi con una mano alla ringhiera. I suoi passi rimbombavano nella tromba delle scale, e lui sentiva lo sferragliare dei cavi dell'ascensore di là dal muro mentre la cabina che trasportava Steve Thomas scivolava dolcemente su, verso il sesto piano. «Cazzo» disse, ansimando come un mantice. «Brutto figlio di puttana, lurido figlio di troia, ti venga un cancro, un colpo, un accidente, brutto stronzo figlio di puttana....» E le sue imprecazioni punteggiavano ogni passo.

Proprio allora Ross accese la luce nel bagno. Sul banco c'erano una lattina di Rise e un rasoio Atra, un tubo di Crest, e in uno dei bicchieri uno spazzolino da denti. Su una mensola sopra il lavandino c'era un grosso necessaire di pelle nera. Lo prese. Era pesante. Lo scosse. Dei piccoli oggetti di metallo tintinnarono all'interno. Aprì la cerniera.

Mancuso superò con un volteggio il quarto pianerottolo e riprese a pestare pesantemente i gradini d'acciaio verso il quinto. Aveva il fiato grosso, il colletto appiccicato al collo dal sudore, e gli sembrava di non farcela più. «Mangiamerda, pompinaro, rotto in culo, bastardo, marchettaro, brutto figlio di puttana...» Cambiò direzione, perché era arrivato a metà strada tra il quarto e il quinto piano.

La porta dell'ascensore si aprì e Steve Thomas uscì nel corridoio silenzioso. Marciò rapidamente fino al 724. Poi si appoggiò alla porta e tese l'orecchio.

Dentro la stanza, Ross rovesciò il contenuto del necessaire da barba sul banco di formica di fianco al lavandino, dove gli oggetti tintinnarono prima di fermarsi.

Vagamente, quasi impercettibilmente, Thomas udì questo rumore attraverso la massiccia porta del corridoio. Si chinò, sfilò il revolver calibro 38 dalla fondina legata alla caviglia, prese il silenziatore dal taschino della giacca e lo girò sulla canna dell'arma finché uno scatto non gli disse che era innestato. Senza fare il minimo rumore, infilò la chiave nella toppa.

Ross cominciò rapidamente a rimettere a posto il contenuto del necessaire: dopobarba, deodorante, un pezzo di sapone Equipage in un portasapone di plastica, ago e filo in una scatolina. Tutto ciò che restava sul banco erano cinque stecche da colletto, due bottoni e quattro distintivi con uno spillo per appuntarli al bavero.

Li raccolse in un mucchietto, tutti insieme. Uno era la bandiera americana. Gli altri tre erano un cerchio, un quadrato e la lettera "S". Ross li fissò per qualche istante. A un tratto la mascella gli cadde sul petto e gli occhi gli si spalancarono come se qualcuno gli avesse mollato un ceffone sul viso. Nel preciso momento in cui Mancuso, sudando e sbuffando, apriva la porta antincendio in fondo al settimo piano, Steve Thomas girava silenziosamente la chiave nella toppa ed entrava nella stanza 724, sbattendosi la porta alle spalle.

«Non fare un movimento!» urlò a Ross.

Quello girò su se stesso in tempo per vedere un uomo che gli puntava una pistola contro il petto. Con tutta la sua forza, Ross scagliò attraverso la stanza il pesante necessaire. Steve fece un balzo indietro, alzando l'arma. L'astuccio lo colpì sotto il polso e la pistola sparò. Si sentì un rumore sommesso – poc! – e i timpani di Ross registrarono un improvviso aumento della pressione dell'aria. Il proiettile descrisse una traiettoria obliqua, dal basso in alto, entrò nel collo di Thomas appena sotto la mascella e gli uscì dal cuoio capelluto. Gli scoperchiò il cranio e inzaccherò il soffitto di sangue e materia cerebrale. La pallottola rimbalzò sul cemento che c'era sotto l'intonaco, sul cemento che c'era sotto la moquette, di nuovo sul soffitto, e si seppellì nel materasso. Il corpo di Steve cadde sul letto, torcendosi e sussultando, schizzando sangue sulla trapunta, sulle lampade e sui comodini. Ebbe ancora qualche orribile sussulto, rotolò su se stesso e cadde sul pavimento.

Senza fiato, con la camicia fradicia di sudore appiccicata alla pancia e alla schiena, Mancuso raggiunse la porta del 724. Udì il tonfo di un corpo che cadeva sul pavimento. Senza esitare, fece un passo indietro, estrasse la pistola e mollò un calcio alla porta col piatto della suola proprio sotto la maniglia. Il telaio al quale era fissata la piastra della serratura andò in pezzi e la porta si aprì con uno schianto mentre Mancuso si rannicchiava su se stesso, pronto al combattimento.

Ross era appoggiato alla porta del bagno, con una mano sugli occhi. Mancuso entrò nella stanza, chiudendo prontamente la porta alle spalle. Ai suoi piedi, il corpo di Steve Thomas fremeva e sussultava sul pavimento.

«Gesù Cristo» mormorò. Poi una goccia di sangue cadde dal soffitto. Mancuso si spostò e alzò lo sguardo alla materia cerebrale spiaccicata sull'intonaco. «Gesù Cristo.»

Ross, emozionatissimo, stava lottando per riprender fiato. «Quel figlio di puttana... Quel figlio di puttana... Non mi ha ammazzato per un pelo.»

«Deve aver perso la testa.» Mancuso mise la pistola nella fondina, tolse di tasca un paio di guanti da chirurgo e cominciò a infilarseli.

«Molto divertente» disse Ross quando fu in grado di parlare. Era arrabbiatissimo. «Dove diavolo eri?»

Mancuso si allentò il colletto, che era incollato alla gola. «Ho dovuto prendere l'accelerato.» Si chinò sul corpo palpitante di Steve e cominciò a frugargli nelle tasche. Gli prese i soldi e l'orologio del polso.

«Che diavolo stai facendo?»

L'altro vuotò tutte le tasche del cadavere. «Niente portafoglio» disse. «Hai trovato un portafoglio?»

«No.»

«Vorrei proprio sapere chi è questo figlio di puttana. E far sembrare questa faccenda una rapina, così se la sbrigheranno i poliziotti del Distretto.»

«Scordatelo» disse Ross. Si staccò dalla porta del bagno e avanzò attraverso la stanza, cercando di non mettere i piedi nel sangue che imbrattava il pavimento.

«Che stai dicendo?» chiese Mancuso.

«Scordatelo, Joe.» Ross era sopra di lui. Aprì la mano e lasciò cadere i quattro distintivi con lo spillo nel palmo di Mancuso.

Quello abbassò lo sguardo. «Che cazzo...?»

Poi s'interruppe, e un freddo sudore gli gelò il fondo della schiena. I minuscoli distintivi luccicavano sul guanto di lattice bianco. Alzò lo sguardo verso il collega e vide che aveva capito anche lui. Solo un uomo, a Washington, poteva avere una schiera di distintivi come quelli: un agente del servizio segreto degli Stati Uniti.

VENERDÌ 12 AGOSTO 1988

Il quarto giorno

Ore 7.50. Nella stanza 4776A dell'angolo nord-ovest al terzo piano del palazzo dell'FBI avevano ficcato due scrivanie. Una era ordinatissima, con una cartella di cuoio e due penne a sfera in una vaschetta. C'erano anche un Sony VHS, un monitor televisivo con una cuffia inserita e una pila di videocassette nelle loro scatole di plastica nera.

Il piano dell'altra scrivania era invisibile, coperto da un mare di riviste e di giornali vecchi, di promemoria, carte di caramelle e tovaglioli da sandwich, e di cartoni di succo d'arancia vuoti. Era facile indovinare quale fosse la scrivania di Mancuso, anche quando lui non c'era. Ma in quel momento stava proprio là seduto, con i piedi in cima al mucchio, e gli occhi sulla prima pagina del *Post*. Il titolo a tre colonne diceva:

FALLON FAVORITO NELLA CORSA ALLA VICEPRESIDENZA

Sotto il titolo c'era la foto di Fallon che lasciava, sulla sua sedia a rotelle, l'ospedale Walter Reed. Aveva i pollici alzati nel segno della vittoria. Quando Mancuso era un bambino, una volta aveva fatto quel segno a sua nonna: e si era beccato una sberla in pieno viso. Quel segno, in italiano, doveva significare qualcos'altro.

Mancuso ripiegò il giornale e lo buttò sul mucchio davanti a sé. Tolse i piedi dalla scrivania, guardando Ross che passava e ripassava il videotape dell'attentato. Sulla superficie luminosa del monitor televisivo Martinez e Fallon, come due legnose marionette, cadevano sulla pedana di legno e ne rimbalzavano su come tirati da fili invisibili.

Alla fine Mancuso allungò una mano e tirò il cavo della cuffia di Ross.

«Che vuoi?» chiese Ross quando si tolse la cuffia dalle orecchie.

«Ti spiace dirmi cosa stai facendo?»

«Sto cercando delle risposte.»

«Non esistono risposte.»

«Solo panini, lo so.» Chiaramente, Ross non era in vena.

«Già» disse Mancuso. «Proprio così.» Si appoggiò allo schienale e incrociò le braccia.

Ross era incazzato. «Ieri sera abbiamo provato a fare a modo tuo.»

Mancuso si raddrizzò, si sporse in avanti e parlò, in un sussurro che solo Ross poteva udire. «Che vuoi da me? Il giovanotto era troppo sveglio per non mettersi nei guai. Fammi causa.»

L'altro depose la cuffia. «C'è qualcosa sul giornale?»

«Scherzi?» fece Mancuso, sottovoce. «Non è mai né vissuto né morto. È così che lavorano, loro.»

Ross lo guardò senza parlare.

Trasalirono entrambi, quando si aprì la porta dell'ufficio.

Era Jean, la biondona del pool delle dattilografe, con una grossa busta commerciale.

«Ciao, bellezza» la salutò Mancuso. «Dove hai comprato quel golfino?»

Lei gli rivolse un'occhiata beffarda. «Indovina.»

«Non è un po' piccolo, per te?» continuò l'agente fregandosi le mani.

Lei gli mollò la busta sulle ginocchia e se ne andò sbattendo la porta.

Mancuso si raddrizzò, scavò nel mucchio sulla scrivania finché non ebbe trovato una matita gialla, e l'usò per aprire la busta. «Hai visto che tette ha quella ragazza?»

«Sei un bel numero, Joe.»

Rovesciò il contenuto sulla scrivania. C'erano due cartelle con l'emblema della United States Central Intelligence Agency e un timbro rosso che avvisava: *Informazioni riservate.*

«Si direbbe che il tuo amico Wilson ce l'abbia fatta» disse Ross.

«Già. Collaborazione tra i servizi. Molto gentile da parte sua.» Tagliò i sigilli sulla prima cartella e l'aprì su una foto in bianco e nero di Rolf Petersen.

«Che brutto muso.» Passò la foto al giovane collega.

«Senti chi parla.» Ross inclinò la foto di Petersen appoggiandola al videoregistratore, mise i gomiti sulla scrivania e si sporse in avanti, per studiarla da vicino. Mancuso cominciò a scartabellare tra il resto del materiale contenuto nella cartella.

In realtà, Ross vedeva benissimo che Rolf Petersen era tutt'altro che brutto. Aveva un naso dritto e aquilino e una bocca quasi bella che si piegava in un sorrisetto, così come si piega un arco lungo inglese, in modo tale che gli angoli sono rivolti all'ingiù. Aveva i capelli lisci, biondi, divisi nel mezzo, o quasi, e due ciglia lunghe ed eleganti. Ma la cosa più sorprendente della fotografia erano gli occhi. Chiari come il mattino e freddi come il marmo.

Ross studiò la foto, affidandola alla sua memoria, come gli avevano insegnato a fare. Ma sapeva, anche alla prima occhiata, che era una faccia che non avrebbe mai dimenticato.

Mancuso stava borbottando tra sé. «Nato a Hampton, in Virginia, il 16 marzo 1946. Arruolato nei marines, agosto 1965. Reclutato dalla CIA, gennaio 1967. Questo figlio di buona donna ne ha fatta di strada: Salvador, Cile, Paraguay...»

Ross continuava a fissare quel volto immobile e misterioso. «Chissà cos'ha combinato, da quelle parti.»

«Addestramento, probabilmente.»

«Quale addestramento?»

«Sicurezza. Interrogatorî.»

«Interrogatorî?»

«Tortura.»

Questa parola fece alzare gli occhi a Ross. Mancuso continuò a sfogliare il fascicolo. «Poi è diventato un angelo ribelle.» Lasciò che la cartella si chiudesse da sé. «Mercenario. Soldato di ventura.»

«Per chi?»

«Non lo dice.» Mancuso tagliò i sigilli dell'altro raccoglitore. «Ah, merda» esclamò.

«Cosa c'è?»

«Senti questo.» Scese con l'indice fino in fondo alla pagina. «Armi corte. Pistola. Buon tiratore. Fucile e carabina. Eccellente tiratore. Terzo del suo corso.»

«Be', forse era un corso limitato a pochi.» Ross cominciava a capire, e quello che capiva non gli piaceva.

«Armi da campo. Mitragliatrici leggere e pesanti. Mortai. Mortai? T-O-W. Che roba è?»

«Una specie di razzo.»

«Alti esplosivi. Sabotaggio. Nuoto subacqueo con autorespiratore. Karate. Tai-chi. Che cazzo è il tai-chi?»

«Il karate cinese.»

«Il classico tuttofare. Comodo avere in casa uno come lui.»

«Già... Se ti aspetti una rivoluzione.»

«Veleno. Gesummaria... Veleno» ripeté Mancuso.

«Cristo, Joe. Credevo che questi tipi si vedessero solo alla televisione.»

«Senti questa, avevo ragione. Corso di specializzazione in materia di interrogatorî: istruzioni superiori.»

«Tortura.»

«Cazzo» disse Mancuso, e buttò il fascicolo sul mucchio di giornali che gli ingombravano la scrivania.

«Come dovremmo fare per mettere le mani su un tipo così?»

Mancuso lo guardò come se non credesse alle sue orecchie. «Vuoi prendermi in giro? Hai sentito quello che c'è scritto lì e sei sempre deciso a rintracciarlo?»

«Sì, maledizione. Sì, sono deciso.»

«Allora sei un cretino» sbottò Mancuso, e si alzò per avvicinarsi al refrigeratore dell'acqua. «Un fottutissimo cretino.» Prese un bicchierino di carta e lo riempì. «Sai, quando ti hanno assegnato a me, lo sapevo che me lo mettevano nel culo. Questo fottutissimo ebreo che ha studiato a Yale, pieno idee sballate su come salvare il mondo.»

«Mancuso vaffanculo» disse Ross.

«Idee grandiose» riprese l'altro. «Così ti hanno sbattuto, insieme a me, in archivio, a passar carte. Cosa che doveva farti capire quello che pensavano di me, e anche quello che pensavano di te.» Cominciò a bere, poi smise e gettò tutto nel cestino. «E chiunque non avesse della merda nel cervello avrebbe capito benissimo che quando ci hanno messo a indagare su questo fottutissimo caso volevano solo che non trovassimo un tubo e che lasciassimo fare ai politici quel cazzo che stanno facendo.»

«Questa è un'idea tua, Joe. Nessuno mi ha detto che dovevamo solo ficcarci i pollici nel culo e fischiettare.»

«E questa, allora?» Afferrò la fotografia di Petersen e la mise sotto il naso del giovane collega. «Perché non è su tutti i giornali? Perché non l'attaccano al muro in tutti gli uffici postali? Come mai i giornali scrivono: "L'ignoto o gli ignoti assassini"?» Gettò la foto sulla scrivania. «Se volessero per davvero mettere le mani addosso a questo tizio mostrerebbero la sua faccia dappertutto, così qualche cittadino dotato di un po' di senso civico lo riconoscerebbe... o qualche *amico* lo denuncerebbe alla polizia.»

A questo Ross non seppe rispondere.

Mancuso si protese sopra la scrivania, ma stava praticamente urlando. «Allora? Che cazzo c'è di tanto difficile da capire?»

«Niente» rispose l'altro, che però sembrava deciso a non lasciarsi intimidire. «Niente. Solo che io non ci sto.»

«Che intendi fare, allora?»

«Voglio trovare l'uomo che ha attaccato l'AIDS a Martinez.»

«Oh, merda.» Mancuso si mise a passeggiare nella stanza. «Sei tornato al punto di partenza?»

«Non me ne sono mai allontanato.»

«Non hai visto cos'hanno fatto a Beckwith, o come diavolo si chiamava?»

«Ci vedo benissimo.»

«Come no. E quando chi ha conciato Beckwith per le feste scoprirà che non hai smesso d'indagare, a spararti addosso non saranno i poliziotti di Arlington, idiota. Sarà un tiratore professionista coi fiocchi, di quelli che non sbagliano.»

Ma Ross era testardo come un mulo. «Primo, voglio scoprire chi ha infettato Martinez. Poi voglio trovare l'uomo che lo ha ucciso. Se è Petersen, Petersen sia.»

«Oh, bastardo di un fottutissimo bastardo, non vorrai veramente rintracciare quel pazzo!»

«Esatto. È proprio quello che intendo fare.»

«Dave, per amor di Dio!» Mancuso puntò l'indice sul viso della fotografia. «Guardalo! È un killer di professione! Un fottutissimo caso patologico!»

«È lui che voglio» disse piano Ross. «Voglio la risposta.»

«Che risposta?»

«Perché ha ucciso Martinez.»

Mancuso si mise a ridere, e la sua risata era amara. «Solo due ragioni, figliolo. Qualcuno lo ha pagato... o qualcuno glielo ha ordinato.»

«Come sarebbe, "ordinato"? Non è un libero professionista? Se ammazza, lo fa per denaro. O'Brien lo ha saputo dal direttore della CIA.»

«Oh. Davvero?» Il sarcasmo nella voce di Mancuso era netto e pungente.

«Sì, davvero. Gesù Cristo, Joe. È nel rapporto. Il presidente era nella stanza quando l'ha detto.»

«Già» disse Mancuso. «E la prossima volta verrai a raccontarmi che la CIA non conta balle al presidente.»

Ross era rimasto senza parole.

«Maledetto figlio di puttana» proseguì Mancuso. «Non capisci che non è un gioco da ragazzi? E che tu non sei altro che un cip da un dollaro in un pokerino da giocatori d'azzardo?»

Ross guardò il vecchio agente attraverso un velo di frustrazione e di rabbia. «Sei solo un povero, cinico bastardo...» riuscì a dire finalmente.

«Vaffanculo.» Mancuso raccolse la giacca e cominciò a infilarsela. «Andiamo. Alle nove abbiamo un appuntamento con Fallon.»

«Vado a prendere la macchina» disse Ross, agguantò la giacca e si diresse verso la porta. «E... a proposito. Joe?»

«Sì?»

«Vaffanculo anche tu.» E si chiuse la porta alle spalle con un gran tonfo.

Mancuso aspettò che il rumore dei passi di Ross si spegnesse in fondo al corridoio. Poi scosse la testa e sbuffò. Quando non riuscì più a sentirli cominciò a canterellare: sommessamente, distrattamente, senza pensare a un motivo in particolare. Si guardò intorno. Piano piano aprì il primo cassetto della sua scrivania. Come aveva immaginato, la luce rossa sul detector dei dispositivi d'ascolto elettronici stava lampeggiando. Diceva a Mancuso che c'era un microfono nascosto in qualche punto dell'ufficio. Smise di canterellare. In un attimo la luce rossa si spense e si accese quella verde accanto alla prima. Dunque il microfono era collegato a un registratore a nastro attivato dalla voce. Riprese a canterellare e la luce rossa tornò ad accendersi. Spense il detector, lo mise in una tasca della giacca e chiuse il cassetto. Stava ancora canterellando quando uscì dall'ufficio e si chiuse la porta alle spalle. Adesso, chiunque fosse rimasto a origliare sapeva che Joe Mancuso avrebbe fatto proprio quello che ci si aspettava da lui. E che Ross era uno stupido pericoloso.

Ore 8.10. Non c'era proprio nulla di speciale nei due uomini d'affari che stavano facendo colazione in uno dei più appartati separé della Dutch Treat Cafeteria all'angolo tra la Diciannovesima Strada e la L. Con quegli abiti scuri, le camicie bianche e le cravatte sottili e comunissime, avrebbero potuto essere i contabili di qualche grande azienda o gli impiegati di qualche ministero.

La cameriera che gli servì uova in camicia, pane tostato e caffè non li riconobbe e non badò alla loro conversazione. Erano invece proprio due di quegli "uomini invisibili" che si incontravano di tanto in tanto alla periferia della Washington "ufficiale" intenti a discorrere animatamente fra loro in un locale poco frequentato dai giornalisti.

Erano due di quegli uomini che sapevano che le linee telefoniche potevano essere sotto controllo. Si erano messe microspie negli uffici, persino nell'Oval Office. Si potevano ascoltare i discorsi che si facevano nelle case private. L'unica vera segretezza era ormai nell'anonimato e nell'oscurità, e queste cose si potevano trovare solo fuori, nel mondo reale della gente che lavora.

L'ometto brizzolato a sinistra era Lou Bender, assistente speciale del presidente. Le sue parole non venivano mai citate, e lo fotografavano di rado. Alla Casa Bianca, che si sapesse, non aveva nessuna carica, nessuna responsabilità riconosciuta. Eppure si diceva che nulla d'importante vi accadesse senza che Lou Bender lo sapesse e lo approvasse.

L'altro, l'uomo magro dall'aria crudele, era l'ammiraglio William Rausch, direttore della CIA.

«Non può sparire e basta» stàva dicendo Bender. «Questa è una stronzata.»

«Lou, o non capisci o non vuoi capire.» Rausch sapeva che Bender era in difficoltà. E sapeva di avere una buona occasione a portata di mano, se solo avesse avuto l'astuzia di afferrarla.

«Non capisco e non voglio capire.»

Rausch mescolò il suo caffè. «Lou, quell'uomo non lavora più per noi. È là fuori, al freddo, da anni.»

«Così hai detto...»

«Petersen è un mercenario ben addestrato. Ora è qui, nel suo paese d'origine, con qualcuno che lo finanzia e lo protegge. Può confondersi nella massa e sparire senza lasciare tracce. Non possiamo rintracciarlo se non ci lasci mettere la sua foto sui giornali.»

«Toglitelo dalla testa» disse Bender bruscamente.

«Allora dovremo aspettare che faccia una mossa o...» Rausch s'interruppe e alzò lo sguardo.

«Altro caffè, signori?» chiese la cameriera.

Bender scosse il capo. Guardò Rausch sollevare la tazza per farsela riempire. Non si fidava di lui. Ma erano uniti così strettamente in quel complotto che non aveva altra scelta. Doveva fare assegnamento su di lui, finché non avesse trovato un sistema per tagliargli la gola e separarsi da Rausch definitivamente.

Quando la cameriera si fu allontanata, Bender continuò: «D'accordo. Dove va, Petersen?».

«Come faccio a saperlo?»

«Volevo dire: dov'è, adesso, la sua base?»

«Non possiamo esserne certi. Forse il Nicaragua. Forse Panama. Mosca, per quel che ne sappiamo.»

«Be', ovunque si trovi la sua base, è là che deve andare. Fermatelo. Uccidetelo prima che lo trovi l'FBI o chiunque altro. È l'unico sistema per chiudere l'inchiesta su Martinez.»

«Lou, sii ragionevole. È illegale, per la Compagnia, condurre operazioni entro i confini degli Stati Uniti. Stiamo facendo il possibile. Ci sono nove milioni di chilometri quadrati, là fuori. Potrebbe essere dappertutto.»

«Ma non è dappertutto» puntualizzò Bender. «È in qualche posto... e sta tornando a casa.»

Rausch bevve un sorso di caffè. Bender era proprio disperato. Era maturo per una bella scossa, e Rausch aveva messo a punto la tattica migliore. «Non credo che sia una supposizione valida» disse sottovoce.

Bender socchiuse gli occhi, cercando di capire dove voleva andare a parare. «Perché no? Ha sbrigato il suo compito.»

«Forse.»

«Come sarebbe a dire, "forse"?»

«Perché sei tanto sicuro che abbia sbrigato il suo compito?»

«Non essere ridicolo» ribatté Bender. «Il suo compito era uccidere Martinez. Lo ha fatto. Ora, tutto quello che può desiderare è andarsene di qui.»

«Ma perché ne sei tanto sicuro?»

L'altro si sporse in avanti. «Bill, parla chiaro. Che stai dicendo?»

Anche Rausch si sporse in avanti. «Credi veramente che Ortega e i sandinisti abbiano mandato Petersen a uccidere Martinez?»

«Certo che ci credo.»

«Perché?»

«Maledizione, Petersen è l'assassino ideale» disse Bender, che stava cominciando a stizzirsi. «È americano, è della CIA: o almeno lo era, e per i giornali, come per i nostri alleati in America Latina, *essere stati* della CIA è come esserlo ancora. Così Martinez visita gli Stati Uniti e viene fatto secco da un agente americano della CIA sulla scalinata del Campidoglio, a duemila miglia dal Nicaragua. Ortega ne esce pulito. Lui ottiene ciò che vuole e tutti i giornali dell'emisfero occidentale dicono peste e corna della CIA: tanto per cambiare.» Tolse la cenere al sigaro e se lo ficcò in un angolo della bocca. «Non potrebbe esserci nulla di più semplice.»

Rausch si limitò a sorridere. «Ma perché Ortega dovrebbe volere la morte di Martinez?»

«Perché è convinto che, uccidendo Martinez, azzopperebbe i *contras*.»

«Ed è vero?»

«Naturalmente no» rispose Bender. «Non essere stupido.»

Rausch prese una fetta di pane tostato e cominciò a imburrarla lentamente. «Da quello che sai di Ortega, diresti che è uno stupido?»

«Tutt'altro. È una piccola, scaltrissima carogna.»

«Esatto.» Rausch mangiò il suo pane imburrato e aspettò.

Bender si limitò a fissarlo. Poi chiese: «Di che diavolo stai parlando?».

L'altro si pulì le labbra col tovagliolino di carta. Bender era nelle sue mani e lui poteva prendersela comoda. «Lou, ci sono solo due punti deboli nella tua teoria. Primo, Ortega sa benissimo che la morte di Martinez non rallenterà le operazioni. E, qualunque cosa la stampa possa credere, Petersen non è uno dei nostri. Noi lo sappiamo: e Ortega sa che lo sappiamo.»

«Il che significa...?»

«Che Ortega non ha mandato Petersen a uccidere Martinez. E siccome, certamente, non ce lo abbiamo mandato noi, resta solo una conclusione possibile.»

«Quale?»

«Che il bersaglio non fosse Martinez.»

«Oh, per amor del Cielo» esclamò Bender, che aveva chiaramente esaurito le sue scorte di pazienza. «Se non era lui il bersaglio, chi diavolo era?»

«Fallon.»

Per un attimo Bender rimase a bocca aperta. Poi sbuffò. «Questa è la cosa più maledettamente idiota che abbia mai sentito.»

Imperterrito, Rausch continuò: «Lou, non hai letto abbastanza libri gialli. Una volta eliminato l'impossibile, quello che resta è la soluzione: per improbabile che possa sembrare».

Bender incrociò le braccia e lo guardò con un sorriso beffardo. Ma Rausch capiva che era anche preoccupato.

«E se l'attentato a Martinez fosse solo una finzione... e il vero obiettivo fosse Fallon?» Rausch continuò a masticare e a parlare. «Lou, pensaci bene. Se Ortega avesse assoldato Petersen per far fuori Martinez rischierebbe le nostre rappresaglie. Chi gli assicura che non gli metteremmo alle costole le *nostre* squadre?»

«Cosa? Preparare un attentato contro Ortega?» disse Bender. «Per carità, le Nazioni Unite ci farebbero un culo così. E nessuno dei nostri diplomatici in America Latina potrebbe pisciare senza una mezza dozzina di gorilla schierati nel cesso intorno a lui.»

«Sto solo dicendo che, se Ortega violasse le regole, potremmo violarle anche noi.»

Per un lungo momento Bender mescolò il suo caffè col cucchiaino.

«Ortega l'organizzatore dell'attentato contro Martinez? Assurdo» disse Rausch. «Non ha nulla da guadagnare e tutto da perdere.»

L'ansia cominciava lentamente a incupire il volto di Bender.

«In altre parole... In altre parole, stai dicendomi che i sandinisti non hanno tirato il grilletto?»

«Sto avanzando la supposizione che la morte di Martinez sia stata accidentale» fece Rausch. «E che il vero obiettivo fosse Fallon.»

Bender non batté ciglio. Stava riflettendo intensamente; Rausch sapeva di averlo in pugno, adesso. Come tutti gli uomini che adorano il potere, Bender era tortuoso, astuto, subdolo e spietato. Era capace di complicate congiure e di gesti bruschi e crudeli. Ma era anche affetto da una forma di paranoia: perché sapeva che i suoi nemici erano come lui. Ora Rausch aveva stimolato quella paranoia. Perché l'ipotesi che stava formulando metteva a repentaglio l'intera strategia benderiana dell'accoppiata elettorale Baker-Fallon.

Bender chiamò la cameriera con un gesto.

«Un'altra tazza di caffè. Grazie.» E quando la ragazza glielo ebbe versato e si fu allontanata, domandò: «Non puoi trovarlo, Petersen?».

Rausch fu categorico. «No, se non mette la testa fuori.»

«E tu credi che lo farà?»

«Se il suo lavoro non è finito, sì. Potrebbe farlo.»

«Dove?»

«Dove si trova la sua vittima.»

«Tu credi che sia Fallon?»

Rausch alzò le spalle: non rischiava mai troppo, anche se aveva buone carte in mano. «Può darsi.»

«Perché?»

Un cupo sorriso di scherno alzò gli angoli della bocca dell'ammiraglio. «Fallon ha idee precise sull'America Centrale. È più pericoloso per Ortega di quanto Martinez lo sia stato mai.»

Bender sapeva che Terry Fallon era un critico spietato degli errori della CIA in America Centrale. Rausch non poteva mascherare il fatto che Fallon aveva dei nemici nella CIA; e non ci provò nemmeno.

«Vacci piano con Fallon» disse Bender. «In Nicaragua la Compagnia ha incasinato tutto. Se non aveste perso la palla non ci sarebbe nessun Ortega, non ci sarebbero i sandinisti e nemmeno quei fottuti *contras*. I cubani vi hanno infinocchiato e Fallon l'ha detto a mezzo mondo.»

«Balle» ribatté Rausch. «Ogni fottuta amministrazione dai tempi di Roosevelt ha appoggiato i Somoza: i Somoza e la United Fruit e la Chase Manhattan Bank. Ecco tutto quello che il governo americano voleva sapere del Nicaragua. E se ci fosse ancora un Somoza tu lo appoggeresti, e lo sai.»

Bender friggeva, ma non parlò. Rausch aveva ragione: su questo punto erano d'accordo. «Okay. Fuori il rospo.»

«Questo non c'entra niente con me e con Fallon» disse il direttore della CIA. «Lo so che hai bisogno di lui per garantire la rielezione a Baker.»

«Fuori il rospo, ho detto, accidenti.»

Rausch appallottolò il tovagliolino e lo mise nel piatto. «Fallon vuole usare la maniera forte in Centroamerica. Nessuno, al Senato, ha gridato più di lui o fatto di più per convincere il governo a riprendere l'invio di armi e di denaro ai *contras*. Forse Ortega ha immaginato che, riducendo Fallon al silenzio, avrebbe chiuso la banca.»

«Credi davvero a quello che dici?» chiese Bender.

L'altro alzò le spalle. Aveva portato Bender dove voleva portarlo. Era venuto il momento di lasciarlo decidere da solo. «Credo che sia uno scenario possibile» disse. «In ogni caso, è infinitamente più sensato di un Martinez fatto ammazzare da Ortega.»

Bender scosse il capo. Mormorò, a mezza voce, come parlando a se stesso: «Non possiamo perdere Fallon. Non possiamo».

«È una tua creatura, no?» disse Rausch, in tono premuroso. Aveva vinto. Era solo questione di tempo, e avrebbe avuto quello che voleva.

«Non è una mia creatura. Ma è un vincente. Non possiamo permettere che gli capiti qualcosa.»

«Naturalmente no» disse Rausch, e nella sua voce vibrò una nota di condiscendenza. «Però sai, Lou... Non esiste una cosa come l'assoluta sicurezza.»

Bender rimase in silenzio. Rausch lasciò che i suoi pensieri, fermentando, s'incupissero.

«Quel figlio di puttana» fece Bender alla fine. «Ortega è abbastanza furbo per sapere che Fallon è sulla strada di diventare vicepresidente?»

Ecco il momento. Rausch infilò una mano nella borsa. «Non credi che legga il *Post*?» Spinse sul tavolo una copia del giornale. La fotografia di Terry Fallon spiccava in prima pagina. «Se il suo scopo è di farlo tacere, sa che non potrà permettersi di sbagliare un'altra volta.»

«Cazzo» disse Bender. Si appoggiò alla spalliera, riaccese il sigaro e lo masticò inesorabilmente. «D'accordo, d'accordo. Chi è adesso il tuo uomo nei *contras*?»

«Si chiama Carlos Bevilaqua: padre Carlos, per te.»

«Da dove salta fuori?»

«È un gesuita rinnegato: uno che ha lasciato il seminario.»

«Un altro pazzoide» disse Bender con voce stanca. «Non puoi trovare un vero soldato per combattere questa maledetta guerra?»

Rausch sorrise. «Lou, ci sono molte cose che non capisci, della guerriglia. Bevilaqua combatte i comunisti in nome del Padre, del Figlio e dello Spirito Santo. È un mistico che bada al sodo, il condottiero di una guerra santa. I *peones* lo credono San Michele tornato sulla terra. Lui crede che il fine giustifichi i mezzi.»

«Saprà farla, questa guerra?»

«E in più ogni domenica somministrerà la comunione.»

«Chi lo ha scelto?»

«Noi.»

«Farà quello che gli diremo di fare?»

«Povertà, castità e obbedienza: ecco tutto quello che sa. Questo, e strozzare i suoi nemici con una corda da pianoforte.»

«Spediamo un messaggio a Ortega» continuò Bender. «Facciamogli sapere quello che succederà se ci riproverà con Fallon.»

Era il colpo di grazia. «Cosa, per esempio?» chiese Rausch.

«Ammazzate qualcuno che gli sta molto a cuore.»

Rausch non mosse un muscolo. Bender soffiò nell'aria una lunga voluta di fumo bluastro e la luce del mattino vi penetrò, come attraverso un filtro, dividendosi in raggi esili ed eleganti.

Rausch ridacchiò. «Chi? Sua madre?»

«Chi volete. Ma fatelo apparire un incidente» disse Bender.

Allora Rausch sorrise. Aveva ottenuto quello che voleva: una brutale escalation. «Sei un bel figlio di puttana, dico bene?»

«Risparmiati i complimenti» rispose Bender, piegò il tovagliolino di carta e lo depose ordinatamente sul tavolo. «Fatelo subito. Stasera.»

Ore 8.25. Rolf Petersen era nella cabina telefonica del parcheggio del 7-Eleven ad ascoltare il solito messaggio registrato. Poi depose il ricevitore sulla forcella e intascò le sue monete. Raccolse il sacchetto di carta pieno di succhi d'arancia e ciambelline e camminò fino al ciglio della statale 2. La strada era ancora piena del traffico mattutino dei pendolari che da Annapolis e dalle altre località costiere si dirigevano verso il centro di Baltimora. Aspettò il momento buono, poi passò dall'altra parte e a passo svelto attraversò il parcheggio della vecchia Holiday Inn fino alla porta del 108.

Fosse o non fosse nella stanza, lasciava sempre accesa la televisione e il cartello "Non disturbare" appeso alla maniglia della porta. Un modo come un altro per scoraggiare le visite. Mentre beveva il succo dal cartone guardò il notiziario di *Today*.

Fallon era il servizio principale. L'eroe caduto, che lottava per recuperare la salute. Fallon, l'uomo di cui parlavano tutti. Fallon, il beniamino del partito, il nome che tutti tiravano fuori quando parlavano della vicepresidenza. C'erano delle interviste ai leader del partito: O'Donnell, che non voleva pronunciarsi ma parlava assai bene di lui, ammettendo che aveva tutti i numeri per aspirare all'alta carica. Fallon in convalescenza. Gruppi di aficionados ben forniti di quattrini in pellegrinaggio alla casa di Fallon nell'elegante quartiere di Cambridge, Maryland. Carovane di furgoni della tivù e battaglioni di giornalisti che invadevano Crescent Drive nella speranza di intravedere il loro nuovo idolo.

Petersen, mentre guardava, vuotò il suo cartone di succo d'arancia. Poi lo buttò, stizzito, nel cestino; prese la mappa dal piano del comò, l'aprì e la stese sul letto.

Gli ci volle solo un attimo per localizzare la frazione di Chevy Chase che era nota come Cambridge. E solo un altro attimo per trovare Crescent Drive.

Ore 8.50. Quando Ross e Mancuso si fermarono ai piedi di Crescent Drive la strada era sbarrata dalle transenne della polizia, e dovettero mostrare i tesserini e parcheggiare appena girato l'angolo. Poi gli toccò di fare, a tutt'e due, una lunga camminata in salita verso la casa di Fallon. I due lati della strada erano pieni di giornalisti che parlavano davanti a qualche telecamera, che intervistavano i vicini di Fallon o semplicemente che se la contavano tra loro.

C'era un'altra serie di transenne in fondo al viale d'accesso. Qui i controlli venivano eseguiti dall'Executive Protection Division, una squadra di belloni del servizio segreto che facevano la balia asciutta ai pezzi grossi. Mancuso alzò lo sguardo alla splendida villa georgiana. Deputati e senatori erano degli stipendiati come lui, ma in qualche modo riuscivano sempre a mettere le mani su un mucchio di quattrini.

Quando il piccolo e tozzo Chris Van Allen li introdusse nella biblioteca, Mancuso stentò a credere ai suoi occhi.

Terry Fallon sedeva come una specie di principe della corona su un grande divano di pelle in fondo alla sala. Indossava un pigiama di seta azzurra e una vestaglia di seta azzurra con una cin-

tura che finiva con una nappina dalle lunghe frange. Le sue ciabatte di velluto avevano piccoli scudi ricamati in oro sulle punte.
Dietro di lui, Sally Crain aspettava, in piedi, con un abito grigio
dall'aria costosa e un filo di perle intorno al collo.

Terry attese a malapena che la porta si chiudesse.

«Voglio dire con la massima chiarezza che deploro quello che
avete fatto ieri sera» disse. «Avete messo la signorina Crain in
una situazione molto difficile e potenzialmente imbarazzante.»

Mancuso e Ross si fermarono dov'erano, appena dentro la
sala.

«Già» fece Mancuso. «Be', lì per lì era sembrata una buona
idea.»

«Desidero informarvi che stamattina ho telefonato al Four
Seasons per porgere le mie scuse al signor Thomas.»

Ross, a disagio, spostò il peso del corpo da un piede all'altro.

«Quel signore ne sarà stato colpito» disse Mancuso.

«Sfortunatamente il signor Thomas aveva già lasciato l'albergo.»

«Sì? Peccato.»

Terry strinse i braccioli del divano. «Proprio così, agente. E
se farete qualche altra cosa che potrebbe imbarazzare questo ufficio chiamerò il direttore dell'FBI e vi farò togliere le indagini.»

I due agenti mantennero un silenzio impacciato.

«Sono stato chiaro?»

«Sì... Ehm, senatore» disse Mancuso dall'angolo della bocca.
«Assolutamente chiaro.»

«Allora, cosa volete?»

Mancuso diede una gomitata a Ross.

«Senatore, abbiamo la fotografia di un uomo che potrebbe essere quello che ha compiuto l'attentato» spiegò Ross.

«Vediamola.»

«È materiale riservato» disse Mancuso, e guardava dalla parte di Sally.

«Non c'è problema.» Terry aprì la mano per prendere la fotografia.

«Senta, senatore, abbiamo l'ordine di non...»

«Agenti, comincio un po' a stancarmi delle vostre birbonate.»
Nella voce di Terry si notava una crescente irritazione. «La signorina Crain ha accesso a tutti gli incartamenti privati di quest'ufficio. Voi...»

«Mostragliela» tagliò corto Mancuso, e si ficcò le mani in tasca. Questo Fallon era un bastardo presuntuoso: presuntuoso e
pieno di sé, come la fatalona ritta alle sue spalle.

Ross tolse la foto di Petersen dalla cartelletta e la diede a Van Allen, che attraversò la stanza e la mise nella mano di Terry. Sally la studiò da sopra la sua spalla.

«Ha mai visto quell'uomo, senatore?» chiese Ross.

Fallon scosse il capo. «No, mai.» Alzò lo sguardo verso Sally che fece un cenno negativo e si strinse nelle spalle.

Ross non riusciva a toglierle gli occhi di dosso. Sally quella mattina aveva come una luce nuova sulla pelle, o nei capelli, o negli occhi, e i suoi seni erano gonfi sotto la camicetta bianca di seta. La sera prima era una bella ragazza. Ora era uno schianto.

«Perché dovrei riconoscere quest'uomo?» Stava chiedendo il senatore.

«Lavorava per la CIA» rispose Mancuso. «Martinez aveva dei conti in sospeso con la CIA?»

Terry si irrigidì. Fece scorrere lo sguardo da Sally a Mancuso. «Lei mi sta dicendo che Martinez è stato ucciso da un agente della CIA?»

«No. Quello è un battitore libero adesso. E comunque non è stato ancora eletto. Per noi resta solo un candidato.»

La battuta non era divertente. Il senatore si sporse in avanti per rimproverare Mancuso. Ma prima che potesse farlo intervenne Ross.

«Senatore, fino a che punto il presidente Ortega voleva che Martinez fosse tolto di mezzo? Tanto da rischiare immediate rappresaglie americane se l'attentato avesse potuto esser fatto risalire a lui?»

Mancuso guardò a lungo il collega, colpito dalla domanda. Terry guardò Sally. Anche loro erano sciaccati.

«Non lo so» rispose Fallon. «È una domanda interessante. Ma non lo so.»

«E chi potrebbe saperlo?».

«Ramirez.»

«Chi?».

«Julio Ramirez» ripeté Sally. «Era il segretario di stato prima che Ortega rovesciasse il governo Somoza. Ed è il loro portavoce in esilio. Ha chiesto lui al senatore Fallon di pronunciare il discorso di benvenuto al colonnello Martinez.»

Ross sorrise. Quella donna non era soltanto affascinante, aveva anche una voce bassa e tranquilla.

«Dove lo troviamo, questo tizio?» chiese Mancuso.

«È andato a nascondersi in Florida.»

«Già.» Mancuso si strofinò il mento. «E lei non saprebbe come rintracciarlo?»

Terry alzò lo sguardo a Sally, che scosse la testa in un "no".

Allora Terry disse: «Sì. Possiamo metterci in contatto. La signorina Crain organizzerà un incontro con lui».

Questo la sorprese. «Ma qui c'è tanto da fare» cominciò. «Mancano appena sei giorni...»

«Un grand'uomo è stato ucciso» la interruppe Fallon. «Voglio che i suoi assassini vengano assicurati alla giustizia. È quello che vogliamo tutti.»

Sally abbassò la testa per un attimo. Quando alzò gli occhi disse a bassissima voce: «Come desideri».

Ross rimase a bocca aperta. Quando faceva il broncio, ti mozzava il respiro.

«Grazie, signori» li congedò Terry. «Lasciate il vostro biglietto da visita, per favore. Vi chiameremo quando avremo preso accordi.»

«Oggi» disse Mancuso.

«Quando avremo preso accordi. E adesso, buongiorno.»

Finalmente Ross incontrò lo sguardo di Sally e, quando lo fece, le rivolse il più smagliante dei suoi sorrisi. Lei rispose con un semplice cenno del capo, senza uscire dai limiti della correttezza e della rispettabilità.

Chris Van Allen li accompagnò fuori.

Ore 9.15. A volte, quando aveva una decisione da prendere, Sam Baker entrava nel piccolo ascensore della Casa Bianca e schiacciava il bottone con la sigla S-3. Poi appoggiava le spalle al fondo della cabina mentre questa si staccava lentamente dal piano riservato alla famiglia, scendeva oltre quello degli uffici, e sotto il livello stradale con le sue sale da ricevimento e l'interminabile coda di turisti che affollavano l'ala est. Guardava le luci della bottoniera passare lampeggiando dal 2 all'1, alla T e all'S-1. Riusciva sempre a capire quando la cabina sprofondava nel terreno. Sembrava che, in un modo o nell'altro, l'odore umido e fresco della terra pervadesse l'aria della cabina mentre questa scivolava verso il basso, verso il piano sotterraneo dove si trovava il centro operativo del servizio segreto, e poi ancora più giù, verso l'S-2 e le sale riunione corazzate dove aveva dormito Jack Kennedy durante la crisi dei missili cubani nel 1961. C'era sempre un piccolo sussulto finale quando si accendeva la luce dell'S-3 e Baker sapeva che l'ascensore si era fermato a nove metri di profondità, nella terra fredda e umida della sponda del Potomac.

Infilò la chiave d'argento nella serratura, la girò a destra, e le porte dell'ascensore si aprirono con un sibilo. Uscì in un corridoio stretto e buio di cemento armato e aria condizionata. In fondo al corridoio c'era una stanza con la moquette, oscurata e insonorizzata, con tre poltrone imbullonate al pavimento. Si sedette in quella di mezzo.

Davanti a lui, finestre panoramiche a senso unico davano sulla sala comando della difesa aerea della Casa Bianca. Un trittico di grandi schermi illuminati mostrava tre vedute elettroniche della Terra.

Una luce rossa si mise a lampeggiare sul telefono accanto al suo gomito. Sollevò il ricevitore.

«Sono il generale Gaynor, signor presidente. Posso fare qualcosa per lei?»

Il presidente si sporse in avanti. Sul pavimento della sala per la difesa aerea sotto di lui, poteva vedere il generale Gaynor ritto sull'attenti, col telefono all'orecchio e gli occhi puntati verso gli specchi delle finestre, anche se non proprio nella sua direzione.

«Un po' a sinistra, generale» disse, e sorrise.

«Chiedo scusa, signore.» Gaynor ruotò leggermente sulla persona. Era un generale di divisione, un militare di carriera sulla cinquantina con cinque file di nastrini sul petto. Sam Baker lo aveva incontrato una volta durante un cocktail per i capi di stato maggiore.

«Lei è l'ufficiale comandante della War Room» aveva detto Baker. «Sarà là sotto se verrà il momento, no?»

«Signorsì» aveva risposto piano Gaynor. «Sarò là con lei.»

«Spero di non rivederla mai più, generale.»

«Anch'io, signore, mi auguro di non rivederla mai più.»

Invece Sam Baker lo rivide, il generale Gaynor – anche se Gaynor non poteva vedere lui – dalle finestre a senso unico della sala per la difesa aerea. Di tanto in tanto, quando doveva prendere una decisione difficile, Baker scendeva in quella sala, sedeva tutto solo nella poltrona di mezzo e contemplava l'elettronica visione di un mondo in pace. Quando i marines sbarcarono a Grenada, o quando gli FB-111 di Gresham Common bombardarono la Libia, era stato possibile sedere in quella sala e seguire gli sviluppi del dramma alle proiezioni del satellite. Allora la sala sottostante formicolava di uomini in divisa, agili e scattanti.

Ma chissà per quale motivo, quando la sala e i tavoli operativi erano tranquilli come in quel momento, la meraviglia di tutto ciò faceva a Sam Baker un'impressione più profonda. Guardava il mondo conosciuto, metà che dormiva, metà che pulsava di vita, e rifletteva sull'ordine perfetto di un mondo pacifico. E anche se gli schermi erano semplici rappresentazioni elettroniche di confini nazionali, con gli occhi della mente Baker riusciva a portarsi fino all'altezza dei satelliti e dallo spazio contemplare un globo d'acque azzurre e continenti bigi e nubi turbinanti inargentate dal sole, e poteva vedere il prodigio della creazione divina.

Forse un giorno avrebbe dovuto sedersi proprio in quella poltrona e prendere una decisione spaventosa: forse l'ultima decisione strategica che un essere umano avrebbe mai preso prima del giudizio universale. Perciò gli faceva piacere sedersi lì nei momenti tranquilli. Così sapeva che avrebbe almeno avuto un ultimo ricordo del mondo di una volta: se mai avesse dovuto dare l'ordine di distruggerlo.

«Mi scusi, signore» disse sommessamente il generale Gaynor al telefono.

«Scusi lei, generale. Stavo sognando a occhi aperti.»

Gaynor guardò gli schermi illuminati. «Capisco, signore. Qualche volta lo faccio anch'io.»

Sam Baker rimase stupito dall'intesa che c'era tra loro.

«Mi dica una cosa, generale.»

«Signorsì.»

«Come fa a sapere quando sono qui? La chiamano per informarla che sto venendo giù?»

«Signornò. È la poltrona.»

«La poltrona?»

«La poltrona, signore. È "càlda". Quando lei si mette a sedere, si accende un segnale sul mio quadro di comando.»

«Capisco» disse il presidente, rendendosi conto del fatto che entrambi avevano colto l'ironia di quella situazione.

«Grazie, generale.»

«Signorsì.»

Depose il ricevitore.

In fondo al corridoio, le bronzee porte dell'ascensore della sala per la difesa aerea si aprirono con un sibilo e Henry O'Brien, il direttore dell'FBI, uscì nella penombra. Si fermò, strizzando gli occhi, mentre le porte si chiudevano alle sue spalle.

«Ehilà!» chiese in quella luce fioca. «C'è qualcuno?»

Il presidente si raddrizzò nella poltrona e si guardò intorno.

«Sono qui, Henry.»

«Signor presidente, io...»

«Vieni. Vieni a sederti qui.» Il presidente batté il palmo della mano sulla poltrona accanto alla sua.

O'Brien si sedette, spalancando gli occhi davanti ai tavoli operativi della sala per la difesa aerea sottostante. Non sembrava mai a suo agio quando era insieme al presidente. La pancia sporgente gli traboccava sopra la cintura e il colletto della sua camicia era sempre sbottonato. Indossava, estate e inverno, le stesse sformate, pesanti giacche di tweed. Era solo un poliziotto, non voleva essere altro che un poliziotto. Ma era anche un uomo molto acuto e Sam Baker riteneva di potersi fidare di lui.

«Dunque» disse O'Brien. «Dunque.» Chinò il capo e strinse i denti. «Questo è il posto.»

«Questo è il posto» ripeté il presidente.

«Ave Maria, madre di Dio» mormorò O'Brien a bassa voce. «Prega per noi peccatori, adesso e nell'ora della nostra morte. Così sia.» Si fece il segno della croce.

«Così sia» gli fece eco il presidente.

Rimasero là seduti per un po', senza parlare.

«Qualche progresso?»

O'Brien sapeva a che cosa intendeva alludere. «Nossignore.»

«Capisco.» Il presidente si abbandonò all'indietro, contro la spalliera. «Gli uomini che hai incaricato delle indagini troveranno qualcosa?»

«È poco probabile.»

«Troveranno l'assassino? Petersen?»

«No. Non credo. Non ci sono molte piste da seguire.»

Il presidente ci pensò su.

«Certo, se distribuissimo ai giornali la sua fotografia...» fece O'Brien.

«Henry, il giuramento che hai fatto quando sei entrato in carica è sacro, per te?» gli domandò Baker.

La domanda sorprese O'Brien, che trasse un profondo respiro. «Sì, certo.»

«Violeresti quel giuramento? Se io te lo chiedessi?»

«Spero che lei non me lo chieda, signore.»

«Infatti non lo farò» disse il presidente. «Ti chiederò invece di essergli fedele, qualunque cosa accada questa settimana. Lo farai?»

«Lo farò. Sissignore.»

«Allora dimmi: perché ci sono solo due uomini al lavoro su questo caso?»

O'Brien guardò fisso il presidente.

«Ti ho fatto una domanda. Perché ci sono solo due uomini che indagano sull'assassinio di Martinez?»

Il direttore dell'FBI lo guardò come se stesse parlando in una lingua straniera.

«Henry?»

«Era...» balbettò O'Brien. «Era... un ordine.»

«Un ordine? Un ordine di chi?»

L'altro rimase muto. Poi si strinse nelle spalle. «Be', suo, signore.»

«Mio?»

«L'ho ricevuto direttamente dal signor Bender.»

Il presidente lo guardò. La luce sul telefono vicino al suo gomito si mise a lampeggiare, ma parve non accorgersene. Continuava a guardare Henry O'Brien.

Ora Sam Baker sapeva. Era un'acqua profonda. Un'acqua scura e profonda che ribolliva di traditrici correnti sottomarine capaci di trascinare un uomo così a fondo da impedirgli di riemergere. E lui c'era dentro, e nuotava, scalciava, senza sapere a chi chiedere aiuto. O'Brien stava seduto davanti a lui: uno scoglio viscido in un mare tormentato.

«Signor presidente... Il telefono, signore.»

«Stammi vicino questa settimana, Henry, eh?»

«Conti su di me, signore.»

«Lo farò.» Sollevò il ricevitore. «Parla il presidente.»

Era la sua segretaria, Katherine. «Signor presidente, ha l'ambasciatore del Gabon alle undici e mezzo. Presenterà le credenziali. Ci sarà un breve incontro con i fotografi.»

«Grazie, Katherine.» Stava per deporre il ricevitore quando la donna continuò: «Ha telefonato il vicepresidente Eastman per dire che sarà anche lui della partita».

Ore 8.25 (ora del Texas). Ted Wyckoff stava ancora sudando. Si asciugò con un fazzoletto la fronte luccicante e si allentò il colletto. «Allora, che aspettiamo?»

Arlen Ashley gli rivolse un caldo sorriso meridionale, ma i suoi occhi erano due rabbiosi punti verdi. «Signor Wyckoff» disse «mi hanno ordinato di mostrarle ciò che chiede. E sono costretto a farlo. Questa storia mi irrita un pochino, tutto qui. Ora ci siamo capiti, vero?»

«Se è così che la mette, per me va bene.»

«Sa, i nostri giornali pubblicati sono in microfilm e disponibili al pubblico. Anche a lei, naturalmente.»

«Se non le spiace, ho una fretta terribile, signor Ashley.»

«Lo so benissimo. E se la direzione vuole favorirla...» Si rotolò la matita tra le dita. «Be', sarà un piacere offrirle la nostra ospitalità.» Si alzò e raggiunse la porta della redazione. «Vuole seguirmi?»

Ted Wyckoff lo seguì nella redazione del *Post* di Houston. Era molto diversa da quella in cui Ted Wyckoff, quindici anni prima, aveva iniziato la carriera. Approfittando della sua buona media e dell'attività parascolastica di direttore del *Lit* di Bowdoin College, era entrato come praticante al *Times* di Trenton. Roba da toccare il cielo con un dito, per uno studente di letteratura comparata che aspirava a scrivere il grande romanzo americano. I suoi eroi erano Hecht e Hemingway: quello era il tipo di inviato speciale trasformato in romanziere che Ted Wyckoff sognava di diventare.

Ma dopo due anni di lotta con una vecchia macchina da scrivere Royal nera il mucchio sempre più alto di rifiuti da parte del *New Yorker*, della *Paris Review* e di altre pubblicazioni alla moda gli trasmise un messaggio difficile da ignorare. A peggiorare le cose il suo compagno di stanza, Dick Stanton, era stato già accreditato come cronista presso il municipio per l'*Inquirer* di Filadelfia. Gli ci erano voluti alcuni mesi per sedurre Dick, e durante l'ultimo anno doveva ancora spartirlo con le studentesse. Dick, ormai, era un reporter sulla cresta dell'onda, grazie a un'amica impiegata in municipio che gli passava un mucchio di informazioni. E Wyckoff stava ancora scrivendo necrologi per il *Times* di Trenton.

Poi, nel 1974, un consigliere comunale di Filadelfia fu coinvolto in una rissa per la strada a causa di problemi riguardanti i pompieri di quella città, e Ted Wyckoff si sorprese a leggere avidamente l'*Inquirer*, il *Daily News* e il *Bulletin* di Filadelfia mentre la sua copia del *Times* di Trenton giaceva intatta sulla veranda della casa dei suoi genitori.

Un giorno andò in macchina a Filadelfia e si piazzò davanti a un ufficio finché non uscì dalla porta l'uomo atticciato che aveva torto il naso del governatore.

«Che diavolo vuoi?» chiese Dan Eastman dopo che Wyckoff l'ebbe seguito dentro l'ascensore.

«Un posto.»

«Che sai fare?»

«Scoprire cose.»

«Come per esempio?»

«Come per esempio chi passa di nascosto i suoi appunti all'*Inquirer*.»

Eastman allungò una mano e premette il bottone di arresto, e la cabina si fermò sussultando tra due piani.

«Chi è?» domandò.

«Se glielo dico avrò bisogno di un lavoro. Perché mi costerà quello che ho.»

Eastman lo studiò da capo a piedi. «Quanti anni hai?»

«Ventitré.»

«Dimmela giusta e il posto è tuo.»

«Paula Turner.»

«Balle» disse Eastman.

«Faccia come crede.» Wyckoff allungò una mano per premere il bottone e l'ascensore cominciò la discesa.

Eastman premette il bottone e l'ascensore tornò a fermarsi. «Come lo sai?» Le vene del suo collo erano grosse come funi attorcigliate e lui riusciva a stento a dominare la collera. Era un uomo capace di autentiche esplosioni di furore: con la sua sola presenza poteva intimidire chiunque. Ma Wyckoff non si lasciò né impressionare né intimidire. La rabbia di Eastman lo eccitava.

«Gliel'ho detto» rispose in tono reciso. «Sono bravo a scoprire le cose.»

«Vedremo.» Eastman tornò ad avviare l'ascensore. «Chiamami la settimana prossima.» La porta si aprì al livello della strada. «Come ti chiami, ragazzo?»

«Glielo dirò quando la chiamerò.»

Quel venerdì l'*Inquirer* pubblicò a pagina dodici un trafiletto sulle dimissioni di Paula Turner dall'ufficio di Dan Eastman: sembrava che avesse deciso di passare al settore privato. Lunedì, Wyckoff chiamò Eastman in ufficio.

«Può dirmi di che cosa gli vuole parlare?» domandò la segretaria.

«Di un viaggetto in ascensore.»

Quando la segretaria tornò in linea gli fissò un appuntamento per il venerdì seguente, e quando Wyckoff si presentò Eastman era pronto a riceverlo.

«Sei stato a Bowdoin, lavori al *Times* di Trenton e credo che tu voglia fare lo scrittore.»

«Ha controllato bene» disse Wyckoff. «Sono lusingato.»

«Che altro dovrei sapere?»

«Sono omosessuale.»

Eastman storse la bocca dal disgusto. «Gesù» esclamò.

«Non è da tutti, lo ammetto.»

«Come faccio a sapere che posso fidarmi di te?»

«Due ragioni.»

«Sì?»

«Voglio vincere.»

«Che altro?»

«Non posseggo una coscienza.»

Eastman sbuffò. «Sei un bel figlio di puttana per essere solo un ventitreenne.»

«Ho altre doti che mi riscattano.»

«Come cosa?»

«La gente non capisce quando mento.»

«Niente scherzi da finocchi in quest'ufficio, eh?» disse Eastman.

«D'accordo.»

«Centocinquanta la settimana. Questa è la mia offerta. Prendere o lasciare.»

«Quando comincio?»

«Hai già cominciato.»

Ma quando si diffuse la notizia della sua assunzione nell'ufficio di Dan Eastman, Dick Stanton fece due più due e lo chiamò al telefono.

«Miserabile piccolo frocio. Hai denunciato Paula.»

«Tutta politica, Dick. Nulla di personale.»

«Ho una gran voglia di spaccarti il muso.»

«Che ne diresti se i tuoi compagni della squadra di bowling venissero a sapere che ciucci cazzi nel tempo libero?»

All'altro capo della linea ci fu un lungo silenzio. Poi Stanton sbatté giù il ricevitore.

Adesso, quattordici anni dopo, Ted Wyckoff era a Houston a cercare negli archivi del *Post* il fango da gettare sul senatore Terry Fallon.

In fondo al locale della redazione c'era un cubicolo vuoto con un paio di veneziane che lo isolavano dal resto della sala. Ashley sedette alla scrivania, accese il terminale IBM e aspettò che lo schermo s'illuminasse di un verde ultraterreno. Vi comparve il provocatorio messaggio: CODICE D'ACCESSO PER FAVORE.

Ashley batté una filza di lettere e di numeri. La macchina digerì il tutto e rispose: PAROLA CHIAVE PER FAVORE.

Ashley scrisse: SENATORE TERRY FALLON.

Lo schermo lampeggiò, poi inquadrò un elenco cronologico di articoli che risalivano al 1976, ciascuno dei quali con un breve riassunto del contenuto. Il primo era intitolato:

PROFESSORE DI RICE IN LIZZA PER UN SEGGIO
AL CONSIGLIO COMUNALE

«Ecco qua» disse Ashley e si alzò, offrendo la sedia a Wyckoff. «Faccia il numero dell'indice e prema il tasto "Enter", e l'articolo apparirà sullo schermo. Se ne vuole una copia schiacci il bottone con la scritta "Stampante". Quando ha finito e vuol passare a un altro articolo, prema il tasto "Escape".»

Wyckoff si sedette. «Grazie.»

Ashley sorrise. «Non c'è di che.» Si chiuse la porta alle spalle.

Ore 9.40. «Miami?» chiese Barney Scott. «Che cazzo è? Una vacanza?» Stringeva il buono di viaggio tra le dita come se fosse un pesce andato a male.

«Ramirez è a Miami» spiegò Mancuso. «Abbiamo bisogno di parlargli... Qualcuno deve farlo. Che vuoi da me?»

Ross guardava e ascoltava, con le spalle appoggiate al muro in fondo all'ufficio di Scott.

«E cosa otterrete da quel culo bagnato? Dimmelo.»

«Lui sa chi ce l'aveva con Martinez» disse Mancuso. «È un governatore in esilio... Qualcosa del genere.»

«A me pare una stronzata.» Scott studiò il modulo. «Duecentottanta dollari buttati al vento.»

«Senti, Scotty, per quanto mi riguarda, possono occuparsene quelli di Miami. Non me ne importa un cazzo.»

«Nossignore» fece Scott. «Il caso è vostro e siete voi che dovete occuparvene. Lasciamo fuori i ragazzi della zona.» Firmò il modulo e lo restituì all'agente.

«Grazie» disse Mancuso. «Ecco quello per la ragazza.»

«Che ragazza?»

«La ragazza. La capoufficio stampa. È lei l'intermediario. Senza di lei non se ne fa nulla.»

«Sacra vacca.» Scott firmò il secondo modulo. «Che spreco di denaro! A voialtri non ve ne importa un fico dei soldi dei contribuenti, eh?»

«Già. Gesù. Ho le lacrime agli occhi e un nodo in gola, Scotty. Davvero» disse Mancuso mentre uscivano dalla porta.

Nel corridoio passò i moduli a Ross. «Tocca a te» disse.

«A me? Perché?»

«Non le piace il mio vocabolario.»

«A chi piace?» domandò il collega. Cercava di sembrare petulante, ma quello che stava dicendo Mancuso lo riempì di gioia.

Mancuso schiacciò entrambi i bottoni degli ascensori. «Io dico a Jean la tettona di ordinare i biglietti. Tu vai a casa a fare le valigie.»

«Perché sei tanto sicuro che organizzeranno l'incontro così in fretta?» Ross stava fissando i moduli e cercando di trattenere un sorriso.

«Fidati di me.»

Ross piegò i moduli e se li mise in tasca. «Tu a che cosa lavorerai?»

«Fallon.»

«Perché proprio lui?»

«È troppo vero per essere bello.»

«Non esistono eroi?»

«Non esistono eroi.»

La luce bianca segnalò un ascensore che saliva. Le porte si aprirono e Ross vi entrò.

«Sai, Joe, ci sono dei giorni in cui mi dai la nausea.»

Le porte, scorrendo, si chiusero tra loro.

Ore 11.25. Hamilton Tate, il capo del protocollo del dipartimento di stato, scendeva per primo le scale verso la Blue Room al pianterreno della Casa Bianca. Lo seguiva il presidente, ripassando le notizie sul Gabon che aveva imparato a memoria durante la lezione della sera prima. Veramente, c'era solo un fatto di rilievo: il Gabon si trovava 250 chilometri a nord dell'Angola, un paese dell'Africa centro orientale dov'erano acquartierati migliaia di consiglieri militari cubani.

Sulla porta della Blue Room, Tate si fermò e si voltò verso il presidente. «Parlano francese e bantu» spiegò.

«Tu che dici?»

«Stavolta temo che sarà il bantu, signore. È questa storia delle "radici". È fortissima, là, ora.»

«Oh, be'.» Il presidente sospirò. «E bantu sia.»

Col suo colletto rigido sotto la giacca a coda di rondine e i pantaloni a righe, l'ambasciatore del Gabon era il ritratto del vero diplomatico. Un uomo alto e nero con ondulate cicatrici sulle guance simili ai baffi di un gatto. Stava stringendo la mano di Dan Eastman quando fu annunciato il presidente.

«Signor presidente» disse, giunse le mani e s'inchinò.

«Buongiorno, signor ambasciatore. E benvenuto a Washington in nome del popolo e del governo degli Stati Uniti.»

L'ambasciatore si chinò sopra l'interprete per coglierne le parole sussurrate.

Dan Eastman fece un passo avanti. «Buongiorno, signor presidente. Ho cercato di mettermi in contatto con lei.»

«Buongiorno, Dan.» Il presidente gli strinse la mano.

Tate prese il presidente per un gomito e lo piazzò tra Eastman e l'ambasciatore, in modo che offrisse agli obiettivi il lato migliore del viso.

«Signor presidente» iniziò l'ambasciatore mentre i flash cominciavano a lampeggiare, e diede inizio a un lungo indirizzo di saluto in bantu.

Ma dall'altra parte Eastman stava mormorando: «Sai benissimo perché voglio vederti. Allora, quando parliamo?».

«Più tardi» gli rispose il presidente a denti stretti, sorridendo ai fotografi.

Anche Eastman sorrideva. «È la cosa più incredibile che io abbia mai sentito.»

L'interprete attaccò: «Il nostro riverito presidente, El Haj Omar Bongo, le presenta le felicitazioni e i ringraziamenti del nostro popolo per il contributo allo...». ·

«Maledizione, Sam» sibilò Eastman «non crederai di potermi tagliar fuori.»

«Parla piano.»

«Mi scusi, signore» disse l'interprete, sconcertato.

«No, non lei» fece il presidente, sempre sorridendo. «Continui, continui, la prego.»

«... per l'enorme contributo allo sviluppo economico che il grande popolo americano ha...»

«Se credi di poter mettere Fallon al mio posto, tu sei matto» stava sibilando Eastman, nel ronzìo dei flash elettronici e delle macchine fotografiche.

«Non intendo far nulla di· simile.»

L'interprete s'interruppe, guardandoli a bocca aperta.

«No. Continui, la prego» disse il presidente. E poi, in un "a parte" destinato a Eastman, sussurrò: «Torna domani, ne riparleremo».·

L'interprete tradusse qualcosa all'ambasciatore, che rivolse al presidente un largo sorriso.

«Tornerà domani con piacere» spiegò l'interprete.

«No, non lui» disse il presidente. «Lui.» E indicò Eastman.

«Un corno» fece quello. «O sistemiamo questa faccenda oggi o mai più.»

L'interprete fece per dire qualcosa all'ambasciatore.

«Questo non lo traduca, perdio!» lo fermò il presidente. «Senti, Dan, ne discuteremo domani.»

«Magari un paio di foto col vicepresidente» suggerì Tate. Fece un passo indietro, spingendo Eastman vicino all'ambasciatore. I flash dei fotografi lampeggiarono. L'ambasciatore afferrò la mano di Eastman e gliela strinse vigorosamente.

«Non credere di averla fatta franca» disse Eastman, rivolto in parte alle macchine fotografiche e in parte al presidente alle sue spalle.

«C'è la stampa, Dan» mormorò piano Baker, ma la sua voce vibrava di collera.

«Al diavolo la stampa.» Eastman mollò la mano dell'ambasciatore come se fosse uno straccio sporco. Si rivolse al presidente. «Dovrai passare sul mio cadavere, se vuoi escludermi da questa campagna. Se affondo io, affonderai con me.»

«Come vuoi, Dan» disse il presidente con un sorriso forzato. «Non so perché, ma riesci sempre a farmi vergognare di te.»

L'interprete e l'ambasciatore guardavano ora l'uno ora l'altro dei due uomini infuriati. In fondo alla sala, i fotografi scattavano.

«Maledizione» sibilò Eastman. Si fece largo a spintoni tra i fotografi e uscì dalla sala.

Sam Baker lo seguì con lo sguardo, e aveva sul viso una strana espressione di rimpianto.

Ore 10.40 (ora del Texas). Ted Wyckoff non voleva ammetterlo, ma così era. La storia dell'ascesa di Terry Fallon da professore di storia a Rice, con uno stipendio di 11.000 dollari l'anno, a senatore degli Stati Uniti era una favola trasformatasi in realtà. Sullo schermo del videoterminale – proprio davanti agli occhi di Wyckoff – l'uomo marciava tra le pagine del *Post* di Houston come un Lincoln della nostra epoca, un cavaliere errante che si ergeva, da solo, contro lo strapotere dei notabili di Houston, e che portava la sua sudicia banda poliglotta di straccioni a una clamorosa vittoria costituzionale nella corte suprema dello stato del Texas.

C'erano tutto il sentimentalismo e il melodramma di una miniserie televisiva: Fallon aveva subìto minacce alla sua vita; una croce era stata bruciata sul prato davanti alla sua casa; qualcuno aveva sparato colpi di fucile nel suo ufficio. Ma in mezzo a tutto questo scompiglio Fallon non aveva mai esitato, mai scarrocciato nemmeno di un grado dalla rotta verso l'obiettivo di una giustizia uguale per tutti sotto la protezione della legge. E alla fine aveva unito i bianchi e i latini di Houston, stringendoli in quella che sembrava una vera e propria fratellanza.

Ted Wyckoff si tolse gli occhiali e si strofinò gli occhi. Non c'era da meravigliarsi se il lavoro di Fallon nel *barrio* lo aveva catapultato prima in consiglio comunale e poi al congresso. Non c'era da meravigliarsi se il governatore Taylor lo aveva messo al posto del senatore Weatherby quando quest'ultimo era finito in galera. E sicuramente non c'era da meravigliarsi se Sam Baker poteva pensare che Fallon sarebbe stato un superbo candidato alla vicepresidenza.

Ma c'era un'altra cosa: una specie di significato nascosto che era altrettanto illuminante. Quasi tutti gli articoli sul carisma di Fallon, sulla sua lotta, sulla sua indomabile volontà, sul suo impegno verso il popolo, quasi tutti questi articoli recavano la stessa firma: Sally Crain. A sentir lei, lo aveva incontrato – scoperto, per così dire – mentre camminava tra le macerie delle case in rovina del *barrio* che venivano rase al suolo tra le vivaci proteste di coloro che vi abitavano.

Alto era, e snello. Aveva il nodo della cravatta allentato, il colletto aperto sul collo, e le maniche della vecchia camicia bianca rimboccate sopra i gomiti. C'era un'onda quasi infantile nei suoi capelli rossicci: il modo in cui gli cadevano sugli occhi ti faceva pensare a Jack Kennedy. Fallon confortava qui una nonna, e là stringeva la mano di un uomo amareggiato dopo l'altro. Parlava lo spagnolo come se fosse la sua madrelingua e il suo messaggio era semplice: *valentia*, cioè coraggio; *persistencia*, cioè perseveranza; *esperanza*, cioè fede.

Nella versione di Sally Crain, la campagna di Fallon per un seggio nel consiglio comunale di Houston si era svolta come una sacra rappresentazione.

Wyckoff continuò a sfogliare la cronaca computerizzata della campagna congressuale di Fallon. Ma il tono degli articoli era cambiato, si era fatto più concreto, più giornalistico. Allora si accorse che la firma era mutata. C'erano sempre dozzine di pezzi, ma nessuno di Sally Crain.

«Che è successo? Ha smesso di scrivere di lui nel 1976. Perché?»

Arlen Ashley studiò Wyckoff sopra le lenti degli occhiali da lettura. «Si era trasferita nel nord. Dalle vostre parti.»

«A Washington?»

«Al *Washington Post*. Alla "Pravda sul Potomac" come lo chiamiamo noi.»

«Era una giornalista così brava?»

«No.» Ashley rise. «No. Era più una scrittrice che una giornalista. Una volta le dissi che avrebbe dovuto provare a scrivere un romanzo. Ma era una credente. E Washington è il posto per i credenti... e per gli sciocchi.»

Wyckoff lo lasciò dire. «Era innamorata di Fallon?»

«Oh, immagino di sì.»

«Andavano a letto insieme?»

«Ora, permetta... Perché dovrei rispondere a questa domanda?»

«Allora se n'è andata perché aveva trovato un posto migliore?»

«No. Se n'è andata perché lui si era sposato.»

Wyckoff scartabellò nel suo fascio di fotocopie finché non ebbe trovato quella giusta. «Già. Ho visto il pistolotto nella cronaca mondana. "Il principe e la principessa della luce".» Soffocò una risatina, poi lesse: «"La sposa scivolava in mezzo a loro come una musica che si udisse appena nel silenzio di un giorno d'estate. Persino il tordo beffeggiatore dimenticò il suo canto. E la prateria tratteneva il respiro".» Scosse la testa, piegò il foglio e se ne uscì in un sorriso furbetto. «Un anno dopo la sposa era in manicomio. E il principe in viaggio per il congresso. Fine della favola.»

Ashley disse: «Quello l'ha scritto Sally».

Wyckoff rimase a bocca aperta. Abbassò lo sguardo alla cronaca del matrimonio che teneva in mano. «Lei scherza.»

«Stava per andare a Washington. Voleva scrivere l'ultimo servizio. Ho pensato: perché no?»

Wyckoff fissava stupito quelle parole stampate. «Ma perché? Come lo spiega? Per amore? O per odio?»

Ashley si alzò in piedi. «Be', se non le serve altro...»

Wyckoff si fermò sulla porta. «Questo "castello incantato"... Dov'è?»

«Nella contea di Wharton» disse Ashley. «Se è fortunato, lo troverà mentre esce dalla città. Torni a trovarci.»

Ore 12.05. Nella camera da letto della casa per gli ospiti dietro la villa di Fallon, Sally aprì le valigie e ripose la sua roba. Aveva passato molte notti in quella stanza. Era come se fosse casa sua.

Più di una volta si era trascinata sulle pietre del sentiero che portava al piccolo cottage coperto di edera dopo una lunga notte di accanite discussioni sulla posizione da prendere a proposito di questo o quel problema. Certe volte, quando tutti i notabili e i loro consiglieri avevano spento i sigari e si erano infilati nelle limousine per tornare, nelle tenebre, al Distretto, lei e Terry uscivano insieme dalla porta di servizio della villa, giravano intorno alla piscina e passavano davanti al barbecue, seguendo i deboli cerchi di luce che le tozze lampade a basso voltaggio facevano piovere sul sentiero. Parlavano di rado. Erano stanchi dei complessi, infiniti problemi di governo: della lotta per trovare posizioni che conciliassero il buonsenso e l'opinione pubblica con la costituzione. Terry contava sempre su di lei, in quelle riunioni; sapeva che non perdeva mai di vista il nocciolo della questione, e che capiva sempre le implicazioni economiche prima di chiunque altro. Gli altri potevano saltare di palo in frasca, e la loro conversazione divagare, ma Sally non dimenticava mai l'obiettivo. Con lei al suo fianco, Terry Fallon riusciva sempre a trovare una strada.

Quando finalmente quelle riunioni giungevano alla fine, la grassa governante danese di Terry, Katrina, si affacciava alla finestra della villa fino a quando li vedeva arrivare al cottage. Era una brava donna, non una ficcanaso. E quando vedeva Terry e Sally arrivare alla porta della casa per gli ospiti voltava sempre le spalle alla finestra.

Allora Sally restava con Terry là in piedi nel buio, ascoltando il verso dei grilli che cantavano nella notte, e il vento di levante che spirando dalla baia di Chesapeake faceva stormire le fronde degli olmi. L'aria era mite e dolcissima. Nella luce fioca Sally poteva vedere com'era stanco, come gli anni e i giorni e le notti di Washington lo avevano invecchiato, velato di malinconia, appannato di rimpianto. Con tutto il suo magnetismo, era un uomo fragile e sfiorito, che stava per raggiungere la soglia della mezza età. A volte, mentre erano là in piedi, lui chinava la testa e la baciava: non come un amico bacia un'amica, ma come un uomo bacia la donna che è sua moglie da vent'anni, con gratitudine e rispetto. C'era tanta tenerezza nel suo bacio che le veniva una gran voglia di piangere, e il pensiero di separarsi da lui era una spina nel cuore.

Separati, invece, lo erano già. E mentre lei lo guardava ritornare verso casa lungo il sentiero, a volte già col sole che sorgeva, rosso, all'orizzonte, a volte con le spalle così incurvate dalle preoccupazioni che sembrava vecchio e gobbo, Sally piangeva, come una donna in lutto, tutti gli "avrebbe potuto essere" della sua vita e di quella di lui, e sentiva di averlo più caro di ogni altra cosa al mondo.

Ma ora uomini armati e muniti di walkie-talkie sedevano,

sempre vigili, sotto l'ombrellone ai margini della piscina. Dalla finestra aperta della camera da letto nella casa degli ospiti, Sally poteva sentire il cavernoso scoppiettìo dei loro radiotelefoni portatili.

Squillò il telefono.

«Signorina Crain?» Era l'agente del servizio segreto che badava al centralino installato nella villa.

«Sì?»

«Ho in linea un certo Benson dell'Associated Press. Glielo passo?»

«Sì, grazie.»

«Sally?»

«Sì, Bob.»

«Non perdere il telegiornale di mezzogiorno.»

«Perché? Che è successo?»

«Baker ed Eastman hanno avuto uno scontro nella Blue Room davanti a un plotone di fotografi. Stiamo diramando le telefoto proprio adesso.»

«Che stai dicendo?»

«Baker è sceso per salutare un diplomatico africano, Eastman arriva per la seduta fotografica, litiga con lui e se ne va. Devi vedere le foto. Erano incazzatissimi.»

«Non ci credo» disse Sally.

«Commenti?»

«Nessuno.»

«Proprio nessuno?»

Sally si strinse nelle spalle. «Sono due maschiacci.»

Benson rise. «Ti chiamo più tardi.» Riattaccò.

Qualcuno bussò all'uscio.

«Sono quasi pronta, Chris» esclamò Sally, cercando di fissare la clip dell'orecchino.

«È quello che hai detto venti minuti fa.»

«Be', stavolta dico sul serio.» Sally spalancò la porta. «Comunque, che fretta c'è?»

«Sono le dodici e dieci, e alle dodici e trenta ti aspettano al Maison Blanche, e io...» le voltò le spalle e s'avviò per il sentiero «sono a pranzo con un bel professore del William and Mary.»

«Non pensi mai ad altro?»

«Mia madre mi ha insegnato che il sesso era una cosa sporca» disse Chris. «E io lo adoro perché è una cosa sporca.»

Salutarono con un cenno gli agenti del servizio segreto di guardia alla porta di servizio ed entrarono in casa.

«Ha chiesto di lei» disse Katrina.

Entrarono nello studio. Terry era seduto nella nicchia della finestra nella sua vestaglia di seta azzurra, con i piedi sui cuscini e il telefono sul pavimento accanto a lui. Teneva scostata la tendina in modo che il sole gli incorniciasse il viso. Da lontano lo si sarebbe detto un bambino pensieroso.

«Volevi vedermi?» chiese Sally a bassa voce.

«Oh... sì» rispose Terry. «Buongiorno, Chris.»

«Senatore.»

«Baker ed Eastman...»

«Sì, l'ho appena saputo» disse lei.

Terry scosse il capo. «Peccato. Due galantuomini come quelli...»

«Sì.»

«Mi ha telefonato Ashley» fece Terry.

Sally inclinò la testa. «No! Arlen Ashley? Del *Post* di Houston?»

«Ha detto che stamattina ha ricevuto la visita di una persona che conosciamo.»

«Chi?»

«Ha passato in rivista tutto il materiale su di me e ha fatto un mucchio di domande su di te.»

«Una persona che conosciamo? Chi?»

Terry guardò Chris dritto negli occhi. «Ted Wyckoff.»

Chris si gonfiò come se stesse per scoppiare. «Quel... Quella sudicia checca di Georgetown! Gli romperò quelle sue palle di merda!»

«È tutto a posto, Chris» disse Terry. «Tutto a posto. Quel che è stato pubblicato sul giornale è di pubblico dominio. Non abbiamo niente da nascondere.»

Ma Van Allen era furibondo. «È...»

«A nessuno fa piacere essere strumentalizzati» lo interruppe Fallon. «È la politica, Chris. Si matura anche così.»

«Merda» fece Chris. «Quel brutto bastardo.»

«Ecco come sarà, da queste parti, fino alla convenzione» disse Terry. «E forse per un pezzo anche dopo. Ma la cosa principale da ricordare è che siamo fieri di ciò che siamo e che rappresentiamo.» Si alzò in piedi con circospezione. «Non abbiamo niente da nascondere» continuò mettendo un braccio sulle spalle di Chris «e ci fidiamo e ci vogliamo bene.»

Rimasero così per un momento, Terry appoggiato a quell'uomo rotondetto, Chris con lo sguardo inchiodato al pavimento.

«Giusto?» disse Terry.

Chris annuì. «Giusto.»

«Okay, voi due» continuò Terry. «Buon pranzo, allora. Sally, mi raccomando, non farti infinocchiare dalle chiacchiere di Tommy Carter.»

«Sta tranquillo, capo.»

«E, Chris, cerca solo di stare un po' più attento.»

«Giusto. Sissignore.» Terry gli diede un buffetto sulle spalle e lo spinse verso l'uscio.

«Ashley ti ha detto che intenzioni aveva Wyckoff?» domandò Sally.

«Crede che possa andare a trovare i genitori di Harriet» rispose Terry. Sally rimase dov'era, guardandolo fisso. «Non direi che sia un'ottima idea.»

La donna scosse la testa.

«Ci vediamo verso le due.» E con un cenno Terry li congedò.

Si fecero largo in mezzo al gruppo di uomini politici e agenti del servizio segreto che aspettavano nell'atrio e uscirono dalla porta principale. Ai piedi del viale si erano raggruppate le troupe televisive, sperando di carpire un'immagine di Terry Fallon. Alcuni dei reporter che conoscevano Sally la chiamarono.

«Sally, Fallon ha visto le fotografie?»

«Cosa dice di Eastman e del presidente?»

«Baker gli ha telefonato?»

La donna rispose, a gesti, che non aveva niente da dire. Chris diede il suo scontrino a un agente del servizio segreto, che andò a prendergli la macchina nel garage sorvegliato.

«Dài, Sally!» gridavano i reporter. «Ehi! Dicci qualcosa!» Ma lei sorrise e ripeté il gesto.

«Mi sento un idiota» disse Chris, quando furono in macchina. «Un perfetto idiota.»

«Abbiamo tutti molto da imparare» obiettò Sally.

Il servizio segreto sgombrò dai giornalisti la fine del viale e spostò una transenna. La Toyota blu di Chris scese con un sobbalzo dal marciapiede in Crescent Drive. Mentre lo faceva, Chris cambiò marcia e schiacciò l'acceleratore.

«Prossima fermata Maison Blanche.»

A un tratto – con uno strappo che le fece quasi male al collo – Sally si girò sul sedile, guardando dal lunotto posteriore della macchina. Per un attimo le era parso di vedere una faccia in mezzo alla folla, un volto estraneo tra quelli dei reporter, un viso che ricordava con terrore.

«Che c'è?» chiese Chris. «Qualcuno che conosci?»

Sally tornò a voltarsi. «No. Credo di no.» Ma dalle sue guance era scomparso ogni colore.

Ore 12.20. Ross non andò a casa a fare le valigie. Prese un taxi fino all'angolo tra la Ventitreesima Strada e la E, risalì il viale d'accesso al Bureau di medicina e chirurgia della marina, e si presentò al sottufficiale dietro il banco della reception. Poi restò seduto per un po' tra i vecchi mobili di legno e i manifesti di propaganda del reclutamento. Qualche minuto dopo, un imponente poliziotto nero con un'elegante divisa bianca e blu chiamò il suo nome.

«Agente Ross?»

«Sì?»

«Sono il marinaio scelto Brown. L'accompagno su all'ufficio del capitano Fairchild.» In ascensore, per tutta la salita, rimase in posizione di riposo in fondo alla cabina. Sulla porta dell'ufficio del capitano Fairchild scattò sull'attenti. «L'aspetto qui, signore.»

«Va bene.» Ross si strinse nelle spalle ed entrò.

«Ehi, Davy» disse Tim Fairchild quando la porta si aprì. Era un capitano di marina, un chirurgo che aveva frequentato l'università e la scuola di medicina di Yale con una borsa di studio del Corpo addestramento ufficiali della riserva e che stava pagando il suo debito con un posto di interno in chirurgia ortopedica. Lui e Ross avevano giocato molto a squash ai loro tempi. «Entra, coraggio. Accomodati. Mettiti a sedere.» Gli indicò la poltrona davanti alla scrivania.

«Gesù, Pam me lo ricorda almeno una volta al mese. Che fine ha fatto Dave Ross? Perché non viene più a cena?»

«Non so. Non vado molto in giro.»

«Lavori sodo?»

«Se si può chiamare lavoro.»

«Sempre accoppiato a quel... Come si chiama?... Mancuso?»

«Già. La solita solfa.»

«Perché non ti danno una possibilità? Non ti trovano da fare qualcosa di emozionante?»

«Sì. Me lo sono chiesto anch'io.»

«Be', non perderti d'animo» disse Fairchild. «Quando il vecchio andrà in pensione, forse ti assegneranno qualcosa d'importante.»

«Già, lo spero anch'io» rispose Ross.

«Be'...» Fairchild mise le mani sul registro che aveva sulla scrivania. «C'è qualcosa che posso fare per te?»

«Sì, in effetti c'è. Avrei qualche domanda da farti sull'AIDS.»

«Cosa?» Fairchild scoppiò in una risata.

«Ehi! Ehi! Un momento. Non sto parlando di me.»

«Gesù Cristo, voglio sperarlo.»

«Ehi, Tim. Dài. Da quanto tempo ci conosciamo?»

«Da molto.»

«Be', mi credi il tipo da prendere l'altra strada?»

«No.» Fairchild scosse la testa. «Tu no, vecchio puttaniere di Davenport.»

«Comunque... Lascia che ti faccia una domanda ipotetica.»

«Ipotetica» ripeté Fairchild, annuendo. «Certo.»

«Un tale si fa fare l'esame del sangue. Risulta negativo. Ma due giorni dopo l'esame si è beccato l'AIDS. Com'è successo?»

Fairchild aprì le braccia. «Ci rinuncio. Come?»

«No, dài» disse Ross. «Lo sto chiedendo a te.»

Fairchild scosse la testa. «È impossibile.»

«Impossibile? Come sarebbe?»

«Sarebbe che è impossibile. L'AIDS non si piglia così.»

«Credevo che un mucchio di tossicodipendenti lo pigliassero usando siringhe sporche.»

«Certo che lo pigliano» spiegò Fairchild. «Ma senza una precedente esposizione alla malattia, ci vorrebbero almeno trenta giorni prima che si presentasse una reazione da immunodeficienza degna di questo nome.»

«Sì?»

«Sì.»

Ross restò seduto per un po', riflettendo.

«La tua non è una domanda ipotetica» disse finalmente Fairchild.

Ross lo guardò un momento. «Sì, Tim, è una domanda ipotetica. Capito?»

Fairchild annuì. «Okay. In via d'ipotesi... Qui parlo in via d'ipotesi... Qualcuno ti ha detto che un tale ha mostrato i sintomi dell'AIDS due giorni dopo aver fatto l'esame del sangue?»

«Il concetto è quello lì.»

«Ora, questo tizio ipotetico che ti ha riferito questa diagnosi ipotetica... potrebbe essere un medico?»

«Certo.»

«Che genere di medico?»

«Legale.»

«Be'...» Fairchild dondolò la testa in avanti e indietro. «Potrebbe trattarsi di un errore commesso in buona fede. Quasi tutti questi affettacadaveri non sanno un tubo dell'AIDS, a parte il fatto che ti ammazza. Ma il vero problema non è questo.»

«No?»

«No. In primo luogo tu devi chiederti perché hanno fatto il

test per l'AIDS. Ipoteticamente, voglio dire. Quando mai un test per l'AIDS ha fatto parte di una normale autopsia?»

«Questa non era la nostra normale vittima ipotetica.»

«Oh. Be', anche in via d'ipotesi – credimi, Dave – non puoi beccarti l'AIDS in un paio di giorni da una siringa sporca o da una goccia di sangue infetto. L'unico modo in cui potrebbe mostrare i sintomi dell'AIDS dopo due giorni sarebbe se qualcuno gli iniettasse un ceppo puro del virus dell'AIDS. E questo non succede di sicuro.»

«Come fai a saperlo?»

Fairchild si mise a ridere. «Via, Dave. Parli sul serio? Una purissima coltura del virus dell'AIDS? Ma lo sai quanto sarebbe micidiale? Una pipetta di quella roba nell'acquedotto di una città come New York e potresti dire addio a dieci milioni di persone. Coltivarlo in laboratorio è come avere una bomba all'idrogeno in camera con te.»

«E nessuno lo coltiva?»

«Be', certo che lo coltivano. Devono farlo, se vogliono trovare un vaccino. Il vaccino della polio, in realtà, è solo il virus della polio in forma indebolita. È abbastanza forte per costringere l'organismo a creare i suoi anticorpi, ma troppo debole per fare danni. Proprio adesso stanno facendo la stessa cosa col virus dell'AIDS.»

«Dove?»

«L'unico posto che io conosca sono i National Institutes of Health di Bethesda. I francesi sostengono di aver isolato il virus all'Istituto Pasteur di Parigi: sai, il posto dov'è andato Rock Hudson prima di morire. Ma c'è un mucchio di gente che non crede alle affermazioni dei francesi.»

«È possibile che qualcuno abbia rubato il virus dell'AIDS dai National Institutes of Health?»

«Sarebbe più facile rubare una bomba atomica.»

«Perché?»

«Ce ne sono di più.»

Ross si alzò per andarsene. «Senti, grazie mille per...»

Allora Fairchild disse: «Potrebbe esserci anche un altro posto».

«Dove?»

«Fort Deitrich.»

«Che roba è?»

«È una cosa che ha un nome un po' lungo: Quartier generale del comando ricerche e sviluppo dell'esercito degli Stati Uniti.»

Ross tirò fuori il taccuino. «Là con chi potrei parlare?»

«Con nessuno. Levatelo dalla testa. Quel posto è top secret. Tanto varrebbe che tu chiedessi di fare una visita guidata alla sede dello Strategic Air Command. Impossibile.»

Ross stava scrivendo. «Hai detto "ricerche e sviluppo…".»

Fairchild si sporse in avanti e afferrò la mano che stringeva la penna tra le dita. «Dave, non ti diranno niente. Questi tizi delle ricerche e sviluppo non sono come soldati regolari. Non sono medici che alla fine della ferma si danno alla libera professione in pediatria. Sono ideologhi convinti che ci sia una guerra in corso. E se ne infischiano delle perdite subite, purché arrida loro la vittoria.»

Ross si limitò a scoccargli un'occhiata.

«Comunque, io non ci andrei se fossi in te» disse Fairchild.

«Perché?»

«Potresti beccarti qualcosa.»

«Allora come faccio a scoprire cosa stanno facendo laggiù?».

«È questo il punto. Non puoi.»

«Bell'aiuto mi stai dando.»

«Ehi» disse Fairchild. «Credevo che fosse una domanda ipotetica.»

Ross rimase immobile, al suo posto, senza parlare.

«Conosco un tale che forse potrebbe aiutarti» fece Fairchild alla fine. Prese la penna di Ross e scarabocchiò un indirizzo.

«Chi è?»

«Un medico che una volta lavorava là. C'è rimasto per due turni e non ce l'ha fatta più. Ha avuto una specie di corto circuito e se n'è andato.»

«Grazie.» Ross mise in tasca il biglietto e si alzò.

«Dave… Senti.» Fairchild girò intorno alla scrivania. «Bada, eh? È con l'esercito che stai scherzando, quello vero. Questa gente fa sul serio. Guarda dove metti i piedi.»

«Sicuro» disse Ross. «Te l'ho detto che sei un bravo ragazzo?»

«Da molto tempo, no.»

«Dirai qualcosa a Pam?»

«Cosa?» chiese Fairchild.

Ross alzò le spalle. Si strinsero la mano e Ross uscì.

Ore 11.35 (ora del Texas). Dopo aver attraversato l'ultimo sobborgo di Houston e lasciato l'autostrada, Ted Wyckoff guidò per più di un'ora. A destra e a sinistra scorrevano le polverose pianure del Texas, tutte mesquite ed erba Amaranthus, e solenni cactus. Poi la sua auto Ford presa a nolo sobbalzò su una linea ferroviaria costituita da un singolo binario, e cominciò un nitido nastro d'asfalto. Un cartello con una scritta bianca e rossa diceva STRADA PRIVATA, e cento metri più in là, lungo il binario, Wyckoff vide dei recinti per il bestiame deserti, una piattaforma di carico e un piano inclinato. C'era un altro cartello con un'altra scritta bianca e rossa. Questa diceva semplicemente KIMBERLY.

Riprese il viaggio, seguendo il filo spinato che separava il pascolo dalla strada, e percorse altri otto chilometri abbondanti prima che il filo spinato si trasformasse in uno steccato di legno dipinto di bianco e il terreno in un pascolo erboso per cavalli, e poi un altro chilometro e mezzo, o giù di lì, fino all'arco di mattoni e al viale d'accesso a un lontano gruppo di edifici che sorgevano in un boschetto. Scese e si avvicinò al telefono.

Una voce con l'accento del Texas disse, all'altro capo della linea: «Casa Kimberly. Posso fare qualcosa per lei?».

«Sono Ted Wyckoff. Dell'ufficio del vicepresidente. Ho telefonato per un appuntamento col signor Kimberly.»

«Solo un momento, signor Wyckoff.»

Aspettò, col telefono in mano. Di là dallo steccato c'era una lunga striscia di cemento, con un paio di hangar e una pista di rullaggio abbastanza grandi per un aereo di linea commerciale.

Ci fu uno scatto nel ricevitore. «Signor Wyckoff, sono tanto spiacente, ma l'agenda del signor Kimberly è fittissima, per oggi, come lei può immaginare. Sarebbe possibile organizzare un incontro per la settimana prossima? O magari quella dopo?»

«Temo di no» rispose Wyckoff. «Non potrebbe... Dica al signor Kimberly che vorrei solo dirgli due parole. Gli dica che sto andando a Cleveland.»

«Solo un attimo, prego.»

Un altro scatto: e stavolta il cancello di ferro cominciò silenziosamente ad aprirsi. Wyckoff riattaccò il ricevitore, saltò nella Ford. A metà del viale c'erano tre cowboy che sistemavano un palo della staccionata. Erano grigi di capelli e impolverati, con le braghe di pelle consunte e macchiate dal sole e dalla pioggia. Continuarono a lavorare, ma i loro occhi lo seguirono da sotto le larghe tese dei cappelli.

In fondo al viale c'era una quercia enorme dalla chioma vastissima. Oltre la quercia, in una macchia di alberi di noce, sorgeva una villa bianca in gotico moderno, con le sue sei colonne lucenti che sostenevano un grazioso porticato.

Una ragazza con lunghi capelli neri aspettava ai piedi delle

scale. Indossava blue jeans e una camicia di cotone ritorto celeste, oltre a un paio di stivali eccessivamente lavorati. Dietro di lei
c'era un piccolo ispano-americano con una divisa bianca e inamidata che teneva un vassoio tra le mani.

«Signor Wyckoff» disse la ragazza quando lui scese dalla macchina. «Io sono Susannah Brown, la segretaria del signor Kimberly.» Gli tese la mano per stringere la sua. «Benvenuto a casa
Kimberly. Gradisce un po' d'acqua ghiacciata o di tè freddo?»

«Grazie.» Wyckoff prese il bicchiere appannato di tè. «Dio, fa
caldo, no?»

«L'estate nel Texas, signor Wyckoff. È calda... e può anche
essere umida.» Gli sorrise. «Il signor Kimberly può vederla subito, se a lei va bene.»

Ma non si voltò verso la casa. Lo guidò invece attraverso il
prato, che era folto e vasto, fino a una grande, bassa costruzione
di legno. Una targa d'ottone sulla porta diceva STAZIONE DI MON-
TA. La ragazza tenne la porta socchiusa.

Wyckoff entrò nella sala buia e cavernosa. Le pareti erano rivestite di teak e coperte di ritratti di cavalli. Il pavimento era un
quadrato di dura terra rossa. Al centro del quadrato, due stallieri
erano alle prese con una giumenta. Uno stringeva un lungo bastone con un anello di ferro che le passava attraverso le narici,
l'altro le piegava la zampa anteriore sinistra, sollevandola dal pavimento, in modo da costringerla a tenersi in equilibrio su tre
zampe. Legata al suo garrese c'era una coperta di cuoio rosso, e
un enorme stallone bianco incombeva sopra la giumenta, con la
coperta stretta fra i denti, e il pene scuro e grosso che entrava e
usciva con violenza dalla culatta di lei. Gli sbuffi e i nitriti dei due
animali raggiunsero il parossismo quando le contrazioni della
giumenta fecero schizzare il seme dello stallone sulla terra rossa e
compatta.

A metà strada, un gruppo di allevatori di bestiame si stavano
dando la mano. Poi lo sbuffante stallone fu portato via, mentre la
giumenta rimase là dov'era, fremente e stupefatta, mentre il suo
stalliere le carezzava i fianchi per calmarla.

«Sono Dwight Kimberly.» Il grosso allevatore tese la mano a
Wyckoff che la strinse. «Grazie, Susannah» disse, e la ragazza, di
rimando: «Signor Wyckoff» e tornò indietro verso la villa.

Uscirono nel sole.

«Be', cosa la porta da queste parti, signor Wyckoff?» Kimberly posò lo stivale sulla traversa più bassa della staccionata. Gli
stallieri stavano portando fuori lo stallone bianco, che scosse la
testa, sbuffò e si allontanò al galoppo.

«Mi interessa suo genero» disse Wyckoff.

Kimberly guardava lontano, verso le pianure. «Credo che sia un uomo interessante» disse, e qualcosa s'indurì nella sua voce.

«Vorrei sapere qualcosa di più sul suo matrimonio. Di sua figlia. Cosa le è successo, perché si è ammalata. Come ha potuto essere, un anno, la principale debuttante di Houston, e quello dopo in una clinica psichiatrica?»

«Signor Wyckoff» attaccò Kimberly, e tolse lo stivale dalla staccionata, lo posò a terra e si spolverò i calzoni. «Certa gente, da queste parti, è ancora convinta che il matrimonio sia un vincolo sacro. Marito e moglie diventano una carne sola. Certa gente non la prenderebbe bene, se lei si mettesse a fare un mucchio di domande su Harriet. Credo che farebbe meglio a metterci una pietra sopra. Mi sono spiegato?»

«Sarò franco, con lei, signor Kimberly.» Wyckoff non cercò di controllare il tono minaccioso della sua voce. «Ho un biglietto per Cleveland e una prenotazione per domattina. Ora, io non voglio disturbare sua figlia. Non voglio spingere la stampa di Washington a chiedersi per quale motivo è finita in manicomio subito dopo aver sposato Terry Fallon. Ma se devo farlo, lo farò. Ora dica lei: mi sono spiegato?»

Kimberly abbassò lo sguardo a lui e sorrise. La pelle del suo viso era conciata dalle intemperie, e negli occhi gli splendeva una luce fredda e dura. «Signor Wyckoff, io sono solo un goffo campagnolo e lei è un furbo ragazzo di città. Ma voglio darle un consiglio, buono, utile, da amico. Non ficchi il naso negli affari altrui. Mi ha sentito? E adesso le auguro di passare una buona giornata?»

Si ficcò i pollici nei passanti della cintura e lo guardò sorridente.

«Grazie» disse Wyckoff. Versò il tè freddo per terra e infilò il bicchiere vuoto su un palo dello steccato. Poi attraversò il prato e salì in macchina.

Ore 12.45. Il ristorante si chiamava Maison Blanche: il posto dove la Washington ufficiale andava a mettersi in mostra. E quando un giornalista vi invitava Sally a pranzo, era prevedibile che vi si sarebbe svolto qualcosa di più di una semplice conversazione.

Il maître la condusse a un separé, ma lei non si sedette. «Adesso paghi tu... Giusto?» disse all'uomo barbuto con gli occhi grigi e dolci che le offriva un posto accanto a lui.

«Giusto» assentì Tommy Carter. Era il capo di una redazione televisiva di Washington, ma il Maison Blanche non entrava nel suo giro.

«E hai l'autorizzazione di New York?»

«Come no.»

«Perciò siamo sicuri che il mese prossimo non mi telefonerà nessuno dicendo: "Ehi, Sally, è arrivato il conto dell'American Express e la tua parte è...".»

«Impossibile, impossibile.» Carter rise. «Coraggio. Siediti.»

Lei obbedì.

«Dio, non ti vedo da un mucchio di tempo» disse lui. «Sei bellissima.»

«E tu sei un bugiardo.»

«Okay, come non detto.»

«Crepa.»

Il maître si chinò su di lei. «*Mademoiselle* gradisce un aperitivo?»

«*Une Kir Royale, s'il vous plaît.*»

«*Merci, mademoiselle.*»

«E così stai per raggiungere la cima» disse Carter. «Sono contento per te. Ne hai fatta, di strada, da Zacatecoluca.»

«Sei l'unico gringo ch'io abbia mai incontrato capace di pronunciare quel nome senza pestarsi la lingua.»

«Eri felice, laggiù.»

«Ho fatto un gran fiasco, laggiù» fece lei. «L'abbiamo fatto tutti.»

Il cameriere depose sul tavolo l'aperitivo. Carter batté il dito sul bicchiere vuoto davanti a lui. «*Una más*» disse.

«*Pardon?*» chiese il cameriere.

«*Un autre.*»

«*Oui, monsieur.*»

«Snob» disse Carter alle spalle del cameriere. «Comunque, stai facendo carriera a Washington, Sally Crain.»

«Alla mia carriera.» Alzarono i bicchieri e li fecero tintinnare tra loro.

«E Fallon? È un uomo in carne e ossa?»

«È in carne e ossa, è sincero, è perbene: è solo un galantuomo con l'idea che gli errori si possono correggere. Fine della biografia.»

«È stato ferito gravemente?»

«Sì» rispose la donna. «Gravemente.»

«Ma la storia della lesione al cervello... È soltanto una balla, vero?»

«Già. Gli hanno fatto solo un grosso buco qui.» Si puntò un dito sul fianco destro.

«Mi ha stupito, sai?» disse Carter appoggiandosi alla spalliera. «Mi ha stupito sentirlo parlare così bene. Un uomo con una ferita da arma da fuoco nel fianco, che perde sangue ed è quasi in preda a shock. Ha detto tutte le cose giuste. Straordinario.»

«È un uomo straordinario.»

«Già. E le trecce, non te le fai più?»

«Le trecce?»

«Sì. Una volta portavi le trecce. Ricordi? Due trecce sulla schiena con elastici e nastrini. Ti ho visto assistere una partoriente india, una volta, e continuavo a pensare tra me: ragazzi, s'insanguinerà tutte le trecce se si china ancora un po'.»

Sally appoggiò le spalle allo schienale, incrociando le braccia sul petto. «Ehi, Tommy. Cos'è questo? *I Remember Mama?*»

«Un semplice ricordo di quei tempi.»

«Tommy, per favore. Ti conosco da troppo tempo. Tu mi stai tendendo una trappola. Coraggio. Cosa vuoi?»

Lui sospirò. Poi rise. «Okay, okay. Circola la voce che la NBC ha Fallon in tasca. Nessun altro può portarlo davanti a un microfono. I miei capi di New York vorrebbero farti un'offerta.»

«Perché hanno mandato proprio te? Credono che non saprò dirti di no?»

Carter si strinse nelle spalle. «Ricordo un tempo in cui non sapevi dirmi di no.»

«È vero» ammise Sally, guardando le bollicine in fondo al suo bicchiere. «Ma è successo tanto tempo fa, in una galassia molto, molto lontana.»

Rimasero seduti così per un po', senza parlare. Sally sapeva che, senza volerlo, forse lo aveva offeso. Era una ragazza giovanissima quando si erano innamorati. E lui qualcosa di più che un ragazzo, di meno che un uomo.

Allora la Zona del Canale di Panama era un avamposto americano: un importante centro di raccolta e addestramento per i volontari del Peace Corps. Lei veniva da Memphis, lui da Andover, nel Massachusetts. Lei era bionda, portava le trecce, cantava nel coro della congregazione battista-fondamentalista e aveva studiato da infermiera. Lui era un laureato in scienze politiche di Amherst, barbuto, malvestito, con i jeans sfilacciati e la chitarra, che aveva passato due anni nei boschi del Maine coltivando la terra per campare. Il loro fu un colpo di fulmine: si detestarono a prima vista.

La sfortuna, le capacità complementari e il computer del Peace Corps prima li accoppiarono e poi li spedirono, insieme, a Lagrimas de Cristo, un sudicio paesino sulle colline dell'Honduras occidentale, al confine con El Salvador, dove nasceva il Rio Nua. Su una vecchia corriera dipinta di rosa battezzata Ave Maria viaggiarono, tra *niños* piangenti e *polluelos* schiamazzanti, fino a Esperanza. Poi un furgone del Peace Corps li portò fino a San Marcos. Di là arrivarono, in camion, a Coroquin. Dopo di che non restavano che la giungla e una strada in terra battuta.

Addentrarsi nella giungla con un indio a piedi scalzi che le faceva da guida era stata l'esperienza più spaventosa nella vita di Sally. Un passo avanti, e la giungla si chiudeva intorno a lei, separandola come per sempre dalla strada di terra battuta che era l'unico graffio della civiltà sul verde di quell'immenso territorio. Era come se il mondo civile che Sally aveva conosciuto pendesse dal filo esile, quasi invisibile, della strada. E quando le fronde dei palmizi si chiusero di scatto alle sue spalle, il filo si spezzò e lei si perse nella giungla eterna.

Era una giungla d'alta montagna: sopra i millecinquecento metri. A Sally mancava il fiato per lo sforzo prima che avessero percorso mezzo chilometro. Ogni chilometro che coprivano dovevano fermarsi a riposare, mentre il ragazzo indio, accovacciato sui talloni sul tronco di un albero caduto, li guardava. Camminarono per tutto il giorno, e intorno a loro la giungla cambiava pur restando sempre la stessa – colline che succedevano a colline, macchie che si allargavano in altre macchie, torrenti che sfociavano in torrenti – e per tutto questo tempo l'odore dolciastro della vegetazione putrefatta si alzava intorno a loro e dalle cime degli alberi veniva il ronzìo incessante degli insetti.

Alla fine si calarono in una valle dove un vivace fiumiciattolo scendeva dai monti verso oriente. Il fondovalle era stato diboscato e le casupole di Lagrimas de Cristo punteggiavano l'ansa a nord del fiume. C'erano quaranta o cinquanta capanne col tetto di paglia, ciascuna col suo recinto di capre o di maiali. Sull'altra sponda, campi di un granturco assai stentato si stendevano verso sud fino a incontrare il compatto muro verde della giungla.

Gli indios del villaggio avevano i capelli dritti e la faccia rotonda. Gli uomini erano scuri, glabri, poco più alti di un metro e mezzo; le donne più basse e più grasse. Quando videro che Sally aveva al collo una piccola croce d'oro, si segnarono e levarono al cielo le piccole croci di bronzo che portavano appese a fettucce di cuoio. Non capivano perché Sally non si facesse il segno della croce; per loro, il grande mondo esterno dei bianchi era cattolico.

Sally era venuta con la migliore delle intenzioni: portare la salute e un po' di benessere in quest'angolo del mondo povero e arretrato. Ma in settembre cominciava già a sentirsi istupidita dal trantran delle vaccinazioni contro il vaiolo e la febbre tifoide, della medicazione delle piccole ferite dei bambini, dell'assistenza alle partorienti.

Per divertirsi avevano una radio a pedali, un residuato della seconda guerra mondiale. La sera, pedalando un po' per uno, riuscivano a parlare con l'ufficio del Peace Corps di Tegucigalpa e ogni tanto a contattare i volontari sulle colline a nord di San Miguel. Una volta al mese un vecchio e scarno gesuita di Santa Rosa veniva nel villaggio a confessare e a celebrare la messa. Raramente parlava con Tommy, mai con Sally. Era convinto che vivessero nel peccato.

In realtà passò un mucchio di tempo prima che Sally si concedesse a Tommy. E quando accadde non dipese dal fatto che lo detestava di meno o che le piaceva di più. Fu la noia. Dopo quattro mesi la monotonia della vita del villaggio si posò su di lei come una nebbia diaccia, dandole l'impressione d'impazzire. Quando venne l'inverno, pioveva ogni pomeriggio. La loro capanna con due amache e un fornello di ferro sembrava una prigione. Sally aveva bisogno di una cosa soltanto: che qualcuno la stringesse tra le braccia.

La prima volta Tommy venne prima di riuscire a metterglielo dentro e Sally dovette nettarsi il suo seme dai peli del pube.

«Scusa» disse lui. E lei si ricordò che era appena uscito dall'adolescenza, che era ancora un ragazzo. «Non sono riuscito a trattenermi.» Giaceva coricato sulla schiena cercando di riprender fiato, cercando di nascondere la vergogna. Lei allora lo baciò sulla barba crespa e incolta.

«Va tutto bene» gli disse. «Non ti preoccupare.»

Pochi minuti dopo era duro come prima, e stavolta la penetrò e le ruppe l'imene. Fu una cosa che non le diede alcun piacere, e che la lasciò indolenzita per tutto il giorno dopo e poi ancora per altri tre giorni, perché Tommy non la lasciava in pace. Il sabato trovò un passaggio fino a Coroquin, si presentò al Centro per la pianificazione familiare della Croce Rossa e si fece mettere un diaframma.

Quali che fossero i suoi timori del sesso, tornarono tutti ad assillarla in quelle prime notti con Tommy Carter. Non aveva mai avuto un'educazione sessuale vera e propria: solo i discorsi che aveva sentito in casa e le confidenze delle amiche. Aveva ascoltato di nascosto le donne sposate che parlavano nel salotto di sua madre, a Memphis, e colto i loro occasionali mormorii su quel che succedeva in camera da letto. E ciò che aveva udito per caso quando era un'adolescente le diceva che il sesso era un atto di sottomissione ai bisogni di un uomo, alla bocca, alle mani di un uomo. Quando passarono all'azione, lei e Tommy, s'impose di sopportarlo meglio che poteva.

La prima volta che lui la fece mettere carponi, si sentì come una bestia. Si vergognava a stare là in ginocchio, nuda, con i seni schiacciati contro la coperta sul pavimento, ascoltando i suoi grugniti. Anche se abbassavano le tende, anche se le capanne sparse sul pendìo erano buie e silenziose, Sally sentiva gli occhi dei paesani forare la paglia rada di quei ripari. E le sembrava di dare spettacolo.

La mattina dopo camminò fino alla pompa in mezzo alla piazza sentendosi pungere dagli occhi delle donne e divorare da quelli degli uomini.

Molto tempo, ci volle: molte lunghe notti di vergogna e umiliazione prima che Sally imparasse ad ascoltare senza imbarazzo i rumori sommessi dell'amore nelle altre capanne sottostanti. Fu solo quando finalmente si disfece dell'ultima modestia e andò al fiume a fare il bagno con le altre donne che Sally giunse a capire.

Si era sempre lavata da sola nella giungla dietro la capanna con un secchio d'acqua della pompa. Ma l'acqua spumeggiante del torrente era così gradevole, e così seducenti le risa delle donne che se ne lasciavano trascinare... che un giorno Sally prese il sapone e lo shampoo e marciò fin dove il fiume faceva una svolta, il posto scelto dalle donne per bagnarsi. Quando la videro, smisero di sguazzare e tacquero di colpo. A bocca aperta la guardarono svestirsi. E allora una bambina le si avvicinò per toccare i peli biondi del suo pube, come se non credesse che potessero essere veri, e una vecchia le toccò il rosa del capezzolo come se dovesse essere dipinto, e Sally si rese conto che non erano affatto curiose di come faceva l'amore, ma dell'aspetto che aveva. E quel giorno seppe che era una di loro. Allora, in uno straordinario momento di chiarezza, comprese da chi si era sentita osservata quando facevano l'amore.

Da Tommy.

Una notte, mentre era a quattro zampe, lo vide nello specchio del portacatinella. Si sporgeva all'indietro, con una mano sull'anca, guardando in giù con la massima concentrazione, studiando le loro figure accoppiate. Sally scoprì che la eccitava sapere che lui stava guardando. Quella scoperta cambiò tutto.

Un po' per libidine, un po' per curiosità, cominciò a soddisfare l'appetito di Tommy, quella passione che aveva di guardarla.

Certe volte prendeva il suo specchio e se lo teneva sotto, per mostrargli come il suo corpo si apriva per ammetterlo. Certe mattine, dopo essersi svegliata, si staccava da lui. Poi si rovesciava nell'amaca, sollevando la camicia di cotone con cui dormiva per farsi vedere da lui. Però non si lasciava possedere. Si toccava pigramente e muoveva le anche finché lui non aveva un'erezione. Ma non se lo lasciava mettere dentro. L'obbligava a inginocchiarsi tra le sue gambe e a masturbarsi finché Tommy non veniva sul suo ventre. Qualche volta veniva anche lei. Ma provava un piacere sempre più grande nel vedere l'espressione disperata di quegli occhi quando seguivano i movimenti del suo bacino. E alla fine poteva farlo strisciare fino a lei. Doveva solo mettergli pigramente un braccio sulle spalle e mormorare: «Vieni da me». Allora Sally alzava un ginocchio e lasciava che lui accostasse il viso, mentre Tommy si masturbava. Le dava qualcosa di più che un orgasmo. Le dava una cosa che non avrebbe mai sognato di trovare nel sesso: un senso di potere assoluto.

Un giorno – erano a Lagrimas da otto mesi – lo sorprese disteso sopra un'india nel fosso che correva lungo il campo di mais. Quella fu l'ultima volta che gli permise di toccarla. Era successo quasi vent'anni prima.

E ora Tommy stava seduto davanti a lei, lo stesso ragazzo nel corpo di un uomo, con la barba chiazzata di grigio, con i capelli un po' radi sul cocuzzolo, e gli occhi grigi che si raggrinzivano quando sorrideva. E sembrava impossibile che l'avesse mai toccata.

«Ti farò un'offerta che Fallon non può rifiutare» disse Carter.

«Sentiamo.»

«Abbiamo un'ora in prima serata. Dacci un'esclusiva ed è tua.»

Non era semplicemente un'offerta: era un'offerta da mozzare il respiro. Le ci volle tutta la sua concentrazione per non rimanere a bocca aperta, e dovette fare uno sforzo su se stessa per mantenere la calma. Sapeva che avrebbe cominciato a perdere il suo potere contrattuale nel preciso momento in cui avesse mostrato anche solo un barlume d'interesse.

«Quando?» chiese, con aria scettica.

«Giovedì alle otto.»

«Già. Mentre sull'altra rete danno il *Cosby Show*. Tommy, lo sappiamo tutt'e due che per il pubblico che avete il giovedì tanto varrebbe che la tua stazione mettesse in onda il monoscopio.»

«Ehi, senti. Lo sai che i servizi giornalistici difficilmente vanno in prima serata. Ci toccano sempre le ore morte.»

«Non importa» disse Sally. «La cosa non c'interessa.»

«Come puoi rifiutare un'ora in prima serata il giorno prima che alla convenzione abbiano inizio le nomination?»

«Non ci serve.» Le ci volle tutta la sua concentrazione per dirlo così, senza batter ciglio. Stava giocandosi una posta dal valore inestimabile.

Per un attimo Carter non rispose. Poi mormorò piano: «Mi vuoi prendere in giro».

«Niente affatto.»

«Dici davvero?»

«Altro che.»

«Fallon l'ha in tasca? Gli hanno già dato il numero due?»

Sally sorrise. «Sono parole tue. E ora che ne diresti di offrire qualcosa da mangiare a una ragazza che lavora?»

«Devo fare una telefonata.» Carter scivolò fuori dal separé. «Ordina qualcosa anche per me.» Quando lui ebbe girato l'angolo, lei si abbandonò contro la spalliera, spossata.

Stava finendo l'insalata quando Carter tornò al tavolo. Aveva la fronte imperlata di sudore. «Gesù Cristo. Hai saputo di Baker ed Eastman?»

«Cosa?» disse Sally, come se non lo sapesse.

«Cristo, per poco non sono venuti alle mani davanti a un intero battaglione di fotografi.»

Sally fece schioccare la lingua.

«Cristo» ripeté Carter.

«Be', cos'hai ottenuto?» chiese la donna, come se la cosa non la interessasse molto.

«Tu scegli l'ora, noi l'intervistatore.»

Lei si limitò a scuotere la testa.

«Ehi, Sally, si può sapere cosa vuoi? Che Fallon legga il telegiornale della sera?»

Ma Sally aveva la risposta pronta. «Tre dibattiti vicepresidenziali in prima serata.»

Carter rimase a bocca aperta. «Ah, via, Sally. Dev'essere uno scherzo. Nessuna stazione può fare una cosa simile.»

«Tu metti in moto il carrozzone e la NBC vi salterà su.»

«Mai.»

«Scommettiamo un dollaro?»

«Non hai tutto questo potere su di loro. Non ci credo.»

«Non ho nessun potere su di loro. Proprio nessuno. Ma ti faccio una promessa: se la tua direzione lancia l'idea di tre dibattiti vicepresidenziali in prima serata, i dibattiti si svolgeranno.»

«E se noi prendiamo posizione a favore di una simile proposta, tu ci consegnerai Fallon per un'intervista esclusiva di un'ora?»

«Sì. Posto che l'ora e l'intervistatore siano frutto di un reciproco accordo.»

«Non sono i grandi progetti che ti mancano, eh?» disse Carter.

«Io amo il mio lavoro» fece lei, sorrise e mangiò l'insalata.

Ore 13.40. L'indirizzo era una casa di arenaria, sporca e cadente, nel peggior ghetto del Distretto di Columbia. Nell'atrio, al pianterreno, c'erano tre ragazzi neri che fumavano, con aria minacciosa. Alzarono lo sguardo ed emisero una specie di ringhio quando Ross salì i gradini dell'ingresso.

«Cosa vuoi, figlio di puttana?» chiese quello alto.

«Sto cercando...» Ross controllò il suo foglietto «... il dottor Bruce McCarran.»

«Forse non c'è» intervenne quello grasso.

«Forse non vuol vedere il tuo culo rotto di bianco» disse quello con la giacca di pelle.

Poi quello alto si avvicinò a Ross e gli mise un dito sul petto. «Forse dovresti far fagotto e smammare, brutto stronzo.»

«Forse tu dovresti chiudere la bocca» disse Ross.

Gli occhi del ragazzo si dilatarono per la collera. «Cosa? Vuoi dare ordini a me? Tu, brutto figlio di...»

Chiuse il pugno e tirò indietro la spalla. Ross gli piantò nel basso ventre la canna della sua calibro 38. Il ragazzo rimase immobile dov'era, a bocca aperta, col pugno sospeso. Ross alzò il cane col pollice.

«Allora, vuoi che ti faccia saltar via le palle? O vai a chiamarmi il dottor McCarran?»

«Non ce n'è bisogno» fece una voce stanca nel corridoio alle loro spalle. «Okay, Frisco. Ci penso io. Cosa vuole da me, giovanotto?»

«Mi chiamo Ross. Sono un amico di Tim Fairchild. Possiamo fare due chiacchiere... in privato?»

McCarran aveva una crespa barba nera e lunghi capelli crespi legati in una coda di cavallo. Indossava una vecchia camicia bianca, pantaloni bianchi, e scarpe di camoscio bianche e sporche. Sembrava un profugo quarantenne di Haight-Ashbury. Andarono di sopra, nello squallido stanzone sul davanti. C'erano

156

un paio di vecchie poltrone e alcune sedie scompagnate disposte a semicerchio come per una seduta psicanalitica di gruppo, e un vecchio fornello elettrico con una sola piastra. McCarran ci mise sopra un pentolino d'acqua.

«Vuole un goccio di tè?» domandò.

«Certo.»

«Dove ha conosciuto Tim?»

«All'università.»

«È della marina, lei?»

«No. Sono dell'FBI.»

McCarran trasalì.

«Non sono qui in veste ufficiale» puntualizzò Ross.

«No?»

«No.»

McCarran versò un po' d'acqua bollente nelle tazze di ceramica sbeccate, e ne porse una a Ross. Sedette nella poltrona davanti alla sua, pizzicando il cordino del sacchetto di tè.

«Okay, cosa vuole?»

«Voglio sapere se il virus dell'AIDS può essere usato come arma letale» disse Ross. «Voglio sapere se l'esercito lo sta sviluppando come arma a Fort Deitrich.»

McCarran buttò indietro la testa e rise.

«Cosa c'è di tanto buffo?»

«Senta, giovanotto» fece McCarran. «Lei adesso alza il culo da quella poltrona e se la batte. Io non ho niente da dirle. Non voglio vedere la sua faccia. Non voglio aver niente a che fare con lei. Arrivederci e grazie.»

Ross continuò a sorbire il suo tè. «E se mentre vado via mi tiro dietro quei tre ragazzi e li arresto per detenzione di marijuana?»

«Non ne hanno.»

«Scommettiamo? Le chiuderanno questa clinica fottuta e butteranno via la chiave.»

McCarran lo fissò. «Che carogna» disse infine.

«Allora? Che ne pensa?»

«Ehi, senta, amico mio» fece il medico. «Io sono fuori da tutta quella storia. Otto anni fa ho dato un addio all'esercito degli Stati Uniti. Non so quello che fanno, e me ne infischio. E la prossima volta che vede il mio caro amico Tim Fairchild, gli dica che...»

«A Fort Deitrich lavorano col virus dell'AIDS?»

McCarran bevve un sorso di tè. «Ehi, senta. Se le racconto quello che fanno là, vado a farmi una lunga vacanza a Leavenworth. Chiaro? E in ogni caso otto anni fa nessuno aveva mai sentito parlare dell'AIDS.»

«D'accordo» disse Ross. «Ma è possibile?»

«L'AIDS come microbo strategico? Chissà!»

«Cos'è un microbo strategico?»

«Quello che cercano loro. Un germe che possa immobilizzare rapidamente le truppe nemiche. Qualcosa che infetti un'area di piccole dimensioni. Che si possa mascherare in modo da impedirne la scoperta. Distribuisci l'antidoto ai tuoi e poi sguinzagli il piccolo briccone.»

«Come?»

McCarran si strinse nelle spalle. «Aerosol. È quello che fanno col carbonchio e con la febbre Q, che attaccano l'epidermide e danneggiano le funzioni polmonari.»

«In altri termini?»

«In altri termini, prima senti un gran prurito, poi ti sembra di soffocare. E alla fine tiri le cuoia.»

«Gesù.» Ross depose la tazza di tè come se avesse perso l'appetito.

«Poi c'è..: Vediamo...» McCarran cominciava ad appassionarsi all'argomento. «C'è il virus della peste. È un killer gentile e silenzioso. *Pasteurella pestis*, l'unico organismo capace d'infettare un essere umano attraverso la pelle. Provoca emorragie nei polmoni e nell'intestino. Ti rende un ospite non proprio ideale, per il fine settimana.»

«Quello ce l'hanno?»

«In confezioni da sei, pronto per l'uso.»

«E l'AIDS?»

«Non saprei.»

Ross si sporse in avanti con i gomiti sulle ginocchia. «Ma potrebbero svilupparlo come arma? Potrebbero produrre colture pure del virus dell'AIDS?»

«Ehi, sta parlando dell'esercito degli Stati Uniti. Quelli sono capaci di tutto.»

«Anche di questo?»

McCarran alzò le spalle. «Merda, non so.» Appoggiò la testa allo schienale e alzò lo sguardo al lampadario rotto che pendeva dal soffitto. «Può darsi. È un morbo così orribile, mio Dio. Ha mai visto qualcuno morire di AIDS?»

«No.»

McCarran si alzò in piedi e versò un altro goccio d'acqua bollente sul sacchetto di tè nella tazza. «Be', in genere comincia col sarcoma di Kaposi. Una specie di cancro della pelle, che si copre di chiazze rosse. Una cosa dolorosa. Che ti rende un invalido. Naturalmente, una volta diagnosticato, sei un paria, un reietto.

Gli amici ti abbandonano, tu perdi il lavoro, i parenti ti ignorano, persino i genitori sono disgustati. Perché sono tutti convinti che lo prendevi nel culo. Allora non ti resta che aspettare.» Lentamente, di gusto, McCarran sorbiva il suo tè.

«Aspettare cosa?»

«L'assassino. Una di quelle malattie che il tuo corpo non è più in grado di combattere. La meningite, se sei fortunato.» Si batté un dito sulla fronte. «Ti spegne la luce. Il raffreddore, se non lo sei.»

«Perché?»

«Perché il raffreddore si trasforma in polmonite e quando hai la polmonite e non possono curarti, i polmoni ti si riempiono lentamente di fluido e tu affoghi. È così che se ne vanno quasi tutte le vittime dell'AIDS. Prima è l'esilio. Poi la morte.»

Ross tacque per qualche istante. Poi trasse un profondo respiro. «Be', lo sviluppano, secondo lei?»

McCarran scosse il capo. «No. Non avrebbe senso. Il periodo d'incubazione va da sei mesi a cinque anni prima che la vittima mostri qualche sintomo.» Mescolò col cucchiaino i fondi del tè nella tazza. «Come arma strategica non avrebbe alcun senso. Se pensi che la prossima guerra sarà finita in trenta giorni! O in trenta minuti...»

Ross tacque, ruminando su questo concetto.

McCarran si frugò nel taschino e ne tolse uno spinello. «Le spiace?»

Ross alzò le spalle.

«Non mi arresterà?»

«Fumi pure» fece l'agente.

McCarran accese, aspirò una lunga boccata di fumo e lo tenne giù più che poteva. «Certo, sarebbe una grande arma politica» disse, quando rimase senza fiato.

«Cosa intende dire?»

McCarran tornò ad appoggiarsi alla spalliera, sviluppando l'idea. «Poniamo – è solo un'ipotesi – che abbiano un modo sicuro d'infettare un bersaglio individuale.» Il fumo gli usciva dalla bocca insieme alle parole. «Oh, ragazzi.» Guardò con ammirazione lo spinello che stringeva tra le dita. «Questa sì che è roba buona.»

«Non la seguo» disse Ross.

L'altro aspirò un'altra boccata. «Gorbaciov. Castro. L'ayatollah. Pensi a un leader politico di statura mondiale – uno qualsiasi – colpito dall'AIDS. Pensi all'indignazione della gente. Alla vergogna. Persino i suoi seguaci più fedeli si rivolterebbero contro di lui.» Espirò il fumo che aveva nei polmoni. «Certo. Come arma politica sarebbe l'ideale. Impossibile da scoprire. I sintomi non apparirebbero per mesi. E una volta che la malattia è diagnosticata, la vittima subisce gli oltraggi di chiunque l'avvicini.» McCarran gli offrì lo spinello. «Fuma?»

Ross lo respinse con un cenno. «Quanto ce ne vorrebbe?»

«Per iniezione?»

«Sì.»

McCarran aspirò profondamente. «Quanto basta per inumidire la punta dell'ago.»

«Mettiamo che a Fort Deitrich stiano sviluppando il virus come un'arma. Se ne potrebbe rubare un po'?»

McCarran si mise a ridere. Poi cominciò a tossire, e il fumo gli pizzicò la gola. «Neanche per idea. Impossibile. È lì che la sua teoria deraglia come una vecchia locomotiva. Una cosa come questa sarebbe condotta in regime di massima sicurezza. Chiusa in una camera di coltura sigillata, maneggiata esclusivamente a distanza. A nessuno sarebbe consentito l'accesso. Nessuno potrebbe lavorare da solo in laboratorio. Nessuno potrebbe arrivarci.»

«Anche se un ufficiale superiore ordinasse di usarlo?»

«Solo un ufficiale potrebbe ordinare di usarlo.»

«Chi?» chiese Ross.

McCarran aspirò una lunga boccata di fumo e si strinse nelle spalle, come per sottolineare l'ovvietà della cosa. «Il comandante in capo» disse.

Ore 14.35. Chris aspettava nella piccola Toyota davanti al baldacchino quando Sally e Tommy Carter uscirono dal Maison Blanche.

«Grazie per il pranzo» disse lei quando raggiunsero l'orlo del marciapiede.

«Affare fatto?» disse lui.

«Terrò d'occhio i giornali. Fammi un segnale quando hai combinato.»

«E se riuscissimo a ottenere due dibattiti vicepresidenziali?»

Sally gli tese la mano. «È stato un piacere rivederti.» Tommy gliela strinse. Lei sorrise e salì in macchina.

Chris si staccò dal marciapiede e s'infilò nel traffico dell'ora di punta: finito di mangiare, tornavano tutti al lavoro.

«Gesù Cristo» esclamò. «La guerra tra Baker ed Eastman è sulla bocca di tutti.»

160

«Aspetta di vedere quel che diranno i giornali.» Sally si sfilò la giacca del tailleur. «Saranno come squali assetati di sangue.» Si appoggiò allo schienale, sentendosi sazia e soddisfatta di sé. Ora non desiderava altro che tornare per dirlo a Terry.

Chris procedeva lentamente nella colonna di veicoli diretti a nord. «Com'è andata con Tommy Carter?»

«Mi ha offerto un'intervista di un'ora in prima serata.»

«Cosa? Gesù, ma è fantastico!»

«Ho rifiutato.»

«No!»

«Gli ho detto che volevamo tre dibattiti vicepresidenziali in prima serata.»

«Sacra vacca!» esclamò Chris. «Vorrei essere stato presente. Vorrei averlo visto con i miei occhi. Dev'essergli venuto un accidente.»

Sally si strinse nelle spalle. «Si è alzato e ha telefonato al suo ufficio di New York.»

«Non scherzi?» Chris le lanciò un'occhiata. «E allora? Allora?»

«Allora vedremo.»

«Vedremo? Gesù Cristo, Sally, credi che ci sia una probabilità?»

«Credo che non abbiano altra scelta.»

«Gesù, Sally, sei un genio!»

«Può darsi. E tu cos'hai saputo?»

«A proposito di che? Niente. Wyckoff è nel Texas e nessuno parla. Credo che Eastman abbia l'acqua alla gola. Sta cercando di trovare su Terry qualcosa da passare ai giornali.»

«Non ne sarei tanto sicura. Eastman è un osso duro, ma non è un uomo sleale.»

«Wyckoff lo è abbastanza per entrambi. E se Eastman perde la candidatura sono disoccupati tutt'e due. Sai benissimo come diventa Wyckoff in questi casi.»

«Sì» disse Sally. «Pericoloso.»

Il resto del viaggio lo fecero in silenzio. Quando arrivarono a Cambridge, vi trovarono il caos.

Le eleganti strade del sobborgo formicolavano di agenti: della polizia locale, di quella di Chevy Chase, della polizia di stato del Maryland e della polizia stradale. In tutte le strade, la gente era uscita di casa e formava capannelli sul prato e in fondo ai vialetti d'accesso. A ogni angolo, auto con le luci rosse roteanti sul tettuccio sbarravano due corsie, bloccando l'accesso verso Crescent Drive.

A ogni incrocio Chris e Sally dovettero mostrare i documenti ad agenti in borghese, mentre poliziotti in uniforme con le pistole spianate attorniavano la macchina.

«Mi scusi» disse Sally, ansiosamente. «Agente, che è successo? Cosa c'è che non va?»

Ma quelli, con i loro modi bruschi, le indicavano semplicemente di passare, in silenzio.

«Oh, Dio, Chris...» mormorò Sally. «Oh, mio Dio.»

Ai piedi di Crescent Drive la strada era sbarrata da due gipponi blindati della guardia nazionale. A Sally tremava la mano quando mostrò ancora una volta i documenti. Un burbero capitano della guardia, con la mano sulla fondina, le ordinò di scendere.

«Questa strada è chiusa al traffico. Per favore, dia le chiavi della macchina al sergente. Gliela restituiremo quando lascerà la zona.»

Sally era disperata. «Sono il capoufficio stampa del senatore Fallon. La prego... Che è successo?»

«C'è stata una sparatoria» disse il capitano. «È stato ucciso un agente.»

«Oh, no.» A Sally mancava il coraggio di fare la domanda. «Il senatore Fallon...»

«Il senatore è salvo, signorina. Passi, per favore.»

Lei si premette la mano sul petto per calmare i battiti del cuore. «Andiamo, Chris» disse. E si mise a correre su per la salita.

Katrina aspettava nell'ingresso con due agenti del servizio segreto. «Signorina Sally, hanno...»

Ma Sally non si fermò davanti a lei. Corse fino allo studio, lungo il corridoio, e spalancò la porta. Terry era seduto sul divano con due organizzatori del partito. Davanti a loro, sul tavolino, era spiegata una mappa della sala della convenzione di St. Louis. Quando la donna entrò nella stanza, si alzarono in piedi.

Terry disse: «Sally, ricordi...».

Ma prima che lui potesse finire, Sally aveva attraversato la stanza, gli aveva buttato le braccia al collo e piangeva, non nel modo in cui piange una donna, ma come piangono i bambini, amaramente, disperatamente.

Dapprima lui rimase con le mani sui fianchi, imbarazzato, completamente colto di sorpresa, come se, davanti a quello sfogo, non sapesse che pesci pigliare. E poi, con tenerezza, la cinse con le braccia e se la strinse al petto.

«Signori» sussurrò piano «volete scusarci, per piacere?»

I due giovanotti fecero un inchino, arretrarono e in silenzio si diressero alla porta.

«È tutto a posto» la tranquillizzò Terry. «Tutto a posto.» Alzò lo sguardo a Chris che stava sulla soglia. «Tutto a posto» ripeté. Chris chiuse la porta e rimasero soli.

Sally continuò a piangere a lungo, sfogando i sentimenti degli ultimi quattro giorni, tutta l'ansia degli anni che avevano lavorato insieme, tutti i momenti di dubbio e di paura che avevano condiviso, piangendo finché i suoi singhiozzi si trasformarono in una tosse sorda e i suoi occhi non ebbero più lacrime da versare. Allora sentì la sua mano che si abbassava per sollevarle il mento.

«Sto benissimo» disse lui. «Davvero. Non preoccuparti, bel faccino.»

«Ero così... Terry, ero così spaventata.»

«Sto benissimo. Sono qui, sano e salvo.»

«Ti voglio tanto bene.»

«Lo so.»

«Terry, ti amo. Ti amo» mormorò Sally mentre lui premeva le labbra sulle sue.

Poi si mise ad asciugarle gli occhi col fazzoletto che aveva tolto dal taschino.

«No. Il mio rimmel. Non andrà più via.»

«Non importa. Fammi vedere quel bel sorriso.»

Sally fece un tentativo e poi riuscì a sorridere. Prese infine il fazzoletto e si asciugò le lacrime. «Che stupida. Chissà che faccia ho. Cosa penserai di me.»

«Una stupida dal cuore tenero» disse lui. «Il vero stupido è Eastman.»

«Sì. Vieni qui.» E lo costrinse a chinarsi in modo da potergli togliere il rossetto dalla guancia. «Stasera sarà in tutti i notiziari. Finirà col giovarci di sicuro.»

«Come ci regoliamo?»

«In pubblico, no comment. Privatamente, è una vergogna.»

«Uno scandalo.»

«Una vergogna è più che sufficiente.» Sally si raddrizzò la sottana. «Dio, come sono conciata! Sono tutta sudata. Lascia che vada a cambiarmi e...»

«Sarà meglio che tu vada a fare le valigie.»

La battuta la sorprese. «Le valigie? Per cosa?»

«Ramirez.»

«L'hai trovato?»

«Vai in aereo a Miami domattina. Telefonerai ai nostri amici quando arrivi. Provvederanno loro a prendere contatto.»

«Terry, non posso partire proprio adesso. Questa storia tra Baker ed Eastman potrebbe essere una bomba, per la convenzione.»

Lui la prese per le spalle. «Devi andare. Dobbiamo andare a fondo della cosa. Capisci?»

Lei annuì. «Capisco.»

Lui la lasciò andare. «Grazie. Sapevo di poter contare su di te.»

Si mise le mani in tasca e raggiunse la finestra. E quando parlò il suo tono era cambiato, aveva perso ogni tenerezza e simpatia. «E degli spari di oggi? Un agente è stato ucciso a due isolati da qui. Che ne pensi?»

«O un pazzo o...»

Terry si girò verso di lei. «O cosa?»

Aveva sul viso un'espressione che la stupì. «Che vuoi dire?»

Si toccò il punto nel fianco dove la benda, rigida, copriva la ferita. «Potrebbe esserci un collegamento?»

«No. È ridicolo.»

Lui attraversò la stanza e si fermò vicinissimo a lei. «Davvero?»

«Sì, certo. Perché qualcuno dovrebbe volerti fare del male?»

Lui le sollevò il viso e la guardò fisso, e ridacchiò sommessamente tra sé. «Così saggia... e così innocente al tempo stesso. Ecco la parte di te che fa impazzire gli uomini.»

La spaventava quando parlava così, e allora gli voltò le spalle.

«Okay» disse lui. «Okay. Vai a fare le valigie. Chiamami dopo cena.»

«Va bene.»

Quando arrivò nella casa degli ospiti, Sally si buttò sul divano, si tolse le scarpe e si lasciò sommergere dall'onda di stanchezza e di tensione. Mancavano appena cinque giorni all'inizio della convenzione: cinque giorni prima che Terry si alzasse davanti ai delegati urlanti per accettare la candidatura che lo avrebbe catapultato alla vicepresidenza degli Stati Uniti. Ora Eastman aveva praticamente reciso i suoi legami col presidente. Offriva loro la nomination su un piatto d'argento. Era un'occasione che doveva essere colta, e di slancio.

Si era coricata sul divano, ma i suoi pensieri galoppavano. Aveva lavorato così sodo. Aveva aspettato tanto tempo. Non voleva allarmare Terry. Ma non poteva – e non voleva – permettere che qualcosa andasse di traverso proprio adesso.

Si mise a sedere e frugò nella borsetta finché non ebbe trovato il biglietto che cercava. Poi sollevò il ricevitore e fece il numero.

Ore 15.25. «Caldo là fuori» disse Ross quando uscì dall'ascensore. «Telefonate?»

«No» rispose Jean, la segretaria. «Ma ho i biglietti per la tua luna di miele.»

«Molto divertente.» Ross prese i biglietti dalla sua mano tesa.

«E farai bene a leggerti anche questo.» Gli porse un pezzo di carta verde da telescrivente. «Un poliziotto è rimasto ucciso vicino alla casa di Fallon.»

«Stai scherzando!» Agguantò il telescritto e lo lesse mentre andava in ufficio. «Mancuso c'è?»

«No.»

«Ha chiamato?»

«No.»

Ross entrò nell'ufficio e chiuse la porta. Il telex non gli disse molto. Un agente della polizia locale aveva fermato un uomo dall'aria sospetta in una traversa vicino alla casa di Fallon. L'uomo aveva estratto una pistola e colpito l'agente due volte al petto. Gli unici testimoni si trovavano a più di un isolato di distanza. Descrivevano l'assassino come un bianco di origine caucasica, alto circa un metro e ottanta, con una giacca di pelle e un berretto da baseball. Una descrizione così vaga da essere praticamente inutile.

Buttò il telex nel cestino e sedette alla scrivania. Mancuso era uscito, non aveva lasciato alcun messaggio, ma a Ross non importava un accidente. C'era qualcosa che lo disturbava e voleva ragionarci su. Accese il videoregistratore, mise il nastro dell'attentato e lo fece girare a tutta birra fino al momento della sparatoria. Poi lo lasciò girare alla velocità normale e guardò per la centesima volta in che modo quei proiettili facevano a pezzi Martinez. Era un'eccezionale dimostrazione di abilità nel tiro, davvero eccezionale. Un centro in un bersaglio a quella distanza era fenomenale. Sette colpi piazzati così vicini in rapida successione sfidavano quasi l'immaginazione. Sette colpi erano stati sparati, cinque pallottole e frammenti di altre erano stati recuperati, tutti con le rigature che indicavano che erano usciti dalla canna della stessa arma. Sette bossoli erano stati trovati sul tetto. Ross aprì il cassetto della scrivania e cercò il sacchetto di plastica che conteneva i bossoli: sei bossoli di ottone lucido e il settimo, che era stato dipinto di nero. Tutto faceva pensare a un singolo assassino, una sola arma, un solo grilletto, un solo dito sul grilletto. Ma per chi, quel pomeriggio, se ne stava sul tetto del Russell Building, con la gradinata del Campidoglio a più di 180 metri di distanza, la gente che andava su e giù per le scale era più piccola dell'unghia del suo pollice, e l'area del bersaglio sarebbe stata più piccola della lettera "o" sulla sua macchina da scrivere. Infiammato dall'emozione che gli dava il pensiero di uccidere, attanagliato dalla paura di essere catturato e ucciso, quale assassino poteva concentrare l'attenzione su un bersaglio così piccolo e uccidere senza l'ombra di un dubbio o di un'esitazione? Solo un uomo al quale non importasse nulla della propria sopravvivenza. O un uomo che sapeva che forze irresistibili lo avrebbero difeso.

Il telefono squillò.

«Ross.»

«L'agente Ross?»

«Sì.»

«Sono Sally Crain.»

«Sì» disse Ross, e si raddrizzò di colpo. Armeggiò col telecomando del videoregistratore e lasciò che il nastro scorresse in avanti finché l'inquadratura non mostrò gli spettatori. Là, in prima fila, con le mani sul volto inorridito, c'era Sally Crain. Fermò l'immagine della faccia e delle mani, dei suoi occhi presi dal panico. «Signorina Crain...» Si schiarì la voce. «Ho i biglietti per...»

«È successo qualcosa» lo interruppe lei. «Ho pensato che dovevo chiamarla.»

«Sì. Ho sentito. Un poliziotto...»

«È stato quell'uomo» disse lei.

«Quell'uomo? Quale uomo?»

«L'uomo della fotografia che ci ha fatto vedere stamattina. Quell'uomo della CIA.»

Ross guardò la foto di Petersen appoggiata al televisore. «Allora, signorina Crain?»

«L'ho visto oggi.»

«L'ha visto? Dove?» Afferrò una matita e aprì un notes giallo.

«Davanti alla casa, mentre uscivo per andare a pranzo. L'ho visto di sfuggita dal finestrino della macchina. Mi è sembrato uno che conoscevo... ma non riuscivo a dare un nome a quella faccia. Poi, quando sono tornata a casa e ho saputo che c'era stata una sparatoria...»

«A che ora è uscita di casa, signorina Crain?»

«Per favore. Mi chiami Sally.»

«Benissimo... Sally.»

«Sono uscita di casa a mezzogiorno. Lui era nel gruppo dei giornalisti in fondo al viale...» S'interruppe. «Mi sento così stupida. Se solo ci avessi pensato.»

«Non si preoccupi. Sono cose che succedono. Ci lavoreremo su. Grazie mille per la telefonata.»

«Non c'è di che» disse lei.

«Credo... Credo che ci vedremo domani all'aeroporto.»

«Credo anch'io.»

«Non vedo l'ora.»

«Grazie.»

Ross tenne in mano il ricevitore finché non la sentì deporre il suo. Davanti a lui, i suoi occhi splendevano sul monitor, belli e spaventati. Vicino allo schermo, appoggiata all'apparecchio, c'era la fotografia di Rolf Petersen. Lo sguardo di Ross correva dall'uno all'altra, e lui si sentiva bruciare dal desiderio di proteggerla e farla sua.

Ore 15.45. Pat Fowler, il vicedirettore delle operazioni della CIA, sedeva fumando tranquillamente la pipa mentre il suo capo, l'ammiraglio William Rausch, leggeva il cablo decodificato. Quand'ebbe finito, Rausch lo infilò nel tritadocumenti. La macchina ronzò per qualche istante e poi tacque: il cablogramma non esisteva più.

«È morta, la ragazza?»

«Altro che.»

«Chi ha fatto il colpo?»

«Amici» rispose Fowler. «Amici nostri.»

«Diceva che la macchina era stata immatricolata da un uomo d'affari argentino.»

«Messinscena. Un trucchetto che ci hanno insegnato gli israeliani. Loro ingaggiano i giordani per colpire i siriani e i marocchini per colpire i libanesi. Quanto basta per mettere i mass media e la polizia sulla pista sbagliata.»

«Credi che Ortega capirà?»

«Io ho scoperto che una bara fa più impressione di un telegramma.» Fowler si adagiò nella poltrona, succhiando il cannello della pipa.

Squillò il telefono di sicurezza. Era Bender.

«Maledizione» disse. «Hanno appena ammazzato un poliziotto a due isolati dalla casa di Fallon.»

«Cosa?» fece Rausch. «Quando?»

«Poco più di un'ora fa. È stato Petersen.»

«Non ci credo.»

«Cristo, è stato identificato con certezza. Quella ragazza – il capo ufficio stampa di Fallon – ha appena telefonato a quegli idioti dell'FBI.»

«E tu come lo sai?»

«Non importa come lo so. Maledizione, dovete trovare quel figlio di puttana e farlo fuori!»

«Stammi a sentire, Lou» disse Rausch, e si sporse in avanti nella poltrona. «Tutto quello che stiamo facendo, gli agenti all'aeroporto, gli uomini che controllano i suoi vecchi covi... è tutto illegale. Se qualcosa salta fuori, ci crollerà la casa addosso.»

«Allora voglio che tu faccia sapere a Ortega che lo consideriamo responsabile. Faglielo capire.»

«Lou, abbiamo ucciso sua figlia oggi pomeriggio.»

All'altro capo della linea ci fu un istante di silenzio.

«Davvero?»

«Alle 5,08 ora di Ginevra. Era morta quando è arrivata all'ospedale. Un pirata della strada.»

«Ortega potrebbe averlo saputo?»

«Dieci minuti dopo. Ci hanno informato.»

«E tu credi che questa mossa di Petersen sia la sua risposta?»

«Potrebbe esserlo.»

«Maledizione» ripeté Bender. Poi tacque per qualche secondo. «Datevi da fare per trovarlo. Mettetecela tutta.»

«Ci servono più soldi, Lou. I *contras*...»

«Li avrete. Sta tranquillo. Li avrete.» Riattaccò.

Rausch depose il ricevitore. Scosse il capo. «Questo Petersen...»

«Stiamo facendo del nostro meglio per trovarlo» disse Fowler.

Rausch cominciò a ridere.

«Cos'è che ti diverte?»

Ma Rausch non riusciva a controllarsi. Rideva, piegato in due nella poltrona, e ridendo batteva la mano sulla scrivania. «Sospendi le ricerche» ansimò.

«Cosa?» esclamò l'altro, incredulo.

«Sospendi le ricerche. Non capisci? Finché Petersen sarà libero di muoversi, noi otterremo per il Nicaragua tutto quello di cui abbiamo bisogno. Ah, ah, ah, ah, ah.»

Ore 17.40. Mancuso passò appena quindici minuti nella biblioteca del congresso a leggere la biografia di Terry Fallon. Ma da quella lettura ricavò un fortissimo presentimento. Così forte, anzi, che si sentì costretto a seguirlo. Allora saltò in macchina, raggiunse l'ippodromo di Pimlico e puntò tutti i soldi che aveva in tasca – 56 dollari – su Troppo Fortunato nella quarta. Il cavallo perse la gara e lui restò in bolletta.

Quando fu di ritorno in ufficio, Ross era andato via. Lesse il telex sul poliziotto di Cambridge assassinato, e poi scese nel bar di Gertie a vedere se c'era Ross. Non c'era, e Mancuso non aveva nessuna voglia di tornare nella stanza della pensione della signora Weinstein, nella Trentasettesima Strada, dove abitava. Allora chiese a Gertie le chiavi della casa di Mandy.

Ma quando aprì la porta dell'appartamento, c'era un giovane cliente con i capelli biondi tagliati a spazzola seduto nell'ingresso. Non poteva avere più di diciannove o vent'anni, e indossava una maglietta Startrek. Quando vide Mancuso depose il bicchiere e si alzò in piedi.

«Ehi» disse Mancuso. «Non badare a me.» Appese il soprabito dietro la porta. Ma il ragazzo stava sempre là in piedi, e lo guardava. «Che stai guardando?» chiese l'agente.

«Niente.»

«Allora siediti e bevi la tua bibita.» Mancuso andò in bagno e si lavò le mani. Attraverso il muro sottile sentiva una coppia che scopava in camera da letto. Tornò nel salottino e si versò un bourbon, prese una copia del *Reader's Digest* e si sedette sul vecchio divano di velluto marrone. E stava proprio arrivando alla rubrica "Umorismo in uniforme" quando la porta della camera da letto si aprì di colpo e Mandy cominciò a urlare: «Brutto maiale! Dovrei prenderti a calci nel culo! Lurido moccioso..».

Un altro ragazzo che sembrava uno studente imboccò di corsa il corridoio, nudo, con una bracciata di scarpe e di indumenti, ridendo istericamente.

Mandy lo inseguiva, infilandosi la vestaglia. «Ehi, Joe» disse quando vide Mancuso. «Questa mezza sega mi ha pisciato a letto.»

Mancuso represse una risata.

«Ehi, vaffanculo, madama» ribatté il ragazzo ad alta voce, rivestendosi in fretta e furia. «Sei fortunata che non ti ho pisciato addosso.»

«Che razza di bastardo!» Mandy alzò i pugni su di lui. Il ragazzo alzò le braccia per coprirsi la testa.

«Cazzo» brontolò Mancuso. Depose il bicchiere e si alzò in piedi. «Su, su» disse stancamente, e prese Mandy per un braccio. «Non ne vale la pena.»

«Chi cazzo ha chiesto il tuo parere?» fece il ragazzo. «Vaffanculo.» L'amico si alzò per dargli man forte.

«Ehi, non è gentile» disse Mancuso. «Coraggio. Risparmiatevi altre rogne e andate a fare una passeggiata, voi due.»

«Quello stronzo non mi ha neanche pagato!» gridò Mandy.

«E me ne guardo bene!»

«Dài, su. Non fare l'imbecille» intervenne Mancuso. «Tutti dobbiamo mangiare.»

«Lei può mangiare merda, per quello che m'importa.»

Mandy lottava per liberarsi dalla stretta dell'agente. «Lasciami, Joey. Gli strappo le palle, a quello lì.»

«Basta, adesso. Taci» le intimò Mancuso, e la cinse con un braccio. Poi disse al ragazzo: «Su. Fa il bravo e pagala».

«Di' un po', boccalone» rispose il ragazzo. «Forse dovrei farti assaggiare un cazzotto.»

Mancuso tenne la giacca sbottonata in modo che il ragazzo potesse vedere la calibro 38 nella fondina che aveva sull'anca. «E forse tu dovresti tettare da questa.»

I due ragazzi avevano gli occhi fuori dalle orbite.

«Ora metti i soldi sul tavolo e fila.»

Il ragazzo mollò il suo rotolo e corse con l'amico a gambe levate fuori dalla porta.

«Pompinaro» disse Mandy. Si rassettò la vestaglia, intascò i quattrini e si versò un whisky. «È diventato impossibile guadagnarsi la vita così.»

Mancuso si mise a sedere. Sospirò e raccolse il bicchiere. Tre uomini erano già morti: Martinez, l'agente del servizio segreto e un poliziotto di Cambridge. Di qualunque cosa si trattasse, non era finita e nessun mago l'avrebbe fatta sparire.

Mandy si sedette accanto a lui, aggiustandogli i capelli. «Il mondo è ormai pieno di finocchi e di maniaci sessuali» disse.

Lui bevve una lunga sorsata di bourbon. «Dimmi tutto» esclamò.

Ore 19.40 (ora del Texas). La prima cosa che fece Ted Wyckoff quando tornò nella sua camera d'albergo fu togliersi di dosso, con una bella doccia, la polvere e il caldo del Texas e la stanchezza della guida. Gli sembrava che anche stando sotto quella doccia per una settimana non sarebbe mai riuscito a levarsi dai capelli la polvere della prateria. Ma cominciava a essere tardi, e aveva una telefonata da fare.

Dan Eastman stava cenando con la moglie e il figlio adolescente quando il maggiordomo lo chiamò al telefono.

«Cos'hai scoperto?» chiese.

«Qualcosa. Nulla. Non so.» Wyckoff si stava asciugando vicino al letto nella sua stanza al Marriott Hotel. «Ma ti dirò una cosa: Terry Fallon e i suoi parenti acquisiti si detestano.»

«Magnifico» fece Eastman. «Così lui è il genero ideale delle suocere delle barzellette. È questa la grande novità?»

«Questa volta si tratta del suocero. E non mi sembra che ci sia tanto da ridere.» Wyckoff strinse il ricevitore tra la spalla e la mandibola mentre si annodava l'asciugamano intorno alla vita. «Comunque, sua moglie è in un posto che si chiama...» Tese le mani e rovistò tra le carte che ingombravano il comodino finché non ebbe trovato il biglietto. «Un posto che si chiama Casa di cura delle carmelitane. È a Cleveland. Domattina ci vado.»

«Non credo che dovresti farlo.»

«Non c'è problema. Ho la prenotazione.»

«Stammi a sentire, adesso» disse Eastman. «Non voglio che tu vada a disturbare quella donna. È malata e fuori di testa e non voglio che qualcuno la importuni.»

«Come lo sai?»

«Che vuoi dire?»

«Come fai a sapere che è pazza? L'hai mai vista? Qualcuno l'ha mai vista?»

«Per l'amor di Dio» esclamò Eastman, e cominciava a perdere le staffe «è in una casa di cura da... quanto?... dieci, dodici anni? È malata di mente, maledizione. Lo sanno tutti.»

«Se è in una stanza imbottita, voglio vedere la stanza con i miei occhi» disse Wyckoff.

«Stammi a sentire, piccolo bastardo. Non voglio che molesti la moglie di Fallon.»

«Perché no?»

«Perché no?» Ci fu una lunga pausa. Poi Eastman disse: «Mettiamo che i giornali vengano a saperlo. Ci faranno a pezzi».

«E chi dice che lo verranno a sapere?»

Un'altra pausa. Poi Eastman continuò: «Hai visto il telegiornale della sera... o no?».

«No.»

«Oggi è successo qualcosa.»

«Cosa?»

«Tra Baker e me.»

«Cos'è successo?»

«Guarda l'ultimo notiziario e chiamami. Voglio sapere che ne pensi» disse Eastman.

«È una storia così brutta?»

«Può darsi.»

«Ragione di più per controllare cosa c'è di vero a Cleveland» fece Wyckoff.

Eastman bolliva di rabbia e la sua voce era un cupo e minac-

cioso mormorìo. «Te lo dico per l'ultima volta. Non andare.»
Riattaccò.

Wyckoff sorrideva quando depose il ricevitore. Era sempre
così: alle cariche più importanti venivano eletti gli uomini sbagliati. Si vestì, andò a farsi un hamburger e una birra, poi raggiunse il centro e, tra le luci sfolgoranti delle insegne, trovò un
bar country and western che si chiamava Fillies. Era pieno di fumo e di rumore e di veri cowboy e di ragazze vestite alla Dale
Evans. Ascoltò un paio di pezzi cantati con voce nasale – *You
Cheatin' Heart* e *Tennessee Waltz* – e bevve tre bottiglie di Lone
Star. Poi consultò l'orologio, vide che il telegiornale della notte
sarebbe andato in onda di lì a venti minuti, pagò il conto e andò
a pisciare alla toilette.

Due cowboy entrarono nel bagno del bar dopo di lui. Uno gli
diede un pugno sulla nuca, che mandò a sbattere la faccia di
Wyckoff contro il muro piastrellato dietro l'orinatoio e gli fece
saltar via i denti davanti. Wyckoff perse l'equilibrio, aggrappan-
dosi al divisorio di metallo tra un box e l'altro, ma il secondo
cowboy lo colpì all'orecchio con un calzino pieno di sabbia e di
cuscinetti a sfera. Wyckoff era troppo sorpreso per mettersi a gridare, e quando cadde batté forte sul bordo del pisciatoio. Dopo di
che i due uomini continuarono a picchiarlo e a prenderlo a calci
con i loro stivali dalla punta d'acciaio fino a quando Ted Wyckoff
perse i sensi, e ancora per un pezzo quando era già nel mondo
dei sogni.

Ore 22.50. L'ufficio di Fallon pronunciò un reciso "no
comment" sugli attriti tra Baker ed Eastman. Ebbe invece qualcosa da dire sul poliziotto assassinato, anche se quel pomeriggio
Sally non era in grado di farlo personalmente. Scrisse allora la
traccia per Chris e dalla finestra della casa lo guardò scendere i
gradini e andarsi a mettere davanti al branco di teleoperatori e
giornalisti. Era così eccitato che sembrava un ragazzino. Ed era
rosso in faccia e quasi stordito quando rientrò in casa quindici
minuti dopo e insistette per invitarla a cena. Uscirono alle sette.
Ma il cibo non aveva alcun sapore e la conversazione languiva.
Sally si sentiva spremuta come un limone e le sembrava di non
avere più nulla da dare. Come se avesse corso senza benzina per
moltissimo tempo e si fosse accorta solo adesso di essere in riserva.

Si scusò prima del dessert e tornò a casa a fare le valigie per

Miami. Ma quando arrivò a casa accadde qualcosa di assolutamente straordinario.

Appoggiata alla porta d'ingresso c'era una scatola bianca da fiorista con un nastro rosso vivo. Dentro c'erano una dozzina di rose rosse e un biglietto scritto a mano.

> Avevo dimenticato quanto sei alta.
> E quanto ti amo.
>
> Tommy

Era tutto così semplice e inatteso che Sally si sedette nel soggiorno, prese tra le braccia un cuscino del sofà, e si mise a piangere.

Chissà come, era diventata estranea anche a se stessa: una donna scaltra e ossessionata che manipolava le persone, strumentalizzava gli amici, e adesso stava usando Tommy Carter. Perché era diventata così calcolatrice? Com'era successo? Cosa l'aveva cambiata? Come aveva fatto a diventare così fredda e interessata?

Appallottolò nel pugno il biglietto bagnato di lacrime. Comunque fosse accaduto, non aveva il tempo di pensarci. Terry era a cinque giorni dalla candidatura alla vicepresidenza. Una volta raggiunto il potere, forse ci sarebbe stato il tempo per aggiustare le cose.

Si arruffò i capelli e ricacciò indietro le lacrime, tirando su col naso. Bando ai sentimentalismi. Doveva fare quello che doveva. Questa era la sua unica occasione per conquistare il mondo... o perderlo.

Ore 23.40. Quando Rolf Petersen entrò nella stanza del motel, il telefono stava suonando. Chiuse la porta, mise il catenaccio e attraversò la stanza. Per un attimo rimase accanto all'apparecchio. Quindi sollevò il ricevitore.

La voce all'altro capo disse: «Stupido bastardo...».

«Non riuscivo a mettermi in contatto con te» rispose Petersen. «Volevo richiamare la tua attenzione. Credo di esserci riuscito.»

«Chiudi il becco e resta dove sei» intimò la voce. «O giuro che ti ammazzerò con le mie mani.»

La comunicazione s'interruppe.

SABATO 13 AGOSTO 1988

Il quinto giorno

Ore 1.35. Sally non riusciva a dormire. Giaceva nel suo letto con le orecchie tese. Dal patio sottostante saliva un rumore di pioggia scrosciante. Poteva sentire il vento che rovesciava cortine di pioggia sulle tegole, e la luce gialla dei lumi a gas nella via sotto la sua finestra proiettava sul muro l'ombra dei rami agitati dal vento. Scostando le tendine, Sally guardò verso la città.

Il muro scintillante della pioggia cadeva di traverso, dentro e fuori dal baluginare dei lampioni. E Sally pensò a Washington, acciambellata ansiosamente nelle tenebre. Quella notte, lo sapeva, era viva e ribollente: strisciante nel buio, lucente nel bagnato, col dorso squamoso e variopinto nel quale si specchiavano le insegne al neon dei bar di M Street. Nessuno dormiva, quella notte, in questa città. Nessuno riposava.

Domani le fotografie di Baker ed Eastman sarebbero state dappertutto: su ogni teleschermo, in ogni notiziario locale, in ogni giornale. Il confronto era avvenuto venerdì mattina, poco prima che *Time* e *Newsweek* chiudessero i numeri del lunedì. Sally poteva sentire i campanelli del "ferma le macchine" – per le notizie dell'ultima ora – risuonare nelle officine grafiche di Dallas e Livingston, New Jersey. Poteva immaginare la diffusione che quelle foto avrebbero ricevuto durante il week-end, quando si sarebbero scatenati i servizi giornalistici della televisione: le risposte pepate di *Incontro con la stampa*, il torcersi le mani in segno di comprensione di Charles Kuralt della cbs... Poteva sentire Sam Donaldson e George Will schiamazzare con David Brinkley, in *Questa settimana a Washington*, come le tre streghe del *Macbeth*: "Raddoppia, raddoppia lavoro e travaglio,/Ardi, fuoco, e ribolli, caldaia...". I giornalisti avevano le loro simpatie, anche se le loro reti giuravano di no.

La settimana seguente, quando gli occhi di tutti si sarebbero puntati sulla convenzione per la nomination di St. Louis, la prova fotografica della frattura tra il presidente e il vicepresidente avrebbero formato l'argomento di discussioni più ampie e accanite di quelle che avrebbero potuto accendersi su un punto qualsiasi della piattaforma del partito. Nelle sale per le riunioni e nelle camere d'albergo di quella sudata e sovraffollata città i capi delegazione dei vari stati e i loro strateghi, grandi e piccoli, avrebbero letto i columnist e discusso le conseguenze.

Là distesa, nel rumore della pioggia scrosciante, Sally cominciava a capire che per Eastman era ormai impossibile ottenere la riconferma. Gli era impossibile, almeno, ottenere la riconferma della candidatura alla vicepresidenza in coppia con Sam Baker. Se all'America le fotografie non dicevano altro, dicevano che l'asse Baker-Eastman era fallito. Non c'era nulla che disturbasse gli americani più che vedere i loro legislatori lavare in pubblico i loro panni sporchi.

Sally guardava, fuori dalla finestra, nella notte vorticante di pioggia. Se non poteva essere la coppia Baker-Eastman, poteva essere soltanto un'altra combinazione. O ce n'era più di una...?

Si tirò su la camicia appiccicosa. Se la sfilò dalla testa, e la gettò sul pavimento accanto al letto. Poi rivoltò il cuscino dalla parte fresca e asciutta e tornò a coricarsi, riflettendo. Non era l'unica, lo sapeva bene, a valutare tutte le possibilità. Lungo Constitution Avenue le luci restavano accese fino a tardi. Nelle ville di Chevy Chase e di Fairfax e di Falls Church il caffè era sul fornello, e uomini e donne preoccupati sedevano alle loro scrivanie, o soli negli angoli degli studi, o con una piccola cerchia di amici impegnati in conversazioni sommesse e agitate. Dappertutto, nella notte, intorno a lei, menti politiche si lambiccavano nel buio, congiure nascevano e morivano, intrighi spingevano invisibili tentacoli nel buio. Da quel momento fino alla fine della convenzione, era lei contro di loro: cervello contro cervello.

Sapeva che l'indomani mattina Washington avrebbe avuto sempre lo stesso aspetto, e invece sarebbe stata diversa. Sarebbe cambiata, rispetto alla Washington di ieri, fino a essere irriconoscibile. Eastman sarebbe stato scartato: dimenticato, ma non svanito nell'aria. Si sarebbe aperto un vuoto di potere, e come un buco nero che attira la materia con la sua enorme forza di gravità avrebbe risucchiato gente e idee con la furia di un vento scatenato. Intanto Sam Baker si sarebbe trascinato verso la nomination: ferito e sanguinante, ma sempre il leviatano del partito. E i galoppini che gli stavano attaccati alle falde della giacca si sarebbero fatti in quattro per trovargli un compagno di gara che cauterizzasse la ferita e nascondesse la cicatrice. Chi c'era, oltre a Terry Fallon? Sally continuava a domandarselo. E sapeva che anche altri se lo stavano chiedendo.

Lo sguardo le cadde sulla valigia vicino alla porta. Era proprio il momento peggiore per lasciare Washington e Terry. Si sentiva ridicola: spedita a Miami con un inesperto agente dell'FBI per interrogare un vecchio recluso che forse non sapeva i nomi dei suoi nipoti. Figurarsi se avrebbe potuto metterli sulle tracce del killer di Martinez. Era una presa in giro. Un indovinello. Terry lo sapeva quanto lei. Al mattino, avrebbe dovuto convincerlo che per lei era meglio non partire.

Tornò a guardare fuori dalla finestra e a tendere l'orecchio al sibilo regolare della pioggia. A ovest della città, in qualche punto della Shenandoah Valley, i lampi squarciavano il cielo. Vedeva le luci lontane, udiva il tuono rombare come un rullo di tamburi: tamburi che annunciavano il futuro.

Era un tempo d'infinite possibilità.

Ore 1.50. «Sono molto spiacente, ma il senatore Fallon si è ritirato per la notte. Posso prendere nota e farla richiamare domattina.»

«Sono Dan Eastman, il vicepresidente degli Stati Uniti. Svegli subito quel figlio di puttana e gli dica di chiamarmi. E se dico subito è subito!»

All'altro capo del filo ci furono una pausa e un balbettìo.

«Signor vicepresidente... dovrò chiedere conferma...»

«Lo faccia!» Eastman sbatté giù il ricevitore. Le prime edizioni dei giornali del mattino ingombravano il pavimento intorno alla sua poltrona. «Cos'è quello?» Allungò una mano.

Rob Moorehouse, il segretario di Ted Wyckoff, gli porse il foglio strappato dal telex. Si vedeva che Moorehouse aveva pianto.

«Come diavolo è successo?»

«Non si sa» disse il segretario. «Era entrato in un bar, era andato alla toilette. Adesso è all'ospedale.»

«Lo hanno ridotto male.»

«Malissimo.»

«Lombare... vertebre toraciche: che roba è?»

«Dicono... Dicono che forse non potrà più camminare.»

«Merda.» Guardò Moorehouse dritto negli occhi. «Maledetto branco di checche. Manda qualcuno a prenderlo. Fatelo venire via di là.»

«Abbiamo noleggiato un aereo. Sarà al Walter Reed prima di domattina.»

«Maledizione, non lo voglio al Walter Reed. Mettetelo... Non importa... In un posto dove la stampa non possa trovarlo.»

«Non saprei dove, signore» rispose Moorehouse, e il suo labbro superiore tremava di collera e di dolore.

«Allora trova qualcuno che lo sappia. E vattene!»

«Sissignore.»

Il telefono squillò. «Signor vicepresidente, ho il senatore Fallon in linea per lei.» Eastman schiacciò il tasto illuminato.

«Sono il vicepresidente.»

La voce di Terry era ancora impastata dal sonno. «Sono il senatore Fallon. Che posso fare per lei, signore?»

«Voglio parlarti, Fallon.»

«Mi spiace, signore. Con questa ferita... non sono in grado di uscire di casa.»

«Non importa. Vengo io.»

Ore 2.05. Lou Bender era un abitudinario. La penultima cosa che faceva ogni sera prima di andare a letto era dare una scorsa alle prime edizioni dei giornali: il *Post* di Washington, il *Times* e il *Wall Street Journal* di New York, il *Sun* di Baltimora. Aveva già scoperto, da molto tempo, che chi leggeva quei quattro giornali prima di coricarsi si alzava, il giorno dopo, più saggio e più informato: ma, soprattutto, di mezzo passo avanti ai comuni mortali che leggevano, a colazione, un solo giornale del mattino.

Quella sera c'era voluto meno tempo del solito per dare una scorsa ai giornali. C'era solo una notizia importante, e tutti l'avevano messa in prima pagina: lo scoppio d'ira di Dan Eastman verso il presidente Baker. Bender sfogliava un giornale dopo l'altro, e la bocca gli si atteggiava a un sorriso compiaciuto. In tutte le prime pagine spiccava la stessa sequenza fotografica: Eastman che puntava un dito accusatore contro Baker; Eastman che alzava rabbiosamente il pugno su Baker; Eastman che usciva a grandi passi dalla Blue Room della Casa Bianca lasciandosi dietro un Baker imbarazzato e confuso. Era un comportamento assolutamente vergognoso per un leader nazionale. Peggio ancora, una pubblica dimostrazione di collera alla Casa Bianca avrebbe sicuramente sorpreso e spaventato la Grande Borghesia. Che evitava come la peste qualunque cosa avesse il potere di spaventarla. Questo, era evidente, a Sam Baker sarebbe costato caro. Bender studiava le fotografie e rifletteva. Si sentiva l'uomo più fortunato della terra.

I sondaggi del giorno prima avevano reso di una chiarezza cristallina il fatto che Sam Baker non avrebbe mai potuto assicurarsi un secondo mandato come presidente con Dan Eastman come compagno di cordata. Il guaio era che, con Sam Baker, il problema non erano i sondaggi. Il problema era la lealtà. Il problema era l'integrità. Il problema era la sua intesa con Dan Eastman. Con ogni probabilità, Sam Baker non avrebbe mai mollato Dan Eastman: nemmeno al rischio di perdere le elezioni.

Ma ora, con uno scatto di rabbia infantile, Dan Eastman aveva decisamente cancellato il suo nome dalla lista di Baker. Era impensabile che un presidente degli Stati Uniti perdonasse una simile condotta, che un presidente tollerasse tanta insolenza e mancanza di rispetto per la sua carica. Ora nessuno avrebbe criticato Sam Baker se avesse scaricato il rinnegato dal pessimo carattere per sostituirlo col freddo e ragionevole Terry Fallon. Anzi, le persone equilibrate di ogni parte del paese sarebbero rimaste di stucco se Baker avesse dimostrato anche la minima tolleranza. L'avrebbero vista come una mancanza di considerazione per la presidenza o, peggio, come una debolezza.

Bender piegò i giornali e sorrise. Aveva un ostacolo insormontabile da superare prima delle elezioni: e adesso Dan Eastman lo aveva spazzato via con le proprie mani. Non sarebbe andata meglio se avesse progettato tutto lui: la vicepresidenza di Dan Eastman si era praticamente suicidata.

Squillò il telefono: era la linea segreta.

«Sì?» disse Bender.

«Eastman ha appena lasciato l'Osservatorio.»

«Diretto dove?»

«A trovare Fallon.»

«Mi faccia sapere quello che diranno.»

«Avrà la trascrizione sul suo tavolo domattina.»

«Non aspetti domattina. Me la porti qui appena è pronta.»

Bender riagganciò. Poi esclamò: «Quel figlio di puttana».

Dunque Eastman aveva un suo piano. Dunque, non era più nella colonna del passivo. Si era appena aggiunto alla lista dei nemici.

Bender prese il ricevitore e fece lo *09, il codice di precedenza assoluta per Pat Flaherty, l'addetto ai sondaggi della Casa Bianca.

«Che... Che c'è?» chiese una voce assonnata.

«Che stai facendo?» disse Bender.

«Lou? Lou, sono... Gesù, sono le due del mattino! Cosa credi che stia facendo?»

«Ascolta... Mi occorre un sondaggio lampo su questa cazzata di Eastman per domani sera.»

«Un certificato d'avaria?»

«Una condanna a morte.»

«Va bene» rispose Flaherty. «Ci penso io.»

«Duemila telefonate. Voglio cifre sicure: nessuno dei tuoi stupidi asterischi. Lo voglio chiuso nella bara e cremato.»

«Lou, ho detto che ci penso io. Ora posso rimettermi a dormire?»

«Prego.»

Bender depose il ricevitore e si rannicchiò sotto le coperte.

Ore 2.35. «Lo hanno praticamente ammazzato di botte» disse Eastman.

Terry Fallon scosse la testa. «Mi spiace moltissimo.»

«Era a Houston. Era andato a trovare tuo suocero.»

«A proposito di che?»

«A proposito di tua moglie.»

«Mia moglie è in una clinica. Non vede nessuno.»

«Tranne te.»

«Tranne me.»

Eastman era seduto nella poltrona davanti al caminetto, sempre col suo abito fumo di Londra. Era un omaccione che riempiva la poltrona, e le sue mani sembravano enormi sui pomelli dei braccioli. Fuori pioveva a dirotto. Dentro faceva freddo.

«Vuole che accenda il fuoco?» disse Terry.

«Hai un po' di whisky?»

Terry si alzò rigidamente e si diresse verso l'armadietto dei liquori. Eastman vedeva benissimo che si muoveva come fanno i vecchi, tenendo la schiena diritta mentre si alzava dalla poltrona, strascicando i piedi e risparmiando il fianco destro mentre camminava.

«Ti duole?»

«Un po'. Scotch o bourbon?»

«Di whisky irlandese ne hai?»

Terry versò in un bicchiere un robusto cicchetto di Powers e lo porse a Eastman. La sua faccia era imperlata di sudore, ed Eastman capì che il dolore doveva essere intenso.

«Tu non bevi?» gli chiese il vicepresidente.

Terry versò un secondo cicchetto per sé. Alzarono i bicchieri e bevvero.

«Allora?» disse Eastman.

«Lei crede che il pestaggio sia collegato alla sua visita a Dwight Kimberly?»

«Tu no?»

Terry sedette. Si strinse la vestaglia intorno al corpo. «Signor vicepresidente, non ho modo di sapere cosa o chi...»

«Fallon, basta con questa stronzata del vicepresidente, d'accordo?»

Terry lo guardò. «Se vuoi.» Intrecciò le dita.

«Io sono in difficoltà. Tu voli in cerchio come un avvoltoio. Uno dei miei decide di provare a raccogliere qualcosa su di te e finisce all'ospedale. Cosa dovrebbe farmi pensare, tutto questo?»

«Non lo so» rispose Terry. «Ma ho il sospetto che presto me lo dirai.»

«Puoi scommetterci il culo che te lo dico. Io penso che tu abbia qualcosa da nascondere.»

«E che sarebbe?»

«Non lo so. Ma lo scoprirò.»

Fallon rispose con un gelido sorrisetto. «È un modo educato di minacciarmi?»

«Sei davvero in gamba. Lo sai?»

«Ti dirò quello che so» disse Terry, ed era chiaro che non si sarebbe lasciato intimidire. «Anch'io ho fatto qualche ricerca su di te.» Aprì una cartella di cuoio su un tavolino di fianco alla poltrona. Dentro c'erano le note minuziosamente preparate da Sally.

«So che non fai affari loschi. So che non hai le mani lunghe. So che non hai un ufficio pieno di parenti, e che non l'hai mai avuto. So che, quando lascerai Washington, vuoi lasciarla con la tua reputazione intatta.»

Eastman si limitò a guardarlo fisso.

«E una domanda mi ronza nel cervello» continuò Terry.

«Sì?»

«Mi domando perché ci tieni tanto, a rimanere in carica, che sei pronto a buttar via tutto quello che sei: a vender l'anima, se è necessario.»

Eastman alzò un dito coriaceo come se intendesse svellersi dalla poltrona. Ma alla fine non lo fece. Bevve invece un sorso di whisky e tornò a intrecciare le dita intorno al bicchiere che teneva in grembo.

«Sai Dan, siamo tutti ambiziosi. Non ci troveremmo a Washington, in nessuno dei posti che occupiamo, se a spingerci non fosse il desiderio di riuscire. Alcuni ce l'hanno fatta a furia di connivenze e doppigiochi. Altri per i loro meriti e la loro serietà. Io credo che tu sia tra questi ultimi. Ecco perché mi domando... mi domando per quale motivo tu sia pronto a seppellire tutto questo pur di restare in carica per altri quattro anni.»

Mentre si alzava in piedi, Terry tornò a trasalire dal dolore. Si inginocchiò davanti al caminetto, accese un lungo fiammifero di legno e lo accostò a un lembo del giornale appallottolato sotto i trucioli e i pezzi di legna da ardere.

«Mio suocero è un violento» disse Fallon mentre guardava le fiamme che cominciavano a levarsi. «Non ci rivolgiamo la parola. Ho fatto il possibile per garantire a Harriet le migliori condizioni. È una tragedia. Non c'è altro da aggiungere.»

La legna cominciava a sibilare e a scoppiettare, e la luce arancione del fuoco si arrampicava sul muro alle loro spalle. Eastman non parlò.

«Non sono stato io a decidere, ma il caso» disse Terry. «Il destino ha indicato il luogo. Ma io ero ambizioso. Ed ero là. E ho avuto, questo sì, la fortuna di sopravvivere. Non posso scusarmi per questo.»

«No» fece Eastman. «Mi rendo conto.»

«E mi spiace per... Ted Wyckoff? Si chiama così?»

«Sì.»

«Mi spiace per lui.» Terry tornò a sedersi e si chiuse accuratamente la vestaglia sopra le ginocchia. «Ma mi perdonerai se dico che non avresti dovuto mandarlo a Houston.»

«Non l'ho mandato io.» Eastman trangugiò un po' del liquore rimasto nel bicchiere e vi guardò dentro. Poi alzò le spalle. «Però non l'ho nemmeno fermato.»

Rimasero a lungo seduti così, fissando entrambi il fuoco.

Alla fine Eastman disse: «Voglio un'intesa. Io e te. Andiamo a St. Louis insieme. Come lista».

Terry non si mosse e non alzò lo sguardo. «E il presidente Baker?»

«Baker va a fare una passeggiata.»

Terry restò seduto per un po', guardando il fuoco. Poi disse: «Dan, mi spiace. Non sono in vendita».

Eastman finì di bere, gli augurò la buonanotte e si avviò alla porta strascicando i piedi. Quando se ne fu andato. Terry restò là seduto a lungo, da solo.

Ore 5.20. «Oh, è forte... È fortissimo» disse Lou Bender. Sfogliò fino alla fine la trascrizione del colloquio di Terry con

Dan Eastman, poi chiuse di scatto la cartella. Fuori era ancora buio, ma lui era perfettamente sveglio e in piena attività.

«Come due stronzi di boy scout. Ma questo Fallon è forte, proprio forte.» Mise le mani sul piano di formica del tavolo da cucina. «È un autentico figlio di puttana, e Dan Eastman si è tagliato le palle con le proprie mani.»

L'agente Browning del servizio segreto aveva le spalle appoggiate al muro della cucina e stringeva tra le mani, per scaldarsi, una tazza di caffè istantaneo. «Le serve altro?»

«No» rispose Bender. «Lei crede che ci sia qualche probabilità che possano scoprire il microfono nascosto?»

«Il microfono è nostro e i controlli li facciamo noi. Chi dovrebbe scoprirlo?»

«E se avessero qualcuno dei loro?»

«Allora lo scoprirebbero. Ma non saprebbero di chi è.»

«Però saprebbero che è sfuggito a voi» disse Bender. «Non crede che questo li insospettirebbe?»

Browning alzò le spalle. «Vuole che lo tolga?»

Bender ci pensò su. «Forse sarebbe meglio.»

«Tra un'ora quella stanza sarà perfettamente pulita» promise Browning.

«Grazie, agente» lo congedò Bender. Continuò a sorridere finché l'uomo non depose la tazza e uscì. Ora sapeva che quanto avrebbe detto a Terry Fallon non sarebbe stato registrato.

Ore 5.40. «È un pande... pande... pandemonio!» urlò Chris Van Allen nel ricevitore. «Terra chiama Sally Crain. Sei sveglia?»

Non ci sarebbe stato bisogno di urlare. Sally stava già bevendo la sua seconda tazza di caffè, seduta sul letto con i giornali del mattino sparsi intorno a lei. «Hai visto il *Post*?» chiese.

«È già ficcato tra le pagine del mio diario. Hai sentito di Wyckoff?»

«No.»

«Qualcuno gli ha rotto la testa nella toilette maschile di un bar di Houston.»

«Cosa?!»

«Il Gay Political Caucus sta cercando di decidere se organizzare una marcia di protesta od offrire un semplice rinfresco.» Chris scoppiò in una risata.

«Chris, controllati.» Sally buttò le gambe fuori dal letto. «Senti, voglio vedere subito Terry, stamattina.»

«Dolcezza, il tuo aereo parte alle dieci.»

«Può darsi che non vada.»

«Come mai?»

«Oggi se ne vedranno delle belle.»

«Per esempio?»

Ma invece di rispondere lei disse: «Puoi passare a prendermi alle sette e mezzo?».

«Non c'è problema. Con un secchiello di Cristal ghiacciato, per festeggiare mentre andiamo all'aeroporto.»

«Per me porta un caffè nero. E non far tardi.»

«Io? Tardi?» Chris riagganciò.

Le fotografie erano dappertutto. Lo scoppio d'ira di Eastman era sulle prime pagine di tutti i giornali del mondo. In confronto, la sparatoria vicino alla casa di Terry era appena una nota a pie' di pagina. Ma l'articolo che Sally stava cercando era solo in un giornale, a pagina trentacinque del *New York Times*:

STAZIONE TELEVISIVA APPOGGIA L'IDEA
DI TRE DIBATTITI VICEPRESIDENZIALI

Era solo un titolo corpo ventiquattro in fondo alla pagina della televisione. L'articolo occupava meno di un terzo di colonna. C'erano i "no comment" delle altre due stazioni e qualcosa di evasivo da parte della Lega delle Donne Elettrici. Era un pezzo breve e inconcludente. Ma c'era. E le disse che nutrire la NBC e affamare le altre due stazioni era stato più efficace di quanto avrebbe potuto sperare. Ieri il suo bluff aveva funzionato. Ma i tre dibattiti sarebbero serviti a Terry solo dopo che lui avesse ottenuto la nomination. E per fargliela ottenere a Sally occorreva ancora una rampa di lancio. Ma avrebbe avuto il coraggio di esercitare su Tommy Carter tutte le pressioni necessarie?

Alle sei e trentacinque il telefono squillò e Sally depose la tazza di caffè sul *Morning News* di Dallas. Era Carter.

«Hai visto?»

«Sì. Ho visto» disse Sally, cercando di non sembrare troppo impressionata.

«Affare fatto?»

«Quasi.»

Carter era seccato. «Senti, Sally, hai avuto quello che volevi. Paga il tuo debito.»

«Parliamone» rispose gentilmente lei.

«Maledizione, Sally...»

«Tommy, non essere sgarbato. Sai benissimo che Dan Eastman è appena uscito dal gioco.»

L'altro era sorpreso. «Eastman è uscito dal gioco?»

«Non ufficialmente.»

«Ah» disse lui. «Le fotografie.»

«Sì.»

«Credi che siano così devastanti.»

«"Catastrofiche" è la parola.»

«Tre piccole foto potrebbero fare tanto danno?» Curiosità e stupore vibravano nella voce dell'uomo.

«Più della spada...»

«Sì» disse lui. «E visto che siamo in argomento, quali sono le altre richieste? Mi sembra di essere la vittima di un'estorsione.»

«Ma va là! Non chiedo molto.»

«Sarà meglio.»

Sally trasse un profondo respiro. «Mercoledì. La sera che arriviamo a St. Louis. Un'ora, dalle otto alle nove. Un intervistatore concordato tra le parti.»

«Mercoledì alle otto? Non essere ridicola.»

«Perché? Terry batterà tutti gli indici d'ascolto.»

«Lasciamo stare gli indici. L'altro partito ci salterà alla gola se non gli dedicheremo lo stesso tempo.»

«Fallon non è ancora un candidato. La regola dello stesso tempo vale solo dopo la nomination.»

«In teoria, certamente. Sally, qui non stiamo parlando del diritto. Stiamo parlando di politica. Se non gli daremo un tempo uguale, si vendicheranno.»

«Possono vendicarsi solo se vengono eletti.»

«Merda» sibilò Carter.

«Tommy» disse lei «siamo amici?»

«Una volta lo credevo.»

«Tommy, abbiamo ricevuto un'altra offerta.» Sally trattenne il respiro. Era il bluff finale.

Lui rimase muto. Poi esclamò: «Cazzo».

«È la tua risposta?»

«Ti richiamerò.»

«Sto andando a Miami.»

«Richiamami tu.»

«Quando?»

«Alle cinque.»

«D'accordo. Tommy?»

«Cosa?»

«Ho molto gradito i tuoi fiori.»

«Perché?»

Carter riattaccò. Allora lei fece il numero della linea privata di Terry.

«Hai visto i giornali?»

«Stanotte Eastman è stato qui.»

La notizia le fece drizzare la schiena. «Cosa? Quando?»

«Due e trenta del mattino.»

«Mio Dio! Che voleva? Cos'ha detto?»

«Credo che volesse farmi capire quello che provava» disse Terry. «Credo che volesse... In uno strano modo, a modo suo... Insomma, che volesse scusarsi.»

«Doveva chiedere scusa al presidente.»

«Non credo che possa farlo.»

«Tutto qui? Non aveva altro da dire che "mi scusi"?»

«Ti dirò di più quando ti vedo.»

«Terry... Ho l'impressione che tu possa ricevere un'altra visita di O'Donnell, oggi.»

Lui tacque per qualche istante. «Ho la stessa impressione anch'io.»

«Dobbiamo parlare. Vengo lì.»

«Non perdere l'aereo.»

«È pazzesco che io vada a Miami proprio oggi.»

«Non perdere l'aereo» ripeté lui.

«Tra un'ora sarò lì.»

Sally interruppe la conversazione. Ma il telefono squillò mentre lei deponeva il ricevitore.

«Tre dibattiti vicepresidenziali in prima serata? È a questo che miri?»

Era Steve Chandler della NBC ed era incazzatissimo.

«Era una cosa che abbiamo pensato insieme» disse Sally.

«Balle» ribatté Chandler. «Carter non è così furbo. O così stupido.» Poi sbuffò. «Dovevate essere molto amici, voi due, là in Guatemala.»

«Honduras» lo corresse Sally. «E non sono affari tuoi.»

«I miei affari riguardano le notizie. E tu fai notizia.»

«Terry Fallon fa notizia.»

«Tu fai notizia, se lo dico io.»

«Steve, vai ad aprire una finestra» disse Sally. «Stai respirando aria viziata.»

«Hai sentito di Ted Wyckoff?»

«Che gli è successo?»

«Lui e il suo boss si sono suicidati. Lo stesso giorno.»

«Già. Che peccato.»

«Dal tono della tua voce, capisco che sei sconvolta.»

«Steve, sto andando a una riunione» tagliò corto Sally. «C'è qualcosa che posso fare per te?»

«Sì. Non andare a letto con Tommy Carter.» E riattaccò.

Ore 8.05. L'interfono fece udire il suo ronzìo. «Signor Bender, il presidente la vorrebbe nel suo ufficio.»

«Vengo subito.»

Bender uscì dalla porta di dietro, percorse il corridoio che portava all'Oval Office, bussò una volta ed entrò. Il presidente e lo speaker O'Donnell erano seduti davanti a una tazza di caffè nelle poltrone vicino al caminetto.

«Signor presidente, signor presidente della camera...»

«Lou.»

«Accomodati, Lou» disse il presidente, e sorrise. «Il presidente della camera, qui, stava giusto preparandosi a farmi un discorsetto su Dan Eastman.»

Bender si mise a sedere.

O'Donnell era armato di lupara. «Avrai visto la tivù» disse. «Avrai visto i giornali. Non credo che ci sia altro da dire. Quell'uomo deve andarsene.»

«Perché?» chiese il presidente.

«Perché?» O'Donnell gonfiò le gote come una rana toro. «Per amor di Dio, quell'uomo è un affronto alla sua carica. Ha messo in ridicolo la tua amministrazione.»

«Lou?»

Bender disse: «Con tutto il dovuto rispetto, signor presidente della camera, io credo che lei stia gonfiando il caso». Prese la caffettiera e si riempì una tazza. «La mia personale valutazione è che Eastman si è azzoppato da solo, e che per giunta ha nuociuto pure a noi. La mia ipotesi è che, se agiremo con prontezza e decisione, si potranno evitare danni significativi.» Guardò la tazza vuota di O'Donnell. «Ho chiesto a Flaherty di fare un sondaggio. Dovremmo avere i risultati per le cinque. Altro caffè, signor presidente della camera?»

Baker ascoltava attentamente. Bender ce la stava mettendo tutta per apparire calmo e spassionato.

«Lei e i suoi sondaggi» borbottò O'Donnell, e alzò la tazzina. «Le statistiche non saranno mai un surrogato del buonsenso.»

«Non pretendo che lo siano, signor presidente della camera»

disse Bender. «Credo solo che dovremmo avere in mano tutti i dati prima di prendere una decisione.»

Baker guardò Bender con un misto di disprezzo e di curiosità. Nessuno – nemmeno lo stesso Charlie O'Donnell – era più convinto e deciso di lui che Dan Eastman se ne dovesse andare. La mattina dopo l'attentato, Bender era stato il primo a proporre di scaricare Eastman. Ora Eastman aveva compiuto una provocazione che soltanto le sue dimissioni potevano far dimenticare. Eppure, davanti a O'Donnell, Bender era tutto ragionevolezza, pazienza e lealtà. Era uno spettacolo inquietante, che non mascherava le cose, che non ingannava nessuno. Era la politica.

«Potete fare tutti i sondaggi e raccogliere tutti i dati che volete» continuò O'Donnell mentre Bender versava il caffè. «Ma non dite che non vi ho messo in guardia. Sam, con Dan Eastman tu non puoi vincere.»

Prima che il presidente potesse rispondere Bender intervenne: «Lo sappiamo, signor presidente della camera. Ma quale alternativa abbiamo? Gesso e cartapesta?».

«Fallon. Abbiamo Fallon. E ringraziamo Iddio di avere lui.» O'Donnell mise due zollette di zucchero nella sua tazza.

Sam Baker si appoggiò allo schienale e guardò i due uomini che sorbivano il caffè. «Charlie, perché sei così entusiasta di Fallon?»

«Per amor di Dio, Sam. Guarda i sondaggi.»

«Li conosco» disse Baker. «Ma non credo che si possa dare a qualcuno il posto di vicepresidente degli Stati Uniti solo perché i sondaggi dicono che può vincere le elezioni.»

O'Donnell depose la tazza. «Non m'interessa che Fallon vinca le elezioni, Sam. È per te che mi preoccupo.»

«Be', molto gentile da parte tua.»

«Sam, con Eastman non ce la puoi fare» disse O'Donnell. «E la verità, nuda e cruda, è che forse non puoi farcela comunque.» Le sue parole pacate risuonarono come un tuono.

Nel silenzio che seguì Sam Baker mescolò il suo caffè. Si sentiva i loro occhi addosso. Ecco, finalmente si era arrivati a questo. Ora, se O'Donnell e Bender avessero potuto fare a modo loro, un paio di immagini stampate – Fallon, ferito, sul podio e un Eastman furibondo che alzava il pugno – quelle due immagini avrebbero fatto pendere la bilancia e tolto dalle sue mani una delle decisioni più importanti della sua carriera politica. Perché scegliendo il vicepresidente Baker poteva benissimo scegliere il suo successore: la persona che poteva alla fine diventare il quarantaduesimo presidente degli Stati Uniti.

Lyndon Johnson lo aveva messo in guardia contro la forza terrificante delle immagini. Il giorno dopo l'annuncio che Johnson non si sarebbe ripresentato alle elezioni, Sam Baker era andato a trovarlo. I due uomini sedevano nelle poltrone dell'Oval Office, e Johnson si tolse le scarpe e mise i piedi sul tavolino. Sembrava invecchiato, e il suo testone era chino e cogitabondo, e in qualche modo ricordò a Sam Baker la statua di Lincoln sul piedistallo nel Memorial.

«Hai fatto bene a lasciar perdere» disse Sam Baker. «Avevi ragione.»

«Avevo ragione su tutto» ribatté Johnson. «Avevo ragione sulla guerra. Avevo ragione sui razzi. Avevo ragione sulla povera gente. Avevo ragione persino sui negri.» Così Lyndon Johnson riassumeva le sue conquiste: il programma spaziale, la Grande Società, i diritti civili.

«Ma sai una cosa, Sam?» disse Johnson. «Sai come sarò ricordato? Come il figlio di puttana che ha perso la guerra... e tirato su il cane per le orecchie.»

Ora Sam Baker sapeva che, ancora una volta, Lyndon Johnson aveva avuto ragione. Le fotografie di lui che sollevava il suo beagle per le orecchie e la feroce vignetta del Vietnam visto come la cicatrice della sua operazione alla cistifellea erano le immagini che nessuno aveva potuto cancellare. Altrettanto a lungo sarebbero durate le immagini di Dan Eastman che, infuriato, alzava il pugno contro il presidente.

Perché le immagini avevano tanta forza? A Sam Baker ne vennero in mente altre: MacArthur che sbarca nelle Filippine, Nixon che punta il dito sul petto di Krusciov, Rockefeller col pugno chiuso e il medio alzato che manda la stampa a quel paese. In un modo o nell'altro il pubblico credeva che quelle foto rispecchiassero il carattere degli uomini. Come Terry Fallon, sanguinante ma indomito sopra il grande sigillo degli Stati Uniti.

Ma Sam Baker non credeva nelle immagini, anche se era giunto a rispettarne la forza. Perché sapeva che le immagini, come gli uomini, potevano mentire.

«Sam, potresti non riuscire affatto a vincere» seguitò O'Donnell. «Con Dan Eastman o senza di lui.»

«Vorrei attendere i sondaggi» disse il presidente.

«E poi cosa?»

«E poi ci penserò.»

Lo speaker guardò Bender, poi il presidente. «È la tua ultima parola?»

«Per ora è la mia ultima parola, Charlie. E tu devi accettarla.»

O'Donnell scrollò la testa. «Non fare lo stupido, Sam» disse. Si alzò in piedi e si aggiustò la giacca. Poi uscì dalla stanza.

Ore 8.15. Chris fermò la macchina davanti alle transenne del servizio segreto, ai piedi del viale che portava alla casa di Terry.

«Torno subito» disse Sally.

«Io posso aspettare.» Chris batté un dito sul quadrante dell'orologio. «Le Eastern Airlines no.»

Sally mostrò i documenti e si precipitò verso la casa.

«È ancora su» la avvisò Katrina. «Vuole...»

«Non importa» la interruppe Sally. Era senza fiato quando raggiunse il pianerottolo e bussò alla porta della camera da letto.

Terry era seduto sul letto, a prendere appunti sul blocco. I piatti della colazione erano su un vassoio accanto alla finestra. «Hai fatto le valigie e sei pronta a partire?»

«È un'idiozia che io debba partire proprio oggi.» Sally chiuse l'uscio e si avvicinò al letto. «Accompagnare quel fesso da Ramirez è una totale perdita di tempo.»

Lui si portò un dito alle labbra per zittirla. Lei s'interruppe e inclinò la testa da una parte, come se non fosse sicura di aver capito bene. Allora Terry rivolse il blocco giallo verso di lei e lei vide che aveva scritto, in stampatello:

> QUALCUNO PUÒ SENTIRCI.

La donna si raddrizzò e volse lo sguardo nella stanza. «Chi?» chiese.

Ma lui, col dito, fece segno di no e, per dare più importanza al suo messaggio, tornò a batterselo sulla bocca. Poi disse: «Voglio che tu chieda al señor Ramirez di prestare all'FBI la sua piena collaborazione. Digli che non dovremo prenderci un attimo di riposo finché non avremo trovato l'assassino di Octavio Martinez. Così, almeno, la penso io».

Sally alzò le spalle e annuì, confusa. «Certamente, lo farò. Ma lui sarà...»

Terry scostò le coperte e scese dal letto. Indossava un pigiama di seta grigia.

«... sarà restìo» continuò Sally. Perplessa, vide Terry attraversare la stanza e chiudere la porta a chiave. Mentre faceva queste cose, le intimò a cenni di non smettere di parlare. Lei disse:

192

«Dopo quello che è successo, lui... lui avrà un naturale sospetto per qualunque cosa... il nostro governo...».

Terry tornò indietro, la prese per le spalle e la fece sedere sulla sponda del letto.

«... per qualunque cosa faccia il nostro governo.» Sally aprì le braccia, sconcertata, e la sua bocca formò silenziosamente la parola: *Cosa?*

«Ecco perché è tanto importante che tu sia là» disse lui, e le alzò fin sopra le ginocchia l'orlo della sottana bianca di cotone. «Così saprà che io non mi prenderò un attimo di requie finché il nostro governo non avrà trovato l'assassino e non lo avrà assicurato alla giustizia.»

«Sì. Ma...»

Terry salì con le mani lungo l'esterno delle cosce fino a trovare l'elastico delle mutandine.

«... Ma non so proprio cosa potrà dirci» fece lei, cercando di nascondere la sorpresa che le alterava la voce. Scosse il capo e tentò di respingere le mani dell'uomo, ma lui insistette e tirò giù le mutandine finché Sally dovette alzare i fianchi e lasciare che lui gliele abbassasse fino alle caviglie.

«Ecco perché è importantissimo che tu vada con l'agente» continuò Terry. S'inumidì la punta delle dita. «Quando Ramirez ti vedrà, saprà che deve collaborare.»

Lei cercò di respingere la mano, ma lui le fece schiudere le ginocchia e la toccò con l'umidore delle dita. Fu un contatto che sembrò una scossa elettrica. Lui le mise l'altra mano sui seni e la spinse giù. Riluttante lei si rovesciò all'indietro sulle coperte. Allora le sollevò un ginocchio e la costrinse ad aprire le gambe.

«Capisci?» disse.

«Sì, sì» rispose lei. «D'accordo. Ma anche se lo fa, lui...» Terry si slacciò i calzoni del pigiama, che gli caddero sulle caviglie. Sally lo vide ergersi verso di lei. «... Lui non ha accesso a... Oh...»

Boccheggiò, mentre lui la penetrava.

«Se non vuole collaborare, tu dovrai convincerlo» disse Terry. Si adagiò sopra di lei, e con una serie di piccoli colpi si spinse fino in fondo. «Ricordagli che abbiamo una causa comune, un vincolo di fratellanza.»

Nonostante la sua resistenza, Terry le fece sollevare le ginocchia e si passò le gambe della donna intorno alla vita. Poi la persuase a muoversi con lui, strettamente, silenziosamente. «Lo farai?» chiese.

«Sì» disse lei, ma la sua voce era quasi un rantolo.

«E poi mi chiami per farmi sapere se ci sono sviluppi promettenti.»

«Sì.»

«Bene. Molto bene».

S'irrigidì e lei poté sentire il primo spasmo. Terry premette la bocca sulla sua, umida, ingorda, succhiante. Sally per poco non lanciò un grido, e lui dovette metterle una mano sulla bocca e tenervela, schiacciandola sul materasso per impedirle di urlare.

Quando lui ebbe finito, Sally alzò lo sguardo, tra le sue dita, e vide defluire la passione che gli appesantiva le palpebre. Allora lui le tolse la mano dalla bocca e sussurrò: «Bene. Molto bene».

Senza emettere un suono lei disse: «Ti amo. Ti amo, Terry».

Lui annuì, si staccò da lei e tornò a infilarsi i calzoni del pigiama.

«Be', buon viaggio» disse.

Lei prese due o tre kleenex dalla scatola sul comodino accanto al letto e li ficcò sul fondo delle mutandine. Poi se le infilò e si lisciò il vestito.

Terry le aprì la porta. «Chiamami, quando arrivi a Miami.»

Lei era sul pianerottolo, e la porta si chiuse alle sue spalle prima che avesse il tempo di riprender fiato.

Ore 8.30. Il magazzino era nelle vicinanze della base aerea di Andrews, a sud-est del Distretto, in una traversa della circonvallazione. Il parcheggio era quasi deserto e Mancuso fermò la macchina in uno dei quattro rettangoli con la scritta "visitatori". Raggiunse la porta d'ingresso e infilò il tesserino nella fessura sotto l'obiettivo della telecamera.

«Hai l'autorizzazione?» chiese la voce metallica dal piccolo altoparlante.

«Non ho bisogno di autorizzazioni» disse Mancuso. «Maledizione, Ciccio, sai benissimo che ho una C-2.»

«Ehi, qui abbiamo un regolamento da osservare» continuò la voce. Ho delle procedure da seguire. Fammi vedere l'altro tesserino.»

«Ehi, vaffanculo, eh?»

«Vacci tu, e fammi vedere il tesserino. Puoi anche stare lì fuori fino a domani, per quello che m'importa.» E la comunicazione s'interruppe.

«Pezzo di merda» brontolò Mancuso, mentre si frugava nelle tasche per trovare il tesserino da attaccare al bavero e lo ficcava nella fessura. Un istante dopo la porta d'acciaio alla sua destra si mise a ronzare e a ticchettare, mentre in alto si accendeva la luce verde.

«Entra dalla porta alla tua destra e aspetta» disse la voce.

Mancuso obbedì. La porta si chiuse di scatto alle sue spalle e lui si trovò in una gabbia metallica davanti a un vecchio banco di formica.

«Ehi, Joe» disse l'uomo grasso dietro il banco. Il suo nome era Lodovico Carnivale, ma tutti i ragazzi lo chiamavano Ciccio. Era enorme, ben più di centotrentacinque chili, e il grasso lo avvolgeva in una serie di strati cascanti. Indossava una maglietta dei Washington Redskin. A Mancuso ricordava sempre il pupazzo della Michelin.

«Ehi, Ciccio, che si racconta?»

«Niente. Io sto bene. A cosa stai lavorando tu?»

«Cazzate. Lavoro in archivio. Vuoi sapere quante rapine ci sono state nel Michigan l'anno scorso?»

«No.» Restituì a Mancuso i documenti e poi gli mise davanti il registro per la firma. «Allora, che vuoi?»

«L'ABSCAM.»

«Potevi risparmiarti il viaggio, Joey. È tutto nel computer.» Batté un dito sullo schermo dell'IBM che aveva sul banco.

«Vogliono controllare alcuni dati sugli originali.»

«Che menata.»

«Già. Sempre la solita solfa per tenerti occupato.»

Ciccio girò la tastiera del computer finché non l'ebbe contro la pancia. «Hai un numero di riferimento?»

Mancuso si frugò nelle tasche cercando il pezzo di carta protocollo. Le provò tutte prima di pensare al taschino della giacca. E fu lì che finalmente lo trovò.

«Sempre il solito vecchio Joey» disse Ciccio. «Sei proprio il tipo adatto per stare in archivio. Ma se perderesti il cazzo, se non l'avessi dalle parti delle palle.»

«Già, divertente, eh?» Mancuso si sporse sul banco mentre Ciccio batteva i numeri sulla tastiera. Sullo schermo del terminale passò un nastro di righe luminose, che finalmente si arrestarono.

«Okay» disse Ciccio. «Ottavo livello, in fondo...» Tese la mano verso una matita. «Ecco. Lascia che te lo scriva io. Ottavo livello, in fondo, sezione 418, fila 11, scaffale da 2 a 6. Vuoi che te lo mostri?»

«Posso trovarlo da solo.»

«Ehi, ricordati la strada per tornare indietro. Il sabato chiudiamo alle due, e qualche volta io mi dimentico chi c'è lassù.»

«Sei un autentico buontempone.» Mancuso si diresse verso l'ascensore.

«Joey, non fare casino, eh?»

«Non ti accorgerai nemmeno che sono passato di qui.»

«E non prendere niente senza firmare la ricevuta.»

«Fidati.»

L'ascensore si fermò all'ottavo livello. Là, in file e file di scaffali, c'erano i fascicoli delle indagini e dei procedimenti giudiziari dell'ABSCAM. Mancuso controllò il numero di riferimento sul pezzo di carta che aveva portato dall'ufficio: 6248-05. Percorse il corridoio fino a quando si trovò davanti alle scatole di cartone contrassegnate da quel numero e dalla scritta: "Gli Stati Uniti d'America contro Caleb Collin Weatherby (Senatore)".

Tirò fuori una scatola dallo scaffale più basso e vi si sedette sopra. Poi aprì la scatola 6248-05/LO.

Aveva un'idea di quello che vi avrebbe trovato dentro: alcune delle 13.000 pagine dei verbali del processo, migliaia e migliaia di pagine di deposizioni, qualche reperto e una pila di videocassette. Tutto questo materiale era catalogato, numerato e fornito di tutti i rimandi necessari nel massiccio calcolatore al servizio degli archivi del Bureau.

Ma Mancuso cercava qualcosa che non era nella memoria del calcolatore o nei verbali della cancelleria del tribunale. Cercava una cosa che al processo non era mai arrivata. Cercava quello che in gergo si chiamava un motivo ragionevole per supporre la fondatezza di un'accusa penale.

Quando le incriminazioni dell'ABSCAM, nel 1984, erano finite nei telegiornali della sera, il pubblico aveva assistito, in diretta, all'arresto del senatore Caleb Weatherby. La scena con le prove della sua corruzione, registrata su videotape e diffusa da tutti i telegiornali della sera, non lasciava nulla all'immaginazione. La tivù lo aveva condannato molto prima che una giuria federale lo avesse riconosciuto colpevole. E quei nastri rendevano superfluo l'argomento del motivo ragionevole.

Mancuso, però, aveva le sue ragioni per essere curioso. I senatori della *sunbelt* – l'area soleggiata nel sud-ovest degli Stati Uniti – erano quasi sempre dei conservatori: e il Bureau annoverava i conservatori tra i suoi migliori amici. E circolava un vecchio adagio, nel Bureau: "Prima i nemici". Dovendo scegliere tra l'indagare su un amico o un nemico del Bureau, ogni vicedirettore e ogni agente sapeva come avrebbe dovuto regolarsi.

Mancuso sapeva che in quella fila di grosse scatole di cartone strapiene doveva esserci il motivo per cui Caleb Weatherby era stato scelto come uno dei bersagli dell'ABSCAM. Si tolse la giacca. Alzò brevemente lo sguardo al cartello con la scritta: "È assolutamente vietato fumare". Poi si allentò il nodo della cravatta, accese una sigaretta e si mise all'opera.

Ore 8.45. Sam Baker ricordava riunioni del consiglio per la sicurezza nazionale che erano andate meglio.

«Voglio fare solo una domanda» disse Arthur Cranston. Era il segretario di stato, un uomo con tutto l'acume di un termometro rettale. «Chi decide la politica estera di questo paese? Il presidente e il dipartimento di stato... o la maledetta CIA?»

Zack Littman, il ministro della difesa, si appoggiò alla spalliera succhiandosi il pollice. Gli piaceva guardare Cranston quando era incazzato. Gli ricordava George Steinbrenner.

L'ammiraglio William Rausch stava sforzandosi di non perdere la calma. «Arthur, tu esageri.»

«Balle» disse Cranston. «Chi vuoi che creda alla storia dell'uomo d'affari argentino ubriaco? Quella ragazza l'avete uccisa voi. Tutti i servizi segreti lo sanno. Lo sa Ortega. Lo sanno gli svizzeri. C'è un articolo di mezza pagina, sulla *Pravda*. E oggi ho avuto in ufficio per mezz'ora l'ambasciatore argentino, che urlava con quanto fiato aveva in gola che con questi sistemi stiamo mettendo in pericolo anche la vita dei loro diplomatici.»

«Di' al tuo amico argentino di passare il tempo a cercare i *desaparecidos* e di tenere il suo naso fottuto fuori dal Nicaragua» sbraitò Rausch.

«Abbiamo ucciso noi quella ragazza?» chiese il presidente. «Sì o no?»

Rausch sostenne lo sguardo del presidente per un momento lungo un'eternità. «No» rispose.

«Sei un bugiardo» ribatté Cranston.

«Arthur» disse Rausch con voce soave «oggi la tua educazione lascia un po' a desiderare.»

«Sono stufo delle tue spie, che fanno casino dovunque uno si volti» fece Cranston. Si alzò in piedi, attraversò la sala a grandi passi e puntò il dito in faccia a Rausch. «Stammi a sentire, ammiraglio. Se voialtri aggravate questa cosa del Centroamerica, mandate tutto al diavolo. La strategia, lì, si basa sull'attrito. Sgretolategli l'economia, svalutategli la moneta, foraggiate la guerriglia per tenere i militari sul chi vive e svuotargli le casse del tesoro. Ma se calcate troppo la mano – se create uno stato critico di emergenza nazionale in Nicaragua o in qualunque altro paese dell'America Centrale – provocherete l'intervento dei cubani, avrete l'OSA che vi morde il culo, e alle Nazioni Unite e alla Corte Internazionale noi discuteremo fino al giorno del giudizio mentre i cargo russi ammucchieranno armi sulle banchine di Corinto.»

Rausch intrecciò le dita sul tavolo davanti a lui. «Vorrei esprimere la mia riconoscenza al segretario di stato per la sua lezione di economia politica. Ma la sua idealistica descrizione degli obiettivi del governo americano in questo emisfero non altera il fatto che la Central Intelligence Agency non abbia avuto nulla, ripeto: nulla...» e la sua voce si alzò «... assolutamente nulla a che fare con la morte di Consuelo Ortega.»

«Gesù» disse Cranston, e alzò le braccia al cielo. «La prossima volta verrai a raccontarci che non hai minato i porti.»

Questo fece uscire dai gangheri Rausch. «Abbiamo minato quei porti fottuti perché eravamo tutti d'accordo – tutti i presenti in questa stanza – sul fatto che c'erano finalmente buone possibilità di sbalzare Ortega da cavallo. Non ha funzionato. Ci siamo sbagliati.»

Rausch aveva ragione. Gli uomini raccolti intorno al tavolo abbassarono gli occhi e non reagirono.

«Vorrei approfittare di questa pausa nei festeggiamenti per fare una domanda» disse Zack Littman, il ministro della difesa. «Chi ha ucciso Octavio Martinez?»

Nessuno aprì bocca.

«Vedete, io ho un modo molto semplice di affrontare le sottili questioni che sembrano deliziare alcuni dei miei colleghi. Io assisto a un delitto come l'assassinio di Martinez e dico: *cui bono*? A chi giova? E poi faccio una breve lista delle persone che starebbero meglio senza Martinez, e comincio a cercare il colpevole.»

«Dove vuoi arrivare, Zack?» domandò il presidente.

«Be', non ci stiamo basando sull'ipotesi che Ortega abbia ordinato l'assassinio di Martinez? E che l'ammiraglio Rausch, il nostro prode direttore della CIA, abbia deciso di avvertire Ortega che non è bello assassinare i nostri alleati alla televisione? E allora il modo più rapido di farlo, e il più memorabile per la CIA, era di rendergli pan per focaccia e seppellire la figlia di Ortega.»

«E con questo?» disse Cranston, la cui pazienza sembrava esaurita.

«Ma in questo non c'è nessuna logica» proseguì Littman. «Ortega non ha ordinato l'assassinio di Martinez.»

Tutte le teste si voltarono.

«E tu come lo sai?» disse il presidente.

«Perché Martinez stava perdendo la guerra» rispose Littman, e sfogliò un fascio di carte davanti a lui. «Leggete le cifre delle perdite. Calcolate quanto resta delle forze dei *contras*. Guardate le divisioni che Ortega sta mettendo in campo. Ha carri armati sovietici T-77 ed elicotteri pesanti da battaglia Bison. Perché Ortega dovrebbe volere un nuovo leader per i *contras* quando le stava suonando a quello che avevano già?»

Fece scivolare sul tavolo, fino al presidente, una copia dei documenti. Cranston stava in piedi dietro la poltrona di Baker, leggendoli sopra la sua spalla.

«Ora, se qualcuno venisse a raccontarmi che la CIA ha assassinato Martinez per poterlo rimpiazzare con questo matto di padre Carlos...»

«È una sporca bugia» lo interruppe Rausch.

Littman continuò senza scomporsi. «... Con questo matto di padre Carlos, che ci mette dalla stessa parte della chiesa cattolica del Nicaragua, allora io direi che abbiamo uno scenario ragionevole.»

Rausch si alzò in piedi. «Zack, questa è la più idiota...»

«Siediti, Bill» gli ingiunse, brusco, il presidente. «Subito.»

L'ammiraglio fece come gli era stato ordinato.

«Continua con quello che stavi dicendo, Zack» disse il presidente.

«Poniamo che Martinez stesse perdendo la guerra. Poniamo che per lui fosse venuto il momento di tirarsi da una parte. Poniamo che si rifiutasse di farlo. Poniamo che venisse negli Stati Uniti, almeno in parte, per convincervi a non togliergli il vostro appoggio. Non ha mai avuto la possibilità di dire la sua.»

Il presidente guardò Rausch. «Bill, è vero?»

«Non ho informazioni in proposito» rispose quello. «E non ho alcun motivo di crederlo.»

«Ma la guerra, Martinez, la stava vincendo o perdendo?» domandò ancora Baker.

«Era troppo presto per dirlo.»

«Rispondi alla domanda, perdio. La stava vincendo oppure no?»

«No» rispose Rausch. «No, non stava vincendo. Ma non stava nemmeno perdendo.»

«Va avanti, Zack» disse il presidente, tornando a rivolgersi a Littman.

«Forse il generale Gabriel ha qualche commento da fare» fece Littman.

Gabriel era un quattro stellette dell'aeronautica, e presiedeva il consiglio dei capi di stato maggiore. «Il nostro giudizio è che Martinez stesse perdendo la guerra. Non voleva accettare i suggerimenti tattici o logistici dei consiglieri delle Special Forces che abbiamo laggiù. Faceva poche vittime, le sue cifre erano troppo basse. Era Ortega che lo stava stritolando, e non il contrario. Secondo noi, Martinez era un candidato alla sostituzione.»

«Grazie, generale» disse Littman. «Chiaramente, l'uomo doveva andarsene. Non discuto. Penso solo che il modo in cui lo abbiamo licenziato è stato... come dire?» cercò la parola giusta «... primitivo.»

Rausch intervenne, riuscendo a stento a frenare la collera. «Voglio dire categoricamente che la CIA non ha – ripeto: non ha – ordinato di uccidere Octavio Martinez.»

«Ma eravate pronti a liberarvi di lui?» chiese il presidente.

Rausch esitò. «Sì» rispose infine. Guardò le facce degli uomini raccolti intorno al tavolo. «Ma non ammazzandolo a fucilate sulla scalinata del Campidoglio degli Stati Uniti.»

«Come, allora?» disse piano il presidente.

Rausch chinò la testa.

«Come, ammiraglio?»

«Veleno» fece Rausch.

Ci fu un lungo, terribile silenzio. Il presidente domandò: «Ammiraglio Rausch, ci sta dicendo che se il colonnello Martinez non fosse stato ucciso a fucilate, la CIA era pronta ad assassinarlo col veleno?».

«Gesù Cristo» esclamò Cranston. «Mi vien voglia di vomitare.»

«Proprio voi avete il coraggio di parlarmi così?» esclamò Rausch. Puntò il dito su Cranston. «Tu hai mandato i marines nel Libano.» Poi lo puntò su Littman. «E tu li hai messi in una caserma dove un musulmano pazzo con un camion carico di dinamite ha potuto spedirli all'altro mondo.»

Cranston si voltò, stringendo i pugni, e prese ad attraversare la sala.

«Basta!» urlò Baker, e schiaffò la mano aperta sul tavolo. «Finitela immediatamente!»

Gli uomini s'immobilizzarono dov'erano.

«Ammiraglio Rausch» continuò il presidente. «Lei sa che l'ordine esecutivo 11905 dispone che nessun funzionario del governo degli Stati Uniti possa impegnarsi, o rendersi complice di chi s'impegna, in un assassinio politico.»

Rausch annuì. «Sissignore, lo so.»

«Allora mi spieghi come ha potuto anche solo pensare di uccidere col veleno Octavio Martinez.»

Rausch trasse un profondo respiro.

«Ammiraglio, sto aspettando la sua risposta» disse il presidente.

Rausch spalancò le braccia sul tavolo davanti a lui. «Perché stava perdendo la guerra, signore. Per amor di Dio, sappiamo tutti che è una guerra che questo paese non può permettersi di perdere. Perché se perdiamo la guerra in Nicaragua, i nostri figli dovranno combattere in Guatemala. E i loro figli dovranno combattere in Messico. Ecco perché. E se qualcuno seduto a questo tavolo crede che io mi sbagli, parli subito o taccia per sempre.»

Un lungo attimo di silenzio passò nella sala dove sedevano quegli uomini: come se ciascuno di essi potesse udire il giudizio della storia.

Poi Littman prese la parola. «Come stavo dicendo, signori. Non abbiamo la più pallida idea di chi abbia ordinato l'assassinio di Octavio Martinez.»

Ore 11.10. «Porca miseria!» sbraitò Ciccio. «Che cazzo sta succedendo qui?» Risaliva con passo pesante il corridoio, cercando di non pestare i documenti, ma era fatica sprecata. «Che cazzo ti salta in mente di far tutto questo casino! Gesù Cristo, Joe, come cazzo fai a sapere dove vanno rimessi i documenti, in questo cesso?»

«È tutta roba del caso Weatherby» disse Mancuso. «Che problema c'è?»

«Che problema c'è? Vaffanculo, stronzo!» urlò Ciccio. «Questa è tutta roba ordinata cronologicamente.»

«Sì? Cronologicamente? E come?»

«Vedi questo?» Ciccio schiaffò la mano sul numero di codice stampato sulla scatola. «Questa qui – FO – questa è la sesta. Questa, EO, è la quinta...»

«E quello lì sopra è il numero uno?»

«AO? Già, sicuro. Tu che cosa pensi?»

«Ciccio, sei un fottutissimo genio» fece Mancuso. Alzò le braccia e cominciò a estrarre faticosamente il pesante scatolone dall'ultimo scaffale.

«Non così in fretta, figlio di puttana!» Ciccio s'intromise tra lui e la scatola, che spinse di nuovo sulla mensola. «Metti via tutta questa roba e puoi aprire quello che vuoi. Ma prima rimetti tutto dove stava.»

«Dài, Ciccio, non rompere i coglioni.»

«Ti faccio vedere io chi ha i coglioni» disse Ciccio. «Metti in ordine.»

«Vaffanculo.»

«Vacci tu.»

«Ahhhh...» Mancuso gli mostrò il dorso della mano.

Ciccio alzò i pugni e si mise a saltellare, facendo tremolare e sussultare gli strati di grasso che lo rivestivano. «Forza. Forza. Provaci. Provaci e ti metto kappaò.»

Mancuso contemplò lo spettacolo che aveva davanti agli occhi. Poi si mise a ridere. «Okay. Hai vinto. Non farmi del male.» Alzò le mani in segno di resa.

«Meglio così.» Ciccio smise di saltellare e si tirò su i calzoni. «Vado a ordinare una pizza per il pranzo. Ne vuoi?»

«Certo, certo. Salsicce e funghi» rispose Mancuso. «Metterò via questa roba e poi ne guarderò dell'altra.»

«Magnifico. Grazie mille. Sei molto gentile, Joe.»

«Grazie» disse Mancuso. Aspettò che l'ascensore fosse scomparso. Poi sfilò dallo scaffale la scatola AO e l'aprì.

Gli ci vollero meno di cinque minuti per trovare quello che cercava. Era in una cartella con la scritta "Corrispondenza riservata D/FBI", ed era l'ultimo documento della cartella, cosa che lo avrebbe reso il primo da esibire in un eventuale processo. Era su un memorandum intestato al direttore, datato 21 dicembre 1983 e indirizzato da H. O'B. al Casellario di massima sicurezza/ Niente copie.

Ictr c/M.C. a prop Senatore Caleb Weatherby. Denunciate pretese irregolarità appello SRA Petroleum ordinanza EPA WT11202. Verbalmente a V/DAC C&P APP.

Era firmato Henry O'Brien, direttore. E nell'angolo in basso a destra qualcuno aveva scritto le lettere ABSCAM/OK, seguite da quattro diversi gruppi di iniziali: quelle di O'Brien e di tre direttori associati dell'FBI.

Acclusa al memorandum c'era una copia autenticata della pagina dell'agenda di O'Brien relativa al 21 dicembre 1983. Mancuso diede una scorsa alla lista dei nomi finché trovò quello che cercava. Allora scosse il capo e rise sommessamente tra sé, non perché fosse sorpreso ma perché si era reso conto che nulla di ciò che accadeva a Washington avrebbe potuto più sorprenderlo.

«Che gran figlio di puttana» sussurrò piano, mentre piegava i due documenti e se li metteva in tasca. «Che gran figlio di puttana...»

Poi spinse a calci lo scatolone lungo il corridoio facendo volare dappertutto documenti, cassette e raccoglitori, lo spinse a calci fino in fondo al corridoio, fino all'ascensore, e continuò a prenderlo a calci fino a quando, sudato e ansimante, capì che la sua rabbia era sbollita.

Allora suonò per chiamare l'ascensore.

Ore 12.35. Sembrava una qualsiasi delle tante coppie in vacanza che si sarebbero potute incontrare all'aeroporto internazionale di Miami. Lui indossava una giacca marrone e un paio di calzoni attillati, una camicia bianca, una cravatta a righe rosse e brune. Lei un vestito bianco di cotone con scarpe di vernice e una borsa di pelle. Quando lui era al suo fianco si capiva che lei era più vecchia: forse di dieci anni, forse più. Ma Sally era, per Ross, una bianca e incantevole visione, mentre sfavillava sotto il sole di Miami.

Durante il volo da Washington aveva occupato la poltrona di fianco alla sua, ma in un modo o nell'altro era riuscita a non dargli nessuna confidenza. Dopo colazione aveva letto il *Wall Street Journal*. Poi schiacciò un pisolino. Poi, quando erano a un'ora da Miami, si scusò e andò alla toilette, e quando ne tornò era fresca e fragrante e perfetta, e quando lui si alzò per farla passare il suo corpo lo sfiorò, e questo bastò a eccitarlo.

Ma Sally non aveva pensato a Ross; quasi quasi non si era nemmeno accorta della sua presenza nella poltrona di fianco. Per tutta la prima ora di volo era rimasta chiusa in se stessa pensando a ciò che era successo quel mattino. Le dolevano ancora le ossa dove i fianchi di Terry l'avevano costretta a divaricare le cosce, e dentro sentiva un bruciore di pelle scorticata. L'atto era stato talmente improvviso e inaspettato che Sally quasi se ne vergognava. Molto tempo era passato dall'ultima volta che Terry l'aveva toccata così.

Fin dall'inizio, fin da quei primi giorni a Houston, Sally aveva dovuto nascondere i sentimenti che provava per lui. Lei era una giornalista del *Post*; lui un avversario dell'amministrazione locale e poi un candidato alla successione. Arlen Ashley avrebbe trovato intollerabile anche il più piccolo indizio che i loro rapporti esulassero da un piano puramente professionale. Il minimo segno che Sally avesse perso la sua obiettività, e lui l'avrebbe passata immediatamente a un altro incarico. Fu l'inizio di uno schema che divenne permanente. Nei quattordici anni che erano passati da quando aveva conosciuto Terry Fallon, mai una volta Sally si era permessa di mostrare pubblicamente i suoi sentimenti per lui.

In effetti, fu solo dopo l'annuncio del fidanzamento di Terry con Harriet Kimberly che Sally capì quanto le era costata la sua discrezione.

Gli articoli di Sally sul lavoro di Terry tra i poveri lo avevano reso una fonte di curiosità tra i ricchi di Houston. Terry era un giovanotto brillante e di bella presenza, istruito, educato. Era proprio una di quelle persone che davano "un tocco in più" a un banchetto o a un pomeriggio mondano. Quello che all'inizio era stato solo un rivolo d'inviti, alla fine si tramutò in una marea.

Era una parte della vita di Terry dalla quale Sally era esclusa. Ma lei non ci badava. La seguiva sulle pagine mondane del *Post*: le feste, i balli, i cotillon di quando il bel mondo di Houston andava a svernare a Palm Beach.

Poi, un sabato pomeriggio di febbraio, Terry pregò Sally di raggiungerlo nel suo appartamento in Faculty Row.

«Ho da dirti una cosa» fece Terry. «Una cosa che può farti male. Sto per sposarmi.»

«Oh» disse lei. «Con chi?»

Era una domanda così giusta, così equilibrata e corretta, che Terry capì subito la profondità del suo dolore. «Harriet Kimberly.»

«L'ereditiera.»

«Sì. Quando torna da Palm Beach, la settimana prossima, daremo l'annuncio.»

«Capisco» disse Sally. «Be', congratulazioni. Ti faccio i miei migliori auguri. Davvero.»

Quel pomeriggio Sally andò al cinema. Vide *Annie Hall* per la seconda volta, o forse per la terza. Poi andò a casa e fece il bucato. Verso le undici di quella sera salì in macchina e tornò a Faculty Row, davanti al condominio dove abitava Terry, e suonò il suo campanello. Lui indossava una vestaglia di cotone giallo, quando venne ad aprire la porta.

«Voglio passare la notte qui» disse lei. «Non mandarmi via, ti prego.»

La mattina dopo lui disse: «Questo non cambia nulla».

E lei: «La mia intenzione non è mai stata questa».

Così nulla era cambiato, mai.

C'erano stati dei momenti, da allora, in cui Sally aveva desiderato con tutto il cuore di essersi sposata. C'erano dei momenti nei quali si chiedeva che razza di moglie avrebbe potuto essere.

Ma faceva la vita che aveva scelto lei. E per tutto il tempo che aveva passato a Washington senza di lui, per tutto quel tempo sapeva, dentro di sé, che stava solo aspettando, segnando il passo, contando i giorni che mancavano al suo arrivo. E quando lui effettivamente arrivò, tutto andò come aveva sognato: come una corsa in otto volante che non finisce mai. E adesso la vicepresidenza era quasi a portata di mano. Sembrava un sogno in procinto d'avverarsi.

Se non si fosse sentita – certe volte, come quel mattino – così confusa, così spremuta, così strumentalizzata.

Quando l'aereo fu a un'ora da Miami, Sally si scusò e passò davanti a Ross per andare alla toilette. Si tirò su la gonna, si tolse le mutande e buttò via i kleenex. Inumidì il fazzoletto nell'acqua tiepida e si lavò. Poi si lisciò il vestito, si guardò allo specchio e si spazzolò i capelli, si rinfrescò il trucco e si mise qualche goccia di Shalimar sui polsi e dietro le orecchie. Prima di tornare al suo posto, appallottolò le mutande e il fazzoletto e li gettò via.

Quando il taxi si fermò davanti al Miramar Hotel, Ross aveva la camicia incollata alla schiena dal sudore e il cavallo dei pantaloni attaccaticcio per la traspirazione. Sally invece era fresca come una rosa mentre seguiva il fattorino con le valigie su per i gradini che davano nell'atrio disadorno.

«Non è proprio l'ultimo grido in fatto di eleganza» notò Sally volgendo lo sguardo al pavimento di marmo scheggiato e alla pianta appassita di schefflera. A Miami stava perdendo il suo tempo, e una stanza in un albergo di terza categoria non poteva che peggiorare le cose.

«È il meglio che i contribuenti siano disposti a offrire» si scusò Ross, dando un dollaro al ragazzo e seguendola al banco della reception. «Crain e Ross» disse al portiere. L'uomo spinse due schede davanti a loro e andò a prendere le chiavi delle camere.

Sally cominciò a riempire la sua.

«Non le piace Joe, eh?» disse Ross, al suo fianco.

«Chi?»

«Joe Mancuso. Il mio socio.»

Sally lo guardò dritto negli occhi. «È un villanzone volgare, intollerante e primitivo. A parte questo, una brava persona.»

Il suo rancore gli fece abbassare la guardia. «Mi dispiace se l'ha offesa.»

«Cos'è? Giochiamo a quel gioco? Sbirro buono, sbirro cattivo...»

Ross era imbarazzato e non lo nascondeva. «No. Credevo solo... Staremo quaggiù insieme per un paio di giorni. Non vedo perché non potremmo essere amici.»

«Io lo vedo benissimo, invece.»

Il portiere porse una chiave e un fascio di carte a Ross. «Ho un bel po' di messaggi per lei, signor Crain.»

«Signorina Crain» ribatté Sally, e gli tolse di mano la chiave e i foglietti con le comunicazioni. «Quelle sono mie» disse al fattorino, e indicò le valigie.

Un uomo di mezza età con un paio di calzoni corti e una camicia aperta sul collo alzò gli occhi dal giornale che stava leggendo, il *Miami Herald*, e seguì con lo sguardo la sua traversata dell'atrio. Gli occhi di Ross incontrarono i suoi. Si scambiarono un'occhiata che significava, semplicemente: «Donne...».

Ross stava aprendo la valigia in camera sua quando il telefono squillò. Era Mancuso, e dal rumore si sarebbe detto che fosse in una sala di bowling. «Com'è Miami?»

«Calda. Dove diavolo sei?»

«In una cabina telefonica sulla circonvallazione.»

«Hai preso un giorno di vacanza?»

«Sono stato al cimitero.»

«A fare che?»

Mancuso incastrò il ricevitore fra il mento e la spalla, tolse le carte dell'ABSCAM dalla tasca della giacca e le spiegò.

«Sto facendo un po' di ricerche sul tuo amico Fallon.»

«Gesù, Joe, ma non ti prendi mai un momento di respiro?»

«Senti questa» disse Mancuso. «Ecco il memo di O'Brien sul motivo ragionevole delle indagini su Weatherby. "21 dicembre 1983. Incontro con un membro del congresso a proposito del senatore Caleb Weatherby. Denunciate pretese irregolarità nell'appello della SRA Petroleum all'ordinanza dell'Ente per la protezione dell'ambiente su WT11202".»

«WT? Che roba è?»

«Concessioni petrolifere. Dopo il colloquio O'Brien ha chiesto verbalmente al vicedirettore per gli affari del congresso di controllare e procedere al più presto.»

«E allora?»

«E lui ha controllato e proceduto. Così Weatherby è finito nella trappola dell'ABSCAM.»

«Joe! Ma è assolutamente affascinante» esclamò Ross. «Cavolo, come son contento di sapere che le salme di quel cimitero non sono così morte come sembrano!»

«Senti, pezzo di fesso» disse Mancuso. «Ho trovato il nome del deputato che ha fatto la denuncia a O'Brien.» Passò alla copia della pagina dell'agenda di O'Brien. «Era Terry Fallon.»

Ross rimase sorpreso, ma riuscì ancora a dire: «E con questo?».

«E con questo? Non fare lo stronzo. Fallon denuncia Weatherby per l'ABSCAM e il governatore del Texas lo ricompensa con quel che resta del mandato di Weatherby.»

«Joe, vieni al punto.» Ross cominciava a spazientirsi.

«Non ti sembra un lavoretto fatto bene?»

«Non ci vedo nulla di strano.»

«Senti, usa il cervello» disse Mancuso. «Fallon non ha dato inizio alle indagini su Weatherby inviando una lettera anonima. Ha fatto una visita personale al direttore dell'FBI. Una visita personale, scemo.»

«Il che significa?»

«Prova a pensarci, Dave. Quell'uomo ha preso deliberatamente un appuntamento col direttore dell'FBI, si è seduto nel suo ufficio e gli ha detto che un senatore degli Stati Uniti era un imbroglione.»

«Be', ma Weatherby *era* un imbroglione. Più colpevole di così!»

«Ma Fallon non poteva provarlo quando è andato a trovare O'Brien. Stava facendo un'asserzione potenzialmente diffamatoria senza prove tangibili.»

«Forse ha pensato che fosse il suo dovere di cittadino.»

«Balle. Ha fatto una visita personale perché voleva mettere il direttore sotto pressione e costringerlo ad agire. E perché voleva far mettere a verbale che tutto il merito era suo, quando fosse caduta la mannaia. Credi davvero che avrebbe fatto questo se non fosse stato sicuro di poter inchiodare Weatherby alle sue responsabilità?»

Ross ci pensò su. «No» disse.

«E c'era solo un modo per esserne sicuri. Fallon doveva essere in possesso di notizie riservate sul conto di Weatherby: di notizie veramente riservate su chi gli sganciava le buste e dove e quando. E per avere queste notizie i casi erano due: o era anche lui della partita o poteva contare su qualcuno che era molto vicino a Weatherby. Qualcuno, insomma, che sapeva tutto.»

Da dove si trovava, col telefono in mano, Ross riusciva a guardar fuori sul balcone, attraverso la tenda di nailon che copriva la vetrata scorrevole. Sul balcone della camera vicina, Sally era distesa su una sdraio in un costume da bagno intero giallo. Si era unta di un olio che luccicava al sole.

«Mi ascolti?» chiese Mancuso.

«Sì, sì.»

«Quella ragazza, quella Sally Crain, ha lavorato per Weatherby prima di lavorare per Fallon. Faceva parte dello staff di Weatherby quando gli hanno dato la stangata.»

«Joe, stai facendo di una pulce un elefante.»

«Meglio tenerla d'occhio, la fanciulla. La sa più lunga di quel che vuole farci credere.»

«Sì, certo, lo farò» disse Ross. «Senti, Joe. Hai mai sentito parlare di un posto che si chiama Fort Deitrich? È nel Maryland.»

«E allora?»

«È lì che l'esercito fa le sue ricerche sulle armi biologiche. Credo che possa essere il posto dove si sono procurati il virus dell'AIDS da iniettare a Martinez. Pronto? Joe? Sei lì?»

Ma Mancuso aveva riattaccato. C'erano cose che non voleva sapere: soprattutto per telefono.

Quando erano arrivati, Sally era salita in camera, aveva chiuso la porta e abbassato lo sguardo al mucchio di messaggi: messaggi di Chris, dell'AP e dell'UPI, di giornalisti di *Newsweek*, *Time* e del *Journal* che lei conosceva di nome, e ai quali piaceva considerarsi suoi "amici". Ma Sally non aveva voglia di parlare con nessuno: no, fino a quando si fosse sentita così sordida e sporca. Lasciò allora il mucchio dei messaggi sul comodino dove li aveva messi, si svestì e fece una doccia.

Poi indossò il costume da bagno, si strofinò la pelle con l'olio solare, uscì sul balcone e si distese sulla sedia a sdraio per vedere se c'era un qualche modo di buttar via, con l'acqua della doccia, anche i sentimenti che aveva dentro. Ed era là distesa, sempre sentendosi rigida, cattiva e sfruttata, quando Ross puntò i gomiti sulla ringhiera tra un balcone e l'altro e si sporse in avanti per fare conversazione.

«Dorme?» chiese.

Chiacchierare era l'ultima cosa che Sally avesse voglia di fare. Si mosse, invece, alzò una mano per ripararsi gli occhi e lo guardò. «No» rispose. «Poltrivo soltanto.»

«Che si fa?»

«Dobbiamo aspettare che si facciano vivi.»

«E poi?»

«Verranno a trovarci quando saranno pronti.»

«Okay» disse Ross con un sorriso.

Era giovane e piuttosto attraente, pensò lei. Aveva un viso curioso, aperto, sensibile, e due azzurri occhi da ragazzo. Sally provò un certo imbarazzo ripensando a come si era comportata giù nell'atrio.

«Vado a prendere un giornale» disse lui, e le voltò le spalle per rientrare nella stanza.

Sally si raddrizzò sulla sdraio. «David?»

«Sì?»

«Scusi. Ho sbagliato.»

Lui si voltò a guardarla. Era unta, luccicante e tutta curve. «A far che?»

«Primo, a essere villana con lei. Credo d'essermi alzata dalla parte sbagliata del letto, stamattina.»

Ross alzò le spalle. «Credevo che fosse arrabbiata per l'altra sera.»

Per un attimo Sally non capì a cosa intendesse alludere. Poi si ricordò di Steve Thomas e del Four Seasons Hotel. «No, no» disse. «Non è stata colpa vostra. Non avrei dovuto pigliarmela con lei.»

Ross scosse le spalle. «Non pensiamoci più.»

«Purché lei mi permetta di scusarmi.»

Ross tornò ad avvicinarsi alla ringhiera. «Anch'io, allora. Per Joe. È troppo tempo che fa questo mestiere. Okay?»

«Okay. Siamo pari.»

«Lei, però, ha le lentiggini» disse lui.

Imbarazzata, Sally si portò la mano alla gola. «E... E con questo?»

«Adoro le lentiggini. Facciamo quattro passi sulla spiaggia?»

Ore 13.15. «Vorrei proprio sapere cos'è quella che dirigo. Una fottuta agenzia di viaggi?» chiese Barney Scott alzando il modulo. «Vorrai scherzare.»

«La donna è in un manicomio di Cleveland» disse Mancuso. «Cosa vuoi che faccia? Che la chiami al telefono?»

«È proprio necessario questo maledetto viaggio?»

«No. Posso sempre inventarmelo, il rapporto. Lo copio da un vecchio fumetto della Marvel, o roba del genere.»

«Come siamo spiritosi» disse Scott firmando il modulo. «Un giorno o l'altro il tuo fottuto senso dell'umorismo ti farà sbattere fuori di qui, Mancuso.»

«Già, lo dicono tutti.» E si alzò per uscire.

«Sarai...» Scott studiò la copia carbone del modulo «... al Sheraton Motor Inn sulla 422?»

«Sì» rispose Mancuso. «Dammi uno squillo se ti senti solo.»

Tornò in ufficio e passò a Jean tutti i dati. Voleva lasciare una traccia indelebile: una pista così evidente, una pista che portasse così lontano dall'assassinio di Martinez, e in un vicolo cieco, che nessuna persona sana di mente si sarebbe curata di seguirla.

«Chiunque abbia bisogno di me, dagli il numero» disse Mancuso.

«Chi dovrebbe aver bisogno di te?»

«Oh, tu, dolcezza. Perché non lo confessi, finalmente?»

Ore 13.55. Lo stesso uomo di mezza età in calzoncini e camiciola di cotone sedeva nell'atrio dell'albergo a leggere l'*Herald* quando scesero. Alzò lo sguardo e vide Ross con Sally, e Ross vide lui, e i due uomini si scambiarono un'occhiata come per dire: "Non puoi vivere con loro, non puoi vivere senza di loro".

Ma Sally non badò né allo scambio né al modo in cui Ross la guardava. Era solo contenta di uscire dall'albergo, di andare alla spiaggia dove la gente prendeva il sole e giocava e dormiva e il telefono non squillava. Era come se, quel giorno, riuscisse a respirare per la prima volta. Il cielo sopra di lei era di un azzurro chiaro e trasparente, e il sole le splendeva a picco sulla testa, per cui non c'erano ombre, solo quel fiume di luce accecante e la sabbia bollente sotto i piedi. E Sally teneva le braccia lontane dal corpo per lasciare che la brezza filtrasse attraverso il cotone e la rinfrescasse un po'.

Piegarono verso sud, camminando sull'alta cresta di sabbia che, dopo essersi spezzata bruscamente, scendeva, a onde, fino alla battigia. A destra la lunga fila degli alberghi in prima linea si allungava verso il centro di Miami, a sinistra c'era un mare verde e spumeggiante. Sally, dentro, si sentiva tutta pesta, tutta pesta e ferita: e capiva che era qualcosa di più del bruciore provocato da quel violento e improvviso atto sessuale. Un nodo stava sciogliendosi dentro di lei. Sally non faceva che riannodarne i capi. Ma il filo continuava a spezzarsi: e aveva l'impressione che dentro di lei, chissà dove, la fitta trama della sua vita stesse cominciando a cedere. Era una sensazione che non riusciva a comprendere.

«Questo, per lei, dev'essere un momento molto emozionante» disse Ross.

Quella frase la ricondusse alla realtà.

«Scusi. Cosa?»

«Con la convenzione tra pochi giorni e tutto. Ho detto che dev'essere molto emozionante.»

«Oh. Sì» rispose lei. «Sì, lo è.»

«Lui com'è?»

«Chi?»

«Il suo capo. Terry Fallon.»

Quel nome stridette al suo orecchio, e solo allora Sally si rese conto di quanto era profonda la confusione che l'aveva assalita.

«Come crede che sia?» domandò.

Ross alzò le spalle. «Non so. Direi che è un uomo piuttosto fortunato.»

«Allude all'attentato?»

«Già.»

«Crede che sarebbe un buon vicepresidente?»

«Non ci ho pensato.» Col piede nudo diede un calcio alla sabbia. «È diventato famoso molto in fretta. È tanto speciale? O è stata lei?»

«In parte.»

«Lei è molto brava in queste cose, no?»

«Non so» rispose la donna. «Credo di sì. Così dicono.» Sally riprese a camminare e Ross la seguì.

«Come mai ha preso questa strada? La politica e tutto.»

«Perché non sono rimasta a casa, vuol dire, e non ho avuto figli e non preparo tutte le sere la cena a un uomo?»

«Non volevo dir questo, ma se crede può anche metterla così.»

«Scusi» fece lei. «Ho detto una sciocchezza.»

Per un po' camminarono. Di rado Sally parlava del passato. Anzi, raramente ci pensava. E ora ecco questo goffo e grossolano giovanotto che faceva tante domande. E a un tratto Sally sentiva una gran voglia di rispondere. Era la stessa sensazione che aveva provato prima, di qualcosa che dentro si scioglieva, che tornava ad assalirla. Si sentiva vulnerabile. E spaventata. Da anni non si era sentita così.

«Quasi tutte le mie amiche si sono maritate appena fuori dall'università» disse lei. «Ma questo non faceva per me.»

«Perché no?»

«Io volevo vedere il mondo. Credevo di avere una vocazione.»

«Una vocazione?»

«Una specie di dovere cristiano. L'obbligo di essere utile. Lei non è cristiano, vero?»

Ross fu sorpreso da quella domanda. «Sono ebreo. Fa niente?»

«Gesù era ebreo.» Sally mise le mani nelle tasche del copricostume. «Comunque, io avevo il mio diploma d'infermiera e non sapevo cosa farmene. Volevo far qualcosa per cui valesse la pena di lottare. Allora sono entrata nel Peace Corps.»

«Sta scherzando.»

«Che c'è di tanto strano?»

«Non so» disse lui. «Non volevo dir niente. È solo che, be', il Peace Corps... Sembra una cosa di un'altra epoca.»

«Nel 1969 era l'ultimo rifugio dei veri credenti. Dopo i disordini di Chicago e Kent State e tutto, alcuni di noi non si sentivano più a loro agio, qui.» Lo guardò. «Lei quanti anni ha?»

«Ventisette.»

«Ne aveva...»

«Otto.»

«Otto?»

Lui annuì.

Lei sorrise e scosse la testa. «Lei aveva otto anni. E io dormivo in un'amaca sui monti dell'Honduras, cercando di salvare il genere umano.»

«Qui dev'esserci un "ma", da qualche parte» fece lui. «Lo sento.»

«Be', stava già cominciando il problema dei guerriglieri. Ho resistito due anni. Poi sono tornata a casa e ho trovato un posto nello *Houston Post* e un monolocale in un condominio di Oak Creek.»

«È là che ha conosciuto Fallon?»

«Era solo un insegnante, candidato al consiglio comunale. Ma già allora aveva delle idee. Guardava lontano.»

Era un pezzo di repertorio, qualche frase del discorsetto che faceva quando la gente – donne, soprattutto – le domandava come aveva conosciuto Terry. Ma ora le lasciava uno strano sapore sulla lingua.

«E così s'è innamorata di lui» disse Ross.

Era una dichiarazione talmente brusca e priva di ornamenti che Sally non seppe continuare. Lo guardò. Ma non c'era malizia nei suoi occhi. Allora comprese qualcosa di lui. Capì che era un uomo molto giovane, con tanta vita nascosta nel futuro, promettente come lo sono i giovani brillanti, ma senz'alcuna conoscenza del dolore.

Fecero un altro po' di strada lungo la spiaggia. Poi Ross continuò: «Ho sentito che sua moglie è impazzita».

Sally si schiarì la voce. «Schizofrenia. È in una casa di cura.»

«Perché Fallon non chiede il divorzio?»

«È cattolico.»

«Perché non ottiene l'annullamento?»

Sally non rispose, e lui chiese: «Faccio troppe domande?».

«No» disse lei. «No. Ma se conoscesse Terry saprebbe anche l'ultima risposta.»

Scese alla battigia e lasciò che la spuma del mare le salisse fino alle caviglie. Lui la guardò, là in piedi, col vento che faceva svolazzare le pieghe morbide del copricostume e che le arruffava le punte dei lunghi capelli biondi. E allora Ross capì che era ferita, profondamente ferita in un modo che non riusciva a comprendere appieno.

Andò a mettersi vicino a lei.

«Gli vuole un gran bene» disse.

Sally fece per rispondere. Poi capì che si stava spingendo troppo in là.

Sciolse la cintura del copricostume, se lo fece scivolare sulle spalle e si rivolse a Ross. «Nuota?»

«Be'... Sì» rispose lui, colto di sorpresa.

«Forza, allora.» Lasciò il copricostume tra le sue mani stupite e corse verso l'acqua.

«Un momento!» Ross prese a sbottonarsi la camicia.

Ma lei si era lanciata nella spuma, là dove stava formandosi un verde cavallone, e un momento prima che l'onda raggiungesse il colmo e si rovesciasse sulla spiaggia Sally si tuffò sotto la cresta, perforandola di netto come una freccia gialla. L'onda si ruppe e s'infranse, e Ross alzò lo sguardo e la vide sbucare dall'altra parte, salutandolo con un cenno della mano. Poi Sally si voltò e prese il largo, da quella buona nuotatrice che era, con lunghe bracciate e robusti colpi di piedi.

Ross stese la camicia sulla sabbia e sopra vi depose, ordinatamente piegato, il copricostume. Poi corse verso l'acqua. Ma il primo cavallone lo prese in pieno petto e lo sbatté a sedere, e gli ci vollero tre onde e una lunga nuotata per superare i frangenti e raggiungere la zona dove lei galleggiava distesa sulla schiena.

«Ce l'ha fatta» disse Sally.

L'uomo aveva il fiato grosso. «A fatica. Ho quasi perso il costume.»

«Sarebbe stato divertente. Riesce a stare a galla?»

«Posso provare.» Ci provò, infatti, ma le sue gambe continuavano a sprofondare, tirandosi dietro il resto del corpo.

«No. Guardi. Guardi me» disse lei. «Deve agitare le braccia, fare un po' di movimento.»

Ross provò a fare come diceva lei e scoprì che funzionava. Così andarono insieme alla deriva, galleggiando sull'acqua.

«Oh, Dio, come mi sento bene» mormorò Sally dopo un po'. «È come nuotare in una vasca da bagno.»

«È la Corrente del Golfo.»

«Davvero?»

«Ecco perché è così azzurro qua fuori.»

Era azzurro ed era caldo ed era la Corrente del Golfo. Sally comprese. Era la stessa acqua che si scaldava lungo la costa del Venezuela e da Panama proseguiva lentamente verso nord. Era l'acqua in cui aveva nuotato al largo della costa orientale di Belize nell'inverno del 1970, quando fece un viaggio lento e faticoso nella giungla per andare a trovare la sua vecchia compagna di scuola Maryanne Crosby, l'archeologa, nel sito degli scavi fuori Altun Ha.

Si erano conosciute durante il primo anno di Sally alla Memphis State, ed erano diventate grandi amiche, anche se Maryanne aveva un anno di più. Era una ragazza bassa, bruna, resistente, che aveva scelto educazione fisica quale materia complementare e fisicamente era forte come un uomo. Era un'accanita fumatrice che non nutriva molto interesse per i cosmetici. Apparteneva alla squadra di ginnastica artistica e persuase Sally a offrirsi come majorette. Quando Sally fu accolta nella squadra, Maryanne le fece dono del costume: e poi le alzò l'orlo della gonna di un centimetro per mettere più in mostra le cosce.

Sally si specializzò in economia, brillantemente. Ma, come altri studenti in quegli anni di proteste, voltò le spalle alle teorie della domanda e dell'offerta e cercò qualcosa di pratico, qualcosa che al mondo avrebbe dato, anziché prendere. Divenne un'infermiera. Fu Maryanne la prima a suscitare l'interesse di Sally per il Centroamerica, la prima a suggerirle di entrare nel Peace Corps e di fare l'infermiera nella giungla. La visita di Sally a Belize fu qualcosa di più che una riunione: fu una riconferma.

Ma quando Sally scese dalla corriera nella città di Belize quasi non riconobbe la donna che, abbracciandola, le dava il benvenuto: un tombolotto squadrato e polveroso con i capelli neri legati in un rosso fazzoletto sporco.

Andarono al bar dell'Hotel Bellevue e si sedettero a un tavolo da dove potevano vedere le acque fangose dell'Haulover Creek buttarsi nelle acque blu dei Caraibi.

«Due birre» ordinò Maryanne. Indossava una camicia cachi con le maniche lunghe, pantaloni dello stesso colore e un paio di sandali di cuoio infradito. «Immagino che adesso tu beva» disse.

«Sì.»

«E scopi.»

«Be'... sì.»

Il ragazzo mise sul tavolo due bottiglie di Pelican e due bicchieri. Belize era stata una colonia britannica e i bar servivano birra tiepida senza pentimenti. Maryanne pulì il collo della bottiglia e bevve.

«Non c'è altro da fare, qui» spiegò Maryanne, e si asciugò la bocca sulla manica. «Bere e scopare e aspettare la posta. Com'è tra le montagne?»

«Si ammazzano tra loro» disse Sally.

«Si ammazzano tra loro anche qui. E non me ne importa un cazzo.»

«Come puoi dire una cosa simile?»

«Ah, pupa.» Maryanne scosse la testa. «Una volta, a sud del confine, c'erano delle grandi civiltà. Gli astronomi maya di Chichen Itza. Gli aztechi col loro calendario. Mille anni fa gli incas costruirono una strada che andava da Machu Picchu fino a qui. Adesso i loro discendenti non sanno neanche pulirsi il culo.»

«È questo che hai trovato quassù?»

«Già. Questo, e le piattole.» Con un calcio rovesciò una sedia vuota. «Ci verresti a letto con me?»

«No.»

«Be'. Chiedere non costa nulla.» E rimase a bere la sua birra.

Tre giorni Sally si fermò a Belize, e vide gli scavi sull'altopiano dietro la città col reticolo di spago bianco e i riquadri d'argilla arancione dove il soprassuolo era stato rivoltato e passato al crivello. Maryanne spiegò come gli antichi indios avessero respinto la giungla per costruire templi e città. E come, col tempo, la giungla si fosse rifatta avanti, ricoprendo come una verde marea insediamenti e villaggi abbandonati, rovesciando una pietra dopo l'altra finché tutto era stato sommerso, sepolto sotto terra.

Sally aveva visto con i propri occhi questo processo all'opera nel villaggio di Lagrimas. Ogni giorno gli uomini ricacciavano la giungla tagliando le sue propaggini intorno ai campi di granturco. E ogni nuovo mattino la giungla era tornata a farsi avanti – un piede qui, un metro là – come se fosse gelosa degli uomini e del loro mais. Sally aveva assistito a quella lotta senza batter ciglio, come se fosse un gioco. Ma accovacciandosi nei siti preistorici sopra Belize capì che non era affatto un gioco: da quelle parti si faceva sul serio. Perché la giungla era inesorabile: inesorabile e vorace. E alla fine si riprendeva tutto quello che l'uomo era riuscito a strapparle e tornava a cambiarlo in se stessa.

215

Quando fu di nuovo sulla corriera per Tegucigalpa, Sally era triste all'idea della partenza. Era triste perché sapeva che stava dicendo addio per sempre alla sua amica.

Maryanne la baciò e le strinse la mano, un buon bacio amichevole e una buona stretta, robusta e generosa. E per tutto il viaggio di ritorno nell'Honduras Sally sedette in fondo alla corriera a guardare la giungla e a pensare a come la giungla opera i suoi mutamenti. Ricordava Maryanne come un'acrobata che si esibiva davanti alle majorettes nello stadio da football della Memphis State. La giungla l'aveva trasformata in una tozza lesbica con gli occhi a mandorla e un'ombra di baffi sopra il labbro superiore. E me, come mi trasformerà? si chiedeva Sally, guardando fuori dai finestrini l'interminabile muro di verde che sfiorava la fiancata dell'autobus. Che sarà di me?

Adesso galleggiava sulla schiena nella stessa Corrente del Golfo sotto il sole cocente di Miami. L'acqua le s'increspava sopra il corpo e la sua bocca conservava l'amaro sapore del sale. Aveva trentotto anni e viveva per trovare una risposta a quella domanda. Era una donna scaltra, ambiziosa, capace – una donna ammirata e rispettata – ma forse una donna soltanto di nome. Non aveva amiche intime, né marito, né figli. Non aveva un cassetto pieno di vecchie istantanee e sbiaditi *billets doux*, né di menu conservati per ricordo, né biglietti di lontani spettacoli teatrali, né mazzolini di fiori schiacciati e rinsecchiti tra le pagine di un libro.

Non aveva altro che il suo lavoro, la sua ambizione, e Terry Fallon. E c'erano dei giorni in cui queste cose non le sembravano sufficienti.

Sally s'immaginò là distesa sulla tiepida superficie dell'acqua, a braccia aperte come un Cristo artificiale. E mentre abbassava lo sguardo alla donna che era diventata, prima comprese – sentendosi lambire da questa comprensione come da una carezza della mano azzurra della Corrente del Golfo – e poi, riconoscendosi, tremò.

«Ha freddo?» chiese Ross quando la vide rabbrividire.

«No» disse. «No.»

Ora sapeva che i monti dell'Honduras erano stati solo una foresta pluviale. La vera giungla si trovava a Washington.

Ore 14.10. Ogni sabato pomeriggio Lou Bender giocava a bridge nella sala da gioco del Burning Tree Country Club. La sala era rivestita di quercia e soffocante, piena di fumo e di volti famosi. I compagni di gioco di Lou Bender erano il giudice William Rehnquist, capo della corte suprema, Don Graham e Russell Long. Politicamente erano lontani come i quattro punti cardinali. Perciò non parlavano mai di politica. Ma oggi parlavano della convenzione perché tutti, a Washington, parlavano solo di questo.

«Quattro picche» ripeté Rehnquist dopo che gli altri tre erano passati. Don Graham calò la regina di cuori e Bender scoprì le carte del morto. «Il presidente ha un diabolico problemino da risolvere» disse Rehnquist. Coprì la regina col re del morto.

«Anche tu» disse Long, tagliando col tre di picche.

«Niente cuori?» chiese Rehnquist.

«No.»

«Il senatore è senza cuore» disse Rehnquist. «Lou, avremmo dovuto saperlo.»

«Tutti sanno che il senatore è senza cuore» ribatté Bender.

«Grazie, accidenti» disse Long. E calò l'asso di picche.

«Lou» fece Rehnquist «siamo nei guai.»

«Allora, che farà?» chiese Graham.

«Andrà sotto di due» disse Long.

«Il presidente, volevo dire. Che farà, Lou?»

«Sta pensandoci proprio adesso.»

«Quella storia con Eastman è stato uno scandalo» disse Graham. «Un'infamia.»

«Noto che hai pubblicato le fotografie» intervenne Bender.

«Fallon è la sua unica speranza» disse Russell Long. «E dovrebbe spicciarsi ad arruolarlo, prima che qualcuno gli metta i bastoni tra le ruote.»

«Riferirò al presidente quello che hai detto, Russ. Sono certo che ti sarà riconoscente per il consiglio e l'appoggio incessante.»

Rehnquist continuò a giocare la mano, ma disse: «Irascibile oggi, Lou».

«Un po'» ammise Bender.

Rehnquist calò le sue ultime quattro carte. «Il sei sul re del morto, continua con l'asso su cui scarto la quadri perdente, due tagli incrociati e fine.»

«E sotto di due» aggiunse Long, buttando le carte sul tavolo. «Che per noi vuol dire la vittoria.»

Lou Bender mise tre dollari sul tavolo. «Grazie, signori.» Si alzò in piedi.

«Muoio di fame» disse Don Graham. «Andiamo a mangiare un boccone.»

«Credo che farò una passeggiata» disse Bender. «Buona giornata, Russ.»

Andò giù per il sentiero fin dietro la diciottesima buca e guardò due coppie di giocatori effettuare i loro tiri. Quando ebbero finito, un'altra coppia si avvicinò. Erano le persone che aspettava.

Uno dei giocatori indirizzò una palla verso il centro del green. La pallina rimbalzò una volta, e quando toccò terra di nuovo l'effetto l'attirò a meno di due metri dalla buca. Bender batté educatamente le mani. Il giocatore di golf riconsegnò la mazza al caddy, prese il putter e mise piede sul green. Era l'ammiraglio William Rausch.

«Non sapevo che tu fossi un appassionato di golf» disse Rausch, e gli porse la mano.

Bender gliela strinse con calore. Poi sganciò la bomba. «Hai sentito che l'FBI ha seguito le tracce dell'AIDS fino a Fort Deitrich?»

Rausch impallidì. «Cosa?»

«Attento» disse Bender sottovoce, e aumentò la stretta sulla mano di Rausch. «Ci sono degli spettatori.»

L'altro giocatore di golf lo salutò con un cenno dal fondo del green e gridò: «Come va, Lou?».

«Salve, generale» rispose Bender. Quindi attese che il generale ricevesse dalle mani del caddy la mazza per la sabbia e si calasse nel bunker, dove non poteva sentirli.

La voce di Rausch era appena un mormorìo. «Mi avevi detto che non avrebbero mai potuto...»

«Mi sono sbagliato.» Bender lasciò la mano di Rausch, che ricadde sul fianco dell'ammiraglio. Proprio così, ora lo aveva in pugno. C'era una cosa che voleva fargli fare, ma sapeva che non vi sarebbe mai riuscito, né con gli ordini né con le preghiere: solo giocando sulla sua paura.

«Mio Dio» mormorò Rausch.

«Non farti prendere dal panico» disse Bender. «Non ci sono prove a conferma. Il referto dell'autopsia è stato alterato. Per ragioni umanitarie.» Lo guardò, con un sorriso di compiacimento. «Per difendere la memoria di un eroe caduto.»

«Allora come hanno potuto...»

«Sfortunatamente i due imbecilli incaricati del caso da O'Brien hanno visto il referto prima che potessimo cambiarlo.»

«Maledizione!»

Allora Bender gli fece penzolare l'esca sotto il naso. «E uno di loro – il giovane, Ross – sta rivelandosi un autentico mastino. È lui quello con le idee su Fort Deitrich.»

«Come diavolo ha potuto...»

«Se vuoi proprio saperlo, è stato un colpo di fortuna.»

«Non credo nella fortuna» disse Rausch freddamente.

«Allora chiamalo un miracolo. Chiamalo come ti pare. È un fatto.»

«Qualcuno ha parlato.»

«Chi?» chiese Bender. «Il capitano Beckwith e la sua famiglia?»

Rausch non rispose. Bender capiva benissimo che il capo della CIA sapeva di trovarsi in un grosso guaio, e si stava gustando lo spettacolo. «Mi avevi assicurato che quei due agenti dell'FBI non sarebbero riusciti a trovarsi le palle nella vasca da bagno» disse Rausch.

«Anche un maiale cieco ogni tanto trova una ghianda» ribatté Bender in tono spensierato.

Rausch era disperato. «Hanno già fatto rapporto?»

«No» rispose l'altro, e calò l'esca di nuovo. «A questo punto c'è solo Ross con la sua brillante idea.»

«Va bene, va bene» disse in fretta Rausch. «Qual è il piano?»

«Il mio piano? Il mio piano si concentra in una parola: riserbo.»

«Riserbo?»

«Tra cinque giorni il presidente parte per la convenzione di St. Louis. Il mio obiettivo prioritario è tenere il coperchio sulla pentola finché non avremo la convenzione in tasca.»

«Ma la...»

Bender lo interruppe. «Devi scovare Petersen. È la nostra unica speranza. Se tiriamo fuori lui come assassino, l'FBI considererà il caso chiuso e quei due idioti rinunceranno alle loro teorie e torneranno a contare le graffette.» Sapeva che stava chiedendo l'impossibile e promettendo l'improbabile.

Rausch era folle di paura. «Lou, te l'ho detto. È impossibile trovarlo. A meno che non esca dal suo nascondiglio.»

Bender alzò le spalle e sorrise. «Allora sarà meglio che tu ti metta a cercare in tutta Washington un altro uomo d'affari argentino ubriaco.»

«Come sarebbe a dire?» Poi Rausch capì. «Tu sei matto. Maledizione, Lou, tu stai dando i numeri.»

«Io sto cercando di far rieleggere un presidente degli Stati Uniti» disse Bender con voce calma.

Ma Rausch stava perdendo la calma. «Lou, stammi a sentire.» Prese l'ometto per un braccio e tornò indietro con lui lungo il sentiero, lontano dal green e dalla palazzina del Country Club.

Poi disse, con una voce più sommessa e più insistente: «Stammi a sentire. Non possiamo metterci ad ammazzare agenti dell'FBI».

Sembrava così semplice, da come Bender la metteva giù. «Solo uno di loro è un problema. Il giovane, Ross. È andato a Miami stamattina con la ragazza, il capo ufficio stampa di Fallon. L'altro, il vecchio, Mancuso, sta solo contando i giorni che gli mancano alla pensione.»

«Forse per te il problema è Ross. Ma il referto l'hanno visto tutt'e due. Per me sono un problema tutt'e due.»

«Hai ragione, Bill» disse Bender. «Hai ragione. Forse sarebbe meglio toglierli di mezzo tutt'e due.»

«Lou. Piantala. Ascoltami bene. Tu non stai più parlando della sicurezza nazionale. Quello che proponi è un omicidio, un puro e semplice omicidio premeditato.»

Finalmente Rausch era venuto al punto. Bender sorrise. «Bill, tu fai delle distinzioni piuttosto sottili.» Poi gli batté una mano sulla spalla. «Be'... Immagino che tu abbia ragione. Era un'idea stupida.» Abbassò lo sguardo all'orologio e fece schioccare la lingua. «Com'è tardi! Sarà meglio tornare di corsa in città.»

«Lou, non voglio correre più rischi. Ecco tutto» disse Rausch. «Siamo su una lastra di ghiaccio molto sottile.»

«Corre la brutta voce che al Four Seasons Hotel abbiano fatto saltare le cervella a un agente del servizio segreto» fece Bender. Studiò le reazioni di Rausch, ma l'altro non batté ciglio.

«Già. L'ho sentito.»

Si guardarono fissamente.

«Be', non ti preoccupare» disse Bender, sorrise, e si allontanò.

Rausch, immobile, lo seguì con lo sguardo. Ma Bender era sicuro che aveva già preso una decisione. A Miami, dopo tutto, aveva un sacco di amici.

Ore 16.20. Quando atterrò a Cleveland, Mancuso attraversò il terminal col suo bagaglio a mano, camminò sul marciapiede fino all'angolo e prese un taxi. Ma quando diede l'indirizzo al conducente, l'uomo chiese: «Cos'è che fa, lei, capo? Vende bibbie porta a porta?».

«No. Sono l'arcivescovo di Canterbury. E a lei che gliene frega?»

Il tassista rise, abbassò la bandierina e si lanciò nel traffico. «Quelle suore non ricevono» disse. «Non parlano e non vedono nessuno.»

«Come ha fatto a diventare così esperto?»

«Ho passato tutta la vita a Cleveland» spiegò il tassista. «Non c'è niente che non sappia di questa città. So dove trovare una buona bistecca e una bottiglia quando i bar sono chiusi, e anche un pezzo di figa: ogni forma, ogni colore.» Scoccò un'occhiata a Mancuso nello specchietto retrovisore. «Naturalmente, questa offerta è nulla nei casi in cui è vietato dalla legge.»

«Quante suore ci sono lassù?» domandò Mancuso.

«Milioni. Alcune dicono il rosario e altre si occupano del manicomio.»

«È grande l'ospedale?»

«No. Non troppo. È solo per i signori. Insomma devi essere matto, ma ricco. Altrimenti vai in quello di stato. Mio cognato è in quello di stato. Ha dato i numeri per colpa di mia sorella.»

Il convento sorgeva alla periferia della città, a ovest del centro. C'era un lungo muro grigio e un breve viale coperto di ghiaia che finiva davanti a un portone di legno massiccio. Il tassista si fermò e spense il motore.

«Deve suonare quella campana lassù» disse.

«Mi aspetti, eh?» Mancuso scese.

Si avvicinò al portone, poi pensandoci, si tolse la sigaretta di bocca e la schiacciò sotto i piedi. Aveva le scarpe impolverate, e allora le pulì strofinandole contro i pantaloni. Quindi tirò la cordicella della campana.

Dopo un attimo, udì un lento rumore di passi di là dal muro. Una piccola grata si aprì nel portone.

«Salve» disse Mancuso. «Io...»

La grata si chiuse di colpo. E un istante dopo udì i passi strascicati di là dal portone, che lentamente si allontanavano. Tornò ad allungare la mano verso la funicella. Poi vide una piccola targa di plastica: "Visitatori ore 10-11 soltanto".

«Merda» esclamò.

Il tassista si sporgeva dal finestrino. «Ricevono solo per un'ora la mattina. La domenica e i giorni festivi non vedono nessuno.»

«E me lo dice adesso?» Mancuso risalì sul taxi. Era sabato, e l'indomani solo domenica.

«Be', come facevo a saperlo? Magari aveva un appuntamento o chissà cosa.»

«Non avevo nessun appuntamento.»

«Be', allora è proprio scalognato. Dovrà aspettare fino a lunedì, capo.»

«Grazie dell'informazione.»

«Dove si va?»

Mancuso prese le carte dalla tasca interna della giacca. «Sheraton Inn. Sulla 422.»

«Oh, questo le piacerà» disse il tassista, sterzando per uscire dal viale. «Hanno un bar che è veramente fantastico: The Trapper, si chiama.»

«Sì?»

«Sì. Gran vita. Ne succedono di tutti i colori, il sabato sera.»

Ma quando raggiunsero l'albergo, Mancuso non andò al bar. Disse al tassista di venirlo a prendere la mattina seguente, alle 9,30, e poi andò in camera sua e sfogliò la guida del telefono finché non ebbe trovato il numero del convento. Ascoltò il messaggio e la benedizione e il segnale elettronico. Poi disse: «Sono l'agente Joseph Mancuso del Federal Bureau of Investigation. Devo vedere la madre superiora domani, domenica, 28 agosto. Sarò davanti al portone alle dieci in punto». Gli sembrò venuto bene, con quel tono serio e ufficiale. Stava per deporre il ricevitore quando ci ripensò, tornò ad accostarselo all'orecchio e continuò: «So che domani avete la vostra messa solenne e tutto, madre. Ma spero proprio che lei possa ricevermi. È una cosa importantissima. Grazie mille». Quando depose il ricevitore, si sentì meglio, ma anche un po' ridicolo.

Ore 16.35. Sally aveva fatto una bella doccia per togliersi di dosso il sale e la sabbia e si era asciugata i capelli. Stava truccandosi quando il telefono squillò.

Era Ross, che chiamava dalla sua camera. «Ho sete.»

«Non sono ancora pronta.»

«Quanto manca?»

«Cinque minuti.»

«Cinque minuti?»

«Non più di dieci.»

«Quindici al massimo?»

Lei rise. «Forse.»

«Bussi alla mia porta» disse lui. «Leggerò *Guerra e pace*.»

Lei rise e depose il ricevitore, sedette al tavolino da trucco e inclinò lo specchio per orientarlo meglio. Ma il riso era ancora nei suoi occhi, e fu con grande stupore che Sally rivide nello specchio una ragazza.

Qualcosa si muoveva dentro di lei. Lo sentiva, ma non riusciva ad afferrarlo. Qualcosa di Dave Ross la toccava come non era successo da molto, moltissimo tempo. Qualcosa che aveva a che fare con la sua giovinezza, con la sua inesperienza o col suo sorriso aperto. Qualunque cosa fosse, la riportava indietro, e le spingeva a chiedersi che fine avesse fatto la ragazza che era stata una volta, e cosa l'avesse trasformata nella donna che era diventata. Ci sono delle esperienze che segnano il cuore, ma lasciano intatto il viso: come una percossa che non rompe e non ammacca la pelle, ma lascia – dopo – il corpo indolenzito. Per lei il colpo era stato l'Honduras.

A vent'anni, quando lasciò il college, suo padre la prese per mano e la riportò alla chiesa battista dove l'avevano battezzata. Le fece indossare, al posto della minigonna e dei calzini, una lunga camicia di cotone, l'accompagnò al fonte battesimale nel ruscello dietro il cimitero e la fece entrare nell'acqua gelida accanto al reverendo Haley. Haley era un vecchio, ormai, magro e incartapecorito come una statua di Giacometti. La prese per la testa e le premette i pollici sugli occhi così forte che il dolore le saettò nelle membra e gridò: «Io ti battezzo nel nome del Padre e del Figlio e dello Spirito Santo! Ti battezzo nel nome e nell'opera del Signore!». Lei giunse le mani e intrecciò le dita. Poi lui cominciò a spingere finché Sally perse l'equilibrio e si rovesciò all'indietro, e la tenne sotto quell'acqua fredda che fuggiva.

Non andò come aveva previsto.

Aveva seguito suo padre per devozione filiale, nulla più. Aveva consentito a farsi ribattezzare perché lui voleva che entrasse nel mondo con la sua fede in Cristo, e quella di Cristo in lei, rinnovate. Le sembrò una fesseria, la prima volta che lui glielo propose: e fu solo quando suo padre insistette che Sally comprese l'importanza che aveva per lui.

Ma quando Sally si rovesciò all'indietro nell'abbraccio del gelido ruscello, quando le acque freddissime e veloci si chiusero intorno a lei, fu come se il suo cuore si fermasse e la sua anima si agitasse a mo' di un bianco straccio floscio nella corrente. Fu un lavacro del suo corpo. Fu un lavacro del sangue e del midollo. Fu un lavacro della sua vita meschina. Fu un lavacro dei whisky sour di Silky Sullivan, e del petting party al Summer Twin Drive-In, e di quello che aveva provato quando si era strusciata su un ragazzo finché lui si era prima irrigidito e poi afflosciato su se stesso, mentre una piccola macchia rotonda si formava sul cavallo dei suoi jeans.

Fondo era, e freddo: un freddo bruciante e spietato che avvolse la sua anima e aspirò come un fluido il peccato dalla sua mente. Sally, in spirito, si sentiva uccisa: bruciata e guarita, caduta e rialzata, crocifissa e risorta. E quando il reverendo Haley la strappò da quell'abisso Sally emerse, tossendo, nella luce, con i polmoni pieni d'aria fresca come si riempivano quelli di un neonato: infiammata da una vita nuova e incorrotta.

Ecco perché entrò nel Peace Corps nel 1969; una vergine in Cristo, un'anima con una missione da compiere: andare incontro ad altre anime che avevano bisogno di lei. Non aveva né paura né ansia ad affrontare l'ignoto. Quando andò nell'Honduras era la figlia di un postino che conosceva e cantava tutti gli inni religiosi. Era un'idealista. E quando vide scoppiare intorno a lei la ferocia della "guerra del football", pensò che il mondo intero fosse diventato matto.

Nei primi mesi di lavoro con Tommy Carter sui monti dell'Honduras occidentale, Sally aveva notato il flusso ininterrotto di *campesinos* senza terra che passavano clandestinamente il confine venendo da El Salvador. Dieci anni di quell'incessante emigrazione avevano fatto di quella fascia di frontiera un campo armato e terribilmente inquieto. Poi qualcosa di incredibilmente banale fece scoppiare una vera e propria guerra.

Le nazionali dell'Honduras e di El Salvador dovevano incontrarsi per ottenere la qualifica a disputare il campionato del mondo. Una discussa decisione arbitrale favorì i giocatori honduregni. El Salvador fu spazzato da un'ondata di furore davanti a questa "macchia" sul suo onore nazionale. Al cader della notte l'esercito si era mobilitato e aveva attraversato in forze il confine con l'Honduras. Prima che l'Organizzazione degli Stati Americani avesse ordinato una tregua, due settimane dopo, erano morte più di duemila persone.

All'inizio *La Guerra del Fútbol* non toccò il villaggio di Lagrimas. Cominciò ad accerchiare la strada e alcune città di frontiera più in basso. A Lagrimas era solo una voce: e il rombo sordo dell'artiglieria di notte, come un lontano rumore di tuono.

Poi, col favore delle tenebre, bande di uomini armati e disperati cominciarono ad apparire nel villaggio. Sally e Tommy, sulla porta della capanna, assistettero inorriditi a quelle crudeltà. Scorte di cibo furono rubate. E tutti i soldi che si potevano racimolare. Qualche volta una ragazza veniva violentata o, peggio, rapita. Gli abitanti del villaggio non fecero resistenza. Non avevano né armi né inclinazione alla violenza. Pregavano invece che al loro villaggio fosse risparmiata quella follia. Così non fu.

Durante l'inverno il Peace Corps li mandò a prendere con

una jeep e Sally scese con Tommy a Tegucigalpa per ricevere istruzioni: che in realtà erano avvertimenti. Radunarono la dozzina, o giù di lì, di volontari stanziati nell'Honduras nella sala riunioni della scuola elementare americana vicino all'ambasciata. C'era il direttore della stazione del Peace Corps, ma fece solo le presentazioni. L'assemblea fu invece presieduta da un maggiore delle Special Forces dell'esercito americano in tenuta da combattimento. L'ufficiale mostrò ai presenti una carta topografica della zona che si stendeva intorno a Lagrimas, indicando i sentieri usati dai *comunistas* per infiltrarsi e provocare agitazioni in tutto il territorio montagnoso lungo il confine con El Salvador. Fornì poi una spiegazione, molto lunga e molto tecnica, del tipo di operazioni antiguerriglia che l'esercito honduregno e i suoi consiglieri americani avrebbero condotto l'anno dopo. Sally si guardò intorno. In fondo alla sala c'era un gruppo di civili americani, uomini con camicie bianche con le maniche corte e occhiali neri. Avevano qualcosa di sinistro, qualcosa d'inespresso e di pericoloso. Sally cominciava a capire quello che stava succedendo.

Si rese conto che i volontari e il personale del Peace Corps avrebbero presto lasciato l'Honduras. Presto la Croce Rossa avrebbe ridotto le sue missioni e i gruppi dipendenti dalle diverse chiese sarebbero stati invitati a tornare a casa. Allora quegli uomini sinistri in camicia bianca e pantaloni cachi – quei *consiglieri* – sarebbero diventati la presenza americana nell'Honduras. E a poco a poco il livello della violenza nella zona montana sarebbe salito finché la popolazione indigena avrebbe dovuto scegliere tra i ribelli e l'esercito. C'erano, lo capiva, tutte le avvisaglie di un altro Vietnam. Era il 1970. Sally aveva vent'anni. Ma sapeva che la storia si stava ripetendo.

Quando il maggiore ebbe finito, il direttore della stazione del Peace Corps prese il suo posto. Spiegò che a tutti i volontari veniva consigliato di lasciare l'Honduras entro trenta giorni. Quelli che desideravano un trasferimento sarebbero stati trasferiti. Quelli che desideravano porre fine al loro lavoro sarebbero stati rimandati a casa. Quelli che fossero rimasti avrebbero dovuto dimettersi dal Peace Corps e non sarebbero più stati sotto la protezione del governo americano, ma avrebbero ricevuto l'appoggio di quello dell'Honduras. L'uomo invitò ad alzarsi chi voleva restare. Sally si alzò in piedi. Un pugno di volontari fecero altrettanto. Tommy non si alzò. Guardò lei, ritta accanto alla sua sedia, come in cerca di un segnale. Ma lei gli rispose con un'occhiata di commiserazione. E dopo un attimo lui distolse il viso.

L'esercito honduregno aveva insistito perché tutti i volontari che restavano venissero addestrati nell'uso delle armi. Sally rifiutò. I ribelli non l'avevano mai minacciata. Inoltre, non sarebbe mai ricorsa alla violenza in nessuna circostanza. Ma quelli le chiesero di che religione era, e quando lei rispose che era battista le dissero che non aveva scelta. Le insegnarono a pulire e caricare e usare una pistola, a come avvolgersi le cinghia di una carabina intorno al braccio per vincere il rinculo. Si addestrò e fece ritorno a Lagrimas, stavolta in compagnia di una bruna e silenziosa mormone che era stata esentata dall'uso delle armi. Per tre mesi Sally dormì con la pistola chiusa in un cassetto. Per tre mesi la vita a Lagrimas tornò alla normalità. Poi, un pomeriggio, l'esercito honduregno si sparse tra i monti per una campagna antiguerriglia. Bruciarono le capanne di Lagrimas e le scorte di mais e ammazzarono i maiali e le capre e uccisero due uomini. Quando i bambini si misero a strillare, i soldati li picchiarono e li presero a calci.

Sally si fece largo tra i soldati fino al capitano che dirigeva l'operazione e gli presentò le sue più vibrate proteste. Lui rispose con un ceffone in pieno viso che la fece cadere per terra. Due uomini in divisa la trascinarono nella giungla. Sally pensava che l'avrebbero violentata e uccisa. Quelli invece buttarono lei e il suo zaino sulla strada di Coroquin e le voltarono le spalle. La ragazza mormone prese un temperino e s'incise sulla fronte il segno della croce. Poi sparì nella giungla con gli abitanti del villaggio. Sally non sentì mai più parlare di lei.

Andò allora all'ambasciata americana di Tegucigalpa per presentare una protesta ufficiale, e l'incaricato d'affari l'ascoltò con simpatia mentre la sua segretaria prendeva appunti. Diedero a Sally un verbale dattiloscritto della conversazione e una copia della lettera che fu consegnata a mano al ministro dell'interno honduregno. Poi le trovarono un posto nell'ospizio di fronte all'ambasciata e lei aspettò.

Nell'ottobre del 1972 Sally tornava negli Stati Uniti. I suoi amici rimasero a bocca aperta quando raccontò le sue avventure, ma Sally non riuscì a convincerli che il Centroamerica stava impazzendo. Sapeva di dover trovare un modo per fargli cambiare idea, e magari per aggiustare le cose. Nel 1975, dopo tre anni di frustrazioni in un settimanale della Harte-Hanks di Corpus Christi, andò a lavorare per il *Post* di Houston. E proprio quando stava per arrendersi incontrò Terry Fallon. Lui fu l'ispirazione e la via. Per lei, fu la sua guida. E le mostrò la strada nella giungla.

Il telefono tornò a squillare, e Sally si accinse a scusarsi per il ritardo. Ma questa volta non era Ross. Era Tommy Carter, e parlò fuori dai denti.

«Decidiamo in primo luogo l'intervistatore» disse.

In un lampo Sally capì. E quando l'ebbe fatto, trattenne a stento un grido di gioia. Una stazione televisiva stava per offrire a Terry Fallon un'ora di sua scelta in prima serata. Era una cosa che nessun candidato – neppure lo stesso presidente Baker – avrebbe mai sognato di vedersi offrire da un network. E stava succedendo proprio alla vigilia della convenzione. Era una di quelle occasioni per le quali un candidato sarebbe stato pronto a uccidere sua madre.

Sally faticava a concentrarsi su ciò che stava dicendole Tommy mentre snocciolava i nomi dei tre intervistatori proposti.

Quand'ebbe finito, Sally raccolse tutto il suo coraggio e rispose: «Passo».

«Passi?»

«Non mi suona bene» disse lei. «Stai cercando di trasformare l'intervista in un match Roger Mudd contro Gary Hart o Rather contro Nixon. Non siamo disponibili per questo.»

Si aspettava che i servizi giornalistici della rete avrebbero proposto i loro più coriacei intervistatori: ed era quello che avevano fatto. Accettare uno di loro sarebbe stato come cercar rogna. Ma lei sapeva, in cuor suo, che l'offerta era sempre valida. A parte i dettagli, l'affare poteva considerarsi fatto.

La voce di Tommy era aspra. «Senti, Sally. Forse dovresti vendere l'intervista a David Frost. Potresti guadagnare qualche dollaro.»

Ma lei sapeva benissimo quello che voleva, e lo disse: «Che ne pensi di Walter Cronkite?».

«Ah, figlia mia, cerca di diventare grande» fece Tommy. «Qui stiamo parlando dello special giornalistico di una grossa stazione tivù, non del Viale dei Ricordi di Joe Franklin. Non accetteranno mai.»

«Te la senti di girargli la mia proposta?».

«No, perdio» disse lui. «No. Non torno dal mio direttore con una proposta così idiota. Quello è in pensione da anni. Non fa altro che andare in barca a vela e mangiare ostriche. Siamo seri.»

«Io sono seria. Walter Cronkite è ancora popolare. Terry è popolare. Insieme, avranno il quaranta per cento dell'audience.»

«Senti, Sally» disse Tommy, e il suo tono era cambiato. «Se credi che non capisca cosa stai cercando di fare, ti sbagli. Prima di tutto, Walter Cronkite è ancora Mister America Borghese. Tu vuoi che porti i voti di tutti gli elettori di una certa età, di tutti i bianchi, di tutti gli agricoltori tirati su a granturco che non gradiranno la posizione del tuo uomo sul problema dell'immigrazione ispanica, se faranno tanto da scoprirla. In secondo luogo, Cronkite non è più un giornalista in servizio permanente. Potrebbe non fare quelle domande cattive, quelle insinuazioni un po' maligne, che ai candidati seccano di più. Tu ti stai facendo in quattro per avere il pubblico che vuoi: e poi metterai in campo Cronkite per un'ora di pallonetti sui quali il tuo uomo potrà schiacciare come e dove vuole. Ora, se ci arrivo io col mio cervellino, non credi che possa arrivarci anche il mio direttore?»

«Tommy mi spiace che tu non abbia la stessa fiducia nell'elettore americano che abbiamo noi.»

«Sally» fece lui «forse neanche lungo la circonvallazione si trovano ancora dei tipi come te.»

«Allora siamo d'accordo che non siamo d'accordo?» Attese, col ricevitore in mano.

«Cazzo» sibilò infine Tommy Carter. «Ti richiamerò.»

«Sei un tesoro» disse lei, ma la comunicazione era già stata interrotta.

Qualcuno bussò alla porta.

Sally esclamò: «Sì?».

Era Ross. «Sono arrivato al punto dove Smerdiakov si toglie la vita.»

«Quelli sono *I fratelli Karamazov*» obiettò lei, e rise. «Credevo che stesse leggendo *Guerra e pace*.»

«E io credevo che lei stesse truccandosi, non affrescando la Cappella Sistina.»

«Vengo subito».

«Ci crederò quando lo vedrò.»

Ma quando lei uscì nel corridoio lui rimase là impalato a guardarla.

«Che succede?» gli chiese, abbassando lo sguardo al prendisole e agli shorts che indossava. «C'è qualcosa che non va?»

«No» rispose lui, e scosse la tesa. «No. Credo di aver dimenticato quanto era bella.»

Sally si portò la mano al viso. Se non l'avesse fatto sarebbe scoppiata non sapeva se a ridere o piangere.

Camminarono lungo la spiaggia fino a un posto che si chiamava la Grass Shack. Era solo un bar col pavimento di pietra e le pareti di bambù e un patio che dava sull'oceano. Era vuoto. A parte il barman e un uomo che entrò dopo di loro e si sedette al banco. Ordinarono due mai-tai che furono serviti in alti bicchieri ghiacciati adorni di ombrellini di carta rosa.

«Perché fanno così?» disse Sally, alzando l'ombrellino e facendolo ruotare tra le dita.

«Non so.»

«Forse per far sembrare la bibita più esotica?»

«Le arance vengono da Ocala e il rum da Portorico» spiegò Ross. «È veramente una bevanda esotica.»

«Vedo che lei è proprio un romantico.»

«Ho i miei momenti.» Alzò il bicchiere. «Salute.»

Bevvero.

«È sposato?» gli domandò.

«No. Fidanzato, una volta. Non ha funzionato.»

«Come mai?»

«Era la sorella del mio compagno di stanza all'università. Una ragazza straordinaria. Non gradiva l'idea che lavorassi per l'FBI.»

«Perché no?»

«Non capiva perché avrei dovuto lavorare per la paga quando potevo aspirare a grosse parcelle e diventare socio in uno studio di Wall Street.»

«Perché proprio l'FBI?»

«Non so. Venne un tale a reclutarci, all'università. Sembrava... be', una cosa emozionante, diversa dalle altre. Una cosa che si poteva fare per la patria senza mettersi in divisa.»

La battuta le strappò un sorriso. «Siamo una gran bella coppia di idealisti, non le pare? Io mi sono arruolata nel Peace Corps. Lei nell'FBI. Quindici anni cambiano mòlte cose, no?»

«Sì. È vero.»

Sally lo guardò con una dolcezza che Ross non aveva mai visto nei suoi occhi.

«Lei è un ragazzo perbene, vero?»

«Credo di sì.»

«Posso offrirle la cena?»

Ross rise e scosse la testa. «Impossibile.»

«Davvero?»

«Lei è al centro di un'inchiesta ufficiale» disse lui, tra il serio e il faceto.

«Non riesce mai a non pensare al lavoro?»

«Altro che.» Ross rifletté un momento. «Io offrirò la cena. Lei da bere.»

Il sole era basso a ponente quando ripartirono lungo la spiaggia vero il Miramar. Sally si sentiva ristorata, come se fosse in vacanza da un anno e un giorno. Aveva le braccia e il petto arrossati dal sole. Si sentiva pulita, in via di guarigione. E mentre camminava sulla sabbia con Ross, sentì che aveva voglia di tenerlo per mano.

Quando furono usciti, l'uomo al banco pagò il conto e li seguì.

Ore 17.45. Quando Sam Baker rientrò nell'Oval Office, O'Donnell e Lou Bender sedevano in poltrona vicino al caminetto col busto sporto in avanti, confabulando tra loro. Pat Flaherty, l'addetto ai sondaggi della Casa Bianca, stava in piedi nell'angolo più lontano della stanza.

Quando entrò il presidente, O'Donnell e Bender tacquero di colpo. Poi, lentamente, si alzarono in piedi.

«Allora?» disse Sam Baker. «Allora, che c'è?»

«È sul tuo tavolo» rispose Bender.

Baker raggiunse la scrivania e si sedette. Inforcò gli occhiali da lettura e raccolse l'unico foglio verde di carta da computer. Abbassò lo sguardo alla colonna di numeri. Poi si tolse gli occhiali.

«Andiamo così male?» disse a Flaherty. Ma quello non rispose.

«Signori...» Il presidente si schiarì la voce. «Potreste scusarmi, per favore?»

Con un inchino, uscirono.

O'Donnell seguì Bender attraverso il corridoio nel suo ufficio. Augurarono la buonasera a Flaherty, poi chiusero la porta.

«Maledizione» disse O'Donnell. «Mi avevi detto che a quest'ora avremmo già avuto una decisione. Questa storia di Eastman è come un masso appeso al collo. O se ne libera o va a fondo con lui.»

«Che vuoi da me?» domandò Bender, con un gesto di collera all'indirizzo dell'Oval Office. «Punta i piedi.»

«Sta scavandosi la fossa, vorrai dire.»

Bender staccò la punta di un sigaro con un morso. «Bisogna prendere contatto con Fallon.»

«Tu convinci Sam ad accettare di offrirgli la nomination vicepresidenziale. Io parlerò con Fallon.»

«Non possiamo aspettare che Baker accetti» disse Bender.

Quella frase fermò O'Donnell. «Come sarebbe?»

«Se Fallon fa gli stessi sondaggi che facciamo noi, otterrà gli stessi numeri che otteniamo noi.»

«E allora?»

«Ieri era solo un giovanotto promettente. Oggi ha una certa influenza.» Bender accese il sigaro. «O ci muoviamo subito, o Fallon può mettersi a pensare che il beneplacito di Baker non è indispensabile. Che ne diresti di una lotta di questo genere alla convenzione?»

O'Donnell aveva un'aria cupa. Infilò i pollici sotto le bretelle.

«Mi stai proponendo di offrire a Fallon la nomination vice-presidenziale senza l'approvazione del presidente?»

Bender si fece rotolare il sigaro sulla lingua. «Forse tu hai un'idea migliore?»

«Lou» disse O'Donnell, e raccolse dalla scrivania un piccolo fermacarte d'ottone della Casa Bianca. «Lou, ho passato in politica tutta la vita. E questa è la cosa più idiota che abbia mai sentito. O la più intelligente.»

Ore 18.10. Quella sera, prima delle sei, lo sapeva tutta Washington. Sally era nella vasca quando Chris le telefonò per dirglielo.

«Non ci crederai.»

«Prova.»

«Baker-Eastman, 41 per cento.«

«Mio Dio» fece lei. «Hanno perso sei punti in tre giorni.»

«Baker-Fallon, 53 per cento. Esattamente gli stessi punti che avevano prima.»

«Cosa?» Si alzò in piedi nella vasca, nuda e insaponata. L'acqua schizzò dappertutto. «Ti rendi conto di quello che significa? Significa che, forte com'era, Terry continua a guadagnare. Qualunque prezzo la storia di Eastman costi a Baker, Terry sta compensando le perdite.»

Poi, finalmente, l'emozione la travolse e le serrò la gola. «Dio mio» disse, quando fu di nuovo in grado di parlare. «Baker non ha più scelta. Deve darla a Terry!»

«Ehi, Sally» chiese Chris. «Sei vestita?»

Lei afferrò un asciugamano per coprirsi. «No. Perché? Come facevi a saperlo?»

«Si sente dalla voce.» Lui cominciò a ridere e lei cominciò a ridere. Ed erano risate che venivano da dentro, in fondo in fondo, dove non sapeva di poter ancora ridere.

«Chris, stammi a sentire» continuò lei, col fiato grosso per l'emozione. «Non una parola alla stampa. Né dichiarazioni, né conferme. Bocca chiusa. Ecco quello che lavora per noi. Tutti vogliono notizie di Terry. E più noi glielo neghiamo, più loro lo vorranno e più brillante diverrà la sua immagine.»

«Ma quanto tempo ancora potrà reggere?»

«Fino a quando salirà sul podio e accetterà la nomination alla vicepresidenza degli Stati Uniti.»

Ore 18.40. Arrivarono mentre Terry cenava solo soletto nello studio: Bender e O'Donnell, senza appuntamento, senza farsi precedere nemmeno da una telefonata. Terry appallottolò il tovagliolo, lo lasciò cadere sul piatto e si alzò lentamente per salutarli.

«Disturbiamo?» chiese O'Donnell.

«Niente affatto. Signori, prego, si accomodino.»

Obbedirono.

«Saremo brevi» disse O'Donnell. Guardò Bender, che annuì. «Hai visto i sondaggi odierni?»

«Sì» rispose Terry. «Sì, li ho visti.»

«Sai cosa significano?»

«Ogni ricerca è aperta all'interpretazione» disse Terry. «Potrei leggerli in diversi modi.»

«Questi sondaggi dicono solo una cosa: che nella lista giusta lei sarebbe un elemento prezioso per il partito» disse Bender. «Questo è indiscutibile. Non è d'accordo?»

«Sì, lo sono.»

«Ebbene, noi abbiamo bisogno di sapere se sei pronto a servire il paese» disse O'Donnell.

Terry si appoggiò cautamente alla spalliera della poltrona. «In quale funzione?»

«Risponda alla domanda» fece Bender.

«Lo farò quando l'avrò sentita, signor Bender.»

«Terry» disse O'Donnell, e si sporse in avanti puntando i gomiti sulle ginocchia. «Terry, stasera voglio parlarti dell'unità. Dell'unità del nostro partito. Non credo che qualcuno di noi voglia vedere questa unità compromessa alla convenzione.»

Fallon annuì. «Signor presidente della camera, io voglio che lei capisca una cosa. Può darsi che il partito sia la cosa più importante nella sua vita. Non lo è nella mia.»

«Cos'è la cosa più importante, nella sua?» domandò Bender.

«Questo paese. La costituzione. La mia coscienza. Il mio senso di...»

«Senta, Fallon, se vuol fare un discorso noleggi una sala. Lei non sarebbe qui seduto se il partito non avesse...»

«Mi scusi, signor Bender, ma io ho vinto il mio seggio alla camera con i miei soli mezzi. Allora, a Houston, gli uomini dell'apparato mi dissero di tornare a insegnare storia. Al senato mi ha messo il governatore Taylor, non lei: e non la macchina del partito, questo è certo.»

Bender si alzò in piedi. «Be', questa è la più dannata...»

«Okay, Lou» lo interruppe O'Donnell. «Lascia fare a me.»

Bender attraversò la stanza e si appoggiò al piano, dando le spalle ai due.

«Benissimo, Terry» disse O'Donnell. «Che vuoi?»

«Voglio parlare col presidente.»

«Gli dirò di telefonarti.»

«No. Voglio parlargli faccia a faccia. Domani. Noi due soli. Per mezz'ora.»

«Fisseremo l'ora» promise O'Donnell. Si alzò. «Domani.»

«Allora avrete la risposta.»

O'Donnell gli strinse la mano. Bender uscì senza stringergli la mano.

Ore 19.05. «Come ha detto che si chiamava, questo ristorante?» chiese Ross quando il taxi si staccò dall'ingresso del Miramar.

«Cafe Chauveron.»

Sally si appoggiò allo schienale. Indossava un abito di seta gialla con un filo di perle, e la sua pelle aveva cominciato ad abbronzarsi, e i suoi capelli biondi luccicavano intorno al viso bruno.

«È bellissima» disse Ross.

Lei sorrise. «Parla l'uomo o l'agente federale?»

«Ehi!» Ross batté il dito sul vetro dell'orologio. «Sono le sette passate. Io smonto alle cinque.»

Risero tutt'e due e Sally abbassò il vetro del finestrino, lasciando che la dolce brezza della notte entrasse nella macchina col soave profumo del mare.

«Dio, come sto bene» sussurrò.

«È straordinario quel che può fare un mai-tai.»

«No, no» fece lei. «Le dirò la verità. Oggi non volevo venire quaggiù. Pensavo che mi sarebbe venuto un attacco isterico se avessi dovuto assentarmi mentre stavano succedendo tante cose. Stamattina ero andata da Terry per pregarlo di lasciarmi annullare questo viaggio.»

«Sono lieto che non l'abbia fatto.»

«Strano. Ne sono lieta anch'io.»

Il taxi superò il punto dove finiva la fila degli alberghi e passò sopra il ponte che portava a Bal Harbour. Poi piegò a ovest attraverso l'alzaia ed entrò nel parcheggio del Cafe Chauveron.

«*Bon soir*» disse il maître quando furono davanti al suo banco.

«'Sera» rispose Ross. «Abbiamo una prenotazione per due. Il nome è Ross.»

Il maître passò il dito sulla pagina. Guardò Ross da sopra gli occhiali.

«Quando ha fatto le prenotazioni, *monsieur*?»

«Oh, non so» disse Ross, e consultò l'orologio. «Forse un paio d'ore fa.»

«Ma *monsieur*, siamo al completo da ieri.»

E allora Sally intervenne: «*S'il vuos plaît, annoncez-moi à monsieur André Chauveron. Mademoiselle Sally Crain, l'assistante-presse de Senator Fallon a Washington.*»

Il maître sollevò il ricevitore.

«Che gli ha detto?» chiese Ross. «Quel figlio di puttana cercava solo di scroccare una mancia.»

Sally gli batté la mano sul braccio. Di lì a un attimo si aprì una porta in fondo al ristorante e ne uscì André Chauveron, raddrizzandosi la giacca.

«Signorina Crain!» esclamò, e le strinse calorosamente la mano. «Benvenuta. Quale onore! E come sta il senatore Fallon?»

«Bene, grazie. La prega di ricordarlo a suo padre. Sono belle le sue rose?»

«Be', sa com'è quando si tratta di rose.»

«Questo è il signor Ross» disse Sally. «Un amico del senatore.»

«Ah, signor Ross!» Gli strinse calorosamente la mano. «Sono lieto di averla con noi. Venga... Tavolo *vingt-cinq*.»

Si rivolse a Ross con un inchino. «Vicino al mare. È una bella sera.»

Lo era, in effetti, bella e romantica: un bianco gruppetto di tavoli rischiarati da candele sulla veranda che dava sulla spiaggia. C'era qualche adulto e qualche ragazzo, lungo le banchine, che pescavano granchi con la lenza. Curioso animaletto, il granchio. Ross guardava gli uomini e pensava ai crostacei che stavano pescando. Quando un granchio stringeva la sua pinza su una vittima, non mollava la presa nemmeno se lo tiravano fuori dall'acqua. La sua tenacia era la sua morte.

Quando accesero la candela sul loro tavolo e il cameriere andò a prendere gli aperitivi, Ross disse: «Okay. Confesso di essere rimasto colpito».

«Dieci anni a Washington. Avrò pure imparato le regole del gioco.»

Il cameriere mise i bicchieri davanti a loro, e Sally pensò che Ross le era sembrato indifferente al fatto che lei sfruttasse le sue conoscenze per ottenere il tavolo. C'erano molti uomini che si sarebbero offesi.

«Mi lascerebbe pagare il conto?» chiese a un tratto.

«No. Non posso.»

«Volevo dire, se questo fosse un appuntamento tra noi due? Mi lascerebbe pagare il conto, allora?»

Ross alzò le spalle. «Non so. Se ci tenesse tanto. Perché no?» Volse lo sguardo all'eleganza vistosa della sala. «Io non ci terrei davvero, questo è poco ma sicuro.»

Sally rise, ma poi riprese: «Mettiamo che venissi a prenderla con la macchina?».

«Quando?»

«Volevo dire, se questo fosse un appuntamento tra noi due. Mettiamo che la chiamassi e le dicessi: Dave, stasera ti porto a cena da Chauveron. Mettiti qualcosa di sexy che passo a prenderti alle sette. Come la prenderebbe?»

«Sì. Be', sarebbe un problema» disse Ross.

«Oh? Perché, un problema?»

«La verità è che... non ho niente da mettermi.»

La battuta le strappò un'altra risata, ma poi Sally disse: «Sia serio».

«Sally, lei può venire a prendermi e portarmi a cena qui ogni volta che vuole. E io indosserò il mio blazer più sexy.» Si fece scivolare la giacca su una spalla, stringendosela al petto come se fosse un busto scollatissimo. «Dimmi, tesoro, come sto?»

Risero insieme. Il cameriere portò i menu. Ma Sally non aveva finito.

Continuò: «Non le seccherebbe se io scegliessi il ristorante, facessi la prenotazione, la invitassi, guidassi la macchina e pagassi il conto?».

«No» rispose lui. «Non mi seccherebbe.»

Sally parve soddisfatta della risposta. Poi disse: «Perché no?».

Ross rise. «È proprio decisa ad andare al fondo della questione, eh?»

«Decisissima.»

«Okay» fece lui, e si appoggiò alla spalliera. «Sarò franco. Lei ha un lavoro migliore del mio, guadagna più di me, è più sofisticata: credo che sia anche più alta di me.»

«Più alta no» precisò lei.

«Ho le scarpe con le suole ortopediche.»

Sally trasalì dalla sorpresa. «Davvero?» Si chinò per guardarle.

«Scherzavo.»

«Ah!» disse lei, minacciandolo col dito «Adesso sia sincero. Sta dicendo che non lo troverebbe...» scelse il termine con cura «intimidatorio?»

«Interessante, forse. Intimidatorio, no.»

«Davvero?»

«Sally, mi creda. Se lei fosse solo un'altra bella ragazza e io fossi uno qualsiasi... le lascerei scegliere il locale e pagare il conto. La lascerei anche dormire dalla parte del telefono. Okay?»

«Okay» disse lei e rise. Ma era la cosa più gentile che ricordasse di avere mai sentito dalla bocca di un uomo.

«Lei è quella che ha detto che quindici anni cambiano molte cose.»

«Undici» lo corresse prontamente.

«Undici?»

«Ho trentotto anni. Lei ne ha ventisette.»

«Ventotto il mese prossimo. E in questo paese ci sono leggi contro le discriminazioni dovute all'età. Badi a quello che dice.»

«Anche lei.»

«D'accordo.» Ross aprì il menu. «Ora, cos'è questo? *Moules à la marinières?*»

Sally lo aiutò a scegliere, ma quando il cameriere venne a prendere le ordinazioni, Ross disse: «Mi porti il pesce lesso e gli hot dog».

«*Comme? Ehm... Pardon, monsieur. Je ne connais pas...*»

«Qui» fece Ross indicando il menu. «Pesce lesso... e hot dog.»

Sally si sforzava di trattenere le risa.

Il cameriere prese gli occhiali dal taschino dello smoking e allungò il collo sopra la spalla di Ross.

«*Ah... Oui, monsieur. Les quenelles de pike, sauce Nantua. Et le saucisson Auberge de l'Ill, garni. Parfait. Et pour madame?*»

Quando ebbe ordinato anche lei, e il cameriere si fu allontanato verso la cucina, Sally disse, passando confidenzialmente al tu: «Ti ammazzo».

Ross rideva. Spalancò le braccia. «Che ho fatto?»

Ma stava ridendo anche lei. «Ci butteranno fuori. E ce lo saremo meritati.»

«Ah, vedi? Sei tu quella che si preoccupa per la forma.»

L'osservazione la fece smettere di colpo. «Hai ragione» ammise. «Mio Dio, hai ragione. Non sei tu. Sono io.» E restò immobile, con gli occhi sbarrati.

Allora intervenne il cameriere, che presentò a Ross la lista dei vini.

«Il vino lo sceglierà la signora» disse Ross. «Che potrebbe pagare il conto, veramente.»

Il cameriere parve sorpreso, ma Sally gli rivolse un'occhiata riconoscente. Chiuse la cartella di cuoio rosso senza degnarla di un'occhiata. «*Louis Roderer Cristal. Soixante-seize.*»

«*Oui, madame!*»

«Ehi» esclamò lui, quando il cameriere se ne fu andato. «Costa un mucchio di soldi.»

«Eravamo d'accordo» disse Sally. «Tu offri da mangiare. Io da bere.»

E quando lo champagne fu stappato e versato negli alti bicchieri di cristallo, Sally alzò il suo e studiò gli esili fili di bollicine che salivano e ne gustò il profumo e il sapore. Poi annuì.

Levò alto il bicchiere mentre il cameriere riempiva quello di Ross.

«Allora» disse «a che cosa brindiamo?»

«*L'chaim*» rispose Ross. «Alla vita.»

«Alla vita» ripeté lei, e dal suono della sua voce l'uomo capì che diceva sul serio. «Dio, com'è buono» sussurrò la donna quando depose il bicchiere.

Ma a un tratto – tutt'a un tratto – Ross si fece distante e preoccupato. Sally si chiedeva se tutto sommato non si fosse spinta troppo in là. Si chiedeva se stava pensando a lei e, in tal caso, che cosa pensava. E cominciava a rendersi conto che ci teneva non poco a quello che Ross pensava di lei.

Ma Ross non stava pensando a Sally. Stava fissando l'ultimo dei pescatori di granchi sul molo più lontano. Non poteva assolutamente averlo riconosciuto. Eppure, per qualche strana ragione, Ross era certo di sapere chi era.

Ore 19.30. Charlie O'Donnell e Lou Bender erano seduti nella limousine che tornava al Distretto, ciascuno addossato al suo finestrino, lo sguardo fisso alla sera piovosa, ciascuno immerso nei propri pensieri. Finalmente Bender accese un sigaro.

«Che te ne pare?» chiese.

«Avevo sempre pensato che Fallon fosse un giovanotto in

gamba» rispose O'Donnell. «Non immaginavo che fosse così furbo.»

«Quant'è furbo, secondo te?»

«Abbastanza per sapere che ti tiene per le palle, se è quello che chiedi.»

«Direi che siamo tutti nella stessa condizione.»

O'Donnell si spostò sul sedile, a disagio. Allungò le mani, abbassò lo strapuntino e vi appoggiò le grosse scarpe marrone traforate.

«Se Sam non agisce con la necessaria tempestività, se nei sondaggi continua a perdere posizioni, be', le cose potrebbero diventare… come dire?… imprevedibili.»

«Imprevedibili?»

«Si parla di una bozza di programma.»

«L'ho saputo oggi a pranzo. Sono tutte chiacchiere.»

«Finora.»

Bender sbuffò. «È impossibile» disse. «Fallon non ha organizzazioni statali. Non ha mai fatto un discorso fuori dal Texas e da Washington.»

«Hai ragione. Non ha apparati statali» ribatté O'Donnell, e stava considerando la faccenda. «Eppure ha un grandissimo seguito nazionale. Come lo spieghi?»

«Che vuoi dire? È la televisione. Solo un…»

«Un bel fenomeno, non credi?»

Bender si voltò a guardare il vecchio. Mentre la limousine passava per le strade del Distretto, i lampioni gli proiettavano sul viso, lungo e grigio, arabeschi di luce e di buio. E Bender capiva benissimo che l'incontro con Terry Fallon aveva fatto su Charlie O'Donnell un'impressione profonda e duratura.

«Quello a cui potremmo assistere in questo caso» cominciò O'Donnell, sottolineando le parole con piccoli cenni del capo «è… una risurrezione della vera democrazia popolare in una forma fondamentale che non è più esistita dai tempi delle assemblee nelle città coloniali. La televisione permette a tutti i membri della comunità nazionale di seguire gli avvenimenti mentre si svolgono. Tutti reagiscono nello stesso tempo. E il risultato è un'effusione spontanea, un'ondata di sostegno che può portare un uomo poco noto alle più alte cariche della confederazione.»

«Non parli sul serio» disse Bender.

«Sono serissimo.»

«Un'ondata d'isterismo, vorrai dire.»

«Chiamala come ti pare. È una forza di cui va tenuto conto.»

«Perbacco, signor presidente» disse Bender con un sarcasmo

pungente e soave. «Un vecchio truffatore sentimentale come lei... Lei crede davvero nella democrazia, no? Crede davvero che il governo del popolo, eletto dal popolo e al servizio del popolo...»

O'Donnell schiacciò il tasto dell'interfono. «Harvey» disse all'autista «portaci al Cosmo Club.» Poi tornò ad appoggiarsi allo schienale.

«Sarà meglio che mi lasci alla Casa Bianca» disse Bender.

«No, dovresti venire con me, Lou. Ho pregato alcuni dei ragazzi di fermarsi a fare quattro chiacchiere.»

«Non ti sembra un po' troppo presto per rendere pubblica questa faccenda?»

«È già pubblica.» O'Donnell gli batté una mano sul braccio. «Lou, tu presenti un solo candidato alle elezioni di novembre. Il partito ne presenta centinaia. Deputati, senatori, governatori, sindaci e consiglieri comunali in città grandi e piccole da qui a Honolulu. Il partito ha bisogno di una lista che possa vincere. Ma, più di questo, dobbiamo tenerli sotto controllo. Non possiamo avere dei candidati che usano la televisione per scavalcarci e rivolgersi direttamente al pubblico. Se si comincerà a fare così i due partiti, democratico e repubblicano, avranno fatto un lungo passo avanti sulla strada dell'oblio, come i Whigs e i Tories.»

«E l'*unità*?»

«L'unità... Unità è la versione più educata della parola "controllo".»

Lou Bender si mise a ridere. «Be'» fece «così va meglio. Per un attimo ho creduto che la balla su un'ondata di sostegno popolare fosse...»

«Oh, io ci credo all'ondata, Lou. Credo che non ci siano alternative: o la cavalchiamo o affoghiamo. Sto solo cercando di avvertirti che davanti a noi può esserci una biforcazione. Un punto dove il fiume si divide.»

Erano più di "alcuni" i ragazzi raccolti al Cosmo Club. C'erano i senatori Longworth dell'Alabama, deFrance della Louisiana, Swartz dell'Arizona. E c'erano tre deputati: Wickert, Johnson e Brown. Era tutto il potere che il partito potesse stipare in una stanza di sei metri per sei: i presidenti delle commissioni senatoriali delle finanze, del bilancio e della giustizia e delle commissioni della camera per le forze armate, gli affari esteri e il tesoro. Il parlamento era in vacanza, ma loro sembravano pronti a rimboccarsi le maniche. Sedevano in un cerchio di poltrone di cuoio. Non ci furono molte strette di mano.

«Charlie, bel casino ti ritrovi sulle braccia dopo quello che ha combinato Eastman» disse Longworth. Era un ometto dal viso di bambino, sui sessanta, con un forte accento del sud, ed era chiaro che parlava a nome di tutti.

«È una situazione imbarazzante» ammise O'Donnell.

«Direi che è una rottura di coglioni» disse Bill Wickert. Era un deputato di Buffalo, New York, al suo settimo mandato, e nessuno era più a destra di lui.

«Qual è la posizione del tuo pupillo in merito?» Longworth domandò a Bender.

«Sta compiendo le sue valutazioni.»

Ci fu una pausa. Alcuni dei presenti si scambiarono un'occhiata.

«Che diavolo sta valutando?» chiese Wickert. «In ogni caso, con Eastman non può vincere. Glielo avevamo già detto in autunno.»

«Ora, Bill...» disse Longworth.

«Ah, per amor di Dio!»

«Chiudi il becco, Bill» lo ammonì Longworth.

Wickert incrociò braccia e gambe, e si abbandonò nella poltrona.

Swartz disse: «Non perdiamo di vista l'obiettivo». Era l'uomo più ricco e forse più furbo del senato. «Noi vogliamo andare a St. Louis, giovedì, col candidato già deciso. Vogliamo evitare una rissa. In novembre vogliamo un partito unificato. Ciò significa che qualcuno dovrà fare dei sacrifici.»

«Bel discorsetto» approvò Wickert.

«Bill, farò finta di non aver udito» disse Swartz. «Lou, Sam Baker è disposto ad accettare Terry Fallon come candidato alla vicepresidenza?»

«In questo momento?»

«Sì.»

«No.»

Un pesante silenzio cadde nella stanza.

Poi deFrance disse: «Forse c'è un modo più diplomatico di affrontare la questione».

«Quale?» chiese Wickert.

«Dan Eastman non potrebbe essere persuaso ad accettare un nuovo incarico?»

«Signori» intervenne Bender. «Signori, avete avuto questa conversazione col presidente e col vicepresidente nel ranch del Nuovo Messico.»

«Un nuovo incarico? Di che genere?» domandò Johnson.

Aveva studiato da prete ed era anima e corpo per la pace sulla terra.

«Oh, qualcosa si potrebbe trovare» disse deFrance. «Giudice federale, ambasciatore in qualche paese.»

«È probabile che Dan Eastman sarebbe il peggior giudice nella storia del diritto» commentò il senatore Swartz. «E io non voterei per confermarlo ambasciatore a Detroit.»

«Cacciamo fuori a pedate quel bastardo e facciamola finita, dico io» sbottò Wickert. «E se Baker non ci sta, allora dovranno andarsene tutt'e due.»

Nel suo tono più cortese deFrance disse: «Bill, ci sono dei momenti in cui io credo che tu sia un perfetto idiota. E ci sono dei momenti in cui so che è proprio vero».

«Vaffanculo» sibilò Wickert.

«Come volevasi dimostrare» disse deFrance con un inchino.

Allora Archie Brown fece: «Vorrei fare una domanda. Che succede se Fallon chiede la presidenza?».

Un altro pesante silenzio cadde nella stanza.

Finalmente, Longworth si schiarì la voce. «Se questo dovesse accadere, ragazzi, allora io direi che siamo seduti proprio davanti al ventilatore, e che la merda sta tra noi e quel maledetto aggeggio.»

Quando la riunione fu sciolta O'Donnell segnalò a Bender di restare. E quando gli altri se ne furono andati O'Donnell ordinò un brandy Napoleon. Lo faceva girare nel bicchiere mentre Bender sedeva nella poltrona davanti alla sua, col sigaro tra i denti.

«Vedi anche tu come vanno le cose» disse O'Donnell.

«È chiaro.»

I due uomini rimasero in silenzio.

«Fallon è un astuto figlio di puttana» disse Bender. «Comincio solo adesso a capire quant'è astuto.»

«E non sai che la metà di quel che dovresti sapere» fece O'Donnell.

E Bender soggiunse: «Forse la so più lunga di quanto credi tu».

Tacquero. Nessuno dei due voleva giocare la prima carta. Ma Bender si era reso conto che se lo avevano invitato a sedersi tra i notabili del partito e a seguire la discussione di quella sera c'era un motivo. E ora Bender cominciava a capire qual era questo motivo. O'Donnell lo stava trasformando in un testimone oculare della storia. Aveva messo Bender in un posto di prima fila mentre la direzione del partito decideva, una volta per tutte, di costringere Sam Baker a offrire la nomination vicepresidenziale a Terry Fallon. Ora Bender poteva riferire che Charlie O'Donnell non era più in grado di fermare il carro del vincitore, nemmeno se vi si fosse disteso davanti.

Finalmente Bender disse: «Sai che Fallon ha denunciato Weatherby all'fbi». Ed era qualcosa più di una domanda e qualcosa meno di un'affermazione.

O'Donnell si guardò per un attimo le unghie della destra e Bender capì che stava pensando alla risposta. «Come l'hai scoperto, Lou?» chiese O'Donnell a bassa voce.

«Preferirei sapere come l'hai scoperto tu.»

«Nessun mistero. Il partito ha fatto un controllo minuzioso del passato di Fallon. Lo facciamo con tutti i candidati alle cariche nazionali, e non ci fermiamo davanti a nulla. I candidati alla presidenza che vogliono fare i furbi fanno la fine di Tom Eagleton o di Geraldine Ferraro.»

Bender lasciò cadere la cenere dal sigaro. «Charlie, sei così bravo che quasi ti credo.»

Poi guardò il vecchio che premeva un pulsante sul tavolo vicino. Un cameriere in frac entrò nella stanza e O'Donnell ordinò un altro brandy. Era una figura straordinaria, Charlie O'Donnell, là seduto nella grande poltrona di cuoio con le sue file di borchie d'ottone. Era il presidente della camera dei deputati degli Stati Uniti d'America, uno dei grandi e grigi uomini del potere, l'incarnazione della scaltrezza, dell'influenza e dell'autorità. Lou Bender guardava O'Donnell come se stesse appena cominciando a vederlo com'era veramente.

Il cameriere entrò e mise sul tavolo un altro bicchiere di cognac, prese quello vuoto e uscì.

«Oh, Charlie» disse Bender. Si alzò in piedi e fece il giro delle poltrone vuote finché non venne a trovarsi davanti a O'Donnell. «Charlie, tu sei il migliore. Su questo non c'è dubbio. Tu mi hai portato qui dentro perché io vedessi con i miei occhi il movimento che si sta formando all'interno del partito. Così da dire a Baker che non c'è niente da fare: nessuno potrebbe negare la nomination vicepresidenziale a Fallon, nemmeno il grande O'Donnell, presidente della camera.»

«Hai visto» disse O'Donnell. «Giudica tu.»

«E che succederebbe se saltasse fuori la storia dell'abscam?» chiese Bender.

O'Donnell bevve un sorso di brandy. «Lou, cosa intendi con *saltar fuori*?»

«Se finisse sui giornali. Il bel Fallon ne sarebbe trasformato. Da quella faccia d'angelo che è diventerebbe una di quelle carogne sempre pronte a pugnalarti alla schiena.»

O'Donnell depose il bicchiere. «Lou, tu sei un uomo astuto. E hai passato parecchio tempo a Washington. Ma mi vedo costretto a darti una lezione di politica.»

«Oh? Davvero?» Bender non era il tipo da fare marcia indietro.

«Terry Fallon è un fenomeno, Lou. È come Eisenhower dopo la guerra, o Kennedy nel 1960. È tutte le cose che ogni candidato sogna di diventare. Carismatico. Popolare. Eleggibile. Può fare il vicepresidente per quattro anni sotto Baker, e il presidente per otto anni dopo. Cosa che insedierebbe questo partito alla Casa Bianca per dodici anni di fila. Capisci? Riesci ad afferrare quale rara e inestimabile occasione Terry Fallon rappresenta per questo partito?»

Bender lo capiva. E non poteva negarlo.

O'Donnell si alzò in piedi e si spazzolò i calzoni per indicare che il colloquio era finito. E rimasero là in piedi, fermi l'uno davanti all'altro come Davide e Golia.

«Coraggio» fece Bender. «Su, dillo.»

«Lou» disse O'Donnell «ti avverto. Non scagliare la prima pietra.»

Ore 22.30. Sally aveva studiato Ross durante la cena, e poi mentre sorbiva il caffè e beveva un bicchierino di cognac, l'aveva visto farsi sempre più silenzioso e distante. Continuava a scherzare con lei e il suo spirito, agile e vivace, seguiva il corso dei pensieri di Sally. Ma sempre più, col passare dei minuti, appariva lontano e distaccato. Di tanto in tanto lo sorprendeva a guardare oltre il canale, nel buio deserto tra i docks e le ballonzolanti barche a vela, e si chiedeva se lo stesse annoiando, o se fosse solo stanco e sentisse lo champagne, o se c'era qualcun altro nella sua vita.

Il cameriere portò conti separati: quello di lui per la cena, quello di lei per il vino.

«Be', questa per me è la prima volta» disse Ross, senza alcuna traccia d'irritazione nella voce.

«Anche per me.»

Il maître chiamò un taxi, e quando furono sulla AIA, diretti verso sud, Sally chiese: «Che ne diresti del bicchiere della staffa? Offro io».

Ma lui rispose: «No, grazie. Meglio andare a nanna. Domani potremmo avere una giornata piuttosto pesante».

Era delusa, ma si limitò a mormorare «Giusto» e tornò ad abbandonarsi sul sedile.

Allora Ross si raddrizzò e batté sul vetro. «Ehi, capo» disse al conducente «svolti a destra.»

«Il Miramar è in Collins Avenue, amico. In fondo...»

«Lo so. Faccia come le ho detto. Svolti a destra.»

«Come vuole.»

Il taxi imboccò la strada sull'argine, dirigendosi a ovest verso il lido.

«È una scorciatoia?» chiese Sally.

«Pensavo solo di prendere un po' d'aria... Far scoppiare un po' di quelle bollicine» disse Ross. «Qui prenda a sinistra, capo.»

Svoltarono di nuovo verso sud. Poi la strada si biforcava.

«Prenda a... ehm... sinistra» disse Ross, e quando il tassista ebbe svoltato si fermarono a uno stop. Ross si guardò intorno. «Non so più dove siamo. E lei?»

«Sì» fece il conducente. «Questa è l'AIA. Esattamente come prima.»

«Okay. Mi arrendo» disse Ross. Tornò ad appoggiarsi accanto a Sally. «Un'altra idea brillante buttata dal finestrino.»

Alzò le spalle e lei rispose con un sorriso forzato e si misero d'accordo per una colazione di buon mattino e una nuotata, e nondimeno, quando lui l'accompagnò fino alla porta e le diede la buonanotte, Sally era certa di averlo perduto.

Ore 22.35. Gli agenti del servizio segreto erano ancora davanti all'ala ovest della Casa Bianca quando Lou Bender passò a bordo della limousine diretto verso casa. Pregò allora l'autista di aspettare e andò su.

Il presidente era seduto dietro la scrivania e stava leggendo. Indossava un paio di calzoni marrone, il suo vecchio golf di lana marrone e una camicia bianca aperta sul collo, senza cravatta. Quando Bender entrò, il presidente chiuse la cartella di cuoio sulla scrivania e si appoggiò allo schienale della poltrona.

«Altre cattive notizie» disse Bender.

«Adesso che c'è?»

«O'Donnell ha tenuto una riunione del brain trust.» Bender si sedette in una delle poltrone e appoggiò i piedi sulla scrivania.

«Chi?»

«Longworth, Swartz, deFrance. Le autorità costituite. E Wickert. Avevo dimenticato che bastardello era.»

«Il guaio di Bill Wickert è che non si trova simpatico. Be', com'è andata?»

«Sono decisi, Sam. Assolutamente decisi. E O'Donnell è pronto ad andare dalla parte dove tira il vento.»

«Capisco.» Sam Baker depose sullo scrittoio gli occhiali da lettura. «Quali opzioni abbiamo?»

«Una. E non è facoltativa.»

«Dare a Fallon il numero due?»

«Altrimenti...»

«Altrimenti cosa?»

«S'è parlato di merda. E di ventilatori.» Bender si alzò. «Comunque, Fallon vuole un incontro privato con te domani. Guarda la tua agenda. Ci penserò io.»

«Va bene.» Il presidente aprì la cartella di cuoio che aveva sulla scrivania e inforcò gli occhiali da lettura.

Bender raggiunse la porta. «Ci vediamo domattina. Fatti una bella notte di sonno. Ne avrai bisogno.»

«Lou?»

«Sì?»

Quando Bender si voltò, il presidente aveva in mano un foglio di carta.

«Ne sai qualcosa?»

Bender girò attorno alla scrivania del presidente e gli tolse il foglio di mano. Era una lettera standard di condoglianze, dattiloscritta su carta della Casa Bianca e pronta per la firma. Diceva:

Caro Signor Thomopoulos e Signora,
Voglio esprimerVi le mie più sincere condoglianze per la perdita del Vostro caro.
Come padre, capisco che nessun sentimento potrà mai riempire il vuoto che questa tragedia ha lasciato nella Vostra vita. Ma spero che troverete conforto nella consapevolezza che Vostro figlio Stephen ha fatto onore alla sua Patria e al Dipartimento di Stato, che tanto validamente e coraggiosamente ha servito.
Distinti saluti.

Lou Bender alzò le spalle e gli rese il foglio. «Vattelapesca» disse.

«Non sai di che si tratta?»

«No.»

«Scoprilo.»

«Appena avrò un po' di tempo.»

«Fallo subito» disse il presidente. «Buonanotte.»

Ma Bender non si mosse. «Che ti piglia, Sam?»

«Tu che pensi?»

«Io penso che ti roda questa storia di Eastman. Penso che ti preoccupi quel che potrebbe succedere alla convenzione.»

Sam Baker abbassò lo sguardo alla lettera di condoglianze che giaceva sulla scrivania. «Ci sono tante cose che mi preoccupano. E ora buonanotte.»

Bender si ficcò le mani in tasca, si tirò su le gambe dei calzoni e guardò se aveva le scarpe lucide. Poi disse: «Buonanotte» e uscì dalla stanza.

Sam Baker si preoccupava, ma il suo cruccio era Bender. Per la prima volta in trent'anni cominciava a domandarsi se per caso Lou Bender non avesse passato il segno.

Ore 23.05. Lasciata Sally sulla porta della camera, Ross entrò nella sua e si tolse la camicia e la cravatta, le scarpe e i calzini. Prese dalla valigia la bottiglia di Beefeater e ne versò un dito nel bicchiere del bagno, quindi aprì la porta del balcone. Ma prima che potesse mettere un piede fuori il telefono squillò. Era Mancuso.

«Cos'hai saputo?»

«Niente. L'orario delle visite è alle dieci. Solo che non vedono nessuno la domenica.»

«Che intendi fare, allora?»

«In ogni caso, proverò ad andarci domani. Se non ci riesco, credo che starò qui a scaccolarmi il naso fino a lunedì.»

«Stai perdendo tempo.»

«Ma davvero.»

«Su Fallon, voglio dire. È un tipo a posto.»

«Già. Un principe tra gli uomini, giusto?»

«Non t'interessa la storia dell'AIDS?»

«No» disse Mancuso, e poi cambiò bruscamente argomento. «A che punto sei con Ramirez?»

«Stiamo aspettando che ci chiamino per organizzare un incontro.»

«Come va con la pollastrella?»

L'espressione irritò Ross. «Bene.»

«Bada a quello che fai» disse Mancuso. «Ricordati che è colpevole fino a prova contraria.»

«Piantala, Joe.»

«Oh...? È così?»

«Buonanotte, Joe» tagliò corto Ross, e riattaccò. Spense la luce nella stanza, passò tra le tende di nailon e si portò il bicchiere fuori, nelle tenebre, sul balconcino affacciato sulla baia. Si sporse dalla ringhiera guardando, in basso, le spettrali ondate bianche.

Nessun dubbio: qualcuno li stava pedinando. L'uomo che pescava granchi sul molo di fronte al ristorante era lo stesso che sedeva al banco quando, quel pomeriggio, avevano lasciato la Grass Shack. E poi c'era quell'altro di mezza età seduto giù nell'atrio, che per tutto il pomeriggio aveva letto lo stesso giornale. Ma la conferma gli era venuta dai fari della macchina che li aveva seguiti sull'alzaia e poi nel lungo giro che avevano fatto per tornare sull'AIA.

In quel lavoro era andato tutto storto: fin dall'inizio. Mancuso aveva perfettamente ragione: era una macchinazione. Una sola vittima e due omicidi. Poi la strage nella casa di Beckwith. E la continua, tormentosa impressione che sul caso lavorasse qualcun altro, qualcuno che era sempre mezzo passo davanti a loro, qualcuno che tendeva imboscate nelle tenebre. Ma ora, lì a Miami, era certo che lui e Sally erano attentamente sorvegliati. Ma da chi?

La ringhiera era fredda e il pavimento di cemento del balcone umido sotto i piedi e la brezza che spirava da occidente gli intirizziva la nuca. Ross si voltò per rientrare. Allora qualcosa si mosse nella stanza attigua e colpì la sua attenzione.

Sulla vetrata scorrevole della stanza da letto di Sally le diafane tendine erano tirate. Dentro c'erano due lampade accese sui comodini e un filo di luce che veniva dal bagno. Mentre Ross guardava, Sally uscì dal bagno e si fermò ai piedi del letto. Cominciò a sbottonarsi il vestito.

Ross fece un passo indietro, uscendo dal pallido chiarore della luna per rifugiarsi nell'ombra in fondo al balcone. Guardò Sally sbottonarsi il vestito, sfilarselo dalle braccia e lasciarselo scivolare intorno alle caviglie. Poi la ragazza fece un passo di lato, lo raccolse dal pavimento e lo dispose ordinatamente sulla spalliera della seggiola. Ross sapeva che non avrebbe dovuto restare dov'era. Si sentiva in tutto e per tutto una spia. Ma non trovò la forza di andarsene.

Sally si girò verso la porta, proprio verso il punto in cui Ross se ne stava acquattato nell'ombra. Poi armeggiò con le mani dietro la schiena e si sganciò il reggiseno e lo lasciò cadere sulla seggiola. I suoi seni erano tondi e alti, e senza il reggiseno erano solo un po' più larghi del suo petto, cosicché la vita sembrava sottilissima. I capezzoli erano scuri e appuntiti, e quando si muoveva la carne tenera dei seni vibrava col vibrare del suo corpo. Ross respirava appena e sentiva che il cuore si era messo a battergli nel petto a precipizio.

Sally si chinò e si tolse le mutandine e le depose accanto al reggiseno. Poi si raddrizzò nelle scarpe col tacco alto. Ora Ross poteva vedere tutto, di lei. Aveva due fianchi arrotondati e voluttosi e una "V" piccola e tesa di biondi peli pubici. Era una di quelle donne che aveva visto solo nelle riviste, tutta curve e torniture e forme morbide e piene, e contemplandola si sentiva salire il sangue al viso.

Sally gli voltò le spalle e si diresse verso il bagno, e mentre passava davanti al comodino la luce della lampada le giocò sulla curva della schiena e delle natiche. Ross deglutì. Poi lei entrò nel bagno e chiuse la porta.

Ross rimase là sul balcone, cercando di riprender fiato. Era accaldato e aveva un'erezione. Bevve una lunga sorsata di gin, entrò e si mise a sedere sul letto. Ma non aveva voglia di dormire, e allora si spostò sulla poltrona per guardare David Letterman. Ma Letterman non gli era mai sembrato molto divertente, e quella sera non fece eccezione, così spense la televisione e volse lo sguardo nella stanza rendendosi conto, solo allora, che era maledettamente piccola; e gli venisse un accidente se avrebbe permesso a qualcuno, chiunque fosse, di pedinarlo dalla mattina alla sera. Si mise la camicia, e le scarpe, e la giacca, ficcò la pistola in una tasca, prese la chiave della stanza e uscì.

Mancuso restò a lungo seduto vicino al telefono, a chiedersi se fosse il caso di richiamare Ross. La sua risposta non gli era piaciuta. Sally Crain era una bella donna con due tettone e un culetto niente male. Era scaltra, intelligente e conosceva il mondo. Era troppo, maledettamente troppo furba per Dave Ross, e su questo non ci pioveva.

Mancuso guardò, fuori dalla finestra, i fari delle macchine che passavano sulla 422. C'erano un mucchio di cose, nelle donne, che non riusciva a capire. E più il tempo passava, meno lo capiva.

S'infilò la giacca, prese l'ascensore, scese al pianterreno ed entrò nel Trapper. Il tassista aveva ragione: era pieno di prostitute. Sedette al banco vicino a una rossina che doveva aver passato i quaranta.

«Posso offrirti qualcosa da bere?»

«Bourbon» disse lei. «Doppio, magari.»

«È la mia bevanda preferita.»

Il barista piazzò i bicchieri sul banco.

«Sei di queste parti?»

«Washington» rispose lui.

«Lavori per il governo?»

«Sì. Trovo reginette di bellezza che vadano a letto col presidente.»

«Che drittone!»

«Vuoi fare un provino?»

«Perché no?»

«Qual è il tuo prezzo?»

«Un biglietto da cento.»

«Via» disse lui. «Io non sono poi così arrapato... e tu non sei Miss America.»

«Sono sempre meglio di quello che trovi a casa.»

«Ci vuol poco.»

Risero insieme, poi Mancuso disse al barista di mandargli in camera un paio di bicchieri e prese l'ascensore con la rossa, ridendo per tutta la strada.

Quando si tolse la giacca, lei vide la pistola che portava sull'anca.

«Cosa sei? Uno sbirro?»

«Stasera no. Sono fuori dalla mia giurisdizione.»

«Non vado con gli sbirri.» Cominciò a rimettersi il vestito.

Lui mise sul letto un biglietto da cinquanta. «Dài. Che ne dici?»

Lei guardò prima i soldi e poi lui. «Non mi arresterai?»

«No. Ma potrei farti scoppiare.»

«Questo è da vedersi» disse lei. Prese i soldi e si sfilò il vestito.

Al buio, mandò un gemito quando lui venne, e dopo che ebbe finito accese la luce e bevvero insieme un altro bourbon.

«Vuoi rifarlo?»

«Cinquanta è il mio limite» disse Mancuso. «Sono al verde.»

«Va bene. Te ne offro una io. Per amore.»

Così fece. Ed era l'unico tipo d'amore che Mancuso capisse.

Dave Ross scese al bar della discoteca del Miramar. Ordinò un Beefeater in un bicchiere di plastica e dalla porta di dietro uscì sulla spiaggia.

Sotto la pallida luce lunare si vedeva la lunga fila di alberghi.

La spiaggia era deserta. Faceva freddo, adesso, così freddo da restare sorpresi: ma la cosa non lo fermò. Senza voltarsi indietro Ross camminò in linea retta fino alla cresta di sabbia dove la spiaggia si rompeva e scendeva ripida nell'acqua. Là si fermò, mise il bicchiere su un punto pianeggiante, si tolse le scarpe e vi buttò sopra la giacca. Poi si tolse i calzoni, li piegò, li mise in cima al mucchio e, in mutande, attraversò la battigia e si tuffò in mare.

Tenendosi la pistola stretta al corpo nuotò a lungo, su un fianco, in quell'acqua scura e vorticosa, e poi cambiò direzione e nuotò energicamente verso nord, col favore della corrente, per sette od ottocento metri, fino a quando, voltandosi indietro, vide che l'insegna in cima al Miramar era quasi troppo piccola per poter essere letta. Allora si lasciò trasportare dalle onde, toccò terra, e tornò indietro sulla spiaggia.

C'era un freddo venticello che spirava da sud trasformando in gelide perline le gocce d'acqua che aveva sulla pelle. Si chinò, nascondendosi dietro il profilo delle dune, e strisciò lungo la spiaggia verso il Miramar. Le mutande, bagnate fradice, gli gelavano le palle, e riusciva a stento a trattenersi dal battere i denti. Quando fu a un tiro di sasso dall'albergo, il cuore gli batteva per lo sforzo della nuotata e lui tremava incontrollabilmente per il freddo e la tensione.

Si mise carponi e risalì il versante dell'ultima duna. La sabbia grossolana gli ricopriva il corpo e gli rigava il ventre come vetro macinato mentre raggiungeva la cima dell'altura e allungava il collo per guardare dall'altra parte.

C'era una torre di guardia per bagnini su un promontorio sabbioso a una quindicina di metri di distanza. Al riparo della torre c'era un uomo, un uomo con un completo grigio e scarpe nere, che stava in piedi – mezzo all'ombra, con le spalle a Ross – per non perdere di vista il mucchietto degli indumenti lasciati da Ross sulla sabbia.

Ross abbassò la testa e guardò la pistola bagnata che aveva in mano. Come le mani e la pancia, anche l'arma era incrostata di sabbia. Impossibile sapere se il meccanismo era inceppato. E la pistola era rimasta immersa per un quarto d'ora. I proiettili non erano impermeabili: e mancava la certezza che l'arma avrebbe fatto fuoco anche se il cane si fosse abbattuto sulla capsula.

Si girò sulla schiena, contro la sabbia della duna, cercando di riprender fiato e di calcolare quante probabilità aveva. La sua arma poteva essere inutile. Ma quell'uomo poteva essere la chiave di tutto: della morte di Martinez, della strage della famiglia

Beckwith, dello sconosciuto al Four Seasons Hotel. Qualunque fosse il rischio che correva, Ross sapeva che doveva cercare di acciuffarlo. Guardò il proprio corpo bagnato e il revolver che teneva tra le mani. Senza far rumore tolse la sicura. Poi si arrampicò e scavalcò la cresta della duna.

Lentamente, osando a malapena respirare, strisciò sul ventre verso la torre. Subito sotto la superficie la sabbia era ancora calda, e Ross ringraziò il cielo. Continuò a strisciare fino a quando si trovò a pochi metri dalla schiena dell'uomo.

L'uomo fece un passo dietro la torre di guardia. Ross si appiattì sulla sabbia. Teneva le braccia tese e inquadrava l'uomo nel mirino della pistola.

L'uomo sbadigliò e si appoggiò alla torre.

A un tratto Ross balzò in piedi, fece di corsa tre lunghi passi e, mentre l'uomo si girava verso di lui, saltò e lo colpì in pieno petto con la pianta dei piedi.

L'uomo lanciò un grido e si rovesciò all'indietro, e Ross gli fu addosso, inchiodandogli le braccia al suolo e puntandogli contro la guancia la canna della pistola.

«Fa un gesto e ti ammazzo!»

«Ah, Cristo» gemette l'uomo. «Vacci piano, amico.»

«Perché cazzo mi stai seguendo?»

«Ehi! Stavo facendo quattro passi.»

«Maledetto bugiardo.» Alzò col pollice il cane della pistola.

«Cristo, amico! Aspetta un momento! Aspetta un momento!»

«Chi cazzo sei, tu? Che diavolo vuoi?»

«Woodville. FBI. Zona di Miami.»

Ross rimase a bocca aperta.

«Cosa? Balle!»

«Controlla, nella tasca della giacca.»

Alzò un dito per indicarla e l'altro gli piantò la pistola nella mascella. «Non muoverti, figlio di puttana.» Frugò nella tasca dell'uomo. «Ho detto di non muoverti, perdio!»

L'uomo rimase immobile, ansimando disperatamente. Ross gli sfilò dalla tasca il portafogli di pelle e lo aprì. Lo scudo che conosceva bene brillò sotto la luce della luna. Ross glielo spinse sotto il mento e controllò la somiglianza tra la sua faccia e la fotografia.

«Woodville, eh? Chi è il capo del tuo ufficio?»

«Il... ah... è Lucas.»

«Qual è il nome di battesimo?»

«Ah, il nome di battesimo... Sawyer.»

«E come lo chiamano?»

«W... W... Wimpey.»

«Cazzo» esclamò Ross. Abbassò il cane della pistola e si alzò in piedi. Gettò il portafogli sulla pancia dell'uomo.

Woodville si mise a sedere, strofinandosi la mascella. «Chi diavolo sei, tu?»

«Ross. Sede centrale. Archivio.»

«Ah, tu scherzi.»

«Scherzo? Vaffanculo.»

Faceva molto freddo e Ross rabbrividiva. Si allontanò, fino a dove i suoi indumenti giacevano sulla spiaggia, e cominciò a infilarsi i calzoni. Woodville lo seguì, togliendosi la sabbia di dosso.

«Cristo, amico» disse «come potevo sapere?»

Ross gli mostrò lo scudo e il tesserino.

«Merda» sussurrò Woodville. «Scusa.»

«Vaffanculo.» Continuò a vestirsi, per scaldarsi, senza nemmeno curarsi della sabbia bagnata che gli incrostava la pelle.

«Senti, io faccio solo quello che mi dicono.»

«Anche noi.» Raccattò le scarpe e tornò a incamminarsi verso l'albergo. Allora Woodville lo prese per un braccio.

«Senti, Ross... fammi un favore. Non fare rapporto.»

«Perché no, cazzo?»

«Dài. Lo sai. Se quelli scoprono che mi sono fatto sorprendere perdo tutti i punti per la promozione.»

«È un problema che non mi riguarda.»

Ma Woodville non lasciava la sua manica. «Cristo, amico, abbi pietà. Mi hai praticamente rotto la mascella.»

Ross si fermò di colpo. «Perché mi pedinavi? Cosa credevi di scoprire?»

«Il solito. Un trafficante di fuori città venuto a prendere un po' di roba di contrabbando. Non ci occupiamo d'altro, qui.»

«Merda» sibilò Ross, e si allontanò.

«Ehi, non mi denuncerai, eh?» gli gridò dietro Woodville. Ma Ross era troppo arrabbiato per udirlo. Solo adesso capiva perché Mancuso lo aveva spedito a Miami e perché al telefono era stato così circospetto. Mancuso aveva sempre saputo.

Ore 23.45. Henry O'Brien si trovava, col sergente dei marines, nel corridoio al primo piano della Casa Bianca, proprio davanti alla porta dell'appartamento privato. Si aggiustò il nodo della cravatta. Poi la porta si aprì e il presidente disse: «Entra, Henry, prego».

Il presidente indossava una veste da camera e pantofole di velluto verde. Rimase in piedi in un salottino, arredato un po' alla buona in stile coloniale.

«Scusi se la disturbo a quest'ora, signor presidente.»

«Non preoccuparti. Accomodati, prego.»

«Grazie, signore.»

Si misero a sedere su un paio di poltrone con la spalliera diritta.

«Be', cosa ti porta qui un sabato sera così tardi, Henry?»

«Teniamo sotto sorveglianza gli agenti che indagano sull'assassinio di Martinez» disse O'Brien.

«Non me l'avevi detto.»

«L'ha chiesto il signor Bender. Non è insolito nei casi in cui è in gioco la sicurezza nazionale.»

«Capisco.»

«Hanno trovato qualcosa.» Ma O'Brien non spiegò cosa.

«Allora?» chiese il presidente. «È qualcosa d'importante?»

«Non ne sono sicuro.»

Sam Baker tacque per qualche istante, aspettando che O'Brien parlasse. E quando vide che O'Brien taceva cominciò a capire che doveva trattarsi di qualcosa di molto importante.

«Be', Henry, se è tanto importante da portarti qui a quest'ora della notte, parliamone. Vuoi?»

«Riguarda il signor Bender.»

Il presidente si appoggiò alla spalliera. «Il signor Bender ha violato la legge?»

«Non lo so.»

«Ma tu sospetti che possa averlo fatto?»

O'Brien non rispose.

«Henry, nessuno di noi è al di sopra della legge» disse il presidente. «Né io. Né te. E neppure il signor Bender. Voglio che tu lo capisca bene.»

O'Brien annuì. «Sissignore.»

«Allora, Henry, che c'è?»

«La nostra autopsia concludeva che il colonnello Martinez aveva l'AIDS.»

Il presidente sgranò gli occhi. «La... la malattia?»

«Sissignore.»

«Dio, che tragedia. Quel poveretto. I suoi poveri amici e familiari.»

«Il signor Bender mi ha fatto alterare il referto prima che fosse consegnato ai compatrioti del colonnello» proseguì O'Brien.

«Alterarlo?»

«Per risparmiare la moglie e i compagni. Per non fare ai *contras* una pessima pubblicità. Abbiamo tolto dal referto ogni riferimento all'AIDS.»

Il presidente ci pensò su. «Be'» disse. «Be', ovviamente, è stato scorretto alterare quel referto. Ma, Henry... Non so. Penso che qui si debba fare una scelta. Quell'uomo era morto. Aveva fatto molto per il suo paese. Io credo che il problema sia questo: dobbiamo lasciare che i combattenti per la libertà del Nicaragua si tengano il loro eroe o riconosciamo il diritto della storia alla verità?»

«Sissignore, è quello che penso anch'io. Ma poi, stamattina, abbiamo ascoltato questa conversazione tra i nostri due agenti.» Prese un foglio di carta dal taschino della giacca e lo porse al presidente. Era un estratto dalla trascrizione di una conversazione telefonica. Nove righe erano evidenziate in giallo. Dicevano:

R: Sì, certo, lo farò. Senti, Joe. Hai mai sentito parlare di un posto chiamato Fort Deetrick? È nel Maryland.

M: E allora?

R: È dove l'esercito fa le sue ricerche sulle armi biologiche. Credo possa essere il posto dove si sono procurati l'AIDS da iniettare ai martini.

M: INTERROMPE LA COMUNICAZIONE

R: Pronto? Joe? Sei lì?

M: COMUNICAZIONE INTERROTTA

Il presidente notò gli errori nella trascrizione dei nomi di Fort Deitrich e di Martinez. Ma essi non dissimulavano il terribile messaggio racchiuso in quelle parole.

«Non sono sicuro di capire» ammise infine il presidente. «Stai dicendo che qualcuno ha iniettato l'AIDS a Martinez?»

O'Brien tolse di tasca il taccuino e ne sfogliò alcune pagine. «Il colonnello Martinez non aveva l'AIDS domenica scorsa quando ha fatto gli esami al Walter Reed. Due giorni dopo mostrava una grave infezione. Potrebbe essere la conseguenza solo di un'iniezione di virus puro.»

«Ma come potrebbe essere accaduto all'insaputa del colonnello?»

«Noi pensiamo che si sia verificato durante il prelievo di sangue al Walter Reed.»

«Avete interrogato le persone che hanno fatto gli esami del sangue?»

O'Brien sfogliò una pagina del suo taccuino. «Il medico che

ha fatto l'esame era il capitano dell'esercito americano Arnold Beckwith. Lui, sua moglie e sua figlia sono stati uccisi a colpi d'arma da fuoco giovedì, un'ora prima che i nostri agenti arrivassero sul posto per interrogarli.»

Il presidente si raddrizzò sulla poltrona. «A colpi d'arma da fuoco? Assassinati tutt'e tre?»

«Giustiziati.»

Il presidente si alzò in piedi. «Che diavolo sta succedendo?»

O'Brien si alzò. Ma non provò a rispondere.

«Tu metti in relazione le istruzioni del signor Bender a proposito del referto sull'autopsia con questa conversazione telefonica?» Baker gli mostrò il pezzo di carta.

«Non necessariamente.»

«Pensi che esista un collegamento?»

«Non abbiamo modo di saperlo.»

Il presidente alzò la voce. «Ma tu che cosa ne pensi?»

O'Brien chinò il capo. «Signore» disse «lei mi sta facendo una domanda alla quale non posso rispondere.»

Il presidente si passò una mano tra i capelli. Poi si mise a sedere.

«Benissimo, Henry. Segui attentamente la faccenda. Tienimi informato.»

«Sissignore. Lo farò.»

«Grazie per la visita. Buonanotte.»

Ma quando O'Brien uscì dalla stanza Sam Baker non andò a letto. Rimase là seduto, nel silenzio della notte, sforzandosi di ricordare. Ricordava quel che aveva detto Rausch sul "veleno" durante la seduta del consiglio per la sicurezza nazionale. Ricordava come Rausch e Bender sembrassero aver stretto un'alleanza contro la caccia a Petersen e il suo ritrovamento.

Se questi episodi rappresentavano qualcosa di più di semplici coincidenze, potevano essere forieri di un incubo. E se erano ciò che sospettava lui, l'incubo non sarebbe stato soltanto suo, ma di tutta la nazione.

•

Ore 23.50. Era stata una giornata molto lunga. E Rolf Petersen l'aveva trascorsa in attesa di una telefonata.

Alle 5,55 del mattino si era svegliato, aveva acceso la tivù ed era passato da un canale all'altro mentre trasmettevano i primissimi telegiornali. La notizia del giorno era sempre la violenta ostilità del vicepresidente Eastman verso il presidente. Anche la cronaca più particolareggiata dell'uccisione del poliziotto vicino alla casa del senatore Fallon era poco più di un flash. E quantunque non gli importasse del poco spazio, o del molto, che i mass media dedicavano al fatto, Petersen provò una fitta di delusione. Dopo tutto, lo avevano addestrato molto bene.

Sapeva che l'obiettivo primario del terrorismo era la pubblicità. I mass media potevano spaventare e confondere il pubblico più in fretta e più a fondo di qualunque campagna politica. I migliori atti di terrorismo erano quelli che si prestavano a una presentazione visiva nei telegiornali e sulla stampa. Meglio ancora erano quelli con uno sviluppo nuovo e sorprendente che catturava l'immaginazione dei reporter. Quelli si guadagnavano titoli a nove colonne.

Ma mentre guardava la televisione Petersen fu costretto a confessare a se stesso che un poliziotto assassinato non era una novità, e quando cominciò *Family Ties* spense l'apparecchio e attraversò la statale per andare a prendere una brioche, un caffè e i giornali al 7-Eleven.

Quando tornò indietro, chiese al portiere se c'erano messaggi. Nessuno lo aveva cercato. Andò in camera sua e guardò con impazienza i programmi sportivi del mattino fino al locale notiziario di mezzogiorno. La loro cronaca dell'omicidio era più completa. C'erano delle riprese effettuate con una telecamera a mano sul luogo del delitto: il corpo del poliziotto coperto da un lenzuolo prelevato da una casa vicina, poi insaccato e portato via in ambulanza. C'erano la tipica fototessera dello sbirro defunto, indignate dichiarazioni del sindaco e del capo della polizia, manifestazioni di ansietà da parte dei vicini di Fallon, le solite riprese della famiglia in lacrime e due o tre secche parole di condoglianze pronunciate, a nome del convalescente senatore, da un grasso finocchietto di nome Van Allen. Rolf Petersen era deluso.

Guardò le telenovelas fino al tardo pomeriggio e poi, alle cinque, tornò il notiziario locale con un lungo servizio sul delitto che comprendeva alcune riprese nel quartiere di Fallon effettuate il giorno stesso. La polizia di stato era venuta a dare man forte alla polizia del posto, unitamente a quella che sembrava una mezza compagnia della guardia nazionale. Un paio di veicoli blindati м113 per il trasporto truppe bloccavano l'accesso a Crescent Drive. E naturalmente molti dei civili per la strada erano detectives in borghese e agenti del servizio segreto. Il telegiornale della sera non fece neppure un cenno dell'omicidio. Per loro, non c'era nulla che fosse più defunto dello sbirro defunto di ieri.

Ma ormai Petersen sapeva ciò che doveva sapere sul livello di protezione realizzato attorno alla casa di Fallon. Prese le pagine gialle dell'area di Baltimora e la sua mappa e cercò i campi d'aviazione privati che offrivano elicotteri a noleggio. Ce n'erano due soli: uno all'Essex Skypark di Rocky Point e l'altro al Glenn Martin Airport lungo la strada 150. Erano entrambi sull'altra sponda della baia, dalla parte opposta della città, ancora più lontani da Washington del motel.

L'alternativa consisteva nel provarsi a noleggiare qualcosa al College Park Airport, che era solo tre chilometri e mezzo a nord del Distretto. Questo avrebbe ridotto il tempo di volo a meno di dieci minuti: un grosso vantaggio, se le cose fossero precipitate.

Alle sette e mezzo di quella sera uscì a comprarsi per la cena un Big Mac con patate fritte e al ritorno controllò se c'erano messaggi. Poi pescò un film con John Wayne su una delle stazioni indipendenti. Il telegiornale delle dieci aveva solo due o tre righe sul delitto, e alle undici le stazioni regionali ne parlarono solo di sfuggita. E quando, alle undici e trenta, finirono i notiziari, il telefono non aveva ancora suonato. Allora Petersen si alzò e raggiunse il telefono a monete davanti al 7-Eleven.

Fece il solito numero e ascoltò il solito messaggio. Ma stavolta, quando si udì il segnale elettronico, disse: «O ti vedo con i soldi domani entro mezzanotte o Fallon non sarà vicepresidente. Anzi, non sarà neanche una merda da pestare per la strada».

Mezzanotte. Quando il corriere della CIA lasciò la borsa nera con i telex della giornata, l'ammiraglio William Rausch se la portò direttamente nello studio della sua casa di Bethesda e chiuse subito a chiave la porta. Aprì in fretta la combinazione, estrasse la busta azzurra con la scritta D/CIA, distruggere dopo la lettura, e l'aprì.

Sopra il fascio di cablogrammi provenienti dall'Europa e dall'America Latina c'era una busta bianca indirizzata a lui con la scritta PERSONALE battuta a macchina sotto il suo nome. Era stata radiografata e marcata col timbro in arrivo nel suo ufficio di Langley alle 2,14 di quel pomeriggio. Sembrava un altro invito a una cena di beneficenza, per cui la buttò da una parte e affondò febbrilmente le mani nel mucchio dei rapporti. Cercava un messaggio, un breve messaggio che avrebbe dovuto arrivare all'ufficio per l'America Latina, un breve messaggio che gli dicesse che i grattacapi datigli dall'FBI con le sue ricerche del virus dell'AIDS erano quasi alla fine. Lo trovò in fondo a una pagina:

Rilesse la riga scura in fondo al telex. Altre grane in vista. Ross era sorvegliato dall'FBI, e quella sorveglianza costituiva una difesa inattaccabile. Il killer assoldato dalla Compagnia avrebbe dovuto aspettare il momento opportuno. Rausch appallottolò il pezzo di carta. Perché diavolo l'FBI pedinava il proprio uomo? Infuriato, cacciò il telex nel tritadocumenti e poi, dopo averli consultati, v'infilò gli altri comunicati.

In effetti, si era completamente dimenticato della busta bianca fino al momento in cui chiuse la borsa vuota e la sollevò dal tavolo. Allora notò la busta che c'era sotto.

Era così irritato che per poco non la ficcò nel tritacarta senza aprirla. Alla fine, però, decise di darle un'occhiata: l'invito poteva essere di qualche personaggio importante cui dover mandare almeno un biglietto di rincrescimento. Invece nella busta c'era solo un foglietto di carta bianca, piegato. Qualcuno vi aveva scritto a macchina:

Rolf Petersen
Stanza 108
Statale 2 Holiday Inn
Glen Burnie, Maryland

Lo fissò a lungo, quel pezzo di carta, e anche dopo tutto quel tempo continuava a non credere ai propri occhi.

DOMENICA 14 AGOSTO 1988

Il sesto giorno

Ore 6.40. Quando squillò il telefono, quel suono le parve un lungo ago che le trapassava il cervello. Le tempie le pulsavano più forte del campanello e una terribile emicrania rumoreggiava sotto i suoi occhi, inebetendola. Le tende per la notte erano tirate, e la camera d'albergo era nera come la pece, a parte due o tre esili raggi di luce – la luce purpurea dell'alba – saettanti attraverso il soffitto. Sally si girò su un fianco e strinse con le mani le lenzuola sgualcite. Si trascinò attraverso il letto e finalmente riuscì a portarsi il ricevitore all'orecchio.

«S... sì?»

Era Terry Fallon, e la sua voce era secca, tagliente e limpida come un cristallo. «Eastman ha convocato una conferenza stampa per le nove e trenta di stamane» disse. «Dice che farà un annuncio importantissimo.»

«Cosa...?» Sally si rizzò a sedere sul letto. L'emicrania le dava l'impressione di avere la testa piena di un fluido in movimento. «Dove l'hai sentito?»

«Mi ha appena chiamato Chris.»

«Perché non ha chiamato me?»

«Scopri di che si tratta.»

«Ci proverò.»

«Non provarci. Fallo.» Riattaccò.

Sally accese la lampada sul comodino, si fregò gli occhi per detergerli dal sonno e tentò di schiarirsi le idee. Ma il mal di testa diventava più forte ogni volta che si muoveva, e allora si ricordò della sera prima e della cena a lume di candela in riva al mare, e dello champagne. Non era mai stata una grande bevitrice: due bicchieri di vino bianco bastavano a farle girare la testa. Ma aveva provato un tale sollievo parlando con Ross, si era sentita così allegra. E tuttavia, già mentre provava quei sentimenti, non riusciva a capirli. Ross era, dopo tutto, un uomo così comune, timido e infantile. Forse era proprio per questo che si sentiva così a suo agio con lui. Poteva permettersi di essere solo una donna e non chiedeva di più.

Ora aveva un bel mal di testa come souvenir della sua avventura, e un'emergenza che minacciava di travolgerla. Fece il numero di Chris a Georgetown.

«Perché non mi hai chiamato?» domandò.

«Tu sei lì. Noi siamo qui. Comunque, stavo proprio per chiamarti quando è suonato il telefono.»

Così disse, ma il suo tono, chissà perché, non era convincente.

«Di che si tratta?»

«Sally, io ne so quanto te.»

«Be', fa un giro di telefonate e vedi cosa riesci a scoprire.»

«D'accordo.»

«E... Chris?»

«Sì?»

«Se trovi qualcosa... chiama prima me.»

Non depose il ricevitore. Fece il numero diretto di Steve Chandler alla redazione di *Today*.

Una voce rispose: «Tre B».

«Steve?»

«Non c'è.»

«Posso parlare al capostruttura? Sono Sally Crain da...»

«Ehi, signora. È domenica.»

Interruppe la comunicazione e tenne il dito su uno dei tasti. Poi si raddrizzò e cercò di raccogliere le idee. Non c'era alcun bisogno di farsi prendere dal panico. Mancava un quarto alle sette di una domenica mattina. La conferenza stampa era prevista per le 9,30. Se Eastman voleva fare un'importante dichiarazione, i servizi giornalistici delle stazioni televisive dovevano essere in movimento.

Cercò il suo Filofax nella borsetta e trovò il numero di casa di Steve Chandler a Darien, nel Connecticut.

«Ecco quello che mi piace di te, Sally» disse Chandler quando rispose al telefono. «Sei coerente. Non ti fai il minimo scrupolo di chiamarmi ogni volta che hai bisogno di qualcosa.»

«Credo che sia reciproco, Steve. O no?»

«Sì, d'accordo. Oggi di che si tratta? O devo indovinare?»

«Tu che hai saputo?»

«Niente» rispose Chandler. «Conferenza stampa alle 9,30 all'Old Executive Office Building. Roba grossa.»

«Brokaw è stato avvertito?»

Per un attimo, Chandler non rispose. Era una specie di cartina al tornasole. Se il direttore del telegiornale credeva veramente che l'"importante" dichiarazione di Eastman fosse "importante", avrebbe fatto preparare lo studio e dato l'allarme a Tom Brokaw, per poterlo mandare in onda con i suoi commenti prima delle altre due stazioni. Era una delle regole del gioco, il puerile "occhio per occhio" della concorrenza tra i diversi canali.

«No comment» disse lui alla fine. Che era una risposta più articolata di un semplice "sì". I servizi giornalistici della NBC erano evidentemente convinti che stesse per succedere qualcosa di straordinario.

«Hanno già diramato un comunicato?»

«Non ancora.»

«Voi che farete?»

«Noi la diamo in diretta per gli stati del centro e dell'est, con Andrea Mitchell come telecronista. Ora, che ne diresti di lasciarmi fare colazione?»

«Eastman... Cosa credi che dirà?»

«Sally, come vuoi che lo sappia? Perché non fai la brava e non guardi anche tu il nostro programma e lo scopri insieme a tutti gli altri?»

«Steve, ci sono dei giorni in cui mi fai proprio incazzare.»

«È reciproco.» Riattaccò. Lei allora fece il numero di Tommy Carter.

«Non so un cavolo di niente.»

«Tommy, per piacere.»

«Sally, credimi: la domenica io non mi alzo fino a mezzogiorno, a meno che non dichiarino la guerra. Ha convocato una conferenza stampa, i suoi galoppini ci dicono che è roba grossa e questo è tutto, per ora.»

«Secondo te, annuncerà il suo ritiro?»

Per qualche attimo Tommy non rispose. Poi disse: «O questo... o il contrario».

«Il contrario?»

«Potrebbe candidarsi alla presidenza.»

Sally deglutì. «Impossibile.»

«Sally, l'America può mandare un uomo sulla luna, figuriamoci se non possono mettere un idiota alla Casa Bianca.»

«A che punto siamo con la storia di Cronkite?» chiese lei.

«A un punto morto.»

«A un punto morto? Come sarebbe?»

«Dipenderà da quello che il signor Eastman dirà questa mattina.»

A un tratto Sally ebbe l'impressione che tutto il suo piano

strategico si stesse sbriciolando intorno a lei. «Qual è la tua prossima mossa?»

«La mia prossima mossa è scopare la corrispondente da Washington del *Jornal do Brasil*, che è appena andata in bagno a rimettersi il diaframma. È una cattolica di larghe vedute, sai. Crede solo in un controllo delle nascite smontabile.»

«Tommy, sei sempre stato un campione di galanteria.»

«Sally, sai che sei stata la prima donna che io abbia amato veramente?»

La battuta la prese in contropiede. «Doveva essere una cosa da ridere?»

«No. Doveva essere una cosa speciale. È solo adesso – dopo tutti questi anni – che capisco che era una cosa da ridere.»

«Ciao, Tommy.»

Fece il numero di Chris.

«Niente» disse lui. «Nessuno parla. È un vicolo cieco.»

E per la prima volta dal giorno in cui aveva incontrato Chris Van Allen, Sally non seppe se doveva credergli. «E quel... Come si chiama, Rob Moorehouse? Il segretario di Wyckoff.»

«Sparito. Introvabile. Fuori città. Sarà al capezzale di Wyckoff, ovunque lo abbiano nascosto.»

«Maledizione, Chris. L'annuncio più importante dell'anno e tu mi stai dicendo che non riusciamo a cavare un ragno dal buco!»

«Sì» ribatté lui. «È esattamente quello che ti sto dicendo. E, già che ci sono, ti dico anche di non alzare la voce, con me.»

Prima che Sally potesse rispondere, Van Allen interruppe la conversazione.

Allora lei fece il numero privato di Terry.

«Dunque?»

«Niente. E Chris si comporta come una checca isterica. Parlagli, eh?»

«Gelosia.»

«Non mi piace.»

«A me non piace ignorare il tiro mancino che sta per farci Eastman.»

«Sei stato tu a insistere perché venissi a Miami.»

«Sei stata tu a....» E Fallon s'interruppe.

«Cosa?»

«Non ha importanza. Appena finirà la conferenza stampa, fammi sapere qual è la tua opinione.»

«Certo» disse lei, senza curarsi di nascondere il risentimento che aveva nella voce.

264

«Sally?»

«Cosa?»

«Vorrei che tu fossi qui.»

Fu per lei un pugno allo stomaco. «Grazie» mormorò, quando riprese fiato.

Ore 7.05. Finita la telefonata con Lou Bender, il presidente si sedette sulla sponda del letto, riflettendo. Era semplicemente inconcepibile che il vicepresidente degli Stati Uniti convocasse una conferenza stampa senza consultare il presidente. Eppure era quello che stava succedendo. Qualunque fosse la sua dichiarazione, Dan Eastman intendeva chiaramente prendere le distanze dall'amministrazione, separarsi dal presidente Baker.

Bender credeva che Eastman potesse annunciare il suo ritiro come candidato alla nomination vicepresidenziale. Bender sospettava che Eastman avesse offerto a Fallon il secondo posto in lista e che Fallon avesse rifiutato. Bender era convinto che Eastman sapesse di aver avuto il suo turno alla battuta e di aver fatto cilecca.

Sam Baker ci pensò. Il ragionamento non faceva una grinza. O quasi.

Il guaio era che Dan Eastman non era uno che si arrendesse facilmente. Era un attaccabrighe e mancava di tatto, ma non era il tipo da star giù solo perché lo avevano atterrato.

Sam Baker sollevò il ricevitore.

«Sì, signore?»

«Vorrei parlare col vicepresidente Eastman, per favore.»

«Glielo passo.»

Ci fu un solo squillo. «Parla il vicepresidente.»

«Buongiorno, Dan. Spero di non averti chiamato troppo presto.»

«No, signore.»

«Mi risulta che stamattina hai una conferenza stampa.»

«Esatto.»

«Dan, c'è qualcosa che vuoi dirmi sulle dichiarazioni che farai?»

«Per il momento, no.»

Ci fu una pausa.

«Dan...»

«Sì?»

«Non trasformare una crisi in una tragedia.»

«È troppo tardi per i consigli, Sam. Ma grazie lo stesso.»

Il presidente riattaccò. Rimase là seduto per un po', guardandosi i piedi nudi sul tappeto, ricordando ciò che gli aveva detto Richard Nixon il giorno in cui aveva lasciato la Casa Bianca per sempre: «Gli uomini disperati fanno cose disperate». Nixon sembrava pensare che questo spiegasse e giustificasse tutto.

Ore 7.25. L'ultima cosa che Lou Bender voleva a colazione era un colloquio con l'ammiraglio William Rausch. Ma l'uomo, al telefono, fu così insistente che Bender comprese che aveva qualcosa in mente. Gli disse di raggiungerlo nel suo appartamento nel Distretto: ma solo se avesse potuto essere lì prima delle sette e mezzo. Rausch arrivò prima delle sette e mezzo, e quando la governante gli aprì la porta entrò con un'espressione raggiante e disgustosamente compiaciuta.

«Bene. Che c'è?» disse Bender. «Oggi ho molto da fare.»

Ma l'altro non aprì bocca finché non furono seduti nel cucinino davanti a un caffè con le brioches e la governante non ebbe chiuso la porta lasciandoli soli.

«Questo ti divertirà» disse Rausch, e spinse verso Bender, sopra il tavolo, la piccola busta bianca con l'indirizzo di Petersen.

Bender l'aprì, e quando ebbe dato una scorsa al contenuto mancò poco che restasse soffocato dalla brioche che stava masticando. In effetti, si mise a tossire così forte e così a lungo che Rausch dovette alzarsi, girare intorno al tavolo di formica marrone e battergli una mano sulla schiena. Quando si fu ripreso, bevve un bicchier d'acqua e ricominciò a tossire.

Continuò a tamburellare col dito sul foglio finché non ebbe ritrovato la voce. «Dove... Dove diavolo l'hai trovato?»

«È arrivato nella borsa.»

«Dall'interno della CIA?» Quell'uomo lo stava sfidando di nuovo, e questo a Bender non piaceva.

«Impossibile saperlo. Potrebbe essere partito da qualunque ufficio governativo qui in città.»

«Impronte?»

«Lou, per piacere. Non sono dilettanti. Comunque, sappiamo chi l'ha spedito.»

«Lo sappiamo?»

«È del datore di lavoro di Petersen. E ci dicono qualcosa di più del posto dove trovarlo.»

«Ah sì?»

«Sì, Lou» disse Rausch, e tolse il biglietto dalle mani dell'altro e cominciò sistematicamente a farlo a pezzi. «Avevamo ragione nel sostenere che ad assoldare Petersen sono stati Ortega e i nicaraguensi.»

«Come lo sai?»

L'ammiraglio lasciò cadere i pezzi di carta nel suo piatto. «Ortega ha ricevuto il nostro messaggio e gioca le sue carte.»

Bender indicò il mucchietto di coriandoli. «Questo?»

«Un'offerta di pace.»

Bender puntò un gomito sul tavolo e posò il mento nel palmo della mano. «Perché ti consegnano Petersen?»

«Perché sanno che gli bucheremo il biglietto e lo faremo scivolare in una fossa senza contrassegni.»

«Lasciando fare a voi il lavoro con cui si sporcherebbero le mani?»

Rausch imburrò un toast. «Come mandare il disinfestatore quando hai gli scarafaggi.»

Bender sbuffò. «Bel mestiere, il tuo.»

«Lou, non piangere per me. Poniamo che ci sia un agente del KGB al quale possiamo far voltare gabbana. Gli diamo il nome di uno dei nostri informatori di terz'ordine. Lui lo denuncia o ne dispone la cattura. Noi perdiamo l'informatore, ma possiamo far promuovere il nostro uomo a un posto di autentica responsabilità. È come scambiare un pedone con un alfiere.»

Bender dava l'impressione di ascoltare. Invece non era così. Stava pensando al seguito della storia. Rausch aveva uno scopo, se gli faceva dondolare davanti al naso la scoperta di Petersen, e Bender non aveva nessuna intenzione di abboccare. Doveva metterlo sulla difensiva. Doveva fargli prendere paura o avrebbe perso l'iniziativa.

«Lou, è proprio come la politica» continuò Rausch con la bocca piena. «Solo che qui chi perde ci lascia la pelle.»

Bender disse: «Non voglio che venga ucciso».

«Chiedo scusa?» fece Rausch.

L'altro si sporse in avanti. «Se l'ha assoldato Ortega, Petersen vale più da vivo che da morto.»

Rausch si limitò a sorridere. «Per te, forse. Ma non per me. Lou, vediamo di non fare troppo i furbi. Noi abbiamo bisogno di due cose: Petersen morto e l'inchiesta dell'FBI seppellita con lui.»

Bender scartò quelle conclusioni con un gesto. «Non fare l'idiota. L'inchiesta dell'FBI finisce in ogni caso con la cattura di Petersen. Ma...» Si appoggiò allo schienale e si batté un dito contro un lato del naso. «Ma se noi convinciamo Petersen a dire al mondo che lo ha assoldato Ortega... È proprio quello di cui abbiamo bisogno per soffocare tutte le proteste di chi ci accusa di tormentare il povero e innocente Nicaragua. Tu becca Petersen e fallo cantare, e la stampa sarà tutta con noi.»

«Toglitelo dalla testa» disse Rausch. «La Compagnia non può catturarlo. Noi non possiamo agire entro i confini degli Stati Uniti.»

«Be', allora...» Bender sapeva come far scoccare la scintilla nel cuore di Rausch. «Consegnalo all'FBI.»

L'ammiraglio rizzò il pelo. Come altri ufficiali facenti parte del servizio informazioni della marina, era rimasto sconcertato quando l'FBI scoprì la combriccola di spie – quello che fu chiamato "Walker spy ring" – che avevano passato ai russi i segreti meglio custoditi della crittografia militare americana e, in un periodo di diciassette anni, più di un milione di messaggi segreti. Lui aveva fatto parte della commissione incaricata di punire i negligenti all'interno dell'establishment dell'Intelligence navale. Questo significò una lunga sfilza di dimissioni, trasferimenti, prepensionamenti e retrocessioni di colleghi. E lo rese uno dei più odiati ufficiali di marina. Ce l'aveva a morte con l'FBI. Bender aveva contato su questo fin dal principio.

«Cerchiamo di non essere meschini, Bill. O'Brien può cavarci le castagne dal fuoco. Usiamolo per i nostri scopi.»

Rausch tacque. Rifletteva.

«Solo per questa volta...» Bender gli fece il suo untuoso sorrisetto. «Sii ragionevole.»

«Okay, maledizione. Faremo a modo tuo.» Rausch consultò l'orologio e si alzò in piedi. «Meglio che scappi. Voglio essere a Langley prima che cominci la conferenza stampa di Eastman.»

Bender continuava a sorridere. Questo scambio lo aveva vinto lui. «Sii generoso, Bill. Forse il prossimo potrai ucciderlo tu.»

Il direttore della CIA era sulla porta quando si fermò. Aveva una strana espressione sul viso.

«Che c'è?» domandò Bender.

«Ieri tu non mi credevi.»

«Non credevo cosa?»

«Alla mia teoria: che Ortega avesse assoldato Petersen e che il bersaglio fosse Fallon. Non ci hai mai creduto veramente finché Ortega non ha ceduto.»

«Oh, non so» disse Bender. «Mi era parsa un'idea interessante.»

«Così, mi hai lasciato uccidere la figlia di Ortega... Per cosa? Per provocarlo?»

Bender non rispose.

«Sai, Lou, una volta credevo di essere un duro.»

«Anch'io» disse Bender, e nel suo sorriso c'era del veleno.

Rausch scosse la testa, ridacchiando. «Sei un piccolo bastardo fortunato, no? Eastman si ritira e Ortega ci dà Petersen. Voilà, tutti i tuoi problemi sono risolti.» E fece l'atto di lavarsi le mani. Ma non sorrideva più

Uscito Rausch, Bender sollevò il ricevitore del telefono di sicurezza e fece il 301-555-1212. Di lì a poco una centralinista rispose: «Informazioni. Posso fare qualcosa per lei?».

«Sì. Mi serve il numero telefonico dell'Holiday Inn di Glen Burnie, nel Maryland, per favore.»

Quando lei gli diede il numero, lui lo scrisse, la ringraziò e depose il ricevitore.

Mentre attraversava la città per andare a Langley, l'ammiraglio William Rausch era adagiato sui sedili posteriori della Oldsmobile nera, mangiandosi l'unghia del pollice sinistro e pensando alla sua conversazione con Lou Bender. Non si sapeva mai, con un uomo come lui. E malgrado tutte le indicazioni in senso contrario, Rausch era convinto che il vero gioco di Bender non fosse ancora venuto a galla.

Insieme, a freddo, avevano preso la ragionata decisione di eliminare Martinez. Disponevano di un veleno che nessuno avrebbe mai potuto rintracciare e di un metodo d'inoculazione che nessuno avrebbe mai potuto individuare. In sei mesi, o un anno al massimo, nel corpo di Martinez si sarebbe sviluppata una sarcomatosi e la diagnosi avrebbe decretato che era malato di AIDS. Amici e camerati lo avrebbero schivato. La moglie lo avrebbe abbandonato. La chiesa avrebbe scagliato i suoi fulmini su di lui. E lui se ne sarebbe andato a morire nell'oscurità, senza sapere chi lo aveva assassinato. Su una cosa Rausch e Bender erano decisi: Martinez non doveva diventare un altro Che Guevara.

Rausch aveva visto le fotografie del leggendario Guevara quando era stato catturato, nelle pause del brutale interrogatorio e dopo la morte. Più di qualsiasi cosa avesse mai sperimentato, quelle fotografie dicevano a Rausch come sarebbe stata la guerra per le Americhe. Il Che era morto per mano dei suoi sadici torturatori boliviani. Ma in qualche modo il suo spirito era sopravvissuto. E aveva tormentato la CIA e i suoi collaboratori fascisti latino americani fino a oggi. Rausch e Bender volevano essere certi che nessuna fenice come quella risorgesse dalla tomba di Martinez.

Martinez, però, era realmente un rivoluzionario popolare: adorato dai suoi seguaci, venerato dai *campesinos*. Sarebbe stato insufficiente – e forse impossibile addirittura – togliergli il comando. Bisognava cancellare anche la sua identità, affinché in un imprevedibile futuro la sua mistica non diventasse un appello per i nemici degli Stati Uniti: come Augusto Cesar Sandino, il capo guerrigliero nicaraguense morto nel 1934, era diventato il simbolo dei sandinisti d'oggi. Bender vide nell'avvelenamento da AIDS una brillante soluzione del problema. L'AIDS non si sarebbe limitato a uccidere Martinez, lo avrebbe coperto d'infamia.

L'esercito americano aveva cominciato a valutare il potenziale dell'AIDS come arma biologica tattica a partire dal 1982. Usufruendo di fondi e attrezzature di gran lunga superiori a quelli del settore privato, l'esercito aveva isolato il virus nel dicembre del 1983, quando la ricerca scientifica civile era ancora agli inizi. Ciò pose un dilemma di non facile soluzione: l'esercito aveva compiuto scoperte che potevano accelerare di quasi tre anni la produzione del vaccino dell'AIDS. Purtuttavia l'esercito non poteva fornire alla comunità scientifica il ceppo puro dell'AIDS e la sua assistenza tecnica senza con ciò rivelare che il virus era stato preso in considerazione come arma.

Ciò che più contava, era un'arma superba: silenziosa, invisibile, micidiale, un'arma che i russi non avevano e dalla quale non potevano difendersi, un'arma col potere di distruggere, neutralizzando e ostracizzando i loro leader, non semplici città ma intere società. Ma c'erano dei limiti anche alle ricerche sull'AIDS che l'esercito poteva fare per conto suo.

Proiettili ed esplosivi si potevano sperimentare sui cadaveri dei vagabondi prelevati dagli obitori delle grandi città. Ma il virus dell'AIDS doveva essere provato su organismi viventi e, pur annoverando tra i suoi portatori una grande varietà di primati, produceva la sua micidiale sindrome da immunodeficienza solo negli esseri umani e nei felini. Nel provare le sue armi sui gatti, l'esercito poteva spingersi solo fino a un certo punto. Allora si rivolse a chi aveva la capacità di "sperimentazione sul campo" all'estero. In altre parole, si rivolse alla CIA.

Né Rausch né Pat Fowler, il vicedirettore delle operazioni della CIA, presero in reale considerazione quell'idea della "sperimentazione". Essi non pensarono mai al virus altro che come a una nuova arma per il loro già ricco arsenale. C'era della gente che bisognava uccidere. Se l'arma funzionava, intendevano usarla. In effetti, essa destò molto entusiasmo tra i vecchi arnesi della Compagnia. Molti di loro ricordavano ancora i giorni da 007 dell'Operazione Phoenix, nei primi anni Sessanta, quando le Operazioni clandestine, oltre al lavoro di controspionaggio all'estero, erano state autorizzate a uccidere. Ora il virus aggiuntosi all'arsenale della CIA non rappresentava soltanto un nuovo giocattolo ma una possibilità di tornare al vecchio gioco dell'occhio per occhio nell'escalation verso una superarma.

Le Operazioni fecero una lista di obiettivi e cominciarono a spuntarla. Quando Octavio Martinez accettò l'invito presidenziale di venire a Washington, fu spostato quasi in cima all'elenco. Fu Lou Bender ad aggiungere all'invito del presidente il checkup generale al Walter Reed. Sì, proprio così. Lou aveva organizzato la visita e la CIA aveva fatto gol.

Perciò, quando Bender aveva telefonato la mattina dell'attentato e Rausch aveva acceso il televisore e visto il caos in tribuna con Martinez moribondo e Fallon ferito vicino a lui, Rausch non aveva creduto ai propri occhi. Era come se qualcuno avesse deciso di fare, a tutti loro, una beffa sanguinosa e colossale. E poi alla beffa se n'era aggiunta un'altra: senza alcun motivo apparente l'FBI aveva sottoposto il cadavere di Martinez al test per l'AIDS. Per questo si era dovuto provvedere all'eliminazione di Beckwith. Ma la cosa aveva avuto uno strascico: una bizzarra coincidenza dopo l'altra. Bender era intervenuto e, per ragioni "umanitarie", aveva fatto alterare il referto dell'autopsia. Ma i due fessi incaricati delle indagini da O'Brien avevano già visto l'originale. E poi uno di loro, seguendo le tracce del virus, era risalito fino a Fort Deitrich. E quando Rausch aveva cercato di neutralizzarlo, aveva scoperto che Ross era sorvegliato dall'FBI, il che gli dava un impenetrabile anello difensivo. Poi era giunta la soffiata sul nascondiglio di Petersen. E Bender si era rimangiato l'idea di uccidere Petersen e aveva invece insistito perché fosse catturato dall'FBI. Una coincidenza dopo l'altra. E Rausch non credeva alle coincidenze.

C'era un filo conduttore, in tutto questo. Rausch sapeva che c'era: perché doveva esserci. Ieri, sul campo di golf, Rausch si era reso conto che, anche se non c'erano prove conclusive per identificare l'ideatore del gioco, c'era sempre un giocatore ricorrente, sempre e soltanto quello. Come un attore che apparisse in ogni scena: l'onnipresente signor Bender.

Possibile che Lou Bender fosse il burattinaio che tirava tutti i fili? Era lui il direttore del circo, che metteva gli uni contro gli altri per fare il proprio gioco? E in tal caso che motivo poteva avere?

Dai sedili posteriori dell'Oldsmobile, attraverso i finestrini a prova di proiettile, Rausch guardava le rare macchine e i pedoni. Anche in una tranquilla domenica mattina si riusciva sempre a riconoscere la gente che lavorava nel Distretto: quando dovevano essere in qualche posto entro le otto, il cielo aiutasse chiunque ostacolasse il loro cammino. Lo vedevi nelle facce degli automobilisti che pestavano sul clacson per sollecitare i timidi e i lenti. Lo leggevi sulle labbra strette e sulle mascelle sporgenti dei pedoni agli angoli delle strade. E fu guardando in faccia quei pedoni risoluti che Rausch si accorse a un tratto di sapere che Lou Bender era dietro tutto ciò.

Senza Sam Baker alla Casa Bianca per i prossimi quattro anni, Lou Bender non avrebbe saputo dove andare alle otto del mattino: non gli restava altro da fare che ritirarsi a vita privata, una vita amareggiata e meschina. Il presidente Baker aveva un nome, soldi, una posizione, una sostanziosa pensione federale, amici, collaboratori. Ritirarsi a vita privata sarebbe stato, per lui, come lasciare trionfalmente la prima linea per scrivere memorie e concedere interviste, accettare presidenze e lauree ad honorem, girare il mondo e farsi ossequiare qua e là. Quando per lui fosse finita, Baker avrebbe potuto cominciare la vita piena di soddisfazioni dell'anziano statista: autore, consulente, consigliere in tutti i campi, oltre che padre e nonno.

Ma Lou Bender aveva vissuto la sua vita solitaria nell'anonimato e nell'oscurità. Non aveva nessuna di queste prospettive. Non sapeva scrivere libri o dirigere società. Non aveva famiglia, né risparmi ai quali attingere. La sua pensione federale era modesta, e l'aiuto sul quale poteva contare era quello della previdenza sociale. Sì, qualcuno avrebbe potuto offrirgli di dirigere questo o quell'organismo, ma non sarebbe stato nulla d'importante, né finanziariamente né sul piano del prestigio sociale. Quella alla quale lo avrebbero condannato sarebbe stata una vita di miseria: o, nella migliore delle ipotesi, di ascetismo. Per Lou Bender, novembre sarebbe stato il momento della verità. Finché Baker aveva regnato alla Casa Bianca, l'influenza di Bender a Washington non era stata seconda a nessuno. Ma quando una persona cadeva da una posizione d'influenza, non c'erano reti di sicurezza, né paracadute d'oro: non c'era niente che arrestasse la caduta, nient'altro che il riso beffardo degli invidiosi e il buio della tomba.

Rausch era immerso in questi pensieri. Quanto a lui, aveva un sogno da realizzare per quando fosse terminato il suo lavoro come direttore della CIA. Avrebbe chiesto di tornare in servizio attivo e seguito la flotta in alto mare. Ma Bender non aveva nessuna scelta. Se il 20 gennaio Sam Baker non avesse posato la mano sulla Bibbia e giurato di servire il paese per altri quattro anni, Bender avrebbe subìto una sorte – per lui – peggiore della morte. Finché fosse vissuto, avrebbe dovuto sedere ai bordi del campo a guardare il mondo che continuava a girare senza i suoi consigli. E avrebbe provato il dolore più acuto che poteva sentire chiunque una volta avesse assaporato il gusto del potere: la pena insopportabile di essere superfluo, ridondante, inutile.

Era così ovvio che a Rausch era quasi sfuggito. Ma ora andava a posto anche l'ultima tessera del puzzle: quando Terry Fallon era stato scelto per accogliere Octavio Martinez negli Stati Uniti, Lou Bender aveva dolcemente cambiato marcia e organizzato l'attentato per dare a Fallon un rilievo nazionale e allestire una lista Baker-Fallon che a novembre sarebbe stata imbattibile. Poi Bender aveva suggerito all'FBI di controllare se Martinez aveva l'AIDS per avere una spada da tenere sospesa sopra la testa di Rausch. E aveva autorizzato la rappresaglia contro la figlia undicenne di Ortega per far credere a Rausch che riconosceva la validità della teoria Ortega-Petersen.

Ma Bender si era spinto troppo in là quando aveva fatto la soffiata su Rolf Petersen. Perché era stato quello il colpo da maestro.

Tutti – tutti i membri dei servizi a conoscenza che Petersen era un ex agente della CIA – si rendevano conto che quell'uomo avrebbe potuto diventare un problema colossale per la Compagnia. Ovviamente, se la CIA fosse riuscita a trovarlo, non si sarebbe fermata davanti a niente pur di eliminarlo.

Ma Bender – solo Lou Bender – sapeva che Rausch, prima di agire, gli avrebbe portato quel biglietto. Perché Bender era l'unico uomo sulla terra, oltre a lui, a sapere che la Casa Bianca e la CIA erano impigliàte, insieme, in questa ragnatela di delitti. E quando Rausch gli aveva portato il biglietto, Bender si era finto sorpreso, e poi gli aveva fatto credere di aver avuto l'idea di consegnare Petersen all'FBI. Chiaramente, ciò significava che Bender aveva stipulato un patto segreto con O'Brien per proteggere Ross e dare la colpa di tutta la faccenda a Rausch e alla CIA.

E Bender aveva lasciato libero Rausch di passare l'informazione all'FBI, troncando così per sempre l'ultima connessione possibile tra Petersen e Bender.

C'era solo un difetto nel piano di Bender. In quel preciso momento, l'ordine del giorno di Rausch non coincideva con quello di Bender. C'erano due agenti dell'FBI che avevano visto il referto originario dell'autopsia e che potevano renderlo pubblico. Ridurli al silenzio era, per la sopravvivenza di Rausch, più importante che catturare Rolf Petersen. Perché, se l'FBI avesse seguito la pista del virus dell'AIDS, questa avrebbe inevitabilmente portato a Langley, in Virginia, e all'ufficio del direttore della CIA. E non ci sarebbe stato uno straccio di prova che collegasse Lou Bender all'AIDS e a Martinez. Se la pentola si fosse scoperchiata, Bender sarebbe stato salvo. In entrambi i casi, il tonfo lo avrebbero fatto Rausch e la Compagnia. Ecco perché Bender aveva fatto mettere sotto sorveglianza i due fessi dell'FBI: per seguirne i progressi e impedire che qualcuno facesse loro del male.

Rausch si adagiò comodamente sui sedili della macchina. Dunque, questo era il piano di Bender. Era machiavellico. Era astuto. Era brillante.

Be', pensò, se Bender voleva che l'FBI mettesse le mani su Petersen, ci avrebbe pensato lui. Ma a modo suo, in un modo che nessuno di loro poteva immaginare. Guarda caso, aveva proprio gli uomini che ci volevano per quel lavoro.

Ore 8.10. La televisione era accesa in camera da letto, e Mancuso era in bagno a farsi la barba e ad ascoltare un'edizione straordinaria domenicale di *News at Sunrise* della NBC con Connie Chung. La ragazza stava dicendo:

> ... E a soli quattro giorni dalla convenzione per la nomination gli osservatori politici prevedono che il presidente toglierà il suo appoggio al vicepresidente Daniel Eastman per sostituirlo con Terry Fallon, il giovane senatore del Texas. Stamattina alle nove e mezzo, ora della costa orientale, e alle otto e mezzo, ora nel Nordamerica centrale, la NBC trasmetterà in diretta una conferenza stampa indetta con urgenza dal vicepresidente, mentre corre voce che...

Il telefono squillò, e Mancuso si precipitò a rispondere. Ma quando sollevò il ricevitore si accorse di non essersi ancora rasato quel lato del viso, e che la cornetta era coperta di crema da barba.

«Ah, merda!» Pulì la cornetta, e poi le mani, sulla coperta del letto. Poi accostò il ricevitore all'altro orecchio e disse a Ross: «Chiami sempre nel momento peggiore».

«Riconosci la mia voce?»

Mancuso la riconobbe: non era quella di Ross.

«Sì.»

«Il tuo amico è all'Holiday Inn sulla statale 2 a sud di Baltimora. Stanza 108. Capito?»

«Capito.»

«È una gran brutta bestia, Joe. Dovrai toglierlo di mezzo.»

«Già. Grazie. Ti sono debitore.»

«Lo so» rispose l'altro, e riappese.

Mancuso chiamò il centralino e, quando la ragazza rispose, disse: «Voglio parlare con Miami Beach».

Ross dormiva quando il telefono squillò. «Vaffanculo, ciucciacazzi!» urlò quando capì chi lo stava chiamando.

«Mettiti i calzoni.»

«Vai a farti fottere.»

«Mettiti quegli stronzi di calzoni» ordinò Mancuso.

«Vaffanculo» ribatté l'altro, e c'era un freddo furore nella sua voce, e Mancuso indovinò il perché. «Viscido figlio di puttana. Tu lo sapevi che avrebbero...»

«Ti venga un colpo, Dave! Chiudi il becco!»

Obbedì.

«Ora scrivi questo numero.»

«Cos'è?»

«Ho detto di scriverlo, perdio!»

«Va bene, va bene.»

«È un telefono a monete nell'atrio di questo albergo. Hai cinque minuti per raggiungerne un altro dalla tua parte. Muoviti.»

Ross scese dal letto e s'infilò i calzoni, le scarpe senza calze, e un pullover. Prese un pugno di spiccioli, il portafoglio e la chiave, e si lanciò fuori dalla stanza.

Mancuso si tolse la crema dal viso, s'infilò l'accappatoio e le ciabatte, e prese l'ascensore per il pianterreno. Era una cabina affollatissima, piena di gente che lasciava l'albergo per andare all'aeroporto. E lui faceva un figurone nelle sue ciabatte blu e nell'accappatoio a righe bianche e azzurre con solo mezza faccia rasata, appoggiato alla mensola vicino al telefono a monete, in attesa della chiamata.

Il telefono squillò. Era Ross, doppiamente arrabbiato, ora che si trovava davanti a un telefono a monete in Collins Avenue con la barba lunga e i capelli arruffati.

«Viscido figlio di puttana! Tu lo sapevi che mi pedinavano.»

Mancuso non disse nulla.

«No?»

«Sì, okay. Forse me lo immaginavo.»

«Forse un corno. Lo sapevi, brutto stronzo.»

«Be'...» Mancuso stropicciò i piedi per terra. «Sì, me l'immaginavo che ci avrebbero fatto qualche tiro. Comunque, non importa.»

«Cazzo, se non importa! Ti stacco quella testa merdosa, la prossima volta che ti vedo...»

«Ho notizie di Peterson» lo interruppe Mancuso.

«Cosa? Come?» Ross era rimasto senza fiato.

«Un amico. Non fare domande.»

«Dov'è?»

«Stando a questo tizio, rintanato a Baltimora.»

«Che intenzioni hai?»

«Farò una piccola deviazione fin là, mentre torno a casa. Tanto per vedere con i miei occhi.»

«E se quello se la svigna?»

«Si tiene nascosto. In attesa della grana, probabilmente. Tu oggi vedi il capo dei baffoni?»

«Lo spero. E tu?»

«Voglio provare a farmi ricevere dalla madre superiora del manicomio.»

«Con un po' di fortuna, saremo entrambi a Washington domani» disse Ross. «Potremmo andarci insieme, a beccare il signor Petersen.»

«Non ci contare» fece Mancuso. «Intanto sta lontano da quella figa che è lì giù con te. Più ci penso, più mi convinco che è una fonte di guai.»

«Scusami, Joe» disse Ross. «Io scendo qui.»

«Ti ho spedito i documenti sulla denuncia di Fallon a carico di Weatherby. Prova a sentire cosa ne dice lei. Vediamo se mi sbaglio.»

«Ti sbagli, Joe.»

«Non fare lo scemo.»

Ross riattaccò.

Ore 9.30. «Signore e signori, il vicepresidente degli Stati Uniti.»

La sala delle conferenze al terzo piano dell'Old Executive Office Building era zeppa di reporter e di troupe televisive. Ma quando Dan Eastman si avvicinò al podio, un silenzio di tomba cadde nella stanza.

«Oggi ho una dichiarazione da farvi, a voi e al popolo americano. A causa della natura di questa dichiarazione, non potrò rispondere a nessuna delle vostre domande.»

Tra i reporter ci fu qualche brontolìo. Ma tutti sapevano che la conferenza era in diretta sulle tre reti, e non volevano che il pubblico pensasse che la stampa avrebbe mancato di rispetto all'uomo che poteva considerarsi il più vicino alla presidenza.

Eastman parlava a braccio. «Come indubbiamente saprete, ho dissentito dal presidente Baker su molti problemi durante il corso della nostra amministrazione. E come certamente comprenderete, uomini forti e onesti possono avere divergenze di opinioni su questioni di pubblico interesse.

«Ma i giornali di ieri riportavano chiare testimonianze del fatto che i miei dissensi col presidente sono andati al di là delle semplici divergenze di opinione tra compagni di squadra. Gli avvenimenti hanno creato una situazione nella quale io non posso più tacere. E stamane ho deciso di esporre i fatti al popolo americano.»

Lo guardavano tutti. Sally, acciambellata con un croissant e un caffè sulla sponda del suo letto a Miami. Ross, nella stanza accanto, tendendo l'orecchio al televisore sopra il ronzìo del rasoio elettrico. Bender, Rausch e Tommy Carter nei loro uffici di Washington. Steve Chandler davanti allo schermo del suo televisore portatile sulla veranda di sequoia della sua casa di Darien. Il presidente sulla console della sua sala da pranzo. Rolf Petersen seduto nella stanza 108 dell'Holiday Inn sulla statale 2, masticando un McMuffin all'uovo. Persino Joe Mancuso, ancora nel suo accappatoio a righe bianche e azzurre, grattandosi tra le dita dei piedi al Sheraton Inn sulla statale 422, a est di Cleveland. E Terry Fallon, nel salotto della sua villa, con Chris Van Allen appollaiato sul bracciolo del divano di cuoio.

Eastman mostrò una busta. «Oggi mando questa lettera all'onorevole Charles J. O'Donnell, presidente della camera dei deputati...»

«Addio, Dan Eastman» mormorò Bender, a mezza voce.

Sally incrociò le dita.

Altrettanto fece Chris Van Allen. Ma Terry Fallon, seduto, non mosse un muscolo.

«Mando questa lettera al presidente della camera O'Donnell per chiedergli di formare, insieme al senatore Luther Harrison, capogruppo della maggioranza del senato, una commissione d'inchiesta bipartitica e bicamerale sull'assassinio del colonnello Octavio Martinez. E unitamente all'assassinio io chiedo che il parlamento indaghi sul modo riluttante, inadeguato e irragionevole con cui questa amministrazione ha ostacolato le indagini su questo orribile delitto.»

A Lou Bender cadde la mascella sul petto.

Negli uffici della CIA, a Langley, l'ammiraglio William Rausch era seduto con i piedi sulla scrivania. Rovesciò la testa all'indietro e si mise a sghignazzare.

Nella sua stanza da bagno, a Chevy Chase, Charlie O'Donnell aprì l'armadietto dei medicinali e tese la mano verso il Bufferin.

Tra i giornalisti presenti nella sala c'era molta agitazione.

Eastman mostrò un altro foglio di carta. «Secondo questo documento interno dell'FBI, alle indagini su questo caso sono stati assegnati soltanto due agenti. E questi due agenti non sono degli esperti. Sono due impiegati dell'archivio dell'FBI.»

Nell'Hoover Building, in Pennsylvania Avenue, Henry O'Brien puntò i gomiti sul tavolo e si prese la testa tra le mani.

Eastman proseguì. «Ci sono inoltre prove indiscutibili del fatto che un agente del servizio segreto degli Stati Uniti è stato ucciso a colpi di arma da fuoco per impedirgli di condurre indagini che avrebbero potuto portare all'arresto dell'assassino del colonnello Martinez.» E a questo punto Eastman mostrò una fototessera ingrandita di quell'uomo.

Quando il ritratto di Steve Thomas riempì lo schermo del suo televisore, Sally si lasciò scappare di mano la tazza di caffè.

Ross incrociò le braccia sul petto. «Merda» sibilò.

Mancuso chiuse gli occhi e si batté le nocche contro un lato della testa.

«Quest'uomo, Steven Philip Thomopoulos, è stato assassinato mentre seguiva le tracce dell'assassino di Octavio Martinez. La sua morte non è mai stata comunicata alla stampa. La polizia del Distretto di Columbia ha svolto indagini sul caso come se si trattasse di un qualsiasi furto con scasso in una camera d'albergo conclusosi con un omicidio.»

Dai giornalisti si levarono alcune esclamazioni.

«Per favore... Per favore!» Eastman alzò le mani per zittirli. «Oggi inviterò il Congresso ad agire dove il presidente Baker è rimasto inerte. Io credo che questo paese e coloro che lo guidano debbano anteporre la giustizia alla politica. L'assassino del colonnello Octavio Martinez dev'essere trovato e processato. Quanto a me, farò tutto il possibile per affrettare le ricerche... anche se dovessero portare nei più segreti centri del potere. Grazie.»

I giornalisti scattarono in piedi, strillando le loro domande. Ma Eastman voltò loro le spalle e uscì rapidamente dalla sala.

Sulla veranda dietro la sua casa di Darien, Steve Chandler batté le mani, girò sulla poltrona e gridò alla moglie, dalla finestra aperta della cucina: «Be', questo sì che è uno spettacolo!». E aveva sulla faccia un sorriso da lupo largo un miglio.

Sally agguantò il telefono e fece il numero della linea privata di Terry. Rispose Chris.

«Sally? Sacra vacca!» fu tutto quello che riuscì a dire.

Poi passò il ricevitore a Terry.

«Ecco l'uomo.»

«Sì. Terry, come potevo saperlo? Lui...»

«Non ne voglio parlare per telefono» fece bruscamente Terry. «Quando vedi Ramirez?»

Era così arrabbiato da farle paura. E lei si vergognava di aver potuto essere così stupida. «Sto... sto aspettando che mi chiami. Terry, ti prego, non...»

«Appena avrai preso contatto, fammelo sapere. E torna più presto che puoi.»

«Va bene, va bene» disse lei. «Fammi parlare con Valerie. Le detterò la tua dichiarazione per la stampa.»

«Possiamo sbrigarcela io e Chris» ribatté bruscamente lui. «Tu spicciati a parlare con Ramirez e torna qui. E cerca di non metterti nei guai.»

Il ronzìo della linea interrotta era forte come un tuono. E Sally aveva un nodo alla bocca dello stomaco.

Fece un numero di Miami.

Rispose un uomo dalla voce fonda. «Sì?»

«Pronto? Sono Sally. Devo vedere il nostro amico stamattina.»

«*No es posible*» disse bruscamente lui.

«È necessario. Devo vederlo subito. *Ahora mismo.*» Sapeva che nelle sue parole si sentiva la disperazione, ma non poteva farci nulla.

«Qual è il senso delle dichiarazioni del vicepresidente?»

«*Nada.* Politica. Non c'entrano niente con noi.»

«È un fatto nuovo. Dobbiamo pensarci. La chiameremo.»

«La prego. *Es muy urgente.* Devo vederlo subito.»

Ma l'uomo aveva già troncato la comunicazione.

Sally depose il ricevitore, e mentre lo faceva il telefono squillò. Era Ross.

«Hai visto la...»

«Sì.»

«Parliamo» disse lui.

«Dammi cinque minuti.»

Depose la cornetta e quando guardò la mano che vi era appoggiata sopra vide che tremava.

Sedette sulla sponda del letto e cercò di ritrovare la padronanza di sé, cercò di capire ciò che era successo.

Dunque, Steve Thomas era Steven Thomopoulos. Era stato un agente del servizio segreto e adesso era morto, e lei, seduta sulla sponda del letto in una stanza d'albergo di Miami, sentiva di avere qualche responsabilità nella sua morte. Era stata il diversivo che aveva permesso a Ross di eseguire la perquisizione. Ma quando aveva respinto le avances di Thomas, lui aveva compreso e si era precipitato di sopra. Allora Mancuso le aveva detto di andare a casa e di dimenticarsi di essere mai stata in quell'albergo. Cos'era successo quando Thomas era salito in camera sua? Sally aveva creduto che Mancuso avesse avvertito Ross, aiutandolo a scappare prima dell'arrivo di Thomas.

Ma ora cominciava a capire che cosa era successo. Steve Thomas doveva aver sorpreso Ross durante la perquisizione, e Ross o Mancuso gli avevano sparato, uccidendolo. E il delitto era stato occultato fino a quel mattino. Le implicazioni erano terrificanti.

Sally abbassò meccanicamente lo sguardo alla grossa macchia marrone prodotta dalla tazza di caffè che aveva rovesciato sulla moquette. Poi, come una sonnambula, andò in bagno, inumidì un asciugamano, tornò indietro, s'inginocchiò vicino alla macchia e strofinò forte.

Aveva due possibilità. Poteva mantenere il silenzio. Ma se avesse fatto così – e se fossero venute alla luce le circostanze della morte di Steve Thomas – il suo silenzio avrebbe creato una presunzione di colpa. Se manteneva il silenzio, rischiava di perdere la libertà. Ma l'alternativa poteva essere peggiore.

Poteva rivolgersi alla polizia e spiegare in che modo Mancuso aveva approfittato di lei. Ma riusciva anche a immaginare i titoli sui giornali:

FU UN'IMPIEGATA DEL SENATO AD ATTIRARE
L'AGENTE DEL SERVIZIO SEGRETO IN UNA TRAPPOLA MORTALE

Se avesse fornito la sua versione, i mass media l'avrebbero crocifissa con le loro insinuazioni. Eppure Sally avrebbe potuto anche infischiarsene, se il rischio fosse stato soltanto suo. Ma non era così, perché il titolo sarebbe stato diverso:

Ecco come sarebbe stato il titolo. Ecco come la storia sarebbe stata interpretata. Se ora Sally si fosse fatta avanti, Terry avrebbe potuto perdere ogni change. Come minimo, sarebbe stato costretto a sconfessare le sue azioni. E nella peggiore delle ipotesi... Non voleva nemmeno pensarci. Terry avrebbe potuto sollevarla dall'incarico finché il problema non fosse stato risolto. Questo avrebbe potuto richiedere mesi. Solo il pensiero di restare lontana da lui per tanto tempo le rovesciava lo stomaco. Era un rischio che non doveva correre.

Ma se non avesse parlato, avrebbe potuto essere scoperta? Continuando a strofinare quella macchia che non voleva venir via, Sally pensava alle possibilità.

Ross e Mancuso non avrebbero parlato. Sally non era un avvocato, ma sapeva che Thomas era rimasto ucciso durante una perquisizione illegale. I due agenti non avevano un mandato. Il che li rendeva, probabilmente, colpevoli di un reato molto grave: forse addirittura di omicidio. Lei poteva considerarsi una complice, ma a premere il grilletto era stato uno di loro. Qualunque fosse stata la sua pena, la loro sarebbe stata peggiore. Forse questo era sufficiente per garantire il loro silenzio.

E Terry? Terry non l'avrebbe mai tradita. Questo lo sapeva come sapeva il suo nome.

Smise di strofinare la moquette, si sedette sui talloni e cercò di dominare lo stridore dei propri nervi. Non era del tutto fuori pericolo, ma – per il momento – era difficile che qualcuno la scoprisse. Si alzò in piedi, appallottolò l'asciugamano sporco e s'avviò al bagno.

E Chris?

Pensando a Chris, si fermò di botto sulla soglia.

A un tratto Sally ricordò l'aria beata che aveva avuto Chris parlando, il giorno prima, con i giornalisti, e ricordò come si era crogiolato davanti agli obiettivi: come una lucertola su un masso, sotto il sole. Pensò a questo, e a com'era stato scontroso quel mattino, al telefono. "Gelosia" aveva detto Terry. E aveva ragione. Se lei fosse stata messa in soffitta, Terry avrebbe dovuto contare su Chris. Allora Chris avrebbe potuto diventare ciò che aveva sempre desiderato essere: il portavoce e il confidente di Terry.

Ma Chris non avrebbe mai parlato. No. Parlare lo avrebbe alienato da Terry per sempre, ed era un rischio che Chris non avrebbe mai corso. Sally lasciò cadere l'asciugamano nel cesto della roba sporca, si diresse verso il comò e aprì il cassetto della biancheria. Lì si fermò di nuovo.

E se Chris si fosse reso conto che non doveva denunciare nessuno? Che bastava far circolare la voce? Dare una dritta a uno dei loro avversari? E se avesse scritto semplicemente una lettera anonima a una stazione radio? C'erano mille modi, a Washington, di tagliare la gola a qualcuno senza sporcarsi le mani.

Si appoggiò al cassettone. Quel senso di nausea tornava ad assalirla. Aveva il fiato corto, la faccia congestionata, lo stomaco in subbuglio.

Chris poteva essere un pericolo. Bisognava tenerlo d'occhio.

Qualcuno bussò all'uscio. E poi Sally udì Ross nel corridoio che chiedeva: «Sei vestita?».

«Vengo subito.» Lasciò il cassetto aperto, andò in bagno, inumidì nell'acqua fredda un altro asciugamano e se lo premette sul viso. Poi si tolse i capelli dalla fronte, si strinse la vestaglia sul petto e andò alla porta.

L'uomo era scalzo, col costume da bagno blu e in mano la chiave della stanza. Lo fece entrare e poi, una volta dentro, rimasero là in piedi a guardarsi.

Alla fine lei disse: «L'hai ucciso tu».

Ross rimase dov'era. Poi aprì le braccia. «Guarda. È stato un caso. Lui ha estratto la pistola. La pistola ha sparato. Questa è la verità.»

Sally sedette sulla sponda del letto, incrociò le braccia e distolse il viso. «Se mi coinvolgeranno nell'omicidio, se ne serviranno contro Terry.»

Ross la toccò sulla spalla. «Come possono coinvolgerti?»

Lei si scostò e non rispose.

«Le uniche persone che sanno che eri là siamo Joe e io. Noi non diremo una parola.»

«Terry lo sa.»

«Be', anche lui non dirà niente, no?»

«No.»

«Allora, di che ti preoccupi? Dài. Mettiti il costume e andiamo a prendere un po' di sole.»

Sally si girò verso di lui. «Come puoi essere così sbrigativo? Quell'uomo è morto.»

«Sally, guardami.» Le puntò un dito sul viso. «Quell'uomo ha estratto una pistola e si è sparato.»

«È sempre un reato. Tu non avevi un mandato di perquisizione.»

Lui emise un profondo sospiro. «Okay. Hai ragione. Cosa vuoi che faccia?»

«È un reato molto grave?»

Ross non rispose.

«Quant'è grave, David?»

«Omicidio preterintenzionale.»

La donna si portò le mani al viso.

«Cristo» disse Ross, e rimase là in piedi non sapendo che fare. Poi si sedette sulla sponda del letto e le cinse le spalle con un braccio.

«Andrà tutto bene» mormorò piano.

E tra le dita lei sussurrò: «Sono solo... così... spaventata».

«Sally. Ti prego. Ascoltami. Andrà tutto bene.»

Il petto di Sally andava su e giù. «Come? Come può andare tutto bene?»

Ross non aveva una vera risposta. «Non lo so. Ma aggiusterò le cose. In un modo o nell'altro.»

Lei si appoggiò a lui e lui la prese tra le braccia e la strinse al petto. Una lacrima le si staccò dalla guancia e corse, calda, sulla pelle nuda di Ross.

Ore 9.40. Una cosa bisognava riconoscergliela, a Lou Bender: sapeva fare le cose più in fretta di chiunque altro, compreso il presidente. Cinque minuti dopo la fine della conferenza stampa di Eastman aveva fatto spedire alla Casa Bianca i rapporti della polizia del Distretto di Columbia, aveva rintracciato il ministro del tesoro Richard Brooks mentre stava facendo colazione nella rosticceria del Lakeside Country Club, aveva fatto alzare un elicottero presidenziale dalla base aerea di Andrews e aveva chiesto al direttore del country club di far sgomberare il parcheggio. Dieci minuti dopo Brooks era in volo, diretto verso il prato meridionale della Casa Bianca, e dopo altri dieci minuti Bender apriva il rapporto della polizia sull'omicidio e Brooks saliva le scale dell'Oval Office indossando un paio di scarpe con i tacchetti, calzoni a scacchi verdi e rosa, e un berretto scozzese col pompom. E accidenti se era incazzato!

«Signor presidente, che posso fare per lei?» disse senza mettersi a sedere.

Ma prima che Sam Baker potesse rispondere, Lou Bender intervenne. «Perché diavolo il servizio segreto svolgeva una sua inchiesta sull'assassinio di Martinez?»

«Non svolgevamo nessuna inchiesta.»

Lo disse così recisamente e con tanta autorevolezza che la

conversazione s'interruppe. Sam Baker conosceva Richard Brooks da molto tempo. Era un membro del consiglio di amministrazione della Harvard Business School, un anziano della chiesa presbiteriana e un buon giocatore di tennis.

«Il tuo agente è rimasto ucciso» disse il presidente. «Ho firmato la lettera di condoglianze ai genitori.»

«Una formalità senza nessun rapporto. Quell'uomo era in ferie. Le aveva cominciate il giorno dopo l'assassinio di Martinez.»

Bender aprì la cartella della polizia del D.C. «Allora perché diavolo è andato a farsi saltare le cervella al Four Seasons Hotel?»

«Secondo lavoro.»

«Secondo lavoro?»

«Alcuni agenti svolgono indagini private nel loro tempo libero. Vanno a caccia di mariti per gli avvocati dei divorzi, roba così.»

«È legale?» chiese Bender.

«No. Ma lo fanno.»

«Per chi lavorava?»

«Non lo sappiamo. Abbiamo solo una traccia.»

«Cosa?»

«Un biglietto aereo usato trovato a casa sua.»

«Per dove.»

«Cleveland.»

«Cleveland?» esclamò Bender. «Hai detto Cleveland?»

Il presidente domandò: «Com'è morto?».

«Stando alle apparenze, si è sparato sotto il mento con la sua pistola. Non c'erano tracce di una colluttazione.»

«Suicidio?»

«No. La porta della stanza era sfondata.»

Bender disse: «Ha creduto che qualcuno fosse entrato in camera sua e ha sfondato la porta per sorprenderlo?».

«No» fece Brooks. «Aveva schegge di legno conficcate nel corpo. La porta è stata sfondata quando era già morto.»

«Altri indizi?»

«È stato visto al bar poco prima della morte con una donna bionda. Probabilmente una prostituta.»

Bender disse: «O la moglie di un altro».

«Forse.»

«Allora voi pensate che si tratti di una rapina» intervenne il presidente. «O di un delitto passionale.»

«Personalmente, sì. Omicidio a scopo di lucro o un banale delitto passionale, e il tuo vicepresidente è ed è sempre stato un ignorante di prima categoria.» Brooks consultò l'orologio. «Dobbiamo dilungarci su queste ovvietà? Vorrei tornare alla mia partita, se è possibile.»

«Solo un'altra cosa. A quali casi lavorava per il tesoro?»

«Non lavorava per il tesoro» rispose Brooks. «Faceva parte dell'EPD.»

«EPD?»

«Executive Protection Division.»

«E chi proteggeva?»

«Credevo che lo sapeste» disse Brooks. «Era nello staff del vicepresidente.»

Ore 10.05. Quando Mancuso uscì dalla porta dello Sheraton col suo bagaglio a mano, il tassista lo stava aspettando.

«Ehi, scusi il ritardo» disse Mancuso. «Stavo guardando una cosa alla tivù.»

«Nessun problema» disse il tassista, e buttò via la cicca. «Ho avviato il tassametro alle nove e mezzo.»

Prese la borsa di Mancuso e la gettò nel bagagliaio. Quando l'agente salì sulla vettura, il tassametro segnava otto dollari e novanta.

«Come sapeva che sarei venuto?» chiese Mancuso. «Potevo aver preso un altro taxi o chissà diavolo.»

«No.» Il conducente sterzò nel fiume di veicoli. «Lei è un paesano, giusto?»

«Sì. E allora?»

«Lo sapevo che non mi avrebbe fregato. Un napoli non frega un altro napoli. Mi sono spiegato?» Si mise in testa un berretto bianco. «Guardi qui.»

Una scritta sul cocuzzolo diceva: "Se sei italiano non sei uno stronzo".

«Capisce?»

«Carino» disse Mancuso. «Lo porterà al convento?»

«No. Quelle suore non hanno sense of humor.»

Quando arrivarono al convento, Mancuso disse all'autista di aspettare, andò alla porta e tirò la funicella. Lontano, sentì una campanella che squillava. E poi udì i passi lenti e strascicati che venivano verso di lui di là dal muro. I passi si fermarono e la piccola grata sulla porta si aprì.

«'Giorno» disse lui. «Sono Joe Mancuso. Quello che ha telefonato...»

La grata si chiuse di colpo.

«Aspetti un momento, perdio!»

Poi un enorme battente di quercia cominciò a girare sui cardini. Dall'altra parte c'era una suora anziana, che lo fissava con la fronte aggrottata.

«Gesù, sorella, io...» Poi si trattenne. «Ah, merda.» Allora si strappò il cappello dalla testa. «Scusi, io...»

Alle sue spalle, sentì ridere il tassista. Mancuso si voltò e lo fece tacere con un gesto stizzito. Poi seguì la vecchia suora lungo il sentiero, sentendosi un idiota, imbarazzato come un ragazzino sorpreso a fare qualche marachella.

Ore 10.20. Charlie O'Donnell prese il Bufferin, si strinse la cintura dell'accappatoio di spugna e scese nella biblioteca della sua casa di Chevy Chase. C'era qualcosa di bizzarro in quella massa irsuta, col naso grosso e i capelli bianchi, avvolta in un drappo di spugna color verde smeraldo, dalla quale due gambe sottili scendevano fino alle ciabatte, verde smeraldo anche loro.

Ciaran, il suo vecchio cameriere, portò il servizio d'argento da caffè. «E come sta vostra eccellenza stamattina?»

«Ho avuto mattine migliori.»

Ciaran uscì, strascicando i piedi.

Per O'Donnell, il presidente della camera dei deputati, le parole di Eastman avevano cambiato tutto.

Fino al momento della conferenza stampa, il principale obiettivo di O'Donnell era stato quello di unire il partito dietro una lista di candidati eleggibili: il presidente in carica e un vicepresidente che potesse aiutarlo a vincere. Ma se fosse apparso chiaro che in novembre Sam Baker non poteva trionfare, la seconda preferenza di O'Donnell sarebbe stata per un candidato presidenziale che riuscisse a conquistare la convenzione e a ottenere la nomina per acclamazione: come avrebbe potuto fare Terry Fallon.

Le accuse di Eastman, se erano vere, avevano eliminato l'opzione numero uno.

L'accusa che un presidente in carica avesse organizzato o favorito un complotto per ostacolare la giustizia nelle indagini sull'assassinio di Martinez era, chiaramente, la prima salva di uno scambio esplosivo. Anche se non ci fossero stati colpi diretti, le schegge avrebbero azzoppato tutti i superstiti.

O'Donnell sapeva cosa stavano pensando, quel mattino, i notabili del partito: se ci fosse stata anche l'ombra di un dubbio sull'innocenza di Baker, avrebbero dovuto sconfessarlo immediatamente e schierarsi dietro qualcun altro, Fallon o chiunque presentasse una reputazione immacolata e potesse, in novembre, far bella figura.

Ma i fatti suffragavano l'accusa? O'Donnell se lo stava domandando. Possibile che Baker, un gentiluomo, un avvocato, un uomo lungimirante e di carattere – l'uomo che si era seduto al fianco di Sam Ervin durante gli interrogatori di Nixon – possibile che avesse cercato di nascondere la verità sulla morte di Martinez?

Non sembrava possibile. Che motivo avrebbe avuto? Solo uno: che aveva ordinato l'assassinio. O almeno che ne aveva una conoscenza anticipata. Ma era concepibile? Sam Baker aveva un motivo per ordinare l'assassinio di Martinez? Perché se aveva un motivo poteva – poteva soltanto – essere colpevole. E se fosse stato colpevole, sarebbe toccato a Charlie O'Donnell riunire la commissione che lo avrebbe rimosso dalla carica.

Suonò il citofono.

Era Ciaran. «Vostra eccellenza, il senatore Harrison è al telefono.» Harrison era furbo: a chiamarlo prima della consegna della lettera di Eastman, prima che il ricevimento dell'accusa formale trasformasse il loro colloquio in una conversazione ufficiale.

«Di' al senatore che lo richiamerò entro le undici.»

«Sissignore.»

O'Donnell non gradiva quel compito, ma doveva sapere la verità. Doveva sapere se il presidente aveva un motivo per eliminare Martinez. Sfogliò il suo Rolodex fino alla scheda di Bill Wickert, il presidente della commissione parlamentare per le forze armate. Ma quando sollevò il ricevitore ebbe un'esitazione. Sapeva che stava per fare una telefonata che sarebbe stata vista come un segnale: il segnale che la camera avrebbe aderito alla richiesta di Eastman.

Non aveva scelta. Fece il numero.

«Wickert.»

«Bill, sono Charlie. Andiamo in chiesa.»

Ore 10.30. Rausch si aspettava quella telefonata.

«Perché ci hai messo tanto?» chiese.

«Abbiamo avuto una riunione con Brooks» gli rispose Bender. «Senti, c'è un problema.»

«Dimmi» fece Rausch. Tirò un cassetto della scrivania, si appoggiò alla spalliera e vi mise i piedi sopra. Gli piaceva quando Bender si agitava.

«Devi acciuffare Petersen immediatamente.»

«Prima di pranzo?»

Bender esitò. Poi disse: «Cosa credi che sia? Un maledetto scherzo?».

«Non arrabbiarti, Lou. Stiamo provvedendo.»

«Voglio Petersen immediatamente: con prove sufficienti per collegarlo con certezza all'assassinio. Capito?»

«Tu credi che questo eviterà un'inchiesta congressuale?»

«Sì.»

«E l'agente del servizio segreto?»

«Lavorava in proprio.»

«Per chi?»

«Chi lo sa? Era giù al bar con una ragazza. Mezz'ora dopo era morto.»

«Un pappa?»

«O un marito tradito.»

«Allora Eastman ha confuso...»

«O aveva qualcosa in mente.» Poi il tono di Bender cambiò. «Stammi a sentire, Bill. Questa storia ci è quasi sfuggita di mano. Se ora non riusciamo a beccare Petersen, potrebbe trasformarsi in un disastro.»

«Capisco, Lou.»

«Fa in modo di prenderlo.»

«Sì, Lou.»

«E tienimi informato.» Riattaccò.

Rausch depose il ricevitore. Chiaramente, le cose per Bender cominciavano a mettersi male.

Bender adesso aveva bisogno di agire perché alla sua convenzione mancavano solo quattro giorni e lui sapeva che probabilmente Baker non avrebbe ottenuto la nomination se il congresso si preparava a svolgere un'inchiesta su di lui. Questo era un problema che non lo riguardava.

L'imbarazzo prodotto in alto loco dalle negligenti indagini dell'FBI non era un problema di Rausch, e Rausch non aveva la minima intenzione di addossarselo. Se il congresso voleva servirsene per mettere una cravatta intorno al collo del presidente, e al tempo stesso intorno a quello di Bender, Rausch non sarebbe stato tra quelli che intendevano stringere il nodo. In realtà, l'ultima cosa che voleva era prendere parte attiva in quell'operazione. Tutto quello che avrebbe ottenuto, se il latte fosse andato a male, sarebbe stato esporsi a un'incriminazione.

E non c'era alcun motivo, in quel momento, per collaborare all'insabbiamento dello scandalo. Rausch non poteva trovarsi in una situazione più favorevole. Se, per qualche miracolo del cielo, i due buffoni dell'FBI avessero preso Petersen, le indagini si sarebbero chiuse, il congresso si sarebbe calmato e la pace sarebbe tornata nella valle. Mentre, se Petersen li avesse liquidati, il segreto dell'autopsia falsificata sarebbe stato sepolto insieme a loro. In entrambi i casi, la Casa Bianca e l'FBI avrebbero potuto sostenere che avevano identificato e localizzato Petersen con certezza e che stavano cercando, con un piccolo intervento di alta chirurgia, di prenderlo vivo.

L'unico disappunto in tutto questo era che probabilmente non avrebbe mai saputo chi era stato ad assoldare Petersen. Peccato. Perché, in un vero caso di emergenza, avrebbe potuto essere un utile elemento di scambio. Intanto, però, la telefonata di Bender gli aveva offerto un'altra possibilità.

Tese la mano verso il pulsante che chiamava la segretaria e lo schiacciò tre volte. Un attimo dopo la porta si aprì e la ragazza entrò con un blocco stenografico.

«Sì, signore?»

«Memorandum per l'archivio privato, Sarah. Contrassegnalo: Segreto/Niente copie.»

La ragazza si mise a sedere e aprì il blocco.

«Telefonata da parte dell'assistente della Casa Bianca LB per chiedere il nostro appoggio nelle ricerche del presunto attentatore di Octavio Martinez. Risposto citando norma 303 relativa divieto intervento CIA in operazioni interne. Domanda respinta. Hai scritto?»

«Sì, signore.»

«Quando avrai finito di batterlo a macchina, timbralo con data e ora e controfirmalo, per piacere.»

Ore 10.40. La camera d'albergo sembrava vuota. Invece non lo era. Nell'angolo sotto la finestra, incuneata tra il comodino e il muro, Sally sedeva sul pavimento nella sua camicia da notte di seta bianca, con le ginocchia tirate contro il petto, le braccia intorno ai polpacci, le gambe schiacciate contro il corpo. Le sue gote erano rigate dove il rimmel era colato giù. Ciocche di capelli umidi e scarmigliati le piovevano sul viso. Sembrava una bambina sperduta.

Sally stava pensando, in quel momento, ai bottoni in fondo alle fossette nel cuscino sinistro del divano di cuoio nella biblioteca della casa di Terry. Stava pensando a se stessa in bilico sul braccíolo del divano – distesa sul bracciolo, veramente – con la testa e i capelli penzoloni. Ricordava di avere la gonna sgualcita e rovesciata sulla schiena, tirata tutta su, tanto da sentire l'orlo del vestito che le sfiorava la nuca. Portava tacchi di dieci centimetri, e aveva i piedi piantati sulla moquette, con le gambe così divaricate che gli elastici del reggicalze si avvallavano tra le sue ossa iliache e le cosce.

Aveva udito Terry deporre il ricevitore nel salotto, e incamminarsi lungo il corridoio verso di lei. Suo malgrado, avevano cominciato a tremarle le ginocchia. Poi udì la sua mano sul pomo della porta, e il cuore le batteva così forte che non riusciva quasi a respirare.

Terry entrò e si chiuse la porta alle spalle. Anche se non osava alzare gli occhi, Sally avvertiva la sua presenza nella stanza. Sentiva il profumo del suo dopobarba. Sentiva l'odore della paraffina nel lucido color sangue di bue delle sue scarpe. Lo udì aprire il cassetto della scrivania e frugarvi dentro in cerca di qualcosa, e poi udì un piccolo stridore mentre svitava il coperchio di un vasetto. L'eccitazione, in lei, raggiunse un livello così alto che per respirare dovette aprire la bocca. Poi udì il fruscìo della sua cerniera lampo che si apriva. Era un suono che non udiva mai senza provare un tuffo al cuore, e poteva immaginarlo mentre si lisciava il pene e il calore del suo corpo e delle sue dita liquefacevano la vaselina.

Era un rumore sommesso, a metà tra lo schiocco e il risucchio. E poi Sally lo sentì vicino a lei, alle sue spalle. Udiva il suono che faceva il suo respiro sprofondandogli nel petto e avvertiva il calore che, irradiandosi dal suo corpo, le si comunicava alle natiche. Sentì il pollice e l'indice della mano di Terry entrare in lei, lubrificata dalla vaselina. Poi sentì lui.

Era sempre uno strazio, per lei, quando la possedeva così. Ma rilassò i muscoli delle gambe mentre lui la inchiodava contro il sofà e la penetrava. Fu così doloroso che per poco non si mise a urlare, e per tenersi l'urlo nei polmoni non poté far altro che spingersi in bocca le nocche della mano, morderle a sangue e chiudere gli occhi. Piegò il collo all'indietro e gemette, boccheggiando. Poi lui le cadde addosso, strappandole la spallina del vestito, e le affondò i denti dietro la spalla fino a quando il dolore di quel morso fu pari a quello che sentiva tra le natiche. Terry raddoppiava le sue spinte e il bruciore, dentro di lei, era come un fuoco. Con una mano lui le schiacciò i seni e le strinse le dita dell'altra con tanta forza intorno alla gola, da toglierle il respiro. E poi Sally lo sentì bisbigliarle all'orecchio: «Non... farlo mai più. Mai».

«Lo prometto…»

«Mai…»

«Lo prometto. Lo prometto.»

«Mai più.»

«Terry»

«Dio.»

«Ti amo. Terry…»

«Dio. Oh, Dio.»

Poi lo sentì spingere e irrigidirsi, e il suo liquido caldo schizzò dentro di lei. La sua mano la stringeva alla gola così forte che Sally non riusciva a parlare, e poi Terry pigiò ancora più a fondo e altrettanto bruscamente si ritrasse e si staccò da lei.

Era come se Sally avesse perso le forze: ricadde, si afflosciò sul bracciolo del sofà, cercando di riprender fiato, sentendo la seta umida del vestito incollata alla schiena. Lui le fece voltare la testa e accostò il ventre al suo viso, e lei chiuse gli occhi e aprì la bocca. Chiuse gli occhi e abbassò le palpebre come se, impedendo alla luce di filtrare, potesse scacciare quella visione. Poi si accorse che lui stava per avere un altro orgasmo e se lo lasciò spingere in fondo alla gola finché il suo seme non ebbe finito di scorrere dentro di lei.

Quando aprì gli occhi, Terry era seduto dietro la scrivania, e stava leggendo.

Abbassò sul naso gli occhiali da lettura e la guardò.

«Non farti mai più mettere incinta» disse.

E ora Sally se ne stava rannicchiata sul pavimento in un angolo della sua camera d'albergo di Miami, mentre il tremito andava e veniva, sentendo la stessa nausea e la stessa apatia che si erano diffuse nel suo corpo il giorno in cui il dottore le aveva detto che era incinta. Era un misto di orgasmo e di timore, di aspettazione e di panico, di speranza e di angoscia, di amore e di paura.

La sera dopo che era andata dal dottore, Terry era entrato nella stanza degli ospiti mentre lei si stava svestendo. Sally gli si era gettata tra le braccia per farsi coccolare, con la guancia e le morbide curve dei seni che sfioravano l'ispido tweed della sua giacca. Quel contatto le indurì i capezzoli, lui se ne accorse e la baciò sulla fronte e poi le mise una mano sulla spalla esercitando una pressione verso il basso fino a quando lei cedette e s'inginocchiò davanti a lui e gli aprì la cerniera dei calzoni.

C'era sempre un odore di bagno umido e stantìo sotto il cotone delle sue mutande bianche. Le piaceva quando era morbido e piccino come un bebè. Le piaceva sentirselo gonfiare e indurire nella bocca. Le piaceva quando lui si metteva a spingere con tutta la sua forza, quando non riusciva a trattenersi e le afferrava la testa come se fossero i suoi fianchi. Le piaceva quando veniva così in fretta. Le piaceva quando la costringeva a sottomettersi.

«Sulla faccia» disse tra i denti serrati. E lei lo tenne fermo e continuò a succhiare, ascoltando il gorgogliare della saliva tra il corpo di lui e le sue dita, e chiuse gli occhi e si lasciò investire da quella pioggia calda. Poi alzò il viso e si lasciò guardare.

«Mi sei mancata, oggi pomeriggio» disse lui. «Dov'eri?»

«Ho dovuto andare dal dottore.»

«Non stai bene?»

«Aspetto un bambino.»

«Sbarazzatene.»

Ricordava l'ambulatorio del medico in Rhode Island Avenue, l'infermiera grassottella che aveva appeso con tanta cura il suo vestito nell'armadio dello spogliatoio. Il dottore era lo stesso che tre mesi prima le aveva tolto la spirale, e appariva perplesso.

«Non lo voleva?»

«No.»

«Credo che prima avrebbe dovuto chiedere a lui.»

«Credo anch'io.» Si distese sul lettino e mise i piedi nelle staffe.

Ma questo era successo solo qualche mese dopo che lui era entrato in Parlamento, prima che Sally capisse che la loro relazione sarebbe stata come una corrente elettrica, che ti scopre i nervi e ti fa rizzare i capelli in testa. Sally non riusciva a dormire. Aveva quasi smesso di mangiare. Il lavoro era diventato un peso, e lei guardava continuamente l'orologio, soffocata dalle ore che non passavano mai, impantanata nel languore dei pomeriggi, cominciando a svegliarsi e a respirare solo quando la notte calava sul Distretto. Allora, mentre le luci del Campidoglio ne facevano spiccare la cupola contro il cielo della sera che si arrossava, lei correva al parcheggio, avviava la sua Honda, guidava fino a Cambridge, fermava la macchina nel viale, nell'ombra sempre più fitta del crepuscolo, raggiungeva la casa degli ospiti, si cambiava, indossava una vestaglia e aspettava. Quando sentiva la persiana chiudersi con uno scatto sulla porta di dietro della villa, balzava in piedi. E in piedi rimaneva, udendo il ticchettìo delle sue scarpe sulle pietre del sentiero che cingeva la piscina, sentendolo canterellare tra sé mentre attraversava il prato, aspettando le sue dita sul pomo della porta, e la sua figura alta e fanciullesca tra le sue braccia.

«Chiedile il divorzio.»

«Non posso. Lo sai che non posso.»

«Chiedile il divorzio.»

«Non posso. Né ora né mai.»

«Ti amo.»

«Lo so. E non cambieremo.»

«Mai?»

«Mai».

Sally voleva le cose che volevano molte donne. Svegliarsi la mattina e spingere la punta delle dita tra le lenzuola e il corpo di lui e sentire il calduccio della notte nelle fibre del materasso. Udirlo muoversi nella casa mentre lei si rannicchiava davanti al caminetto, leggendo.

Certe notti Terry era così tenero che Sally piangeva di gioia. Si metteva a sedere sullo stretto letto gemello della casa degli ospiti e la guardava spalmare la gelatina su di lui e sulla sua coscia. E poi stendeva semplicemente la mano, col palmo rivolto all'ingiù, e se lo premeva contro le carni e lo strofinava su e giù mentre gli passava la lingua sul ventre. Allora lui veniva quasi senza muoversi, imperturbabile, solo uno schizzo infantile nel cavo della mano, e un sospiro di sollievo.

Poi lui si addormentava e in silenzio lei entrava nel bagno e lasciava la porta aperta per poterne vedere la forma sotto le coperte del letto, si sedeva sul water appoggiando le spalle alla cassetta e apriva le ginocchia e si spalmava la gelatina tra le gambe e cominciava ad accarezzarsi. A volte i piccoli gemiti che non riusciva a soffocare lo svegliavano, e lui girava la testa e la guardava, sopra la spalla, con aria inebetita. Allora lei chiudeva gli occhi e rovesciava la testa all'indietro e puntava i piedi contro le piastrelle e alzava i talloni per fargliela vedere. I suoi orgasmi erano esplosivi.

Nulla, in vita sua, la eccitava come quei momenti di totale, abietto cedimento ai suoi voleri. E non c'era nulla – nessuno – nulla in cielo o sulla terra che glielo avrebbe mai portato via.

Sally si alzò in piedi, ignorando la rigidezza che sentiva nelle braccia e nelle gambe, e guardò fuori dalle vetrate scorrevoli della camera d'albergo, verso la spiaggia e il mare.

Andò al telefono e fece un numero di Miami. L'uomo con la voce fonda e l'accento spagnolo rispose: «Sì?».

«Sono Sally.»

«Espere usted. Llamaremos...»

Stizzita, lo interruppe. «Di' al tuo amico che o mi fissa un appuntamento tra un'ora o torno a Washington. E sei mesi da oggi, quando Terry Fallon sarà vicepresidente degli Stati Uniti, annulleremo tutti i vostri visti e vi rispediremo in Nicaragua ad affrontare un processo per alto tradimento.»

Ci fu un lungo silenzio all'altro capo del filo.

«*Comprende?*» intimò Sally. «*Entiendes, hombre?*»

Sbatté giù il ricevitore. Nessuno avrebbe potuto mettersi tra loro. Nessuna forza al mondo l'avrebbe privata dell'uomo che amava. Entrò nel bagno, riempì d'acqua il cavo delle mani e se la spruzzò due volte in viso.

Ore 10.50. Henry O'Brien rimase sorpreso quando lo convocarono alla Casa Bianca di domenica. Appena arrivato, la segretaria del presidente lo introdusse nell'anticamera privata dietro l'Oval Office. O'Brien rimase per un po' affacciato alla finestra, guardando le aiuole che cingevano il prato sud. Quando fosse andato in pensione, tra due o tre anni, avrebbe passato l'estate nel suo giardino di Swampscot, dietro una vecchia e mal costruita casa in stile coloniale della Nuova Inghilterra, dove si poteva sentire l'odore del mare. Allora si sarebbe buttato tutto, di Washington, dietro le spalle, ma in particolare i suoi segreti.

La grande prova, in fondo, erano i segreti, i segreti che doveva mantenere, e dopo sei anni come direttore dell'FBI questi segreti gli gravavano intorno al collo come una catena sempre più pesante da portare. C'erano dei segreti che non poteva confidare a sua moglie, dei segreti che non poteva raccontare al confessore. C'erano delle cose che sapeva di cui nessuno – ma proprio nessuno – avrebbe mai dovuto venire a conoscenza. Cose che non si sarebbero mai potute raccontare, né ai vivi né ai morti.

Quando entrò nella stanza, il presidente disse: «Henry, scusa se ti ho fatto aspettare».

O'Brien si alzò in piedi, ma quando guardò il presidente trasalì. Quell'uomo aveva un'aria stanca e tesa. Il suo volto era pallido e scavato.

«Voleva vedermi?»

«Sì, Henry. Accomodati, prego.»

Si sedettero su un divanetto sotto la finestra.

«Temo che possa essere approvata un'inchiesta parlamentare.»

«Capisco.»

«In tal caso, probabilmente, comincerà in settembre e durerà fino all'inverno inoltrato.»

O'Brien annuì.

«Sono certo che ne uscirai pulito, Henry.»

«Grazie, signore.»

Il presidente incrociò le braccia sul petto.

«Volevo sapere qualcosa di questo Fallon» disse.

«Ho appena controllato cos'avevamo in archivio su di lui.»

«Ah sì?»

«Sì, signore.»

«Su richiesta di chi?»

«Del signor Bender.»

«Capisco. E il tuo archivio che ti dice di Terry Fallon?»

«L'Ufficio immigrazione e naturalizzazione voleva che s'indagasse su di lui quando insegnava a Rice e s'impicciava dei problemi latinoamericani di Houston. Volevano sapere se aveva dei collegamenti esteri.»

«E cos'avete trovato?»

«Niente. Era solo un... come dire, un progressista.»

Il modo in cui O'Brien lo disse strappò un sorriso a Sam Baker. «Henry, mi risulta che Fallon presentò la denuncia originaria sulle scorrettezze amministrative del senatore Weatherby.»

«Sì. È vero.»

«Venne a trovarti personalmente?»

«Sì.»

«E in base a ciò che disse a te, tu ordinasti un'indagine su Weatherby?»

«Chiesi al vicedirettore per gli affari del congresso di studiare la questione. Quando lui raccomandò l'inchiesta, e gli altri vicedirettori diedero il loro consenso, l'approvai.»

«Con chi studiò la questione il tuo vicedirettore?»

«Col capogruppo della maggioranza del senato. E col presidente della camera.»

«Con Charlie O'Donnell?»

«Sì. È un atto di cortesia.»

Il presidente non nascose la propria disapprovazione. «Credevo che queste cortesie fossero finite con la direzione di Hoover.»

O'Brien abbassò gli occhi.

Il presidente si sporse verso di lui. «Vorrei chiederti una cosa sul tuo incontro con Fallon. Era... Ti sembrò nervoso o in apprensione?»

O'Brien rifletté sulla domanda. «No. Per quello che ricordo.»

«Ti sembrava... imbarazzato?»

«No.»

«Mostrò qualche titubanza nel trasmetterti un'accusa contro un collega?»

O'Brien scosse la testa. «No.»

«Allora come descriveresti il suo atteggiamento?»

«Molto... realistico.»

«Sicuro si sé?»

«Sì. Sicuro di sé.»

«Qual era esattamente la natura dell'accusa?» chiese il presidente.

O'Brien aprì le braccia. «Mi disse che Weatherby aveva preso una bustarella per convincere l'Ente per la protezione dell'ambiente a concedere licenze per la ricerca del petrolio in un certo appezzamento.»

«Ma ti fornì dei dati?»

«Tutti i dati. Chi aveva sborsato i quattrini. Quanti erano. Quando. Dove.»

Il presidente si appoggiò alla spalliera. Per qualche attimo rimase muto. Poi disse: «Indagasti sull'accusa?».

«No. La corruzione è quasi impossibile da provare dopo il fatto. Ricontrollammo i fascicoli dell'ABSCAM.»

«Capisco. Quanto di tutto questo hai riferito al signor Bender?»

«Tutto.»

Il presidente si alzò. «Benissimo, Henry. Grazie mille. Ne riparleremo domani.»

Ma quando O'Brien fu sulla soglia, il presidente chiese ancora: «A proposito, Fallon chi accusò di aver corrotto Weatherby?».

«Dwight Kimberly. Suo suocero.»

Per un attimo Baker restò senza parole. Poi: «Hai detto anche questo al signor Bender?».

«Sì, signore. Certamente.»

Quando O'Brien fu uscito, il presidente chiamò al citofono la segretaria.

«Sì, signore?»

«Katherine, dica al signor Bender che vorrei vederlo, per piacere.»

«Mi spiace, signore. Il signor Bender è andato via.»

«E dov'è andato?»

La ragazza fece una pausa, durante la quale il presidente udì un fruscìo di carte. Poi la voce di lei disse: «Mi spiace, signore, sul registro manca la destinazione».

«Lo chiami col cercapersone, per piacere.»

«Sì, signore.»

Il presidente spense il citofono. E così, Lou Bender aveva chiesto all'FBI di guardare nel suo dossier su Terry Fallon. Baker chiuse gli occhi e si passò una mano tra i capelli che cominciavano a diradarsi. Le cose stavano andando troppo in là. Era come una bomba a orologeria. Si sentiva il ticchettìo. E se qualcuno non avesse tagliato i fili, sarebbe esplosa da un momento all'altro.

Lou Bender non rispose alla chiamata, perché il suo apparecchietto non riuscì a captarla. Quando la sala comunicazioni della Casa Bianca inviò il segnale, l'elicottero sul quale viaggiava era a quasi centotrenta chilometri di distanza, stava giusto passando sopra York, in Pennsylvania, e neanche il cercapersone più potente sarebbe riuscito a raggiungerlo.

Ore 11. La chiesa parrocchiale di San Matteo, a Chevy Chase, aveva due cose buone. In primo luogo, era solo a due minuti di cammino dalla casa di Charlie O'Donnell. L'altro aspetto positivo consisteva nel fatto che aveva una piccola sacrestia, di fianco alla navata, dove O'Donnell poteva sostenere una conversazione privata mentre ascoltava la messa. Così dava, contemporaneamente, a ciascuno il suo: a Cesare quello che era di Cesare e a Dio quello che era di Dio. Quella piccola sacrestia era nota a tutti, a Washington. I detrattori di O'Donnell chiamavano la chiesa San Matteo in Campidoglio.

Quando arrivò, O'Donnell si fece il segno della croce, si sedette in un vecchio banco accanto a Bill Wickert, giunse le mani e recitò le sue svelte devozioni. Wickert non gli era simpatico, e O'Donnell non amava doversi rivolgere a lui per avere delle risposte. Ma quell'uomo era il presidente della commissione parlamentare per le forze armate, e rappresentava la via più breve tra il congresso e il cuore del Pentagono.

Quando alzò la testa affrontò senza ambagi l'argomento. «E allora? La guerra in Nicaragua?»

«Allora cosa?»

«Martinez la vinceva o la perdeva?»

«Chi diavolo se ne infischia?» rispose Wickert. «Cosa farai con Eastman?»

«Cosa farò o cosa vorrei fare?»

«Ci costringe a risalire un fiume di merda senza pagaia, o sbaglio?»

«Abbassa la voce, Bill» disse O'Donnell in un roco sussurro. «Siamo in chiesa.»

Wickert incrociò braccia e gambe, appoggiandosi scomodamente contro il duro schienale del banco.

«Rispondi alla mia domanda» fece O'Donnell. «Martinez vinceva o perdeva?»

«Perdeva. Ortega gliele stava suonando. I capi di stato maggiore gli avevano fatto un frego sopra. La CIA voleva che se ne andasse.»

«Quanto voleva che se ne andasse?»

«Molto.»

«E Martinez era disposto ad andarsene?»

«E Diem?» Nel suo modo beffardo, Wickert intendeva riferirsi al golpe di Kennedy e della CIA che aveva assassinato Diem e rovesciato il governo sudvietnamita.

«Tu credi che Rausch potrebbe avere...»

«Rabbrividisco al pensiero di ciò di cui è capace l'ammiraglio Rausch» disse Wickert. «Ma se mi stai chiedendo se è stato lui a ordinare che Martinez fosse assassinato in pieno giorno sulla scalinata del Campidoglio, la risposta è no.»

«Come fai a esserne tanto sicuro?»

«Charlie, tutto si potrà dire di quell'uomo tranne che non è furbo. E voglio dirti un'altra cosa. Sarà meglio che ti rimbocchi le maniche.»

O'Donnell alzò bruscamente lo sguardo. «Come sarebbe, Bill?» chiese a bassissima voce, per fargli capire che non gradiva il suo tono.

«Perché hai messo il partito nella merda. Sei a quattro giorni dalla convenzione e non hai la lista dei candidati. Alcuni dei ragazzi stanno cominciando a chiedersi se per caso non l'hai persa per strada.»

O'Donnell era sbalordito dalla sua audacia. «È esatto?» Ma sapeva che Wickert non parlava solo per sé e che la provocazione aveva radici più profonde.

«Puoi scommetterci il culo che è esatto» ribatté Wickert. «La settimana scorsa avevamo un presidente in carica e l'affitto pagato per altri quattro anni alla Casa Bianca. Adesso non abbiamo altro che un bellimbusto del Texas e un mese di panni sporchi da mostrare alla tivù in attesa dell'insediamento della commissione d'inchiesta.»

«Sai, Bill» disse O'Donnell «scommetto che non eri il cocco di tua madre.»

Wickert si sporse in avanti. «Alcuni di noi non vogliono che sia tu a scegliere la nostra fetta della commissione, Charlie. Tanto vale che ti abitui all'idea.»

«Tu, piccolo bastardo...»

Wickert si alzò, raddrizzandosi la piega dei calzoni. «Sei stato avvertito, Charlie. Rimboccati le maniche e sistema questa faccenda o salta sul primo treno per Boston.» Poi si voltò verso la navata, fece una frettolosa genuflessione, si segnò e uscì.

Ore 11.10. La madre superiora tormentò l'orlo della tonaca e ascoltò con impazienza finché Mancuso non ebbe terminato. Allora disse: «Non esistono circostanze che possano giustificare questa intrusione, signor Mancuso. Nessuna in ciò che mi ha detto, nessuna che io riesca a immaginare». Era una donna piccola e tozza, bassa e grossa, con due manine gonfie e una faccia tonda e bianca fasciata di lino inamidato. Quando si alzò in piedi, Mancuso poté constatare che era alta appena un metro e mezzo. «Ora, se vuole scusarmi... È domenica. O l'ha dimenticato?»

Mancuso sapeva che voleva solo metterla giù dura. Si alzò, afferrò il cappello e la seguì fuori dalla porta del suo ufficio. Nel corridoio faceva freddo. Chissà perché, ma faceva sempre freddo nelle chiese e nei conventi. «Senta, sorella...»

«Madre.»

Si muoveva speditamente, nonostante la mole, e Mancuso dovette allungare il passo per non farsi distaccare nel lungo corridoio che divideva gli uffici dal convento.

«Madre, si tratta di un gravissimo reato. Quel tizio ha ucciso un uomo. Ha sparato a un senatore degli Stati Uniti.»

«Così continua ad affermare lei.»

Mancuso si fermò, imitato dalla suora.

«Come sarebbe a dire?» domandò.

Lei alzò lo sguardo con quegli occhi strabici che fanno le suore quando provano a fissarti. «Come faccio a sapere che è per questo che lei è venuto qui?»

«La... uhm...» Mancuso alzò le spalle e spostò da un piede all'altro il peso del corpo. Merda, le suore erano proprio un osso duro. «Senta...»

Lei aprì la porta e uscì nel cortile.

«Senta» continuò Mancuso, e la seguì. «Può assistere al colloquio. Può tenerne un verbale stenografico.»

La suora continuò a camminare mentre gli rispondeva senza voltarsi indietro. «Signor Mancuso, dodici anni fa Harriet Fallon venne a farsi ricoverare qui da noi. Per dodici anni ha scelto di stare tra coloro che osservano il voto del silenzio. Come noi, ha voltato le spalle al mondo. Non ha visto né giornali né televisione. Non ha ascoltato la radio. Si è preoccupata solamente di salvare la sua anima.»

«Sì» disse Mancuso. Praticamente doveva correre per non restare indietro, e cominciava a mancargli il fiato. «Ma questo riguarda suo marito.»

Si fermò così bruscamente che solo per un pelo l'agente non andò a sbattere contro di lei. «Signor Mancuso, il giorno in cui le ho detto che suo marito era stato eletto senatore ha pregato che il Signore lo illuminasse e lo incoraggiasse. Il giorno in cui le ho detto che gli avevano sparato ha pregato per la sua guarigione. A parte ciò, non ha mai pronunciato il suo nome.»

«E quando lui la viene a trovare?»

«Il senatore Fallon non è mai venuto qui.» Così disse la madre superiora, e si voltò a guardarlo come se fosse colpa sua.

Mancuso batté le palpebre. «Non è mai stato qui?»

«Mai.»

Si voltò e riprese a camminare verso il portone. L'uomo rimase per un attimo dov'era, cercando di afferrare quello che gli aveva detto. Poi riprese stancamente a seguirla.

La madre superiora stava dicendo: «La signora Fallon non vede nessuno. Si è lasciata dietro, col resto del mondo, anche il marito. Non credo che lo riconoscerebbe nemmeno per fotografia. Sono certa che lei capisce cosa voglio dire».

«Sì.» Mancuso lo capiva meglio di quanto lei potesse immaginare.

Si fermò un momento in mezzo al vecchio cortile coperto di ghiaia e si voltò a guardare il convento. Era un basso edificio di pietra, col tetto d'ardesia su travi di legno, impenetrabile e misterioso come gli sembravano tutti i conventi, pieni di segreti e di sussurri. Poteva immaginare Harriet Fallon dietro una delle tante finestre sbarrate, una donnetta dal volto terreo, con la testa rasata sotto il cappuccio, curva ogni sera con le ginocchia incallite sulle dure assi nude, sola ogni notte in un lettuccio sotto il segno della croce.

«Signor Mancuso?» Quando alzò lo sguardo, un'altra suora gli stava tenendo la porta socchiusa.

Mancuso puntò i piedi. «Senta, madre. Io non me ne vado.»

Non sembrava minimamente impressionata. «Signor Mancuso, posso farle una domanda?»

«Sì?»

«Perché lei si trova qui?»

Lui tormentò la tesa del cappello. «Gliel'ho detto. Stiamo cercando l'uomo che ha sparato...»

«La prego, non mi racconti una bugia.»

Quella frase lo fermò. Per qualche attimo rimasero nella stessa posizione, lui col cappello in mano, lei con le braccia conserte e le mani nascoste nelle larghe maniche nere della tonaca.

«Non glielo posso dire» ammise Mancuso alla fine. «Ma ho bisogno di parlare con lei. È davvero importante.»

«Questo l'ha già detto.»

«Otterrò un'ingiunzione del tribunale. Un'ordinanza della corte federale.»

«La sua ordinanza non vale niente qui, signor Mancuso. A meno che lei non possa provare che la signora Fallon ha assistito materialmente al delitto. Chiesa e stato... Ricorda?»

Fece un cenno con la testa alla vecchia suora, che gli spalancò il battente. Mancuso la guardò: non c'era altro che disprezzo nei suoi occhi, e lui sentiva di esserselo meritato.

«Buongiorno, signor Mancuso» lo salutò la madre superiora. «E Dio la benedica.»

Uscì. Poi si voltò indietro. «Lei sapeva del mio arrivo» disse. «Vero? Qualcuno le ha detto che stavo per venire qui.»

La madre superiora lo fissò attraverso il portone che si stava chiudendo. E allora lui vide nei suoi occhi qualcosa che prima non c'era. Chiaramente, stava pensando alla risposta. «L'uomo che è stato qui mercoledì» fece.

E il portone si chiuse di colpo.

Mancuso disse al taxista di aspettare, e camminò lungo il muro di granito del convento fin dove esso curvava a occidente verso il lago Erie. C'era un campo aperto che scendeva fino all'acqua e ad alcuni massi muschiosi. Si sedette su un grosso spuntone di roccia arrotondata e accese una sigaretta.

Dunque, era tutta una menzogna: la balla del marito affettuoso e fedele che manteneva la promessa di matrimonio fatta alla moglie malata di mente. Era una bugia bella e buona, cinica e ributtante. Il matrimonio era una farsa e Terry Fallon un bugiardo. E se poteva mentire su questo, chi avrebbe saputo dire dove finivano le bugie e dove cominciava la verità? Cinque persone erano morte. Ed Eastman aveva detto all'America che il servizio segreto stava conducendo un'inchiesta parallela. Ma Mancuso la sapeva più lunga. Col cazzo il servizio segreto stava conducendo un'inchiesta autorizzata sulla morte di Martinez. Non era di loro pertinenza.

L'agente si ficcò una mano nella tasca della giacca dove teneva gli spiccioli e ne trasse i quattro piccoli distintivi da attaccare al bavero che Ross aveva trovato nella stanza del morto al Four Seasons Hotel. Li tenne nel palmo di una mano e li fece girare con l'indice dell'altra. Cerchio. Quadrato. La lettera S. E la bandiera americana.

A conti fatti, era sempre il solito gioco.

Per la prima volta, tutto stava diventando chiaro.

Ore 11.35. Dopo che Lou Bender ebbe firmato il registro e superato l'ostacolo rappresentato dal metal detector, una guardia gli fece attraversare il cancello che si apriva nell'alto muro di cinta e lo accompagnò fino a una panchina in un boschetto vicino a un campo di softball deserto. La guardia lo lasciò là, e Bender si sedette, stese le braccia sopra la spalliera e si guardò intorno.

C'era un anello di dormitori, semplici baracche di legno, e una costruzione lunga e bassa che avrebbe potuto essere la mensa. C'erano quattro campi da tennis in terra battuta, quattro campetti da tamburello e una pista per atletica leggera che cingeva il campo da softball. Quel posto avrebbe potuto essere un centro sportivo o una scuola per ragazzi o una colonia estiva: non fosse stato per il muro di cinta con la sua zazzera di filo spinato, per la torre di guardia vicino all'ingresso e per gli agenti di custodia che facevano la ronda lungo il perimetro esterno.

Era la prigione federale di minima sicurezza di Lewisburg, Pennsylvania: il "circolo federale", lo chiamavano. E l'elenco dei suoi soci più illustri aveva compreso John Dean e John Mitchell e ora l'ex senatore Caleb Weatherby.

Bender non lo riconobbe subito: e non erano solo la tuta e le scarpe da jogging. Erano la tintarella e i dieci chili che Weatherby aveva perso e l'elasticità del suo passo. L'uomo che Bender ricordava era un criminale smascherato e con le spalle al muro che alzava un giornale per proteggere il viso dai lampi delle macchine fotografiche. L'uomo che stava camminando sulla ghiaia del sentiero mostrava vent'anni di meno, era più asciutto, più agile e scattante, e pieno di fiducia in se stesso. Bender sperava con tutto il cuore che Weatherby in prigione non avesse trovato Cristo e non fosse "rinato" come Chuck Colson. Non aveva fatto tanta strada per ascoltare una predica sul motivo per il quale anche lui avrebbe dovuto accettare Gesù come suo personale salvatore.

Si alzò in piedi e gli tese la mano. «Cal...»

«Lou...» Weatherby sorrise e gli strinse calorosamente, vigorosamente la mano. «Come te la passi, Lou?» Aveva ancora quel sorriso da procacciatore di voti e quell'accento melodioso da texano dell'ovest.

«Non tanto bene come te.»

Weatherby si diede un colpetto sullo stomaco piatto. «Già. Sono magro e cattivo come un cane randagio.»

«Non sarai... ehm... "rinato" anche tu, eh?»

«Diavolo, no» disse Weatherby. «Ma non c'è molto da fare, quassù, a parte la ginnastica e la corsa. Peccato che questo posto non abbia un campo da golf. Dovresti dirlo al presidente. Metteteci un campo da golf e tutto il parlamento confesserà i suoi peccati e farà la coda per venire qui.»

«Glielo dirò. Ma se tutti i senatori confessassero i loro delitti, non so come farebbero a raggiungere il numero legale.»

Scoppiarono in una risata e poi si misero a sedere.

«Be', probabilmente ti starai chiedendo qual buon vento mi ha menato fin qui» esordì Bender.

Ma Weatherby gli troncò la parola in bocca. «No. Sei venuto per Fallon.»

Bender tacque.

L'altro si limitò a sorridere. «Lou, riceviamo i giornali, qua dentro... e vediamo la televisione.»

«Okay» ammise Bender. «Parliamo di Fallon.»

«Tra un minuto, Lou, tra un minuto.» Weatherby si appoggiò alla spalliera. «Ora, sai, mi sembra di ricordare che tu fumavi il sigaro...»

«Certo» disse Bender. E sfilò due Monte Cristo dalla giacca.

Weatherby ne mise uno nel taschino del camiciotto. Poi si passò l'altro sotto il naso, aspirandone l'aroma. «Salve, Avana» esclamò. «Che delizia!» Ne staccò la punta con un morso. «Hai del fuoco, cugino?»

E mentre Bender teneva acceso l'accendino, Weatherby disse tra una boccata e l'altra: «Prima di... parlare di Fallon, parliamo di... quello che mi viene in tasca a parlare di Fallon».

«Continua.» Bender ripose l'accendino.

Weatherby appoggiò le spalle alla panchina, accavallò le gambe ed emise un lungo e tortuoso fil di fumo. «Be', ora posso anche morire» disse con una voce piena di gratitudine.

«Parliamo» lo spronò Bender.

«Lou, sai qual è il tuo problema?»

«No. Quale?»

«Che hai fretta.» Weatherby annuì, come per approvare ciò che aveva appena detto. «È questo, puro e semplice. Tu hai sempre troppa fretta. Corri a destra e a sinistra come... come uno che gli scappa da pisciare. Non ti fermi mai un momento a sentire il profumo delle rose.»

Bender si mosse, a disagio, sulla panca.

«Ora, guarda me» continuò Weatherby. «Io ho tutto il tempo che voglio.» Si rotolò il sigaro tra le dita, contemplandolo con ammirazione. «Eccomi qua, detenuto in un istituto "penale" federale, come lo chiamano. Non mi lamento, bada. Non si sta affatto male. Ma uno è tagliato fuori dal mondo dell'alta finanza, gli manca il suo whisky serale e, perché no?, un po' di figa tenera e giovane. Ed ecco che ti arriva un elicottero con un illustre visitatore, un signore di Washington che – lo sanno tutti – ha libero accesso all'ufficio del presidente. Be', di che cosa vogliamo parlare, Lou?»

«Non posso farti avere la grazia» disse Bender in tono reciso. «Questa non è una condizione.»

Weatherby annuì. «Ricevuto. Però, vedi, devo ancora fare trentun mesi e diciannove giorni di questa vacanza. E francamente, cugino mio, non vedo alcun vantaggio per i contribuenti nel fatto che io resti qua dentro ancora per tutto questo tempo. E tu?»

Era esattamente ciò che Bender si aspettava. «Tutto quello che sono autorizzato a dire è... che se tu ci dai una mano noi saremo disposti ad aiutarti.»

«L'ha detto Sam Baker?»

«Sì.»

Weatherby aspirò un'altra lunga boccata di fumo. «Lou, tu di sigari te ne intendi. Ma sei uno schifosissimo bugiardo.»

Bender annuì. Poi decise di venire al sodo. «Okay, Cal. Sarò franco.»

«Ti ascolto, figliolo.»

«Tu vuoi un biglietto per uscire. Io ho l'unica agenzia di viaggi della città. Tu parli, io ci provo. Tutto qui.»

L'altro sorrise. «Questo si chiama parlare, ragazzo mio.» Si alzò in piedi. «Lou, facciamo quattro passi.»

Camminarono sulla ghiaia della pista fin dove faceva una curva dietro il backstop del diamante di softball. Weatherby si appoggiò alla rete metallica, ciucciando il suo sigaro. «Ora, da come la vedo io, tu e Baker state cercando di decidere se cavalcare la tigre» disse. «Ma non sapete se è una tigre che siete capaci di cavalcare... o se invece non vi farà sbatter il culo per terra.»

«Per così dire.»

«Be', vi trovate in un bel ginepraio, vero?»

«Sì.»

Weatherby ridacchiò cupamente tra sé. «Terry Fallon è il più grosso figlio di puttana che io abbia mai incontrato. E saranno almeno vent'anni che la sua mano destra non vede la sinistra.»

«Vale a dire?»

Weatherby sputò per terra.

«Per esempio?»

L'ex senatore guardò Bender e rifletté. Poi il suo viso parve rischiararsi. «Ah, Lou» disse. «Ora capisco di che si tratta. Tu non stai cercando di decidere se mettere Fallon nella tua lista. Tu vuoi qualcosa che ti permetta di bloccare Fallon in modo da impedirgli di tentare qualche trucco alla convenzione.»

Bender non parlò.

«Spiacente, Lou» continuò Weatherby. «Non puoi avere la risposta che cerchi per due sigari e una promessa.»

Bruscamente Bender disse: «Saprai che è stato Fallon a denunciarti per l'ABSCAM».

L'altro si ficcò le mani in tasca e non si mosse, calciando con i piedi i sassolini. «Sì. Allora non lo sapevo, ma ora lo so.»

Bender si alzò. Gli si accostò e gli piantò un dito in mezzo al petto. «Sono stati Fallon e suo suocero, a incastrarti.»

Weatherby tirò su col naso. «Fallon e Dwight Kimberly?»

«A farti questo bello scherzo.»

«Lou, Dwight Kimberly non piscerebbe sulla tomba di Terry Fallon nemmeno se avesse il diabete. Merda, è stato Fallon a rovinare il suo progetto di coprire di cemento tutto il Texas dalla periferia di Houston fino a Galveston. Milioni di dollari, gli è costato. E poi gli ha rovinato la figlia.»

«La donna che è al manicomio?»

«Esatto, cugino.»

«Ho sentito dire che è matta.»

«Harriet Kimberly matta? Dio santo, Lou, mi sembri un chierichetto.»

Bender alzò bellicosamente la testa. «Mi stai dicendo che Fallon e suo suocero non si sono messi d'accordo per fregarti?»

«Lou, i miei... miei contatti con Dwight Kimberly risalgono a prima che a Fallon insegnassero a fare la cacca sul vasino. Lui li ha scoperti, chissà diavolo come. Mi ha fatto lo sgambetto e poi, da allora, ha sempre ricattato il vecchio Kim.»

«Ricattato?»

«Sì, certo.»

«Per denaro?»

«Perché non parlasse.»

«Perché non parlasse di che?»

«Oh...» Weatherby tolse la cenere dal sigaro. «Figliolo, tu vuoi sapere troppe cose per un paio di zampironi.»

Bender lo prese per un braccio. «Se hai qualcosa su quel figlio di puttana, dammelo e farò in modo che tu gli renda pariglia.»

«Non oggi, cugino.» Weatherby cercò di allontanarsi, ma l'altro non mollava la presa.

«Merda» sibilò il galeotto, e si liberò dalla stretta. «Non crederai che gliel'abbia perdonata! Più di te, voglio vederlo schiacciato. Quel figlio di puttana mi ha rovinato. Mi ha preso il posto, s'è pappato il mio ufficio. Quella piccola checca, Van Allen, gli si è subito buttato tra le braccia. E Sally Crain.» Scosse la testa. «Che delusione, quella ragazza.»

«Sally chi?»

«Lo sai, la troia dell'ufficio stampa.» Sorrise. «E Dio sa se la trattavo bene. La scopavo persino un paio di volte la settimana, perché non si lamentasse.»

Lontano, l'altoparlante si mise a scoppiettare, poi si udì un segnale di tromba, registrato.

«Be', questa è la ritirata» annunciò Weatherby. «È ora di andarsi a far contare il naso. Vieni, Lou. Ti accompagno al cancello.» Si voltò per andarsene.

Bender non si mosse. «Senti, Cal, ti chiedo per l'ultima volta...»

«Lou, va' a prendere qualcosa da mettere sul tappeto e ne riparleremo» disse Weatherby. «Ma non tornare a mani vuote. Mi hai sentito?»

Si fermarono al cancello e la guardia aprì la porta per Lou Bender.

«E... Lou?»

«Sì?»

«Sarà meglio che ti affretti.» Weatherby lo salutò con la mano e sorrise. «Oggi avrai una giornata pesante.»

Mezzogiorno. Luther Harrison, il capo della maggioranza del senato, si spinse gli occhiali di plastica sulla fronte, si tolse i guanti di pelle, li mise sul banco con gli attrezzi e andò alla porta del garage a salutare O'Donnell.

«Non posso darti la mano» disse Harrison, e gli mostrò le palme sporche di grasso.

«Come stai, Luke?» chiese O'Donnell.

«Sono stato meglio.»

«Che stai facendo?»

«Entra. Ti faccio vedere.»

Sotto le file di lampade fluorescenti appese al soffitto del garage c'era lo chassis di una vecchia spider, aperto fino alle budella di ferro e acciaio inossidabile. Il pavimento del garage era coperto di moquette, a parte la trincea cavalcata dalle ruote della macchina. Sui banchi da lavoro intorno al suo perimetro, utensili e congegni di controllo giacevano in un ordine perfetto, pulitissimi, come gli strumenti di una sala operatoria.

«Ecco, questa... questa è una Bugatti tipo 35» spiegò Harrison. «Qualcuno, una volta, disse a Bugatti che i freni delle sue macchine facevano schifo. Sai cosa rispose? "Signore, le mie macchine sono fatte per andare, non per fermarsi." Che te ne pare?»

O'Donnell batté cautamente la mano sulla fiancata della macchina, come se fosse uno strano animale. «Bella» disse.

«Abbiamo un gravissimo problema, Charlie» continuò Harrison.

«Me ne sono accorto.»

«Questa storia con Eastman è un incubo.»

«Sono d'accordo.»

«Baker è colpevole?»

«È questo il problema?»

«No.» Harrison si strofinò una palpebra con la nocca di un dito. «Hai ricevuto la lettera?»

«Non ancora. Tu?»

«Macché.»

«Facciamo una riunione.»

Harrison si tolse il grembiule di cuoio e si lavò le mani, poi uscirono insieme dal garage e salirono i gradini che portavano al patio dietro la casa. Frances Harrison, con un vestito da casa, era seduta al tavolo di ferro battuto dipinto di bianco e stava facendo il cruciverba domenicale del *New York Times*.

«Ciao, Charles» disse. «Caffè?»

«Grazie, Fran.»

La donna guardò prima l'uno poi l'altro dei due uomini. «Be', vedo che sto per essere di troppo.» Raccolse i suoi giornali.

«Grazie, Frannie» disse Harrison.

«Manderò Blanche col caffè. Buona conversazione, ragazzi.» E sparì dentro la casa.

O'Donnell si mise a sedere e si strofinò le ginocchia.

«Vorrei ammazzarlo, quel figlio di puttana» disse Harrison.

«A chi lo dici» gli fece eco O'Donnell.

La domestica depose il caffè davanti a loro e li lasciò soli.

«Be', qui abbiamo due possibilità di scelta, Charlie. O gli diamo la sua inchiesta oppure no.»

«Tu cos'hai sentito?»

Harrison versò il caffè. «Nei nostri banchi, nessuno vuol saperne. Gli altri vogliono una caccia alle streghe in piena regola. Che cosa ti aspettavi?»

«Non posso dire d'essere sorpreso.» O'Donnell mescolò il suo caffè guardando i ciliegi ai lati del sentiero che portava alle tre serre in fondo al giardino. «Credo che dovremmo vedere Sam.»

La proposta stupì Harrison. «Per cosa?»

«Voglio chiedergli se è vero.»

«Vacci da solo, allora» disse Harrison.

«Non posso farlo, Luke.»

Harrison ci pensò su. «Wickert ti sta rompendo i coglioni?»

«Non capirò mai per quale motivo i membri responsabili e perbene dell'archidiocesi di Buffalo abbiano mandato in parlamento un simile ciucciacazzi.»

«Forse era l'unico sistema per allontanarlo dalla città.»

Sorrisero, scambiandosi un cenno d'intesa. Ma Harrison stava tenendo d'occhio il suo compagno, e O'Donnell lo sapeva.

«Tu hai intenzione di invitare Sam a dimettersi» disse Harrison alla fine. E quando O'Donnell non rispose, soggiunse: «No?».

O'Donnell giunse le manacce sul ventre. «Se è colpevole, sì.»

Harrison si schiarì la voce. «Forse dovremmo portare Rehnquist.»

«Non ci verrà mai.»

«Non ha niente da perdere. La sua carica è a vita.»

«No» disse O'Donnell. «Non si tratta di una visita ufficiale. Sono tre amici che fanno quattro chiacchiere. Voglio uno scambio di opinioni, non un esorcismo.»

«Se lui se ne va... ci resta Eastman» disse Harrison, e non sembrava affatto contento.

«Solo fino a gennaio.»

«Cercherà di ottenere la nomination alla convenzione.»

«Lo immagino.»

Harrison depose tazza e piattino. «Sei sicuro di Fallon?»

«Sì» rispose O'Donnell. «Sono sicurissimo.»

Harrison incrociò le braccia e si appoggiò alla spalliera, riflettendo. «Poniamo... Poniamo che Sam dica che le accuse sono infondate?»

«In questo preciso momento sarebbe la cosa peggiore che potrebbe capitarci.»

Harrison scrollò il capo. «Gesù Cristo, che mondo di merda.»

«Washington non l'ho inventata io» disse O'Donnell. «Ci lavoro e basta.» Mosse la sua gran mole nella poltrona e si alzò in piedi. «Be', facciamola finita. Posso usare il telefono?»

Ore 13.40. Quando Lou Bender tornò alla Casa Bianca andò direttamente all'Oval Office, ma la segretaria del presidente alzò le mani appena lo vide avanzare lungo il corridoio.

«Non c'è.»

«Dov'è?»

«Ha chiesto di non essere disturbato.»

Bender aspettò un momento, spostando spazientito il peso del corpo da un piede all'altro. «Chiamalo» disse infine.

«Signor Bender...»

«È importante.»

La donna sospirò. «È nella sala comando.»

«Digli che vado giù.»

Con qualche riluttanza la segretaria schiacciò il tasto dell'interfono. Bender si allontanò lungo il corridoio e prese l'ascensore per la sala comando.

Il presidente stava seduto nella poltrona di mezzo della cabina di osservazione, guardando quei tabelloni elettronici. Non si voltò indietro quando Bender uscì dall'ascensore. «Dove sei stato?»

«Visite.»

«Ha telefonato O'Donnell. Viene con Harrison oggi pomeriggio.»

Bender scrollò il capo. «Quello stronzo di Eastman. Qualcuno dovrebbe tagliargli le palle e ficcargliele in gola.»

Il presidente lo ignorò. «Hai chiesto tu a O'Brien di controllare se l'FBI aveva qualcosa su Fallon?»

«Ho pensato che fosse meglio assicurarsi se pagava regolarmente le sue tasse.»

«Non ti credo, Lou.»

«No?» Bender si tolse il sigaro di bocca.

«No. Io credo che tu stessi cercando un sistema per ricattare Terry Fallon e impedirgli così di concorrere alla nomination presidenziale.»

Bender guardò la punta del sigaro. Poi vi soffiò su per ravvivarne la brace. «Ricattare è una parola piuttosto forte.»

«Come la chiameresti?»

«Previdenza.»

Il presidente scosse la testa.

«Abbiamo bisogno di lui in lista come vicepresidente» disse Bender. «Voglio qualche garanzia nell'eventualità che si dimostri troppo ingordo.»

«Lou, siediti» gli ordinò il presidente. E quando quello ebbe obbedito continuò: «Voglio che tu la smetta».

«Cosa?»

«Quello che stai facendo a proposito di Fallon.»

«E invece che cosa dovrei fare? Invitarlo a cena e offrirgli su un piatto d'argento la nomination presidenziale?»

«A Terry Fallon non stiamo offrendo un bel nulla» disse il presidente. «Ma la verità è che siamo nei pasticci, e tutto quello che stai facendo adesso potrebbe peggiorare le cose.»

«Di quali pasticci stai parlando?»

«Dell'inchiesta.»

«Sam, siamo sulle tracce dell'assassino. L'informazione è sicura. E contiamo di beccarlo entro ventiquattr'ore.»

La notizia fece voltare la testa a Baker. «È vero?»

«Nel modo più assoluto.»

Il presidente si appoggiò alla spalliera della poltrona. «Ne sei certo?»

«Certissimo. E se noi catturiamo l'assassino, Eastman ci fa la figura dell'idiota e l'inchiesta parlamentare va in fumo.»

«E l'agente del servizio segreto?»

«Una falsa pista. Eastman sta macchinando qualcosa.»

«Cosa?»

«Non lo so. Ma lo scoprirò.»

Sam Baker studiò l'ometto con i capelli bianchi accanto a lui. Era da tanto tempo che aveva imparato a fidarsi delle scelte di Lou Bender che ora ci voleva un certo sforzo per dubitare di lui. «Lascia perdere la storia di Fallon» disse infine.

«In questo momento non posso. Sono sulle tracce di qualcosa.»

«Cosa?»

«Non lo so. Ma c'è qualcosa. Solo che non riesco a metterci il dito sopra.»

«Non esporci ulteriormente.»

«Mi serve la grazia per Weatherby» fece Bender.

Il presidente si limitò a guardarlo fisso.

«Sono andato a trovarlo, Sam. Ha qualcosa che può esserci d'aiuto. Dobbiamo pagare il suo prezzo.»

«No.»

«Allora riducigli la pena. Levagli un anno, che differenza c'è?»

«No.»

«Maledizione! Bisogna mettergli un guinzaglio, a Fallon. Altrimenti quel figlio di puttana potrebbe impadronirsi della convenzione.»

«Lou, sapevi che la CIA progettava di avvelenare Martinez?»

Bender, seduto accanto a lui, lo guardò male. «Chi l'ha detto?»

«Rispondi alla domanda.»

«Certo, risponderò.» Si sporse verso il presidente, accostò la faccia alla sua e sussurrò a bassissima voce: «Che differenza c'è se... se non ti danno la nomination?».

Il presidente chinò il capo, chiuse gli occhi e si strofinò il dorso del naso. «Lou, per amor di Dio.»

Bender si alzò in piedi e si accostò alle finestre che davano sulla sala di comando della difesa aerea. Sotto di lui, i banchi e le console erano vuoti, e i monitor mandavano una fredda luce verde. Studiò le proiezioni elettroniche del mondo occidentale davanti a lui, masticò il suo sigaro e guardò il Sudamerica che era appeso al loro continente per il delicato filamento dell'America Centrale. E disse, a bassa voce e con aria meditabonda: «Tutta la faccenda è appesa a un filo, Sam, a un filo sottilissimo. Vuoi essere ricordato come l'uomo che perse l'emisfero?».

«No» rispose Baker alle sue spalle. «Ma non voglio nemmeno essere ricordato come l'uomo che si mise la costituzione sotto i piedi.»

Bender si voltò a guardarlo.

«Falla finita, Lou» tagliò corto il presidente. «Immediatamente. Lascia in pace Fallon. Altrimenti...»

Bender si ficcò le mani in tasca e si guardò la punta delle scarpe lucide. «Il capo sei tu» disse.

Ore 13.35. Per tutta la mattina Ross aveva pensato a Sally Crain. Si era disteso sul balcone nei suoi calzoncini da bagno blu, con la faccia alle tendine che coprivano la porta di vetro scorrevole che dava in camera sua, in attesa che uscisse sul balcone. Ma per tutta la mattina le tende erano rimaste tese, impenetrabili.

L'aveva messa in un brutto impiccio. Inutile negarlo. Sally era complice di un atto criminoso. Se si fosse finiti in tribunale, avrebbe potuto cavarsela, testimoniando contro i propri complici, con cinque anni con la condizionale. Ma la sua carriera politica sarebbe finita, e nessun giornale che si rispetti l'avrebbe mai più ripresa nel suo staff.

Datà la natura della sciarada dell'agente segreto e l'importanza dell'inchiesta Martinez, era poco verosimile che uno qualsiasi di loro finisse realmente in galera. Ma Mancuso, probabilmente, ci avrebbe rimesso la pensione. E lui, Ross, avrebbe dovuto cercarsi un altro impiego. Seduto nella sdraio, si chiese se l'avrebbero radiato anche dall'ordine degli avvocati. Non ci aveva ancora pensato. Se gli avessero negato l'accesso alla professione forense, come se la sarebbe cavata?

Be', era ancora lontano dal dover prendere una decisione simile, e non valeva la pena di perdere tanto tempo a pensarci adesso. Solo una cosa gli riusciva chiara: erano tutti uniti in una specie di congiura del silenzio, Sally, Mancuso e lui. Se uno dei tre avesse ceduto e abbandonato gli altri ai lupi, lui e lui solo si sarebbe forse salvato da una condanna penale, ma non certo da una cattiva fama.

In un certo senso, Ross sapeva di avere le migliori probabilità di sopravvivere. Aveva solo ventisette anni, era alla sua prima missione sul campo e aveva dalla sua l'inesperienza. Perquisire la camera dell'uomo non era stata un'idea sua. Forse avrebbe potuto cavarsela, se si fosse riconosciuto colpevole, con un'ammonizione formale e novanta giorni di sospensione senza paga. La batosta, probabilmente, sarebbe toccata a Mancuso. Non che Mancuso avesse molti amici nel Bureau. Ma se Ross avesse parlato, già sapeva come lo avrebbero guardato tutti gli altri agenti. Sarebbe diventato un paria, un reietto. Nessuno avrebbe voluto far coppia con lui. Nessuno gli avrebbe rivolto la parola. Si sarebbe salvato il posto e avrebbe finito la carriera. Non era difficile immaginarselo. Dunque, erano uniti, invischiati, chiusi nella stessa trappola. Nessuno di loro poteva uscirne facilmente. Ma la cosa peggiore era che Ross voleva Sally. E avrebbe potuto perdere le possibilità che aveva con lei.

Sonnecchiava, e si era mezzo addormentato, quando Sally bussò alla porta. La credette la cameriera.

Si tirò su, appoggiandosi a un gomito, e disse: «Può ripassare tra mezz'ora?».

«David?»

«Sally?»

Saltò giù dalla chaise longue, attraversò la stanza e spalancò la porta. «Cristo, scusa.»

Si era legata i capelli in una coda di cavallo e indossava un costume da bagno intero, color bronzo, che le strizzava e arrotondava il petto, e sopra un paio di calzoncini cachi. Era giovane, allegra e tirata a lucido come una monetina nuova.

«Oh Dio, ma ti sei guardato allo specchio?» gli chiese.

Ross, invece, stava guardando lei. «Perché?»

Gli toccò il braccio. «Sei rosso come un gambero. Cos'hai combinato?»

«Sono stato qui, sdraiato al sole.» Abbassò lo sguardo, e dove lei aveva schiacciato col dito la pelle c'erano dei puntini bianchi che stavano svanendo per tornare a confondersi col rosso carico della scottatura.

«Stasera sarai tutto indolenzito. Meglio metterci un po' di crema.»

«Ti senti meglio?» domandò lui.

«Meglio.»

«Andrà tutto a posto.»

«Lo spero. Ma preferisco non parlarne, vuoi?» C'era una pena così grande, nei suoi occhi. «Non potremmo andare a fare una passeggiata? Ho bisogno di uscire, per un po'.»

Ross prese la camicia e la chiave della stanza, s'infilò le scarpe, ed entrarono insieme nell'ascensore che portava al pianterreno. Il solito uomo di mezza età stava seduto in un angolo dell'atrio, ma stavolta leggeva il libro di Iacocca, in un'edizione tascabile. Alzò distrattamente lo sguardo e assisté al loro passaggio. Ross abbassò la testa, disgustato. Era evidente che l'FBI di Miami non sapeva che il suo servizio di sorveglianza era stato scoperto. Non c'era da meravigliarsi se la coca e le altre droghe passavano da Miami come attraverso un setaccio, con una manica di pagliacci come quelli che montavano la guardia ai confini dell'America.

Uscirono dall'albergo, in pieno sole, e attraversarono Collins Avenue, camminando lungo la banchina dove i cabinati ballonzolavano attaccati agli ormeggi dell'Inland Waterway. E mentre passeggiavano Ross vide una Ford grigia con due uomini a bordo portarsi davanti al parcheggio dell'albergo e fermarsi.

«Dio, che magnifica giornata» disse lei, alzando la testa e respirando profondamente. «Dovevo proprio uscire da quella stanza.»

Aveva un'aria sollevata. E questo lo faceva stare molto peggio, perché la stava ingannando.

«Ascolta, Sally» disse improvvisamente.

«Cosa?»

«Continua a camminare.»

«Cosa c'è?»

«Devo essere franco con te. Maledizione, devo dirti una cosa.»

«Che succede?»

«Ascolta. Qualcuno ci sta seguendo. No. Non voltarti.»

«Seguendo? Chi?»

«Ci hanno seguito fin da quando siamo scesi dall'aereo. C'è un tizio nell'atrio. Ieri sera c'erano degli uomini che tenevano d'occhio il ristorante. E una macchina ci ha seguito mentre tornavano in albergo.»

Sally rimase impressionata. «Chi...?»

«L'FBI.»

«Cosa? Ma perché?»

«È un caso che riguarda la sicurezza nazionale. Certe volte lo fanno. Quando la posta in gioco è così alta. Hanno sempre paura che qualcuno possa essere comprato.»

«Sorvegliano te?»

«Sorvegliano me e te.»

«Dio» mormorò piano lei. Fecero un altro tratto di strada. Poi lei chiese: «Perché me lo stai dicendo?».

«Diavolo, mi è dispiaciuto un sacco coinvolgerti in quella storia dell'albergo. Mi sono sentito un verme. È stata una fesseria.»

«Non è stata colpa tua.» Sally scese gli scalini che portavano al pontile di legno bianco galleggiante su una fila di fusti vuoti. Le onde sollevate dalle barche a motore che passavano si rompevano contro il fondo della passerella e la facevano dondolare.

«Senti. Ho riflettuto» disse Ross. «Sulla... sai, sulla situazione.»

«Io non sono riuscita a pensare ad altro.»

«Quel tale del Four Seasons Hotel: impossibile che fosse lì nella sua veste ufficiale. Il servizio segreto non ha giurisdizione.»

«Non capisco.»

«Doveva essere là per conto suo, o lavorare per qualche privato.»

«Per chi?»

«Vattelapesca. Ma il fatto è...» La prese a braccetto. «Il fatto è che se troviamo l'uomo che ha ucciso Martinez tutta questa storia può cadere nel dimenticatoio.»

Sally lo guardò. «Sei gentile. Lo so che ti preoccupi. Ma come puoi credere di trovare l'assassino?»

L'uomo alzò le spalle e continuò a camminare. «Potremmo. Non si sa mai.»

Sally sospirò e scosse la testa. «Non vedo come possiate trovarlo.»

«Ehi, non farti prendere dallo scoraggiamento. Abbiamo delle possibilità.»

«Quali?»

«Lo sai. Soffiate. Informatori. Queste cose.»

«Mi scusi, agente» disse lei, per prenderlo in giro «non saranno solo chiacchiere da superman della tivù?»

«No.»

Sally sospirò. «Vorrei poterci credere.»

«Pensa quello che ti pare.»

«David, lo so che tu vorresti che io non mi preoccupassi, ma...»

«Senti» fece finalmente lui. «Abbiamo una traccia sicura. Potremmo averlo preso entro stasera.»

Sally mostrò una sincera sorpresa. «Davvero?»

«Davvero.»

«Come?»

Ross sorrise e alzò una mano. «Spiacente. Segreti del mestiere. Un punto per l'FBI.»

«Okay» fece la donna. «Okay. Lo ammetto. Sono rimasta colpita. Ma credo ancora che sia meglio aspettare: aspettare e vedere.»

Erano arrivati in fondo alla banchina. Ross si guardò intorno. «E adesso?»

Allora udì un rumore alle sue spalle. Quando si voltò, due latinoamericani dall'aria poco rassicurante erano saltati giù dalla poppa di uno dei cabinati ormeggiati lungo la banchina. Indossavano entrambi jeans e magliette bianche, quello basso impugnava un manganello.

«Ehi, ragazzi...» disse Ross, ma i due uomini avanzavano con aria burbanzosa lungo l'ondeggiante imbarcadero, marciando spalla a spalla. Allora vide che quello con la barba stringeva tra le mani una gaffa da scaricatore.

«Sta indietro» disse alla donna, e tese il braccio per portarsela alle spalle. Poi si voltò e cercò la migliore posizione prima d'ingaggiare la lotta.

«*Buenos días*» disse Sally. «*Cómo está nuestro amigo viejo?*»

Ross si raddrizzò, senza abbassare la guardia. «Amici tuoi?»

Lei gli strizzò l'occhio. «Nel caso che qualcuno ci seguisse...»

Ross rimase a bocca aperta. «Accidenti, piccola...»

Il più alto dei due segnalò a Ross di abbassare le mani. Quello obbedì e si lasciò perquisire. I diesel del cabinato starnutirono, avviandosi, e i due tubi di scappamento emisero tossendo una nuvola di fumo nero. Il più basso aiutò Sally a salire la scaletta e a scavalcare il parapetto. Ross era fermo sulla passerella, con le mani sui fianchi, più divertito che seccato.

«Su, David» disse lei, e gli tese la mano, ridendo. «Questo punto è mio.»

Ross superò d'un balzo la distanza che lo separava dalla barca e, afferrandosi alla scaletta, salì a bordo mentre il comandante dava tutto gas. E mentre scavalcava il parapetto vide di sfuggita la Ford grigia fermarsi in Collins Avenue e un uomo uscirne, sbattere la portiera e scoccare un'occhiata furibonda nella scia dell'imbarcazione.

Ore 14.05. Il telefono continuava a squillare. Poi tornò la voce della contralinista, che disse: «Mi spiace, signore. Il signor Ross non è nella sua stanza. Vuole lasciare un messaggio?».

«Merda» sibilò Mancuso.

«Come ha detto, scusi?»

«No... cioè... Senta, gli dica solo che ha telefonato Joe. Okay?»

«Sì, signore» rispose freddamente la ragazza, e interruppe la comunicazione.

Mancuso depose il ricevitore e consultò l'orologio. Il prossimo aereo per Baltimora era alle 18,30. Il che significava, per lui, starsene là seduto all'aeroporto di Cleveland con un dito nel culo per ore. Il taxi era costato 37 dollari e trenta: e cinque di mancia ne aveva dati al conducente, il che voleva dire che gli restavano appena sei verdoni; allora entrò nel self service, si fermò dietro le pile di vassoi e i distributori di posate e alzò lo sguardo alla foto a colori dei piatti dietro il banco. Due verdoni per un hot dog. Merda. Una volta, nei bei tempi andati, suo padre lo portava a Ebbets Field, e il biglietto costava due dollari e un quarto di dollaro gli hot dog, lo stesso per la birra, e dieci cent per le noccioline salate, col guscio e tutto. Che cazzo, il mondo era impazzito. Due verdoni per un hot dog, un dollaro per una coca. Sei meno tre, ne restavano tre. Un pacchetto di sigarette era a un dollaro e trentacinque. Prima comprò le sigarette, poi tornò indietro, prese un vassoio e si mise in coda.

L'altoparlante tuonò: «Chiamata per il signor Joseph Mancuso. Il signor Mancuso al telefono bianco, per favore».

«Vengo» borbottò lui, lasciò il vassoio e fece quasi tutto il giro del palazzo prima di vedere il telefono bianco appeso al muro.

«Sì? Sono Joe Mancuso.»

«Un momento, prego» disse la centralinista. Ci furono mille scoppiettìi.

«Signor Mancuso?»

«Sì?»

«Potrebbe venire al banco dell'American Airlines, per cortesia?»

«Sì, dov'è?»

«Alla sua destra.»

Si voltò e spinse lo sguardo fino in fondo al terminal. Una ragazza con la divisa dell'American Airlines aveva un telefono in mano e gli faceva dei cenni.

«Mi vede?» chiese nel ricevitore.

«Sì, sì, vengo.» Mancuso riagganciò e partì in quella direzione. Ma quando arrivò al banco, la ragazza lo introdusse in una piccola sala d'aspetto per i VIP, alle sue spalle, e chiuse la porta.

A un'estremità della stanza c'era un televisore con uno schermo enorme. Accanto all'apparecchio c'era un banco con un mucchio di liquori di marca, dei mixer, un secchiello di ghiaccio e alcune sigarette dentro bicchieri da whisky e vassoi di noccioline e di acagiù. Mancuso prese una manciata di acagiù. Dunque, ecco come viaggiavano i pezzi grossi. C'erano eleganti poltrone di cuoio e una rastrelliera con un fascio di riviste in carta patinata. E incuneata nell'angolo più lontano, su una sedia con lo schienale diritto, sedeva una donna con l'ampia tonaca bianca da novizia e il viso girato dall'altra parte. Mancuso drizzò le spalle e sgranò gli occhi.

«Lei è... il signor Mancuso?» chiese la donna.

«Ehm... sì.»

«Dell'FBI?»

Mancuso si strappò il cappello dalla testa. Poi cercò un posto dove mettere gli acagiù e alla fine se li cacciò in tasca. «Sorella, io...»

«Sono Harriet Fallon.»

Attese, muto, col cappello in mano. Quindi trasse un profondo respiro. «Signora Fallon, io...»

«La prego di non farmi domande» disse la donna a bassa voce.

Lui tacque. Si passò una mano sui calzoni per toglierne il sale degli acagiù. Poi si sporse verso la donna per cercare di scorgerne il viso oltre l'orlo della cuffia che le avvolgeva il mento e le guance.

«E la prego di non cercare di vedere la mia faccia.»

«Sì... scusi.»

Aspettava, in piedi nella stanza.

«L'uomo che è venuto mercoledì ha detto di essere del servizio segreto. È come essere dell'FBI?»

«No. Lei...»

«La madre superiora lo ha mandato via. Però ha detto che lei potrebbe ottenere dal tribunale un'ordinanza per interrogarmi. È vero? Può farlo?»

«Be', sì. Certo. Volevo dire, se vi sono costretto.»

«Lei sta cercando di trovare l'uomo che ha sparato a mio marito?»

«Esatto. Ora, quello che ho bisogno di...»

«Ma lei non è venuto qui per questo.»

Mancuso non rispose.

«Vero?»

Mancuso sospirò. «No. Non sono venuto qui per questo.»

La donna alzò la testa, appena appena, come per prepararsi al seguito. Ma quando parlò non ebbe esitazioni. «La madre superiora mi ha detto che posso parlarle di mio marito, se voglio. Ha detto che mio marito potrebbe diventare vicepresidente degli Stati Uniti.»

Mancuso alzò le spalle. «È... È una possibilità. Sì.»

«Non credo che mio marito dovrebbe diventare vicepresidente degli Stati Uniti.»

L'agente batté le palpebre. «Be', lui...»

«Resta inteso che lei non cercherà mai più di vedermi» disse la donna. «Che non cercherà mai più di chiamarmi o contattarmi in nessun modo. Siamo d'accordo?»

«Certo. Ma perché...»

«Mio marito è un uomo molto infelice. Infelice e mentalmente disturbato. Ha bisogno di aiuto.»

Mancuso cominciava ad averne abbastanza. «Senta, qui la cosa principale è...»

«Poteva prendere in moglie qualunque ragazza di Houston. Invece scelse me. E io non lo capii. Quando fummo sposati, i miei genitori ci mandarono in luna di miele a Palm Beach. Ero vergine.»

La sua voce era piana, priva d'inflessioni.

«La prima notte mi violentò e mi sodomizzò. Avevo le braccia e le gambe così contuse e piene di lividi che il giorno dopo non potei andare alla spiaggia. La seconda notte lo rifece. Mi ficcò le mutandine in bocca per soffocare le mie grida. Anche così, il vicedirettore dell'albergo venne a vedere cosa stava succedendo.»

Mancuso era paralizzato dallo stupore.

«Tornati a Houston, mi brutalizzava tre o quattro volte la settimana. Mi legava i polsi e le caviglie, mi metteva un nastro adesivo sulla bocca, e mi stuprava fino a farmi sanguinare. Avevo gli occhi neri e una faccia così gonfia che non potevo uscire di casa.»

Mancuso si schiarì la voce. «Poiché non...»

«Poi, una sera, portò a cena un'amica. E dopo che abbiamo mangiato, compresi che voleva che io avessi rapporti sessuali con entrambi. In principio non capivo cosa volesse farmi fare. Non potevo credere che una donna facesse cose simili. Allora mi mostrò quelle...»

Con la testa accennò alla sua destra, e sul tavolo vicino alla parete, in cima a una pila di riviste, c'era una busta ingiallita legata con lo spago. Lui depose il cappello sulla borsa, prese la borsa e l'aprì, e sfogliò le foto che c'erano dentro.

«Quando vidi quelle foto, mi venne un attacco isterico. Questo sembrò solo accrescere la loro eccitazione. Mi legarono. Mi picchiarono. Mi usarono come un oggetto. Un'ora dopo l'altra. Per tutta la notte.»

Dolcemente, quasi come se fosse un uomo che cammina in un sogno, Mancuso tornò a far scivolare le foto nella busta.

«La mattina non connettevo più. Mio marito chiamò un dottore, mi fece dare dei sedativi. Ma io non riuscivo a smettere di piangere. Andò avanti così per settimane. Alla fine chiamò un prete, e quando ci lasciò soli confessai. Il prete non voleva credermi. Dovetti cercare quelle foto e fargliele vedere. Quando le vide, quando vide i miei lividi, andò da Terry e lo pregò di farsi visitare. Terry rifiutò. Quando il sacerdote lo scongiurò ancora, mio marito propose di farmi venire qui, al convalescenziario delle carmelitane. Ero qui da due anni quando il tribunale nominò Terry esecutore del mio patrimonio.» Fece una pausa. «Ho conservato le fotografie.»

Quando ebbe finito, Mancuso rimase dov'era, ascoltando il silenzio che regnava nella stanza.

«Ora, vuol essere tanto gentile da tornare a Washington e lasciarmi in pace?»

«Sì.» Si chinò a raccogliere il cappello e la borsa.

«Signor Mancuso?»

«Sì?»

Per un attimo lui ebbe l'impressione che stesse per voltarsi a guardarlo in faccia. Invece non fu così.

«Se lei... Se vedrà Terry, gli dirà che lo perdono?»

Mancuso attese a lungo, prima di rispondere, fissando le spalle della donna. Poi si mise il cappello.

«No» disse.

Ore 14.30. Il cabinato navigava verso nord tra i canali dell'Inland Waterway, e Ross e Sally stavano seduti su due sdraio sul ponte poppiero. In una terza sdraio sedeva uno dei marinai, con le spalle alla cabina e un fucile da caccia a due canne in grembo. Lui li guardava, e Sally guardava lui.

Era un giovanotto – un ragazzo, veramente – ancora adolescente. Aveva la corporatura tozza e le spalle larghe degli abitanti del Centroamerica. Aveva un incisivo ricoperto da una capsula d'oro, un'ombra di baffi sotto il naso e due fessure nere, al posto degli occhi, che sembravano più idonee al buio della notte.

Il cruiser procedeva a poco a poco verso i margini delle Everglades. Le ville sontuose dipinte di rosa, con i loro tetti bianchi, svanivano lontano, e le macchie di glicini, di felci e di platani tornavano a invadere le rive e a mischiarsi con i canneti che spuntavano dall'acqua.

Sally ricordava il rugginoso vaporetto fluviale che l'aveva portata verso sud nell'inverno del 1970, quando la Croce Rossa le trovò un posto d'infermiera a Santa Amelia, sul Rio Coco. Era la parte più lontana dell'Honduras dalla frontiera con El Salvador, la più lontana dove potessero mandarla dal villaggio di Lagrimas e dai suoi ricordi della Guerra del Football.

Si era testardamente sistemata nell'ospizio di Tegucigalpa, di fronte all'ambasciata americana, in attesa di essere chiamata a presentare il suo reclamo contro l'ufficiale e contro gli uomini che avevano dato l'assalto a Lagrimas, ucciso due abitanti e incendiato il villaggio. Ma prima della fine di novembre le fu chiaro che all'ambasciata si voleva mettere una pietra sopra l'incidente.

Andava due volte la settimana nell'ufficio dell'incaricato d'affari. Certe volte sedeva tutto il giorno nell'aria appiccicosa della sala d'aspetto, col ventilatore che girava lentamente sul soffitto, prima che lui accettasse di vederla. Era sempre cordiale, sempre attentissimo. Certe volte la sua segretaria prendeva appunti minuziosi. Certe volte Sally riceveva la copia di una lettera che lui aveva scritto al ministro dell'interno o al governatore generale della provincia di Santa Rosa de Copan. Certe volte un altro uomo – uno di quei sinistri americani in pantaloni cachi, camicie bianche con le maniche corte e occhiali da sole – sedeva ad

320

ascoltare in un angolo della stanza. Quell'uomo non parlava mai, ma non le toglieva mai gli occhi di dosso.

Finalmente, la prima settimana di dicembre, trovò un biglietto sotto la porta della sua stanza all'ospizio. L'ambasciatore americano l'avrebbe ricevuta alle nove del mattino seguente.

Si lavò e si arricciò i capelli, si mise la migliore sottana e camicetta di cotone bianco, usò l'avanzo del bastoncino di rossetto e in testa si calcò il cappello di paglia a larghe tese. Ma quando la introdussero nell'ufficio dell'ambasciatore, lui era in tenuta da tennis e non fece che guardare l'orologio.

«So che ha avuto un'amara delusione» disse. «Ma purtroppo non c'è rimedio.»

«E Lagrimas? E la...»

«C'è stata un'inchiesta. Il caso è chiuso.»

«Chi ha svolto l'inchiesta?»

«L'esercito.»

«L'esercito?»

«Signorina Crain, è inutile che lei resti ancora nell'Honduras. Credo che per lei sia venuto il momento di tornare a casa e riprendere la sua vita.»

Se lo aspettava. «Non ci vado» rispose.

Lui aprì una cartella sulla scrivania. «Sono stato in corrispondenza con i suoi genitori.» Le porse una lettera. «Vogliono che lei torni a casa. Forse potrà riprendere i suoi studi di economia.»

Non degnò il foglio di carta nemmeno di un'occhiata. «Ho chiuso con l'economia» disse. «Sono un'infermiera.»

«Il suo visto scadrà.»

«L'ho rinnovato. È valido fino ad agosto.»

«L'arresteranno e la deporteranno.»

«Solo se lo ordina lei. Se lo farà, mi rivolgerò alla stampa. Dirò quello che ho visto.»

«Cosa le fa credere che le daranno ascolto?»

«Farò in modo che mi ascoltino.»

«A chi vuole che interessino due comunistelli impiccati chissà dove in mezzo alla giungla?»

«Non sono stati impiccati. A uno hanno sparato in un orecchio. All'altro hanno sparato in bocca. Poi gli hanno tagliato i genitali.»

L'ambasciatore incrociò le braccia e si appoggiò alla spalliera, con la testa inclinata da una parte, guardandola fisso.

«Quanti anni ha, lei, signorina Crain?»

«Venti. E a casa non ci vado.»

L'indomani, una macchina dell'ambasciata con autista venne a prenderla all'ora di pranzo e attraverso la polvere gialla delle strade e gli intonaci sgretolati delle case di Tegucigalpa la condusse nell'ufficio della Croce Rossa del Paseo Bolivar.

Un vecchio che si chiamava VanDoren, con la faccia lunga e le orecchie pelose, la interrogò sul suo tirocinio d'infermiera e le mostrò una carta geografica.

«Accetto» disse lei.

«Dovrà fare da sola.»

«Meglio così» disse lei.

La mandarono nel Lugar de Tranquilidad – il Posto del Silenzio – i villaggi sonnolenti degli indiani miskitos nella regione dove il confine col Nicaragua si perdeva nella melma e nelle sabbie mobili di paludi e acquitrini impenetrabili lungo il pigro Rio Coco. Il villaggio dove il battello fluviale la lasciò in piedi sul molo con le sue tre cassette di medicinali della Croce Rossa si chiamava Santa Amelia, e la capanna di bambù fornita dalla Croce Rossa si protendeva sull'acqua su cigolanti trampoli di cedro.

I miskitos erano piccoli e bruni, discendenti degli incas che si erano accoppiati con gli anglo-portoghesi e i neri venuti dall'Africa. Erano stati convertiti al cristianesimo dallo zelo e dall'abnegazione di alcuni missionari moravi provenienti dalla Pennsylvania, che avevano fatto proseliti tra loro fin da prima della Guerra Civile. Parlavano una lingua tutta loro, e l'inglese.

Sally imparò le parole di cui aveva bisogno in miskito, e a pescare con una lenza legata a un chiodo dove le assi del pavimento della sua capanna sporgevano sopra il fiume. Aveva una vecchia di nome Arundel che le faceva da mangiare e il bucato e che spazzava il pavimento della capanna con un pugno di fronde di piantaggine. Non c'erano raccolti. L'unico cibo era costituito da pesce e pollame. I miskitos barattavano pelli di alligatore con riso e granturco dal Panama quando il battello spinto da un motore diesel veniva, una volta ogni due mesi, su per il fiume da Cabo Gracias a Dios. A Sally non garbava il modo in cui il mercante fluviale portoghese e i suoi marinai centroamericani la guardavano. Suonavano sempre la sirena quando passavano davanti alla capanna, perché alzasse le veneziane di bambù. Ma se Sally lo faceva, le lanciavano viscide occhiate furtive. Una volta che andò al mercato a comprare un po' di riso con Arundel, il mercante l'abbordò e rimase accanto a lei, così vicino che Sally poteva sentire la puzza del sudore asciugatosi sotto le sue ascelle e quella del gasolio che aveva nella barba.

«Ti senti sola?» chiese. «Vieni a Cabo con me.»

«Levati dai piedi» disse lei in portoghese.

E mise la mano sul calcio della pistola.

Lui sorrise e scoppiò in una risatina gutturale.

Quella sera Sally si fece il letto di fianco ad Arundel, fuori dalla capanna, al riparo del tetto sporgente. E quando lo udì aprire la porta di bambù e udì le assi del pavimento cigolare sotto i suoi stivali, si alzò a sedere di fianco alla finestra e gli puntò la pistola alla schiena.

«*Fillo de puta*» disse sommessamente, e la sua voce era piena di minaccia. «*Fora dagui.*»

L'uomo rimase sorpreso. Si raddrizzò e si voltò a guardarla.

«Fuori» ripeté lei, e mosse la canna della pistola in direzione della porta. «E non tornare indietro.»

Lui scoppiò in quel suo risolino gutturale, si grattò la pancia e mosse un passo verso di lei. Lei sparò e il proiettile si piantò nel pavimento davanti ai suoi stivali. Lui fece un salto indietro e mise la mano sull'impugnatura del coltello infilato nella guaina.

«Immediatamente» disse lei. «Fuori!» Lui si voltò indietro, passò attraverso la tenda di bambù e a spintoni si fece largo tra la folla dei miskitos che erano corsi giù al fiume quando era risuonato il colpo di pistola. Gli risero dietro e lo fischiarono per tutta la strada fino al molo.

C'erano poche occasioni di ridere a Santa Amelia. C'era denutrizione e scabbia e tricofitiasi e impetigine e dissenteria e, naturalmente, la malaria. Sally prendeva le pillole di chinino tre volte la settimana. Per i primi due mesi ebbe la diarrea, finché il suo organismo non si avvezzò all'ameba che c'era nell'acqua. Ma aveva poco tempo per badare a se stessa. C'erano tante cose che uccidevano i bambini: tubercolosi e tetano, malaria, appendicite. L'ospedale più vicino era a Cabo Gracias a Dios, duecentoquaranta chilometri di viaggio lungo il fiume.

Ogni mese, o giù di lì, un cappuccino risaliva il fiume in canoa con due miskitos alle pagaie e diceva messa per i vivi e per i morti. Era un francese della Provenza che chiamavano Pere Jean-Baptiste, un prete duro e crudele con una sporca tonaca marrone e vecchi sandali di cuoio. Sally si sedeva sulla porta della sua capanna, sotto la targa sbilenca della Croce Rossa, e lo guardava disporre la sua tovaglia d'altare e il suo calice sul fondo di un barile capovolto. C'erano solo cinque famiglie cattoliche a Santa Amelia; gli altri erano fratelli boemi, e recitavano le preghiere in comune in una lunga capanna ai margini della giungla. Per tutto l'anno che Sally passò a Santa Amelia, lei e il prete non si rivolsero mai la parola. Non ne comprese mai la ragione.

In febbraio il vaporetto che veniva dalle regioni occidentali portò una lettera di VanDoren nella quale si diceva che Sally doveva fare due settimane di vacanza: poteva andare gratis a Tegucigalpa o, se preferiva, a Cabo Gracias a Dios. La barca era diretta verso oriente e a Sally non importava granché di dove andava, perciò si fece tenere un posto per Cabo. Era un viaggio di due giorni, e lei dormì in un'amaca sul ponte con la pistola sotto il cuscino, e ogni notte il dolce rollìo del vaporetto e il ronzìo regolare del motore le facevano prender sonno sotto una coperta di cipressi e di stelle che la spiavano dal cielo.

Cabo Gracias a Dios era una bassa città costiera di mattoni cotti al sole, nel delta dove il Rio Coco, al confine tra l'Honduras e il Nicaragua, riversava il suo limo nell'Atlantico. Era un centro puzzolente di tremila abitanti, con una fabbrica e una fila di bar e di bordelli nella zona del porto che servivano la loro mercanzia agli equipaggi dei vapori che facevano la spola lungo la costa tra il Venezuela e Belize. Sally si buttò in spalla la sua sacca e la portò su per la collina fino alla missione della Croce Rossa, mentre capannelli di sudici marinai e scaricatori si fermavano per strada a gridare: «*Mira! Mira*», a fischiare e a scoccarle baci da lontano.

Il direttore della Croce Rossa era un'inglese che si chiamava Christina Brown. Altissima, era, più di un metro e ottantacinque, e portava i lunghi capelli neri legati dietro la testa. Suo marito l'aveva condotta in Nicaragua quando era venuto a dirigere le segherie e i depositi di legname di Bluefields, quasi cinquecento chilometri a sud. Ma poi aveva cominciato a bere mescal e a passare settimane nei bordelli vicino al porto. Gli venne un'eruzione sulla pelle che costrinse sua moglie a farlo sloggiare, e un anno più tardi fu ucciso a coltellate dopo una partita a carte. Per gli ultimi cinque anni Christina aveva tenuto in piedi la stazione della Croce Rossa di Cabo, mentre fratelli boemi e cappuccini facevano il tiro alla fune per contendersi le anime dei miskitos, e i bar e i bordelli del porto dispensavano pugnalate e gonorrea.

Raccontò a Sally tutto questo mentre sedevano con tazze di tè Minton e tovaglioli di lino in grembo in un salotto che avrebbe potuto essere a Chelsea: glielo disse senza preamboli e con semplicità, come se avesse potuto essere una storia che aveva letto su una rivista, chissà dove.

«Sai che ti chiamano *La Putita*?» disse Christina.

Sally era stupefatta. «Ma perché?»

«Il comandante dell'*Esmeralda* è stato il primo. Perché gli hai sparato addosso.»

«Non ho sparato a lui. Ho sparato sul pavimento.»

«Avresti dovuto sparargli via l'uccello.»

«La prossima volta lo farò.»

«Non ne dubito.»

Christina si alzò. «Stasera sei invitata a cena qui. Dirò a Steadman di mettere la tua roba nella stanza degli ospiti. E a cena non avrai bisogno di quella» disse, indicando il calcio del revolver che spuntava da sotto la camicia di Sally.

A cena erano in quattro. Christina, Sally, monsignor Silha dei fratelli boemi, e un fragile e piccolo spagnolo di nome Carlos Fonseca, che fumò per tutto il pasto a base di *ceviche* e di una specie di *paella* locale fatta con cernia e anguilla, e annaffiata da bottiglie da un litro di Victoria. Parlavano una sorta di patois in cui l'inglese passava allo spagnolo per poi di nuovo ritornare all'inglese. Monsignor Silha veniva da Alexandria, Minnesota, ed era di una città vicino all'Annie Battle Lake chiamata Clitheroe.

«Come trova il suo lavoro a Santa Amelia?» chiese il vecchio prete.

«Duro» gli rispose Sally. «I bambini piccoli muoiono. Questa è la cosa più dura.»

«È una forma di contraccezione naturale» disse lui, e prese un'altra porzione di *paella*.

Sally si sentì arrossire, e stava per rispondere quando Christina domandò: «Un altro po' di *cerveza*, Carlos?».

«*Gracias.*»

«Mi ero un po' allarmato la prima volta che ho sentito parlare di lei» disse il monsignore.

«Perché?» Sally si era sempre chiesta per quale motivo i missionari l'avessero evitata. E allora vide Christina girarsi e toccarsi lo chignon in cui aveva raccolto i capelli.

«Avevo sentito dire che lei era una donna molto carina» rispose Silha. «Una donna che... richiama l'attenzione.»

«Sarebbe meglio se fossi brutta? Se avessi un aspetto antiestetico?»

«Infinitamente.»

«Non sono d'accordo» disse Fonseca. «Io la trovo bellissima. Anche se alquanto pericolosa.»

«Carlos è stato in Russia» spiegò Christina. «È un po' eccentrico, come noterete anche voi.»

«Eccentrico in che senso?»

«Crede in Lenin e nel secondo avvento di Nostro Signore» disse lei, e il monsignore soggiunse: «Almeno, così afferma».

«Davvero?» disse Sally.

«Ha scritto un libro su questo argomento.»

«Come s'intitola il suo libro?»

«*Un Nicaragüense en Moscou.*»

«È stato a Mosca?»

«Sì.»

«Com'era?»

«Mi sono congelato i *cojones*.»

«Carlos!»

Il monsignore si sforzò di mantenersi serio in volto, ma non vi riuscì. Sally rideva dietro il tovagliolo.

«Mi perdoni, *señora*, ma è vero» continuò Fonseca. «Sarebbe meglio studiare il marxismo-leninismo alle Hawaii. Ma non hanno ancora istituito i corsi.»

«Carlos ha combattuto a Panascan» disse Christina. «Per poco non è rimasto ucciso, a Panascan.»

Sally si strinse nelle spalle. «Cos'è Panascan?»

«Oh, il vecchio campo di battaglia dove Sandino fece l'ultima resistenza» spiegò il monsignore. «Negli anni Trenta strinse un patto col presidente Sevilla-Sacasa. Voleva trasformare l'intera costa miskito in un'utopia agraria, ve l'immaginate? Lo attirarono in una trappola e lo uccisero. Adesso questi giovani imbecilli si chiamano *sandinistas* e sognano un *Nicaragua libre*.»

«È vero?» chiese Sally a Fonseca. «È questo il suo sogno?»

«Sì» rispose quello, e accese un'altra sigaretta con la cicca dell'ultima. «Questo... o una morte prematura.»

Il giorno dopo Fonseca venne a prenderla e la portò, sul sellino posteriore della sua motocicletta, sulle colline dietro la città. Dal belvedere dove si fermarono si godeva la vista del fosco porticciolo e del cerchio di baracche col tetto di lamiera ondulata che si arrampicavano sulle colline. Dall'altra parte non c'era che la foresta pluviale, stesa come una folta coperta verde fino ai tre lati dell'orizzonte.

«È bello, qui» disse lei.

«Solo con le spalle voltate alla civiltà.»

«Lei è un rivoluzionario? Veramente?»

«Sì.»

«Contro Somoza?»

«Contro tutti i proprietari terrieri... e lo sfruttamento.»

«Ma potrete mai sperare di vincere?»

Lui si alzò gli occhiali sulla fronte e si grattò la barba di tre giorni. «Lei spera di salvare i bambini nella giungla?»

«Alcuni. Se posso.»

«Io spero di salvare i bambini dei bambini.»

Rimase con lui, quella notte, e fu un amante premuroso. Era il secondo uomo della sua vita e non era circonciso. La mattina seguente Sally tornò all'ospizio della Croce Rossa a prendere la sacca. Christina rimase sulla soglia della sua stanza da letto, con le braccia conserte, a guardarla mentre faceva i bagagli. Quando la vide prendere il revolver da sotto il materasso disse: «Non portartelo dietro se vai a stare con lui».

«Perché no?»

«È un uomo braccato. Se ti trovano un'arma andrai in prigione. O peggio.»

Fonseca abitava in una stanza sopra una cantina detta El Parador. C'erano una croce di legno sopra il letto e tre pile di libri in un angolo e sotto la finestra un tavolo dove Carlos scriveva. Sul muro c'era anche una foto di tre giovani soldati. Imbracciavano dei fucili, ma erano solo ragazzi. Uno di essi era Fonseca.

«Tomás Borge. È un gran chiacchierone» spiegò Fonseca, e indicò quello a sinistra. «E Silvio Mayorga: un altro intrepido eroe.» Scosse la testa e rise con benevola ironia.

«Quando è stata fatta?»

«Nel 1960 o '61, a Tegucigalpa. Eravamo pieni di chiacchiere e di grandi idee. Eravamo giovani e stupidi. Ci addestravamo poco lontano da Santa Amelia. E nel 1962 attraversammo il fiume Coco fino a Wiwili. Ma perdemmo la strada nella giungla, attaccammo il villaggio sbagliato. L'esercito ci inseguì oltre il confine e uccise venti uomini, prima che riuscissimo a sganciarci.»

«Fu quello Panascan?»

«No. Quello fu dopo: nel 1966 e '67. Fu un'idea di Silvio. Voleva organizzare i *campesinos* per scatenare una rivolta popolare. Ma i contadini volevano soltanto essere lasciati in pace, alle loro *tortillas* e alla *cerveza*. Spararono addosso a Silvio. Ci presero quasi tutti.»

«È rimasto ucciso?»

«Sì. Ucciso.»

Sally tornò a guardare la foto. Mayorga era un ragazzo con gli occhi vivacissimi che sembrava così pieno di speranza.

«Perché non mollate?» chiese Sally.

«E tu perché non molli?»

Era una domanda seria e lui attese una risposta.

«Perché... mi venga un accidente se mollo» disse lei con tanta forza e con tanta convinzione da restarne stupefatta.

Lui sorrise e le sfiorò la guancia con le nocche delle dita. «Troverai quello che cerchi in Nicaragua» disse. La baciò, e lei lasciò che lui armeggiasse maldestramente tra le sue gambe.

Viveva con lui da una settimana quando decise di preparargli una cenetta. Allora uscì e comprò una pila di *tortillas*, un pagello, una bottiglia di *Flor de Caña*, un mazzo di fiori di campo seccati e un rosso vasetto di terracotta per metterceli dentro. Ma quando fece ritorno alla cantina c'era una jeep parcheggiata lì davanti e dei soldati con la baionetta in canna che pattugliavano l'ingresso del vicolo. Lei continuò a camminare, e appena ebbe girato l'angolo si sbarazzò della roba che portava e corse difilato, su per la collina, all'ospizio della Croce Rossa.

«Hanno trovato la mia sacca. Hanno preso tutta la mia roba.»

«Il passaporto?»

Si toccò la borsa. «No, grazie a Dio.»

«Vai al porto» disse Christina, e le ficcò in mano un rotolo di banconote. «Prendi il primo battello che parte. Ecco.» Le ridiede il revolver avvolto in un tovagliolo da tè.

Sally se lo infilò sotto la camicia.

«E c'è un'altra cosa che devi fare» aggiunse Christina. Prese un paio di forbici dal cassetto della cucina. «Siediti.» Poi le tagliò i capelli a un dito dalla testa.

Al suo posto, dopo di allora, glieli tagliò la vecchia india che si chiamava Arundel, e col tempo la ragazza rapata nello specchio smise di sembrarle una sconosciuta. E pur restando a Santa Amelia e praticando indefessamente il lavoro d'infermiera, in qualche modo non dimenticò mai Fonseca e la stanza di Cabo. Poi, nel marzo del 1971, il battello da Tegucigalpa portò a Santa Amelia un altro americano.

Era alto, molto biondo e molto silenzioso e, quando l'ebbe conosciuto, Sally capì che Carlos Fonseca aveva cambiato per sempre la sua vita e che lei non sarebbe mai, mai stata più la stessa.

Il canale attraverso le Everglades cominciava ad allargarsi, e Sally vide Ross alzarsi, a poppa, sulla punta dei piedi per guardare, sopra la cabina, la villa sulla riva. I muri erano color avorio e così coperti di bougainvillee da sembrare macchiati di rosso. Sally c'era già stata, e la conosceva bene.

Era la villa di Somoza: o, più precisamente, la villa dei Debayle, perché era la dimora in Florida di Salvadora Debayle, moglie di Anastasio Somoza Garcia, l'uomo che nel 1934 ordinò l'assassinio di Sandino, che nel 1936 strappò a Sacasa la presidenza del Nicaragua, fondando una dinastia basata sul terrore.

Il Somoza originario occupò il palazzo presidenziale fino al 1956, quando un arcigno poeta metafisico di nome Lopez Perez lo uccise a revolverate. Dopo la morte di Anastasio, i suoi pingui conti in banca passarono al figlio Luis. Quando Luis morì di una trombosi, nel 1967, tutti i suoi beni – compresi La Reserva, come adesso si chiamava la casa di Miami, una compagnia aerea, una società di navigazione, enormi latifondi in tutto il Nicaragua, la presidenza e strettissimi legami, a Washington, con l'amministrazione Johnson – diventarono proprietà del fratello minore, Tacho.

Quando Tacho Somoza, nel 1980, fu rovesciato dai sandinisti e assassinato ad Asuncion, Sally si era lasciata alle spalle l'Honduras e il Rio Coco. Aveva lavorato a Houston, e si era già trasferita a Washington. Le persone che credevano di conoscerla parlavano di lei come di un'idealista, priva di senso pratico e sognatrice. Quando riusciva a trovare qualcuno che l'ascoltasse, faceva volentieri le ore piccole seduta davanti a una tazza di caffè parlando di tutto ciò che non andava nella politica americana in Centroamerica.

Perché Sally sapeva che, in qualche modo, le pie illusioni di Carlos Fonseca avevano, in Nicaragua, miracolosamente trionfato. Ma erano state distorte e trasformate in una crudele garrota intorno alla gola del paese. E ora in quella terra piccola e soffocante i ruoli dell'oppressore e del liberatore avevano subito una singolare inversione. Gli eredi ideologici di Carlos Fonseca – Daniel Ortega Saavedra e i suoi guerriglieri marxisti addestrati dai cubani – ora occupavano il palazzo presidenziale e tiranneggiavano gli indiani miskitos con i loro piani di collettivizzazione della terra. L'amico d'infanzia di Fonseca, Tomás Borge, era diventato il ministro dell'interno. Gli ex-soldati fascisti di Somoza, riforniti dalla CIA, infestavano le paludi del Rio Coco. E Julio Ramirez Blanco, il vecchio ex ministro degli esteri di Tacho Somoza e di suo padre, se ne stava a La Reserva, in mezzo alle Everglades della Florida, a tramare la controrivoluzione.

Otto anni dopo, quando ricevette Sally e Ross, il vecchio era sempre là, sempre implacabilmente antisandinista, sempre il portavoce del governo in esilio. Era pallido e magrissimo, andava per gli ottanta, e le lattee cataratte che riempivano il cristallino dei suoi occhi gli davano un po' l'aria di una statua, come se Ramirez portasse già sul volto la propria maschera mortuaria. Era completamente cieco e dovette tastare sul tavolo per trovare il piattino, e poi passare dolcemente sull'orlo le punte artritiche e ricurve delle dita fino a quando incontrò il manico della tazza di tè. Ma il suo inglese era preciso e la sua voce chiara.

«Alla fine» disse Ramirez «non esiste né vittoria né sconfitta. Ci sono solo delle battaglie: e donne che piangono sulle tombe.»

Ross guardò Sally. Era seduta sull'orlo della poltrona, con i gomiti sulle ginocchia, il mento posato sulle mani giunte, e ascoltava attentamente mentre Ramirez continuava a sproloquiare.

«Se una rivoluzione riesce, altri si daranno alla macchia. E quando la loro rivoluzione riuscirà, un'altra generazione si leverà a combattere. E così vanno le cose per secoli, molto tempo dopo che si è dimenticata la ragione per cui combattiamo.» Ramirez cercò a tentoni la tazza di tè e, con due mani, se la portò alle labbra.

Ross cominciava a spazientirsi; voleva arrivare al punto. «Signor... cioè, señor Ramirez, noi stiamo cercando di trovare l'uomo che ha ucciso Octavio Martinez.»

Il vecchio contrasse il viso come se si sforzasse di cogliere la reazione di Sally. Poi cercò il piattino con le mani e depose la tazza. «No, no» disse. «Tavito non era un soldato. Era un insegnante. Lo sapevate?»

Perplesso, Ross guardò Sally.

«Be', sì, io lo sapevo» fece Ross. «Ma veramente noi stiamo...»

«Poi si è dato alla macchia» continuò il vecchio, e s'interruppe. Restò a lungo seduto con la faccia rivolta alla luce, finché Ross cominciò a domandarsi perché il vecchio sembrasse così a disagio, così restio a parlare.

«Señor Ramirez...»

Il vecchio ebbe un sussulto e disse: «Sì?».

«Señor Ramirez, Ortega manderebbe qualcuno in America a uccidere Martinez?»

Il vecchio scosse la testa e ridacchiò. «No, *muchacho*. Ortega desidera sembrare uno statista, non un soldato. Ortega ha amici nella rivista *Time*. Ha amici all'Associated Press. È convinto che, se riuscirà a vincere la guerra sulla stampa americana, col tempo vincerà anche quella nella giungla.»

«Allora chi ha ordinato la morte di Martinez?» chiese Ross.

Ci fu un lungo silenzio. Poi il vecchio si strinse nelle spalle. «Gli uomini semplici sono preda di quelli che bramano il potere.»

Ross si guardò intorno. Gli occhi di Sally erano fissi su Ramirez e luccicavano, freddi come il ghiaccio. Anche se non poteva vederla, sembrava che Ramirez si facesse piccolo sotto quello sguardo.

«La sete di potere è una belva della quale non si conoscono le possibilità» disse Ramirez con voce esitante. «Più le si dà da mangiare... più grossa diventa: e più grande diventa il suo appetito. Chi ha il potere ne vuole sempre di più. E chi ha il potere assoluto è insaziabile.»

«Ma chi?» domandò Ross. «Chi sono?»

«Giovanotto, anche lei è cieco come me?» Ramirez cercò brancolando il suo bastone. Poi strinse i braccioli con le mani e si alzò in piedi. Sally e Ross lo imitarono.

«Ora vi prego di scusarmi» disse Ramirez, e cominciò ad allontanarsi, strascicando i piedi.

«*Gracias, colonel*» disse Sally.

Il vecchio si fermò e improvvisamente s'irrigidì. Esitò e s'inumidì le labbra come se stesse per dire qualcosa. Invece tese la mano davanti a sé e alzò le dita adunche finché non trovò il suo viso. La mano paralitica tremò, mentre le faceva una carezza, come se Ramirez avesse paura. «Così sei ancora bella» disse. «*Vaya con Dios, La Putita.*»

«Gesù Cristo, che perdita di tempo» sibilò Ross mentre sedeva a poppa dell'imbarcazione e La Reserva era scomparsa dietro il sipario delle Everglades.

Ma Sally non si mosse, piegata su se stessa, nella sdraio all'altro angolo del ponte. Non rispose.

«Quello là è un caso da ricovero» disse Ross. «Per forza non riescono a vincere la guerra.» Si abbandonò sulla sdraio. «Com'è che ti ha chiamato?»

Per un attimo lei gli rivolse un'occhiata inespressiva. «*La Putita.* È soltanto un soprannome. Il nome col quale mi chiamavano quando lavoravo per la Croce Rossa. Non credevo che qualcuno se lo ricordasse ancora.»

«E che vuol dire?»

Lei distolse lo sguardo da lui per affondarlo nel buio della sera, che lontano, si stava addensando nella giungla. «Vuol dire "la piccola puttana".»

Ore 17.40. Sembravano tre vecchi amiconi: di quelli che si vedono nei parchi, seduti su una panchina, a far passare il pomeriggio in chiacchiere. Indossavano camicie aperte sul collo e vecchi golf di lana, col cavallo dei calzoni che cascava e le borse sulle ginocchia. Erano di quei vecchi che si vedevano in tribuna alle parate militari del Memorial Day, soldati di un'altra epoca con i berretti blu e oro dei reduci di guerra, vecchi che impiegavano un secolo ad alzarsi quando passava la bandiera, ma che stavano dritti sull'attenti con la mano, chiazzata dall'età, sul cuore e sapevi che per questo privilegio avevano pagato un prezzo incalcolabile.

Ma i tre uomini seduti nella Rose Room nascosta in un cantuccio al primo piano della Casa Bianca non erano pensionati. Erano il presidente degli Stati Uniti, il presidente della camera dei deputati e il capogruppo della maggioranza del senato.

«Sam, quella che abbiamo è una brutta situazione» disse O'Donnell. «Lo sai.»

«Sì, lo so» rispose Sam Baker, e si appoggiò allo schienale della sedia a dondolo.

«C'è del vero nell'accusa di Eastman?»

«Sì, qualcosa c'è.»

Il senatore Luther Harrison pigiò il tabacco nella pipa e guardò O'Donnell. Ma O'Donnell non parlò.

«Qualcosa?» chiese Harrison alla fine.

«È vero che ci sono solo due agenti dell'FBI che indagano sull'attentato. Questo è vero.»

«Allora, perché diavolo O'Brien ha fatto una cosa simile?» disse O'Donnell. «Dovrebbe avere cento agenti sul caso.»

«Lou Bender gli ha chiesto di non farlo.»

«Quel piccolo bastardo» mormorò O'Donnell. «Caccialo via, Sam. Fallo subito.»

«Non è così semplice» fece il presidente. «Ci sono stati degli altri omicidi.»

«Cosa? Quando?»

«Si sono trovate le prove di un delitto che potrebbe distruggere tutto il nostro lavoro in America Latina.»

O'Donnell si limitò a guardarlo.

Harrison accese un fiammifero e l'accostò al fornello della pipa. Tra una boccata di fumo e l'altra bofonchiò: «Sam... ti devo delle scuse. Non mi aspettavo una simile franchezza».

«Luke, non ti ho detto tutto.»

«Come sarebbe a dire?» domandò O'Donnell.

«Questa storia presenta un altro aspetto» continuò Baker. «Qualcosa di cui non posso parlare, ancora.»

«Qualcosa che è successo... o che accadrà?» disse cautamente il presidente della camera dei deputati.

«Qualcosa che è successo. Qualcosa che potrebbe coinvolgere la commissione di vigilanza sui servizi di sicurezza.»

«Cristo!» Harrison lasciò quasi cadere la pipa, e dovette balzare in piedi per spazzolare il golf dalla cenere che minacciava di bruciarlo.

«La commissione di vigilanza?» mormorò O'Donnell. «Maria, madre di Dio.»

La commissione di vigilanza sui servizi di sicurezza era l'organo di revisione civile formatosi nella scia degli eccessi nixoniani per impedire attività illegali da parte dei servizi informativi degli Stati Uniti.

«Abbiamo dunque un problema che va molto al di là di qualunque cosa Eastman possa aver immaginato, signori» disse il presidente. «E quando il coperchio salterà, potrebbe fare un salto di un chilometro.»

«Quando salterà?» chiese O'Donnell.

«Non lo so. Questa settimana, la prossima...»

«Maledizione. Durante la convenzione?»

«Forse.»

O'Donnell si afflosciò sul divano. «Sam, per amor di Dio, non c'è modo di... di gestire questa faccenda?»

«D'insabbiarla, intendi?»

Harrison vuotò la pipa battendola su un portacenere. «Signori» disse, e guardò l'orologio da polso «è tardi. Credo di avere un impegno.»

«Siediti, Luke» ordinò O'Donnell.

«Un corno» disse Harrison. «Questa conversazione sta prendendo una brutta piega. Continuate senza di me, sarà meglio.»

«Ho preso nota della tua eccezione» disse O'Donnell. «E ora siediti, perdio.»

Harrison si appoggiò all'orlo della scrivania.

O'Donnell continuò: «Quell'uomo, Petersen, quello che stanno cercando. Non vorrai dirci che è ancora in servizio attivo nella CIA».

«Niente del genere» fece il presidente. «E ti sarei grato se tu non mi facessi altre domande, Charlie. Per favore.»

Sam Baker si alzò, andò alla finestra e guardò fuori verso i cancelli e i posti di guardia dove pesanti barriere di cemento formavano una linea difensiva contro la minaccia del terrorismo. C'era stato un tempo, lo sapeva, in cui il presidente e la signora Coolidge aspettavano, la mattina di Natale, sulla porta della Casa Bianca, e stringevano la mano e scambiavano auguri con ogni passante. Come sembrava lontano, quel tempo. Com'era cambiato, il mondo, e che posto scomodo era diventato. Forse Baker sarebbe stato molto meglio, l'anno prossimo, a Lockhart Hill, sul fiume Virginia, con i suoi libri e con i suoi nipoti.

«Sam, se le cose sono davvero a questo punto...» attaccò O'Donnell. Poi s'interruppe.

Harrison disse: «Sam, con tutto questo casino, chiederai un secondo mandato?».

Il presidente sospirò. Per qualche istante tacque. «Non so, Luke. A questo punto, non lo so davvero.»

C'era un grande silenzio nella Rose Room. Tre vecchi, ciascuno di essi immerso nei propri pensieri.

«Forse... Be'» disse O'Donnell, e si fermò lì.

«Sì» fece il presidente. «Credo che dovremmo parlare della successione, non vi pare?» Tornò indietro e andò a sedersi sul divano accanto a O'Donnell.

«Non Eastman, però» fece Harrison.

«No» disse il presidente. «Una volta credevo che sarebbe maturato, che avrebbe raggiunto la giusta statura per la carica. Ma non è così. E per giunta si è coperto di ridicolo.»

«Direi che non ci resta altro che Fallon» aggiunse O'Donnell.

Il presidente si strinse nelle spalle. «Quello è un bel mistero, non vi pare?»

«È vero» ammise Harrison. «Ma se non la chiedi tu, la nomination è sua.»

Baker toccò la manica del golf di O'Donnell. «Naturalmente lui questo non lo sa.»

O'Donnell guardò Harrison. Poi il suo sguardo tornò al presidente.

«Stasera viene a trovarmi Fallon» comunicò il presidente. «Decideremo dopo.»

«Luke?» disse O'Donnell.

Harrison gonfiò le gote ed emise un sospirone. «Va bene. Sono d'accordo.»

Ore 19.45. La prima cosa che fece quando tornò in camera sua fu il numero della linea privata di Terry.

«Parla Chris Van Allen.»

Sally si mise a sedere. «È così che rispondi alla linea privata di Terry? Che fine ha fatto il vecchio: "Pronto? Questo è l'ufficio del senatore Fallon"?»

«È stata un'idea sua.»

«Ah sì? Be'... Posso parlare a Terry, per piacere?»

«Non c'è.»

«Dov'è?»

«È appena uscito.»

«Uscito per andare dove? Chris, devo chiamare un dentista o...?»

«È andato a trovare il presidente.»

«Cosa?» Sally balzò in piedi. «Quando?»

«È uscito alle sette e mezzo.»

«Maledizione, Chris. Perché non hai telefonato per informarmi?»

«L'avrei fatto, Sally, ma Terry ha ordinato di non dirlo ad anima viva.»

«Be', da quando tu e Terry avete segreti per me?» Questa volta era proprio arrabbiata.

«Sally, senti. Io ci lavoro, qui: né più né meno di quello che fai tu. Lui ha ordinato: "Non dirlo a nessuno". E io non l'ho detto a nessuno.»

«Va bene, va bene. Di che si tratta? Si è lasciato sfuggire qualcosa?»

«No.»

«Chris... Maledizione...»

«Ha detto che andava a trovare il presidente. Punto e basta. Senti, Sally, non ha detto altro, okay?»

«Okay, Chris. Prendo il primo aereo per Washington. E appena sarò lì verrò a casa tua e...»

«Sono nella casa degli ospiti.»

Sally tornò a sedersi, bollendo di rabbia.

Allora lui chiese, in tono spensierato: «Sally, hai visto il telegiornale della sera?».

Lei guardò l'orologio. Erano quasi le otto. «No. Mi è sfuggito.»

«Peccato.»

«Perché?»

«Terry voleva che tu guardassi il notiziario e gli telefonassi prima di tornare.»

«Perché? Di cosa stai parlando? Che è successo?»

«Sally... Limitati a fare quello che ti dicono.»

Lei inclinò la testa. «Cos'hai detto Chris?»

Lui fece una piccola pausa, ma quando riaprì bocca non c'era, nella sua voce, ombra di scusa. «Sto solo seguendo le istruzioni.»

Lei sbatté il ricevitore sulla forcella e rimase là in piedi, irrigidita, stringendo i pugni dalla rabbia. Era così piena di collera e di sdegno che quando, nella stanza accanto, la porta sbatté non le prestò la minima attenzione.

Era Dave Ross che aveva sbattuto la porta nella stanza accanto. La sbatté, e poi strappò la busta blu e rossa degli espressi per la quale aveva firmato il registro giù al banco del portiere. Già sapeva cosa c'era dentro: il memorandum dell'FBI relativo alla soffiata su Weatherby e una copia della pagina dell'agenda di O'Brien col nome di Terry Fallon cerchiato di rosso. Era il materiale che Mancuso voleva fargli provare su Sally, e Ross tremava all'idea di ciò che avrebbe dovuto fare.

Esattamente alle 19.59 Sally sollevò il ricevitore e fece un numero di New York. Nella fascia oraria delle montagne erano le 17,59, e la NBC stava per diramare, via satellite, il telegiornale della sera a un pugno di stazioni vicino alle Rockies. Il numero era quello della linea che i corrispondenti esteri della NBC potevano chiamare per sentire l'audio della trasmissione, in modo da sapere quali parti dei loro servizi erano andate effettivamente in onda.

Si sedette col ricevitore sotto il mento e aprì un taccuino giallo per prendere appunti. Dopo qualche accordo musicale si udì la voce di Danny Dark, l'annunciatore pubblicitario della rete.

... per tornare al lunedì sera della NBC, Daniel J. Travanti e Michelle Lee, la star di *Falcon Crest*, saranno i protagonisti di *Fumo e fiamme*, per il ciclo dei film del lunedì sera della NBC.

La musica chiuse l'annuncio.

Poi ebbe inizio il solenne tema musicale di John Williams, e Sally immaginò l'animazione computerizzata del sole calante dietro la Statua della Libertà che apriva il programma, per poi dissolversi sul solito mezzobusto di John Palmer al suo tavolo di anchorman.

Buonasera. Io sono John Palmer e questo è il telegiornale della domenica della NBC. Lo screzio tra il vicepresidente Daniel Eastman e il presidente Baker si è oggi trasformato in aperta frattura quando il vicepresidente ha accusato l'amministrazione di intralciare deliberatamente le indagini sull'assassinio del leader dei contras nicaraguensi, colonnello Octavio Martinez. Ecco il servizio di Andrea Mitchell.

Con gli occhi della fantasia Sally poteva vedere Andrea Mitchell ritta davanti al vecchio Executive Office Building con il suo nome e la sigla della NBC in sovrimpressione.

Nel corso di una conferenza stampa frettolosamente organizzata stamattina, il vicepresidente Daniel Eastman ha rivolto al presidente Baker un'accusa clamorosa, senza precedenti nella storia della politica americana.

A questo punto la voce di Andrea Mitchell lasciò il posto a quella di Eastman che parlava dal podio.

Mando questa lettera al presidente della camera O'Donnell per chiedergli di formare, insieme al senatore Luther Harrison, capogruppo della maggioranza del senato, una commissione d'inchiesta bipartitica e bicamerale sull'assassinio del colonnello Octavio Martinez. E unitamente all'assassinio io chiedo che il parlamento indaghi sul modo riluttante, inadeguato e irragionevole con cui questa amministrazione ha ostacolato le indagini sull'orribile delitto.

Sally scrollò il capo e fece una smorfia di scherno. Ricordava Eastman sul podio col sigillo della vicepresidenza, la mano alzata sopra la testa, che stringeva la busta con la lettera. Era una commedia così assurda, un tentativo così fiacco e trasparente di sfruttare lo sdegno suscitato dall'omicidio, di tagliar l'erba sotto i piedi a Terry!
La voce di Andrea Mitchell continuò.

Il vicepresidente ha anche sostenuto che l'assassinio dell'agente del servizio segreto Steven Thomopoulos, avvenuto giovedì sera nella sua stanza all'elegante Four Seasons Hotel di Washington, faceva parte di un piano concertato destinato a insabbiare le indagini. L'FBI si è ora unito alla polizia nella caccia all'assassino dell'agente. La polizia del Distretto di Columbia ha diffuso questo identikit di una donna che è stata vista con Thomopoulos nel bar dell'albergo poco prima che l'agente fosse ucciso. La donna viene descritta come una bionda caucasica alta da un metro e sessantacinque a un metro e settanta, che può essere una prostituta.

Mentre oggi né il presidente della camera O'Donnell né il capogruppo della maggioranza del senato Harrison hanno rilasciato dichiarazioni...

Sally depose il ricevitore. Aveva sentito abbastanza. Era come se il suo cuore si fosse fermato.

Ore 20.10. Nell'Oval Office, col tavolino tra loro, Sam Baker era seduto davanti a Terry Fallon, il fenomeno del Texas che dal consiglio comunale di Houston era salito come un razzo fino alle soglie della Casa Bianca. E si rendeva conto che nessuno dei colleghi che aveva avuto fino a quel momento era mai stato così importante: perché ciò che si sarebbe detto nei prossimi minuti avrebbe potuto determinare chi sarebbe stato il presidente degli Stati Uniti per i prossimi quattro anni, e per gli otto anni successivi.

Fallon era un uomo smilzo e attraente, elegante nel suo vestito di taglio tradizionale, un completo blu scuro con la camicia bianca e la cravatta regimental. Aveva un sorriso accattivante, ciocche rossicce tra i capelli e la mascella di un uomo deciso. Il suo abbigliamento non rivelava segreti, ma si vedeva che, quando camminava, Fallon risparmiava il fianco destro.

«So che il presidente della camera le ha chiesto se si sente pronto a servire il paese» disse Sam Baker.

«Sì. È vero.»

«Ha riflettuto su quello che le ha detto?»

«Gli ho detto che avrei dato una risposta quando ci fosse stata una risposta da dare.»

Sam Baker versò a entrambi un'altra tazza di caffè.

«Be', Terry... Posso chiamarla Terry? Oggi esiste qualche prospettiva che noi si possa avere l'occasione di lavorare insieme. Ho pensato che sarebbe stato saggio incontrarsi e avere uno scambio di idee.»

«Volentieri.»

«Ho ammirato ciò che ha detto e ciò che ha fatto per il Centroamerica. Ma non so come la pensa su, diciamo, Subic Bay. O Kandahar. O la risoluzione delle Nazioni Unite numero 242.» Sam Baker si appoggiò alla spalliera con la tazza di caffè e attese di vedere se Terry Fallon aveva fatto il compito.

«Mi consenta di dirle, in generale» rispose Terry «che quando manca il coordinamento con amici e alleati preferisco un'azione unilaterale. Se si applica questo concetto, io credo che lei comprenderà che sono favorevole a una politica attiva in ogni teatro dove i nostri interessi siano minacciati e calpestati.»

Sam Baker osservava e ascoltava. Era facile capire perché

quel sorprendente giovanotto aveva così affascinato i media e il pubblico. Era articolato, era sicuro di sé, era affabile.

«Per esempio» continuò Terry. «Io darei il nostro appoggio ai mujaheddin afgani nel Pakistan, come abbiamo fatto con i Khmer rossi in Thailandia. E per quanto riguarda le Filippine, io credo che dovremmo far valere i nostri diritti a un trattato con la presidentessa Aquino, ma anche ripristinare la SEATO come la risposta dell'Occidente alla minaccia della flotta sovietica nel Pacifico.»

Sam Baker ci pensò su. Terry Fallon conosceva i giocatori, e aveva delle idee.

«Quanto alla risoluzione 242, io sono per la creazione di una patria palestinese sulla riva occidentale del Giordano come stato neutrale con un parlamento eletto. Ma con la sua politica estera e con la sua difesa amministrate da un consiglio formato da Israele, Giordania, Egitto, Siria e da noi: una specie di soluzione austriaca del problema del Medio Oriente.»

«E i sovietici?»

«Fuori.»

«Gli israeliani non ci starebbero mai. E nemmero i siriani.»

«Non gli darei altra scelta.»

Il presidente incrociò le braccia. Era un concetto visionario, ma non estraneo al regno delle possibilità.

«Cosa pensa dei nostri accordi tariffari col Canada?»

«Lascerei che proteggano le loro industrie base come noi facciamo con le nostre. Carta, legname, uranio: hanno risorse che non possiamo uguagliare. Ma bloccherei tutte le spedizioni di amianto. E sarei duro sui prodotti lavorati e li incoraggerei ad aprire mercati nell'emisfero meridionale.»

«Cuba?»

«Niente negoziati diretti fin dopo Castro.»

«Taiwan?»

«Nessun rimpatrio forzato sul continente.»

«Li rifornirebbe di F-16?»

«A che scopo? Se li attaccano, ci siamo noi. Gli basta una radio per invocare aiuto.»

Sam Baker annuì. Terry Fallon aveva superato a pieni voti la prima parte dell'esame.

«Possiamo dedicare qualche minuto ai programmi interni?» chiese il presidente.

«Spari.»

«Buoni viveri.»

«Venderei il programma a un consorzio di banche, glielo farei amministrare con una carta di credito a pagamento, lo renderei semiprivato come l'ufficio postale. Ci risparmia la stampa e la distribuzione, scoraggia i falsi, minimizza gli abusi. Eliminerebbe un intero ente governativo e taglierebbe ventimila posti nell'occupazione federale.»

Era un'idea straordinaria: e non era l'unica. Continuarono a lungo: e più parlavano, più Fallon plasmava e modellava un'utopistica economia davanti agli occhi stupiti di Sam Baker. Avrebbe creato, a livello di gabinetto, un ministero per gli affari delle minoranze; avrebbe reintrodotto il credito fiscale sugli investimenti delle società per programmi di addestramento professionale in sede, centri privati di assistenza e programmi di riconversione professionale. Avrebbe protetto l'acciaio, i tessili e i pellami, e premuto per aumentare le esportazioni di hardware ad alto contenuto tecnologico, vino, cereali, carne e latticini. Quella che Fallon srotolò davanti a Baker era un'autostrada nuova fiammante che portava dritto dritto alla prosperità, alimentata dallo sviluppo economico e dall'iniziativa privata. Non sembrava soltanto un bel progetto, sembrava che potesse funzionare.

«Terry, sono felice» disse il presidente quando quello ebbe finito. «Assolutamente felice.»

«Grazie, signore.»

«Vorrei chiederle qualche altra cosa. È di natura personale. Spero che non le spiaccia.»

«Continui, la prego.»

«Mi dicono che lei è ambizioso: che ha preso per i capelli la fortuna e che sta cercando di farsi portare da lei alla Casa Bianca. È vero?»

Terry non perdeva un colpo. «Signor presidente» disse «siamo tutti ambiziosi. Non ci troveremmo a Washington, in nessuno dei posti che occupiamo, se a spingerci non fosse il desiderio di riuscire. Alcuni ce l'hanno fatta a furia di connivenze e doppigiochi. Altri per i loro meriti e la loro serietà. Io credo che lei sia tra questi ultimi. E l'ho sempre ammirata per questo.»

«Be', grazie, Terry» fece Baker, ed era sinceramente commosso.

«Ma per quanto riguarda... quella che lei chiama la "fortuna"... Be', è stata lei a prendermi per i capelli. Il destino ha indicato il luogo. Ma io ero ambizioso. Ed ero là. E ho avuto, questo sì, la fortuna di sopravvivere. Non posso scusarmi per questo.»

«Il destino?» chiese Baker.

«Sì.»

Baker depose la tazza di caffè. Sorrideva. «Non mi starà dicendo che lei crede al destino.»

«Sì. Credo nel fato. Credo al destino. E non devo sentirmi in imbarazzo per il fatto che sono stato scelto.»

«No. Naturalmente no» mormorò Baker sottovoce. «Non dovrebbe sentirsi in imbarazzo.» Ma era strano che un uomo così pragmatico nel campo degli affari esteri e così pratico in quello dell'economia credesse che c'erano misteri trascendenti che governavano il mondo.

Terry gli sorrise. «C'è altro?»

«Sì. Una cosa, ancora. Se le offrissero la nomination vicepresidenziale, accetterebbe?»

Terry annuì, con un sorriso, come se quella fosse la domanda che da un pezzo aspettava di sentire. Poi rispose: «No».

Baker lo guardò con gli occhi sgranati. «Be', più chiaro di così... Posso chiederle perché?»

«Perché lei ha fallito.»

«Io?»

«Sì, signor presidente. Lei.»

«Be', nessuno è perfetto. Anch'io ho commesso degli errori. Ma... "fallito"? Non è un po' forte?»

«No, non credo» disse Terry. «Lei ha perso la guerra in Nicaragua: o almeno la sta perdendo. Lei ha perso l'iniziativa militare in Africa, dal Cairo al Capo. Lei ha perso la partita in Libano e nel Golfo Persico. Dappertutto le nostre armi sono in ritirata.»

«E lei cosa proporrebbe di fare?»

«Signor presidente, conosce il vecchio adagio: quelli che non studiano la storia sono condannati a ripeterla?»

Sam Baker annuì.

«Io insegnavo storia a Rice, signor presidente. E per me è sempre stato un motivo di stupore vedere quanto poco i leader dell'America hanno imparato dalla storia della seconda guerra mondiale, e dal dominio che nel dopoguerra i russi hanno instaurato nell'Europa orientale.»

Baker inclinò la testa, tendendo l'orecchio.

Terry si sporse verso di lui, giungendo le mani in un gesto di fervore. «Hitler voleva porre la Germania *über alles*, fare dei bianchi ariani i dominatori dei paesi sudditi del suo emisfero. Le nostre banche e i nostri sciovinisti vogliono che l'America lo faccia in questo emisfero con gli abitanti dell'America Latina. È un errore. È un pericolo e un errore.»

Tanta sincerità e tanta dedizione scossero Baker e lo toccarono nell'intimo. «Terry, lei sa che io sono d'accordo con lei. Come lei, io sento...»

Ma Terry si alzò in piedi e camminò fino alla scrivania del

presidente. «Le nazioni conquistate, Hitler le sbudellò e le ridusse in schiavitù. E creò l'Olocausto per sterminare le loro minoranze. Fu un delitto per il quale non esistono parole di deplorazione.»

«Terry» lo interruppe Baker, gentilmente. «L'ho già sentita parlare di questo. Conosco la profondità del suo impegno verso l'America Latina. Lo so...»

«Quel lavoro indebolì le forze della Germania» disse Terry.

Baker tacque per qualche istante. Poi sibilò: «Cosa?».

«Nel confronto finale, forze partigiane e movimenti clandestini sorsero tra le nazioni conquistate e colpirono ai fianchi l'esercito tedesco.» Terry si voltò, si appoggiò alla scrivania e abbassò lo sguardo a Baker. «Ma Stalin, vede, imparò la lezione. Armò le nazioni di cui aveva il controllo. E queste diventarono il suo baluardo contro l'Occidente. E fecero della Russia la forza dominante nel loro emisfero.»

Baker sembrava irrigidito. «Temo... di non capire.»

«Quello che sto dicendo è di usare come modello Grenada. Ecco la politica che farà vincere la guerra delle Americhe.» Terry tornò verso la poltrona e si fermò davanti al presidente, dominandolo dall'alto della sua statura. «I grandi problemi internazionali della nostra generazione non si risolveranno al tavolo delle conferenze. Si risolveranno nelle strade, con l'acciaio.»

Quando Baker rispose, la sua voce era un sussurro. «Certo lei non crederà che...?»

«Se ci credo? Ci credo come credo alla rinascita del mio Redentore» disse Terry. Sorrise. «Signor presidente, è talmente chiaro. È la storia che ci guarda in faccia.» Poi scoppiò in una risatina. «I sovietici vogliono cancellare il progetto delle Guerre Stellari, e porre al bando le armi nucleari. È naturale. Questo li lascerebbe con una schiacciante superiorità nelle forze convenzionali.» Si sporse in avanti. «Io comincerei un massiccio programma di armamento e addestramento tra i nostri alleati del Centroamerica e dell'America Latina. Plasmerei le loro forze come i sovietici hanno fatto con i polacchi e i tedeschi orientali. E spiegherei in tutto il mondo speciali unità proprio come i sovietici hanno fatto con i cubani.»

«Lei sta parlando di trasformare le Americhe in un campo trincerato» disse Baker.

«Sì» fece Terry.

Baker scosse lentamente la testa.

«Lo so, signore, che lei non è d'accordo con me» continuò Fallon. «Ma questo dipende dal fatto che non ha abbastanza fegato per guidare alla vittoria il Mondo Libero. Lei è un uomo perbene. Ma occupa il posto sbagliato. E io spero che si tirerà in disparte e farà largo all'arrivo del futuro.»

Sam Baker rimase dov'era, folgorato.

«Credo sia tutto quello che ho da dire, signor presidente.»

«Sì. Certo.»

«Ora, se vuole scusarmi...» Terry andò alla porta. «Spero che lei capisca ciò che ho detto.»

«Credo di sì.»

Quando Terry se ne fu andato, Baker restò seduto ancora per qualche attimo. Poi girò la testa e, voltandosi indietro, contemplò l'Oval Office e la scrivania del presidente degli Stati Uniti. Se lui stesso non avesse chiesto la nomination, Fallon avrebbe potuto benissimo sedersi per i prossimi quattro anni a quella scrivania. Baker si mise una mano sotto la giacca e si toccò la camicia sopra il cuore. La canottiera era umida di sudore, incollata al corpo. Seduto dietro quella scrivania, Terry Fallon sarebbe stato l'uomo più potente e, questo era ormai chiaro, più pericoloso della terra.

Ore 20.50. Quando il telefono squillò e Sally udì la voce di Terry, la ragazza perse quasi la sua.

«Come... Com'è andata?»

Era tutto efficienza e rapidità. «Hai visto Ramirez?»

«Sì.»

«E allora?»

«E allora niente. Ramirez è Ramirez. Un vecchio stupido e terrorizzato, ossessionato dagli incubi. Tu hai avuto un incontro col presidente?»

«Sì.»

«Be'? Terry, parla, per amor di Dio.»

Lui esitò. «Tesoro... Sally... Ricordi quel biglietto che ho scritto ieri quando sei venuta a trovarmi?»

«Un biglietto?»

«L'avevo scritto su un blocco giallo.»

Allora Sally ricordò che aveva scritto: "Qualcuno può sentirci" e disse: «Sì. Ricordo».

«Bene...» fece lui. «Dobbiamo parlare, ma in questo preciso momento potremmo trovarci nella stessa situazione. Capisci?»

«Sì.» Sally si mise a sedere sul letto. «Continua.»

«Hai visto il telegiornale della sera?»

«No. Ma mi sono messa in pari. So a che cosa alludi.»

«Allora credo che dovresti tornare domani e... e prenderti qualche giorno di vacanza.»

Sally sobbalzò. «Ma la convenzione...»

«Prenderti qualche giorno di vacanza e tirare il fiato. Mi capisci?»

«Tirare il fiato?»

«Ci saranno un mucchio di contatti con la stampa durante le prossime due settimane, con la convenzione e tutto...»

«Sì?»

Terry misurava le parole. «E io... io voglio che tu... Be', voglio che tu lavori ai comunicati stampa e ai miei discorsi. Mi segui?»

«Sì. Ma... E gli annunci alla stampa? Se io...»

«Gli annunci davanti alle telecamere, vuoi dire?»

«Sì, certo. Cosa credevi che volessi dire?»

«Sally, io... io credo... Per ovvie ragioni, io credo che quelli dovrebbe farli Chris. Non sei d'accordo?

«No, non sono d'accordo.»

«Sally, non facciamo una discussione.»

«Va bene.» Ma Sally si sentiva montare la collera. «Ricordiamoci soltanto...»

«Sally, usa la testa.»

«Maledizione, io...»

«Sally, aspetta di vedere il ritratto di cui abbiamo parlato. Poi dimmi se sbaglio. Non andiamo a metterglielo proprio sotto il naso. D'accordo?»

Questo la ridusse al silenzio.

«Fatti una bella dormita» disse lui. «Ne riparleremo domattina.» E senza darle la possibilità di rispondere troncò la comunicazione.

Quando il telefono tornò a squillare, Sally abbaiò: «Che c'è?», e Ross disse: «Ehi. Sono soltanto io».

«Oh. Scusa.»

«Ho chiamato la linea aerea. Il primo volo in partenza è alle sette di domani. Arriva poco dopo le nove.»

«Al Dulles?»

«Al National. Che ne diresti di mangiare un boccone?»

«No, grazie.»

«Qualcosa da bere?»

«Scusa, David. Non sono in vena.»

«Vorrei vederti.»

Lei sospirò e si piegò su se stessa. «Va bene. Vieni a bere qualcosa da me, okay?»

«Certo. Per me un bel bicchierone di succo di lime col gin.»

«Dieci minuti?»

«Oppure chiamami quando arrivano le bibite.»

Così fece, e quando Ross entrò, e si mise a sedere, indossava uno stinto camiciotto blu di Yale e i pantaloni di una tuta grigia.

«Come sei vestito?»

«Nello spirito dei laureati dell'82. Ti ho mai detto che all'università ero capovoga e che ho vinto la regata di Yale?»

«No.»

«Infatti non è vero. Ma sono un buon bugiardo.»

Risero, e accostarono i bicchieri. Poi bevvero. Strano come la semplice presenza di lui avesse il potere di calmarla e di farle quasi dimenticare i problemi con Terry.

«Sei proprio matto. Come mai?» Sally sedette sul letto, alla turca, lisciandosi sulle ginocchia l'accappatoio di cotone giallino.

«Non so» disse lui. «Non sono nato così. Sono una delusione per i miei genitori.»

«Davvero?»

«Mio padre dice che sono consanguineo di mia madre: ma solo un parente acquisito, per lui.»

Sally rise, e dovette tener fermo con ambo le mani il suo bicchiere di scotch annacquato per non rovesciarlo sulla coperta.

«Sei sempre stato un clown in incognito?»

«Macché.» Ross scalciò per togliersi i mocassini e mise i piedi nudi sul tavolino. «Ho imparato da Mancuso.»

«Non si direbbe che il tuo socio abbia sense of humor.»

«Infatti non ce l'ha. Sei tu che devi averlo, per poter lavorare con lui. L'ho imparato subito. Se vuole, può essere un bastardo coi fiocchi. Pardón!»

«No, se lo merita. Non so come lo consideri tu.»

«In realtà è un poliziotto in gamba.» Ross alzò il bicchiere per guardarlo controluce. «Temo d'essere agli sgoccioli. Posso?»

«Certo» disse lei. Sollevò il ricevitore per chiamare il servizio in camera. «Io offro da bere. Tu la cena. Ricordi?»

«Hai detto che non volevi cenare.»

«Infatti. Ma non mi spiacerebbe fare quattro chiacchiere in santa pace.»

Sally fece le ordinazioni: altri due bicchieri per ciascuno, un piatto di noccioline, e patatine fritte.

«Non dovrei mangiare questa roba» disse Ross, senza smettere d'ingozzarsi di noccioline. «Una volta pesavo quasi cento chili. Ci crederesti?»

«Mai.» Sally cominciava a sentire l'effetto dello scotch.

«Dio, com'ero grasso» continuò lui. «Avevo una pancia così. E un doppio mento come un elefante.»

Lei rise dondolandosi e appoggiandosi ai cuscini. «Sei buffo. Non so perché, ma mi piaci.»

«E perché non dovrei piacerti?»

«Be', sono abbastanza vecchia per essere tua... ehm, una tua sorella maggiore. Avevo diciott'anni nel lontano Sessantotto. Io sono una ex-hippie che si veste da Garfinkle. Tu sei un porco di poliziotto. Quali reazioni chimiche possono avvenire tra noi?» Tutt'a un tratto si era rimessa a parlare del passato. E le sembrava di non avere nulla da nascondere.

«Una hippie?» esclamò lui. «Tu? Ma va!»

«Non scherzo. Ero una figlia dei fiori. Be', un momento. Non del tutto. Ero anche vergine, capisci?»

La battuta gli strappò una risata.

«Accidenti, che cosa pretendi?» disse lei. «Sono stata allevata a Memphis, dove si parla del sesso come del peccato originale. Anche se ti posso assicurare, in base a esperienze successive, che non c'è nulla di originale nel sesso che si pratica a Memphis. Ma, a parte la mia assoluta mancanza di qualsiasi conoscenza carnale, ero una hippie fatta e finita, completa di penne, di collane e di fascia intorno alla fronte.»

«Fumavi l'erba?»

«Uh...» Sally guardò il soffitto dondolando la testa avanti e indietro. «Sì e no. Non mi faceva molto effetto. Mi veniva una fame da lupo e mangiavo come un porco al Colonel Sanders.»

«Tu hai capito di che diavolo parlasse quel rimbambito di Ramirez?» le chiese Ross.

«Sì.» Sally appoggiò la schiena alla testiera del letto. «Dell'ambizione.»

«Ma va! Quale ambizione?»

«Ehi, stammi a sentire.» Si alzò dal letto, depose il bicchiere vuoto e ne prese un altro. Si rese conto di essere un po' incerta sulle gambe. «È un morbo che è epidemico dove vivo io. Non è tanto bello.»

«Fallon ce l'ha. Già che sei in piedi, danne uno anche a me.» Le passò il bicchiere vuoto, e Sally lo rimpiazzò con uno pieno. «Lui ce l'ha e tu lo trovi bello.»

«No» disse lei, e tornò a sedersi sul letto. «Lui è diverso.» Cominciava a ubriacarsi e non gliene importava un accidente.

«Diverso?»

«Sicuro. Ci sono tante cose che per lui contano di più di... Di che stavamo parlando?»

«Dell'ambizione.»

«Già.»

«Per esempio?»

«L'America. La lealtà. La nostra patria.»

«Cosa?»

«Per lui contano più del potere.»

«Chi ha parlato del potere?»

«Tu.»

«No.»

«Sì.»

«Io parlavo dell'ambizione.»

«Certo» disse lei. «Dell'ambizione.» Era a metà del terzo scotch con acqua, e da lì non era così facile vedere la differenza tra potere e ambizione.

«Non capisco la moglie schizofrenica» disse Ross. «Non ci arrivo.»

«Terry è un uomo che mantiene le promesse.»

«Forse l'ama ancora.»

Questo la fece tornare a galla, bruscamente. «Può darsi...» sussurrò piano, e abbassò lo sguardo al bicchiere che stringeva tra le mani.

«E forse è perché sa che una moglie non può testimoniare contro il marito.»

Lei sorrise. «Già, forse no.» E poi ci pensò su. «Testimoniare su cosa?»

Ma Ross aveva cambiato discorso. «Non era tra i candidati al senato, eh?»

Lei lo guardò. «No, lo ha nominato il governatore. Perché?»

«Perché proprio lui?»

«Be', Weatherby era finito in galera. Avevano bisogno di qualcuno che lo...»

«Sì, lo so. Ma perché proprio Terry Fallon?»

Sally si strinse nelle spalle. «Era in parlamento. Aveva i requisiti necessari. Loro...»

«Ma ce n'erano degli altri. Gente che era in parlamento da più tempo di lui. Perché hanno scelto Fallon?»

«Be', era...»

«E perché hanno pensato che Weatherby avesse qualcosa a che fare con l'ABSCAM?»

Sally rise e si sporse in avanti sul letto, perdendo quasi l'equilibrio. «Il senatore Weatherby era un imbroglione matricolato.»

«Ma non l'hanno saputo finché non è caduto nella rete dell'ABSCAM. Ci sono cento senatori: perché hanno scelto Weatherby?»

«Perché abbiano scelto Cal Weatherby non lo so» disse lei. «Ma io – per quanto mi riguarda – sono felice come una Pasqua che l'abbiano messo al fresco.» Cominciava ad avere la lingua impastata, ed era sorpresa dalla rapidità con cui il liquore aveva fatto effetto e dal piacere che le dava confidarsi con Ross.

«Sally, ma davvero tu non sai perché hanno scelto Weatherby? Guardami. Dimmelo» le chiese, serio.

Lei lo guardò, battendo le palpebre. Poi aprì goffamente le braccia e sorrise. «Mi arrendo. Dimmelo tu.»

«È stato Fallon a denunciare Weatherby» fece Ross.

Lei rimase nella stessa posizione, continuando a battere le palpebre, come se avesse bisogno di molto tempo per afferrare il senso di quelle parole. Poi gli occhi le si socchiusero, come se stesse solo cominciando a capire ciò che aveva udito. E alla fine, con una voce così sottile da riuscire appena percettibile, domandò: «Cosa?».

«Fallon andò da O'Brien e gli disse che Weatherby prendeva una tangente da certi speculatori che cercavano il petrolio nelle proprietà altrui. L'FBI passò al setaccio tutte le concessioni petrolifere e Weatherby cadde nella trappola.»

Lei scosse la testa come per liberarsi da un peso. «Dài, questo non è vero.»

Lui si tirò su il camiciotto e ne tolse i documenti che portava sotto l'elastico dei pantaloni. Erano le carte di Mancuso. «Ecco il memorandum di O'Brien che conferma la visita. L'altra pagina è della sua agenda. Vedi il nome dentro il circoletto?»

Sally aguzzò lo sguardo nella foschia creata dall'alcool. «Perché O'Brien avrebbe dovuto scrivere un memorandum come questo?»

«Per via del "motivo ragionevole"» spiegò Ross. «La visita di Fallon ci dava un motivo ragionevole per investigare. O'Brien aveva bisogno di quel memorandum per il caso in cui l'inchiesta avesse fatto un buco nell'acqua.» Tese la mano per riprendersi le carte. «Scusa, ma... devo riaverli indietro.»

Le tremava la mano quando glieli diede; e la voce. «Anche se Terry l'avesse fatto... Non è stato un errore.»

«Sally, guarda.» Lui si sedette sulla sponda del letto e lei arretrò verso la testiera, quasi avesse paura di lui. «Io so che tu lavoravi per Weatherby prima di lavorare per Fallon...»

Ci fu un lungo, terribile silenzio. Sally lo guardava con gli occhi spalancati di una bambina atterrita.

«Sally» seguitò con dolcezza «ho bisogno di sapere se Fallon ha approfittato della sua... della sua relazione con te.»

Allora lei offrì il viso alla luce e chiuse gli occhi, e gemette: «No... Dio... No».

Lui si sporse in avanti per toccarla e lei si tirò indietro, rannicchiandosi su se stessa. «Sally, dammi retta» le disse. «Tutto questo mi fa venire dei brutti presentimenti. Ho l'impressione che potrebbe succedere qualcosa di tremendo. Io non... non voglio che qualcuno ti faccia del male, tutto qui.»

Gli sembrava così vulnerabile, allora, così impotente e smarrita.

«Ti prego» mormorò lei. «Non lo fare.»

Ross ritirò la mano. «Volevo solo...»

«Vattene. Ti prego. Lasciami sola.»

Lui ripiegò le carte, s'infilò i mocassini e uscì silenziosamente dalla stanza.

Uscito lui, Sally rimase a lungo nella stessa posizione. Era un profittatore. Erano tutti dei profittatori. E lei era una sciocca, sciocca e vulnerabile.

Ore 21. Quando Mancuso atterrò all'International di Baltimora, andò al banco della Hertz, prese una macchina a nolo e viaggiò sulla statale 2 fino all'Holiday Inn.

Era un antiquato motel: due file di verdi casupole e un parcheggio alle due estremità. Mancuso si fermò nel primo, prese la borsa da viaggio ed entrò nell'ufficio.

La rossina si avvicinò al banco.

«Avete una camera per stanotte?»

«Certo.»

«Mi dia qualcosa al pianterreno.»

«Sono tutte al pianterreno.»

Le diede una carta di credito e firmò il registro. «Deve lasciarla libera alle undici» disse. «La quarta sulla destra.»

Mancuso trovò il numero 117, entrò e si chiuse la porta alle spalle. Nella stanza faceva freddo, e lui armeggiò con la vecchia stufetta a propano finché non riuscì ad accenderla. Tra gemiti e scoppiettìi, la camera cominciò a riempirsi d'aria calda. Sfilò la pistola dalla fondina che aveva alla cintola e fece ruotare il tamburo. Portava sempre la pistola con una camera vuota sotto il cane. Prese un'altra cartuccia dalla scatola che aveva nella borsa, l'inserì e chiuse il tamburo. Poi rimise la pistola nella fondina e uscì nella notte.

Si fermò ai distributori di bibite dietro l'ufficio e comprò due lattine di Coca, ma invece di tornare in camera sua girò dall'altra parte, verso i numeri pari: 124, 122, 120, 118. Le tendine erano tirate sulle finestre della 108, ma un po' di luce filtrava tra di loro. Mancuso camminava nel modo più lento e tranquillo che poteva. Dalla maniglia pendeva il cartello con la scritta: "Non disturbate", e mentre passava davanti alla porta, si piegò leggermente da quella parte. Riuscì a cogliere della musica, come se il televisore fosse acceso. Davanti al 104 si fermò. Da lì riusciva a vedere il parcheggio, buio e mezzo pieno. Avrebbe potuto parcheggiare la macchina là in fondo, dietro un grosso camper rosso. Così gli sarebbe stato possibile sorvegliare la 108 senza essere visto. Probabilmente avrebbe significato dover stare là seduto fino all'alba. Ma se voleva vedere chi occupava la 108, andava fatto. Sospirò, dondolando le due lattine di Coca che aveva in mano. Cominciava a diventare troppo vecchio per fare'la posta a qualcuno per tutta la notte.

Quando Rolf Petersen tornò dalla Pizza Hut, era così occupato a pulirsi i denti con uno stecchino che per poco non passò senza fermarsi davanti all'ufficio dell'Holiday Inn. Ma all'ultimo momento si ricordò di quello che aspettava, aprì la porta dell'ufficio e ficcò dentro la testa.

«Ha telefonato qualcuno?»

«Mi spiace» rispose la rossina. Negli ultimi tre giorni gli aveva detto: "Nessun messaggio" tante volte che la sua cominciava a essere una reazione automatica.

Lui si diresse verso la 108 quando sentì la porta dell'ufficio aprirsi alle sue spalle.

«Ehi, mister.» Era la rossina. «C'è una comunicazione.»

Tornò indietro di corsa.

«L'ha appena ricevuta la ragazza del centralino.» E gli porse il foglietto con la scritta: Durante la Sua assenza, piegato in quattro.

«Grazie mille, ragazzina.» Le allungò un dollaro.

«Eh, non doveva disturbarsi.»

Lui girò l'angolo dell'edificio e si fermò a leggere il messaggio alla luce dei distributori di bibite. La telefonata era giunta alle otto e venti, mentre lui era fuori a cena. Il messaggio era scritto a matita. Diceva:

DEVO VEDERTI STASERA ALLE UNDICI. ASPETTAMI.

Non era firmato.

Consultò l'orologio: due ore per prepararsi. Sorrise e piegò il foglio con cura, e quando riprese a camminare, fischiettava.

Fu quel suono che fece alzare lo sguardo a Mancuso. E quando l'ebbe fatto, vide che l'uomo che camminava verso di lui dall'ufficio del motel era Rolf Petersen, il sicario della Compagnia, l'uomo che aveva assassinato Martinez. Era alto – ben più di un metro e ottanta – muscoloso, e indossava la giacca di pelle e il berretto da baseball descritti nei rapporti sul poliziotto assassinato. Le mani di Petersen erano strette a pugno e ficcate nelle tasche della giacca. Per un attimo Mancuso pensò di estrarre la pistola e di affrontarlo. Ma aveva una lattina di Coca per mano e la giacca abbottonata, e proprio allora Petersen disse: «'Sera» gli passò davanti, mise la chiave nella toppa ed entrò nella sua stanza: e poi, comunque, chi aveva voglia di fare l'eroe, cazzo, e magari di farsi sparar via il culo?

Così, Mancuso stava ancora borbottando tra sé quando girò l'angolo per andare nella sua stanza e si fermò contro la canna di una 38 special che qualcuno gli teneva sotto il naso.

«Non fare un movimento!» intimò una voce, e Mancuso obbedì.

«Su le mani!» disse un'altra voce al suo fianco. Mancuso alzò le mani e rimase là fermo con le due lattine di Coca sopra la testa. Qualcuno si mise a perquisirlo.

«Merda! È armato» sibilò l'uomo che lo stava perquisendo, e l'altro alzò il cane della 38.

«Perdio» fece lui. «Sono l'agente Joseph Mancuso dell'FBI.»

«Chiudi il becco» ordinò l'uomo che impugnava la pistola.

L'altro prese quella di Mancuso, poi gli sfilò i documenti dalla giacca e li passò al compagno. Indicò infine le lattine di Coca. «Cos'hai lì?»

«Cosa cazzo ti sembrano?»

«Senti, bello, vaffanculo. A terra. Mani dietro la testa. Gambe aperte.»

«Puoi succhiarmi l'uccello prima che io mi metta lì per terra con questo vestito» disse Mancuso.

«Senti, coglione...» L'uomo al suo fianco gli spinse la 38 nelle costole.

Mancuso si piegò in due.

Poi l'altro uscì dal buio.

«Raddrizzati, tu» disse. E, quando Mancuso l'ebbe fatto, gli tenne la foto della sua tessera accanto al viso. «Che te ne pare, Phil?»

Lo sguardo di Mancuso faceva la spola tra l'uno e l'altro dei due. Sembravano usciti da un film, tutti vestiti di nero com'erano, da capo a piedi, e con due giubbotti antiproiettile neri pure loro. Avevano la faccia spalmata di grasso nero.

«Merda» mormorò il secondo, chiuse di scatto il portatessera e lo restituì a Mancuso. «Dagli la pistola.»

L'altro obbedì. «Scusa, amico.»

Mancuso mise in tasca il portafoglio e la pistola nella fondina. «Vaffanculo» disse.

«E adesso fila» ordinò il primo. Il walkie-talkie che aveva a tracolla si mise a scoppiettare.

«Stiles? Roberts? Che diavolo succede?»

«Abbiamo qui uno dell'FBI» comunicò al microfono lui.

«Di cosa?»

«Dell'FBI.»

«Stai scherzando.»

Mancuso afferrò il microfono. «No, non sta scherzando. E ho anche un mandato per mister muscolo, della 108. Quindi levatevi dai coglioni, voi e le vostre teste di cuoio.»

«Balle» disse la voce. «Anche noi abbiamo un mandato. E adesso gambe in spalla, giovanotto, prima che ti faccia la bua.»

Mancuso mollò il microfono. «Dov'è quell'imbecille? Dov'è?»

«Tra quegli alberi, laggiù» rispose il poliziotto, e indicò l'angolo buio del parcheggio dietro la fila di automobili.

«Non fate niente» disse Mancuso, e piegando la schiena seguì la fila di macchine finché non scomparve nelle tenebre.

Rolf Petersen si chiuse la porta alle spalle, abbassò l'audio del televisore, mise la vecchia valigia sul letto e aprì le serrature a combinazione. Dentro c'era un'imbottitura in gommapiuma tagliata in modo da contenere il calcio, il meccanismo, la canna e il mirino di un fucile di precisione HK-91 e il suo caricatore da venti colpi. C'erano due scatole di munizioni rivestite di teflon di scorta e tre nicchie circolari che contenevano nere e lucide granate a percussione con le sicure limate e la leva rossa fissata col nastro adesivo. Petersen montò i pezzi del fucile, tirò l'otturatore e inserì il caricatore. Appoggiò il fucile alla testiera del letto, poi girò la sedia verso la porta e si sedette con la 44 magnum in grembo. Si era appena frugato in tasca e aveva spiegato il pezzo di carta per rileggere il messaggio quando il telefono squillò.

Il posto di comando delle teste di cuoio si trovava dietro il muro che separava il parcheggio del motel dall'attiguo bar-and-grill. C'erano, gli uni addosso agli altri, quattro uomini in tenuta da oscuramento e giubbotto antiproiettile. Uno di essi aveva i gradi di capitano.

«Chi cazzo comanda, qui?» chiese Mancuso quando li ebbe raggiunti.

«Io sono il capitano Brower. Cos'ha da lamentarsi?»

«Ho un mandato per quell'uomo. È ricercato dall'FBI.»

«Anche noi abbiamo un mandato. E qui siamo nella nostra giurisdizione, perciò si levi dai piedi.»

Il walkie-talkie scoppiettò. «Siamo tutti pronti, capitano. Quando si parte? Passo.»

«Maledizione» sibilò Mancuso. «Mi serve vivo.»

«Non s'immischi, lei» disse Brower.

La voce del walkie-talkie chiese: «Cos'ha detto, capitano?».

«Niente. Tutte le unità sono pronte?»

Altre voci si fecero sentire: «Unità due, pronta. Unità tre, pronta».

«Brutto stronzo figlio di puttana» disse Mancuso.

Brower alzò la testa per sbirciare da sopra il muro. «Okay. Andiamo. Entrate.»

Rolf Petersen restò seduto per qualche istante ascoltando lo squillo del telefono. Poi si alzò, raggiunse il comodino e sollevò il ricevitore.

«Pronto?» disse la voce. «Pronto?»

Petersen non la riconobbe, e stava per deporre il ricevitore quando la voce continuò: «Non riattaccare».

Si portò il ricevitore all'orecchio.

«Ti ha venduto. Sei stato smascherato. Stanno...»

In quel momento le due teste di cuoio sfondarono la porta, urlando: «Polizia! Fermi tutti!».

Nel tempo che impiegò a girare la testa verso la porta, Rolf Petersen vide due uomini con giubbotti antiproiettile che gli puntavano addosso le pistole. Il primo colpo che sparò colpì il primo alla gola, troncando la carotide e mandando in frantumi la terza e quarta vertebra cervicale. La violenza del colpo fu tale da respingere l'uomo oltre la soglia, mandandolo a sbattere contro il braccio del compagno che alzava la pistola per sparare. I suoi colpi finirono nel soffitto della stanza, e la seconda pallottola di Petersen lo centrò al petto. La cartuccia rivestita di teflon perforò la fibra di vetro che foderava il giubbotto, e quando la pallottola colpì lo sterno dell'uomo si frantumò in una manciata di schegge grosse e pesanti come capocchie di chiodi. Quella pioggia di acciaio e piombo rovente gli spruzzò le viscere a una velocità di cinquecento metri al secondo, maciullandogli il cuore e i polmoni. L'impatto del proiettile si disperse nel torace e lo scagliò all'indietro con una forza pari a quella di un'automobile che lo avesse investito viaggiando a settanta chilometri l'ora.

Il capitano Brower strillò nel suo microfono: «Stiles? Roberts? Ah, merda! A tutte le unità: aprire il fuoco!».

Petersen era già sul pavimento prima che arrivasse la prima scarica, un tiro incrociato di M-16 che perforò l'intelaiatura di legno e i muri di gesso della stanza come se fossero di carta. Petersen si girò sulla schiena, sparò un colpo al lampadario che spaccò la lampadina e fece cadere a terra di schianto la sfera di vetro, e un altro al televisore, che esplose in una pioggia di scintille, facendo piombare la stanza nelle tenebre. Poi corse carponi al letto, s'impadronì dell'HK-91, strisciò fino alla porta sotto una tempesta di gesso e di schegge, e rispose ai lampi che brillavano tra le macchine del parcheggio.

Brower e i suoi uomini si gettarono a terra mentre una raffica dalla stanza del motel lasciava la sua traccia sul muro sopra la loro testa.

«Cazzo!» urlò Brower nel walkie-talkie. «Dategli il gas!»

Mancuso si alzò in piedi, si tirò su la cintura dei calzoni e si spazzolò la terra dai ginocchi. Voltò le spalle e, sull'asfalto del vialetto, si diresse verso la porta del bar-and-grill. Sentiva dietro di sé il sonoro, ringhioso vran-vran dei fucili automatici e il tonfo sordo di quando sparavano, dai lanciagranate, i lacrimogeni.

Spinse la porta del bar e sedette in fondo al banco. La barista, grassa e bionda, chiese: «Cosa prende?».

«Bourbon. Doppio.»

Glielo servì, accennando con la testa al rumore che veniva dall'esterno. «Cos'è tutto questo baccano?»

«Fuochi artificiali.» Mancuso tracannò tutto d'un fiato il contenuto del bicchiere. «Dammene un altro.»

Quando il primo candelotto lacrimogeno rimbalzò dentro la porta, Petersen si avvicinò strisciando e con un calcio lo buttò fuori. Ma il secondo cadde sul letto e le lenzuola presero fuoco come se qualcuno vi avesse puntato il cannello di una fiamma ossidrica. Petersen si stese sul dorso e alzò lo sguardo al fumo nero che si ammassava contro il soffitto. Tra poco avrebbe avuto una cortina fumogena che usciva fitta fitta dalla porta, e una copertura sufficiente per tentare la fuga. Sempre strisciando si avvicinò al letto, tirò fuori la valigia e si ficcò in tasca le scatole di munizioni di riserva. Il tiro incrociato dai due lati del parcheggio si stava diradando. Ma ormai le fiamme stavano propagandosi dal letto al pavimento, e allora si schiacciò contro la moquette, aspettando che il fumo nero oscurasse completamente la soglia. Non riusciva quasi a scorgere i due poliziotti morti sul marciapiede. Poi il fumo avvolse anche lui, e lui si raccolse su se stesso per balzare fuori nella notte.

Quando le fiamme del letto incendiato raggiunsero la stufa a propano, il calore spaccò il tubo d'alimentazione di rame, indirizzando un dardo di fuoco verso il serbatoio verticale che si trovava alle spalle della stanza. Quando la fiammata colpì il serbatoio, la violenza dell'esplosione sfondò il muro posteriore della stanza, e quando le quattro granate scoppiarono simultaneamente, l'esplosione si portò via anche la facciata. Per un attimo le pareti laterali formarono una specie di tunnel per il globo in espansione di gas surriscaldato; poi raggiunsero il punto critico e si disintegrarono. L'intera massa sferica di fiamme e di macerie salì tremolando verso il cielo.

«Che cazzo! Gesù Cristo!» urlò Brower. Poi sia lui sia le altre teste di cuoio dovettero accovacciarsi con le mani sulla testa per ripararsi dalla pioggia di cenere ardente.

Mancuso girò il capo verso l'esplosione. Quando essa colpì la parete del bar-and-grill, fu come un terremoto. File e file di bicchieri e di bottiglie parvero precipitarsi giù dal banco per infrangersi sul pavimento. La barista si accoccolò dietro il banco, si prese la testa tra le mani e cominciò a strillare.

Mancuso guardava il bourbon che andava su e giù nel bicchiere che teneva in mano.

«Merda» disse.

Ore 23.25. Stava facendosi molto tardi quando finalmente l'interfono ronzò nell'ufficio di Lou Bender.

«Sì?»

«Vorrei vederti, per cortesia.»

«Dove?»

«Nel mio ufficio.»

Quando entrò nell'Oval Office, il presidente era seduto alla scrivania, ma aveva appeso la giacca allo schienale della poltrona, e si era allentato il nodo della cravatta. Sulla cartella davanti a lui c'erano due bicchieri di whisky.

«Serviti» lo invitò.

Bender si sedette. Ciascuno accostò il bicchiere a quello dell'altro e bevvero.

«Com'è andata?» chiese Bender.

«I banchetti con i governatori prima delle convenzioni dovrebbero essere vietati dalla legge. Come i giocatori di football che scommettono sulle loro partite.»

«Alludevo a Fallon.»

«Sì» disse il presidente, e chinò il capo. «Male.»

«Oh?» Bender si irrigidì. Aveva sperato che tra Fallon e il presidente potesse nascere un amore a prima vista. Ora vedeva che l'abbinamento avrebbe richiesto maggiori cure.

«Per la verità, il senatore Fallon ha ottime idee. Idee per programmi di politica interna, commercio, queste cose.»

«Be', mi sembra promettente.»

«Fino a un certo punto.» Il presidente si sporse in avanti. «Lou, quello è un fascista. Ascoltarlo è come ascoltare Mussolini. O peggio.»

Bender si strinse nelle spalle. «È giovane, Sam. Deve imparare che...»

«Lou, si è seduto su quella poltrona e mi ha detto che i problemi internazionali di questa generazione non si risolveranno con i negoziati ma nelle strade: con l'acciaio!»

Bender scartò la battuta con un gesto. «Tutte chiacchiere.»

«Chiacchiere pericolose. Vorrebbe riportarci alla diplomazia delle cannoniere e armare i nostri alleati dell'America Latina.»

«Be'» disse Bender «vedo che dovremo dare al senatore Fallon un po' di aiuto nella stesura del discorso programmatico.»

Il presidente scosse la testa. «Non mi sembra che tu mi stia ascoltando. Credi davvero che offrirei a Terry Fallon una tribuna televisiva nazionale per declamare simili sciocchezze?»

«Forse O'Donnell e Harrison dovrebbero parlargli.»

«Toglitelo dalla testa, Lou. Anche se fosse accettabile – cosa che, credimi, non è – Fallon non vuole la vicepresidenza.»

«È ridicolo. Certo che la vuole.»

«Lui vuole diventare presidente.»

«Tra quattro anni.»

«Non tra quattro anni» disse Sam. «In gennaio.»

Bender puntò il gomito sul tavolo e si sporse verso il presidente. «Terry Fallon si è seduto in questo ufficio e ti ha detto che è pronto a sfidarti alla convenzione? Non ci credo.»

«Non ha detto questo.»

«Allora cos'ha detto?»

«Mi ha detto di tirarmi in disparte e di far largo all'avvento del futuro.»

Bender e il presidente si scambiarono un'occhiata. «Ha detto così?» Bender sorrise. «Sam, ti stava prendendo in giro.»

Il tono del presidente era cupo. «Era... serissimo.»

Bender incrociò le braccia e rimase seduto, riflettendo.

Baker si dondolò all'indietro nella poltrona. «Com'è possibile che un uomo così inesperto di politica e così pieno di idee distruttive abbia a portata di mano la candidatura a una carica di questa importanza? Terry Fallon è un demagogo. È pericoloso, Lou.»

«Ora non esagerare, Sam. Abbiamo bisogno di lui.»

Ma il presidente non lo stava a sentire. «Fino a questa sera ho creduto che Fallon fosse solo un brillante giovanotto che aveva bisogno di maturare, che aveva bisogno di essere temprato e incoraggiato. Ora capisco che dev'essere fermato.»

«Non fermato, Sam» disse bruscamente Bender. «Addomesticato.»

Il presidente guardò Bender con la coda dell'occhio. «Che stai dicendo?»

«Fallon sa di essere stato creato dai mass media. Sa che i mass media possono distruggerlo. Concedi la grazia a Weatherby. Lasciami scoprire quello che sa. Insegnerò a Fallon a essere obbediente.»

«Mai.»

«È l'unico sistema, Sam. Entro tre giorni Fallon dovrà essere in lista con te, se vuoi la nomination.»

«Non a questo prezzo.»

«Fa finta che si tratti dell'undicesimo comandamento.»

«Che vuoi dire?»

Bender scoprì i denti in un sorriso sornione e sorseggiò il suo whisky. «Chi di stampa vive, di stampa perirà.»

Ore 23.40. Se avesse potuto scegliere tra l'andare all'obitorio e il vomitarsi sulle scarpe, Mancuso avrebbe scelto le scarpe: senza il minimo dubbio. Ma scegliere non poteva, e cominciò a sentire il freddo della sala ancor prima di uscire dall'ufficio del medico legale della contea per scendere le scale. Il capitano Brower era ancora in tenuta da combattimento e pittura di guerra, coperto dalla cenere prodotta dall'esplosione. Il suo capo gli aveva fatto il culo per aver mandato in fumo un pezzo dell'Holiday Inn e Brower – di conseguenza – non rivolgeva la parola a Mancuso; ma se le cose erano andate così, era tutta colpa sua.

Grazie a Dio, la bottiglia di Jack Daniel's non era andata in pezzi durante l'esplosione. Mancuso aveva continuato a bere doppi whisky in mezzo a un capannello di curiosi dietro la gialla fettuccia che vietava l'accesso al teatro dell'incidente tesa dalla polizia di Baltimora, mentre i pompieri venivano rombando su per la statale e correvano dappertutto annaffiando uomini e cose, e la squadra dell'ufficio del coroner tirava fuori i resti dalle macerie e li portava via. Ora Mancuso si sentiva un po' brillo, un po' gonfio, e molto bene. Con Petersen all'obitorio, poteva tornarsene a Washington, farsi una bella dormita, e comunque non gliene importava un cazzo.

Ma scendendo le scale verso il gelo di quella sala sotterranea, gli si schiarirono abbastanza le idee per ricordare quanto detestava esaminare le salme, e prima di varcarne la soglia distolse il viso per non farsi vedere da Brower e si fece il segno della croce.

Seguirono un tecnico oltre l'angolo di un'altra fila di refrigeratori, e Brower chiese: «In ogni modo, chi era questo tizio?».

Mancuso alzò le spalle. «Socialmente, un indesiderabile.»

Brower si fermò di colpo. «Senti, brutto figlio di puttana, quello ha ammazzato due dei miei uomini.»

«Come dicevo...» Mancuso aveva continuato a camminare. «Una persona poco raccomandabile.»

Il tecnico di fermò, controllò il cartellino attaccato a uno degli sportelli in acciaio inossidabile, lo aprì e ne estrasse la carcassa. Era coperta con un lenzuolo, ma c'era – sotto – qualcosa di sporgente, alto una quindicina di centimetri.

«Si direbbe che sia morto col cazzo duro» constatò il tecnico.

Ma quando tirò via il lenzuolo, Mancuso vide che quello che sporgeva era il moncherino carbonizzato di un braccio di Petersen. La mano si era staccata dal polso e giaceva sul tavolo mortuario accanto al corpo, come un grosso ragno nero. Il corpo dell'uomo era stato annerito dalla combustione, e si scorgevano vagamente i contorni del colletto e del taschino dove la camicia, bruciando, si era fusa col suo petto. I bottoni erano affondati in quella pelle nera come pinoli in una torta bruciata. Il calore dell'incendio e la disidratazione dovuta alla combustione gli avevano disseccato e ristretto la pelle e i tessuti, che ora gli fasciavano strettamente le ossa. Gli occhi erano scoppiati e la bocca era aperta quasi volesse urlare, e le labbra annerite scoprivano una fila di denti bianchi che ghignavano. Tra i muscoli avvizziti del braccio erano visibili le ossa, il radio e l'ulna, e il bianco quadrante dell'orologio da polso spiccava là dove il calore delle fiamme glielo avevano incollato all'avambraccio.

«Qualcuno lo voleva ben cotto?» chiese l'inserviente.

Mancuso si piegò sopra il cadavere. Nonostante il freddo, poteva sentirne l'odore: e l'odore era lo stesso di una bistecca bruciata sul barbecue di qualche giardinetto. Il viso era ormai solo la contorta, raccapricciante caricatura di un uomo, ma era indiscutibilmente quello di Rolf Petersen. Mancuso si raschiò la gola e sputò in faccia alla carogna.

«Oh, Gesù» esclamò il tecnico, disgustato, e ridistese il lenzuolo sul cadavere.

Brower si era tenuto un po' in disparte. Era pallido come uno spettro e aveva tutta l'aria di chi sta per vomitare.

«Chi ha provocato tutto questo casino?» domandò Mancuso.

«Una soffiata» rispose meccanicamente Brower.

Il tecnico spinse il cassetto nel refrigeratore e chiuse lo sportello.

«Di chi?» incalzò Mancuso.

«Anonima.»

«Non contar balle. Non avresti messo in campo un simile arsenale per una soffiata anonima. Una normale pattuglia, magari. Ma non una squadra di teste di cuoio.»

Brower ribatté piantandogli gli occhi addosso. Poi rimase dov'era, sorridendo maliziosamente, e Mancuso capì che non avrebbe mai risposto.

«Vaffanculo» disse lui, si fece largo con uno spintone, e uscì dall'obitorio.

LUNEDÌ 15 AGOSTO 1988

Il settimo giorno

Ore 5.30. La prima cosa alla quale Sally pensò quando si svegliò fu l'identikit della polizia. Non lo aveva visto. Ma lo conosceva. E aveva paura.

Era un disegno del suo viso ed era stato proiettato in circa venticinque milioni di case d'America. Adesso milioni di persone si stavano chiedendo chi fosse e centinaia, se non migliaia, di poliziotti la stavano cercando. E Sally capì che da molto, moltissimo tempo non aveva avuto tanta paura. Una volta, a Cabo Gracias a Dios, uno stupratore le aveva puntato la canna della pistola sulla fronte e le aveva chiesto di ricordarsi di lui, quando fosse stata con Cristo in paradiso. Neanche allora aveva avuto tanta paura.

Giaceva nel suo letto, stringendo il guanciale che teneva tra le braccia, affondando il viso nel soffice piumino come se potesse essere un rifugio. Poi pensò a Terry, e comprese che poteva perderlo. Quella paura era ancora più grande.

Gettò via le coperte e mise giù le gambe. La stanza era fresca e umida, come sono d'estate a Miami le stanze con l'aria condizionata. Si fece scivolare sulle braccia le spalline della camicia da notte gialla e lasciò che formasse un mucchietto sgualcito ai suoi piedi. Poi entrò nuda nel bagno, aprì l'acqua fredda e spremette un dito di dentifricio sullo spazzolino. Ma quando se lo portò alla bocca e ne sentì il profumo di menta verde, ebbe l'impressione di essere lì lì per vomitare. Così rimase là in piedi nel bagno, nuda e fredda con la pelle d'oca che le increspava le natiche e la schiena, rimase là nel mattino appiccicoso, aggrappata all'orlo del lavandino di ceramica bianca, e decise che non lo avrebbe lasciato finché non fosse stata sicura di non vomitare. E che si sarebbe difesa e avrebbe combattuto per uscire dalla trappola che si stava chiudendo intorno a lei.

Ma dovette passare molto tempo prima che riuscisse a respirare normalmente. E altro tempo dovette passare prima che la testa smettesse di girarle. E altro tempo – il tempo più lungo – prima che la paura cominciasse a scomparirle dalla mente.

Strano. Era strano che il telefono non suonasse. Strano e triste che il giorno cominciasse senza la solita telefonata di Chris. Ma quando ebbe fatto la doccia e si fu rivestita, Sally dovette prendere atto che le telefonate di Chris erano finite. Avrebbe dovuto capirlo dalla sua voce, la sera prima. La situazione lo rendeva ovvio.

Adesso era Chris a vivere nella casa degli ospiti. Lui a scrivere i comunicati stampa di Terry e a organizzare i soliti incontri con la stampa delle tre. Chris riceveva le telefonate di Ben e Katherine e Dan e Barbara e Roone. Chris si fermava dopo le riunioni, le fumose riunioni che duravano fino alle prime ore del mattino, a sorseggiare un brandy davanti al caminetto facendo un bilancio dei punti vinti e perduti, degli obiettivi raggiunti, delle alleanze sciolte o rinnovate. Forse quello era sempre stato il suo piano. Forse quella era l'unica ragione per cui aveva seguito così avidamente il suo esempio, per cui era sempre stato tanto premuroso. Perché in un modo premeditato e calcolatore Chris si stava impadronendo del suo stile e delle sue capacità con un solo obiettivo: prendere il suo posto nell'ufficio di Terry e nella sua vita.

Si guardò allo specchio. Con i capelli tirati all'indietro, gli occhiali scuri e l'ampia ala del panama abbassata, stentava a riconoscersi. Al suo posto, vedeva un'estranea: una donna dall'occhio gelido, decisa a raggiungere il suo scopo. Il fattorino raccolse i bagagli, e Ross l'aspettava giù nell'atrio.

«Hai dormito?» disse lui.

«Più o meno» rispose. E guardò altrove.

Lui allungò una mano e le toccò il braccio. «Guarda» disse. Ma lei non cambiò posizione. «Sally, guardami.» E quando finalmente lei obbedì, lui continuò: «Non pretendo che tu mi perdoni. Ma vorrei che tu capissi».

Sally lo guardò fisso. C'era una pena, nei suoi occhi, e una grande dolcezza. Ma non aveva più il coraggio di fidarsi di lui.

«Ho un lavoro da fare» disse lui, conciliante. «Cercavo di farlo in un modo che potesse aiutarti. Sono stato maldestro. Ho sbagliato.»

Lei cominciò a scendere le scale. «Voglio che tu mi creda» continuò lui.

«David, non so proprio cosa credere.»

Scesero i gradini nell'aria vischiosa del mattino. Ross diede un dollaro al ragazzo – e un altro quando il fattorino si fermò davati a lui guardando i soldi che aveva in mano – e s'infilò con Sally in un taxi. Mentre svoltavano in Collins Avenue, verso sud, Ross la guardò. «Ti sei mascherata?» domandò infine.

«Hanno l'identikit della donna che era al bar del Four Seasons.»

Lui trasalì. «Cosa? Chi ce l'ha?»

«L'ho sentito ieri sera durante il notiziario. Credi che si possa trovare un giornale di Washington all'aeroporto?»

Ross consultò l'orologio. «A quest'ora? Ne dubito.» Solo allora notò la sua ansia.

«Ehi, puoi stare tranquilla» disse. «Quegli schizzi non valgono una cicca. E poi le donne belle sono difficilissime da descrivere.»

«Grazie. Speriamo. Che dovrei fare, David?»

«Fare?» E allora lui capì. «Be', dovrai aspettare e vedere. Startene nascosta per un po'. Puoi farlo?»

«Credo di esservi costretta.»

«Tra qualche giorno ci sarà un altro delitto o un altro avvenimento sensazionale. E tutti avranno dimenticato.»

«Lo credi davvero? O lo dici per tranquillizzarmi?»

«Un po' l'una e un po' l'altra cosa.» Poi, d'impulso, allungò un braccio e le prese la mano. «Farò tutto il possibile per aiutarti.»

Aveva un'aria così perbene. Era così premuroso, così tenero. Sally comprendeva. Era un uomo soave e gentile con un lavoro da fare. Sally comprendeva più di quanto lui stesso potesse immaginare. In un altro posto, in un altro momento... tutto avrebbe potuto essere diverso. Ma gli avvenimenti già li separavano, come una volta le avevano strappato un altro giovanotto dalle braccia.

Seduta nel taxi, guardò la lunga fila grigia degli alberghi sul lungomare scivolar via sul roseo sfondo del cielo mattutino. Tornava indietro, volando verso l'ignoto, armata soltanto di speranza: tornava indietro, verso la tempesta. E quando il 727 della PanAm si staccò dalla pista e si udì lo stridore del carrello che rientrava e il sibilo dei flap che tornavano a sparire nelle ali, Sally abbassò lo sguardo alle verdi Everglades infestate dagli alligatori. Pensava alla settimana trascorsa a Cabo Gracias a Dios, a Carlos Fonseca inginocchiato sul pavimento di legno nella luce del mattino che entrava dalla finestra aperta, a Carlos che stringeva il rosario tra le dita e recitava le sue preghiere.

Le sere che passavano insieme le trascorrevano a lume di candela, seduti nella stanza per molto tempo dopo che la luna era calata, e con voce dolce e paziente lui le raccontava l'avventura che era stata la sua vita: dalla capanna di mattoni cotti al sole dov'era nato, figlio illegittimo di una cuoca e di un fattore, in una delle tante piantagioni di Somoza, nel 1935, l'anno dopo l'assassinio di Sandino.

Fonseca avrebbe potuto diventare un semplice bracciante. Ma quando compì quindici anni sua madre lo iscrisse all'Instituto Nacional del Norte, il liceo di Matagalpa, una città a soli novantacinque chilometri dalle montagne della Cordillera Isabelia e dal villaggio di Panascan. La leggenda di Sandino era viva tra la gente di laggiù, e Fonseca finì per tenere l'immagine di quell'ometto col sombrero, troppo grande per la sua testa, come quella del *Padre de la Resistencia* e di un santo. Al liceo conobbe Tomás Borge e Silvio Mayorga e apprese qualcosa del marxismo da Jose Ramon Gutierrez, un ventenne che aveva studiato socialismo in Guatemala. Insieme fondarono *Segovia*, un giornale studentesco sovversivo.

Sally sedeva, con le gambe piegate sotto il corpo, su una coperta stesa sul nudo pavimento di legno, ascoltando il racconto di Fonseca. E mentre ascoltava si stupiva della comoda vita borghese che aveva fatto a Memphis, Tennessee. Dal nido d'infanzia all'università, la sua vita era stata un'ordinata progressione. Anzi. Fino all'incontro con Fonseca, Sally si era considerata una specie d'iconoclasta: abbandonando l'economia per la scuola convitto infermiere, scegliendo il Peace Corps al posto di un corso di specializzazione, Santa Amelia anziché un biglietto di ritorno. Ma sentendolo narrare la storia della sua lotta, Sally comprese che tutto ciò che aveva le era stato dato. Tutti i progetti che aveva fatto, qualcuno li aveva concepiti per lei. Ogni corrente che aveva seguito, era la corrente principale.

Nel 1956 Sally faceva la quarta elementare ed era una coccinella negli scout quando Fonseca si iscrisse all'Università Autonoma Nazionale di Leon. Vi ritrovò Borge e Mayorga. Diresse il giornale studentesco, *El Universitario*, e usò la pagina degli editoriali per attaccare aspramente il governo. Dopo l'assassinio di Anastasio Somoza, il fondatore della dinastia, salì al potere suo figlio Luis. I tre amici furono arrestati insieme a centinaia di altri studenti di sinistra. Fonseca fu picchiato con mazze da baseball e una cordicella gli fu legata intorno al pene e stretta fino a farlo svenire dal dolore.

Glielo disse senza commiserarsi, tranquillamente, senza emozione. Alla luce della fiamma tremolante della candela Sally poteva vedere i vecchi lividi e le vecchie ferite sotto la pelle liscia del suo viso. Lo avevano preso e picchiato tante volte che Fonseca aveva ormai stretto, col dolore, una specie di gentleman's agreement. Il dolore aveva la sua importanza e Carlos non ne sottovalutava il potere. Ma era un potere che non gli toccava l'anima.

Dopo un mese di ripetuti pestaggi e interrogatori lo lasciarono libero, e il movimento socialistà clandestino gli pagò il viaggio a Mosca, dove studiò all'Università dell'Amicizia Patrice Lumumba e scrisse il suo libro, *Un nicaragüense en Moscou*.

Dopo Mosca, Cuba era stata una rivelazione.

Fonseca vi giunse nel 1959, nella scia del rovesciamento di Batista da parte di Castro. A sentirglielo raccontare, l'Avana era stata una Lourdes per quel sognatore rivoluzionario di ventiquattro anni. I ricchi e i decadenti se ne andavano; fuggendo, per lo più, solo col vestito che indossavano. Castro aveva chiuso gli alberghi di proprietà degli *Yanqui*, distrutto le case da gioco, raso al suolo i famigerati bordelli. Le bandiere del *26 Julio* sventolavano dappertutto. Nel palazzo presidenziale c'erano Castro e il Che e comitati di uomini armati in grigio-verde, che ridevano e trincavano *cerveza* e discutevano dell'avvenire del loro paese. Era come se l'arida retorica leninista che Fonseca aveva studiato a Mosca avesse improvvisamente ricevuto il soffio della vita. E Carlos ne fu estasiato. Se Mosca aveva fatto di lui un credente, Cuba lo rese apostolico. Come la stessa Sally, Fonseca tornò in Centroamerica pieno di entusiasmo fino al collo. Ma mentre tutti i piani della ragazza, per bene intenzionati e finanziati che fossero, erano falliti, lui aveva compiuto un miracolo. Nel 1960 si era incontrato con Borge e Mayorga nell'Honduras e aveva formato il *Frente Sandinista de Liberación Nacional*: l'FSLN che, quasi vent'anni dopo, doveva rovesciare l'ultimo dei Somoza.

Sally ascoltava, paralizzata dallo stupore. L'udire il racconto di prima mano di queste imprese le faceva comprendere che quelli che i giornali americani chiamavano "rapine" e "atti di pirateria aerea" potevano essere azioni epiche ed eroiche, stravaganti e cavalleresche, la sostanza di cui erano fatte le leggende. E faceva sembrare i suoi ideali condiscendenti pedanterie: e lei si sentiva una sciocca e un'ingenua.

La settimana che passò con Fonseca divenne, in un modo o nell'altro, il fulcro della sua vita: e su quel fulcro ruotarono tutti gli avvenimenti, precedenti e posteriori. Quella settimana le aprì gli occhi, e Sally vide, per la prima volta, il Peace Corps e i suoi lamentosi amici progressisti per quegli impostori che erano. Così com'era il suo amante, Fonseca divenne la sua ispirazione.

Carlos Fonseca era ricercato dalla polizia di tre paesi quando cenò con Sally a Cabo Gracias a Dios, nella casa di Christina Brown. Doveva ancora curare le ammaccature che gli avevano prodotto durante l'interrogatorio in una prigione costaricana. La sera, giaceva nudo sul materasso sul pavimento con una candela sopra la testa, leggendo, mentre Sally si svestiva e si metteva a cavalcioni dei suoi fianchi stretti e gli spalmava di olio la schiena e le cosce. Certe volte le leggeva ad alta voce cose che aveva scritto. A Sally piaceva: specialmente quando Carlos leggeva le sue poesie. Non scriveva nello spagnolo classico che insegnavano le scuole e le università, ma nel dialetto ispanico della regione, sorprendente e caratteristico, ricco di termini gergali e brulicante di metafore. Una poesia era la sua preferita, e Sally l'aveva laboriosamente tradotta in inglese. Era solo un frammento nella sua memoria, dopo tanti anni, ma cominciava così:

Ho una casa verde sul ciglio di un'acqua salmastra.
Ho una donna che mi aspetta accanto al fuoco dove la notte tocca la terra.
Ho un bimbo che non sa il mio nome.
Ho tre cicatrici sul ventre per ricordarmeli.
Dio li guidi fino alla mia tomba quando sarò morto.

Dopo che Sally lo aveva unto d'olio, scaldandogli le membra, e dopo che i rumori del porto erano cessati con l'approssimarsi della notte e la chitarra e le risa tacevano nella cantina sotto le scale, e dopo che la candela, gocciolando, era diventata un mozzicone annerito e dalla finestra senza telaio entrava solo il chiaro di luna, Carlos la girava sulla schiena e, mettendosi a cavalcioni delle sue gambe, le strofinava l'olio curativo sulle cosce e glielo spalmava sui seni e le faceva alzare le ginocchia per metterle dentro le dita. Allora rimanevano sdraiati fianco a fianco, con la sua virilità eretta e prigioniera tra i ventri dondolanti, come un pugno ardente contro la sua pelle. E quando lui la penetrava così, giacendo accanto a lei col ginocchio di Sally sul fianco, non c'era il peso di un uomo su di lei, ma solo il gonfio, scandagliante mistero che le sfiorava il corpo e la faceva tremare. Era come far l'amore in un sogno e da lontano. La faceva sentire remota e separata, un milione di chilometri da Memphis e dall'America e da tutto ciò che aveva mai visto o conosciuto. Lui appagava lei e poi se stesso. E lei restava distesa sul fianco dopo che lui era andato a lavarsi, sentendo la piccola pozza rotonda di lui dentro di sé, sapendo che, se si fosse mossa o alzata in piedi, lui sarebbe gocciolato via, e non ci sarebbe stato più nulla che l'associasse a lui e all'afosa realtà della vita, null'altro che l'olio che cominciava a diventare appiccicaticcio sulla sua pelle. Aveva vent'anni ed era profondamente, appassionatamente innamorata.

Sally si appoggiò allo schienale della poltrona mentre l'aero-

plano si alzava nel cielo di Miami, sentendo la forza di gravità
che la schiacciava verso terra come il grosso peso che aveva sul
cuore. E allora raccolse tutte le forze e s'inarcò contro la pastoia
della cintura che l'avvinceva al sedile. Gli uomini potenti e spietati di Washington non l'avrebbero spazzata.

Non si sarebbe data per vinta.

Il sogno non sarebbe morto mai.

Ore 7.10. Lou Bender non dovette frugare a lungo nel *Bal-
timore Sun* per trovare quello che cercava. C'era un titolo a due
colonne in fondo alla prima pagina:

TRE MORTI IN UNA VIOLENTA ESPLOSIONE
DOPO UNA SPARATORIA NEL SOUTH SIDE

E c'era la tipica storia da mattinale della polizia su una squadra
di teste di cuoio che, andando ad arrestare un individuo sospetto,
era stata accolta da una gragnuola di colpi. Bender diede una
scorsa all'articolo. Si avanzava l'ipotesi che l'uomo potesse essere
un terrorista. L'esplosione ne aveva incenerito il corpo e gli effetti personali, rendendoli irriconoscibili. La polizia stava setaccian-
do le macerie per cercare di risalire alla sua identità. Un ufficiale
presente sul posto, interrogato, aveva detto: «Non si sa. Può darsi che non si sappia mai».

Nella stanza della colazione della sua casa di Arlington, l'ammiraglio William Rausch era curvo sopra il tavolo, tenendosi la
testa tra le mani e leggendo lo stesso articolo, quando squillò il telefono a prova d'intercettazioni.

«Era questa la tua idea di sistemare le cose?» domandò
Bender.

«Va bene. Non era quello che pensavo io. Ma guarda, ha
funzionato. È finita.»

«Ha funzionato? Cosa? Non ci resta che il cadavere di uno
sconosciuto. Noi siamo gli unici a sapere il suo nome. E come
diavolo possiamo dirlo a qualcuno?»

«Okay, okay» disse Rausch, arrampicandosi sugli specchi per
giustificare il proprio operato. «Lo ammetto... Non è l'ideale.»

«Maledizione» sibilò Bender, montando sempre più in collera. «Così abbiamo perso di collegarlo all'assassinio di Martinez,
fare a Ortega un occhio nero e porre fine alle indagini dell'FBI.»

«Lou, ci penso io.»

«Come?»

«Lascia fare a me. Tra un giorno o due sussurreremo qualche parola all'orecchio della persona giusta. Faranno gli esami balistici dell'arma.»

«Quale arma?»

«Il fucile con cui ha ucciso Martinez.»

«E se non lo aveva con sé?»

«Be'... Allora abbiamo le radiografie dei denti.»

«E come diavolo faranno, le radiografie dei denti, a collegarlo all'assassinio?»

«Lou, ti prego. Calmati. È tutto sotto controllo. Lasciami fare.»

«Maledizione!» ripeté Bender, e sbatté giù il telefono. Era più arrabbiato con se stesso che con Rausch. Sapeva dell'antipatia provata dall'ammiraglio nei confronti dell'FBI. Ora Bender capiva che era stata questa antipatia a spingerlo a distruggere tutte le probabilità che aveva l'FBI d'intrappolare Petersen, di attribuirgli la responsabilità dell'assassinio e di seppellire la richiesta, avanzata da Eastman, di un'inchiesta parlamentare.

Lou Bender si appoggiò allo schienale e fissò il telefono sul tavolo davanti a lui. Era chiaro che Rausch doveva andarsene. E Bender stesso avrebbe dovuto, in avvenire, stare più attento nella scelta degli alleati. Non poteva permettersi di dimenticare un'altra volta la lezione più importante che aveva imparato nei primi anni passati a Washington:

L'amore non è mai così cieco come l'odio.

Ore 7.40. Steve Chandler aveva un asso nella manica. Il capogruppo della maggioranza del senato e il presidente della camera dei deputati insieme, nella redazione di *Today* a Washington, proprio la mattina in cui erano tenuti a rispondere alla richiesta avanzata da Eastman di un'inchiesta parlamentare.

Mentre la parte del programma delle sette e trenta passava da Bryant e Jane a John Palmer in cronaca e a Willard Scott con le previsioni del tempo, Chandler guardava le immagini che arrivavano da Washington sul monitor numero sei. Bevve il caffè dal bicchiere di carta e studiò i due anziani uomini politici mentre si sforzavano d'incuneare i loro smisurati deretani nelle scomode poltrone di cuoio dello studio di *Today* a Washington. Tese l'orecchio al fruscìo della stoffa delle loro cravatte contro i microfoni agganciati al bavero, e alle parole che si sussurravano. Era curioso notare come anche l'individuo più sofisticato potesse star seduto in uno studio televisivo col microfono attaccato alla giacca e, solo perché non era in onda, credere che nessuno lo stesse ad ascoltare.

«Voglio spicciarmi con questa faccenda e tornare di corsa in Campidoglio» disse Harrison. «A che ora viene O'Brien?»

«Alle dieci, credo» rispose O'Donnell. «O alle dieci e mezzo.»

«Sarà meglio che quel figlio di puttana abbia qualche risposta pronta. Se mena il can per l'aia, giuro...»

«Affrontiamo quell'ostacolo quando ci arriviamo, Luke.»

«Già. Sicuro.»

Il truccatore si piazzò davanti alla telecamera e applicò un po' di cipria alla fronte dei due uomini. Loro si tirarono giù la giacca sulla pancia.

«Ho i capelli a posto?» chiese O'Donnell. Guardava fuori campo, cercando di vedersi nel monitor sul pavimento.

«Sembri un vecchio cane da pastore» gli rispose Harrison.

Chandler si divertiva a vedere i potenti agitarsi in preda al nervosismo mentre aspettavano che iniziasse l'intervista. Era una dimostrazione pratica di quanto aveva detto il preside della sua scuola di giornalismo nel discorso per il conferimento dei diplomi: "Il lavoro del giornalista consiste nel consolare gli afflitti e affliggere i consolati". Chandler pensava di riuscire a farlo bene almeno per metà.

Today passò ai comunicati commerciali, e Chandler vide gli uomini cercare la posizione più comoda mentre il direttore di scena eseguiva il conto alla rovescia. Poi Bryant Gumbel li presentò e attaccò: «Buongiorno, signori, e grazie per aver accettato il nostro invito».

Quindi tirò fuori le unghie.

«Senatore Harrison» disse Gumbel «è possibile che una commissione dominata dallo stesso partito del presidente svolga un'indagine imparziale sull'assassinio di Martinez e determini se il presidente Baker si è reso colpevole d'intralciare la giustizia?»

«Be', Bryant» rispose Harrison «la risposta è sì, se si deve formare una commissione. Ma siamo molto lontani da questo punto.»

«Però il vicepresidente chiede un'inchiesta. In queste circostanze, potete respingere la sua richiesta?»

«Noi intendiamo entrare nel merito dell'accusa per determinare se un'inchiesta da parte del congresso è necessaria e giustificata.»

«Be', la mancanza di indagini appropriate da parte dell'FBI non fa pensare che l'amministrazione Baker abbia messo in atto – e qui uso le parole del vicepresidente Eastman – una forma piuttosto scorretta d'insabbiamento? Lo chiedo a lei, presidente O'Donnell.»

Sam Baker era seduto nella poltrona rivestita di chintz verde dell'angolo del suo studio al secondo piano della Casa Bianca col *Post* aperto sul tavolo davanti a lui e seguiva la trasmissione. O'Donnell era una vecchia volpe, troppo furba per cadere nella trappola di Gumbel.

«Bryant, sai benissimo che l'FBI ha molti modi di condurre un'inchiesta. Alcuni sono palesi, altri no.»

«Signor presidente, sta dicendo che il vicepresidente si sbagliava quando ha sostenuto che solo due agenti sono stati assegnati a questa inchiesta?»

«Il senatore Harrison e io avremo un incontro col direttore dell'FBI, O'Brien, questa mattina. Credo che prima di formarci un'opinione dovremmo avere la sua analisi della situazione.»

«Senatore Harrison» continuò Gumbel «i capi dell'opposizione stanno dicendo che, per ragioni politiche, lei e il presidente O'Donnell vorreste rinviare l'inizio di questa indagine a dopo la convenzione per le nomination. È vero?»

«Sul piano pratico sarebbe impossibile formare una commissione prima della convenzione» disse Harrison. «Ci sono procedure che devono essere seguite. E i membri vanno scelti da entrambi i partiti nei due rami del parlamento. Non è una cosa che si possa fare dall'oggi al domani, in nessun caso.»

«Ma la pista che conduce all'assassino del colonnello Martinez non sarà, ogni giorno che passa, più difficile da seguire?»

«Bryant» rispose O'Donnell «voglio garantirti – e garantire al popolo americano – che questo congresso farà tutto quanto è in suo potere affinché l'assassino del colonnello Martinez venga assicurato alla giustizia. E io voglio sottolineare che, se i fatti suffragheranno la pretesa del vicepresidente Eastman, secondo cui sarebbe necessaria l'istituzione di una commissione bicamerale d'inchiesta, noi creeremo una commissione imparziale e condurremo un'inchiesta diligente e approfondita.»

«Senatore Harrison, presidente O'Donnell... Grazie, signori, per essere stati con noi questa mattina.»

Baker spense la televisione. I ragazzi ce l'avevano fatta. Il presidente era contento: ma era anche, in uno strano modo, inquieto. Aveva di fronte a sé un dedalo di problemi, simile a un labirinto pieno di angoli ingannevoli e vicoli ciechi. E poteva anche trattarsi di un labirinto senza uscita.

Forse Baker avrebbe potuto impedire al partito di costringerlo ad accettare Terry Fallon come compagno di gara. Paradossalmente, tuttavia, forse non avrebbe potuto vincere le elezioni senza di lui.

Se avesse sollecitato un'inchiesta sull'avvelenamento di Octavio Martinez con l'AIDS, la notizia sarebbe filtrata e avrebbe terrorizzato gli alleati degli Stati Uniti in America Latina: e quelle stesse indiscrezioni avrebbero spinto i perpetratori del reato a trovare un nascondiglio da cui nessuno avrebbe mai più potuto stanarli. Ma se Baker non avesse sollecitato l'inchiesta e la commissione senatoriale avesse scoperto l'avvelenamento, le conseguenze sarebbero state peggiori. Non perseguendo gli autori del delitto, Baker sarebbe venuto meno al suo dovere.

In entrambi i casi, se la pista del veleno portava alla CIA, la sua amministrazione si sarebbe coperta d'infamia e Terry Fallon se ne sarebbe andato con la nomination presidenziale.

Sam Baker sapeva che la cosa di cui aveva più bisogno era il tempo: tempo per scegliere le risposte da dare, per raccogliere le informazioni necessarie, per valutare le scelte da fare. Sapeva anche, però, che la tela stava rapidamente infittendosi attorno a lui. E ogni giorno che passava – ogni giorno di manovre e di artifici – i fili dell'inganno continuavano a intrecciarsi, finché la matrice diventava impenetrabile e oscura.

Il presidente aveva il potere di differire, procrastinare, guadagnar tempo: anche di fare dell'ostruzionismo, se vi era costretto. Ma Sam Baker sapeva quali sarebbero state le conseguenze, se lo avesse fatto. Aveva visto, con i suoi occhi, cos'era successo quando il presidente Nixon aveva tentato di fare uno strappo alla regola. E inoltre temeva il giudizio della storia.

Sam Baker aveva imparato molto sull'arte di governare collaborando strettamente con Sam Ervin nella commissione senatoriale durante il caso Watergate. Aveva imparato che una volta cominciato, il processo investigativo parlamentare continua implacabilmente e spietatamente a stritolare chi vi è invischiato fino alla fine. E, così facendo, lancia scintille che infiammano l'interesse dei mass media. Erano stati i mass media a trasformare le sedute del Watergate in una *Dallas* "vera": così suggestiva e avvincente da cancellare praticamente tutto il resto. E questo portava alla seconda – e alla più importante – conseguenza che ora opprimeva lo spirito di Sam Baker.

Le torrenziali cronache del Watergate diffuse dai giornali e dalla televisione tolsero importanza ad altri critici affari di stato. Dal giorno in cui furono arrestati gli "idraulici" del Watergate, nel giugno del 1972, alle dimissioni del presidente, solo due avvenimenti s'imposero all'attenzione degli americani: la guerra dello Yom Kippur dell'ottobre 1973 e le dimissioni del vicepresidente Spiro Agnew.

Pochi americani si accorsero del golpe afgano del luglio 1973, che fornì una base "legittima" all'invasione russa di quindici anni dopo. Pochi compresero, nel settembre di quell'anno, il significato della nazionalizzazione libica delle società petrolifere straniere. E in aprile chi ci badò, quando i guerriglieri arabi attaccarono una città di frontiera israeliana, dando inizio alla catena di avvenimenti che avrebbe condotto all'invasione e alla distruzione del Libano come nazione?

Nei rari momenti di calma che contrassegnarono il calendario delle sedute sul Watergate, Sam Baker parlò di questi problemi, cercò di scuotere i colleghi nell'aula del senato, di aprire gli occhi ai suoi elettori sui pericoli incombenti. Ma tutto fu inutile. La sua era una voce che gridava nel deserto. Per più di due anni i mass media incalzarono Nixon in ritirata: e la nazione assisteva, ipnotizzata, senza rendersi conto di come cambiava il mondo attorno a essa, di come cambiava e si oscurava l'orizzonte. E le ultime rivelazioni sul sistematico abuso di potere che aveva fatto Nixon – come spiegarono ripetutamente i mass media – diffusero l'allarme, tra gli americani, sul potenziale di cattive azioni che si celava dietro l'imponente facciata della presidenza degli Stati Uniti. Sam Baker sapeva che ci sarebbe voluto molto tempo perché l'America tornasse a sentirsi a suo agio con un uomo forte sulla poltrona dell'Oval Office.

E così, in definitiva, l'eredità di Richard Nixon erano stati sei anni divisi tra l'incompetente Gerald Ford e l'ossequioso Jimmy Carter.

Quando entrò alla Casa Bianca, nel novembre del 1984, Baker voleva seguire una via di mezzo, usare il bastone e la carota per spingere le Americhe verso due obiettivi: democrazie elettive e sviluppo economico. Ma subito dopo la sua elezione apparve chiaro che Castro era deciso a usare il Nicaragua come un trampolino per destabilizzare il Centroamerica e, alla fine, anche il Messico. La constatazione tolse a Baker ogni possibilità di scelta. Non gli restava che la guerra dei *contras* in Nicaragua: una faccenda antipatica e ai limiti della legalità. Ma almeno voleva dire che la milizia popolare di Ortega combatteva sulle sue montagne, senza esportare la rivoluzione verso nord, attraverso il confine con l'Honduras. Baker era un uomo che aveva messo piede alla Casa Bianca con un sogno di pace sulla terra. E si scoprì strumento di belligeranza, prigioniero della crisi.

Una volta ne aveva parlato con Carter, quando l'ex-presidente venne a Washington e i due pranzarono insieme, in privato. Carter stava lavorando come carpentiere per un programma di rinnovamento urbanistico finanziato da una comunità cristiana. Era asciutto e in piena forma, e i suoi occhi erano limpidi.

«Che te ne pare?» aveva detto Baker.

«Il mondo è un bambino» aveva risposto Carter. «Ha bisogno di pazienza, di amore e di comprensione. Ci manca la pazienza, ecco il guaio.»

«Sono in pensiero per il Nicaragua» aveva continuato Baker. «Sta andando a rotoli. Diventerà un'altra Cuba, se non lo fermiamo.»

«Puoi fermarlo?»

«Non so. Non mi piace fare la parte di Dio.»

«Dovresti provare a fare il falegname, qualche volta.»

«È un lavoro distensivo?»

«Lo faceva Nostro Signore quando era un uomo» aveva risposto Carter.

Sam Baker era stufo di fare la parte di Dio, stufo della presidenza e del suo insostenibile fardello. Man mano che i sondaggi denunciavano il declino della sua popolarità, cominciava a trastullarsi con l'idea di ritirarsi dopo il primo mandato, come Johnson. Era una prospettiva allettante.

Ma adesso era in trappola. Aveva un'inchiesta parlamentare davanti a sé, Fallon che lo incalzava da tergo, e non poteva più fidarsi degli uomini che gli stavano vicini.

Era stata la CIA ad avvelenare Martinez col virus dell'AIDS? Chi aveva ordinato l'omicidio? Era forse circondato anche lui da persone nelle quali "lo zelo aveva superato la prudenza", proprio come Nixon aveva detto nel 1973? E ora gli avvenimenti avrebbero preso lo stesso corso, coprendo d'infamia la sua amministrazione e condannando l'America a un altro ciclo di una leadership soporifica e impotente e, peggio ancora, alla pericolosa militanza di Terry Fallon?

Sam Baker si sporse in avanti, giunse le mani e vi poggiò la testa. E per la prima volta dopo molti, molti giorni, pregò.

Ore 8. Mancuso arrivò presto: ma nella sua cassetta c'era già un foglietto giallo. Diceva: "Devo vederti al più presto. Scott". Quando entrò nell'area degli uffici, al primo piano, Scott stava leggendo il giornale e mangiando una brioche.

«Dove cazzo sei stato ieri sera?» chiese Scott, e si pulì la bocca col dorso della mano.

«Ehi, ti sono mancato» disse Mancuso. «Sei proprio carino.» Sedette sulla seggiola nell'angolo e spinse lo schienale contro il muro. Non si tolse il cappello.

«Dov'eri, testone?»

«Sono andato a Baltimora a trovare un amico ammalato.»

«Perché non ti sei fatto vivo?»

«Perché il mio amico è morto.»

Scott avvolse l'avanzo della brioche nel tovagliolo di carta e lo buttò nel cestino. «Sei un bel numero, Mancuso. Un giorno o l'altro con le tue battute ti farai sbattere fuori di qui.»

«Non fai che ripeterlo.»

«Cos'hai trovato a Cleveland?»

«Niente. È una carmelitana. Non sono riuscito a parlarle.»

«Be', trova qualcuno che parli la sua lingua.»

«Cristo, Scotty. Una carmelitana è una suora. Parlare è contro la sua religione.»

«Basta, per favore.» Scott piegò il giornale e lo ficcò nel cestino insieme all'avanzo di brioche. «Dov'è quell'altro scemo del tuo amico Ross?»

«Come faccio a saperlo? Starà tornando in aereo da Miami.»

«Ha visto Ramirez?»

«Cazzo, ma mi hai preso per un'enciclopedia?»

Scott lo guardò male. «Sai, vorrei trovare un modo per romperti il culo e fotterti anche la pensione.»

«Lo so, ti credo sulla parola.»

«Sei giorni di indagini e non avete un cazzo.» Scott versò nel cestino anche il fondo raffreddato del caffè.

«Abbiamo preso Petersen.»

«Quale Petersen?»

«L'uomo che ha fatto fuori Martinez.»

«Ah sì?»

«È scritto sul giornale.»

«Dove?»

«Quello a cui ieri sera i locali di Baltimora hanno bruciato il culo.»

«Cosa?»

«Da' un'occhiata a quel cazzo di giornale» disse Mancuso, raddrizzando la sedia per alzarsi.

Scott fece una smorfia e si mise a frugare nel cestino fino a quando ripescò il giornale, zuppo, macchiato e gocciolante di caffè.

Mancuso era davanti alla sua scrivania. «Proprio lì.» Indicò il fondo della pagina. «Lì giace Petersen. Croccante come una patatina.»

«Questo?» Scott strizzò gli occhi per decifrare i caratteri sbavati. Poi alzò lo sguardo a Mancuso. «Come fai a sapere che era Petersen?»

«Ci sono andato. Ho visto. Gli ho dato un bel bacio d'addio.»

«Tu sapevi?» Un rivolo di caffè colò giù dal giornale e in grembo a Scott, che urlò: «Cazzo!» e balzò in piedi. Poi prese la caraffa dell'acqua sulla scrivania, v'inumidì il fazzoletto e si mise a strofinarsi furiosamente la macchia sulla patta dei calzoni.

«Continua così e dovrai metterti gli occhiali» disse Mancuso.

«Levati dai piedi!»

«Con piacere.»

Quando la porta si chiuse alle spalle di Mancuso, Scott allungò la mano verso il telefono.

Ore 8.50. Il presidente era a colloquio con l'ambasciatore a Parigi quando la sua segretaria entrò nell'ufficio e gli mise un foglio piegato sulla scrivania. Era un memorandum di Lou Bender con una sola riga scritta a mano:

PETERSEN UCCISO SPARATORIA BALTIMORA. FBI CONFERMA

Il presidente si alzò.

«Devi scusarmi, Tom.»

«Sì, signore» disse l'ambasciatore. Non attese una stretta di mano. Bender entrò nella stanza mentre ne usciva lui.

«Be'?» chiese Bender, raggiante.

«Se è vero, è un miracolo» rispose il presidente.

«Come minimo.»

«Chi lo sa?»

«Nessuno. Ci ho messo il tappo io. Posso?» Bender tese una mano verso la scatola di sigari sulla libreria dietro la scrivania del presidente.

«Come diavolo hanno fatto a trovarlo?» A Baker riusciva impossibile nascondere il proprio sollievo. Ma appena sotto quel senso di liberazione venne un'ondata d'inquietudine e di colpa. A un tratto, ogni aspetto di quella storia sembrava un'arma a doppio taglio.

«Limitiamoci a dire che la polizia ha lavorato bene.» Bender morse la punta del sigaro e la sputò. Prese un fiammifero dal cassetto della scrivania del presidente. «Che importa come l'hanno trovato? L'importante è che l'abbiano fatto. Così noi siamo fuori pericolo... e adesso nei guai ci sta Eastman.»

«L'hanno identificato con certezza? Non esiste possibilità di errore?»

Bender alzò le mani per chiedere silenzio. Poi, con un sorriso, aprì la porta dell'ufficio. Nell'anticamera Henry O'Brien, il direttore dell'FBI, depose il giornale e si alzò in piedi.

«Entra, Henry» lo invitò Bender.

O'Brien obbedì.

E quando si furono seduti il presidente disse: «Dovresti avere buone notizie per noi».

«Sì.»

«Lou mi dice che il tuo uomo ha beccato Rolf Petersen.»

O'Brien si agitò nella poltrona. «Be'...»

Ma prima che il presidente potesse porre un'altra domanda, Bender intervenne: «Vogliamo sapere se è stato identificato con certezza».

«Stiamo confrontando le radiografie dei denti.»

«Ma secondo te quell'uomo è proprio Petersen?»

«Sì.» Aprì il taccuino. «Il nostro agente lo ha visto nel parcheggio prima della sparatoria. Poi ha riconosciuto il corpo all'obitorio. Secondo il nostro agente, non c'è dubbio. Quell'uomo è Petersen.»

«E il fucile?»

O'Brien voltò pagina. «Nella sparatoria che ha preceduto l'esplosione ha usato un fucile automatico HK-91. È lo stesso tipo di arma usato per l'assassinio di Martinez. Avremo una perizia balistica per le tre del pomeriggio.»

«Ma tu come la pensi? Qual è la tua opinione?»

O'Brien chiuse il taccuino. «È lui. Ed è lo stesso fucile. Il caso è chiuso.»

Bender si voltò e aprì le braccia. «Voilà!»

«Benissimo» sospirò il presidente. «Grazie, Henry.»

O'Brien si alzò in piedi. Allora Bender disse: «Signor presidente, ci sarebbe la questioncina dell'appuntamento del direttore in Campidoglio...».

Per un attimo Sam Baker non capì di cosa si trattava. Poi se ne ricordò. «Sì, è vero. Stamattina devi presentarti ai capigruppo del congresso?»

«Sì, signore.»

«Io credo che il direttore dovrebbe annullare l'appuntamento» fece presente Bender.

Il presidente ci pensò su. Un annullamento senza una parola di spiegazione avrebbe fatto, in Campidoglio, l'effetto di una sirena dei pompieri.

«Sono decisamente per l'annullamento» continuò Bender, fiducioso, e il presidente capì a cosa mirava.

«Va bene. Sì, Henry, per cortesia. Annulla l'appuntamento.»

«Con quale ragione?» chiese O'Brien.

«Su istruzioni del presidente» disse Bender. «Giusto?» Guardò il presidente.

Quello annuì. «Benissimo.» Era chiaro che Lou Bender voleva sfruttare fino in fondo l'elemento sorpresa.

Ma quando O'Brien si girò verso la porta il presidente disse: «Henry, c'è qualcosa in questa storia che non ti convince».

O'Brien si fermò, annuendo. Poi ammise: «Sì, signore».

«È qualcosa che dovremmo sapere?»

O'Brien si mise in tasca il taccuino. «Il nostro agente non aveva nessuna possibilità di trovare Rolf Petersen» disse.

Il presidente guardò prima Bender e poi di nuovo O'Brien. «Ma l'ha trovato.»

«Sì.»

«Non capisco.»

«Deve aver avuto una soffiata.»

«Da chi?»

«Non so. Non ho avuto l'occasione di parlargli.»

«Se glielo chiedi, te lo dirà?»

«Può darsi. Può anche darsi di no. Potrebbe essere qualcuno che deve proteggere.»

Allora Bender intervenne. «Io credo che quelli che contano, qui, siano i risultati. E i fatti puri e semplici sono…»

«Solo un attimo, Lou» lo interruppe il presidente. «Se il tuo agente ha avuto una soffiata… E allora? Che significa?»

«Significa che qualcuno voleva farlo prendere, vivo o morto» disse O'Brien. «E che non poteva o non voleva agire di persona.»

«Capisco.»

«C'è dell'altro» proseguì O'Brien. «Chiunque abbia informato il nostro agente conosceva il suo nome e il modo per raggiungerlo.»

Il discorso stava prendendo una piega preoccupante, e ora anche Baker cominciava a rendersene conto. «E tu quali conclusioni ne ricavi?» domandò.

«Chi ha assoldato Rolf Petersen fa parte di questo governo... o vi è strettamente legato.»

Per un attimo nell'Oval Office regnò un profondo silenzio. Poi Bender disse: «Fesserie».

Il presidente lo ignorò. «Oggi vedrai questo agente?»

«Nel pomeriggio.»

«E mi chiamerai dopo avergli parlato?»

«Sì, signore.»

«Grazie, Henry» disse il presidente. Appena O'Brien fu uscito, Bender disse: «Questo non cambia nulla. Ci sono un milione di modi in cui quell'informazione avrebbe potuto essere passata all'FBI. E non c'è motivo di credere che...».

«Non ne sarei tanto sicuro» replicò il presidente. «E l'agente del servizio segreto che è stato ucciso?»

Bender scartò la domanda con un cenno. «Non c'è nulla che lo colleghi a Martinez, tranne le chiacchiere di Eastman.»

«Lou...»

«Ora stammi a sentire, Sam» proseguì quello. «Ascoltami.» Si piazzò davanti alla scrivania e vi si appoggiò con ambo le mani. «Dobbiamo agire. Non possiamo starcene qui seduti ad aspettare che qualcuno faccia i conti e che questi conti tornino. Dobbiamo avanzare le nostre supposizioni. E muoverci. Il tempo passa.»

«Tu che proponi?»

«Un attacco a sorpresa. Conferenza stampa in diretta stasera in prima serata. Le stazioni principali, tutt'e tre. E niente indiscrezioni. Avrai O'Donnell e Harrison sul palco alle tue spalle. Merda, la stampa probabilmente crederà che stai per batterti il petto e recitare il *mea culpa*.» Sbuffò. «E allora tu li metti kappaò. Diavolo, avremo persino l'agente dell'FBI che si alza in piedi e fa la riverenza.» Soffiò una gran nuvola di fumo nella stanza. «Sam, abbiamo di nuovo tutti gli assi in mano.»

Ore 9.10. La prima cosa che fecero quando l'aereo atterrò a Washington fu cercare un'edicola. E per tutta la strada lungo il tunnel che portava al terminal, Sally si sentì battere il cuore così forte nel petto e il sangue rombare così sonoramente nelle orecchie che non riuscì nemmeno a udire i rumori della gente intorno a lei o il metallico bla-bla dell'altoparlante, né a sentire il braccio di Ross sotto il suo gomito che premurosamente la sorreggeva. E quand'ebbe pagato l'edicolante e tolto dalla rastrelliera una copia del *Washington Post* e aperto il giornale a pagina quattro, dove il sommario in prima diceva di correre, le mancò addirittura il respiro.

La', a pie' di pagina, c'era l'identikit fatto dalla polizia della donna vista nel bar con Steven Thomopoulos. Ross lo sollevò verso la luce e insieme studiarono il disegno.

Sally vide subito che Ross aveva ragione. Forse era difficile disegnare le belle donne. Ma la cosa più straordinaria dello schizzo era che somigliava veramente a Sally: non a lei com'era adesso ma a com'era stata una volta, tanti anni prima. I suoi occhi seguirono l'indice di Ross che, scorrendo il testo dell'articolo, si fermava sulla fonte dello schizzo:

> Il cameriere che ha servito la coppia l'ha descritta come una donna tra i venti e i venticinque anni, alta, con un golfino bianco sopra un prendisole giallo, probabilmente una prostituta. L'albergo ospitava l'annuale convenzione del Newspaper Advertising Bureau. Quantunque la direzione del Four Seasons abbia negato...

Ross ripiegò il giornale.

«Che ti avevo detto?» fece.

Sally emise un sospirone.

«In realtà, è piuttosto lusinghiero» continuò lui. «Non ti si darebbe più di venticinque anni.»

«Grazie. Bella consolazione.»

«Come ti senti?»

«Bene, credo.» Respirava già più facilmente.

«Vuoi che ti accompagni a casa?»

«No. Sei gentile. Ma devo andare a lavorare.»

Lui non si mosse. «Ti rivedrò?»

C'era tanta speranza nei suoi occhi, e una tale preoccupazione, che anche Sally si arrestò, e insieme rimasero là fermi tra i viaggiatori che mulinavano intorno all'edicola, come se fossero assolutamente soli. Quello che lei vedeva nei suoi occhi erano le cose che da tanto tempo le mancavano dalla vita. Cose di cui sentiva il bisogno, cose che aveva smesso di sperare di ottenere. Ma il momento era difficile, quasi disperato, Sally doveva battersi per la sua carriera, e non sapeva come reagire.

«David» mormorò. «Non lo so.»

«Sally...»

«Ora no» disse lei. «Lasciami andare.»

«Ne parleremo?»

«Certo.»

Si alzò sulla punta dei piedi e gli diede un bacio sulla guancia, e poi si lanciò verso l'uscita, correndo lungo il corridoio, sentendosi addosso lo sguardo di lui.

Prese un taxi dall'aeroporto alla casa di Terry a Cambridge. Quando gli agenti del servizio segreto la fecero passare, andò difilato nel suo studio.

«Hai una faccia...» fu la prima cosa che disse lui.

«Che faccia dovrei avere? Io...»

Solo allora si accorse che era vestito di tutto punto. Sedeva sul divano con un paio di pantaloni marrone, un'elegante camicia su misura, una cravatta gialla a puntolini e un cardigan beige. Non aveva l'aria di un uomo che era stato ferito gravemente, che era uscito a malapena dalle fauci della morte. Sembrava sanissimo e in piena forma.

«Sei vestito» notò lei.

«Sì. Perché?»

«E la ferita?»

«Va meglio.»

Sally si guardò intorno. La cassetta dei medicinali sul tavolino accanto all'uscio era sparita. «E le infermiere?»

«Le ho messe in libertà.»

«Ma eravamo d'accordo...»

Terry si alzò in piedi. «Perché non facciamo due passi in giardino?»

Uscirono in silenzio, passando davanti agli uomini del servizio segreto che montavano la guardia sulla porta di servizio, e si sedettero nelle poltroncine in ferro battuto smaltato di bianco sotto l'ombrellone di fianco alla piscina

«Che diavolo succede?» chiese lei.

«Sembri seccata.»

«Certo che sono seccata. Terry, l'idea era di usare la tua convalescenza come una scusa per stare lontano dalla politica. Per far venire al pubblico una gran voglia di avere tue notizie. Finché tu apparirai sul podio della convenzione, di fianco al presidente, pronto a prendere la guida del partito.»

«Già» disse lui. «Be'... C'è stato un cambiamento di programma.»

«Ma Terry, santo Dio, noi... Perché non me l'hai detto? Perché non ne hai parlato con me?»

«Eri a Miami. Ho pensato che era meglio non rischiare. Sai, il telefono... Hai visto l'identikit?»

Passarono due agenti del servizio segreto. Si toccarono il cappello, con un inchino. Terry e Sally risposero con un sorriso, in silenzio.

Quando furono passati Terry ripeté: «L'hai visto?».

«Non mi somiglia molto.»

«Può darsi» disse lui. «Possiamo fidarci dei tuoi amici dell'FBI?»

«Rischiano più loro di me.»

Terry ci pensò su. «Non so. È una situazione potenzialmente esplosiva.»

«La bomba è stata disinnescata.»

«Non so» ripeté lui. «Potrebbe scoppiarti in faccia. A te e a me.»

«Non credo.»

«Io sì.»

«Okay, okay» fece lei. «Starò attenta. Ora dimmi che è successo quando sei andato a trovare il presidente.»

«Oh, quello.»

Sembrava restìo a parlarne. «Sì» disse lei. «Quello.»

«Be', sai come vanno queste cose.»

«No. Non lo so.» Si sporse verso di lui. «Terry, perché mi sbatti la porta in faccia?»

«Sally, tu non mi ascolti. Stavo cercando di dirti che sei nei pasticci. Averti troppo vicino a me in questo momento potrebbe essere pericoloso. Per te. Per me. Per tutti.»

«Ti ripeto che non c'è nessun pericolo» ribatté lei. «Cercano una ragazza che ha la metà dei miei anni.»

«E i tuoi amici dell'FBI?»

«Terry, per amor del cielo. Se confessassero quello che hanno fatto, perderebbero il posto e finirebbero in galera.»

«Potrebbero servirsene contro di me.»

Sally sgranò gli occhi. «Terry, come puoi essere tanto egoista? Mio Dio, da dieci anni ti…»

«Okay» disse lui. «Okay, Sally. Non tormentiamoci, per ora. D'accordo?»

«D'accordo. Ora dimmi del presidente.»

Terry si appoggiò alla spalliera e accavallò le gambe. «Be', mi ha torchiato. Lo sai. Un mucchio di stupide domande sulle relazioni internazionali, sugli affari interni, queste cose.»

«E poi?»

«E poi gli ho esposto i tuoi concetti sui buoni viveri e sulla reintroduzione del credito fiscale sugli investimenti per la riconversione professionale nell'industria.»

«Che altro?»

Terry incrociò le braccia: sembrava molto soddisfatto di sé. «E gli ho posto le mie condizioni.»

Sally socchiuse gli occhi. «Che vuoi dire?»

«Gli ho spiegato che il secondo posto non mi interessa.»

Per un attimo le mancò il respiro. Quando parlò, la sua voce era un sussurro. «Gli hai spiegato... cosa?»

«Gli ho detto che, secondo me, non era l'uomo adatto per dirigere il partito – per non parlare di governare il paese – per altri quattro anni. Gli ho detto che doveva tirarsi in disparte.»

Sally lo guardò, senza parole.

Lui scoppiò in una risatina. «E gli ho recitato quella battuta che hai scritto tu: "Il destino ha scelto il luogo...". Sai.»

Sally si sporse in avanti portandosi una mano alla fronte. «Oh, che stupido. Sei uno stupido, uno stupido.»

Terry si alzò in piedi. «Sally, credo che tu sia stanca.»

«Terry, hai appena buttato via...»

«Hai l'aria stanca e sei stanca, Sally. Credo che dovresti andare a casa a riposarti un po'» disse lui con voce ferma.

Lei lo guardò e scosse la testa. «Ma hai la più pallida idea, riesci almeno a immaginare...»

«Sally, guarda i sondaggi. Ogni giorno che passa diventiamo più forti. La...»

«I sondaggi» ripeté lei, pronunciando questa parola con tutto il disprezzo di cui era capace. «Non lo sai che i sondaggi possono cambiare? Potresti tornare a essere un nessuno... così.» Gli schioccò le dita sotto il naso.

Terry si appoggiò alla spalliera. «Sally» disse, e ora la sua voce era tagliente. «Voglio che tu vada a casa e ti riposi. Quando avrò bisogno di te qui, ti chiamerò. Capito?»

La porta di servizio sbatté alle loro spalle, e quando alzò lo sguardo Sally vide Chris Van Allen che, piccolo e grassoccio, scendeva allegramente i gradini della casa.

«Ehi, Sally, lieto di rivederti» disse, ma qualcosa nella voce smentiva la sua frase.

«Non rivolgermi neanche la parola» rispose lei. Gli diede uno spintone, gli passò davanti e corse su per le scale.

Ore 9.30. L'ammiraglio Rausch prese l'ultima scatola di palle da tennis nuove dall'armadietto dietro la scrivania, staccò la tuta da riscaldamento, fresca di bucato, dall'attaccapanni e se la buttò sul braccio. Stava dirigendosi verso la porta sul retro quando la segretaria lo chiamò all'interfono. Aggrottò la fronte, tornò alla scrivania e schiacciò il pulsante.

«Sono in ritardo, Sarah. Che c'è?»

«Il signor Bender, signore.»

«Gli dica che lo richiamo dopo pranzo.»

«È qui in anticamera.»

La notizia lo fece trasalire. In quattro anni Lou Bender non era mai venuto una sola volta a Langley. «Va bene. Lo faccia entrare.» Depose su una poltrona la scatola di palle e la tuta rossa e blu.

Quando ebbe varcato la soglia, Bender non perse tempo in preamboli. «Brutto figlio di puttana» lo salutò.

«Anche a me fa piacere rivederti, Lou.»

Bender girò intorno alla scrivania e gli piantò un dito nella pancia. «E così non ti andava di vedere l'fbi che procedeva alla cattura. Cosa sei... Scemo?»

Rausch spostò con la sua la mano dell'ometto. «Io ho informato l'fbi. Che diavolo ti prende? Se l'fbi ha incasinato tutto, cazzi loro.»

«L'fbi era pronta a catturarlo.»

«Cosa?»

«Quel buffone di Mancuso. Era là.»

«No. Non ci credo.» Rausch cadde a sedere, scosse la testa e si mise a ridere. «Le vie del Signore sono misteriose.»

«Non è uno scherzo, Bill.»

«No, Lou» disse l'altro, cominciando a capire. «Non lo è. E ora tu vuoi rompere le palle a Eastman, con questo.»

«Una conferenza stampa. Stasera.»

«Allora la questione è chiusa.»

«Non proprio.» Bender aveva l'aria di chi fa una confidenza, ma stava preparando la trappola finale. «Baker sa che l'fbi ha ricevuto una soffiata da qualcuno. E ha chiesto a O'Brien di identificare la fonte. O'Brien vedrà il tuo amico Mancuso. Mancuso parlerà?»

«Se parlerà?»

«Voglio dire: ammetterà che la fonte è la cia?»

Rausch ci pensò su. «Non lo so. Quei due si conoscono da un pezzo. Dai moti di Chicago del '68.»

«Esiste, tra le spie, una cosa che si chiama onore?»

«Esiste forse fra tutti gli altri?»

Bender fece per sedersi. Poi vide sulla poltrona le palle da tennis e la tuta. «Cos'è quella schifezza?»

«Per tenersi in forma, Lou. Dovresti provare.»

«Cristo.» Bender sbatté la roba sul pavimento. Poi si mise a sedere e aspettò. Non passò molto tempo prima che Rausch facesse il passo successivo.

«Perché diavolo al presidente dovrebbe interessare chi ha informato l'FBI?» chiese.

Bender alzò le spalle. «Vuol sapere chi ha assoldato Petersen. Ti sorprende?»

«Gesù Cristo» disse Rausch. «Ortega l'ha assoldato. È un sicario del governo nicaraguense. Devono vederlo alla tivù, per crederci?»

Questo offrì a Bender il pretesto che cercava. «O'Brien non ci crede.»

Rausch digrignò i denti. Odiava O'Brien e l'FBI. Era una vecchia ferita, sulla quale Bender poteva contare. «Tutt'a un tratto O'Brien e l'FBI sono diventati i tuoi migliori amici» disse con voce aspra. «Che intenzioni hai, Lou? Eh?»

Bender lo lasciò sfogare. Poi si sporse verso di lui. Stava per compiere la mossa finale. «Bill, voglio farti una domanda: tu sai chi ha assoldato Petersen?»

Rausch trinciò l'aria con la mano. «Lou, cerca di diventare grande. Chi vuoi che l'abbia assoldato? Ortega!»

«Lo sai con certezza?»

«No che non lo so, perdio. Come diavolo potrei saperlo?»

«Puoi provarlo?»

«Naturalmente no. Se potessi, non credi che...»

«Stammi a sentire, Bill. Ascoltami attentamente. Quello che ti sto chiedendo è: puoi provarlo anche se non puoi provarlo?»

Rausch inclinò la testa da un lato. «Dove vuoi andare a parare?»

Rausch aveva abboccato e Bender lo sapeva. «È Baker che lo vuole» disse. «E io lo conosco. Quando si mette in mente una cosa, non gliela toglie più nessuno.»

L'ammiraglio era visibilmente scosso. «Come sarebbe?»

«Baker sospetta che Martinez sia stato avvelenato con l'AIDS. Non vuole che si sappia, non più di quanto lo vogliamo noi. È una cosa che potrebbe far crollare dalle fondamenta tutte le alleanze che abbiamo in America Latina. Ma» e fece una pausa a effetto «ma insisterà con l'inchiesta fino a che...»

«Fino a che... cosa?»

«Fino a che gli daremo la prova inconfutabile che Petersen è stato mandato da Ortega a uccidere Martinez.»

«Te lo ripeto: non abbiamo prove.»

Bender insistette. «Baker deve credere che Martinez sia stato ucciso su ordine di Ortega e dei marxisti e deve lasciar cadere la storia dell'AIDS. Altrimenti non mollerà finché tutta la faccenda non sarà di pubblica ragione. E tu sai che cosa significa.»

Rausch lo sapeva benissimo, e ne aveva paura.

Bender continuò: «Voglio che tu ci dia la prova inconfutabile che Ortega ha assoldato Rolf Petersen, che lo ha fornito di armi e di mezzi di trasporto, e che lo ha mandato negli Stati Uniti con l'espresso proposito di uccidere Octavio Martinez. E voglio che tu ce la dia entro stasera».

«Come, maledizione?» chiese Rausch. «Come dovrei fare?»

«Bill, tu hai provato che Gheddafi fece saltare in aria il night-club di Berlino per consentirci di giustificare l'incursione sulla Libia. Se hai potuto far quello, sono sicuro che in un modo o nell'altro riuscirai a fare anche questo.»

Quando Bender uscì, Rausch schiacciò il tasto dell'interfono. «Sì, signore?»

«Sarah, devo parlare con Fowler.»

«Non è ancora arrivato, signore.»

«Lo faccia cercare.»

Meno di un minuto dopo il telefono squillò.

«Parla Fowler.»

«Devo fare una partita a poker. Il più presto possibile.»

«Mittleman è ad Annapolis per una lezione. E Boden è a Charleston. Sua madre sta morendo.»

«Falli tornare subito. Immediatamente. Per quando puoi riunire tutto il gruppo?»

«Per le sei.»

«Facciamo le quattro.

«È una faccenda messa così male?»

«Peggio ancora.»

Ore 9.50. Mancuso stava giusto infilandosi la giacca quando Ross varcò la soglia dell'ufficio, con la valigia e una camicia hawaiana rossa e blu.

«Vengo dritto dall'aeroporto.»

«Dài. Scott ha appena chiamato.»

Scesero con l'ascensore fino al primo piano.

«Petersen?» domandò Ross.

«Morto.»

«Dici davvero?»

«L'ha beccato una squadra di teste di cuoio.»

«Una squadra di teste di cuoio?»

«Una soffiata.»

«Da chi?»

«Babbo Natale. Come diavolo dovrei saperlo?»

Al primo piano uscirono dalla cabina.

«Niente in camera sua?»

«Bruciata. Quelli di Baltimora sono molto scrupolosi. Quando fanno una cazzata, la fanno lunga da qui a Toronto. Tu cos'hai cavato alla ragazza?»

«Zero» disse Ross. «È una sognatrice. Innamorata di Fallon. Che non può sbagliare, secondo lei.»

«È che le piace fasciato di cuoio, tutto qui.»

«Eh?»

Mancuso si fermò davanti alla porta dell'ufficio di Scott. «L'hai scopata, almeno?» chiese.

Ross arricciò il naso. «Che t'importa?»

«Niente.» Poi lo guardò negli occhi. «Sì o no?»

«No» rispose Ross, seccato, e passandogli davanti aprì la porta.

«Allora, questo Ramirez?» domandò Scott a Ross.

«*El flako grande.* Sta laggiù, dove non c'è neanche il codice postale.» Rispose il giovane agente.

«E Petersen è finito arrosto. Come ho già detto, voi due non avete fortuna.»

«Ce l'avremmo, Scotty, ce l'avremmo» disse Mancuso. «Solo che i nostri testimoni continuano a crepare.»

«Che diavolo vorresti dire?»

«Che giochiamo con carte truccate.»

«Questa è una scusa, Mancuso. Una maledetta scusa.»

«Come no.»

«Voi due: o mi portate qualcosa o vi tolgo da questo caso e vi spedisco a Harlem a caccia di puttane.»

«È una promessa o una minaccia?» chiese Mancuso. «Andiamo.» Fece un cenno a Ross.

«Un momento, idiota» lo fermò Scott. Prese un foglio di carta. «Mancuso, ho qui l'ordine di mandarti alla Casa Bianca.»

«Chi? Io?»

«Sette e mezzo di stasera. Nell'ufficio del signor Bender.» Scott si alzò in piedi e gli porse il pezzo di carta col sigillo presidenziale. «E per amor di Dio, va a casa a cambiarti e non andarci così, che mi sembri un pezzo di merda.»

«Stai scherzando o...?» Mancuso guardò il foglio, mentre Ross allungava il collo per sbirciare da sopra la sua spalla. Era vero.

«Ehi» disse Scott, e l'ironia della situazione gli strappò un sorriso di scherno. «Sei un eroe, non lo sapevi? L'agente solitario che diede la caccia al killer di Martinez e si batté con lui finché non l'ebbe ucciso. Il grande mangiamerda Joe Mancuso.»

Mancuso gli rivolse un'occhiataccia. «Ehi, Scotty. Lo sapevi? Hai una macchia di caffè sui pantaloni?»

Quando salirono in ufficio Ross disse: «Gesù, la Casa Bianca!».

Mancuso appallottolò il biglietto col sigillo presidenziale e lo gettò nel cestino dietro la scrivania. Poi si sedette scrollando la testa, ed era corrucciato e inviperito. «È un mare di merda, ragazzo. Non vedi che il mondo intero è un maledetto mare di merda?»

Ross si voltò a guardare il cestino. «Joe, certe volte mi fai proprio incazzare, sai?» Si chinò a raccogliere la lettera tra le cartacce del cestino e si sedette alla scrivania lisciandola per toglierne le grinze.

«Si stanno solo approfittando di noi, povero fesso d'un figlio di puttana» disse Mancuso. «Non lo vedi?»

Ross guardava con ammirazione l'inchiostro sbaffato e le screpolature nel sigillo presidenziale. «A te non te ne frega mai niente di niente, eh, Joe?»

«Dammi quella roba» gli intimò quello, e gliela strappò di mano. Poi lesse il biglietto ad alta voce, abbastanza forte perché chiunque sorvegliava il loro ufficio e registrava le conversazioni non perdesse una parola.

Agente Joseph F. Mancuso, con la presente Lei è invitato a recarsi alla Casa Bianca e a presentarsi all'ufficio del Signor Louis Bender, questa sera, lunedì, 29 agosto 1988, alle 19,30, per incontrare il Presidente e ricevere un encomio presidenziale per il Suo eccezionale contributo al mantenimento dell'ordine e della giustizia negli Stati Uniti d'America.

«Be', questa stronzata non le batte tutte?» Si guardò intorno, come in attesa di un'eco o di un applauso.

Ross disse: «Joe, non mi ero mai reso conto di quant'eri infelice».

«Ah, cazzo.» Mancuso si lasciò cadere in poltrona dietro il

mucchio di cartacce che gli copriva la scrivania. Ross si alzò, gli tolse la lettera di mano e la mise in una cartella marrone, che piazzò in cima al mucchio.

«Grazie» disse Mancuso.

«Non c'è di che. Oggi che fai?»

«Ho un appuntamento. Tu?»

«Voglio dare un'altra occhiata a quei nastri.»

«Quali nastri?»

«I nastri dell'assassinio.»

«Ehi, datti una calmata. Per amor di Dio, quell'uomo è morto. Caso chiuso. Okay?»

«Per mio conto, no.»

«Ehi, Dave. Quando la finirai di giocare ai boy scout e di farti delle seghe?»

Ross s'interruppe di colpo, abbassò il braccio e prese il collega per il bavero: «Senti, Joe, io ho ascoltato la tua triste storia su come il Bureau ti ha messo in mano il bastone dalla parte con la quale rimestavano la merda. E mi dispiace, mi dispiace davvero che tutta la tua carriera sia stata un errore. E so anche che vuoi solo arrivare alla fine dei prossimi tre mesi per sparire. Ma questo caso io lo voglio risolvere. E continuo a pensare che c'è qualcosa, qualcosa che ci è sfuggita, che lo aprirebbe come si schiaccia una noce. E se a te non importa un accidente, almeno levati dai piedi e lasciami fare il mio lavoro!» Aprì le dita della mano e gli lasciò la giacca.

Mancuso lo guardò. Per un attimo gli brillò negli occhi un lampo che avrebbe potuto essere di ammirazione o di affetto. Poi scoppiò a ridere. «Ah, non fare il fregnone.»

«Vaffanculo» sibilò Ross. E questa volta non c'era dubbio: faceva proprio sul serio.

Ore 10. Che strana. Che strana era Washington, quel mattino, vista dal taxi che dalla casa di Terry la stava portando a Georgetown, verso nord. Sally guardava, fuori dal finestrino, la processione degli edifici federali, e per la prima volta dopo molto tempo quei palazzi le sembravano inscrutabili, pieni di segreti che sarebbe stato impossibile carpire. Per la prima volta sentiva che le porte di Washington si stavano silenziosamente chiudendo davanti a lei.

Quando ci era venuta, nel 1976, aveva fatto presto a imparare che quella era una città di iniziati. Solo gli iniziati riuscivano a combinare qualcosa. Gli altri sedevano, a rinfrescarsi i piedi, nelle anticamere di tutta la città: o presentavano i loro reclami o aspettavano che le loro petizioni passassero attraverso gli ingranaggi del suo pigro apparato burocratico. Ma gli iniziati avevano i contatti. Potevano girare le maniglie. Avevano le agende e gli schedari pieni di numeri telefonici domestici e privati. Davano del tu alle segretarie, sapevano chi era l'amante di chi, e potevano riconoscere una targa personalizzata davanti all'indirizzo sbagliato alle prime luci dell'alba. Gli iniziati avevano relazioni. In una città reticente di bugiardi di professione, quelli che avevano relazioni si dicevano, in teoria, la verità.

Passare dall'esterno all'interno era difficilissimo: mentre non presentava alcun problema scivolare attraverso l'inferriata e trovarsi improvvisamente fuori quando credevi d'essere dentro, al sicuro. C'era come una corrente misteriosa che passava dall'uno all'altro, nel villaggio federale, e che segnalava chi era dentro o che – il giorno stesso, così almeno pareva – diceva a tutti che il taldeitali era cascato fuori.

Quel giorno, chissà perché, Sally aveva questa sensazione, la sensazione di essere un'estranea. E ritornando attraverso la città ne comprese improvvisamente il motivo. Quando era arrivata a Miami, il portiere dell'albergo le aveva consegnato un fascio di messaggi telefonici: urgenti "Pregasi richiamare" di *Time*, *Newsweek*, del *Washington Post*, della CNN, della CBS e di una lista di altri postulanti, tra i quali persino il *Christian Science Monitor*. Ma quando era tornata in albergo, dopo la cena con Ross, nella sua cassetta non c'erano messaggi. Non ce n'erano stati il giorno prima, né quella mattina. Sally era talmente preoccupata da non accorgersi che il diluvio delle telefonate era cessato. E tutto era successo come tutto succedeva sempre a Washington: a un tratto, senza preavviso, e con una decisione che era più di una mazzata sulla testa.

Pagò il taxi, prese il valigione e, nonostante il suo peso, salì di corsa i gradini dell'ingresso. Quando fu dentro mollò la valigia, buttò borsa, occhiali e cappello sul divano, agguantò il telefono e fece un numero.

«Parla Audrey Pierce.»

«Aud? Sono Sally.»

«Ciao, tesoro. E il tuo culo?»

«Cede. Tu?»

Audrey era stata assunta dal *Post* la stessa settimana di Sally. Insieme avevano imparato il mestiere e respinto le avances dei colleghi. Avevano quella che a Washington si chiama una "relazione".

«Lo stesso, purtroppo. Cosa bolle in pentola?»

«Ti chiamavo proprio per questo. Nessuno viene più a inginocchiarsi davanti a me per avere indiscrezioni su Fallon. Come mai?»

«Parliamo con Chris. Circola la voce che stai mollando.»

Sally riusciva appena a tirar fuori la voce. «... Mollando?»

«Sì. Lasciando il posto o qualcosa del genere.»

Sally rifletté un momento. «Puoi dimenticare questa telefonata?»

«Quale telefonata?»

«Ti voglio bene, Aud.»

«Anch'io, dolcezza.»

Depose il ricevitore e si lasciò cadere sul bracciolo del sofà. Una specie di fredda irritazione cominciava a impadronirsi di lei. Non sapeva se ridere o piangere o sbronzarsi o gettare fuori dalla finestra qualcosa di pesante. Era peggio di quanto immaginasse. Terry aveva detto a Baker che non avrebbe accettato la nomination a vicepresidente. E Chris aveva fatto la sua mossa. E la polizia del Distretto di Columbia la stava cercando, anche se non lo sapeva.

Tutto la stringeva da ogni lato e lei si sentiva non solo in trappola ma con le spalle al muro. Dovevano passare altri tre giorni prima che i delegati alla convenzione cominciassero a raccogliersi a St. Louis, prima che il martelletto del presidente dell'assemblea invitasse il partito a scegliersi un candidato alla presidenza e alla vicepresidenza. Non aveva più scelta. Non aveva più tempo. Però sapeva che, per quanto la cosa fosse dolorosa, c'era un lusso che non poteva permettersi: compatirsi. Si alzò in piedi, si scosse, e andò nell'atrio a prendere la posta ammucchiatasi dietro la fessura durante la sua assenza.

C'erano le solite bollette e i soliti depliant, e un foglio di carta fotostatica, di quella usata dalle agenzie per trasmettere le fotografie. Era piegato e, stranamente, senza bollo: come se qualcuno lo avesse infilato direttamente nella cassetta della posta. Sulla faccia liscia c'era una copia dell'identikit della giovane prostituta che era stata vista con Steven Thomopoulos, una donna tra i venti e i venticinque anni con i capelli lunghi, gli zigomi alti e due begli occhi ben distanziati tra loro. Sul retro del foglio qualcuno aveva scarabocchiato con una penna a sfera una sola riga. Diceva:

SAREBBE MEGLIO FARE QUATTRO CHIACCHIERE. TOMMY.

Ore 11.15. Be', Mancuso alla CIA una cosa doveva riconoscergliela: quelli sì che sapevano spendere i soldi dei contribuenti! L'FBI aveva un poligono di tiro a Quantico: un vecchio spiazzo sabbioso con un mucchio di alberi secchi e una strada da esercitazione le cui facciate avevano tanti di quei buchi che quando c'era vento mandavano una specie di musica. Ma la CIA... la CIA aveva addirittura un circolo, una via di mezzo tra la caccia e il tiro a segno. Un intero campo di tiro al piattello: per il caso in cui gli Stati Uniti dovessero essere attaccati dalle anitre. E quel coglione di Wilson, vestito proprio come il manichino di un negozio di caccia e pesca. Mancuso si sentiva un po' sciocco sulla pedana di quel tiro al piattello con i pantaloni sformati del suo vecchio completo comprato per corrispondenza.

Wilson gridò «Pull!» e una molla scattò rumorosamente e il disco di terracotta volò verso gli alberi in fondo al campo. Sparò un colpo e il bersaglio si disintegrò.

«Sei un maledetto killer, Wilson» disse Mancuso. «L'ho sempre saputo.»

Wilson non si voltò. Aprì il fucile, ne espulse il fumante bossolo arancione e ne inserì un altro.

«Sii breve, Joe» disse. «Fa caldo.» Poi urlò: «Pull!» e un altro piattello prese il volo e lui sparò e mandò in pezzi anche quello.

Mancuso si avvicinò a una rastrelliera dietro la pedana di cemento e prese un calibro dodici a due canne. «Posso?»

Wilson aprì il fucile ed espulse la cartuccia sparata. Poi si bilanciò il fucile sul braccio e fece un passo indietro. «Offro io.»

Mancuso prese una cartuccia, la mise nella camera sinistra del fucile e fece un passo avanti. «È così che si fa?»

L'altro allungò il collo per guardare.

«Pull!» gridò Mancuso. Ma il bersaglio attraversò il suo campo visivo così in fretta che il proiettile gli passò ad almeno due metri di distanza, mentre il rinculo dell'arma contro la spalla gli faceva quasi perdere l'equilibrio.

«Più o meno» disse Wilson.

«Sono andato a trovare il tuo amico Petersen, ieri sera» fece Mancuso mentre si scambiavano il posto.

«Sì? Dove?»

«All'obitorio di Baltimora.»

«Pull!» gridò Wilson. Un piattello prese il volo, lui sparò, e il piattello si disintegrò in una nuvola di polvere. Espulse il bossolo e fece un passo indietro.

«Chi l'ha preso?» chiese.

«Le teste di cuoio locali.» Mancuso inserì una cartuccia e fece un passo avanti. «L'hanno fatto arrosto. Pull!» Sparò: ma il piattello di terracotta continuò serenamente il suo volo, descrivendo un arco largo e morbido. Cadde, intatto, ai margini della foresta.

«Merda» mormorò Mancuso, e fece un passo indietro.

Wilson si mise in posizione di sparo. «Era un'autentica carogna.»

«Me l'hai detto.»

«Doveva finire così. Pull!»

Questa volta due piattelli uscirono dal suolo. Wilson sparò due volte e li ridusse in polvere. Fece un passo indietro, affiancandosi a Mancuso.

«Sparava bene, Petersen?» domandò Mancuso.

Wilson aprì il fucile e ne tolse i due bossoli fumanti.

«Il migliore.»

«Meglio di te?»

«Nessuno spara così bene come chi ammazza per vivere.»

Mancuso mise due cartucce nelle camere gemelle del fucile e andò a piazzarsi in fondo alla pedana. «Pull!» gridò. Sparò due volte e due volte mancò il bersaglio.

«Spari come una merda» disse Wilson.

Mancuso espulse le cartucce esplose. «Io sono un pensatore, non un tiratore.»

La battuta fece ridere Wilson. Ma quando assunse la posizione di sparo, Mancuso gli chiese: «Chi ha informato la polizia del posto?».

Wilson si fermò col fucile a mezz'aria. «Credevo che un pensatore come te sapesse tutte le risposte.»

«Li ha informati la Compagnia?»

«La Compagnia no, Joe. La Compagnia non chiama i poliziotti. Non è pulito. La pulizia è importante. Pull!»

Sparò due volte e colpì entrambi i piattelli, ma quando ritornò alla rastrelliera Mancuso non si mosse.

«Hai detto a qualcun altro dov'era?»

«Non era necessario» rispose Wilson. «Chi lo aveva assoldato lo sapeva già.»

Mancuso lo guardò. Wilson si toccò la montatura degli occhiali da tiro color ambra per riaggiustarseli sul naso.

«Mi hai preso in mezzo, eh, brutto stronzo?» disse Mancuso tranquillamente.

Wilson aprì il fucile, espulse le cartucce sparate e ne inserì altre due. «Petersen era un impaccio, Joe. Era un impaccio per noi e un impaccio per il suo capo. Noi tutti speravamo che gli avresti saldato il conto. Evidentemente, qualcuno ha perso la pazienza.»

Guardò fisso Mancuso, sorridendo. E Mancuso, in quel momento, non avrebbe voluto far altro che mollargli un pugno in faccia.

«Chi lo aveva assoldato?» domandò.

Wilson si strinse nelle spalle. «Non lo so.» Chiuse il fucile sulle due cartucce nuove. «Ma se fossi in te cercherei di scoprire come facevano a sapere che eri là.»

Mezzogiorno. «È più che imbarazzante, Sam» disse O'Donnell. «Sta mettendo a rumore l'intero Campidoglio.»

Erano seduti nella sala da pranzo privata del presidente, al primo piano della Casa Bianca, e la tavola era apparecchiata per tre.

«Mi rincresce» disse il presidente. «Non c'è niente da fare. Mangi qualcosa?»

«Mangiare? In un momento come questo?!»

La porta si aprì e Lou Bender entrò nella stanza.

«Buongiorno, signor presidente della camera.»

«Lou» lo investì O'Donnell. «Lou, di' al presidente che non può rinviare senza spiegazioni la comparsa del direttore dell'FBI davanti ai capigruppo del congresso.»

Ma Bender si limitò a sorridere, si sedette e chiese: «Cos'abbiamo oggi a pranzo?».

«Sono finito in un manicomio?» continuò O'Donnell, e ingollò il suo martini.

«Un altro?» chiese il presidente.

«Sì!»

Baker scosse la campanella di cristallo e il cameriere entrò nella stanza. «Michael, servi allo speaker un altro martini: secco, con una goccia di limone.»

«Sì, signore.» Uscì.

«C'è una cert'aria di spensieratezza, oggi alla Casa Bianca, o mi sbaglio?» disse O'Donnell. «O ho detto qualcosa che fa ridere?»

Bender e il presidente si scambiarono un sorriso.

«Va bene. Di che si tratta?» domandò O'Donnell.

«L'FBI ha trovato l'uomo che ha ucciso Martinez.»

«Cosa?» Lo sguardo di O'Donnell corse dall'uno all'altro. «Dov'è quel martini?»

La porta si aprì e il cameriere entrò col bicchiere incrostato di ghiaccio su un vassoio d'argento, lo depose davanti a O'Donnell e uscì.

O'Donnell alzò il bicchiere come se fosse un calice consacrato. «Grazie a Dio, alla sua Madre Santa, a San Patrizio e a San Giuda» esclamò e ne bevve tutto d'un fiato una metà. Quando l'ebbe deposto fece: «Sam, siamo tornati in carreggiata».

«Lou» disse il presidente.

Bender prese la parola. «Ho organizzato una conferenza stampa per le otto di stasera. Le tre reti. Tutta la baracca. Pensiamo che tu e Harrison dovreste essere in tribuna.»

«Con piacere» rispose O'Donnell.

«Non una parola fino ad allora» andò avanti Bender. «Lasciamo la stampa alle sue congetture. Diventeranno matti.»

O'Donnell si fregò le mani. «Ah, dolce vendetta. Eastman dovrà andarsene. Tu potrai nominare Fallon e presentarti alla convenzione con la lista bloccata.»

Ma il presidente non reagì.

«Ora non dirmi che non vuoi Fallon» fece O'Donnell.

«Non ho detto questo.»

«Allora? Lo prenderai?»

«Non ho detto nemmeno questo.»

«Stammi a sentire, Sam, non fare lo sposo riluttante. Con te e Fallon in lista, la convenzione sarà una gita in barca. Senza, sarà una rissa. Di' che accetti Fallon e non parliamone più.»

«No.»

«Perché no?»

«Ho le mie ragioni.»

«Quali?»

Il presidente sospirò. «Charlie, mi crederesti se ti dicessi che, sotto sotto, Terry Fallon è un fanatico guerrafondaio con il complesso del messia?»

O'Donnell guardò Bender. «Lou, per amor del cielo.»

Ma quello si strinse nelle spalle e aprì le braccia.

«Non lo credi» continuò Baker. «Ma ti faccio una proposta.»

O'Donnell rizzò le orecchie.

«Arriverò fino a questo punto» disse il presidente. «Considererò Terry Fallon. Ma considererò non soltanto il vicepresidente che sarà, ma anche il presidente che potrebbe diventare. Sei disposto a fare lo stesso?»

O'Donnell inclinò la testa e guardò il presidente da sotto quel ciuffo di capelli bianchi. «Sam, che stai dicendo?»

«Io credo che tu sappia cosa sto dicendo.»

Ci fu qualche secondo di silenzio: tre uomini là seduti in una stanza, senza che si sentisse volare una mosca.

Poi il presidente seguitò: «So che O'Brien si è consultato con te prima che l'FBI approvasse l'inchiesta su Weatherby».

O'Donnell continuò a sorridere tranquillamente e Bender lo guardò meravigliato. Dicevano che lo speaker avesse la migliore faccia da poker di tutto il mondo politico americano, e avevano ragione. «Sì, mi ha consultato» ammise finalmente.

«E tu hai dato il tuo consenso?»

«Perché no? Quell'uomo era un ladro. Non doveva restare in parlamento. Tutto qui.»

«Non è tutto, Charlie» disse il presidente.

«Che altro potrebbe esserci?» O'Donnell aveva l'aria innocente di un cherubino.

«Voglio sapere se hai incoraggiato Fallon ad andare da O'Brien con le sue accuse.»

Lo speaker sbuffò, ma il presidente proseguì. «Voglio sapere se c'è stato un accordo per estromettere Weatherby dal senato e dare a Fallon il suo seggio.»

«E se anche fosse?»

«C'è stato o non c'è stato?»

«Sam... Sam. Quando il governatore Taylor incaricò Fallon di sostituire Weatherby per il tempo che mancava alla fine del mandato, il partito ha ottenuto un seggio al senato senza una primaria, senza un'elezione e senza spendere un centesimo di campagna elettorale. Cosa c'è d'infamante in tutto questo?»

«Charlie, ti sto facendo una domanda. Hai promesso a Terry Fallon il seggio al senato in cambio della denuncia di Weatherby all'FBI?»

O'Donnell continuava a sorridere, ma i suoi occhi non brillavano più. «Sam, tu comandi alla Casa Bianca. Io al congresso. Risponderemo dei nostri peccati a Dio e ai nostri elettori. Non parliamone più.»

Lou Bender allungò la mano per prendere la campanella di cristallo, il cui suono richiamò il cameriere e pose fine al round.

Ore 12.20. Quando Mancuso tornò in ufficio, Ross era curvo sulla scrivania, con gli occhi incollati al monitor, la mano sinistra sul telecomando e la destra che scarabocchiava sulle pagine di un notes. Aveva la cuffia sulle orecchie e non alzò lo sguardo. Sulla scrivania davanti a lui c'era un pezzo di cartone bianco lungo un metro diviso con la matita blu in sette segmenti numerati dall'uno al sette con grossi numeri rossi. In ciascuno dei primi sei riquadri giaceva uno dei sei bossoli di ottone trovati il giorno dell'assassinio di Martinez. Il settimo riquadro conteneva la cartuccia dipinta di nero. Sembrava un esperimento scientifico da scuola elementare e Mancuso scosse la testa e sogghignò. Il suo ingresso fece alzare gli occhi a Ross.

«Che vuoi?» gli domandò il giovane collega facendosi scivolare la cuffia intorno al collo.

«Niente.» Mancuso si sedette e studiò i mucchi di carte sulla scrivania per vedere se c'era qualcosa che potesse avere un'aria poco familiare. «Ha chiamato nessuno?»

«No.»

«Posta?»

«È nella cassetta in arrivo.» Ross indicò l'armadietto dietro l'uscio.

Mancuso allungò il collo per guardare. In cima all'armadietto dietro l'uscio c'era una doppia coppia di cassette sovrapposte di fil di ferro, nuove, per il materiale in arrivo e in partenza. Sulla coppia a sinistra c'era una targhetta con un nome: Ross. Su quella di destra non c'era nulla. «E adesso, che cazzo è quella roba?» chiese.

«Ecco dove voglio trovare la mia posta ogni mattina d'ora in poi. Invece di scavare nel tuo mucchio di merda.»

«Suscettibile» disse Mancuso. «Il signore è molto suscettibile.»

«Piantala, Joe.»

Quello si accese una sigaretta. «Dove hai trovato quella roba? Tra i residuati bellici?»

«Che ti frega?»

«Niente. Semplice curiosità.» Emise una boccata di fumo e si abbandonò nella poltrona.

Ross lo studiò: un tozzo e anziano piedipiatti con i due capi della cravatta spiegazzati e aperti sul davanti della camicia, e una punta del colletto rivolta all'insù. Il suo orologio, un Benrus, aveva un vetro così graffiato che si vedevano a malapena le lancette. I capelli cominciavano a ingrigire e sulla fronte c'erano macchie dovute alla vecchiaia. Presto Joe Mancuso sarebbe stato un altro scarto del paese, un pensionato dimenticato da tutti, seduto su una cassetta da arance contro un muro di Miami, Brooklyn o St. Petersburg, a sfogliare eternamente un giornale, a cercare qualche passante con cui attaccare discorso. Per un pezzo avrebbero parlato di lui al Gertie's Bar, parlato di Joe Mancuso, l'arcigno poliziotto che odiava il suo lavoro e la sua vita e che amava il suo bourbon e che alla fine della carriera era stato chiamato alla Casa Bianca per un encomio che non si era guadagnato e non voleva: la ricompensa per non aver fatto niente, per essersi trovato nel posto sbagliato al momento sbagliato. Era il giusto coronamento di una carriera piena di svolte sbagliate e di momenti sbagliati e di posizioni sbagliate. Ross lo guardava, là seduto alle soglie della vecchiaia e dell'abbandono, e non riusciva a provare neanche un po' di rabbia verso di lui. Soltanto pietà.

«Che farai quando andrai in pensione?» gli domandò gentilmente.

«Eh?»

«Hai progetti per quando andrai in pensione, Joe?»

«Che cazzo te ne frega?»

Ross, snobbato, lo guardò male. «Niente, Joe. Non me ne frega niente.» E alzò le mani verso la cuffia.

«Non avrai detto a qualcuno che avevamo l'indirizzo di Petersen, eh?» disse Mancuso.

Ma Ross si era già messo la cuffia. Non udì la domanda del collega e comunque, anche se avesse udito, sicuramente non avrebbe risposto.

Ore 14.25.   Sally aveva fatto a pezzettini la copia fotostatica dell'identikit. Poi aveva fatto un bagno caldo e si era preparata una tazza di caffè decaffeinato, correggendolo con una cucchiaiata di whisky. Quando i nervi le si furono calmati, indossò l'accappatoio di cotone rosa e chiamò Tommy Carter. Mancava qualche minuto a mezzogiorno.

«Sei tornata» aveva detto lui.

«Sì.»

«Pranziamo insieme? All'una al Maison Blanche?»

«Be', ehm... No, grazie. Sono un po' stanca per il viaggio. Oggi pensavo di restare a casa.»

«Lo immaginavo» aveva detto lui. «Vengo verso le due e mezzo.»

«Tommy, ho un mucchio di cose da fare. I discorsi di Terry per la....»

«Ci vediamo alle due e mezzo. Sta tranquilla. Posso fermarmi appena un minuto. Ho un servizio da fare per le tre e mezzo. Ciao, baby.» E aveva riagganciato.

Ora, attraverso le tendine delle finestre sul davanti del soggiorno, Sally vide Tommy salire i gradini dell'ingresso. Aveva in mano una cartella marrone e Sally lo sentì fischiettare.

Quando il campanello suonò, Sally attese un attimo, aggiustandosi i capelli. Poi tirò un lungo respiro e aprì la porta.

«Be'» disse lui, entrando, togliendosi la giacca e lasciandosi cadere sul divano. «Com'era Miami?»

«Tranquilla.»

«Peccato. Non immagini cos'è successo qui.»

«Ho sentito.»

«Il vicepresidente che salta alla gola del presidente. Il congresso in tumulto. Sapevi che Baker parlerà al paese alle otto di stasera, ora della costa orientale?»

Sally trasalì. «No...»

«La gente sostiene che dirà tutto dell'affare Martinez. O forse che darà le dimissioni.» Tommy consultò l'orologio. «Devo tornare in ufficio tra un minuto. Hai qualcosa da bere in questa casa?»

Lei andò in cucina a preparargli un Canadian Club on the rocks. E mentre lo faceva si rese conto che tutti, forse, in città sapevano che quella sera Baker avrebbe parlato alla tivù. Tutti tranne lei. E si rese conto anche del fatto che né Terry né Chris né i reporter di una qualsiasi stazione televisiva si erano presi la briga di chiamarla. E comprese che, se non avesse agito prontamente, le porte di Washington le si sarebbero chiuse in faccia, ora e per sempre.

«Non mi fai compagnia?» le chiese quando gli porse il bicchiere.

«No.»

«Come vuoi.» Bevve. «Ti è piaciuto il tuo ritratto? Secondo me, hanno sbagliato i capelli. Non li avevi legati sulla nuca, quella sera?»

«Che ritratto?»

«Quello che ti ho mandato io. Il ritratto della donna che era con l'agente del servizio segreto prima che morisse.»

Sally si fece forza e rise. «Non essere ridicolo. Quella non ero io.»

«Non pigliamoci in giro, Sally.» Aprì la cartella. Dentro c'era una fotocopia dell'identikit. Diversamente dalla copia fotostatica che le aveva mandato, questo disegno aveva i toni della pelle e dei capelli, le ombre dolci sotto gli zigomi, il calore dei suoi occhi. «Questa è la ragazza con la quale ho vissuto a Lagrimas» spiegò Tommy. «Questa è la ragazza che amavo.»

Lo disse con tanta decisione – e in un tono così appassionato – che Sally trasalì. Ma quando si fu ripresa disse: «Non è vero. Non mi sono neanche avvicinata a quell'albergo, quella sera».

«Dov'eri?»

«Qui.»

«Con chi?»

Due giorni prima avrebbe potuto dire: «Con Chris». Ma sapeva di non poterlo più dire. «Da sola» fece infine.

Tommy chiuse la cartella. Si appoggiò alla spalliera. «Tu hai fatto la giornalista. Sai come funziona la testa di un giornalista. Un giornalista vede due persone insieme... Due persone che non dovrebbero essere insieme. E si domanda: di che stanno parlando? Di che cosa potrebbero parlare? Ora, tu e un agente del servizio segreto: di che cosa potevate parlare la sera tardi nel bar di un albergo?»

«Stai perdendo tempo. Io non c'ero.»

«Poniamo... Poniamo che Martinez non sia stato ucciso da un fanatico terrorista straniero nel modo che stanno sostenendo. Poniamo che Martinez non fosse affatto il bersaglio. Poniamo che il bersaglio fosse il senatore Terry Fallon» disse.

«È assurdo.»

«Sì? Questo non spiegherebbe perché l'FBI è andato con i piedi di piombo? Non spiegherebbe l'intervento del servizio segreto? Non spiegherebbe perché tu stavi seduta nel bar di un albergo... e perché un'ora dopo al tizio con cui eri hanno fatto saltare le cervella?»

«Oh, stai dicendo solo fesserie» tagliò corto lei, e fece per alzarsi.

Lui la prese per il polso. «Sai, Sally, potrei avere valide ragioni per sostenere che tutta questa storia è un complotto per proteggere Terry Fallon e fargli avere la nomination vicepresidenziale, in modo che Baker possa andarsene con un secondo mandato in tasca.»

«Tommy, non ho nessuna intenzione di stare qui seduta ad ascoltare i tuoi sproloqui.» Liberò il polso e si alzò.

«Forse preferisci sentirli alla tivù?»

Era la minaccia che aspettava, e Sally aveva la risposta pronta. «Quello che stai dicendo non è una notizia, è un romanzo.»

«Sono certo che si legge come una notizia.» Riaprì la cartella marrone e le porse due fogli di carta gialla scritti a macchina. Sally diede una scorsa al primo e chiuse gli occhi. «Siediti, amore mio» disse Tommy, e batté la mano sul cuscino del divano accanto a lui.

Sotto un titolo in neretto che diceva semplicemente: *Promemoria*, c'erano quattrocento parole di congetture, speculazioni e calunnie. L'occhio di Sally si fermò sulle frasi che la riguardavano:

Secondo alcuni funzionari di polizia che preferiscono man-

tenere l'anonimato, la donna misteriosa vista con Thomopoulos pochi minuti prima della sua morte potrebbe essere
stata Sally Crain, capo ufficio stampa del senatore Terry
Fallon, che stava collaborando all'inchiesta del servizio segreto. La polizia del Distretto di Columbia non esclude di
poter emettere un mandato di comparizione nei confronti
della signorina Crain, per interrogarla sull'omicidio.

«Che mucchio di porcherie!» Sally gli buttò i fogli in grembo.
«Nessuna stazione televisiva manderebbe in onda questo schifo.
E nessun giornale che si rispetti lo pubblicherebbe.»

«È proprio necessario?» Tommy sorrise e rificcò i due fogli
nella cartella marrone.

Sally sapeva che aveva ragione. Un articolo non doveva essere pubblicato per recar danno a qualcuno. Ogni grande reporta-
ge comincia con una voce. E un promemoria come quello, prove-
niente dalla redazione di Washington della rete, non era destinato alla messa in onda. Però avrebbe messo in moto tutti i caccia-
tori di scandali della stazione del momento in cui fosse uscito dal
telecopier. E non sarebbe passato molto tempo prima che qualcuno sollevasse il ricevitore e chiamasse la polizia del Distretto e
chiedesse se davvero intendevano citare Sally Crain per interrogarla. Naturalmente la polizia non aveva mai sentito parlare di
Sally Crain: ma la telefonata della stazione l'avrebbe indotta a
chiedersi se non era invece il caso di farlo. E non sarebbe passato
molto tempo prima che Sally venisse convocata per essere inter-
rogata sulla faccenda. Così la voce sarebbe divenuta realtà.
Piombò a sedere sul divano, scossa, disperata.

«Tu... Tu non manderesti mai un pezzo simile» disse. «Sono
certa che non lo faresti, Tommy.»

Lui si piegò verso di lei con un sorrisetto maligno. «Mi hai
fatto fare la figura del babbeo con l'intervista a Fallon, putta-
nella.»

Lei si mise le mani in grembo tenendo le braccia strette al
corpo e cercò di dominare il tremito che l'aveva presa.

«Non è vero?» fece lui, e la sua voce era cupa.

«Va bene, sì.»

«E hai scelto me perché sapevi che ero innamorato di te. Non
è vero?»

Era vero, e Sally non poteva negarlo. Aveva scelto la sua rete
perché sapeva che lui la voleva ancora e probabilmente l'avrebbe
sempre voluta. E sapeva che questo lo avrebbe reso più vulnerabile. Una volta aveva pianto di vergogna, per questo, e forse l'a-
vrebbe fatto ancora.

«Sì» ammise. «Tommy, mi dispiace. So che...»

«Oh, capisco.» Lui le cinse dolcemente le spalle con un braccio.

Sally aveva gli occhi umidi. «Davvero?»

«Ma certo.»

«Non volevo...»

«Lo so» disse lui. «Ma è venuto il momento di riconsiderare la nostra relazione. Non ti sembra?»

«Di riconsiderare...?»

Lui le sollevò il viso con la punta delle dita e la baciò una volta, lievemente, sulle labbra. Lei lo guardava con gli occhi sbarrati. E poi Tommy cominciò a slacciarsi la cintura.

«Credo sia venuto il momento di raggiungere un'intesa» disse, aprendosi la lampo dei calzoni. «Non trovi?»

«Tommy, no. Ti prego. Non posso.»

Lui s'infilò una mano nella patta delle mutande. «Non essere timida. Una volta ti piaceva.» Con l'altra la costrinse ad abbassare la testa.

«No. No. Ti prego.»

Ma lui si spinse contro la sua bocca e, seppure con riluttanza, lei dovette cedere. E quando respirò sentì l'odore, l'odore di muschio e di sudore che ricordava dopo tanti anni.

«Ecco» disse lui, e le prese la mano e la guidò, inumidendosi con un po' di saliva. Ora lei era piegata su un fianco, mezza seduta e mezza coricata sul divano. Lui abbassò la mano, scostò l'accappatoio e le fece aprire le cosce. «Ecco. Fammela vedere. Non essere timida.» E quando lei strinse le gambe lui tornò a fargliele aprire con le dita. Poi emise un mugolìo. «Carina» disse, e le fece una carezza. «Com'è carina...» E poi vennero le prime contrazioni, e Sally tossì e dovette fare uno sforzo su se stessa per non vomitare.

«Oh, mio Dio» mormorò lui, appoggiandosi alla spalliera. «Siamo un po' fuori esercizio.» Anche lei si era appoggiata alla spalliera, passandosi il dorso della mano sulla bocca e cercando di riprender fiato mentre lui si riassettava gli indumenti. «Sarà il nostro piccolo segreto, per un po'.» Si alzò e prese la cartella e la giacca. «Ora devo scappare. Ma ripasserò domani verso mezzogiorno. Sotto mettiti qualcosa di sexy. Okay?»

Sally non si mosse. Aveva gli occhi chiusi e tremava tutta per il disgusto e la degradazione.

«A proposito» continuò lui. «Sapevi che Fallon ha accettato il nostro invito per un'intervista?»

Questo le fece spalancare gli occhi.

Con la giacca buttata sulle spalle, Tommy si fermò sulla porta e si voltò indietro a guardarla. «Giovedì alle otto. Bella collocazione oraria, eh?»

Sally non parlò.

«Oh, non lo sapevi. Cristo, non sei molto informata. Meglio ributtarsi nel vortice, cara. Non vorrai perderti tutto il divertimento, eh?»

Quando si chiuse la porta alle spalle, si sentì tremare tutta la casa.

Ore 15.10. Allorché fu convocato nell'ufficio di O'Brien, al quinto piano, Mancuso immaginò che la chiamata avesse qualcosa a che fare con la storia dell'invito alla Casa Bianca, e che il direttore volesse assicurarsi che si sarebbe fatto lucidare le scarpe o che non si sarebbe messo le dita nel naso prima di stringere la mano al presidente. Quando entrò nell'anticamera, la signorina Tuttle, la segretaria di O'Brien, alzò lo sguardo dalla macchina da scrivere e gli diede un'occhiataccia. Sembrava tanto contenta di vederlo quanto lo era lui di essere là.

«Che vuole, agente?»

«Lui vuole vedermi» disse Mancuso.

«Laggiù.» Indicò la poltrona con la testa e sollevò il ricevitore. «L'agente Mancuso per lei, signore. Sì, signore.»

Mentre Mancuso cominciava a sedersi, lei scattò: «Si alzi e non faccia aspettare il direttore».

Tentando di sedersi e di alzarsi contemporaneamente, Mancuso per un pelo non sbatté il muso per terra. «Si decida, per piacere.»

Ma lei si limitò a premere il tasto che sbloccava la porta del direttore con aria sprezzante e gli voltò le spalle.

Dietro di lei, Mancuso alzò il pugno col dito medio puntato verso l'alto.

«Ho visto tutto» disse lei senza guardarlo.

Lui si guardò intorno, ma non vide neanche uno specchio. «Sì? E come ha fatto?»

«La conosco. Lei... Brutta canaglia.» E si rimise a battere sui tasti.

L'agente spinse il battente e si fermò in fondo al lungo ufficio foderato di quercia del direttore. "Strizza" O'Brien era sempre stato uno all'antica, e per Mancuso non fu una sorpresa vedere che aveva sotto i piedi dei logori tappeti forestieri quando sul pavimento avrebbe potuto esserci una vera moquette.

O'Brien si alzò e girò attorno alla scrivania. «Joe» disse, e gli tese la mano, strizzando gli occhi come sempre.

«Salve, capo.»

Si strinsero la mano.

«Accomodati.» Gli indicò un paio di poltrone di pelle. «Vuoi una Coca? O qualcosa di più forte?»

«Grazie, ho appena mangiato.»

O'Brien sedette nell'altra poltrona e aprì la scatola di sigarette che era sul tavolino in mezzo a loro. «Fumi?»

«Ho le mie.» Mancuso ne sfilò una dal pacchetto che teneva in tasca e l'accese.

«Dunque.» O'Brien si mise le mani sulle ginocchia e se le strofinò. «Un altro caso chiuso grazie a te, Joe.»

«Non ho fatto molto.» Mancuso non andava in brodo di giuggiole quando qualcuno dei suoi superiori si mostrava gentile con lui. Era una cosa che lo insospettiva sempre. E se a offrirgli Coca-Cola e sigarette e a chiedergli come stava la famiglia era poi il direttore dell'FBI... Be', era più che sufficiente a fargli alzare la guardia.

«È bello» disse O'Brien. «Quest'onore e questa distinzione. Che ti fanno in questo momento della tua carriera. Ti lascia un buon sapore in bocca, no?» Strizzava gli occhi a mille chilometri l'ora, e Mancuso capì che stava per ficcarglielo in quel posto.

«Già. Proprio così.»

«Ma sai, m'incuriosisce.» Ne faceva, di sforzi, il capo, per sembrare indifferente. «M'incuriosisce una cosa.»

«Sì? Quale?»

«M'incuriosisce come tu abbia potuto localizzare Petersen a Baltimora, così. Voglio dire...» Si strinse nelle spalle. «Senza voler togliere meriti a nessuno... Ammetterai che per un detective è stata un'impresa brillantissima.»

«Ho avuto una soffiata» disse Mancuso.

O'Brien strizzò gli occhi e lo guardò, sorpreso dalla franchezza dell'agente, dalla sua mancanza di amor proprio e dal suo realismo.

«Be', lei lo sa che ho avuto una soffiata. Deve saperlo. Giusto?»

«Sì, certo.» O'Brien stava cercando un altro appiglio.

«Tutto qui.» Mancuso aspirò una boccata di fumo dalla sigaretta e si guardò intorno. Una volta che ci avevi fatto l'abitudine, era proprio un bell'ufficio.

«Senti, Joe.» O'Brien si passò una mano tra i capelli. «Mi spiace di doverlo fare. Ma sono costretto a domandartelo. Della soffiata. Da dove veniva?»

Mancuso alzò le spalle. «Un tale che conosco.»

«Uno che devi proteggere?»

«Non necessariamente.»

O'Brien attese un momento. Poi, visto che l'altro taceva, domandò: «Puoi dirmi chi è stato?».

«Non posso, capo.»

O'Brien si appoggiò allo schienale. «Joe, tu sei qui da un pezzo. Sai che abbiamo delle linee di condotta. Delle regole.»

«Sì, so tutto delle regole.»

«Questo è un caso che riguarda la sicurezza nazionale. Non esistono protezioni per gli informatori, in questo caso.»

«A proposito, volevo chiederle una cosa» disse Mancuso. «Lei ha fatto mettere il mio ufficio sotto controllo. No?»

O'Brien strizzò gli occhi e lo guardò.

«E a Miami ha fatto seguire il mio socio.»

O'Brien aprì la bocca come se volesse rispondere ma non lo fece.

«Senta, facciamo un patto. Okay? In nome del passato» fece l'agente. «Lei mi dica per conto di chi ci ha fatti sorvegliare e io le dirò chi mi ha dato l'indirizzo di Petersen.»

«Se è uno scherzo, non è divertente.»

«Okay, okay. Se quello non le garba, che ne dice di questo?» Mancuso si sporse in avanti e parlò a bassissima voce. «Lei mi dice chi è oppure io, stasera quando vedrò il presidente, gli racconto tutta la storia: l'AIDS, le intercettazioni, l'agente del servizio segreto... Tutto l'imbroglio, dall'a alla zeta.»

O'Brien trasalì. «Per amore di Dio, Joe. Al Four Seasons siete stati voi?»

«Ehi, Strizza, non diciamo fesserie. Noi stavamo perquisendo la stanza di quel tale. Lui è entrato e nel casino si è sparato.»

«Gesù, Giuseppe e Maria...» Dalla faccia di O'Brien si sarebbe detto che stesse già leggendo i titoli sui giornali.

«Ehi, ehi... Non si preoccupi» lo calmò Mancuso. «Quello stava facendo un'indagine illegale. Ce l'aveva con uno dei nostri testimoni. Fosse stato scoperto, l'avrebbero sbattuto fuori.»

«Senti, Joe, il passato, tutto il resto... Non conta niente, adesso. Io devo sapere chi ti ha fatto la soffiata su Petersen.» Il suo tono era serio, Mancuso non ne dubitava. «È importante. Anzi, importantissimo.»

«È la Casa Bianca, no?» disse Mancuso. «Quello che stava seduto qui quando lei ci ha assegnato il caso. Come si chiama?... Bender. L'uomo che lavora per il presidente. Mi dica se sbaglio.»

O'Brien si appoggiò allo schienale, trasse un profondo respiro e intrecciò le dita dietro la testa. «Joe, vorrei farti una domanda. Tu ami il Bureau? Sei orgoglioso di quello che rappresentiamo?»

«Cosa rappresentiamo?» chiese amaramente Mancuso. «Tutto quello che facevamo. Tutto quello che dicevamo. C'era sempre qualcuno che ci precedeva. Sapevano che stavamo andando a casa di Beckwith. Qualcuno gli ha fatto una visitina e ha liquidato lui e tutta la famiglia.»

«Joe, stammi a sentire» lo interruppe O'Brien.

«Stammi a sentire tu!» Poi si riprese e riuscì a dominarsi. Disse invece a bassa voce: «Gesù, Strizza, non vedi cos'hai fatto?».

O'Brien non rispose. Distolse lo sguardo come se non lo stesse nemmeno a sentire.

«Quando Hoover è morto, credevo che sarebbe stato tutto diverso» continuò Mancuso. «Credevo che questo posto sarebbe stato, sai, un posto importante. Credevo che sarebbe stato un posto pulito per lavorarci. Non credevo che avrebbe finito per diventare il solito vecchio letamaio. Non avresti dovuto permettergielo, capo.»

O'Brien restò seduto, in silenzio, per qualche istante.

Mancuso aprì la bocca per aggiungere qualcosa. Ma non riuscì a trovare le parole. O'Brien si alzò e tornò alla scrivania, spinse indietro la poltrona e si sedette.

Rimasero così, seduti alle due estremità dell'ufficio, O'Brien dietro la scrivania, Mancuso nella poltrona di cuoio.

Alla fine Mancuso esclamò: «Ah, merda» e schiacciò la sigaretta nel portacenere. «Chi cazzo se ne frega?»

Si alzò e andò alla porta. E quando si voltò indietro O'Brien era ancora dietro l'enorme scrittoio di quercia, con la testa voltata, lo sguardo incollato al pavimento, strizzando gli occhi come se stesse sforzandosi di ricordare qualcosa.

«Per amor di Dio, Strizza, è stata la CIA» disse Mancuso. «Chi diavolo credevi che fosse?»

Uscì e si chiuse la porta alle spalle.

Ore 15.50. L'ammiraglio Rausch aprì la porta in fondo al suo ufficio ed entrò nell'ascensore privato. Schiacciò il numero 868 sulla tastiera inserita nel pannello d'acciaio: la porta si chiuse con un sibilo e la cabina iniziò la discesa. Quel mattino, dopo che Lou Bender era uscito dal suo ufficio, Rausch aveva fatto annullare tutti gli appuntamenti ed era rimasto in attesa. Aveva letto il giornale e guardato i boschi di Langley fuori dalla finestra e passeggiato. Ma soprattutto aveva atteso che venissero le quattro, l'ora fissata per il pokerino.

Al livello più profondo le porte dell'ascensore si aprirono con un sibilo e i due marines di sentinella all'ingresso del corridoio scattarono sull'attenti. «Comodi» disse Rausch, e camminò fino in fondo al corridoio.

Quando scese le ultime due rampe di scale, nel teatro c'erano sei uomini seduti intorno alla tavola rotonda. La chiamavano la "partita di poker" perché, con Rausch, erano in sette; e anche perché erano loro a fissare la posta, a fare le puntate e a decidere quali carte l'America aveva in mano nel confronto con qualsiasi avversario.

C'erano tre vicedirettori: Fowler, alle Operazioni; Alexander Mittelman, ex-vicepresidente del dipartimento di fisica al Massachusetts Institute of Technology, ora alla Scienza e Tecnologia; e Hastings Brown, del Controspionaggio, che era anche un maestro della decrittazione. Il quarto uomo era un membro dello staff di Brown: Carl Boden, direttore dell'Ufficio Analisi Immagini. Poi c'era Lewin Vander Pool, ex-professore di filosofia della Sterling di Princeton, ora direttore dell'Ufficio Problemi Globali. Il sesto era Jim Renwick, capo dell'Ufficio per l'America Latina. Non erano tutti capisezione; due erano, in effetti, membri piuttosto giovani della gerarchia. Ma quello che avevano in comune era che erano, per unanime consenso, i sei uomini più astuti e più insensibili della CIA.

«Signori» disse l'ammiraglio Rausch, e occupò il posto vuoto di fianco al quadro di comando che conteneva il telefono rosso per le comunicazioni col presidente.

Ci fu un certo strusciare di piedi, seguito da un profondo silenzio.

«È imperativo per l'amministrazione e per la Compagnia che si sappia chi ha assoldato Rolf Petersen per uccidere Octavio Martinez. È di cruciale importanza scoprire, se esistono, i legami con il governo del Nicaragua. Voglio tutto quello che ha l'Ufficio Preventivi, tutto quello che ha l'Ufficio per l'America Latina, e voglio che il gruppo I e S smonti tutto e lo rimetta insieme in modo che abbia un senso. Mi serve tutto quello che potete darmi. E mi serve entro mezzanotte. Domande e commenti?»

Vander Pool alzò il dito indice della mano sinistra. Aveva sessantasei anni e un'aria da nonnetto, ed era un olandese bizzarro e grassottello che portava pullover azzurri con lo scollo a V e cravatte a farfalla. «Se vuole» disse nel suo modo riservato da europeo «le do subito la risposta.»

Ore 16.20. Uscito Tommy Carter, Sally chiuse la porta a chiave e vi si appoggiò, cercando di riprender fiato. Tutto le stava crollando addosso, così in fretta da impedirle di porvi rimedio. Le sembrava che tutto il suo universo stesse dando i numeri. Si portò una mano al petto, e allora sentì che il collo dell'accappatoio era umido di saliva.

Se lo strappò di dosso e lo gettò nel cesto della roba sporca, poi entrò in bagno, aprì la doccia e vi si mise sotto prima che l'acqua si scaldasse. Rimase sotto il gelido getto con la faccia rivolta all'insù e la bocca aperta, tremando di freddo e con la pelle d'oca in tutto il corpo. Curvò le spalle e si rattrappì sotto quegli aghi ghiacciati, scuotendo la testa perché l'acqua le tergesse la bocca e il viso finché con l'acqua non se ne fu andato anche il ricordo di Tommy Carter. Poi cominciò a scendere l'acqua calda e la doccia si scaldò e il vapore prese a levarsi tutt'intorno a lei, calmando i suoi tremori.

Era nei guai: grossi guai che andavano ingrossandosi. Carter l'avrebbe ricattata sessualmente e politicamente. E non sarebbe finita con la convenzione. Sarebbe andata avanti così, con una serie di incontri disgustosi e degradanti, finché Sally non avesse trovato il modo di distruggere il potere che aveva su di lei. Ma questa era una cosa che avrebbe dovuto aspettare. Ora c'erano da risolvere problemi più urgenti.

Uscì dalla doccia e chiuse l'acqua. Poi sollevò il ricevitore del telefono a muro del bagno e fece il numero privato di Terry.

«Parla Chris Van Allen.»

«Devo parlare con Terry.»

«È occupato.»

«Digli che è importante.»

«È importante anche quello che sta facendo.»

Sally bolliva di rabbia. «Chris, chiama subito Terry a quel telefono.»

Lui le disse di aspettare e lei rimase in attesa, nuda e gocciolante nel bagno ancora pieno di vapore.

Poi Terry venne all'apparecchio. «Che c'è?»

«Hai accettato un'intervista di un'ora in prima serata giovedì alle otto?»

«Perché no?» fece lui. «È la vigilia dell'apertura dell'assemblea.»

«Il che significa che andrai in onda contemporaneamente al *Cosby Show*. Terry, Cosby, a dir poco, ha il cinquanta per cento dell'ascolto. Non credo proprio che Cronkite accetterebbe.»

«Non si tratta di Cronkite» disse lui. Poi le snocciolò i nomi dei quattro intervistatori.

«Per amor del cielo, Terry! Ti faranno a pezzi.»

«Non essere ridicola. Sarà tale e quale un *Incontro con la stampa* in prima serata.»

«È così che ti hanno detto?»

«Senti, Sally, è deciso. Fine della discussione.»

«Ti ha detto Chris di farlo, non è vero?»

«Ne abbiamo parlato insieme. Sì.»

«Terry, ti prego... Ascoltami. Chris è un ragazzo sveglio. Ma ha la tendenza a esagerare. Tutta la nostra strategia era basata sul non mettersi in vista. Restare avvolti nel mistero. Tener viva la curiosità. E mettere a segno solo i colpi migliori, i più sicuri. Non cambiarla. Ti prego. Funziona.»

«Non sono d'accordo» la interruppe lui. «Credo sia venuto il momento di farmi avanti, di mostrare a tutti che sto bene e sono in piena efficienza.»

«Okay. Può darsi. Ma non la stessa sera in cui danno il *Cobsy Show*.»

«Maledizione, Sally, ho detto che la questione è chiusa. Farò quell'intervista. Parteciperò alla cena di domani sera del gruppo ristretto dei governatori e...»

«Al banchetto ufficiale?»

«Sì.»

«Ma ti fotograferanno.»

«Sally, è proprio questa l'idea.»

«Ma sarai in smoking! Sembrerai uno snob, un aristocratico. Non è quello che rappresenti.»

«Forse non è quello che dovrei rappresentare.»

«Terry, Terry, per favore. Ascolta quello che dico. Tu sei l'uomo della porta accanto. Uno come tutti gli altri. Baker è l'aristocratico. Così è formata la coppia di cui abbiamo sempre parlato. Ha funzionato con Eastman. Funzionerà anche con te.»

«Sally, ora devo andare.»

«Terry, lascia che mi rimetta al lavoro. Stai uscendo di carreggiata.»

«Hai dimenticato il tuo piccolo problema?»

Di colpo Sally rivide la faccia di Tommy Carter. Com'era possibile che Terry lo sapesse? «Che... che intendi dire?»

«I tuoi due amici? Li ho conosciuti. Ricordi?»

Allora si rese conto che stava parlando di Mancuso e Ross.

«Se troverai una soluzione, sarò lieto di avere tue notizie.» La voce di Fallon era rassicurante, ma il messaggio minaccioso. «Pensaci, tesoro» disse. Poi riattaccò.

Ma Sally non aveva bisogno di pensarci. Sapeva già che

Tommy Carter non poteva provare che era stata al Four Seasons. Potevano farlo solo Mancuso e Ross.

Ore 19.25. Mancuso si presentò all'ingresso dell'ala ovest della Casa Bianca. Una sentinella dei marines lo accompagnò al piano di sopra, fino a una piccola sala d'aspetto. Là Mancuso sedette, cercando di non sentirsi troppo a disagio nel suo vestito migliore. Ma la stoffa era troppo pesante per il mese di agosto e il tweed gli graffiava il culo e la parte posteriore delle gambe. Si sentiva una specie di cretino, là seduto dentro la Casa Bianca ad attendere di incontrare il presidente e di ricevere un encomio che non si era guadagnato e che non si meritava. Una giovane segretaria tutta pimpante ficcò la testa nella stanza, e lui balzò in piedi.

«Se vuole seguirmi, il signor Bender la riceverà.» Uscì, lasciandolo là ad agguantare il cappello e a rincorrerla, tirandosi su i calzoni e sentendosi un idiota.

La ragazza lo introdusse in un ufficio tutto foderato di legni pregiati e pieno di libri che non sembravano essere stati mai aperti. C'era un grande e lucido scrittoio senza niente sopra tranne una cartella in cuoio. Dozzine di foto in cornice coprivano ogni centimetro quadrato del muro. Erano per lo più ritratti in bianco e nero, di celebrità e di famosi uomini politici, tutti ripresi accanto allo stesso ometto grigio di capelli e cupo in volto. Mancuso riconobbe due papi, la regina d'Inghilterra, Adlai Stevenson, Frank Sinatra. L'ometto dai capelli grigi era sempre uguale in tutte le fotografie. Era come se non fosse stato mai giovane e non fosse mai invecchiato.

Bender era al telefono. «Ti chiamerò appena sarà finita la conferenza stampa. Ciao.» Poi depose il ricevitore e rimase là seduto, fissando Mancuso.

«Sono Joe Mancuso. Del Federal...»

«Sì, sì. Ricordo. Ci siamo conosciuti nell'ufficio di O'Brien.»

«Già.»

«Si accomodi, agente. Si accomodi.»

«Grazie.» Lo sguardo di Mancuso indugiò sulle poltrone finché Bender non gliene indicò una. «Grazie.»

«È mai stato alla televisione, agente?»

«Alla televisione?»

«Sì. Stasera andrà alla televisione. Presentato al paese dal presidente in persona come l'uomo che ha scovato l'assassino del colonnello Martinez.»

Mancuso aveva l'aria di non capire.

«Ha fatto questo, no?»

«Fatto cosa?»

«Scovato l'assassino di Martinez.»

«Oh. Sì.»

«La prego, agente. Bando alla modestia.»

«Sicuro.»

Bender lo fissò per qualche istante. Poi disse: «Be', credo che troverà questa serata piuttosto emozionante».

A Mancuso, là seduto col vestito in tweed che gli faceva prudere le palle e con quell'ipocrita stronzetto che cianciava davanti a lui, sembrava di avere una lappola ficcata nel culo.

Bender si alzò dallo scrittoio e premette un tasto del quadro di comando alle sue spalle. Un pannello di legno scorse via e un mobile bar venne a galla con tre caraffe di liquore e una fila di rutilanti bicchieri di cristallo. «Beve qualcosa?»

«Bourbon, se c'è.»

«Naturalmente.» Bender prese due bicchieri e cominciò a riempirli. «Il presidente farà qualche breve osservazione sul caso Martinez. E sulle prove che inchiodano Petersen al delitto. Quindi parlerà della parte che lei ha avuto nel tentativo di catturare l'assassino, e del suo inevitabile decesso. La inviterà ad alzarsi per farsi riconoscere. Più o meno, è tutto qui.» Si voltò indietro. «Domande?»

«Sì» fece Mancuso. «È stato il presidente a ordinare all'esercito di somministrare l'AIDS a Martinez? O è stata un'idea della CIA?»

Bender rimase di stucco, poi si voltò a guardare Mancuso, con un bicchiere per mano. «Scusi» disse con quel viscido sorriso. «Cos'ha detto?»

«È stato lei a mandare le teste di cuoio che hanno ammazzato Petersen?»

Senza rispondere, Bender attraversò la stanza e gli mise in mano il bicchiere. E quando furono l'uno davanti all'altro Mancuso continuò: «Lei ha incaricato il servizio segreto di indagare sul caso. Solo l'esecutivo può fare una cosa simile».

«Le branche dell'esecutivo sono due» disse Bender. Toccò col suo bicchiere l'orlo di quello di Mancuso. Mentre beveva, gli brillavano gli occhi. «Vedo che lei è un uomo dotato di grande immaginazione, agente.» Si sedette sull'orlo della scrivania, senza che il sorriso lasciasse mai i suoi occhi. «Ha sbagliato mestiere. Doveva fare lo scrittore.»

«Sto scrivendo il necrologio di Martinez. Vuole aiutarmi lei?»

Bender annuì e ridacchiò sommessamente tra sé. «Martinez, eh?» Poi rovesciò la testa all'indietro e si grattò il mento. «Certo. L'aiuterò io. Il colonnello Octavio Martinez è stato l'eroica vittima di una guerra che aveva scelto lui. Il co...»

«E voi gli avete attaccato l'AIDS perché non fosse più un eroe» lo interruppe Mancuso. «Mentre moriva, potevate scegliere qualcuno da mettere al suo posto. Uno che fosse una vostra marionetta.»

«Lei è un vero politologo, agente Mancuso» disse Bender.

«Poi è entrato in scena Petersen.»

«Affascinante. L'ha visto al cinema?»

«E Beckwith?» chiese Mancuso.

«Chi?»

«Non conosce nemmeno il suo nome, eh? Il dottore. E lui? E sua moglie e sua figlia?»

«Sono impaziente di sentire il resto.»

«Anche questo l'hanno fatto le vostre spie. Altrimenti la storia dell'AIDS avrebbe potuto trapelare. Così, per coprirsi le spalle, hanno ucciso tre persone.»

«Ora, lei crede davvero che il governo americano possa commettere un reato del genere?» chiese Bender.

«Ehi, mister, lei sta parlando con la persona che ha messo i microfoni sotto il letto di Martin Luther King.»

Bender si avvicinò alla carta dell'America appesa al muro. «Mancuso, mi sembra che le piaccia giocare. Giochiamo. Va bene?» Gli aveva voltato le spalle e stava guardando la mappa. «Supponiamo... Supponiamo soltanto che nella sua storia idiota ci sia un nocciolo, il più microscopico nocciolo di verità. Mettiamo che noi volessimo liberarci di Martinez... Il che non è. Perché non avremmo potuto semplicemente fargli sparare da qualcuno nella giungla?»

«Perché, se l'avessero scoperto, quei sozzoni di sudamericani non si sarebbero più fidati di voi.»

Bender sbuffò. «Vedo che lei non è solo uno stupido, ma anche un grande umanitario.»

«Io non ho niente contro quei sozzoni» disse Mancuso. «Non li metto l'uno contro l'altro perché si ammazzino tra loro.»

«Allora, se ha ragione lei, chi ha assoldato Petersen, chiunque fosse, ci ha fatto quasi perdere l'intera America Latina» disse Bender.

«E chi è stato ad assoldarlo?»

Per un attimo Bender lo guardò. Poi rispose: «Probabilmente, le stesse persone che lo hanno liquidato».

«Chi?»

«Vorrei saperlo. È gente che lavora bene.»

Mancuso si alzò in piedi e depose sulla scrivania il bicchiere che non aveva toccato. «Mi scusi. Ma devo uscire di qui prima di vomitare.»

«Non sarebbe il primo.»

L'interfono ronzò e Bender premette il pulsante. «Sì?»

La voce della segretaria disse: «Il presidente è pronto a ricevere il signor Mancuso, signore».

«Grazie» fece Bender, guardando Mancuso. «E anche se lei avesse ragione» continuò, con una nota sinistra e minacciosa nella voce. «Cosa crede che potrebbe farci?» La sua faccia era sempre sorridente.

Mancuso prese il cappello. «E chi ha detto che voglia farci qualcosa, eh?»

Non importa chi sei. Provi comunque una strana sensazione a startene lì nel corridoio, aspettando che si apra una porta, sapendo che dietro quella porta, in quella stanza, ti aspetta il presidente degli Stati Uniti.

Mancuso aspettava in corridoio, tra Lou Bender e una sentinella dei marines, spostando ansiosamente il peso del corpo da un piede all'altro. Aspettava, e si sentiva invadere da quelle sensazioni: sensazioni con le quali credeva di aver tagliato i ponti da un pezzo.

Era un semplice agente in borghese sperduto tra la folla, il giorno del giuramento di Jack Kennedy, nel 1961. Era un giorno fragile e vibrante, soleggiato ma rigido e ventoso, come può essere Washington in gennaio. Mancuso era lì per sorvegliare la gente, ma non lo fece. Guardava invece la tribuna con le altre migliaia di facce voltate all'insù, e udì Kennedy invitare gli americani a chiedersi cosa potevano fare per la loro patria, e lo vide riparare dal sole le carte di Frost quando il vecchio artista cercò di leggere la sua poesia.

Sembrava che tutta la Washington ufficiale paventasse l'arrivo di Kennedy, invidiasse lui e la sua incantevole consorte, temesse i venti impetuosi del cambiamento che, dopo la sua venuta, avrebbero spazzato la capitale. Hoover non faceva eccezione. Il vecchio non andava molto d'accordo con nessuno dei Kennedy, ma in particolar modo con Bobby. E quando Jack nominò ministro della giustizia proprio Bobby, la speranza di tutti era che il vecchio avrebbe dato le dimissioni. Ma la risposta di Hoover alle pressioni esercitate dai Kennedy fu la stessa che aveva sempre dato a chiunque cercasse di limitare il suo potere: lo spionaggio. Joe Mancuso venne incaricato di mettere sotto controllo il presidente, a casa e nel tempo libero.

Ma Mancuso finì col trovarlo simpatico, Jack Kennedy, anche se non lo aveva mai incontrato di persona. Quando ascolti le conversazioni private di un uomo con la gente: gli amici, i membri del governo, la moglie, le amanti... Fallo per un periodo di tempo abbastanza lungo e arrivi a conoscerlo anche se non gli hai mai stretto la mano.

Kennedy era un simbolo di cose che Mancuso poteva comprendere: denaro, successo, famiglia. Kennedy era cattolico. Non che questo lo impressionasse molto, ma era meglio che niente. Come tutti gli altri, la morte di Kennedy lo addolorò. Ma, diversamente dalla maggior parte della gente, lui sentì davvero la sua mancanza: la sentì come si sente quella di uno dei tuoi amici.

Fermo davanti alla porta, in attesa di incontrare il presidente Baker, Mancuso pensava a quegli anni kennediani. Per tutta la sua carriera nell'FBI aveva agito come avrebbe desiderato Jack Kennedy. Si era chiesto cosa poteva fare per la sua patria.

Non aveva preteso molto, in cambio.

E la sua ricompensa per tre decenni d'indefessa attività al servizio della nazione doveva essere grottesca come la sua carriera, una rapida comparsa alla televisione, e un rimorso che lo avrebbe seguito silenziosamente come un cane rognoso per tutta la strada che lo separava dalla tomba.

La sentinella tenne la porta socchiusa mentre Mancuso entrava nell'Oval Office. Era proprio come nei libri illustrati. Poi Mancuso udì un rumore di acqua corrente, e una porta si aprì tra l'uno e l'altro dei pannelli di legno, e ne uscì il presidente Baker in maniche di camicia, asciugandosi le mani in una salvietta. Aveva una fila di Kleenex ficcati tra il collo e il colletto della camicia e sembrava abbronzatissimo.

«Signor presidente» disse Bender «questo è l'agente Joseph Mancuso.»

«Scusi se l'ho fatta aspettare» fece il presidente, porgendogli la mano. «Sono il presidente Baker.»

«Mancuso.» Si strinsero la mano.

«Sì, ho sentito parlare di lei, agente.» Il presidente girò intorno alla scrivania, prese la giacca e se l'infilò. «Posso chiamarla Joe?»

La sua segretaria, Katherine, ficcò la testa nella stanza. «Sono pronti per lei, signore.»

«Venga, Joe» lo invitò il presidente. «Andiamoci insieme.»

Imboccarono la galleria che dalla Casa Bianca portava al vecchio Executive Office Building. Camminare col presidente era veramente straordinario, scoprì Mancuso. Per tutta la strada la gente non faceva che fermarsi e farsi da parte mentre i marines di guardia scattavano sull'attenti e la gente si inchinava e diceva: «Buonasera, signore». Ovunque, guardasse, Mancuso vedeva gente che si inchinava e faceva riverenze, quasi volessero prosternarsi davanti a lui. E cominciò a capire che razza di droga era il potere e cosa poteva fare a un individuo.

«Lei ci ha reso, anzi ha reso al paese, un grande servizio, Joe» disse il presidente. «Voglio che sappia quanto le sono grato.»

«Non ho fatto molto.»

«Più di quanto lei possa immaginare» fece il presidente, abbassando la voce per farsi udire soltanto da lui. «E apprezzo il suo candore nella conversazione che ha avuto con O'Brien oggi pomeriggio. Capisce? Ci è stato molto utile.»

«Non mi è costato niente.» Mancuso guardò il presidente e i due uomini si scambiarono un'occhiata. Allora l'agente esitò, perché in un lampo gli venne l'idea che forse, solo forse, quell'uomo non ne sapeva nulla. E se fossero stati solo gli uomini della sua cerchia prima a fare i loro giochetti e poi ad arrampicarsi sugli specchi per nascondere quel che avevano fatto?

«Sono certo che la sua famiglia sarà molto fiera di lei» disse il presidente.

«Non ho famiglia.»

«Be', i suoi amici, allora.»

«Certo.»

Il marine di sentinella tenne aperta la porta dell'ascensore e i due uomini entrarono nella cabina. Quando la porta si chiuse Baker chiese: «Che gliene pare di tutto questo, Joe?».

«Di tutto questo?»

«Quello che è successo, voglio dire.»

Bender era vicinissimo e allungava il collo per non perdere una parola. Ma Mancuso alzò le spalle e si grattò dietro l'orecchio. «Che importanza può avere quello che penso io?»

La frase fece sorridere il presidente. «Forse nessuna. Forse gliel'ho chiesto per semplice curiosità. Quando si sta seduti dove sto seduto io, certe volte le cose diventano, sa, un po' distorte.»

«Anche dove sto seduto io.»

Si scambiarono un sorriso.

«Chissà quante di queste indagini avrà fatto» fece il presidente. «Immagino che dopo un po' ci si faccia il callo, insomma che diventi il solito trantran.»

«Per lei è così?»

Il presidente ci pensò su. «Ci sono dei giorni in cui vorrei che fosse solo un lavoro come gli altri.»

«Anch'io» ribatté Mancuso.

Si scambiarono un altro sorriso. E chinarono la testa, come per dire che avevano capito.

La porta dell'ascensore si aprì in un corridoio pieno di gente frettolosa che correva silenziosamente qua e là. Un ometto barbuto in maniche di camicia e farfallino aspettava fuori. Aveva sulle orecchie una cuffia con un'antennina che gli sporgeva dalla testa. «Buonasera, signor presidente» disse, e gli porse una cartella di cuoio. Poi guardò Mancuso, strizzando gli occhi per vederlo bene in faccia, lo prese per un braccio e gridò: «Dolores, dagli una passatina».

«Ci vediamo dopo, Joe» si accomiatò il presidente, e si allontanò con Bender e il direttore di scena.

Una donna che indossava un grembiule celeste e portava uno scatolone di cosmetici si avvicinò, mise le dita sotto il mento di Mancuso e guardò la sua faccia alla luce. Poi lo prese per il gomito e lo pilotò verso una sedia da regista piazzata sotto un riflettore. «Siediti qui, tesoro» gli ordinò. E appena quello l'ebbe fatto versò su una spugnetta chissà quale porcheria e cercò di passargliela sul naso.

«Ehi, ma che fa?» chiese lui scostando la testa e sporgendosi all'indietro fin quasi a far ribaltare la sedia.

«Devi andare alla televisione, tesoro. Lasciati truccare. Altrimenti sembrerai un pesce morto.»

Quando la donna ebbe finito, l'uomo con la cuffia lo accompagnò lungo il corridoio e attraverso un'apertura nelle tende lo fece entrare in scena.

Mancuso non era mai stato a una conferenza stampa presidenziale. Quelle che lo colpirono per prime furono le luci. C'erano una batteria di riflettori sopra il palcoscenico e due file di lampade, su sostegni di alluminio, ai lati della tribuna, che immergevano tutta la scena in una luce viva e uniforme. Nell'auditorium c'erano venti file di poltrone, e il pavimento saliva verso il fondo dove, usando anche dei ponteggi, si accalcavano le troupe televisive. Tutti i posti erano occupati. Nelle prime file vide molte facce note: Sam Donaldson, Bob Scheiffer, Andrea Mitchell, persino Dan Shorr.

L'uomo barbuto con la cuffia prese a braccetto Mancuso e lo guidò fino a una poltrona laterale. C'erano due uomini seduti, e lui riconobbe il presidente della camera e il capogruppo della maggioranza del senato. Mentre si sedeva, lo salutarono con un inchino.

Poi una voce dall'altoparlante annunciò: «Signore e signori, il presidente degli Stati Uniti».

La prima cosa che stupì Mancuso fu che tutti si alzarono in piedi. Non sapeva di doversi alzare in piedi. Perciò fu l'ultimo a farlo. Poi non sapeva quando sedersi, e anche qui fu l'ultimo a farlo, con l'impressione che tutti lo guardassero e la certezza di essere un pesce fuor d'acqua.

Ma i cronisti fecero silenzio mentre il presidente raggiungeva il podio, si metteva gli occhiali da lettura e apriva la cartella di cuoio. E Mancuso vide che dentro c'erano fogli di carta battuti a macchina.

«Americani, miei compatrioti» iniziò. «Una settimana fa questo paese e i popoli civili di tutto il mondo sono rimasti sorpresi e indignati dall'assassinio del colonnello Octavio Martinez, capo dei *contras*, i combattenti per la libertà del Nicaragua. Questo atto di brutale viltà... Questo feroce e odioso delitto...»

Mentre il presidente parlava, Mancuso abbassò lo sguardo ai giornalisti. Alcuni tenevano, alti davanti a sé, piccoli registratori a nastro. Altri guardavano e basta. L'agente studiava le loro facce. Sembravano sapere che qualcosa di grosso era nell'aria.

Il presidente stava dicendo: «Ieri il vicepresidente Daniel Eastman ha scritto ai presidenti delle due camere per chiedere l'istituzione di una commissione d'inchiesta sull'assassinio del colonnello Martinez. E il vicepresidente, nelle sue osservazioni, non nascondeva la delusione prodotta in lui dal fatto che le indagini condotte su questo delitto dall'FBI avessero mancato, finora, di produrre risultati soddisfacenti».

Mancuso guardò il presidente. Aveva il discorso scritto sui fogli davanti a lui, ma non abbassava gli occhi quasi mai. Sembrava conoscerlo a memoria. Poi guardò i giornalisti. E li vide sporgersi in avanti come bambini il primo giorno di scuola, come se cercassero di far buona impressione sul maestro sforzandosi di non perdere una parola.

«Molte delle cose che vi ha detto il vicepresidente Eastman erano vere. C'erano, in effetti, solo due agenti dell'FBI che indagavano su questo caso.»

A queste parole, una palpabile ondata di emozione passò tra i giornalisti.

«Il vicepresidente era convinto che la natura di questo caso richiedesse un'indagine più vasta e approfondita. Devo ammettere che ero d'accordo con lui.»

Alcuni giornalisti si agitavano nelle poltrone. Stava accadendo qualcosa che Mancuso non riusciva a capir bene. Guardò verso il podio. Perché il presidente menava il can per l'aia? Perché non spiegava com'erano andate le cose? Quello che era successo, com'era stato ucciso Petersen, che le prove che aveva ucciso Martinez erano inconfutabili?

«Come voi, anch'io sono rimasto profondamente colpito dalla prematura scomparsa di questo giovane e audace visionario» continuò. «Per gli amanti della libertà del suo paese Octavio Martinez era un eroe. E anch'io, come voi, ero impaziente di vedere i suoi assassini identificati, catturati e puniti nella misura consentita dalla legge.»

Quando disse così, l'agente si rese conto di quello che faceva il presidente. Stava offrendo l'esca ai giornalisti, così come un pescatore la fa ballare davanti a una trota. Mancuso tornò a guardare i giornalisti, e vide che avevano abboccato.

I loro volti erano inespressivi e gli occhi tondi e fissi. Dopo tutto, erano solo uomini e donne qualunque, e stavano seduti proprio davanti alla sorgente del potere. L'uomo che si trovava dietro il podio li aveva tutti in pugno. E a Mancuso venne da pensare che chi controllava quella sala poteva controllare la stampa. E chi poteva controllare la stampa poteva controllare la nazione.

Il presidente fece una pausa e voltò una pagina sul podio davanti a sé. Quando lo fece, il riflesso del foglio di carta lampeggiò nei due pannelli di vetro inclinati che si rizzavano, su piccoli sostegni neri, davanti al podio. Mancuso li guardò e batté le palpebre. Là, sui pannelli di vetro, si vedeva il testo del discorso del presidente proiettato dai monitor televisivi disposti sul pavimento con la faccia in alto.

Il presidente disse: «Pochi atti, come questo, hanno mostrato con tanta chiarezza la natura violenta dei nemici della libertà in questo emisfero» e Mancuso guardò le parole che strisciavano sul vetro. Il testo del presidente era pieno di parole scritte a lettere maiuscole e di segni convenzionali. E mentre lui parlava, Mancuso poteva sentire la cadenza, le pause, l'alzarsi e l'abbassarsi della voce per sottolineare questo o quel concetto, e la continuità di una frase da una riga all'altra.

Il presidente parlava e Mancuso leggeva insieme a lui.

NOI crediamo di ESSERE un paese dove regna la giustizia. |
NOI crediamo di ESSERE un governo di donne e di >

uomini liberi. |
NOI crediamo di DOVER dare un esempio di >
imparzialità e di giustizia alle nazioni del >
nostro emisfero E della terra. |
               [VOLTARE PAGINA]
        [PAUSA]   [CON CALORE]

Voltò pagina e fece una pausa, e il suo tono cambiò. «Ma, amici miei» continuò «se vogliamo rimanere un popolo libero e civile dobbiamo, noi stessi, rispettare la legge e agire con moderazione. Giustizia non significa vendetta. E la causa della libertà non può essere servita dalle misure e dai provvedimenti di uno stato di polizia, per orribile che sia stato il delitto e per grande che sia il nostro desiderio di punirlo.»

Le parole pronunciate erano profonde ed elevate. Ma in un modo o nell'altro, proiettate su quei "gobbi" di vetro, quelle stesse parole suonavano vuote e false, come l'insensato cicaleccio di un intermezzo pubblicitario.

Quindi il presidente cominciò a spiegare in che modo l'FBI avesse rintracciato e intrappolato l'assassino. Mancuso guardava le parole passare sul vetro, parole che gonfiavano la parte da lui sostenuta nelle indagini. E quando Baker parlò della morte di Rolf Petersen e di come lui avesse identificato l'assassino, i cronisti si lasciarono sfuggire, al momento giusto, un "oh" di meraviglia.

Ma questo Mancuso non lo udì. Non udiva la voce del presidente e non stava leggendo le parole. Stava semplicemente là seduto, sudando copiosamente nel calore delle lampade e sentendosi come se qualcuno gli avesse strappato il cuore dal petto. I fatti e le invenzioni della caccia a Petersen scivolavano sul vetro e, come tutto il resto, le piccole verità erano ingrandite e distorte dal vetro e dall'ambiente e dai reporter e dalle loro telecamere, gonfiate al di là di ogni umana proporzione e vaporizzate dal calore delle lampade.

Mancuso stava là seduto, con l'impressione che non ci fosse nulla al mondo che gli premesse stringere o toccare o in cui si sentisse di credere. Come se non ci fosse più nulla che avesse un senso. Nulla di vero. Nulla di reale. E mentre il presidente continuava a parlare, lui si sentiva stanco e svuotato, spento e distrutto. Il sudore gli imperlava la fronte e il labbro superiore. Si passò il dorso della mano sulla bocca, e quando abbassò lo sguardo alla mano vide che era tutta impiastricciata del trucco color ocra, ed era sicuro di avere una striscia più chiara sulla faccia dove il trucco era venuto via, e non sapeva che fare. Alzò la mano e si tolse il fazzoletto dal taschino della giacca cercando di non farsi notare da nessuno.

Il presidente stava dicendo: «L'identificazione di Rolf Petersen... la caccia a questo killer depravato... e l'atto di eroismo che si è concluso con la morte... sono state tutte conseguenze delle indagini diligenti e infaticabili condotte da un solo agente del Federal Bureau of Investigation. Vorrei farvi conoscere quest'uomo... L'uomo che ha identificato Rolf Petersen. L'uomo che ha seguito le sue tracce. L'uomo che, seguendolo, lo ha raggiunto...».

Mancuso tirò fuori il fazzoletto e si asciugò la fronte, e il cerone tinse le pieghe del fazzoletto di un bel marrone scuro. Aveva una gran voglia di toglierselo tutto. Aveva una gran voglia di alzarsi e di lasciare il palcoscenico. Ma sapeva di non averne il coraggio. Non poteva andarsene. Stava per essere presentato alla stampa.

Era, dopo tutto, un numero dello spettacolo di quella sera. Anzi, era l'attrazione principale. Era in mostra: un fenomeno da baraccone in uno spettacolino di contorno a quello ben più sostanzioso che era un delitto. Quella sera Mancuso era l'orso ammaestrato del suo governo. Era un pagliaccio, una curiosità, un allocco, uno scherzo di natura: una parodia davanti alle telecamere. Ed era proprio la parte che faceva per lui. Perché era un pasticcione confusionario e casinista: lo zimbello di tutto il Bureau. Era il tirapiedi, lo scagnozzo al quale far commettere tutti gli sporchi, schifosi, malvagi piccoli reati che un governo, nel suo supremo disprezzo per il popolo e per la legge, è in grado di concepire. Cazzo, era Joe Mancuso, lui, il vecchio e fidato piedipiatti con le unghie sporche che obbediva agli ordini senza fare domande. Era esattamente ciò che si era lasciato essere e diventare in trent'anni: una canaglia e un impostore, un grottesco, ripugnante, corrotto, depravato, immorale, incompetente, un disgraziato che solo con la più grande magnanimità si sarebbe potuto definire un essere umano. E, peggio ancora, non era meglio di tutti quei bugiardi e manipolatori di professione. A conti fatti, non era che un loro complice.

«Signore e signori, l'agente dell'FBI incaricato delle indagini sul caso Martinez, Joseph Mancuso.»

Seguì un lungo silenzio.

Mancuso si guardò intorno, vide i reporter che sgranavano gli occhi e non capì perché. Poi guardò il presidente, e il presidente sorrideva, invitandolo a gesti ad alzarsi, e lui obbedì.

E all'improvviso la batteria di telecamere puntò i suoi obici contro di lui. All'improvviso si accesero le lampade, accecandolo. All'improvviso i fotografi si misero a lampeggiare, una gragnuola di lampi così fitta e così incalzante che Mancuso si ritrasse e per poco non alzò una mano per ripararsi il viso. E allora sentì gli applausi scoppiare nella sala, chissà dove, dietro quelle luci sfolgoranti: applausi tumultuosi, esagitati, fortissimi, assordanti. E lui si alzò, strizzando gli occhi nella luce viva e voltandosi a mezzo, tenendosi attaccato allo schienale per non perdere l'equilibrio, continuando a dirsi che era solo uno show, solo uno spettacolo, solo uno spettacolo come tanti altri.

E allora, tutt'a un tratto, la verità si fece strada nel suo cervello come un fulmine caduto dal cielo e Mancuso capì. Capì tutto di Martinez, capì tutto di Petersen. E nel sapere la verità sul proprio conto, seppe la verità sul conto di tutti gli altri.

Ore 20.20.   Dan Eastman schiacciò il tasto del telecomando e vide l'immagine televisiva ridursi un punto bianco e incandescente al centro dello schermo. Poi si appoggiò ai morbidi cuscini di cuoio della poltrona, incrociando le braccia sul petto.

L'interfono mandò il solito ronzìo e lui, abbassando gli occhi, vide che le otto luci del telefono erano tutte accese. Premette il bottone per parlare. «Sì, Dale?»

La segretaria sembrava sconvolta. «È... Sono tutti in linea, signore. L'Associated Press, *Time*...»

«Per ora non passarmi telefonate, Dale» disse con voce sommessa. E stava per lasciare il pulsante quando la donna continuò: «La signora Eastman sta chiamando da Filadelfia sulla tre».

Lui rifletté un momento. «Dille che ora non posso parlarle. E... Dale?»

«Sì, signore?»

«Le dica che mi manca.»

Lasciò il pulsante dell'interfono e schiacciò quello che bloccava la porta. Si appoggiò alla spalliera, alzò le braccia sopra la testa e si stirò. Poi tolse le gambe dalla poltrona e, camminando senza scarpe, raggiunse la scrivania e si sedette.

Prese il mazzo delle chiavi e lo tastò fino a trovare la chiavetta d'ottone del cassetto in basso a destra della scrivania. Aperto il cassetto, ne tolse la tozza calibro 38 regalatagli dall'Associazione degli agenti di polizia di Filadelfia quando lo avevano eletto loro Uomo dell'Anno. Aveva sulla canna un filigrana d'oro e il calcio di palissandro intarsiato, e il suo nome inciso fra la tacca e il mirino.

Depose la pistola sulla cartella di cuoio marrone che aveva sulla scrivania e poggiò le mani ai lati. E rimase là seduto, con lo sguardo fisso nel vuoto.

Ore 20.35. Quando Mancuso spinse la porta del bar di Gertie qualcuno gridò: «Eccolo!» e nel locale si levò un boato come quella volta in cui i Redskin avevano vinto la Super Bowl. E di colpo gli furono tutti addosso, stringendogli le mani e le braccia e dandogli dei pugni nella schiena e dei pizzicotti sulle guance, e le battone facevano la fila per buttargli le braccia al collo e schioccargli grandi baci umidi sulla bocca e sulle orecchie; e tutto quello che Mancuso riuscì a fare fu aprirsi un varco in mezzo a quella gente – che continuava a stringergli la mano e a mollargli grandi pacche sulle spalle – fino al suo sgabello in fondo al banco.

Gertie lo raggiunse con una bottiglia di Jack Daniel's e un bicchiere pieno di ghiaccio e gli schiaffò l'una e l'altro davanti, issò le sue tettone sopra il banco e disse: «Dammene uno, Joe!» e lo baciò. Poi spinse bottiglia e bicchiere verso di lui e disse: «Offre la casa».

«Hai visto Ross?» chiese Mancuso.

«Ehi, gente!» urlò Gertie. «Tutti al banco per un brindisi al più grande poliziotto nella storia dell'FBI! Offro io.»

Arrivarono da tutte le parti, tra spintoni e gomitate, tutte le prostitute dal retrobottega e i vecchi ubriaconi che smaltivano la sbornia nei separé accanto alla cucina, tutti urlando: «Ehi, capo!» e: «Fantastico!» e: «Bel colpo, Joe!» schierandosi davanti al banco. E quando tutti i bicchieri furono pieni Gertie tirò fuori il suo sgabello, si arrampicò sul banco, alzò il bicchiere sopra la testa e urlò: «A Joe Mancuso. Re dei poliziotti e divo della tivù!».

E tutti gridarono: «Evviva!» e bevvero alla sua salute.

«Ehi, Gertie» ripeté Mancuso. «Per amor di Dio... Ross è stato qui?»

Ma Gertie urlava di fare silenzio. «Okay, tutti. Tutti! *For he's a jolly-good fellow...* Pronti? Uno... due... tre: *For he's...*»

E tutti i clienti del bar cantarono con quanto fiato avevano in gola.

Mancuso se ne stava là seduto, sentendosi ridicolo, ma sforzandosi di non fare il guastafeste. E quando ebbero finito chiamò Gertie. Ma lei alzò i pugni e diede il via agli applausi della tifoseria locale.

«Tutti! Hip-hip...»

«Urrà!»

«Hip-hip...»

«Urrà!»

«Hip-hip...»

«Urrà!»

Poi si misero tutti ad applaudire e a battere le mani mentre Mandy, la battona amica sua, si arrampicava sullo sgabello di fianco a lui e gli gettava le braccia al collo e lo baciava sulla bocca e lo guardava con due occhi pieni fino all'orlo di felicità. «Sono così fiera di te, Joey.» E gli scoccò un altro bacio.

Lui scosse la testa. «Ma va, non significa niente.»

«Forse no, baby. Ma vuol dire qualcosa per me.»

Lui le prese la mano e gliela tenne stretta. «Grazie.»

«Di', stavi cercando Ross?» chiese lei.

«L'hai visto?»

«Macché. Non è ancora venuto. Vallo a chiamare. Trovo un'amica e andiamo a festeggiare.»

«Sì» disse Mancuso. Scivolò giù dallo sgabello e si diresse, facendosi largo tra la folla di quelli che volevano ancora congratularsi con lui, verso la cabina telefonica di fianco all'uscita.

Ore 20.40. Alle sette e tre quarti Ross aveva guardato l'orologio, poi le videocassette, le sue note e i sette bossoli dell'arma del delitto. Era stupito di sé, stupito di quello che provava.

Sapeva che, se avesse chiuso bottega in quel momento, avrebbe avuto il tempo sufficiente per scendere da Gertie, buttarne giù uno e trovarsi ancora un buon posto davanti alla televisione sopra il banco prima che cominciasse la conferenza stampa del presidente. Sarebbe stato un gran bello spettacolo. Prima il presidente che annunciava che l'FBI aveva pescato l'assassino di Martinez. E già questo li avrebbe fatti stare a bocca aperta. Ma quando il presidente avesse presentato Joe Mancuso, proprio il Joe Mancuso del bar di Gertie, come l'eroico poliziotto che aveva concluso l'operazione, be', allora sarebbe successo il finimondo. Nessuno, da Gertie, si aspettava una cosa simile.

Insomma, ci sarebbe stato da divertirsi. Eppure, quando venne il momento, Ross scoprì con una certa sorpresa che non aveva voglia di chiudere bottega e di scendere da Gertie. Voleva continuare a lavorare. Non gli interessavano le balle che il presidente avrebbe detto di Petersen, del Bureau o di Joe Mancuso. Se a Joe non importava un accidente, non importava un accidente neanche a lui. E questo lo spinse a domandarsi se per caso qualcosa di Mancuso – la sua indifferenza, il suo cinismo, la sua amarezza – non avesse cominciato a trasmettersi anche a lui. Alla fine, però, Ross passò dalla videocassetta al canale cinque e seguì la conferenza stampa. E quando Joe Mancuso si alzò in piedi per farsi riconoscere – quando rimase là strizzando gli occhi, con l'aria confusa di chi è sceso alla fermata sbagliata – Ross provò solo un senso di soddisfazione, e di grande tenerezza.

Alle otto e tre quarti era sempre là seduto nella stessa posizione, con le dita intrecciate sulla nuca, a sentire i commenti a caldo di Tom Brokaw, quando Jean, la segretaria, aprì la porta e ficcò dentro la testa.

«Ehi, il tuo socio è un eroe.»

Ross rise. «Già. Forse daranno il suo nome a un sandwich.»

«Aspetti qualcuno?» chiese Jean.

«No.»

«Be', lei è qui...»

Allargò la fessura della porta e, alle sue spalle, Ross vide Sally in anticamera, con gli occhiali scuri e il cappello in mano.

«Ehi! Salve» la salutò con vivacità. E quando Sally fu entrata nell'ufficio e lui ebbe chiuso la porta, disse: «Dio, sono proprio contento di vederti».

«Disturbo?»

«Stai scherzando?» Allungò il braccio e prese la mano che gli offriva. «Hai visto Mancuso? Hai visto la conferenza stampa?»

«Sì. Sarai contento, no?»

«Ehi. Te l'avevo detto che lo avremmo preso. Lo abbiamo preso. La caccia è finita.»

«Non credi che ora premeranno per risolvere la... l'altra faccenda?»

«Perché? Ora che Martinez è sistemato, l'altra cosa è un reato di serie B.» Ma l'ultima cosa che Ross voleva fare era parlare di lavoro. «Sei bellissima» disse.

«Sei gentile. Mi sento come se non dormissi da due settimane.»

«Be'. Devi toglierti quel pensiero dalla testa.»

«Lo so» disse lei, e si alzò, guardandolo fisso.

«C'è... qualcosa che posso fare per te?»

«Oh. Be'...» Sally esitò.

«Sì?»

«Dopodomani parto per la convenzione. Speravo che stasera si potesse cenare insieme.»

Era più di quanto Ross potesse sperare. Non credeva alle sue orecchie. E rimase là in piedi, a bocca aperta, finché lei non si alzò sulla punta dei piedi e lo baciò, lo baciò bruscamente sulla bocca. Lui ne fu così sorpreso che la prese per le spalle, quasi per proteggersi. Ma era impossibile fraintendere il messaggio delle sue labbra. Quelle labbra erano morbide e liquide e bollenti, e quella lingua si muoveva sotto il suo labbro superiore e scivolava sulla chiostra dei suoi denti. Ross la prese per le spalle e se la tirò addosso. Allora sentì sotto la camicia la massa calda del suo petto e sentì le sue anche premere contro di lui. E gli parve di essere inghiottito dal profumo zuccherino e dal calore della sua presenza.

Il telefono squillò, ma lui lo ignorò. Premendole una mano sulla schiena, fece aderire i fianchi di Sally ai suoi. Poi le mise l'altra sulla nuca, sotto la soffice cascata di capelli, e schiacciò le labbra sulle sue. Le introdusse la lingua tra le labbra e la bocca di Sally si aprì per accoglierla e si chiuse sulla sua.

La porta si aprì. Era Jean. Si staccarono di colpo.

«Cosa? Che c'è?» balbettò lui.

Lo sguardo di Jean passò dall'uno all'altra, sotto un sopracciglio aggrottato. «È Mancuso. Vuole parlarti.»

Ross stava cercando di riprender fiato, tentando con tutta la forza di non farsi soffocare dal rossore che gli copriva il collo. «Digli... Digli che sono uscito. Digli che sono andato a casa.»

Jean diede un'ultima occhiata alla schiena di Sally, scosse la testa e chiuse la porta.

Sally aveva le mani strette al petto. Quando la porta si chiuse, buttò indietro la tesa e rise.

«Cosa c'è di tanto divertente?» le chiese.

Sally scosse la testa e lo guardò con due occhi dolci e fiduciosi. «Non avrei dovuto venire qui. Lo sapevo che ci saremmo messi nei guai.»

Lui le mise le mani sui fianchi. «Perché sei venuta, allora?»

«Dovevo farlo» disse lei, e non rideva più.

Lo guardava, perfettamente immobile, e nell'azzurro di quegli occhi Ross vide solamente un desiderio che era uno specchio del suo.

«Fammi mettere via questa roba» disse lui.

Mentre Ross ammucchiava in fretta e furia le sue carte e rimetteva le videocassette negli astucci, Sally fece un passo di fianco, guardandosi allo specchietto del portacipria e ritoccandosi il trucco. Poi gli si avvicinò da dietro e gli mise una mano sulla schiena mentre lui era curvo sopra lo scrittoio, gliela pose sul fianco e risalì, sotto la falda della camicia, su su fino alle spalle, con le dita così allargate che Ross poté sentire le punte acuminate delle unghie che gli graffiavano la pelle. A quella carezza, lui si raddrizzò, per poi ripiegarsi su di lei mormorando parole di passione.

«Cosa sono?» disse Sally, e indicò i sette bossoli sul pezzo di carta.

«Le cartucce del delitto Martinez.»

Senza volere, la donna rabbrividì. «Dio, sono orribili.» Poi gli infilò l'altra mano sotto la camicia e gli passò le unghie sul petto, dolcemente, finché non l'ebbe cinto con le braccia, stringendolo a sé. Ross era turbato e ansimava per l'eccitazione.

«Perché uno è nero?»

«Non lo so.» Ficcò i sette bossoli in un sacchetto di plastica e lo chiuse.

«È importante?» Sally sentiva che la schiena di lui cominciava a coprirsi di sudore.

«Sì. Non so» rispose Ross, e alzò le spalle. «Credo. Vorrei saperlo.» Aprì il cassetto e vi lasciò cadere il sacchettino. Poi lei lo lasciò andare mentre si ficcava la camicia nei calzoni e cominciava a raccogliere il suo fascio di cartellette marrone e le faceva scivolare, a una a una, nella borsa.

«Il tuo socio... Mancuso?» Pronunciò il suo nome come se non gradisse, sulla lingua, il sapore di quella parola. «Cosa pensa, lui, di tutto questo?»

«Lui? Non pensa niente. Gli mancano tre mesi alla pensione. Vorrebbe solo che sparisse tutto.»

Ross tolse le chiavi dalla tasca e chiuse il cassetto della scrivania. «Dove ti piacerebbe andare a cena?»

Ma quando alzò lo sguardo, Sally stava facendo una cosa che Ross non aveva mai visto fare a una donna. Si passava il dito indice in un piccolo cerchio sul davanti del golfino, un cerchietto che cingeva il capezzolo del suo seno sinistro, e si vedeva il capezzolo gonfiarsi e indurirsi sotto la lana leggera. Ross rimase immobile, ipnotizzato, desiderandola come non aveva mai desiderato nessun'altra.

«Non voglio andare a cena» disse lei.

Ore 21. Mancuso richiamò mezz'ora dopo. Ma nessuno rispose, e quando guardò l'orologio capì che Jean e le altre segretarie dovevano essersene andate, lasciando l'ufficio deserto. Allora

disse a Mandy che avrebbero dovuto festeggiare un'altra volta.
Poi attraversò tutto il bar, sotto un'altra pioggia di manate e di
brindisi a spese della casa, e finalmente sgattaiolò fuori, lasciando che la festa impazzasse senza di lui.

Aspettò qualche minuto, guardando l'ultima ondata del traffico diretto verso casa che passava rombando per E Street, e pensò a tutti i tartassati, indaffarati sgobboni che correvano a casa,
dalle famiglie, mentre cominciava a scendere la notte. E pensò
alle case dov'erano diretti: belle case, per lo più, di borghesi agia-
ti e benestanti. Gli uomini che vedeva in quel momento si sarebbero seduti, di lì a poco, a lunghe tavole coperte di piatti fumanti
e avrebbero ringraziato il Signore per la sua generosità, senza
pensarlo. Loro davano per scontato tutte le durevoli ricchezze
della vita – moglie, casa, famiglia, abbondanza – tutte le cose che
in qualche modo, nella confusione e nel tumulto della vita, erano
sfuggite a Joe Mancuso.

Mancuso si sentì barcollare e comprese di aver bevuto troppo. Allora concentrò l'attenzione sulla targa all'angolo della strada, e svoltò a destra in fondo alla Decima, verso Constitution
Avenue e il Mall.

Davanti a lui, sul Mall, i lampioni erano accesi, facendo risal-
tare il colonnato del museo di storia naturale. Camminò fino al-
l'angolo di Constitution Avenue, canterellando tra sé un motivetto senza nome. Il semaforo era rosso. Si fermò.

Dietro di lui, all'angolo, c'era un'edicola. Si avvicinò e ficcò
la testa sotto l'insegna fluorescente. L'edicolante stava tagliando
proprio allora lo spago di un pacco di *Washington Post* arrivati in
quel momento. Mancuso allungò il collo per guardare sopra la
sua spalla.

Un titolo occupava la prima pagina in tutta la sua larghezza.
Diceva:

L'ASSASSINO DI MARTINEZ MORTO IN UNO SCONTRO A FUOCO

E sotto il titolo:

*L'encomio del Presidente all'eroico agente dell'*FBI

Nella sua nebbia alcoolica, Mancuso guardò le foto in prima
pagina. Una mostrava il presidente dietro il podio col grande sigillo della presidenza degli Stati Uniti. Si vedevano il podio e
Sam Baker, ma non quelle lastre di vetro sulle quali scorreva il
discorso. Mancuso, in un primo momento, pensò che era un pec-

cato: tutti avrebbero dovuto sapere che razza di stronzata era quella trasmissione. Poi invece pensò che dopo tutto, be', la gente voleva un presidente da ammirare. Se lo tenessero. Chi se ne infischiava?

Guardò un'altra fotografia. Quello era il ritratto di un uomo che non conosceva: un tipo grosso e tarchiato, con un ridicolo vestito scuro che non sembrava della misura giusta, col nodo della cravatta un po' storto e con le maniche troppo lunghe rivoltate ai polsi e con le mani alzate goffamente davanti a sé come se non sapesse che stavano scattando la fotografia. Aveva la pelle cascante, gli occhi spalancati e la bocca aperta in un'espressione di sorpresa come se qualcuno gli avesse appena pizzicato il culo. E allora pensò che quell'uomo somigliava a suo nonno. E poi gli venne in mente che quell'uomo era lui, Joe Mancuso.

«Vuole il giornale?» chiese l'edicolante.

«Eh?»

«Ho chiesto se vuole il giornale.»

«Sì» disse Mancuso. «Me lo dia.» Si frugò in tasca, trovò qualche spicciolo e pagò l'edicolante. Arrotolò il giornale e se lo ficcò nella tasca posteriore dei calzoni, poi attraversò la strada fino al Mall.

Il monumento di Washington era in piena luce e, mentre gli passava davanti, Mancuso vide il cerchio di bandiere sventolanti alla brezza che veniva dal Tidal Basin. Salì sull'erba e oltrepassò il monumento e affrontò la discesa verso il punto dove il Mall era tagliato dalla Diciassettesima Strada. Da lì fino alla Reflecting Pool era tutto prato, e si vedeva il Lincoln Memorial spiccare giallo e caldo sullo sfondo ancora turchino del cielo.

Raggiunse una panchina sul lato sud dello stagno e si sedette. Da quel punto si vedeva proprio tutto: il Campidoglio lontanissimo a est, il monumento di Washington, la Casa Bianca, il Lincoln Memorial. Erano illuminati e sfolgoranti, e Mancuso ripensò alla prima volta che aveva fatto quella passeggiata notturna fino alla Reflecting Pool. Era giovane, allora: nuovo marito, nuovo agente dell'FBI, faccia nuova lì a Washington. Tanto tempo era passato da allora, tante stagioni, tante vite. Ma Mancuso si ricordava com'era, con le scarpe grosse con le stringhe e la mascherina, col cravattone e col vestito a doppiopetto che non si abbottonava bene, e col fazzoletto da taschino a tre punte che portava sempre perché tutti dicevano che a Hoover piacevano i giovanotti col fazzoletto nel taschino. Era poco più che un ragazzo, allora, un ragazzo il cui mondo sussurrava e scintillava di promesse.

Appoggiato alla spalliera della panchina, Mancuso pensava al vecchio che aveva visto sulla prima pagina del giornale e non sapeva perché fosse così cambiato. Non lo sapeva e probabilmente non lo avrebbe mai saputo.

Tutto era cambiato, gli era scivolato via da sotto i piedi come i banchi di sabbia si dissolvono nell'acqua. Tutto quello che Mancuso aveva sempre voluto fare era stato servire il suo paese, difendere la costituzione e applicare le leggi degli Stati Uniti. Ma chissà come, mentre non stava attento, qualcuno aveva continuato a cambiare le carte in tavola e a trasformare la ragione nel torto, e il torto nella ragione, e i buoni nei cattivi e viceversa, finché non ci si raccapezzava più, ed era veramente impossibile sapere chi avesse ragione. E Mancuso veramente non sapeva cosa fosse che non andava. Dovette smettere di dar retta alla sua coscienza perché riusciva solo a confondergli le idee. E invece ascoltò i suoi superiori e fece esattamente quello che dicevano. Perché era convinto che, se qualcuno sapeva distinguere la ragione dal torto, quel qualcuno doveva essere tra loro.

Eppure non aveva funzionato. Non aveva funzionato. Per tutti quegli anni Mancuso non aveva saputo il perché. Fino a quella sera, quando era stato alla televisione col presidente.

Ora sapeva che non aveva funzionato perché il presidente si truccava e fingeva di sapere a memoria il suo discorso quando invece lo leggeva su un pannello di vetro. Era tutto uno show. I discorsi, la presidenza, l'intero governo. Ecco cos'era stato, sempre: una specie di show. Solo un fottuto show televisivo.

Chinandosi, si sentì pungere la schiena da qualcosa di duro che aveva nella tasca posteriore: era la copia del *Washington Post*. Se lo sfilò di tasca. Non c'era abbastanza luce per leggere, e comunque era stanchissimo, ormai.

Ma poteva servire a qualcosa. Aprì due o tre fogli del giornale e si coricò sulla panchina, coprendosi con le sue pagine per ripararsi dall'umidità della notte. Poi mise le mani col palmo sui listelli di legno, chinò la testa e vi adagiò la guancia sopra. E riprese a canticchiare il motivetto che continuava a ronzargli nella testa. Solo allora si ricordò qual era la canzone che stava canticchiando, e provò a farsi venire in mente le parole.

My country tis of thee, sweet land of liberty, of thee I sing... Il resto non riusciva a ricordarlo. E non aveva importanza. Perché intanto si era appisolato, e ora dormiva come un ciocco.

Ore 21.20. La cosa buffa era che una volta riconosciuto il desiderio non restava molto da dire.

Tornarono a casa di lei. E non si rivolsero quasi la parola durante il viaggio attraverso la città. E poi Ross non riusciva a trovare un posto per parcheggiare la macchina e dovette rifare il giro dell'isolato. Ma quando le propose di lasciarla davanti al suo portone, lei disse: «No. Resto con te» come se non volesse separarsi da lui. E quando finalmente trovò un parcheggio, il posto era a tre isolati di distanza, e tornarono a piedi fino alla casa di Sally scambiandosi a dir tanto due parole.

Appena entrati, la finzione finì.

Sally fu subito tra le sue braccia, la bocca umida e aperta, pronta a ricevere la sua lingua. Le mani di Ross erano su tutto il corpo di lei. E mentre si baciavano Sally gli sbottonò la giacca, tirandogliela via dalle spalle e gettandola sul sofà. Mentre lei cominciava a sciogliergli il nodo della cravatta, lui le mise le mani sotto il golf, stringendole e sollevandole i seni nel serico tessuto del reggiseno. Sally aveva i capezzoli duri come sassi, ed erano entrambi così a corto di fiato che lei disse: «Aspetta. Vieni con me». Poi lo portò in camera da letto.

Era bianca, con una carta da parati a delicati fiori bianchi e azzurri e una chaise longue ricoperta di una stoffa intonata a quei colori, carica di cuscini bianchi e azzurri. Sulle finestre c'erano bianche tendine increspate e sui muri stampe dall'aria malinconica che avevano qualcosa d'infantile. C'erano un gran letto d'ottone e due lampade d'ottone sui comodini. Il letto aveva una coperta bianca e spumeggiante, sulla quale si ammucchiavano i cuscini. Ormai Ross era così pieno di lei che non si sarebbe nemmeno accorto della stanza, non fosse stato per gli animali di peluche. Erano dappertutto: orsi e conigli che sbirciavano dagli angoli, cuccioli sui cuscini nell'angolo sotto le finestre, e uno strano piccolo koala accovacciato al centro del letto. Avrebbe potuto essere la stanza di una bambina, non quella di una donna.

Ma era la stanza di una donna e quella donna era lì con lui, e lo faceva sedere sulla sponda del letto perché si sbottonasse la camicia e si togliesse i mocassini. E mentre lui faceva queste cose, lei stava un po' in disparte, sbottonandosi il golfino. E quando se lo fu scrollato di dosso, lui vide la massa morbida e arrotondata dei suoi seni imprigionati nel reggipetto e i capezzoli induriti che spingevano contro il tessuto. E quando lei si sganciò il reggiseno e se lo tolse, i suoi seni penzolarono davanti a lui come perle grandi e morbide, e i capezzoli erano rossi e infuocati come la sua bocca. Poi aprì la cerniera della gonna, slacciò i bottoni e se la lasciò cadere attorno alle caviglie, uscendone con un passo, nuda, tranne che per le scarpe col tacco alto. E Ross alzò lo sguardo alla stessa donna nuda che aveva visto dietro le tendine mentre stava fuori al fresco nella notte di Miami.

Quando lei gli si accostò e gli premette il ventre contro il viso, lui sentì il profumo di Shalimar misto alla fragranza del suo corpo. Baciò quelle carni e giunse le mani dietro ai fianchi e scoprì con sorpresa com'erano sode le sue natiche.

Era proprio il tipo di amante che Sally aveva immaginato. Attento. Premuroso. Sollecito. Perfetto. Mise i calzoni grigi a cavallo della chaise e lasciò i calzini e le mutande sul pavimento accanto ai mocassini. Lei spostò il tenero koala marrone, ripiegò la coperta di pizzo, si distese sulle lenzuola fresche e alzò un ginocchio perché lui la vedesse. Quando ebbe finito di svestirsi e si accostò al letto e abbassò lo sguardo alle sue gambe aperte, lui voleva seppellirvi il viso. Invece lei lo fece inginocchiare sul letto e poi lo prese in bocca. Lo stringeva dietro le natiche e, mentre lo accarezzava, lo sentiva tremare.

Era così tenero che non finiva di meravigliarla: calmo anche nell'ansia di possederla, garbato mentre con dita tremanti la preparava all'incontro. E quando finalmente le fu addosso, aspettò che a guidarlo fosse lei.

Poi, con pazienza, l'aiutò a sincronizzarsi. C'era tanta generosità, da parte sua, che Sally aveva l'impressione che nessun uomo fosse mai stato così dolce con lei. Si appoggiò a un gomito per tirarsi su, le fece scivolare una mano sotto la testa e dolcemente l'attirò verso di lui. Con l'altra mano, appassionatamente, le carezzava il seno. Quindi le sussurrò: «Vieni con me». E quando lei fu pronta, Ross mise dolcemente la bocca sulla sua e lasciò che gli piantasse le unghie nella schiena, fino a raggiungere insieme l'orgasmo.

Giacquero così molto tempo, dopo, lui tra le su gambe aperte, lei con un calcagno dietro il suo ginocchio, lui con la testa sul suo petto, lei stringendolo affettuosamente tra le braccia. E poi Ross la sentì gemere, e quando la guardò, nell'ultima lenta luce della sera che filtrava dalle tendine increspate, Sally piangeva dolcemente tra sé.

«Ti ho fatto male?» domandò.

Lei scosse la testa e cercò di riprender fiato. «Oh, no. Sei un amante così tenero.»

«Cosa, allora?» disse lui. «Sally?»
«Voglio amarti così tanto da soffrire.»

Ore 21.45. Sam Baker era un po' brillo. Non le era stato da... be', non lo sapeva con certezza. Da Capodanno, forse. Aveva dimenticato che piacevole sensazione si provava. O forse essere brilli era piacevole solo perché provava un così grande senso di sollievo.

Dopo la conferenza stampa e il periodo dedicato alle domande e alle risposte, aveva ringraziato Mancuso ed era ritornato all'Oval Office con Bender, O'Donnell e Harrison per un riesame della situazione. Ma quando entrarono, il suo cameriere, Michael, stava aprendo una magnum di Hanns Kornell, e i tre uomini gli strinsero colorosamente la mano e brindarono alla sua salute.

Era andata bene. La conferenza stampa aveva avuto tutta la drammaticità di una *première* a Broadway. E lui, in ogni caso, aveva risposto a tono a tutte le domande. Era persino riuscito a schivare la questione di come tutto ciò che era accaduto avrebbe influito sui suoi rapporti con Dan Eastman. Era proprio ciò che aveva previsto Lou Bender, esattamente ciò che aveva voluto. E non c'era dubbio: i sondaggi dell'indomani avrebbero sicuramente mostrato una significativa variazione nella direzione giusta.

Dopo un'altra bottiglia e un'altra ora di chiacchiere e progetti, Sam aveva augurato la buonanotte a tutti e si era ritirato nei suoi alloggi, al primo piano della Casa Bianca. Entrò nello studio verde, appese la giacca a una maniglia, si allentò la cravatta e sedette nella poltrona di chintz verde che gli piaceva tanto. Jack Kennedy aveva scelto i mobili e arredato quella stanza: be', era stata Jackie, veramente. E Nancy Reagan aveva ritappezzato i muri e ricoperto il divano e le poltrone. Ma lui aveva sempre pensato a quella stanza come alla stanza di Wilson: perché era la stanza dove stava Woodrow Wilson durante la sua lunga malattia.

Sam mise i piedi in alto, rovesciò la testa all'indietro e pensò a sua moglie, Catherine, e a quanto gli mancava e a quanto avrebbe desiderato dividere quel momento con lei. Era stata una Golden Girl di Newport, ai suoi tempi, tutta charleston e champagne. Adorava lo champagne e adorava ballare, da quando si erano incontrati fino all'ultimo. Era stato proprio da lei morire il giorno di Natale, lasciandogli, perché lo consolassero, un mucchio di doni e di allegri ornamenti. La sua morte lo aveva piombato in una tristezza che gli era impossibile esprimere. Ma ora Sam vedeva che tutto andava come forse sua moglie avrebbe desiderato: la famiglia nuovamente riunita, la casa allegra e piena di luce. Pensò, per amor suo, di bere, prima di andare a letto, un'altra coppa di champagne. Schiacciò il bottone per chiamare il cameriere, e quasi prima che avesse tolto il dito Michael bussò all'uscio ed entrò.

Baker alzò lo sguardo e sorrise. «Michael, tu mi leggi nel pensiero.»

«L'ammiraglio Rausch è qui e desidera vederla, signore.»

Per un attimo il presidente non capì. Poi ripeté: «Qui? Adesso?».

«Da basso, signore. Nella Roosevelt Room.»

Sam Baker s'infilò la giacca e scese al pianterreno. La sala riunioni battezzata col nome di Roosevelt si trovava di fronte all'Oval Office, di là dal corridoio. Lou sedeva a un'estremità del lungo e lucido tavolo di mogano con la giacca appesa allo schienale, senza cravatta e con le maniche della camicia rimboccate. Sembrava che qualcuno l'avesse appena buttato giù dal letto.

In fondo alla sala sedevano due uomini che Sam non conosceva. Rausch era nell'angolo, e stava telefonando. Quando entrò il presidente si alzarono tutti in piedi.

«Buonasera, signori» li salutò. Poi si rivolse a Bender.

Ma quello aprì le braccia, come se non sapesse di cosa si trattava.

Rausch depose il ricevitore e tornò al tavolo. Chiaramente, era molto nervoso. «Signor presidente» disse «posso presentarle il signor Lewin Vander Pool? Lewin è il capo dell'Ufficio Problemi Globali della CIA. È anche il supervisore delle I e S.»

Si strinsero la mano. «I e S?»

«Ipotesi e Supposizioni» spiegò Vander Pool, con un piccolo cenno del capo.

«War games» spiegò Bender alle sue spalle.

«Capisco. Piacere di conoscerla.»

«E questo è Jim Renwick. Capo del nostro Ufficio America Latina.»

Il presidente gli strinse la mano. «Ci siamo già incontrati, credo.»

«Sì, signore. Di tanto in tanto.»

«Prego. Accomodatevi» li invitò il presidente. E quando tutti si furono seduti Rausch aprì una cartella marrone sul tavolo davanti a sé.

«Crediamo di sapere chi ha assoldato Petersen per assassinare Octavio Martinez» disse.

Il presidente scoccò a Bender un'occhiata piena di stupore. Bender alzò le spalle, come se tutta la faccenda fosse per lui una grossa sorpresa.

Allora Rausch disse: «Jim?».

Renwick aprì la sua cartella e fece scivolare sopra il tavolo, verso Bender e il presidente, alcune copie di un documento.

«Questa è una lista dei dieci uomini che hanno fondato l'FSLN e dato inizio alla rivoluzione sandinista. Riconoscerà certamente alcuni nomi.»

Il presidente diede una scorsa alla lista. Alcuni nomi gli erano familiari.

«Ortega e Borge sono sopravvissuti ai vent'anni d'insurrezione» proseguì Renwick. «Alla fine sono diventati i capi dell'esercito marxista che ha cacciato Somoza e fatto lo sgambetto al suo governo. Gli altri otto sono morti nella lotta. Sette in combattimento. Uno assassinato.»

«Quello che è stato assassinato era Carlos Fonseca» spiegò Rausch.

Il presidente scosse la testa per indicare che non capiva il senso dell'informazione.

Renwick continuò: «Fonseca era l'ideologo della rivoluzione. Il padre della rivoluzione, se volete. Chiamarsi sandinisti, dal nome del vecchio capo guerrigliero degli anni Trenta, fu un'idea sua». Voltò pagina e proseguì: «Nel 1979, quando i suoi sandinisti rovesciarono Somoza, quasi tutti i vecchi rivoluzionari erano morti, e molti di quelli giovani erano scontenti. Alcuni se ne andarono protestando per gli stretti legami di Ortega con l'Unione Sovietica, altri perché temevano che il Nicaragua sarebbe diventato un fantoccio cubano nell'America Centrale. Il romantico sogno di Fonseca di un Nicaragua libero, progressista, socialista era stato dimenticato da un pezzo quando Ortega marciò su Managua.».

Renwick chiuse la cartella e si tolse gli occhiali. «Ma Ortega non dimenticò mai come Fonseca aveva usato il ricordo di Sandino per mobilitare i *campesinos*. E quando andò al potere, Ortega ordinò, in nome del vecchio, un atto simbolico. Di rintracciare e uccidere gli ufficiali dell'esercito che nel 1934 avevano assassinato Sandino. Due dei tre che erano ancora vivi, in ogni caso.»

«Tutto questo è molto interessante» disse il presidente, sforzandosi di apparire cortese. «Ma non sono certo di capire che senso ha.»

«Aspetti di sentire il nome del terzo assassino» fece Rausch.

Renwick aggiunse: «Il suo nome era Julio Ramirez, il suo grado quello di colonnello».

«Cosa?» fece Bender, e il suo stupore era reale. «Il vecchio che è il portavoce del governo nicaraguense in esilio?»

«Sì.»

«Non ci credo.»

Vander Pool alzò l'indice. «Sì, sì» disse. «Voi pensate a lui come a un vecchio cieco, fragile e poetico.» Ridacchiò e intrecciò le dita sul ventre. «Ma Julio Ramirez non è stato sempre un vecchio. Vedete, signori, era colonnello nell'esercito di Somoza. Era il comandante delle squadre della morte. Per quasi quarant'anni ha sistematicamente assassinato i nemici di Somoza. È, forse, la cosa più vicina a un Mengele o a un Eichmann che le Americhe abbiano mai prodotto.»

«Mi sta dicendo che gli Stati Uniti danno asilo a un uomo come quello?» domandò il presidente.

«È... una cosa utile.»

«È una vergogna.»

«Signor presidente» disse soavemente Vander Pool «è una realtà della vita politica.»

Poi Renwick intervenne: «È evidente, secondo noi, che Ramirez e i capi dei *contras* hanno assoldato Rolf Petersen per assassinare Martinez».

La dichiarazione ammutolì i presenti.

Bender esclamò: «Sciocchezze. È un'idiozia».

«Niente affatto» disse Rausch. «Martinez stava perdendo la guerra. Noi lo sapevamo. Perché non avrebbero dovuto saperlo anche loro?»

«Maledizione» disse Bender. «Martinez era il santo patrono del movimento dei *contras*! Vorresti farmi credere che proprio i suoi lo volevano morto?»

«Noi sì» mormorò Rausch, con voce sommessa.

«Signori, vi prego di scusarmi» li interruppe Baker. «Forse sarebbe opportuno chiedere al signor Vander Pool e al signor Renwick di lasciarci soli per un po'. Se non hanno altro da riferire, cioè.»

Vander Pool e Renwick raccolsero le loro carte e si alzarono per congedarsi. «Grazie, signori» li congedò il presidente. I due uomini fecero un inchino e uscirono dalla stanza.

Quando furono usciti, il presidente si rivolse ai due uomini rimasti intorno al tavolo. «Ora, voglio che una cosa sia chiara» disse, e la sua voce era ferma e profonda. «Quello che si dice in questa stanza resta in questa stanza. E se avrò anche solo il sospetto che l'uno o l'altro di voi abbia messo in pratica questa o quella proposta di stasera senza il mio espresso consenso e la mia espressa autorizzazione prenderò nei vostri confronti misure severissime. Mi avete capito?»

«Sì» rispose Bender.

«Sì, signore» ripeté Rausch.

Il presidente scelse una poltrona dalla quale poteva osservarli tutt'e due. «Dunque, ammiraglio Rausch. Voglio che lei mi racconti che cosa, a suo giudizio, è successo a Octavio Martinez. Per filo e per segno. Senza reticenze.»

«Va bene» disse Rausch. Chiuse le sue cartelle, drizzò la schiena e puntò i gomiti sul tavolo. «Martinez stava perdendo la guerra. Noi lo sapevamo. Altri capi dei *contras* lo sapevano. Noi volevamo metterlo da parte. La stessa cosa volevano loro. E sapevano – come lo sapevamo noi – che Martinez sarebbe uscito di scena in un solo modo: con i piedi avanti.»

«Cerca di ragionare» intervenne Bender. «Se avessero voluto toglierlo di mezzo, avrebbero potuto tagliargli la gola nella giungla. E dire a tutti che era morto in combattimento.»

«Certo che avrebbero potuto» disse Rausch. «Ma volevano prendere due piccioni con una fava. Così, per ammazzarlo, hanno assoldato un ex-agente della CIA: non per infinocchiare i peones o la stampa, ma per mettere nel sacco noi, noi tre; per farci credere che era stato Ortega. Se ci avessimo creduto, sapevano che avremmo intensificato i nostri aiuti militari. Ci hanno messi nel sacco. E noi abbiamo intensificato gli aiuti.»

Il presidente sembrava stupefatto.

Bender disse: «Non puoi provarlo. Non esiste uno straccio di prova».

«È vero?» chiese Baker. «Lei ha qualche prova concreta? O ci sta descrivendo l'ennesimo sogno a occhi aperti della CIA?»

«Certe volte bisogna tirare conclusioni senza prove concrete» osservò Rausch.

«Risponda alla domanda.»

L'ammiraglio sospirò e scosse il capo. «Va bene. Non esistono prove concrete.»

Bender disse: «Non ho altro da aggiungere».

E Rausch ribatté: «Ma esistono prove indiziarie, consistenti prove indiziarie, dei legami tra Petersen e Ramirez».

Bender sbuffò. «Assurdo. Era il sicario di Ortega. L'hai detto tu.»

«Mi sono sbagliato.»

«Cristo, un'altra novità?» chiese Bender.

«Signor presidente...»

«Basta così, Lou» ammonì il presidente.

Bender si appoggiò alla spalliera e incrociò le braccia.

Rausch disse: «Vede, noi sapevamo che Petersen si era messo per suo conto. E ne abbiamo dedotto che era passato ai marxisti. Non è vero. Si mise a lavorare per Somoza. Si mise a lavorare per Julio Ramirez».

Bender si sporse sopra il tavolo. «Provalo.»

«Ha assassinato Carlos Fonseca.»

«Cosa?»

«Nel 1976 Fonseca era in Honduras. Dove l'esercito del Nicaragua non poteva raggiungerlo. Petersen lo attirò in una *cantina*. Gli sparò in faccia.» Rausch spinse verso il presidente, sopra il tavolo, una cartella marrone. «È tutto qui.»

Bender si alzò e rimase in piedi dietro di lui mentre Baker sfogliava il contenuto della cartella. C'erano due dichiarazioni in spagnolo con le relative traduzioni inglesi. C'era la fotografia del cadavere di un uomo, denudato e disteso sulle assi di un misero pavimento. C'era la fotocopia di un assegno circolare di cinquantamila dollari emesso dalla First National Bank di Tampa, con la girata di un certo "R. Peters".

«Non la bevo» disse Bender. «Fonseca è caduto combattendo sulle montagne del Nicaragua. C'è in tutti i libri della storia.»

«Lou, quell'uomo era il George Washington del movimento sandinista. Cosa volevi che scrivessero? Hanno fatto circolare quella versione per trasformarlo in un eroe ancora più grande» ribatté Rausch. «È morto in un bordello. In un villaggio di pescatori, piccolo e sporco, che si chiama Cabo Gracias a Dios. Punto e basta.»

«Ucciso da Rolf Petersen» disse il presidente.

«Esatto.»

Il presidente chiuse la cartella, si alzò in piedi e attraversò tutta la sala, per il lungo. Quando fu arrivato in fondo si fermò e si voltò a guardare Bender. «Se è vero che Ramirez ha assoldato Petersen... Che si fa?»

«Niente» rispose quello. «Un cavolo di niente. Lo sappiamo. E ci potrà servire quando tratteremo con Ramirez e il resto di quella banda di carogne. A parte ciò, ce lo portiamo nella tomba. Se lasciamo che si sappia, spacchiamo in due il movimento dei *contras*... E potete dire addio a un Nicaragua democratico almeno fino alla fine del secolo.»

«Scusatemi, signori» li interruppe il direttore della CIA «ma rendere pubblica questa storia non è l'unica possibilità che abbiamo d'impedire a quella dell'AIDS di trapelare?»

Il presidente non rispose. Rausch guardò Bender.

«Sì, Bill, credo di sì» rispose quello con voce soave.

«Be', non vorremmo...» Rausch si fermò di colpo. Il suo sguardo corse dall'uno all'altro. Poi si rese conto che Bender lo aveva messo nel sacco. «Ehi, aspetta un momento. Solo un attimo, maledizione! Se credi che mi prenderò tutta la colpa, tu sei matto!»

«Ammiraglio Rausch!» lo ammonì in tono brusco il presidente. «Lei dimentica dove si trova.»

«Un corno» ribatté lui, si alzò e girò attorno al tavolo fino a fermarsi accanto al presidente. Puntò un dito contro Bender. «È stato quel piccolo figlio di puttana a fissare la visita al Walter Reed. E ad approvare l'uso del virus.»

«Io credo che ti sbagli» disse Bender. «Offriamo visite mediche complete a tutti i dignitari dei paesi in via di sviluppo. E il virus è stato autorizzato solo per prove di laboratorio: non per commettere un omicidio politico.»

«Ma tu sapevi che sarebbe stato usato su Martinez, maledetto!»

«Io non sapevo niente del genere» fece Bender.

L'ammiraglio si fermò davanti ai due uomini coi pugni chiusi, rosso in faccia per la rabbia. «Dio vi maledica» sibilò «vi maledica entrambi.»

Poi si voltò, si diresse verso la porta, l'aprì e la richiuse sbattendola con forza.

Lou Bender si mise le mani dietro la testa, intrecciò le dita e si dondolò nella poltrona. «Scacco matto» disse.

Ore 22.20. Quando Sally ebbe finito di fare il bagno, si asciugò e si spazzolò i capelli, si cosparse le membra di Shalimar, si avvolse nel suo grande accappatoio giallo di spugna, s'infilò le pelose ciabattine gialle e tornò in camera da letto. Ross era coricato sulla schiena sotto la soffice coperta bianca, con le mani dietro la testa e i sottili peli neri sul petto che gli davano un'aria molto virile. Da tanto tempo non aveva un uomo nel suo letto che Sally fu costretta a fermarsi e a pensare all'ultima volta che c'era stato Terry. Ma Terry era così diverso da Ross, rosso com'era, di faccia e di capelli, e più magro e più alto di lui. Ross aveva sotto le ascelle folti ciuffi di peli neri, dai quali proveniva un odore muschiato e tenebroso che la eccitava, quando lui la teneva tra le braccia. Aveva muscoli lunghi e affusolati nei bicipiti, e i suoi avambracci si ingrossavano sotto il gomito, dandogli un'aria forte e robusta. Però aveva polsi delicati, e il palmo delle sue mani era morbido, e le dita gentili e carezzevoli. Sally era rimasta sbalordita dalla sua delicatezza, quando la toccava. La toccava come lei avrebbe toccato se stessa, un tocco confortante, sensuale; come se potesse provare anche lui le sensazioni che scatenava nel suo corpo. Era stato delizioso, e quando Sally pensava al suo tocco si sentiva soverchiata da un'ondata di desiderio.

«Cosa stai facendo?» chiese.

Lui continuò a fissare il soffitto. «Pensavo.»

«A cosa?» Gli si avvicinò e si sedette sulla sponda del letto. Cominciava a desiderarlo di nuovo e si sentiva nel ventre quel rimescolìo.

«Se sapessi perché quel bossolo era nero, risolverei questo caso.»

«Oh... Davvero?» disse, un po' piccata dal fatto che non stava pensando a lei.

«Io...» Poi alzò lo sguardo e comprese. Le porse la mano e lei se ne impadronì. «Scusa» disse. «Stai... Stai bene?»

«Sto...» Non c'erano altre parole per spiegarlo. «Sto meravigliosamente. Credevo che mi sarei sentita in colpa. Credevo mi sarebbe dispiaciuto per...»

«Fallon?»

Sally annuì. «Credevo che sarei stata assalita dai rimorsi. Invece non è così. Mi rincresce. Ma non è così.»

«Anch'io. E mi sento come se avessi appena infranto la regola numero uno. Abbiamo qualche probabilità?»

Lei sorrise con aria un po' assorta. «Non so.»

Lui disse: «La tua situazione non funziona».

Allora la donna provò un senso di gelo. «Lo so» sussurrò.

«È così grande il potere che esercita su di te?»

Lei si alzò, raggiunse il lato opposto della camera da letto e si fermò nell'angolo vicino alla finestra. Poi rispose: «Sì».

«Di che si tratta?» chiese Ross. «Come può dominarti così? Non capisco. Tu sei una...»

«Lo amo» disse lei.

Per qualche attimo rimasero immobili, guardandosi attraverso la stanza.

«Hai paura di lui, non è vero?» le domandò. E quando lei non rispose lui ripeté: «È così, no? Hai paura di lui».

Lei lo guardò e non parlò.

«Perché» domandò lui. «Perché hai tanta paura di lui? Hai paura di quello che potrebbe fare se scoprisse... se venisse a sapere di noi due?»

«Non so cosa farebbe.»

«Cosa potrebbe fare?»

Lei abbassò la testa.

«È pericoloso» disse Ross. «Fallon è pericoloso, non è vero?»

Lei lo guardò ancora senza parlare.

«Ascolta, Sally» continuò, e si mise a sedere sul letto «Vieni qui.» Batté la mano sulla sponda accanto a sé. E quando lei si sedette la prese per le spalle. «Nessuno ti farà del male finché ci sono io. Né Terry Fallon né nessun altro.» La strinse a sé. «Lo so che ti ha invischiata in qualche imbroglio. E so che è una cosa che potrebbe danneggiarti.»

Lei deglutì, senza negare.

«E so che lo devi lasciare.»

«Non posso.»

«Devi farlo.»

«Non posso.»

«E noi due?»

Ma per lui Sally non aveva una risposta.

«Hai avuto molti uomini?» disse Ross.

La domanda la fece irrigidire. «Dobbiamo proprio parlare di questo?»

«No. Solo...»

«Ne ho avuti abbastanza» rispose lei. «Ma ogni volta ho fatto sul serio. Non faccio l'amore come fanno gli uomini, per sport, o per accrescere la mia collezione. È una cosa che conta, per me. Una cosa importante.»

«E noi? Contiamo qualcosa?»

Lei sussurrò: «Lo vorrei». E lo diceva con tutto il cuore.

Ross appoggiò le spalle alla testiera, sorridendo. «Per giorni ti ho guardato sul mio monitor» disse. «Ti guardavo e mi chiedevo cos'avrei provato a toccarti. Ti guardavo e vedevo com'eri bella.»

Lei rise, imbarazzata. «Non sono bella. Sono un disastro.» Timidamente, si portò le mani al viso.

«Sei bellissima anche quando ti nascondi dietro le ma...» S'interruppe di colpo e la fissò, a bocca aperta. L'aveva già vista coprirsi il volto a quel modo: e tutt'a un tratto gli venne in mente dove.

Sally rimase così, con le mani sul viso. Ross aveva negli occhi un'espressione così strana che Sally provò una fitta di paura.

441

«Che c'è? David? Che succede?»

«Niente» disse lui. «Senti. Devo andare.» Buttò via le coperte e cominciò a scendere dal letto.

«Aspetta» fece la donna, e gli prese la mano. «C'è qualcosa che non va?»

«Niente. È solo che devo andare.»

Sally guardò l'orologio sul comodino. Segnava le dieci e trentacinque.

«Non è tardi.»

«No, è solo che…» Ross stava cercando le mutande sotto le lenzuola.

Sally si adagiò sui cuscini e alzò un ginocchio schiudendo l'accappatoio. «Fammi fare un altro giro.»

Lui aveva trovato le mutande e se le stava infilando in fretta e furia. «Devo andare. Davvero.»

«Puoi andarci più tardi» disse lei, aprendosi l'accappatoio sul petto per mostrargli il solco tra i seni.

«No. Ora devo proprio andare.» Ross si sedette ai piedi del letto e cominciò a tirarsi su i calzini.

«Aspetta» fece lei. Aprì il cassetto del comodino e ne tolse una manciata di lucenti nastri multicolori, di quelli che le bambine portano nei capelli.

Lui guardò i nastri, poi la donna. «Che roba è?»

«Non lo sai?» Lei si sporse verso di lui e gli mise in mano le fettucce colorate. Ross la guardò, perplesso.

«Così.» Lei aprì l'accappatoio, se lo sfilò da sotto il corpo e lo gettò sul pavimento. Poi gli tolse di mano uno dei nastri di cotone, se lo annodò alla caviglia e lo legò a uno dei sostegni d'ottone ai piedi del letto.

«Che stai facendo?» le chiese.

Lei prese un'altra fettuccia e legò l'altra caviglia all'altro pilastro. Adesso era seduta sul letto a gambe aperte, con le caviglie legate. Lui la guardava senza capire. Lei scelse altri due nastri e li annodò intorno ai polsi. E quando si adagiò sulla schiena Ross capì che voleva farsi legare i polsi alle colonne d'ottone della testiera.

«Sally, ma è…»

«Fallo» disse lei, ansimando. «Ti prego.» E nei suoi occhi c'era un'espressione di lascivia che Ross non aveva mai visto, né in lei né in nessun'altra donna.

Lasciò cadere i calzini sul tappeto. Quando le ebbe legato i polsi, lei disse: «Ci sono delle cose in quel cassetto». E quando guardò e vide il contenuto del cassetto, Ross rimase sorpreso, scosso addirittura.

«Comincia dalla bocca» lo invitò lei, e si mise a tirare i quattro nastri fino a far gemere le colonne del letto, fino a fargli capire com'era inerme e indifesa.

Ore 22.40. Dan Eastman fissò la calibro 38 sulla cartella della scrivania. Era difficile uccidersi. Anche quando sembrava che la morte fosse l'unica dignitosa via d'uscita per tutti gli interessati. Anche quando la morte sembrava l'unico finale soddisfacente, la ragione la rendeva difficile.

C'era, dopo tutto, il problema della tecnica. Nell'orecchio? In bocca? Alla tempia? C'era la questione del dolore. Avrebbe fatto male? Per quanto tempo? E che disastro avrebbe lasciato sulle pareti e sul pavimento? C'erano poi le questioni pratiche: un biglietto, un testamento, l'assicurazione.

La ragione aveva un modo intelligente di esprimere la sua volontà di vivere.

Per molto tempo Dan Eastman restò seduto – ore, parvero, e lo erano – fissando la pistola sulla scrivania, cercando di convincersi a puntarsi la canna alla testa e a premere il grilletto.

C'era una cosa che continuava a spingerlo ad agire: le luci ammiccanti sul suo apparecchio telefonico. Si erano accese, tutt'e otto, appena il presidente aveva concluso le dichiarazioni preparate per la conferenza stampa. Si erano accese e non si erano più spente.

Eastman sapeva che dietro ognuna di quelle luci c'era un giornalista o un uomo politico: una persona accorta, maschio o femmina che fosse, con domande che lo avrebbero punto sul vivo. Si sarebbe dimesso? Come poteva aver fatto accuse così infondate? Il presidente lo aveva ammonito? Gli aveva forse chiesto di andarsene? E lui sapeva che quelle domande non sarebbero finite. Avrebbero continuato a essergli rivolte finché fosse rimasto in politica, finché avesse avuto un posto nella vita pubblica. E poi avrebbero preso un'altra forma.

Anche se Eastman si fosse dimesso, l'umiliazione e l'onta lo avrebbero seguito dappertutto. I suoi amici – e le amiche di sua moglie – avrebbero mormorato senza tregua su di lui. Al circolo. Dopo la funzione religiosa. I suoi figli, che avevano avuto la vita privilegiata della progenie di un uomo di stato, sarebbero diventati oggetti di curiosità e, peggio ancora, di condiscendenza. Come una malattia cronica, come un cattivo odore, l'ignominia non lo avrebbe mai lasciato, lui e i suoi familiari. E li avrebbe circondati come una nebbia, come una cosa che non si poteva né affrontare né vincere: stimmate eterne e inestirpabili.

Così Eastman continuò a rimuginare sulla vita e sulla morte. E non era ancora giunto a nessuna decisione quando Dale, la segretaria, si mise a bussare rumorosamente sulla porta dello studio. A scuoterlo fu questo. Nei nove anni in cui aveva lavorato per lui mai una volta l'aveva vista perdere la calma. Solo allora si rese conto che Dale aveva bisogno di lui: e che stava per succedere qualcosa di molto importante.

Si appoggiò alla spalliera della poltrona e, col viso rivolto al soffitto, emise un lungo respiro. Poi aprì l'ultimo cassetto della scrivania e vi chiuse dentro la pistola. Si alzò in piedi e si lisciò il davanti della camicia, andò alla porta e l'aprì.

Quando lo vide, Dale impallidì. Forse fu perché sembrava un uomo che fosse appena tornato dal regno dei morti. O forse fu la sua reazione allo stupore mostrato dalla faccia di Dan Eastman quando vide, ritto dietro di lei, il direttore della CIA.

Ore 23.35. Lou Bender possedeva sei camicie bianche e quattro cravatte nere e portava un orologio da polso marca Timex. La sua vecchia governante, Charlotte, comprava tutto ciò che le serviva per l'appartamento da Sears, al J.C. Penny o al K-Mart. Bender non aveva la macchina e sperava di non doverne mai comprare una. Se passava il week-end in casa, era più che contento di pranzare con una scatola di tonno. Ma c'erano due cose che Lou Bender si concedeva volentieri, e se le stava concedendo quella sera.

Tanti anni prima, mentre cercava di ingraziarsi l'allora senatore Sam Baker, Howard Hughes gli aveva fatto dono di un portasigari Dunhill: una grossa scatola quadrata di palissandro lucidato a specchio. La scatola era fatta in modo da contenere duecento grossi Churchill. Sotto il coperchio c'erano due umidificatori che ogni mese venivano riempiti di acqua distillata. Tra l'uno e l'altro c'era un igrometro per misurare l'umidità, che nella scatola doveva essere mantenuta a un perfetto settantacinque per cento. Quella scatola occupava ora il posto d'onore nel soggiorno di Lou Bender, su un tavolino Queen Anne in un angolo tranquillo, lontano dalle correnti d'aria e dai raggi del sole. Vi teneva i suoi sigari di tutti i giorni e, per le occasioni straordinarie come quella sera, alcuni Partagas Lusitania: a suo giudizio, i migliori degli Avana più pregiati.

L'altra cosa che apprezzava sopra tutte le altre era il brandy: Hennessy X.O., che teneva in una caraffa Baccarat montata in argento donatagli dalla madre per il suo cinquantesimo compleanno.

Quella sera Lou Bender assaporava nella sua tana il trionfo della conferenza stampa del presidente Baker, guardando la televisione col grosso Partagas tra i denti e il bicchiere di Hennessy a portata di mano. Era molto soddisfatto del servizio che la rete locale aveva dedicato alla conferenza stampa nel notiziario delle undici. E stava aspettando ansiosamente l'inizio di *Nightline*. Uscì nel soggiorno mentre trasmettevano i comunicati commerciali, si versò un altro brandy, prese una copia della prima edizione del *Post* del giorno dopo e tornò senza fretta nel suo covo.

Quando si fu nuovamente seduto davanti alla tivù con la sua scorta di brandy, *Nightline* era già cominciata. La prima cosa che Bender vide fu un primo piano del vicepresidente Eastman e la prima cosa che udì fu la voce di Ted Koppel che diceva: «... Cosa intende, lei, per fonti degne di fede?».

«Fonti interne ai servizi che in questo momento non si possono identificare» rispose Eastman.

Per un attimo Lou Bender pensò che si trattasse di un replay. O forse che l'Hennessy gli avesse dato alla testa.

«Ma se lei sapeva queste cose, signor vicepresidente» continuò Koppel «perché non ha sollevato la questione durante la sua conferenza stampa di domenica?»

Eastman strinse i denti. «Perché temevo che potesse fare un danno irreparabile alla politica estera degli Stati Uniti.»

«Alla nostra politica di sostegno ai *contras*, vuol dire?»

«Non si tratta solo dei *contras*, Ted. Quale rivoluzione popolare tornerebbe mai a fidarsi di noi... se sapessero che il colonnello Martinez è stato avvelenato?»

In quel momento squillò il telefono rosso.

Ore 23.55. Ross era pieno di sentimenti complicati quando Sally, sulla porta, gli diede il bacio della buonanotte. Fu un bacio tenero e delicato. E abbassando lo sguardo Ross la vide nella morbida vestaglia di chiffon, tutta lentiggini e occhi azzurri e capelli spazzolati e tirati sulla nuca come una bimba ritrosa. Com'era misterioso, pensò allora, che il corpo di una donna potesse racchiudere tutti quegli appetiti e desideri, e quei passaggi oscuri e poco familiari.

Quindi uscì nella notte appiccicosa e a piedi si diresse verso il luogo dove aveva parcheggiato la macchina. Era tardi, ma tornava in ufficio. Gli era venuta un'idea. E aveva delle cose da fare.

Avanzò sull'asfalto della strada verso lo sportello e si passò la borsa da una mano all'altra, frugandosi nelle tasche per trovare le chiavi della macchina. E quando le ebbe trovate si fermò là nella strada, con la borsa tra le ginocchia, chinandosi sopra la serratura mentre sceglieva, fra tutte le chiavi del mazzo, quella giusta. Allora udì una scarpa stropicciare l'asfalto alle sue spalle, e quando si voltò vide tre giovani sudamericani tra i venti e i trent'anni che camminavano verso di lui. Sembrava una banda di teppisti, che andassero in cerca di guai.

«Calma, ragazzi» disse Ross. «Sono un agente federale.» Si sbottonò la giacca.

Uno dei ragazzi gli balzò addosso, sbattendolo contro il fianco della macchina, così forte che quando la testa picchiò sul profilo metallico sopra lo sportello, Ross perse quasi i sensi. La borsa gli cadde sull'asfalto e un altro ragazzo se ne impadronì; e quando Ross cercò d'impedirglielo, il terzo ragazzo lo colpì alla schiena, sotto la scapola sinistra, e lo mandò lungo disteso.

Poi Ross udì dietro di sé i loro piedi che correvano e gli sportelli di un'auto che sbattevano e uno stridore di pneumatici. Quando alzò lo sguardo, una macchina con gli abbaglianti accesi stava rombando verso di lui. Si rotolò su un fianco, incuneandosi sotto la sua, mentre le ruote lo sfioravano, stridendo. Poi tornò a rotolarsi verso il centro della strada con la pistola in pugno e sparò sei colpi contro i rossi fanalini che fuggivano. Il lunotto posteriore andò in frantumi. La vecchia Ford carambolò sulle macchine parcheggiate a destra e a sinistra e andò a fermarsi all'angolo.

Ross espulse i bossoli dalla rivoltella e cercò le cartucce per ricaricarla. E mentre ficcava i proiettili nelle camere di scoppio strizzò gli occhi per leggere la targa della Virginia col numero BRB-627. Alzò la pistola per sparare, ma la Ford girò l'angolo d'un balzo e sparì.

Ross rimase là disteso, respirando affannosamente, e appoggiò la guancia sui ciottoli umidi. Si sentiva confuso e stordito, come uno che sta per venir meno. Pensava a quel numero: BRB-627. Gli bruciava nella memoria mentre lui si sentiva scivolare nell'incoscienza. BRB-627. Quando avesse visto Mancuso, doveva ricordarsi di dirglielo. Joe avrebbe saputo cosa fare.

I colpi di arma da fuoco che ruppero il silenzio nella notte di Georgetown provocarono una valanga di chiamate al 911. E passarono meno di cinque minuti prima che una macchina bianca nera della polizia svoltasse da Wisconsin Avenue in P Street per dare un'occhiata, col faro che spazzava l'asfalto, su e giù, e il fanalino rosso che girava.

Quando i due poliziotti in divisa videro Ross sul ciglio della strada, parcheggiarono la macchina in modo da bloccarla e puntarono il faro su di lui. E quando videro che impugnava una pistola, gli intimarono di buttarla via. Ma quando non reagì all'intimazione, uno dei due lo tenne sotto tiro mentre l'altro gli si avvicinava scivolando lungo la fila di macchine parcheggiate. Quando fu abbastanza vicino, il poliziotto fece saltar via con un calcio l'arma dalla mano di Ross.

Poi lo girarono e videro che era stato pugnalato una sola volta sotto la scapola sinistra con una lama così sottile che la ferita era quasi invisibile. C'era solo una macchia di sangue, dove la lama era penetrata, ma la sua posizione faceva temere che il cuore fosse stato perforato, provocando una massiccia emorragia interna. Il respiro di Ross era cessato e la gola non pulsava più. Ma il corpo era caldo e il cervello non era ancora morto.

Morì prima che arrivasse l'ambulanza.

MARTEDÌ 16 AGOSTO 1988

L'ottavo giorno

Ore 2.10. Sally, nel sonno, trasalì, poi spalancò gli occhi e tese l'orecchio. Allora capì che a svegliarla era stato il silenzio. Che strano.

Non aveva stentato a prender sonno, anche quando le sirene erano passate davanti alla casa per fermarsi a qualche isolato di distanza. Aveva udito il loro lamento, sempre più forte e vicino, e la variazione dell'effetto Doppler mentre passavano di lì. Poi si erano bloccate su una nota e avevano continuato a gemere, per moltissimo tempo, come un bambino sperduto.

Udì, sopra la testa, il ronzìo dell'elicottero e immaginò il suo faro che frugava nelle strade e tra le case di Georgetown. Poi sentì i motori dei furgoni e i generatori mentre affluivano le troupe televisive. Ma c'era abituata. Staccò il telefono, si girò dall'altra parte, sprimacciò il cuscino sotto la testa, si tirò la coperta fino al mento e scivolò nel sonno. Ora il silenzio l'aveva destata; e desta Sally rimase, pensando a quanto era cambiata.

C'era stato un periodo, a Memphis, in cui le sirene urlanti nella notte le facevano saltare il cuore in gola. Le giungle dell'Honduras avevano messo fine a tutto ciò. Nei primi mesi a Lagrimas, aveva pianto ogni volta che aiutava a calare il corpo di un vecchio o di un neonato nella fossa. Ogni volta che aveva eseguito quel semplice rituale, aveva pianto lacrime amare. Ma prima che l'anno finisse, quando moriva un adulto o una donna non sentiva più nulla. E quando moriva un bambino provava solo un empito di rabbia frustrata.

Il cambiamento era cominciato la notte in cui l'esercito honduregno aveva fatto un'incursione nel villaggio e ucciso due uomini. Sally aveva assistito a quei barbari delitti con una sorta di moderata curiosità. Aveva visto gli uomini legati piangere e pregare e chiedere pietà. Aveva visto i soldati sparare: al primo nell'orecchio; all'altro, che continuava a voltare la testa, in bocca. E poi li aveva visti mutilare i corpi. Solo quando si avventarono sui bambini di Lagrimas, Sally affrontò l'ufficiale comandante, e per il suo disturbo si buscò una sberla in faccia che la scaraventò in mezzo alla strada.

Ricordava con la massima chiarezza quel giorno del 1976 in cui Terry la condusse a La Riserva, il villone nelle Everglades della Florida, per presentarla al colonnello Ramirez. Allora lui era un uomo tra i sessanta e i sessantacinque anni, asciutto, nobile, con una divisa bianca e gli occhiali scuri, cortese e deferente verso di lei come sono spesso i latini con le donne degli altri.

Ramirez aveva parlato con passione dei dolori e delle sofferenze del Nicaragua mentre si trascinava la guerra sandinista. E cercò di convincerla – come lei e Terry erano convinti – che se i somozisti avessero solo potuto parlare ai sandinisti, solo sedersi a ragionare insieme a loro, si sarebbero potute risparmiare tante vite. Ma allora, naturalmente, c'erano già decenni di tradimenti e di vendette che separavano i due campi. Non c'era un terreno comune, un punto d'incontro. E così continuava quella guerra inutile, e gli uomini morivano, e i vecchi e, si capisce, anche i bambini.

Quella notte, mentre stavano insieme nella camera da letto al piano di sopra, Sally si strinse a Terry e sussurrò: «Non mi fido di lui. Torniamo a Houston».

«Dobbiamo fidarci» disse Terry. «È l'unica possibilità che abbiamo di pacificare quel paese.»

«Non ci credo.»

«Ho bisogno di lui» fece Terry. «Ho bisogno del suo aiuto per ottenere quello che vogliamo. Non negarmelo.»

«Ti ho mai negato qualcosa?»

Il mattino seguente partì. Prese un aereo da Miami a Tegucigalpa, poi un cigolante, sfiatato DC-3 fino a Cabo Gracias a Dios, il posto da cui era fuggita cinque anni prima. Tornava alle notti umide e fumanti, al ronzare degli insetti attorno alla candela, ai versi delle rane nel cavo degli alberi, al puzzo di palude lento e fresco portato dalla brezza verso il mare.

Passò una settimana in una stanza da due dollari sopra El Parador prima che finalmente arrivasse l'uomo che aspettava. Stava cenando sulla veranda traballante quando lo vide. Era là nella piccola *plaza* con un cappello in testa, un morbido feltro marrone con uno scuro anello di sudore alla base della cupola. Si era fatto crescere un barbone che sembrava chiazzato di polvere, la polvere della pista. Indossava una larga camicia di cotone bianco – di quelle usate dagli indios – che gli arrivava fino alle ginocchia, con un paio di pantaloni di cotone, bianchi e sformati, e i mocassini.

Intorno alla vita portava un cinturone di cuoio screpolato con un machete infilato dentro, di quelli con la punta ricurva usati dai *campesinos* per tagliare la canna da zucchero. Sally non lo riconobbe finché lui non alzò lo sguardo e lei notò i suoi occhi. Allora vide che aveva gli occhi di Carlos Fonseca: occhi pazienti, occhi che sembravano certi del loro destino.

Quando ebbero fatto l'amore e lui si fu lavato e venne scuro e il caldo della giornata diminuì, fecero quattro passi lungo il molo, tra gli odori ranciti del porto, il triste cigolare di vecchi piroscafi a vapore e il lamento dei loro gherlini mentre cominciava a salire la marea. Parlarono a bassa voce, in spagnolo.

«Come sapevi che sarei tornata?» gli chiese.

«Me l'hanno detto.»

«Chi?»

«Tutti. Si ricordano di te... della *Putita*.»

Lei sorrise e si guardò i piedi nudi sulla diga foranea di cemento.

«Come vanno le cose? Bene?» chiese.

«Male. Molti sono morti.»

«E i somozisti?»

«Ogni giorno più forti. Ora hanno anche gli elicotteri. Possono essere dappertutto nello stesso momento.»

«Perché non trattate?» disse lei. «Perché non negoziate?»

«Non ci si può fidare di loro.»

«Allora che si può fare?»

«Niente. Tirare avanti.»

«Per andar dove?»

«Per andare verso il nulla.»

Quella sera lui rimase nella stanza, e lei uscì a comprare un po' di fiori freschi e una bottiglia di Flor de Caña. La vecchia di El Parador gli preparò dei piatti di *bocaditos*. Ed erano seduti a tavola nell'angolo della stanza, con la candela che spandeva la sua luce tremula tra loro, quando la pallottola colpì. Tutto accadde senza preavviso, ma Sally ne aveva un ricordo molto chiaro.

Oltre la finestra alle sue spalle udì uno schiocco, come quello di una bottiglia di champagne stappata sul balcone. Un rapido bisbiglio si perse nel suo orecchio sinistro, come se qualcuno cercasse di richiamare l'attenzione. Fonseca era seduto davanti a lei, masticando, e poi ebbe un piccolo sobbalzo e ripiombò a sedere, immobile, masticando. Ma c'era un segno nero sulla sua tempia sinistra. Poi il cuore batté, e un po' di sangue schizzò fuori dal buco, macchiandole la camicia da notte di lino bianco. Lui guardò la macchia rossa, inclinò la testa come se fosse imbarazzato per aver fatto un simile pasticcio su una camicia così bella e volesse scusarsi con lei. Poi il suo corpo ebbe uno spasimo e lui cadde con la faccia nel piatto, spruzzandola di cibo, di vino e di sangue.

Qualcuno sfondò la porta con un calcio, degli uomini invasero la stanza, uomini che portavano una divisa che lei non riconobbe. Gettarono il corpo di Fonseca sul pavimento, lo presero a calci finché non gli ebbero rotto la mascella, le costole e il bacino. Ma Fonseca era già morto e non poteva sentire più male. Quindi cominciarono a svestirlo. Uno dei soldati rimase accanto a lei puntandole la canna di una pistola alla tempia.

Ma Sally non fece resistenza. Non alzò gli occhi all'uomo con la pistola. Per tutto il tempo che i soldati passarono picchiando, prendendo a calci e svestendo il cadavere di Fonseca, lei rimase dov'era, seduta a tavola, con il cibo e il vino e il sangue che le colavano sul viso e sulle braccia. Quando l'uomo accanto a lei le infilò una mano nella scollatura della camicia per carezzarle sgarbatamente i seni, Sally rimase immobile e in silenzio. I soldati urlavano e ridevano e buttavano all'aria la sua roba. Poi quello che la stava molestando la prese per il gomito, la tirò su e la gettò sul letto, e lei rimase là, lunga distesa, mentre lui armeggiava con i bottoni della patta. Poi si buttò su di lei e cominciò a spingere tra le sue gambe, ma lei era tesa e asciutta e lui non riusciva a penetrarla. Allora la schiacciò sotto il suo peso e le premette la canna della pistola in mezzo alla fronte tanto forte da costringerla a rovesciare la testa all'indietro sul materasso e disse: «*Señorita, acuérdate de mí cuando estás en el paraiso con Jesús. Amen*». E alzò col pollice il cane dell'arma.

Sally lo guardò negli occhi sadici e smorti. Era sempre la solita faccia che avevano gli assassini: la fronte bassa e sudata, il naso largo e schiacciato e i baffetti, la pelle scura, butterata, e gli occhi bestiali stretti come due fessure. Aveva visto quella faccia molte volte. E sapeva che era una faccia senza nome e con centomila nomi.

«*Chinga usted*» disse. E gli sputò in faccia e chiuse gli occhi e si preparò a morire.

Qualcuno urlò: «*Basta! Basta ya!*». E gli uomini smisero di distruggere la stanza e tacquero. Quello sopra Sally cominciò ad armeggiare con i vestiti e scivolò via. Poi qualcuno le abbassava la camicia e l'aiutava a mettersi a sedere, e sotto le palpebre chiuse Sally notò dei lampi di luce. Quando aprì gli occhi, il corpo di Carlos Fonseca giaceva sulle assi del pavimento e un uomo con una macchina fotografica era ritto sopra di lui, scattando fotografie col flash.

«Tutto bene?» chiese l'uomo accanto a lei.

«Sì. Tra poco starò bene.»

«Mi sei mancata.»

Lei si limitò a fissare, con gli occhi spenti, il corpo sul pavimento.

«Non c'è nulla di personale» disse l'uomo. «Una semplice questione d'affari. Capisci?»

«Capisco.»

«Lavoro per chiunque abbia i soldi per pagarmi, adesso.»

«Me lo ricorderò.»

Lui voleva darle un bacio, ma lei distolse il viso. Poi lui urlò qualcosa ai soldati e i soldati rubarono tutto quello che potevano portare via e la lasciarono sola. La vecchia della *cantina* chiamò la polizia, che prese il corpo e la interrogò. Ma, ovviamente, lei non sapeva niente. La condussero all'aeroporto sotto scorta, le fecero passare la dogana e la lasciarono là. Lei telegrafò a Terry il numero del volo e tornò a casa.

Ma non c'era nessuno a riceverla all'aeroporto di Houston. E quando lei arrivò nell'appartamento di Faculty Row, lui era fuori a un incontro di pallacanestro. Ed era molto tardi e lei dormiva già da molte ore quando lui s'infilò nel letto.

«Terry...»

«Sono contento che tu sia tornata» disse lui, e la strinse a sé. «È stata una cosa molto coraggiosa, quella che hai fatto.»

Lei premette la guancia contro i peli ispidi del suo petto. «Dimmi che mi ami, per carità» lo supplicò.

«Sei andata a letto con lui?»

E quando lei non rispose, disse: «Racconta. Gli hai succhiato l'uccello? Sally?».

«Terry. Lo hanno ucciso.»

«L'hai fatto?»

Con riluttanza, Sally annuì.

«Ti è venuto in bocca?»

«Terry, ti prego. Quelli...»

«Raccontami.»

«Sì.»

«E tu gli hai fatto un pompino? O lui s'è messo a cavalcioni del tuo petto?»

«No, ti prego. Stanotte no.»

«In che modo?»

«Tutt'e due...»

«Raccontami.»

E lei gli disse tutto, glielo raccontò per filo e per segno, in tutti i particolari, mentre lui si masturbava fino a venirle sul ventre.

Non voleva ammetterlo, ma aveva significato qualcosa per lei, Fonseca. Era un uomo privo di senso pratico, uno sciocco e un sognatore. Ma per lei aveva voluto dir molto. E lei lo aveva amato.

Forse non c'era nulla di personale. Ma Sally aveva atteso dodici anni prima di inviare il biglietto a Rausch e vendicarsi di Rolf Petersen.

Ed era valsa la pena di aspettare, dal primo all'ultimo di quei momenti felici.

Ore 6. Ora Lou Bender stava per passare alla terza fase della difesa. Quando il telefono rosso aveva squillato, poco prima di mezzanotte, era il presidente.

«Lo stai guardando?»

«Sì.»

«E...?»

«È Rausch» disse Bender. «Ha... diciamo, cambiato padrone.»

«Vedo. Com'è la situazione?»

«Non hanno niente.»

«Niente?»

«Non hanno il corpo. Non hanno il referto dell'autopsia. Il medico del Walter Reed è stato ucciso. Lo sapevi?»

«Sì. Lo sapevo.»

«Direi che siamo messi bene, e che Eastman ha fatto il suo ultimo errore.»

«Che intendi fare?» chiese il presidente.

«Ho due o tre cose da mettere a posto» rispose Bender, ma non spiegò quali. «Dovrai chiedere a Eastman le dimissioni, sai?»

Il presidente esitò. Poi disse: «Sì. Lo so».

«Direi che adesso è più importante che mai mettere Fallon in lista con te.»

«Questo è impossibile.»

«È inevitabile. Sam, o corri con lui... o non corri.»

«È la tua previsione?»

«È l'unica.»

Baker sospirò. «Capisco.» Depose il ricevitore.

La seconda cosa che Bender fece fu tagliare a Rausch l'unica via di scampo. Gli ci volle quasi un'ora per rintracciare al Claridge's Hotel l'ammiraglio James Otis, capo della flotta per le operazioni navali.

«Che vuoi?» domandò Otis quando sua moglie lo svegliò e gli porse il telefono.

«Voglio sapere se l'ammiraglio William Rausch ha molti amici nella marina.»

«Ed è per questo che mi telefoni a Londra alle cinque del mattino?» Ma Bender sapeva che Otis aveva già mangiato la foglia.

«Non saprei trovare una ragione migliore» disse Bender. «Qual è la risposta?»

«Non tanti, dopo l'epurazione dovuta al caso Walker.»

«Jim, secondo te sarebbe opportuno che Rausch tornasse in servizio attivo?»

«Tu che ne pensi?»

«Non ne sono tanto sicuro.»

«Nemmeno io» disse Otis.

«Pensaci tu» disse Bender.

«Stamattina farò qualche telefonata.»

«Non aspetterei fino al mattino.»

«Va bene.» Otis grugnì, e Bender comprese che si stava alzando. «Considerale fatte.»

La terza fase richiedeva un pranzo a New York. Bender puntò la sveglia alle cinque, e alle cinque e mezzo cominciò a telefonare. Entro le sei i quattro ospiti erano stati avvertiti e il luogo concordato. Allora Bender chiamò la base aerea di Andrews e prenotò il G-3 presidenziale per le undici e un quarto. Con un po' di fortuna avrebbe potuto andare e venire da New York entro le due e un quarto, ed essere di nuovo nel suo ufficio alla Casa Bianca per le tre e mezzo.

Erano quasi le sei e dieci del mattino quando andò in cucina in ciabatte e accappatoio, si versò un'altra tazza di caffè, portò il *Washington Post* nella sua tana e si sedette. Alla luce fredda e grigia dei nuvoloni che si stavano addensando lesse il titolo su tutta la pagina.

Lou Bender sospirò e scosse la testa. Non era così semplice come l'aveva fatta sembrare lui quando aveva telefonato il presidente. Il medico dell'FBI che aveva eseguito l'autopsia di Martinez aveva tolto dal referto il riferimento all'AIDS. Una volta firmato un referto falsificato, era stato efficacemente neutralizzato. Ma i due agenti avevano visto l'originale. In un modo o nell'altro, bisognava tappargli la bocca. La cosa più imbarazzante era che per farlo avrebbe potuto avere bisogno di Rausch. Bender sfogliò il giornale. Poi qualcosa richiamò la sua attenzione e lo fece scoppiare in una sonora risata.

Ore 6.15. Sally aveva appena tolto il *Washington Post* dal suo involucro di plastica quando il telefono squillò.

Era Steve Chandler. «Commenti?» chiese.

Sally fissò il titolo:

EASTMAN DICE CHE MARTINEZ FU AVVELENATO

«Sally? Sei lì?»

Prontamente, lei si dominò. «Sì» disse. «Nessuno.»

«Ufficiosamente?»

«Nulla.»

«Indiscrezioni?»

«Niente da fare.»

«Supposizioni?»

«Passo.»

«Signorina Crain» disse Chandler, e la sua voce era tagliente «è vero che il senatore Fallon l'ha buttata fuori a calci in quel suo bel culetto?»

«Sai, Steve, una volta mi eri quasi simpatico.»

«Sai, Sally, sono solo uno che sta cercando di fare il suo lavoro. E tu me lo rendi proprio difficile.»

«Davvero? Bene.»

«Hai dato Fallon agli altri in esclusiva per giovedì alle otto.»

«Non sono stata io.»

«Chi?»

«Chris Van Allen.»

«Quella piccola checca? Allora sei proprio col culo per terra.»

«Solo un rovescio momentaneo, Stevino. Aspettate a tenere la veglia funebre.»

«Allora credi che ti vedrò alla convenzione?»

Era una domanda crudele e tendenziosa. Ma Sally non batté ciglio. «Puoi scommetterci.»

«Dicono che se questa storia dell'avvelenamento sta in piedi, il tuo ragazzo potrebbe avere l'occasione di arrivare fino in fondo.»

«Può darsi.»

«Benissimo» fece Chandler, e Sally capì che la partita di pesca era finita e che Chandler cominciava a fare sul serio. «Veniamo ai fatti.»

«Sono tutt'orecchi.» Spinse un cuscino contro la testiera e vi si appoggiò.

Ma l'uomo ebbe un'esitazione. Poi disse: «Ti richiamo su un'altra linea. Due minuti».

«D'accordo.» Sally riattaccò e corse con lo sguardo alla sesta colonna della prima pagina del *Post*.

Era una storia incredibile quella che si era svolta mentre lei dormiva. Eastman aveva telefonato a Sandy Rogers, il produttore di *Nightline*, e gli aveva chiesto se era disposto a buttare il suo programma in cambio di un'intervista al vicepresidente contenente nuove rivelazioni sulla morte di Martinez. Rogers aveva colto l'occasione e l'ABC aveva avuto in esclusiva la storia del presunto avvelenamento.

Sally poteva immaginare la tempesta di telefonate notturne dei dirigenti della NBC e della CBS che facevano un cazziatone ai loro giornalisti per aver preso un buco grande come una casa. Quella era metà della ragione per cui Chandler l'aveva chiamata. Ma mentre lei leggeva il resto dell'articolo in una pagina interna, le mani cominciarono a tremarle dall'eccitazione. Capiva perché Chandler era convinto che Terry avesse la possibilità di mettere il suo nome al primo posto della lista.

Nella sua intervista a *Nightline* Eastman aveva citato fonti "anonime ma autorevoli" secondo le quali Martinez era stato contagiato da un medico militare col virus dell'AIDS fornito dal centro di ricerche dell'esercito di Fort Deitrich, nel Maryland. Un portavoce del Pentagono aveva confermato che l'esercito, come molte organizzazioni di ricerche mediche civili, stava lavorando a un vaccino dell'AIDS, pur negando che un ceppo del virus potesse essere stato rubato o fosse stato fornito a chicchessia. Anche se Eastman non si era sbilanciato fino al punto di accusare qualcuno, il chiaro sottinteso era che l'ordine doveva essere partito dalla Casa Bianca di Baker.

Se nella storia c'era un grano di verità... Se le accuse avessero cominciato a circolare, anche se alla fine fossero state confutate, avrebbero potuto sembrare abbastanza gravi per piombare la convenzione nel panico. Avrebbero potuto spingere i delegati a cercare in fretta e furia un bianco, puro cavaliere. E in questo caso i delegati avrebbero potuto offrire la nomination presidenziale a Terry Fallon.

Sally guardò il telefono: aveva una gran voglia di chiamare Terry per sentire da lui che ne pensava. Però non voleva perdere la telefonata di Steve Chandler. Quando l'apparecchio squillò, s'impadronì del ricevitore.

«Sì, Steve?»

«Steve chi?»

Era Terry. «Stavo per chiamarti» disse lei.

«Steve chi?»

«Steve Chandler. Di *Today*. Sto aspettando che mi richiami.»

«Hai visto?»

«Sì.»

«Che ne pensi?»

«Potrebbe essere l'occasione di una vita.»

«Che cosa stai dicendo?» chiese lui, e la sua voce era stranamente stupita.

«L'articolo su Eastman. Che altro c'è?»

«A pagina cinque. Non hai visto?»

«A pagina cinque?»

«In basso, a destra.»

Sally andò a pagina cinque. Allora capì cosa voleva dire Terry.

AGENTE DELL'FBI FUORI SERVIZIO
VITTIMA DI UNA RAPINA

Erano due brevi paragrafi nell'angolo in basso a destra della pagina. Che aria fredda aveva in bianco e nero, com'era piccolo. Come una pietra tombale, una minuscola lapide di carta. Un soldo di carta e d'inchiostro che cancellava una vita. Pensò a lui: agli occhi bassi, al sorriso imbarazzato, a come gli tremavano le mani la prima volta che l'aveva stretta tra le braccia. Tornò a guardare il trafiletto sul giornale. Che avaro saluto a una vita che avrebbe potuto darle tanto. Come un'altra vita che non aveva dimenticato e che si era spenta troppo presto. Sally aveva pianto per Carlos Fonseca. Avrebbe pianto per Ross. Ma non poteva piangere per nessuno dei due davanti a Terry Fallon.

«Oh» mormorò. «Non lo sapevo. Mio Dio, è terribile, no?» Si portò una mano al ventre come se potesse sentire Ross muoversi ancora dentro di lei.

«Sì» disse Terry. «Terribile.»

«Quando posso vederti?»

«Oggi sono occupatissimo. Ti chiamerò io.»

«Quando?»

«Quando avrò meno da fare.»

«Terry?»

«Sì?»

«Dimmi che mi ami.»

«Ti telefono più tardi.» Riattaccò.

Quando il telefono tornò a squillare, era Chandler.

«Scusa» disse. «Volevo trovare un ufficio deserto. Sei sola?»

«Sì.»

«Nessuno che possa origliare a un altro apparecchio?»

«Steve, non ti sembra di stare esagerando, con tutta questa segretezza?»

«Ascolta, Sally, questa è roba che scotta. Conosci Mike Marshall, il nostro cronista investigativo? Quello che ha fatto il servizio sulla mafia con la cinepresa nascosta?»

«L'ho incontrato.»

«Lo trovi attendibile?»

«Quando è sobrio...»

«Be', è stato in Honduras negli ultimi tre mesi. E ha dei documenti dai quali sembrerebbe che Rolf Petersen... Sai, quello che ha ucciso Martinez.»

«Sì?»

«Insomma, che Rolf Petersen lavorava per i *contras*. Ha lavorato per quel... come si chiama? Ramirez, il vecchio che è il loro portavoce.»

Sally tratteneva il respiro. «E allora?»

«Be'» continuò Chandler. «Tu conosci tutti i giocatori. Credi che Ramirez potrebbe aver ordinato a Petersen di uccidere Martinez?»

Lei cercò di ostentare la massima disinvoltura. «Impossibile.»

«Perché ne sei tanto sicura?»

«Perché Martinez era l'unico leader che avessero in grado di tener testa alla CIA e di dare ai *contras* almeno una parvenza d'indipendenza e di autonomia.»

«Secondo te, chi ha ordinato l'assassinio?»

«Non lo so. Ma c'è sicuramente lo zampino di Ortega.»

«Ortega sostiene di no. Non fa che giurare a destra e a manca che è innocente. Ci ha rilasciato un'altra intervista venerdì.»

«L'ho vista.»

«Lui sostiene d'essere innocente.»

«Anche Gheddafi.»

«Il capo della nostra redazione a Managua gli crede.»

«Cercati un altro caporedattore.»

«Tu pensi davvero che siano tutti sporchi, no?»

«Sono tutti sporchi» disse lei. «Non dimenticare... che io ci sono stata. E so che odore hanno.»

«Okay, pupa» disse Chandler, e c'era dell'autentica riconoscenza nella sua voce. «Ti ringrazio.»

«*Por nada.*»

«Posso offrirti un drink a St. Louis?»

«Magari due» rispose lei. E la conversazione finì lì.

Sally lasciò cadere il giornale e si appoggiò ai cuscini. Non sarebbe stato facile tenere a bada i servizi giornalistici di tre stazioni televisive. Non poteva sperare di coprire ancora per molto il ruolo di Ramirez in tutta la faccenda, se avessero fiutato la pista e deciso di seguirla. Ma se fosse riuscita a tenerli a bada ancora per qualche giorno... allora forse non avrebbe avuto più importanza. Sorrise al pensiero della gratitudine di Chandler. Era sempre così allettante, per un giornalista, farsi amico qualche membro del governo, essergli vicino, stringere una relazione. Ogni cronista alle prime armi vedeva, in questo atteggiamento, la scorciatoia per il colpo grosso, la notizia sensazionale, l'esclusiva. Ma era anche un tranello. Perché ogni giornalista che faceva assegnamento su una particolare relazione con un membro del governo veniva sistematicamente strumentalizzato. Presto o tardi, venivano strumentalizzati tutti.

Sally sollevò il ricevitore e fece un numero di Washington.

«Carter.»

«Crain.»

«Be'... ciao.» Dalla voce sembrava un po' sorpreso. «Che gentile sei stata a chiamarmi.»

«Sei al corrente delle ultime novità?»

«Stavo andando in ufficio proprio adesso.»

«Oggi vieni a trovarmi?» gli domandò, facendo la gattina.

«Ehi» disse lui. «Dammi un po' di tempo. Che ne diresti... Ti va bene a mezzogiorno?»

«Bene. Parcheggia dietro l'isolato e non tardare. Ho qualcosa di speciale da mostrarti.»

«Qualcosa che mi piacerà?»

«Qualcosa che non vedi da molto, molto tempo.»

«Non vedo l'ora» disse lui, e Sally capiva dalla voce che era già eccitato.

Deposto il ricevitore, prese il rasoio e la crema da barba e aprì l'acqua calda nella vasca.

Ore 7.55. Il brain trust del partito aveva invitato Charlie O'Donnell a colazione. Ma non era un invito. Era una citazione in tribunale.

Quando arrivò, c'erano sei uomini già seduti al lungo tavolo di mogano, Bill Wickert compreso. Era il potere del partito, se non la gloria.

I camerieri entrarono, servirono a tutti succo d'arancia fresco e raccolsero le ordinazioni. Quando furono usciti, Wickert disse: «Charlie, sai quello che vogliamo».

«No, Bill.» O'Donnell s'infilò il tovagliolo sotto il mento. «Dimmelo tu.»

DeFrance allungò un braccio e mise la mano su quella di O'Donnell. C'era un che di così nobile in quell'uomo che con lui bisognava stare più che attenti. «Charlie, quello che non vogliamo è litigare. Né stamattina, qui. Né alla convenzione. Tu capisci.»

«Capisco.»

«Allora raccontaci, Charlie» lo invitò Longworth. «Parlaci dei tuoi progressi verso il nostro obiettivo: mettere in lista Terry Fallon.»

«Sì. Racconta» insisté Wickert.

«Zitto, Bill, per favore» disse DeFrance.

Wickert si abbandonò sulla seggiola a un capo del tavolo.

«Non ho niente da raccontare» disse O'Donnell.

«Niente?» fece Hugh Brown. Era uno yankee del Connecticut, discendente di uno dei firmatari della costituzione americana. Portava occhialini rotondi senza montatura e aveva un orologio nel taschino, attaccato al risvolto con una catena d'oro. «Ma sicuramente, dopo quello che è successo ieri sera, ognuno si renderà conto che non si può più contare sul fatto che il presidente ed Eastman arrivino insieme alla fine di un altro mandato.»

«Il presidente sta studiando la situazione» disse O'Donnell.

«Ma Eastman dovrà dimettersi» intervenne Brown. «Questo è certo.»

«Sì?»

Gli uomini seduti a tavola si scambiarono un'occhiata.

Longworth parlò per loro. «Sì, dovrà dimettersi. Domenica Eastman ha detto alla nazione che il presidente poteva essere accusato di aver intralciato la giustizia. E l'FBI ha dimostrato che era un bugiardo o uno sciocco. Adesso si è inventato un'altra storia, la favola che Martinez è stato avvelenato. Comincio a pensare che gli abbia dato di volta il cervello.»

«Un momento» disse Wickert. «Ci stai dicendo che Baker non intende chiedere le dimissioni di Eastman?»

«Non lo so» rispose O'Donnell. «Complimenti, Bill. Questo succo d'arancia è freschissimo.»

«Rispondi alla domanda, perdio!»

DeFrance sospirò. «Bill, come sei volgare» disse stancamente.

«Esigo una risposta» fece Wickert, imperturbabile. «Il partito esige una risposta.»

O'Donnell guardò gli uomini seduti intorno al tavolo. Il tono di Wickert era impertinente, la domanda no. «Mi spiace» disse. «Stamattina non ho questa risposta.»

«Accidenti! Perché no?»

«Perché non la conosco, Bill.»

«Porca puttana» sibilò Wickert. «In questa amministrazione sono diventati tutti matti?»

DeFrance ripeté: «Bill, smettila».

«Sì, Bill» intervenne Longworth. «Immediatamente.»

«Cristo» disse Wickert. «Ma sono forse l'unica, tra le persone sedute a questo tavolo, a capire che Eastman ha accusato di omicidio il presidente degli Stati Uniti?»

Per un attimo ci fu un grande silenzio. Poi qualcuno bussò alla porta e i camerieri entrarono e servirono la colazione.

Quando se ne furono andati, Brown si schiarì la voce. «Ci sono prove a sostegno dell'accusa che il colonnello Martinez è stato avvelenato?»

«Nessuna, ch'io sappia» disse O'Donnell.

«C'è stata qualche proposta di esumare il corpo e di sottoporlo a nuovi esami?»

«Impossibile» rispose O'Donnell. «Il colonnello Martinez è stato cremato. Un aereo dei *contras* ha sparso le sue ceneri sopra il Nicaragua. Joe, passami il burro, per piacere.»

Alcuni dei presenti cominciarono a mangiare.

«Be', e l'autopsia dopo l'attentato?» domandò Wickert. «Chi ha visto una copia del referto?»

Nessuno aprì bocca.

«Non trovate che sarebbe una buona idea se la vedessimo?»

«Credo che ci stiamo allontanando dal nocciolo della questione, signori» disse Swartz. Ogni volta che apriva bocca, la gente sapeva che stava per dire qualcosa d'importante. «Che il colonnello Martinez sia stato o non sia stato avvelenato è pertinente alla nostra discussione, si capisce, ma non è il problema principale.» Quasi tutti gli altri continuarono a mangiare. Ma non O'Donnell, che s'interruppe per guardarlo e ascoltarlo attentamente.

«Il problema è che Sam Baker non è più eleggibile da solo» continuò Swartz. «Senza Terry Fallon, non può farcela.»

All'altro capo del tavolo, Bill Wickert alzò la testa. Aveva trovato il suo primo alleato, ed era un alleato di tutto rispetto.

«È ridicolo pensare che Eastman possa sopravvivere a questa sorta di umiliazione pubblica. Superfluo interrogarsi sulle sue dimissioni» proseguì Swartz. «Eastman deve dimettersi e Baker accettare Terry Fallon.»

«O togliersi dai piedi» disse Wickert. «Hai sentito, Charlie?»

Charlie O'Donnell guardò i volti degli uomini schierati intorno al tavolo. Wickert diceva la verità. Se non fosse riuscito a varare la lista Baker-Fallon, la sua presa sulla direzione del partito era perduta. E se se ne andava quella, se ne andava anche la sua carica di presidente della camera. Allora avrebbe avuto solo due possibilità di scelta: un seggio tra i peones della camera o la pensione.

«Sentirò l'opinione dei presenti» disse O'Donnell.

Le parole caddero nel silenzio.

Qualcuno abbassò gli occhi. Qualcuno giocherellava nervosamente con le posate. I più coraggiosi lo guardarono negli occhi.

«Okay, Charlie» disse Wickert. «Se è quello che vuoi.» Raddrizzò le spalle. «Propongo che lo speaker chieda al presidente di accettare Terry Fallon come compagno di gara... o di non pretendere la candidatura.»

Hugh Brown fu il primo a esprimersi: «A favore».

Tutte le teste si girarono verso di lui.

Brown sostenne il loro sguardo. «È quello che credo. È il mio voto.»

Wickert chiese: «Roland?».

DeFrance depose la tazza di caffè. «Scusate se lo dico, ma trovo questa situazione prematura.»

Johnson disse: «Anch'io».

«C'è una mozione» ricordò loro Wickert. «Roland? Sì o no?»

DeFrance s'inumidì le labbra. «A favore» disse.

«Gideon?»

Ma prima che Longworth potesse rispondere Johnson mise il tovagliolo sul tavolo, respinse la seggiola e si alzò. «Signori, questa risoluzione è ignominiosa. E io vi dico: no. Buongiorno.» Fece un inchino a O'Donnell, raggiunse la porta e uscì.

Il senatore Longworth si schiarì la voce. «A favore» disse.

«Abram?» chiese Wickert.

Swartz guardò fisso O'Donnell.

«Abram?» ripeté Wickert.

«A favore» disse Swartz. «Dio mi perdoni. A favore.»

Charlie O'Donnell sospirò, si tolse il tovagliolo e lo depose sul tavolo davanti a sé. «Oh, uomini meschini» mormorò sottovoce.

«Allora abbiamo deciso» disse Wickert. «Lo speaker comunicherà al presidente il desiderio del partito che lui...»

«E se Eastman se ne andasse e Baker rifiutasse il vostro ultimatum?» disse aspramente O'Donnell. «Allora?»

«Allora» rispose Wickert, e la sua bocca s'incurvò in un sorriso beffardo «allora Fallon.»

Ore 8.30. S'incontrarono, com'era loro costume, nella Treaty Room, la stanza verde adiacente all'Oval Office. C'era qualcosa di tanto imponente nell'Oval Office, qualcosa di tanto solenne in ogni parola detta tra le sue mura, che avevano deciso, fin dall'inizio della loro amministrazione, di servirsi della Treaty Room ogni qualvolta avessero dovuto consultarsi tra loro. E anche se l'argomento del colloquio sarebbe stato importante, il presidente si tenne ai patti e attese Dan Eastman colà.

Quando arrivò, il vicepresidente aveva un'aria riposata e tranquilla, come un uomo che s'è tolto un gran peso dal cuore.

«Caffè?» disse il presidente.

«No, grazie» rispose Eastman. «Non rendiamo più amaro questo incontro. E facciamola breve.»

«D'accordo.»

Si sedettero nelle poltrone in un angolo della stanza.

«Hai creato un bello scompiglio questa settimana, Dan» disse il presidente. «Prima la storia dell'FBI. Ora questa faccenda di Martinez e dell'esercito.»

«Io dico pane al pane e vino al vino, Sam. Lo sai.»

Il presidente sorrise. «Era la tua qualità più accattivante. Ma adesso sei andato troppo il là.»

«Puoi negare che l'esercito abbia infettato Martinez con l'AIDS?»

Il presidente si appoggiò allo schienale. «Questo non posso né negarlo né confermarlo, Dan. E non posso consentire che diventi il tema principale di questa nostra conversazione.»

«Ma lo è. E se è vero mi batterò perché sia fatta chiarezza.»

«Se puoi provarlo, dovresti farlo.»

«Lo proverò. Sta tranquillo.»

«E puoi fare campagne politiche su tutti i problemi che vuoi. Ma non puoi farle come vicepresidente degli Stati Uniti.»

Eastman si sporse in avanti e alzò il mento. «Chi lo dice?»

Baker si appoggiò allo schienale e accavallò le gambe. «Dan, abbiamo davanti a noi un complesso di circostanze piuttosto antipatiche. Ti prego, come amico e collega, di non renderle più antipatiche del necessario.»

«Piantala, Sam» fece Eastman, e si alzò. «Credi che voglia dimettermi solo per una questione di buona o cattiva educazione?»

«No. Ma voglio la tua lettera di dimissioni, firmata e senza data, sul mio tavolo questa mattina.»

«Senza data?»

«Deciderò io quando sarà il momento più appropriato per andartene.»

Dan Eastman scoppiò in una risata. «Sei proprio un sognatore. Hai ingaggiato una lotta mortale con me per il controllo della convenzione e della Casa Bianca. E credi di vincere con un attacco preventivo? Senza combattere?»

Il tono del presidente era molto tranquillo. «Speravo di non dovertelo dire, Dan...»

«Dire cosa?»

«Mi ci è voluto molto per capire perché ti sei fatto avanti con la storia dell'agente del servizio segreto. Ma ora credo di capire.»

«Capire cosa?»

«Hai cercato di nasconderti dove tutti potevano vederti. Ed è così evidente che nessuno se n'è accorto.»

Il presidente si alzò. «Credo che ci siamo capiti» disse. «Arrivederci, Dan. Aspetterò la tua lettera.» Aprì la porta dell'Oval Office e uscì.

Ore 10.50. «Vada via» gemette Mancuso. Cercò di tirarsi il cuscino sopra la testa, per non vedere la luce e non sentire i colpi sulla porta. «Vada via. Non c'è nessuno.»

Invece i colpi si fecero ancora più forti e poi Mancuso sentì la signora Weinstein di là dalla porta che urlava: «Signor Mancuso, la chiamano dall'ufficio!».

«Gli dica che sto male. Gli dica che sono morto e sono andato in paradiso.»

I colpi cessarono. «È dall'ufficio. Dicono che è un'emergenza.»

«Cazzo» fece lui, e buttò le gambe fuori dal letto e s'infilò il vecchio accappatoio bianco e blu. Strascicando i piedi, andò alla porta.

Quando l'aprì, la signora Weinstein lo guardò fisso. «Sembra un cadavere scappato dalla tomba.»

«E buongiorno a lei, signora Weinstein.»

Scese le scale e si diresse verso il telefono nell'atrio. Aveva passato metà della notte dormendo sulla panchina, finché un poliziotto del Distretto di Columbia lo aveva svegliato e fatto allontanare. La schiena gli faceva vedere le stelle.

«Sì?»

«Joe... Cristo, è morto...»

Era Jean, la segretaria, e sembrava in piena crisi isterica.

«Chi? Di che diavolo stai parlando?»

«Dave. Dave Ross. È morto.»

Annotò l'indirizzo dell'agenzia di pompe funebri e depose il ricevitore.

Mancuso aveva lasciato la macchina in centro; avrebbe sempre potuto chiamare un taxi. Ma non lo fece. Andò a piedi. Anche se il cielo minacciava pioggia, andò a piedi.

Fece a piedi tutta la strada fino alla sede dell'agenzia, una costruzione di cemento, bassa e moderna, con i muri curvi. Per un po' rimase sull'altro marciapiede, guardando la gente che entrava, chi solo, chi in compagnia, con alcune delle donne che piangevano. Quando ebbe finito la seconda sigaretta, capì che non poteva stare lì in eterno. Si fece il segno della croce, si baciò l'unghia del pollice e andò dentro. C'era un uomo pallido di mezza età, vestito di nero, ritto davanti a un piccolo podio nel foyer, come il maître di un ristorante.

«Posso aiutarla, signore?»

Mancuso si guardò intorno. «Non so. Io...» spiegò il pezzo di carta con l'indirizzo.

«A che gruppo appartiene?» chiese gentilmente l'uomo.

«Gruppo?»

«Che funerale?»

Ma Mancuso non capiva. «Credevo...» Tornò a guardare il foglietto.

«Il nome del defunto?»

«È il mio socio. Ross.»

L'uomo consultò il suo registro. «David Michael Ross. Sì. Lo troverà nella Sala di Sion.» Indicò la porta sulla destra. Mancuso gli voltò le spalle per andare e allora l'uomo si schiarì la voce, e gli porse un fazzoletto nero.

«Ce l'ho già» fece Mancuso, e si toccò il fazzoletto nel taschino della giacca.

«No, no» disse l'uomo. «Questa è una yarmulka.»

«Una... cosa?»

«Una yarmulka: un cappello.»

«Si porta il cappello là dentro?» chiese indicando la sala.

«Sempre» rispose l'uomo. «Anche in casa.» Voltò la testa e Mancuso poté vedere che il tizio portava una di quelle papaline rotonde ebraiche che Feldenstein, il pensionante, aveva portato giorno e notte.

«Anch'io?»

«La prego.»

Mancuso alzò le spalle, prese il copricapo e se lo mise. Poi firmò il registro e andò dentro.

Tre file di banchi fronteggiavano la spoglia cassa di acero, e tra essi sedevano, qua e là, uomini e donne in nero. Alcuni erano curvi in avanti come se pregassero. C'era un suono sommesso di musica d'organo registrata e, di tanto in tanto, qualcuno sospirava o si soffiava il naso.

Un ometto rotondo con un completo blu scuro e una yarmulka bianca gli si avvicinò. «Benvenuto» disse, prese la mano di Mancuso e la strinse con vigore. Mancuso si stupì che sembrasse così allegro. «Sono il dottor Aronowitz, lo zio di Dave. Mi chiami Lenny. E lei?»

«Joe Mancuso. Lavoravo con lui.»

L'uomo tirò indietro la testa per guardarlo bene, e la faccia gli s'illuminò. «Lei è Joe?»

«Sì.»

«Be', *shalom*, Joe. Sono molto lieto di conoscerla.»

«Sì» fece l'altro.

«Aspetti. Aspetti qui» lo invitò Lenny.

Poi si girò verso un gruppo di donne che stavano in piedi dietro le file di banchi e bisbigliò: «Psst! Psst! Tessie!». Quando una signora grassottella e grigia di capelli alzò lo sguardo, le segnalò di avvicinarsi.

«Tess, questo è Joe Mancuso» disse Lenny, ma l'annuncio non parve impressionarla. «Tess, è il compagno di Davey nell'FBI. L'agente Mancuso dell'FBI.»

Il viso della donna s'illuminò di colpo. «Lei è Joe? *Oi-yoi-yoi!* Come le voleva bene!» Prese Mancuso tra le braccia, gli fece abbassare la testa e lo baciò. Quindi si rivolse alle altre donne. «Marge. Ceil. Venite. Venite.» E si sbracciò per farle avvicinare. «Questo è l'agente Mancuso dell'FBI. Il socio di Davey. Quello che gli ha insegnato tutto.»

E le altre due donne gli strinsero la mano e chiocciarono e mormorarono qualcosa finché Lenny tornò indietro e disse: «Venga, Joe. Venga a salutare i suoi, eh?».

Accompagnò Mancuso lungo la corsia tra i banchi. E quando furono arrivati in fondo gli fece cenno di aspettare. Poi si chinò su una coppia che occupava il primo banco e sussurrò qualcosa. Quelli alzarono lo sguardo e poi si alzarono in piedi. Mancuso si stupì di trovarli così giovani. Nessuno dei due era vecchio come lui. Il marito era alto e atletico. Sua moglie sembrava una ragazza. Avevano gli occhi chiari e non pareva che avessero pianto. Ciascuno dei due aveva un pezzetto di nastro nero appuntato sopra il cuore.

«Sono Howard Ross» si presentò l'uomo, e gli tese la mano. «Questa è mia moglie, Sylvia.»

«Joe Mancuso.» Strinse la mano dell'uomo e poi quella della donna.

«Sappiamo che lei è stato molto buono col nostro ragazzo» disse il padre. «Sappiamo che gli ha insegnato molte cose.»

Mancuso cambiò posizione «Sì, be'...»

«Parlava sempre di lei» fece la madre. «La trovava un detective molto in gamba. E molto divertente. Molto divertente.» Aveva sulle labbra quel sorriso dolce e malinconico che i grandi dolori fanno comparire, e Mancuso pensò che sarebbe scoppiata in lacrime. Lei invece strinse i denti e non perse il suo sorriso.

«Le siamo molto grati per tutto quello che ha fatto per Davey» continuò il padre. «Se potremo mai fare qualcosa per lei, signor Mancuso, spero che non si dimenticherà di noi.»

«Sì» disse la madre. «Venga a trovarci qualche volta. E ci parli di quello che lei e David facevate insieme.»

Mancuso non sapeva cosa dire. Alzò una mano per grattarsi la testa, il cappellino rotondo gli cadde per terra e lui e il padre di David si chinarono insieme per raccoglierlo e per un pelo non si diedero una zuccata.

«Scusi.»

«Scusi.»

Si raddrizzarono, e Mancuso tornò a mettersi la papalina.

«Be'» disse il padre, e lui vide che si mordeva il labbro superiore. Poi virilmente gli tese la mano e Mancuso l'afferrò, e la stretta era forte e sicura. «Dio la benedica, signor Mancuso.»

Allora la madre gli aprì le braccia. E quando lo abbracciò, il suo corpo era scosso da muti singhiozzi. Ma quando la donna fece un passo indietro, il suo corpo era eretto e un sorriso, fragile e forzato, le aleggiava sulle labbra.

Mancuso salutò con un inchino e poi Lenny lo prese per il gomito. Mentre camminavano, sussurrò: «Sono così forti. È straordinario no?».

«Già» disse Mancuso. «Cos'era quel coso che avevano? Il nastro?»

«Lo tagliano» spiegò Lenny «e se lo attaccano con una spilla. I parenti più stretti, in ogni modo. Simboleggia lo strapparsi le vesti.»

«E la cassa» si informò Mancuso. «Chiudono la cassa?»

Lenny aprì le braccia. «Nella maggior parte dei casi. Dipende.»

«Non era sfregiato o...?»

L'altro si piegò su di lui. «Pugnalato. Una volta alla schiena. Rapinatori, dicono.» Poi fece schioccare la lingua. «Che mondo.»

«Già» disse Mancuso.

Lenny gli diede un colpetto e lo fece voltare. «Be', forse vorrà passare un minuto con Dave.» E lo accompagnò fino al feretro, gli strinse la mano e lo lasciò là, solo.

Mancuso pensava che quella era la veglia più maledettamente stupida alla quale avesse mai partecipato. Nessuno che piangesse. Che piangesse sul serio, cioè. Come piangono le donne italiane. Che quando piangono viene giù la casa. E poi non c'era niente da mangiare. Lui, almeno, non vedeva niente. Né da bere. La gente andava e veniva, borbottava forse due parole, stringeva la mano a tutti e se la svignava fuori dalla porta. Che modo maledettamente stupido di trattare un poveraccio che era morto.

E mentre stava là a guardare il coperchio abbassato della cassa che conteneva David Ross, un coperchio di legno lucidato con la vena così fine da essere quasi invisibile, Mancuso sentì che gli occhi gli si gonfiavano di lacrime. Non sapeva se erano lacrime per Ross. Ma per chiunque fossero le lacrime, non aveva nessuna intenzione di mettersi a frignare come uno stupido davanti a tutti quegli estranei con gli occhi asciutti. Si tolse il fazzoletto dal taschino e se lo portò agli occhi, chinando un po' la testa perché nessuno lo vedesse soffiarsi il naso. E si sentiva un maledetto idiota, a farsi soffocare dall'emozione mentre probabilmente lo stavano tutti guardando. Così, continuò a boccheggiare finché non ebbe ripreso fiato e mandato un sospirone. E quando fu sicuro di non rendersi ridicolo si ficcò il fazzoletto nel taschino e cercò di sistemarlo come prima, con le sue tre belle punte bene in vista.

Ma il fazzoletto era tutto appallottolato e saltò fuori dal taschino un'altra volta; e allora dovette ficcarlo giù di nuovo. E poi non stava più su, perché era umido e pieno di moccio. Allora si guardò per un attimo il taschino. Sembrava nudo e vuoto senza le tre punte del fazzoletto bianco. Al signor Hoover piacevano i giovanotti con un bel fazzoletto fresco nel taschino. Mancuso lo aveva portato per più di trent'anni.

Allora alzò la mano e strinse l'orlo del taschino nel pugno e, diede uno strattone. La stoffa si lacerò con un secco crepitìo, scoprendo la fodera bianca della giacca, scoprendo le cuciture, scoprendo i punti dov'erano fissate le imbottiture. Mancuso strappò il lembo di stoffa fino all'orlo inferiore della giacca e lo lasciò penzolare. E poi si voltò a guardare tutta quella gente silenziosa che, dai banchi, fissava lui e lo strappo nella sua giacca e il lembo di stoffa penzolante che gli arrivava fin quasi al ginocchio. Si passò il dorso della mano sul naso che colava e marciò verso la porta lungo la corsia, infischiandosi di quello che pensavano.

Là, ferma sulla soglia, c'era una donna vestita di nero. Era una donna alta con un tailleur nero guarnito di strass neri che brillavano alla luce, con scarpe e borsetta nere di vernice, calze e guanti neri, e un cappellino nero con una scura veletta che le nascondeva il viso ma non copriva il giallo freddo della sua capigliatura. Oscuramente, sotto la veletta, Mancuso vide lampi di luce guizzare nei suoi occhi. E quando alzò la punta delle dita guantate di nero, quel gesto lo fermò.

«Sono venuta appeno l'ho saputo» disse.

Mancuso la fissò come se fosse l'angelo delle tenebre. Poi si tolse dalla testa la papalina rotonda, la ripiegò teneramente e se la mise in tasca.

«Per me non era niente» fece, e le passò davanti per uscire.

Quando spinse la porta del bar di Gertie era quasi mezzogiorno, e gli sbronzoni dell'ora di pranzo già cominciavano a radunarsi nel locale. Ma questa volta la loro accoglienza fu priva di ogni allegria. Qualcuno disse: «Ehi Joe» e altri: «Cristo» e «Mi dispiace» e uno: «Era un bravo ragazzo». Ma nessuno saltò giù dallo sgabello e nessuno fece la minima allusione al lungo brandello di stoffa penzolante dalla sua giacca.

Mancuso si sedette in fondo al banco e Gertie gli si avvicinò. «L'abbiamo appena saputo» disse. «Gesù Cristo.»

«Non voglio parlare con nessuno.»

Gertie andò in fondo al banco, prese la bottiglia di Jack Daniel's e un bicchiere pieno di ghiaccio, gliene versò un bel goccio e lasciò la bottiglia davanti a lui. «Offre la casa, Joey. Dio lo benedica.»

Mezzogiorno. Sally era ancora velata e vestita di nero quando aprì la porta a Tommy Carter.

«Ho parcheggiato dietro la casa» disse lui. «Ehi, perché sei vestita così?»

«Stamattina ho dovuto andare a un funerale. Sono appena tornata.»

Carter si tolse la giacca. «Chi?»

«Uno degli agenti dell'FBI che lavorano sul caso. È stato rapinato e ucciso.»

«Gesù» mormorò Carter. Le mise le mani sui fianchi. «Bacio?»

«Uno solo.» Sollevò l'orlo della veletta. Quando lui si chinò per baciarla, lei lasciò che le labbra di lui sfiorassero le sue, poi distolse il viso. «Siediti» disse. «Prima bevi qualcosa.»

C'era un bicchierone di whisky che aspettava sul tavolino accanto alla poltrona. Lui si sedette e alzò il bicchiere. «Alla nostra nuova... intesa.» Lei annuì. Lui bevve.

Si sedette sul divano davanti a lui. «Voglio parlare delle condizioni.»

«Cosa?»

«Del nostro accordo.»

«Sentiamo.» Si tolse i mocassini e si allentò il nodo della cravatta.

«Voglio che tu distrugga il promemoria che hai scritto.»

«Ehi. Non c'è problema.» Si sporse verso la giacca e tolse dalla tasca interna i fogli gialli piegati. Glieli porse. «Stracciali tu.»

«L'originale, intendo. Quello che hai archiviato nella memoria del tuo word processor.»

«Tesoro, quello lì l'ho battuto con la mia vecchia Royal del 1948. È in mano tua, l'originale.»

Sally guardò il testo e vide che era scritto a macchina. «Nessuna copia?»

«Cosa me ne faccio di una copia? Ho la minuta qui dentro.» Si batté un dito sulla tempia e sorrise.

Lei depose i fogli sul tavolino «E nessuno deve sapere che tu vieni qui o nella mia stanza a St. Louis o in qualunque altro posto ci si veda.»

«Sally, senti» disse lui. «Hai mai conosciuto la corrispondente da Washington del *Journal do Brasil*?»

«No.»

«Be', se un giorno ti capiterà d'incontrarla capirai perché voglio mantenere questo accordo sul piano molto, molto confidenziale.»

«E la tua segretaria?»

«Tutto quello che sa è che sono fuori a pranzo. Ed è tutto ciò che saprà mai.» Bevve un sorso di whisky. «Tu vuoi che la cosa resti tra noi. Io voglio che la cosa resti tra noi. È un'intesa perfetta. Dunque. Hai detto che avevi qualcosa da mostrarmi.»

«Oh, sì» disse lei. «È vero.» Si appoggiò alla spalliera e mise una scarpa, nera e col tacco alto, sul cuscino. E mentre così faceva la sottana le salì verso i fianchi e lui vide l'orlo della calza e la striscia di pizzo nero della giarrettiera. «Mi è venuta in mente una cosa che una volta facevamo insieme» disse. Lentamente, con aria provocante, continuò a tirarsi su la gonna finché lui non poté vedere dove Sally si era rasata.

«Oh, Cristo» mormorò.

Lei si mise una mano tra le gambe, e quando si toccò ci fu un piccolo schiocco bagnato. «Vieni qui, Tommy. Fammi vedere quanto mi desideri.»

Lui depose il bicchiere e andò a inginocchiarsi davanti al divano e accostò la bocca al suo sesso. Lei si tirò su le sottane in modo da poterlo guardare e gli passò dolcemente la mano sulla nuca. Lo sentiva tremare dall'eccitazione.

Lei gemette e gli fece una carezza. «Scotti» disse. «Scaldami.» E mosse le anche e si lasciò succhiare. Ma quando lui cominciò a metter dentro la lingua, gli prese gentilmente la testa tra le mani e lo scostò. «Aspetta. Ti faccio vedere.»

Si alzò in piedi e lo lasciò là inginocchiato sulla moquette di fianco al divano. Poi aprì la lampo della gonna e se la sfilò. Sbottonò la camicetta e se la tolse. E rimase davanti a lui nella veletta nera con i seni che traboccavano dalle coppe del reggiseno, e il reggicalze e le calze nere, e le scarpe nere col tacco alto. Lui si pulì la bocca col dorso della mano e alzò lo sguardo a lei, con gli occhi rossi e il fiato grosso.

«Vieni con me» sussurrò lei, e lo prese per mano e lo aiutò ad alzarsi. Ma non lo condusse in camera da letto. Aprì invece la porta della cantina.

«Cosa c'è lì sotto?» le chiese.

«Ho pensato che potremmo avere una piccola avventura.» Tenne la porta socchiusa.

In fondo alle scale una candela ardeva nel buio. Vicino alla candela c'era, sul pavimento di cemento, una coperta, e sulla coperta, ordinatamente disposte, cinghie di cuoio.

«Gesù» disse piano lui.

«Non aver paura. Quando capirai, ti piacerà.»

Scese le scale davanti a lui, e lui vide, mentre scendeva, il dolce tremolìo delle sue natiche. Ai piedi delle scale si voltò, e lui vide, incorniciate di nero, le curve voluttuose del suo corpo. Lei abbassò la mano e si strofinò tra le gambe. «Vieni» lo invitò. «Vieni, Tommy.» Ma lui era là che non si decideva, guardando la luce rossa e gialla della candela in cui era immersa. «Vieni» disse ancora lei.

Finalmente scese le scale, un gradino per volta. Nella cantina faceva fresco, c'era buio e c'era gran silenzio. E mentre i suoi occhi si adattavano all'oscurità, Tommy vide che era una specie di sala giochi. Ma una sala giochi più tenebrosa di quanto avesse mai potuto immaginare.

«Che razza di posto è questo?» chiese. «Sally?»

Proprio allora si spense la candela.

«Sally?»

Qualcosa scintillò nel raggio di luce grigia che veniva dalla porta rimasta aperta in cima alle scale.

«Sally? Co...»

Ore 12.20. Charlie O'Donnell era seduto sul divano d'angolo dell'Oval Office, senza giacca, con le maniche della camicia rimboccate e un libriccino nero aperto sulle ginocchia. Pat Flaherty, l'addetto ai sondaggi, scartabellava tra i lunghi fogli verdi dei tabulati usciti dal computer e premeva i tasti della sua calcolatrice tascabile. Quando, finalmente, ebbe fatto il totale e strappato il pezzo di carta dalla macchina, O'Donnell disse: «Settecentosettantotto».

Flaherty lo guardò con aria inespressiva.

«Allora?» domandò il presidente. Era seduto dietro la scrivania, e li guardava.

«Esattamente» disse Flaherty. «Straordinario.»

«Semplice buonsenso.» O'Donnell chiuse il libriccino e lo depose sul tavolo.

«Il che significa...?» chiese il presidente.

«Che non puoi vincere al primo scrutinio, Sam» spiegò O'Donnell. «È d'accordo, Flaherty?»

Quello si strinse nelle spalle. «Signor presidente della camera, se la IBM facesse libriccini come quello, io sarei disoccupato.»

«Benissimo, Pat» lo congedò il presidente. «Grazie mille.»

Flaherty raccolse le sue carte e uscì. O'Donnell si appoggiò ai cuscini del divano. «È un giorno triste per il partito quando cade nelle mani di un parassita come Wickert» disse. «Hai parlato con Eastman?»

«Sì.»

«Allora? Che succederà?»

«Quello che succederà è tra Dan Eastman e la sua coscienza.» Il presidente si alzò, fece il giro della scrivania e andò a fermarsi dietro la poltrona che stava davanti a O'Donnell. «Wickert sfida la tua leadership. No?»

«Ho ricevuto altre sfide. Per lo più, se ne sono andati col naso rotto.» Lo speaker raddrizzò le spalle. «Quello che è veramente nei pasticci sei tu, Sam.»

«Io?»

«Se non accetti Fallon... Be', vogliono che io ti chieda di rinunciare alla nomination.»

«Capisco.» Il presidente annuì. «E tu me lo chiedi?»

«Io riferisco.»

«Riferisci e me lo chiedi?»

«Io riferisco» ripeté O'Donnell.

«E la tua raccomandazione qual è?»

«Se non ti spiace, Sam, vorrei che fosse presente Lou Bender.»

«È fuori città. Affari.»

«Ha scelto un brutto momento per assentarsi.»

«Credo che fosse indispensabile.»

«Capisco.» O'Donnell cambiò di posto alla sua mole e si alzò in piedi, tirandosi le bretelle. «Una raccomandazione ce l'avrei. Ma non credo che tu voglia sentirla.»

«Fallon?»

«Sì, Fallon. Ora, Sam, ascolta me» disse O'Donnell. «Gli chiederanno di fare il discorso programmatico.»

«Senza la mia approvazione?»

«Ah, Sam, perché non vuoi capire? Non gliene importa più un cavolo della tua approvazione. Pensano che tu, da solo, non possa vincere le elezioni, perciò devi strisciare.»

«Vadano all'inferno» ribatté Baker.

«Sam, ti stanno dando una possibilità. Coglila.»

«Quale possibilità?»

«Metti alla porta Eastman e, domani, nomina Fallon vicepresidente. Non potrà rifiutare. Gli stai offrendo il posto, non la nomination. Poi, alla convenzione, diventate un'accoppiata che farà la gioia di tutti.»

«Tutti tranne me.»

«Sam... Sam.»

«Charlie, ora ascolta me. Non intendo preparare questo paese perché, domani, sia guidato da Terry Fallon.»

«Ah, Sam, dammi retta. Se non lo prendi come vicepresidente, possono scavalcarti e candidarlo alla presidenza. Pensaci, Sam. Pensaci.» O'Donnell attraversò la stanza e si fermò vicinissimo a lui. «Si presenterà alla televisione nazionale per tenere il discorso programmatico. E pronuncerà una di quelle sue allocuzioni, patriottiche e aggressive, che faranno dare in smanie i delegati. Ti passerà sopra come un rullo compressore e ti schiaccerà come un insetto. O lo prendi come vicepresidente o ti anticipo che il partito gli offrirà la nomination presidenziale. E se questo succederà, credo che solo un intervento divino potrà impedirgli di metter piede alla Casa Bianca.»

Per un attimo il presidente non batté ciglio. Poi si portò una mano alla fronte e si strofinò le tempie con la punta delle dita.

«Sam, devi essere ragionevole» disse O'Donnell.

«Non posso farlo, Charlie. Non posso farlo. E non lo farò.»

«Chiederanno il referto dell'autopsia» incalzò O'Donnell.

Il presidente alzò lo sguardo. «Cosa?»

«Il referto dell'autopsia di Martinez. Chiederanno di vederlo. E se l'uomo aveva l'AIDS, potrebbero esserci un'inchiesta... e procedimenti giudiziari.»

Il presidente si sedette sul divano. «Allora è così. Questo è il loro asso. Se accetto Fallon, tutto bene. Se no, comincia la caccia alle streghe.»

O'Donnell si mise le mani nelle tasche. «Sì» disse.

Il presidente sedeva sul divano, in silenzio, fissando la parete.

«Ripensaci» lo ammonì O'Donnell.

«No.»

«Sam. Pensaci. Lasciami almeno riferire che ci penserai.»

«Charlie» disse il presidente. «Non è che in questi giorni io stia pensando a molte altre cose.»

O'Donnell sospirò. Srotolò le maniche della camicia e infilò i gemelli nei polsini, raccolse la giacca e se la mise. «Mi spiace» disse.

«Anche a me.»

O'Donnell uscì.

Ore 13. La sala da pranzo nel palazzo di arenaria dell'Ottantaduesima Strada Est era un gioiello di eclettismo. Le pareti erano dipinte con un *tromp l'oeil* del giardino di una villa medicea. Ma la tavola rotonda di marmo verde era apparecchiata per cinque con un servizio art deco di vermeil e alti e delicati bicchieri veneziani. I piatti erano Flora Sanica e la tovaglia di pizzo belga. C'erano quattro quadri appesi ai muri, e ancor prima di sedersi Lou Bender li aveva catalogati, attribuiti e valutati.

Era curioso, pensò Bender mentre si sedeva, come i più raffinati fra i tesori fossero sempre raccolti dai più venali tra gli uomini. I quattro quadri formavano una raccolta non meno interessante di quella che comprendeva i quattro uomini seduti a tavola con lui. Lucas MacDougal, cinquant'anni, imprenditore che aveva cominciato con la radio e finito precariamente appollaiato su un impero di radio, televisione, dischi e riviste. Oliver Greisman, un uomo piccolo e bruno sulla quarantina, un industriale elettronico che si era fatto largo a colpi di bigliettoni nel gioco dei network per avere un certo peso da opporre alla crescente quota di mercato della tecnologia giapponese. Roger Wainwright, sessantacinque anni, il proprietario di un gruppo di stazioni televisive che aveva fatto il colpo gobbo nel 1984, quando si era accaparrato il terzo network. E Halsey Bruton, trentasette anni, l'editore ereditario del più prestigioso giornale della terra e l'uomo di gran lunga più ricco tra i presenti, grazie a un favore fatto da suo nonno al presidente Grover Cleveland nel 1894.

«E il presidente come sta?» chiese MacDougal.

«Bene. Mi ha pregato di portarvi i suoi saluti. E di ringraziarvi tutti per aver trovato il tempo di vedermi.» Bender li guardò col più smagliante dei suoi sorrisi. Persino lui trovava singolare che una stanza così piccola potesse racchiudere tanto potere. Dopo l'Oval Office, in quel momento negli Stati Uniti non c'era forse stanza che racchiudesse tanto potere e tanta autorità. Sulle quattro sedie di fronte alla sua stavano gli uomini che avevano il controllo di tre reti televisive e del giornale più influente della terra. Per via del modo in cui i giornalisti cannibalizzavano i loro media, quello che si fosse detto e deciso intorno a quel tavolo avrebbe influenzato i servizi della maggior parte delle stazioni televisive e di tutti i quotidiani e i periodici più importanti degli Stati Uniti e dell'Europa occidentale. Non era una carta da scoprire alla leggera.

Lou Bender sapeva bene che c'era un segreto nel trattare con quegli uomini, una tecnica da seguire, un'agenda da rispettare. Meno si diceva, più attentamente avrebbero ascoltato. Understatement e allusioni erano più persuasivi di un'esposizione dettagliata. E mai chiedere direttamente qualcosa, sempre per sottintesi. In tutte le conversazioni con uomini di questa statura, meno si parlava più cose di ottenevano.

«Signori, abbiamo una situazione in via di sviluppo» disse Bender. «Una situazione che il presidente mi ha chiesto di esporvi su un piano personale e riservato. Spero di non dovermi soffermare sulla necessità della più assoluta discrezione.»

Fece una pausa, si guardò intorno e vide che era stato compreso. «Non vi sarà sicuramente sfuggito il comportamento stravagante del vicepresidente negli ultimi giorni. La sua sfuriata, assolutamente gratuita, durante la seduta fotografica con l'ambasciatore del Gabon. La sua accusa infondata che il presidente e l'FBI agissero, in collusione tra loro, per ostacolare la giustizia durante le indagini sull'assassinio del colonnello Martinez. E questo recentissimo episodio, ieri sera: accuse senza prove e assolutamente false secondo cui il colonnello Martinez è stato avvelenato da...» fece una pausa e scosse la testa per accentuare il suo sarcasmo «... da anonime forze clandestine nei ranghi dell'esercito. Saprete riconoscere, confido, che da questi fatti si può trarre, sullo stato mentale del vicepresidente, una sola conclusione.»

Gli uomini intorno al tavolo annuirono.

«È matto o che diavolo ha?» domandò Bruton.

«In queste cose, io posso formulare soltanto l'opinione di un profano» disse Bender.

«Allora?» disse Greisman. «Da cosa dipende?»

«Io credo sia chiaro che il vicepresidente Eastman è confuso e, forse, affetto da turbe psichiche» rispose Bender. Ma poi si affrettò a proseguire. «Non credo giusto, per chi non è uno specialista in questo campo, fare congetture sull'uomo o sulle pressioni alle quali può essere sottoposto. Sarete sicuramente d'accordo con me quando sostengo che questi giudizi si devono lasciare alle persone competenti.»

«Stai dicendoci che il vicepresidente deve farsi visitare da uno psichiatra?» chiese MacDougal.

«Non posso fare nessuna dichiarazione sul genere di cure che il vicepresidente potrà ricevere o richiedere in futuro. Ma credo che i fatti parlino da soli.»

«Be', questo è abbastanza chiaro» disse MacDougal. «Va bene. Qual è il piano?»

«Per il momento, signori, il piano è la discrezione» proseguì Bender. «Per ragioni umanitarie, il presidente vorrebbe che il vicepresidente si facesse avanti e gli presentasse spontaneamente le dimissioni.»

«Gliele ha chieste?» domandò MacDougal.

«No. Temiamo che la cosa potrebbe aggravare i sintomi.»

«Se permettete» intervenne Greisman «questo è un errore. Quando un uomo è malato, ha bisogno di cure. E questo paese ha bisogno di un vicepresidente, non di un idiota che dice sciocchezze.»

MacDougal disse: «Credo di capire il suo gioco» e le teste degli altri si voltarono dalla sua parte. «È semplicissimo. Alla convenzione, Eastman non riotterrà la nomination alla vicepresidenza. Una volta scelto un nuovo candidato vicepresidenziale, Eastman diventa un'anatra zoppa. Io credo che capirà la situazione e non si rifiuterà di fare un gesto di conciliazione.»

Lou Bender si appoggiò alla spalliera e sorrise, mentre gli mettevano davanti l'insalata di crescione. Era molto più facile parlare agli uomini che controllavano la stampa americana, ora che l'era dei conglomerati aveva raggiunto il settore dell'informazione.

Quando servirono il caffè, la storia di Dan Eastman era acqua passata, e Halsey Bruton stava descrivendo i quattro colpi con cui aveva fatto la dodicesima buca di Bel Air.

Allora Lou Bender guardò l'orologio. «Signori» disse «devo prendere un aereo. Il presidente voleva che poteste farvi un'idea della situazione mentre si sviluppa. E mi ha pregato di esprimervi la sua profonda gratitudine per la cortese attenzione che oggi mi avete dedicato.»

«Siamo noi che dobbiamo ringraziarti per essere venuto apposta qui a informarci, Lou» fece MacDougal, e si guardò intorno mentre gli altri annuivano.

Quando si fermarono nell'atrio del ristorante per stringersi la mano e salutarsi, Greisman sussurrò all'orecchio di Bender: «Manda via la tua macchina, Lou. Ti do io un passaggio fino all'aeroporto».

E quando si furono sistemati sul sedile posteriore della limousine di Greisman, questi schiacciò un bottone e una scatola di sigari Davidoff Dom Perignon uscì dalla console. «Vuoi provarne uno dei miei?»

«Grazie» disse Bender, e l'accese.

Greisman si appoggiò allo schienale e si sbottonò il panciotto. «Che branco d'idioti, eh?»

«Fanno girare il mondo» rispose Bender. «Buon sigaro, Ollie. Grazie.»

«Sai, Lou» continuò Greisman. «Ho sempre ammirato la tua capacità di abbracciare tutto il quadro.»

«Be', grazie» disse Bender, e tornò ad appoggiarsi allo schienale. La limousine svoltò nella 21esima Strada di Long Island e si diresse verso la Grand Central Parkway.

«Tu abbracci tutto il quadro» stava dicendo Greisman «e ti butti a capofitto. È una cosa tanto importante quanto rara.»

L'uomo aveva qualcosa in mente e Bender lo ascoltò con attenzione.

«Possiamo fare due chiacchiere, io e te, senza che la cosa abbia un seguito?» domandò Greisman.

«Sì.»

«Volevo dire: senza che lo sappia il presidente, la tua famiglia, nessuno?»

La macchina imboccò la Grand Central.

«Ollie, credo che tu conosca la misura della mia discrezione.»

Greisman annuì. «Questa mia società è a un bivio, Lou. E sta per raggiungere mete che i nostri azionisti e i nostri concorrenti non sognano nemmeno. Se giocheremo bene le nostre carte, entro il 1995 saremo la forza dominante nella teletrasmissione americana. E MacDougal e Wainwright saranno un ricordo.»

«Alludi ai telegiornali e ai programmi in prima serata?»

«No, Lou. Alludo a qualcosa di più grosso. Sto parlando di superare completamente il sistema delle stazioni che funzionano come filiali e di andare direttamente dai nostri studi e dai nostri teatri di posa a casa della gente. Abbiamo la tecnologia per costruire satelliti per la trasmissione diretta agli utenti. Abbiamo la tecnologia per costruire i codificatori; e per costruire i decodificatori da mettere negli apparecchi televisivi che vendiamo. Quando tramonterà la regola dell'interesse finanziario, compreremo la MCA o la Warners e produrremo da soli metà dei nostri programmi. Potremmo essere il primo sistema di teletrasmissione di notiziari e di programmi d'intrattenimento integrato verticalmente. E già adesso stiamo guardando agli sviluppi in Europa e in Sudamerica. Tra qualche anno saremo una società formidabile. E potrebbe farci comodo un uomo come te dal nostro lato del tavolo, a Washington.»

Bender tirò una boccata dal sigaro. «Ollie, tu mi lusinghi. Ma io sono uno stratega, non un lobbista.»

«Ne abbiamo un milione, di lobbisti» disse Greisman. «Io parlo di un posto di vicepresidente esecutivo per la programmazione e lo sviluppo con base a Washington e con l'autorità e gli emolumenti di un presidente di divisione. Un'opzione su centomila azioni, tanto per cominciare. Stipendio adeguato. Personale, segretarie, uso di uno dei nostri aerei. Contratto quinquennale. Una cosa così.»

Bender zufolò sommessamente tra i denti. L'offerta era allettante.

«Ollie, tu mi tenti. Ma ho una convenzione da gestire e una campagna elettorale da organizzare.»

«Non vedo perché non potresti accettare questo posto e tenerti aperti i contatti con la presidenza. Per essere sinceri, è proprio questo che vorrei che tu facessi. Se lo aiuti, aiuterebbe anche noi.»

Bender rifletté. Era, sotto tutti gli aspetti, una proposta che non si poteva rifiutare a cuor leggero.

«Dovrò prenderla in seria considerazione.»

«Senti, Lou. Non facciamo giri di parole. Sam Baker non può vincere in novembre. Tu lo sai. Io lo so. I ragazzi lo sanno. Diavolo, la settimana prossima potrebbero non dargli neppure la nomination.»

Bender incrociò le braccia. «Bada a dove metti i piedi, Ollie. Da molto tempo sono con Sam.»

«Rispetto il tuo senso di lealtà» disse Greisman. «Ma qui non si tratta di lealtà. Si tratta di essere pratici. Se accetti l'offerta in questo momento, te ne vai mentre sei ancora al vertice. Aspetta una settimana, e se Baker non ottiene la nomination tu sei merce avariata, da buttare. Solo un'altra gloria del passato.»

Bender affondò i denti nel sigaro.

«Mi spiace, Lou, ma questi sono i fatti della vita.»

La limousine si arrestò. Bender annuì con aria cupa.

«Domani dammi uno squillo» disse Greisman.

L'autista fece il giro della macchina e aprì la portiera di Bender. Ma il passeggero non si mosse. Rimase là seduto, guardando fuori dal finestrino, vedendo, in fondo alla pista, le nuvole temporalesche che venivano dal sud. A Washington sarebbe piovuto, quando fosse arrivato lui, una pioggia scrosciante che sarebbe durata tutta la notte. Ciò che diceva Greisman era vero. Ma sentirlo dire ad alta voce dava ai fatti una fredda, amara realtà.

«Domani a che ora?» chiese.

Ore 13.15. Nel 1981, quando Barney Scott, della direzione dell'FBI, accompagnò all'altare la sua ultima figliola, non perdeva una figlia, vendeva una casa. Il giorno seguente l'enorme, vecchio, mal progettato mostro vittoriano di Reston era sul mercato. Un altro giorno e la casa fu venduta, e con i soldi gli Scott comprarono un appartamento in un condominio vicino a Washington Circle. Barney Scott disse addio a centodieci minuti di pendolarismo quotidiano e si confuse nella folla di quelli che andavano al lavoro a piedi e tornavano a casa per il pranzo.

Entrò anche adesso dalla porta di casa, si tolse l'impermeabile e il cappello, e chiamò: «Claire? Tesoro? Sono qui». Aprì lo sportello dell'armadio a muro per riporre la roba. Ma ne uscì un piede che gli mollò un calcione, un calcio nelle palle così forte che Scott rimase senza fiato, vide le stelle e si piegò sulle ginocchia.

Mancuso uscì dall'armadio e s'inginocchiò vicino a lui. Aveva un silenziatore avvitato sulla canna della pistola e lo premette sul collo di Scott.

«Di' mezza parola e ti stacco quella testa di cazzo» sibilò Mancuso.

Ma l'altro era troppo preso dagli sforzi che faceva per respirare, gonfiando e sgonfiando i polmoni, e stringendosi il basso ventre con le mani. Guardò Mancuso con la coda dell'occhio e gemette: «Ehhhh... tu... stronzo».

Ma quello gli cacciò la pistola sotto il mento. E quando parlò, la sua voce era gelida di rabbia. «L'hai fatto ammazzare tu.»

«Co...?» gemette Scott, e si dondolava avanti e indietro.

«L'hai ammazzato tu, testa di cazzo. E io ammazzo te.»

«Cosa stai... Chi?»

Mancuso gli afferrò il nodo della cravatta e se lo tirò più vicino. «Non mentirmi, figlio di puttana!»

Scott alzò lo sguardo. Soffriva, ma non aveva paura. «Che stai dicendo? Ohhh, Cristo.» Girò la testa e gemette.

«Di' le tue preghiere, carogna» gli sibilò all'orecchio Mancuso.

Ma Scott non la beveva. Gemette e disse: «Dài, dài. Stronzo... stronzo...».

«Ross stava per scoprire qualcosa.»

«Di che cosa stai parlando? Oh, Gesù, mi hai rotto le palle...»

«Stava per scoprire qualcosa e tu gli hai chiuso la bocca.»

«È stato aggredito... Per amor di Dio, è stato rapinato.» Scott cercò di liberarsi, ma Mancuso non mollò la presa.

«Aveva trovato qualcosa. Adesso è morto e manca la sua borsa.»

Scott cominciava a riprender fiato. «Quale borsa? Di che cosa stai parlando?»

«Con i suoi appunti sull'omicidio di Martinez.»

Scott si distese sulla schiena mentre cominciava a diminuire il dolore della botta. «Ah, Gesù, gli appunti un cazzo.» Poi girò la testa e liberò il nodo della cravatta. Guardò Mancuso e lo strappo nella giacca dove una volta c'era il taschino. «Di che cosa stai parlando, brutto stronzo di un macaroni? Fammi alzare. Gesù Cristo, potevi mandarmi all'ospedale.»

Mancuso gli premette il silenziatore sulla gola. «Io ti ammazzo» disse.

Ma l'altro gli scostò la mano e la pistola. «Ammazza tua nonna.» Mise la mano sulla spalla di Mancuso, puntò un ginocchio sul pavimento, si alzò in piedi e lentamente raddrizzò le spalle. Mentre faceva tutti questi movimenti, borbottava: «Mai avuto il cervello che Dio ha dato alle mele, brutto stronzo figlio di puttana». E quando fu finalmente in verticale, si piegò all'indietro, si stirò e disse: «Ti farò sbatter fuori per questo, mangiacazzi».

«Provaci» ribatté Mancuso. «E faremo il viaggio insieme.»

Alzò col pollice il cane della pistola.

Scott guardò prima la pistola e poi gli occhi dell'uomo. La paura gli si diffuse sul viso come una maschera mortuaria. Poi guardò il lembo di stoffa ciondolante dalla giacca di Mancuso, scosse la testa e sbuffò.

«Per amor di Dio, Mancuso, metti via quella roba e legati il pannolino con una spilla da balia. Il tuo amicone Ross è stato rapinato mentre tornava da un convegno amoroso col capo ufficio stampa di Fallon. La tua segretaria li ha visti fare lingua in bocca.»

«Cosa?» sbottò Mancuso.

«Gesù Cristo» disse Scott. «Perché non ti svegli? Vatti a fare una tazza di caffè.»

A Mancuso caddero le braccia sui fianchi, inerti e abbandonate. E la triste, patetica verità si fece strada nella sua mente. «Oh, no» disse ad alta voce.

«Oh, sì» fece Scott senza guardarlo. «Adesso metti via quella pistola del cazzo e levati dai piedi.»

Ma Mancuso rimase dov'era, mormorando: «No, no... in nome di Cristo... no.»

A quell'esclamazione Scott alzò lo sguardo. «Che ti piglia... vecchio scemo?»

Ma Mancuso strinse i pugni e chiuse gli occhi e ingobbì le spalle come potrebbe fare un bambino, e poi buttò indietro la testa e gridò: «No!».

Scott stava là in piedi, guardando il vecchio scemo scosso dall'emozione, e nei suoi occhi c'erano soltanto disprezzo e indignazione. Con un dito gli diede una bottarella nel petto. «Vattene. Fila, barbone.»

Ma Mancuso rimase dov'era, con i pugni stretti e tremanti, e grandi spasmi che gli bruciavano la gola. Perché in quell'attimo d'introspezione capì chi aveva ucciso Dave Ross. Era stato lui.

«Gesù Cristo» sibilò Scott, con un sorrisetto disgustato. «Era un ebreo sputasentenze e un attaccabrighe. Aveva un imbecille come socio e un rigonfio nei calzoni. Come volevi che finisse?»

Gli occhi di Mancuso si aprirono di colpo. Il suo braccio scattò in avanti, la mano afferrò il polso di Scott, e lo piegò all'indietro con tanta forza e così all'improvviso che le ossa scricchiolarono. Scott crollò, pesantemente, su un ginocchio. Ma quando aprì la bocca per urlare, l'altro gliela chiuse col silenziatore della pistola.

«No» sibilò Mancuso tra le lacrime che gli colavano sulle labbra. «Non parlare così di lui, brutto bastardo.»

Scott soffriva le pene dell'inferno, sembrava lì lì per soffocare.

«Lui l'ha risolto» sussurrò Mancuso. «E io lo chiuderò.»

Poi scaraventò Scott sul pavimento, aprì la porta d'ingresso e se la sbatté alle spalle.

Ore 14.05. Terry Fallon si appoggiò ai listelli di sequoia della sauna e si riempì i polmoni di quell'aria secca e calda. Quando si voltò, tornò a dolergli il fianco dove la benda copriva la ferita. Ci fu un colpo alla porta e poi la porta si aprì.

«Entra, Bill» disse Terry.

Bill Wickert stava ancora trafficando col suo asciugamano, nel tentativo di annodarselo intorno alla vita. Si raddrizzò quando fu investito dalla corrente di aria calda.

«Ragazzi, non so come fai a stare qui dentro» disse, e si chiuse la porta della sauna alle spalle.

«È rilassante, quando ci prendi gusto.»

«Come no.» Si strinsero la mano. Wickert si sedette e poi tornò ad alzarsi. «Gesù Cristo, che caldo fa.»

«Siediti e pigliatela comoda. Quando il tuo organismo si sarà adattato...»

«Ci siamo incontrati con O'Donnell.»

Terry fece dei gesti con le mani. «Siediti, Bill. Per piacere. Calmati. Ecco.»

Gli porse un altro asciugamano.

Wickert lo stese sulla panca di sequoia. Poi, cautamente, vi adagiò il deretano.

Terry chiuse gli occhi e si appoggiò alla spalliera. «Dio, come si sta bene» disse. Poi trasalì e si portò la mano al cerotto che copriva la ferita.

«Ti dà sempre fastidio?»

«Come se avessi preso un calcio da un cavallo.»

«Ci saranno conseguenze?»

«Secondo il medico, no. Mi farò togliere i punti dopo la convenzione.»

«Ti vogliamo in piena forma per quando terrai il discorso programmatico.»

Terry gli sorrise. «Lo terrò io?»

«È tutto sistemato.»

«O'Donnell è d'accordo?»

«O'Donnell non ha avuto un voto.»

«Il presidente?»

«Non ha avuto un voto, neanche lui. Il presidente e O'Donnell non dirigono il partito, Terry. Non più.» Wickert si appoggiò ai listelli e tornò a raddrizzarsi bruscamente. «Merda! Questo posto è un maledetto forno.»

«È questa l'idea, Bill.» Terry appoggiò le spalle ai listelli e chiuse gli occhi.

«Allora?» chiese Wickert. «Sei contento?»

«Sto pensando.»

«A che?»

«A come sarà il futuro di questo paese.»

«E come sarà?»

«Dovranno esserci molti cambiamenti.»

«Ci saranno molti cambiamenti nel partito» disse Wickert. «Molti cambiamenti che si sarebbero dovuti fare tanto tempo fa.»

Fallon annuì, sorridendo, con gli occhi chiusi e le spalle appoggiate alle assicelle.

«Stavo pensando» continuò l'altro. «Sai, è ora che la vicepresidenza diventi un lavoro a tempo pieno, e non sia solo un'anticamera ad honorem.»

«Davvero.»

«Il presidente pro tempore del senato conta solo quando c'è un voto in parità. Cosa che succede una volta ogni morte di papa. Io vedo invece un vicepresidente che abbia voce in capitolo nelle attività di governo. E magari che diriga il Consiglio per la sicurezza nazionale, o cose del genere.»

«Buona idea.»

«E che concentri tutti i principali programmi sociali in una specie di superorganismo: un consiglio metropolitano, con le case popolari e tutti quei programmi riuniti sotto la sua giurisdizione. C'è un mucchio di grasso in quegli omaggi. Bisogna ridurli.»

«Sì. Credo di sì» convenne Terry.

«Be', rimarrei volentieri, ma abbiamo una conferenza stampa per annunciare che sarai tu a tenere il discorso programmatico» disse Wickert. «Vuoi darmi un'idea di quello che dirai? Non per divulgarla, certo. Tanto per sapere quello che ci aspetta.»

«Quello che ci aspetta? Entrare nel futuro» rispose Terry senza aprire gli occhi. «Essere la potenza che siamo stati, la potenza che è stato deciso che fossimo.»

«Già. Bene. Ci vediamo a St. Louis» fece Wickert, e sorrise. Era così contento di uscire dalla sauna che non attese la sua stretta di mano.

Quando la porta si chiuse alle sue spalle, Terry Fallon rimase là seduto col calore della sauna che gli punzecchiava la pelle, cavandone il sudore e facendolo evaporare prima che potesse formare delle goccioline. Ci sarebbero volute belle parole per il discorso programmatico, parole che superavano di gran lunga le sue capacità o le doti limitate di Chris Van Allen. Terry sapeva che c'era solo una persona capace di trovare le parole per preparare l'America all'avvento di una nuova era. E per fortuna quella persona non poteva dirgli di no.

Ore 15.10. Quando Lou Bender tornò nel suo ufficio, appese la giacca alla spalliera della poltrona e si mise a leggere la posta. La porta si aprì. Era il presidente. Bender si alzò in piedi.

«Prego» disse Sam Baker. Si chiuse la porta alle spalle e sedette sul divano all'altra estremità della stanza.

«Lou, dove sei stato?»

«Avevo alcune cose da sbrigare. Hai visto Eastman?»

«Sì.»

«E allora?»

«Dan Eastman è un uomo ostinato.»

«Cocciuto, se vuoi il mio parere. E stupido.»

«Può danneggiarci molto?»

«Non troppo, ormai.» Bender si sporse in avanti e puntò i gomiti sulla scrivania. «Deve andarsene, Sam.»

«Lou, una delle sottigliezze della costituzione è che il vicepresidente non può essere licenziato.»

«Se non accetterà di dimettersi, dovrà essere messo in stato d'accusa.»

«Toglitelo dalla testa.»

Bender si appoggiò allo schienale. «Va bene. Per il momento.»

«O'Donnell è venuto a trovarmi.»

Questo catturò l'attenzione di Bender. «Cos'aveva da dire?»

«La direzione del partito mi ha invitato ad accettare Fallon o a non chiedere la nomination.»

Bender alzò lo sguardo. Ma non era sorpreso. «Be'... potrebbe succedere di peggio, Sam. Fallon ti porta...»

«Hanno chiesto a Terry Fallon di tenere il discorso programmatico alla convenzione.»

«Davvero?» E Bender, a quella notizia non poté nascondere la sua soddisfazione. «Hai dato il tuo benestare?»

«Non me l'hanno chiesto.»

«Cosa?» Bender scattò in piedi. «Che diavolo sta succedendo?»

«È Wickert.»

«Quel figlio di puttana!» Bender digrignava i denti. «Se crede di metterci davanti al fatto compiuto, gli insegno io.» E schiacciò il pulsante dell'interfono.

«Sì, signore?» Chiese la sua segretaria.

«Maggie, procurami la lista dei principali sponsorizzatori della campagna elettorale di Bill Wickert. Fammela avere immediatamente.»

Tolse il dito dal pulsante.

«Non ne voglio sapere, Lou» disse Sam Baker. «È troppo tardi, ormai.»

«Meglio prepararsi» ribatté l'altro. «Se Wickert vuole la rissa, ne troverà una che non gli sarà facile sedare.»

«Ho detto che non voglio, Lou. Chiama la tua segretaria e dille di lasciar stare quella lista.»

«Sam...»

«Lou, insisto.»

«Merda» disse Bender. Schiacciò il pulsante dell'interfono. «Maggie, annulla la richiesta». Poi tolse il dito dal bottone e si alzò in piedi. «Maledizione» esclamò.

«La direzione del partito mi chiederà di vedere il referto dell'autopsia di Martinez» continuò Sam Baker.

Bender si fermò e lo guardò con gli occhi sgranati. Poi disse: «Cosa?».

«Il loro intento è chiaro. Se io chiedo la nomination senza Fallon, loro insistono per un'inchiesta. Se lo accetto o mi tiro da parte, lasceranno perdere.»

Bender si strinse nelle spalle. «Come sostenevo io. C'è di peggio che fare altri quattro anni con Terry Fallon come vicepresidente.»

«Mai.»

Bender rifletté un momento. «Benissimo, allora: vadano a farsi fottere. Si prendano pure quel dannato referto. È pulito.»

«Ma non lo era quando è stato scritto. Eh?»

«Come posso saperlo? Io non l'ho mai visto.»

Baker lo sguardò fisso. Era la prima volta, nei trent'anni che avevano passato insieme, che sapeva che Lou Bender gli aveva detto una bugia.

«Allora» domandò «chi ha visto quel referto?»

Bender aprì le braccia. «Il dottore che l'ha scritto... immagino. E O'Brien. E i due pagliacci incaricati delle indagini.»

«Uno di quegli uomini è morto.»

«Sì. Ho visto.»

«E se il dottore ha cambiato il referto e ha giurato il falso, non è più un testimone attendibile» disse il presidente.

«Il che lascia O'Brien e... come si chiama, Mancuso.»

«Capisco.» Baker stava studiando Bender e vedeva il suo cervello lavorare a tutta velocità.

«Senti» sbottò Bender, con aria indifferente. «Noi non sappiamo cosa diceva il referto originale, eh? Forse non sarebbe male coprirsi un po' le spalle, dico bene?»

«Coprirsi le spalle?»

«Tu di' una parola a O'Brien. A Mancuso provvedo io.»

«Con O'Brien ho già parlato.»

«Bene. Bene» disse Bender. «Allora provvederò io al resto.»

Ore 15.15. Mancuso aprì come una furia la porta del suo ufficio e come una furia se la sbatté alle spalle. E mentre la chiudeva a chiave, lo sguardo gli cadde sulle nuove cassette del materiale in arrivo e in partenza sopra l'armadietto dietro l'uscio. Sul fondo del cestello di rete metallica sulla destra c'era un foglietto della segreteria:

La signorina Crain prega di richiamare.

Appallottolò il foglietto, lo buttò in un angolo, si tolse la giacca e sedette alla scrivania di Ross. C'erano una grossa pila di videocassette nere dell'attentato, numerate dall'uno al ventidue, e lo sciocco cartoncino bianco con i riquadri dall'uno al sette. Girò l'interruttore che accendeva il monitor.

Premette il tasto del videoregistratore con la scritta PLAY. Ma non accadde nulla. Poi si rese conto che nella macchina non c'erano cassette. Allora aprì uno degli astucci, ne tolse il contenuto e lo introdusse nella fessura. La macchina si mise in movimento e sembrò risucchiare la cassetta. Ma prima che potesse premere il tasto PLAY, la macchina risputò fuori la cassetta. Mancuso la girò e tornò a spingerla dentro. Stessa solfa. Allora la capovolse e questa volta la cassetta entrò e rimase dov'era.

«Carabattola del cazzo» disse Mancuso.

Poi schiacciò il tasto con la scritta PLAY.

Ore 16.05. L'ammiraglio Rausch stava guardando fuori dalla finestra del salotto nella sua casa di Bethesda quando la limousine nera si fermò nel viale e Lou Bender mise piede a terra. Rausch andò alla porta e lo fece entrare.

«Che diavolo vuoi?» gli chiese quando Bender fu in casa.

«Voglio parlare con te» rispose Bender.

«Parla.»

«Non qui.»

Uscirono in giardino, dietro la casa, e si sedettero su una panchina di pietra in un boschetto di castagni.

«Sentiamo» disse Rausch.

«Mi hanno detto che non vedi l'ora di riprendere il mare» disse Bender.

«E con questo?»

«Non dirmi che ne hai avuto abbastanza di Washington.»

«Vieni al punto» lo sollecitò Rausch.

«Tu hai detto a Eastman che l'esercito aveva avvelenato Martinez. No?»

«E se anche fosse?»

«Bill, Eastman non può proteggerti.»

«Sì, se sarà eletto presidente.»

Bender sorrise e scosse la testa. «È più facile che Dan Eastman venga eletto presidente del Congo.»

«Sei stato tu a farmi dare l'ostracismo dalla marina» disse Rausch.

Bender sorrise con fare untuoso. «Non volevo che tu scappassi prima della fine della festa. Tutto qui.»

«Balle. Volevi fare di me il capro espiatorio quando fosse saltata fuori la storia dell'AIDS.»

«Bill, Bill... Chi ha detto che la storia dell'AIDS deve saltar fuori? Le uniche persone che hanno visto il referto sono O'Brien e i due agenti. E uno l'hai già sistemato.»

«Di che cosa stai parlando?» chiese Rausch.

«Ross. L'agente dell'FBI che ha scoperto che il virus era dell'esercito. Quel giorno, sul campo di golf.» Sorrise. «Lo sapevo che avevi deciso di ammazzarlo.»

«Non è vero.»

«Non mentirmi, Bill. Per amor di Dio, il gioco è finito!»

Rausch aveva lo sguardo fisso al suolo. «Va bene, a Miami ci abbiamo provato.» Alzò gli occhi. «Ma tu lo avevi fatto proteggere dall'FBI, bastardo!»

«Dovevamo pur sapere cosa stava combinando. Comunque, di che ti lamenti? Ieri sera l'hai beccato.»

«Non siamo stati noi.»

Bender lo scrutò attentamente. «Non venirmi a raccontare che la sua morte è stata una coincidenza. Non credo alle coincidenze più di quanto ci creda tu.»

«Lou, se cerchi di fregarmi un'altra volta...»

«Aspetta un momento» lo interruppe Bender. «Mi stai dicendo che non hai messo una taglia sui due agenti dell'FBI?»

Rausch tirò un lungo respiro. «Il vecchio: Mancuso. Wilson, il suo amico, gli ha passato l'indirizzo di Petersen. Allora, quando è atterrato a Baltimora, lo abbiamo fatto pedinare. Quando si pensava che stesse per andare da Petersen, Wilson ha chiamato Petersen al telefono.»

«E le teste di cuoio?»

L'ammiraglio sbatté le palpebre. «Credevo che le avessi mandate tu.»

«Io?» disse Bender, alzando la voce. «Tu, le hai mandate. E tu hai fatto uccidere Ross ieri sera.»

«Un corno» ribadì seccamente Rausch.

«Allora chi...?»

Ma a questo punto Bender s'interruppe, e i due uomini rimasero là seduti, guardando in opposte direzioni, ciascuno solo con i suoi pensieri. La conclusione era inevitabile.

«Lou, ho la brutta impressione che in questa partita i giocatori siano più di due.»

Senza rispondere, Bender si alzò in piedi e si mise a passeggiare. Poi disse: «Senti, sono venuto qui per farti una proposta. Tu vuoi andartene e io blocco l'uscita».

«Okay» disse Rausch. «Sentiamo.»

«Provvedi tu a Mancuso e io ti faccio tornare in servizio attivo con tutti gli onori militari.»

«Non hai questo potere.»

«Sam Baker sì.»

«Ma non lo farà. Lou, l'abbiamo già battuta, questa strada» disse amaramente Rausch.

«Ha parlato con O'Brien. Me l'ha detto lui.»

«Non ci credo.»

«Non conosci Sam Baker come lo conosco io» fece Bender, e l'untuoso sorrisetto gli incurvò gli angoli della bocca. «A volte sembra un po' troppo onesto per il suo bene. Ma è sempre un uomo politico, non dimenticarlo.»

Rausch si appoggiò alla spalliera, riflettendo.

«Mancuso sa che Wilson gli ha teso un'imboscata?» domandò Bender.

«Non credo.»

«Allora, perché non combinano un bell'incontro? Magari una gitarella insieme. In un posto tranquillo e fuori mano. E magari torna indietro solo uno dei due. Organizzala. Poi parleremo di navi. Intesi?»

Rausch chinò la testa. «Va bene. Intesi.»

Bender si voltò per andarsene.

«Sai, Lou. Sei un viscido, piccolo bastardo.»

Bender si fermò, si voltò indietro e sorrise. «Non faccio io le regole, Bill. Gioco per vincere e basta.»

Ore 17.20. Un paio di clienti abituali alzarono lo sguardo e uno salutò con la testa e disse: «Ehi, Joe» quando Mancuso entrò nel bar di Gertie, ma tutti gli altri fecero finta di nulla, come se non fosse presente. Lui raggiunse l'estremità del banco e sedette sul suo sgabello, sentendosi l'uomo invisibile. Il dolore era così. Era una cappa d'invisibilità. Gli altri gli voltavano le spalle.

Gertie era seduta in fondo al bar. Stava leggendo il giornale. Il titolo diceva:

FALLON TERRÀ IL DISCORSO PROGRAMMATICO

«Ehi, Joe» chiese piano quando alzò gli occhi e lo vide. «Si mette a piovere?»

«Già.»

Mancuso si sedette e lei gli versò un doppio Jack Daniel's. E mentre lui lo ingollava in pochi sorsi, lei tamburellava con l'unghia sulla prima pagina del giornale. «Carino, questo Fallon.»

«Puoi bel dirlo.» Si alzò in piedi e perlustrò il locale con lo sguardo. «Visto Mandy?»

Gertie fece spallucce. «È fuori con un cliente.»

«Hai la sua chiave?»

«Certo.»

Mancuso tese la mano per prenderla.

«Vai a trovarla?» domandò Gertie.

«Già.» E intascò la chiave.

«Sono contenta che tu ti senta meglio» disse lei. Lui si avviò verso l'uscita.

Ore 17.30. Sally lasciò il fagotto con cui stava lottando sulle scale della cantina, fece di corsa il resto della strada e sollevò il ricevitore al quarto squillo. «Sì?» disse, senza fiato.

«Ti telefono in un brutto momento?» Era Terry.

«No. Stavo… facendo le valigie.»

«Le valigie per cosa?»

«La convenzione. Partiamo domani, no?»

«Oh. Sì.»

«Terry, io vengo con te.»

«Certo che vieni, cara» disse lui. «Ma proprio adesso ho un gran bisogno del tuo aiuto. Mi hanno invitato a tenere il discorso programmatico.»

«Terry, mio Dio! È meraviglioso! Il presidente ti ha chiesto di…»

«Non il presidente. La direzione del partito.»

«Davvero?» Sally si sedette e si strinse nell'accappatoio.

«Credo che vogliano mandare un segnale.»

«E anche piuttosto visibile» disse lei.

«Stasera ho la cena con i governatori. Credo che quando sarà finita conosceremo la nostra sorte.»

«Oh, Terry. Sono così...»

«Voglio che tu scriva il discorso.»

Lei rimase di stucco. «Terry, io...»

«Puoi farlo?»

Lei guardò verso la porta di servizio. La macchina di Tommy Carter era ferma lungo il marciapiede, col portabagagli aperto e in attesa. «Vuoi dire oggi? Subito?»

«Oggi, naturalmente.»

Sally aveva mille cose da sbrigare. Cose che non potevano aspettare. «Terry, io...»

«Sally, ti prego. Ho bisogno di te. E... Sally?»

«Sì.»

«Ti amo.»

Sally scrollò le spalle, e si sentì afflosciare come se lui l'avesse appena presa tra le braccia e sollevata da terra.

«Posso contare su di lei?» le domandò.

«Sì» gli rispose. «Sì, sì.» E non c'era nulla di più importante, al mondo, per lei, nemmeno se stessa.

«Chiamami quando hai qualcosa di pronto. Manderò un fattorino.»

«Lo porto io.»

«No, no. Chiamami. Tu resta alla macchina da scrivere. Faremo fare la spola al fattorino.»

«Va bene. Forse hai ragione. Comincio subito.»

«Sapevo di poter contare su di te.» E Terry riagganciò.

Lei entrò nella sua tana e accese l'IBM-AT in uno stato di totale euforia.

Ore 17.40. Quando Mancuso spinse la porta per aprirla, udì una vocetta gridare: «Mamma mamma mamma» e uno scalpiccìo di piedi nudi sul parquet. E quando ebbe chiuso la porta e messo il catenaccio, il bimbo nero era ritto nel vestibolo, nudo a parte il pannolino, con gli occhi come due piattini.

Mancuso si inginocchiò a terra. «Ehi, Stanley» disse. «Ehi.»

Ma il bambino gli voltò le spalle e traballando ritornò in cucina.

«È lei, Joe?» chiese la voce della donna.

Mancuso si tolse il cappello. «Sì, signora Robinson.»

«Si accomodi. Sto preparando un infuso.»

Lui guardò le bottiglie di whisky e i bicchieri sul televisore nel salotto. «Credo che berrò un goccetto.»

«Lasci stare quei liquori» disse lei, e uscì dalla cucina reggendo un vassoio di vimini con una teiera e due tazze. «Ne ha già bevuto abbastanza per durarle due o tre vite.»

La madre di Mandy era una donnina grassottella con un vestito stampato a fiori rossi e verdi su fondo nero. Aveva capelli nodosi e una faccia tonda con piccole chiazze marrone sotto gli occhi. Lo squadrò. «Vada ad appendere l'impermeabile. Non sgoccioli dappertutto sulla moquette, capito?»

«Sì, signora.»

E quando si fu tolto il soprabito e lei ebbe visto il risvolto strappato e attaccato con una spilla, domandò: «Cos'è successo a quella giacca?».

«Ha avuto un incidente.»

«Si sieda. Dia qua.» Gli tese la mano. «Avanti, me la dia.»

Lui si tolse la giacca e gliela diede. «Mamma mia» disse lei, e scosse la testa. «Coraggio. Si sieda.» E quando Mancuso ebbe obbedito, gli versò una tazza di una specie di tè giallastro e andò a cercare la scatola da cucire.

Mancuso prese la tazza tra le mani e guardò quel fluido giallo. Sembrava piscio e non aveva un odore molto migliore.

«È rosmarino» spiegò la signora Robinson. «E menta. È buono quando lo manda giù.»

Lui scoccò un'occhiata di rimpianto verso la bottiglia di Jack Daniel's nel vassoio sopra il televisore. Poi storse la bocca e bevve il tè.

La signora Robinson tolse la spilla dalla giacca e scuotendo la testa guardò la striscia di stoffa penzolante. «Sarà impossibile rammendarla.» Poi tirò fuori un ago con un po' di filo nero e si mise a cucire lo strappo. «E così hanno ammazzato il suo ragazzo» disse.

«Già.»

«Mi piaceva quel ragazzo.» Ora stava cucendo, con gli occhi a pochi centimetri dall'ago, e parlava più a se stessa che a lui. «Non bisogna crucciarsi per lui. Adesso è con Gesù. Il Signore sia lodato.»

«Era ebreo» specificò Mancuso.

Lei alzò gli occhi, guardandolo sopra le lenti degli occhiali. «Gioia, questo non vuol dir niente, dopo che sei morto.»

Poi udirono una chiave girare nella toppa e Mandy entrò nella stanza. «Mamma. Ehi, Joe» disse. Aprì l'ombrello rosso, lo mise sul pavimento del vestibolo e tornò dentro. «Dov'è Stanley?»

«Attaccato al poppatoio» disse la signora Robinson.

Mandy appese l'impermeabile dietro la porta. «Vado a vederlo. Torno subito, tesoro.»

Mancuso guardò la signora Robinson. Ma la donna era tornata al suo lavoro. E quando Mandy uscì e si fermò nel corridoio, lui depose la tazza e si alzò.

«Vada, vada» disse la signora Robinson senza alzare gli occhi. «Mi lasci finire questa cosa.»

Lui seguì Mandy in camera da letto.

«Oh, fa freddo.» Lei si fregò le mani. Accennò al letto. «Accomodati. Devo andare in bagno.»

Ma lui era sempre là in piedi nell'ultima luce morente che entrava dalla finestra quando lei uscì dal bagno nella lunga veste da camera azzurra e nelle ciabattine azzurre di satin con i pompom sulla punta.

«Che c'è?» gli chiese.

«Niente.»

Lei gli si avvicinò e prese a scioglergli il nodo della cravatta. «No.»

«Oh, amore» gli disse, e gli sfilò la cravatta da sotto il colletto. «Vieni. Vieni tra le mie braccia.»

E dopo che lo ebbe spogliato e fatto stendere sul letto e tenuto fra le braccia per un po', scivolò giù e seppellì la testa tra le sue ginocchia. Poi si unse d'olio e lo spinse dentro.

Galopparono a lungo, in silenzio. C'era solo il fruscìo della pioggia contro la finestra oscurata, e la voce sommessa della signora Robinson che cantava una ninnananna al bebè nella camera accanto.

Alla fine Mancuso si staccò, senza aver raggiunto l'orgasmo. Mandy gli passò una mano sul ventre.

«Va tutto bene, gioia» disse dolcemente. «Lascia fare a me.»

«Più tardi, forse.» Scostò la mano e fece per alzarsi. «Lasciami prendere i soldi.»

Lei lo prese per le spalle e lo trattenne, con dolcezza ma fermamente. «Joe... Una volta nella vita. Fatti furbo.»

«Ah, che stai dicendo?»

Lei gli cinse le spalle con le braccia e se lo strinse al petto. E poi gli mise una mano sulla guancia per fargli piegare la testa. «Anche a me piaceva quel ragazzo. Era okay. Ma devi dimenticarlo.»

Lui rimase in silenzio per un po', appoggiato a lei, e lei sentiva il pulsare del suo cuore. Poi lui disse: «Non voglio».

Mandy sogghignò, ma era un sogghigno tenero, un riso profondo, gutturale. «Non li troverai mai, quelli che gli hanno fatto il servizio. Sono troppo grossi, per te.»

Mancuso sospirò e si mise a sedere sul letto. Si tolse dal collo le braccia di lei e gliele mise ai fianchi. «Ho smesso di cercare di trovarli. Ora li aiuterò a trovarsi tra loro.»

Allungò una mano e accese il lume di fianco al letto. Lei strizzò gli occhi, abbacinata, e alzò le mani per coprirsi il petto.

«Devo uscire per un po'» le disse. «Quando torno, posso fermarmi per la notte?»

«Certo, tesoro. Tutto quello che vuoi.»

L'uomo guardò verso la porta della stanza. «Tua madre può stare in un altro posto col bambino?»

«Certo, se vuoi.»

Lui abbassò lo sguardo al suo corpo. Non era più la ragazzina di una volta, della prima volta che l'aveva pagata. Ora i seni le cascavano sul ventre, con i capezzoli puntati quasi verso il basso.

«Vuoi guadagnare cinquanta dollari?» le chiese.

Lei abbassò gli occhi. «Certo, Joey. Qui ti danno tutto quello che paghi.»

Ore 19.20. La prima cosa che fece Clarence quando Joe Mancuso si presentò all'ingresso principale del Congressional Club fu cercare di farlo passare dall'ingresso di servizio. Non gli garbava l'aspetto di quell'uomo tarchiato con un cappello fradicio di pioggia e un soprabito saturo d'acqua. Ma Mancuso sapeva che il suo distintivo e il suo tesserino dell'FBI erano le migliori lettere di presentazione d'America. Il gruppo ristretto dei governatori era sempre a cena, al piano di sopra, con l'illustre senatore Fallon, e l'atrio del circolo formicolava di agenti del servizio segreto. Clarence chiamò con un gesto uno di quegli uomini incolori insaccato rigidamente nello smoking con un filo che gli usciva dall'orecchio.

L'agente del servizio segreto invitò con un cenno Mancuso ad avvicinarsi. «Okay, vediamo» disse piegando il dito verso il palmo della mano.

Mancuso gli porse la tessera. Servizio segreto del cazzo.

Il giovanotto studiò la tessera e poi lui. Quindi gliela rese e fece un segnale a qualcuno che stava in cima alle scale.

«Che ci vuole, l'invito, per vedere questo tizio?» disse Mancuso.

L'agente del servizio segreto sostenne il suo sguardo senza batter ciglio.

Naturalmente, lo fecero aspettare. Lo misero per quindici minuti in un ufficetto contiguo al foyer del primo piano, tanto per dimostrare che branco d'imbecilli erano tutti. Poi la porta si aprì, lasciando passare una eco di musica e risate lontane, e un altro uomo in smoking entrò nella stanza.

«Sono Chris Van Allen» disse. «L'assistente del senatore. Allora, cosa c'è di tanto importante?»

«Devo parlare al suo boss.»

«Il senatore è occupato.»

«Già. Come un cesso pubblico.»

Chris si mise le mani sui fianchi e lo guardò. Era proprio una di quelle checche con la manina pendula che Mancuso non poteva soffrire.

«Non mi piace il suo atteggiamento, agente Mancuso.»

«Senti, Cappuccetto Rosso, perché non torni dalle tue amichette prima che il grosso lupo cattivo ti rompa il grugno?»

Van Allen sgranò gli occhi. «Brutto...»

«Digli che riguarda Sally Crain» fece Mancuso. «Fila. Sparisci, prima che mi venga voglia di metterti le mani sul culetto.»

Van Allen uscì sbattendo la porta.

Dopodiché Mancuso non dovette aspettare a lungo.

La porta si aprì e Terry Fallon entrò nella stanza, preceduto da un agente del servizio segreto. Terry guardò Mancuso dall'alto in basso e scosse la testa. Poi si rivolse all'agente. «Tutto a posto» disse. L'uomo annuì. «Sissignore.» E uscì.

Quando la porta si chiuse, Terry disse: «Sarà meglio che sia davvero importante, amico mio».

«Riguarda Sally Crain.»

«In che senso? Sta bene?»

«Sì, sta bene.»

«Allora cosa vuole?»

Mancuso guardò Fallon. Cristo, sembrava un divo del cinema! Alto, bello, con due spalle larghe così, dentro il suo costume da pinguino.

«È stata Sally Crain ad assoldare l'uomo che vi ha sparato addosso, a lei e a Martinez.»

Fallon lo guardò a bocca aperta.

La porta si aprì. Era Chris Van Allen. «Senatore, il governatore dell'Ohio...»

«Fuori!» gridò Fallon.

La porta si chiuse di scatto.

Poi Terry si rivolse a Mancuso, e la sua voce era bassa e minacciosa. «Che diavolo sta dicendo?»

«Ha architettato tutto lei.»

«Sciocchezze. Non ci credo.»

L'agente tornò a stringersi nelle spalle, e un rivoletto d'acqua cadde dall'orlo dell'impermeabile sul marmo del pavimento. Lui abbassò lo sguardo alla pozza che aveva sotto i piedi e sorrise malinconicamente. «Glielo proverò» disse.

Mancuso gli fece firmare il registro davanti alla guardiola del custode al pianterreno dell'Hoover Building. Poi presero l'ascensore fino al terzo piano: Mancuso, Fallon e quattro agenti del servizio segreto. Ma quando ebbero raggiunto la sala di registrazione, Mancuso alzò la mano.

«Loro aspettano fuori.»

«Va bene, tenente» disse Terry.

«Possiamo ispezionare il locale?»

«Merda, avanti» disse Mancuso. Spinse il battente. Dentro c'era una sofisticata console dominata da una fila di otto monitor. Il tecnico sedeva con i piedi sopra un tavolo, leggendo un tascabile. Il portacenere di fianco a lui era pieno di mozziconi.

«Ehi, Joe» disse, e mise giù i piedi. «Forza, capo. Io smonto alle sei. Sono quasi le otto.»

«Buono, buono» fece Mancuso. «Questo qui è il senatore Fallon.»

Il tecnico scattò in piedi e spense la sigaretta. «Larry Harris» si presentò. «Piacere di conoscerla, senatore.»

Terry non gli strinse la mano.

«E quelli sono gli ispettori di zona del servizio segreto degli Stati Uniti.» Mancuso fece un gesto nella direzione dei quattro uomini che stavano perquisendo la stanza e guardando dietro la console.

Contro il muro c'era un tavolo pieghevole coperto da un telo. Il tenente ne sollevò un angolo. Sul tavolo giaceva un fucile automatico.

«E quello che diavolo è?»

«Fa parte dello show» spiegò Mancuso.

Il tenente guardò Fallon, che annuì.

«D'accordo. Noi staremo agli ingressi, senatore.» Disse qualcosa nel microfono che portava attaccato al bavero. «Fuori» ordinò.

In un attimo rimasero soli.

«Bene» disse Terry. «Sono qui. Mi faccia vedere.»

Mancuso gli indicò di stendere la mano, e quando il senatore l'ebbe fatto vi versò il contenuto di un sacchetto di plastica.

«Che roba è?» chiese Terry.

«Queste sono le cartucce sparate da Petersen.» Mancuso si piegò in avanti per frugare tra le cartucce con l'indice. «Vediamo. Ce ne sono... ehm, sei uguali. E poi c'è questa qui.» Strinse tra il pollice e l'indice la cartuccia nera e la sollevò.

Terry si strinse nelle spalle. «E con questo?»

Mancuso gli andò più vicino. «Be', senatore, sa, questo Petersen era un tiratore di professione. Ecco, insomma, un killer di serie A.»

«E allora?»

«Be', questi professionisti, questi che giocano in serie A, sono come dei sacerdoti. Tutto, per loro, è un rituale. Non lasciano nulla al caso. Per esempio» disse mostrando al senatore una delle normali cartucce d'ottone «vede, questa, com'è graffiata? Segno che Petersen se le caricava da solo. Nulla al caso. Permette?»

Prese la mano di Fallon e la rovesciò, in modo tale che i bossoli ricaddero nel sacchetto di plastica dei referti. Tirò la cerniera e lo chiuse. Poi scostò il telo e impugnò la carabina. Era una HK-91. «Vede?» continuò l'agente. «L'ultima cosa che avrebbe fatto Petersen prima di aprire il fuoco era controllare di averne una nella camera. Ora, guardi qui.»

Mancuso alzò il fucile e socchiuse l'otturatore. Nel varco tra le lucide mascelle d'acciaio si vedeva un bossolo nero.

«Quando tiri l'otturatore, puoi vedere solo il bossolo. Lei non ci avrebbe pensato, eh?»

«Dove diavolo vuole arrivare?» domandò il senatore.

«La pallottola. La carica. Vedi il bossolo, ma non la carica.» Chiuse l'otturatore con uno schiocco, un suono metallico e mortale. «Pitturando un bossolo di nero, poteva essere certo di avere sotto il cane la carica giusta.»

Mancuso depose la carabina e rimase là fermo: sembrava molto soddisfatto di sé.

«Agente» disse Terry «è per questo che stasera mi ha portato qui?»

«Non capisce, eh?» Mancuso guardò Harris e aprì le braccia. «Non capisce.»

Terry, friggendo, si mise a sedere.

«Senta, senatore» continuò Mancuso. «Quello che sto cercando di dirle è che non tutte le pallottole erano uguali. Vede? Sei erano di quelle con la punta tenera che stracciano, frantumandosi, le budella di chiunque. Entrando, fanno una piccolissima ferita. Poi...» Strinse il pugno e improvvisamente aprì le dita. «Quando la palla urta l'osso... Pam! Non riuscivamo a capire perché l'ultimo colpo fosse diverso.»

«Perché?»

«Perché non lo era.» Mancuso incrociò le braccia sul petto e sorrise. «Era il primo a essere diverso.» Prese il bossolo dipinto di nero. «Questo qui era un proiettile corazzato. Produce due ferite nette, d'entrata e d'uscita, e se ne va per i fatti suoi. Noi non lo cercavamo, perciò non lo abbiamo mai trovato. Questo è come essere colpiti da un punteruolo per rompere il ghiaccio. Piazzalo nel punto giusto e fa un male d'inferno. Però non si spezzetta e non lacera gli intestini. Questo è il primo colpo sparato da Petersen.»

Mancuso si sporse in avanti e mise il bossolo verniciato di nero nella mano di Terry.

«Questo era per lei.»

Fallon abbassò gli occhi al bossolo nero che aveva in mano. Poi guardò Mancuso. Una gocciolina di sudore gli brillava sul labbro superiore. «Ma è... è assurdo.»

Mancuso sorrise. «Scommettiamo?»

Si sedette e girò la poltrona verso la console e i suoi otto monitor spenti. «Fagli vedere.»

Harris schiacciò un tasto e cinque schermi si illuminarono. In ciascuno di essi c'era l'immagine fissa, da angoli diversi, della tribuna sulla scalinata del Campidoglio la mattina dell'attentato. In tutte le inquadrature Terry e Martinez si stavano dando la mano con un sorriso raggiante sul volto. Era un bizzarro panorama dei vivi e dei morti, cinque vedute di quei due alti ed eleganti giovanotti. Mancuso guardò Terry. Nell'ultima settimana sembrava invecchiato di qualche anno. Ma era passata solo una settimana?

«Ora, quello che abbiamo fatto qui, senatore» spiegò Harris. «Quello che abbiamo fatto è sincronizzare i nastri registrati da cinque diverse troupe televisive. Il videotape viaggia a trenta fotogrammi al secondo. Quel fucile spara dieci colpi al secondo. Perciò, anche se l'assassino avesse continuato a premere il grilletto, avremmo sempre avuto ventun fotogrammi da vedere.»

Terry annuì.

Mancuso disse: «Continua».

Harris toccò un comando sulla console. I cinque schermi lampeggiarono mentre il nastro cominciava a girare. Poi le immagini partirono e, al rallentatore, Terry e Martinez mossero l'uno verso l'altro e trasformarono la stretta di mano in un abbraccio.

«Faglielo sentire» ordinò Mancuso.

Harris alzò un cursore, e lo strano rumore raspante degli applausi al rallentatore uscì dagli altoparlanti come il gemito di una bestia ferita. Il marcatempo alla base dello schermo principale segnava il lento scorrere delle inquadrature.

«Arriva» annunciò Harris.

A un tratto i cinque monitor mostrarono la giacca di Terry che, all'altezza della cintola, esplodeva. Mentre lui si torceva dal dolore, sei piccole esplosioni colpivano Martinez, squarciandogli i tessuti e scoprendo le ossa della schiena. Poi, sempre al rallentatore, con un movimento spaventoso nella sua svogliatezza, i due uomini scivolavano a terra.

«Basta così» disse Mancuso.

Harris toccò un comando della console e i cinque schermi piombarono nel buio.

Terry Fallon sedeva davanti ai monitor in un silenzio impietrito. Mancuso lo studiava. Poi, lentamente, Terry si voltò a guardarlo. «Non può essere. È... dev'esserci un motivo.»

«C'è» disse Mancuso. Si sporse verso Harris. «Mostraglielo nell'altro modo.»

Quello batté un numero sulla tastiera e sullo schermo centrale apparve l'immagine fissa della folla ritta sotto la tribuna. Guardavano in su, con le mani aperte a metà di un applauso, con la luce del sole sui visi raggianti mentre seguivano le accoglienze dell'eroe sulla tribuna soprastante.

«Queste erano le riprese della folla che facevano quelli delle tivù» disse Harris «per potervi montare i discorsi per il telegiornale della sera.»

«Fermati sulla bionda» ordinò Mancuso.

Il tecnico premette un tasto che attivava il quadro di comando degli effetti video digitali. Quando spinse la barra in avanti, ci fu uno zoom su una bella bionda ritta tra i giornalisti e gli spettatori.

«La riconosce?» domandò Mancuso.

Fallon annuì silenziosamente.

«Va avanti» disse Mancuso.

Lentamente il nastro girò, e lentamente le mani di Sally salirono al suo viso mentre la sua espressione e le facce della gente intorno a lei cambiavano dalla gioia all'orrore.

Harris fermò il nastro.

Terry si strinse nelle spalle. «Non vedo...»

«Di nuovo» disse Mancuso. «Lentissimo, però.»

Harris batté un altro messaggio sulla tastiera. Questa volta la macchina riavvolse il nastro e poi lo proiettò alla minima velocità consentita.

«Con l'audio.» Ordinò l'agente. Harris obbedì.

«Guardi le mani» disse Mancuso. «E tenda l'orecchio.»

Nel rombo sordo e raspante della folla e degli applausi, videro Sally portarsi lentamente le mani al viso. Proprio quando le punte delle dita andavano a fermarsi contro le gote, si udì la prima detonazione. La macchina si fermò.

«Vuole rivederlo?» chiese Mancuso.

Terry deglutì. Poi fece un cenno di assenso.

Quando il nastro fu passato un'altra volta, non potevano esserci più dubbi. Le mani di Sally avevano cominciato a muoversi per coprirle la bocca, e la sua espressione era cambiata dall'entusiasmo alla paura, prima che fosse sparato il primo colpo.

Mancuso poggiò le mani sul tavolo che aveva davanti.

«Sapeva» disse Mancuso.

Fallon era rimasto immobile, con le labbra serrate. Ogni colore era scomparso dal suo viso. Un'ombra scura gli appannava lo sguardo.

«Grazie, Larry» disse Mancuso. Con la testa indicò la porta. «Ci vediamo.»

«Certo.» Harris si alzò e uscì dalla stanza.

Quando la porta si chiuse alle sue spalle, Terry chiese a bassa voce: «Reggerà, in tribunale?».

Mancuso scosse la testa. «Macché.»

«Che intende fare?... Arrestarla?»

«No, perbacco. Voglio prendere quelli per cui lavora.»

«Chi sono?»

L'agente alzò le spalle. «Non lo so.»

Terry si alzò in piedi. Stordito, camminò fino in fondo alla stanza. Poi si voltò indietro. «Ma è una pazzia. Perché? Perché avrebbe fatto una cosa simile?»

Mancuso si accese una sigaretta. «Una trovata pubblicitaria.»

Il senatore fece una smorfia, come se avesse voglia di sputare. «Solo un degenerato potrebbe credere...»

Mancuso, con uno schiocco delle dita, fece volare il fiammifero lontano. «Ha funzionato. No?»

Terry si guardò intorno come se non sapesse dov'era. Borbottò tra sé: «Non lo avrebbe mai fatto. Lei...».

Mancuso gli si avvicinò e lo prese a braccetto. Poi si piegò verso di lui in modo da potergli parlare a bassa voce e senza che qualcuno lo sentisse.

«Senta, senatore» mormorò. «Lei deve aiutarmi.»

Terry lo guardò fisso. «Aiutarla? Come?»

«Lei deve continuare a trattarla nello stesso modo. Non le lasci indovinare che siamo sulle sue tracce. Non faccia nulla per metterla in guardia.»

«Ma la nostra... la nostra relazione è...»

Mancuso strizzò l'occhio e annuì. «Sì, sì. Capisco. Be'... quando la sbatte, ripeta a se stesso che lo fa per la patria. Tutto qui.»

Fallon strinse rabbiosamente i denti. «Devo ridere?»

Mancuso si limitò a sospirare.

Per qualche attimo rimasero così, Mancuso con la sigaretta in bocca, Terry in piedi con le spalle curve e il corpo ripiegato su se stesso.

Poi il senatore si schiarì la voce. «Va bene» disse. «Va bene. Grazie, agente.»

Si salutarono con un inchino, e Terry si avviò alla porta strascicando i piedi. Mancuso lo seguì con lo sguardo. E quello che vide era un uomo stanco e stroncato.

Ore 20.40. Fallon sedeva nell'ufficio buio al terzo piano del Russell Building. Il bagliore dell'illuminazione notturna sul Campidoglio di là dalla strada gettava orizzontali lame d'ombra sul bozzetto di un manifesto elettorale attaccato alla parete. Era una fotografia enormemente ingrandita di Terry in maniche di camicia, sullo sfondo di un'alba sulle Montagne Rocciose. Era l'immagine stupenda di un uomo giovane e vigoroso: un capo, un eroe, qualcuno in cui credere.

Quando fosse iniziata la campagna, quel manifesto sarebbe stato diffuso in tutto il paese: e in ogni regione sarebbe cambiato lo sfondo, qui il profilo di una grande città dell'est, là un campo di grano o le Cascades, vanto e retaggio dell'America. Funzionava dappertutto. Era un'idea di Sally.

Terry le aveva chiesto perché avesse scelto proprio quell'immagine di lui.

«È come ti ho visto la prima volta» gli aveva spiegato. «Quel pomeriggio nel *barrio* di Houston. È com'eri quando mi sono innamorata di te. Voglio che tutta l'America ti veda come ti vedo io. E che ti ami come ti amo io.»

Terry Fallon sospirò e puntò i gomiti sulla scrivania. Poi qualcuno accese la luce.

Era Chris Van Allen, che non stava più nella pelle dall'eccitazione.

«Terry! Ti ho cercato dappertutto!» Si tolse l'impermeabile e lo gettò su una poltrona. «Ho parlato con Ames della Virginia. E Geary dell'Ohio. Stanno buttando giù una lettera per il presidente, chiedendo che ti prenda come compagno di gara. Una delegazione di governatori verrà all'aeroporto di St. Louis per darti il benvenuto in città e alla convenzione!»

Ma Terry rimase là seduto, guardandolo con occhi assenti e vuoti.

«Per amor di Dio, Terry!» gridò Van Allen. «I governatori del partito appoggiano la tua candidatura alla vicepresidenza! Terry, ce l'abbiamo fatta!»

Proprio allora la porta si aprì e Sally irruppe nella stanza, togliendosi l'impermeabile. Terry si alzò in piedi.

«Terry, la voce dell'appoggio dei governatori si è già sparsa in tutta la città! Terry! Ci siamo!»

Chris le lanciò un'occhiata torva. «Che fai qui?»

«È tutto a posto, Chris» lo calmò Terry.

Lo sguardo di Chris corse dall'uno all'altra. «Ehi, devo dare la notizia all'Associated Press. Torno tra un minuto!» Si precipitò fuori.

Sally fece il giro della scrivania, si fermò davanti a Terry e gli prese le mani tra le sue. Era senza fiato e le brillavano gli occhi dall'emozione. «Terry, si sta avverando tutto... Sta succedendo veramente!»

Lui la guardò con aria assente. Il suo volto appariva inespressivo e remoto.

Sconcertata, Sally lo fissò. «Terry, che c'è? C'è qualcosa che non va?»

Lui lasciò la sua mano e si staccò da lei, dirigendosi verso l'altro lato della scrivania come se volesse tenerla a distanza. Si fermò, guardandola come se fosse un'estranea.

«Terry, che c'è?» Il suo viso era freddo e duro come lei non lo aveva mai visto. «Terry?»

«Mancuso» disse lui.

«Mancuso? E allora?»

«Sa tutto.»

Fu come se una raffica di vento avesse improvvisamente investito l'ufficio sferzandole il viso. L'espressione di stupore e di esultanza scomparve dai suoi occhi, che s'incupirono e divennero due fessure. Le labbra le si torsero in un ringhio che sembrava una lingua di fiamma, scoprendo le daghe dei suoi denti aguzzi.

«Va bene, va bene» mormorò. «Lascia fare a me.»

Terry, sgranando gli occhi, assisteva a quella trasformazione.

Il suo sorriso era pieno di malizia. «Sta tranquillo, amore» disse, e aggirando la scrivania tornò a scivolare verso di lui. «Non c'è bisogno di preoccuparsi.» Passò le unghie sul piano del tavolo. «Non c'è nulla da temere.» Ormai faceva quasi le fusa, come un gatto. «Me ne occuperò io.»

Terry fece un passo indietro.

«Mi hai fatto sparare da Petersen» esclamò all'improvviso.

Questo la fermò. Insospettita, lo studiò attentamente. «È assurdo» disse.

«Non mentirmi, Sally! L'ho visto. Su nastro.» Nei suoi occhi ardeva un fuoco così freddo che Terry ne fu terrorizzato.

«Ho pensato che sarebbe stato più efficace» fece lei. «Ho avuto ragione.»

«Mio Dio... Sally...» La sua voce era soffocata, quasi impercettibile. «Prima Weatherby. Poi Martinez. Poi Petersen e Ross. Quando finirà?»

«Quando saremo alla Casa Bianca» gli sibilò lei.

Lui le scoccò un'occhiata piena di ripugnanza e di paura, come se quello che aveva davanti non fosse un essere umano. «Sally, in nome del cielo...»

«Hai dimenticato Fonseca» disse lei. Poi gli si accostò e gli mise una mano sul petto, facendogli una carezza. «Hai dimenticato che mi hai insegnato tu.»

Quando Sally lo toccò, lui si ritrasse. «Mio Dio, Sally. Sei un mostro.»

A un tratto la sua mano scattò verso di lui, colpendolo sul viso con una forza che forse lo avrebbe atterrato se alle sue spalle non ci fosse stata la scrivania. Terry barcollò e si riprese. Poi si portò una mano al viso, un po' per lenire il dolore, un po' per difendersi dalla sua furia.

Il viso di Sally era davanti a lui, arrossato e bellissimo, e i capelli biondi le ondeggiavano intorno alla testa come cortine di fuoco.

«E tu...» disse. «Tu sei un povero sciocco.»

Ore 21.20. Il testo diceva:

ABBIAMO DEI DOVERI VERSO NOI STESSI. ABBIAMO DEI DOVERI VERSO
IL NOSTRO PARTITO. MA, E QUESTA È LA COSA PIÙ IMPORTANTE, AB-
BIAMO DEI DOVERI VERSO IL POPOLO AMERICANO. IL PRIMO DI QUE-
STI DOVERI È LA VERITÀ... E L'ULTIMO È L'ATTUAZIONE E IL PERFE-
ZIONAMENTO DEL SOGNO AMERICANO.

Dan Eastman cancellò l'ultima frase. Al suo posto scrisse:

... E IL SECONDO È COMPORTARSI CON ONORE.

Rilesse quelle parole, scrollò il capo, si appoggiò alla spalliera
della poltrona e fissò il soffitto. Non veniva bene. E più lo cambiava, più il discorso sembrava allontanarsi da quello che voleva
dire lui.

Tra due giorni avrebbe calcato la tribuna e sarebbe salito sul
podio davanti alle migliaia di delegati presenti alla convenzione.
Mentre manovre politiche di ogni genere si svolgevano dietro le
porte chiuse delle camere di tutti gli alberghi di St. Louis – e
mentre a Washington il presidente Baker aspettava la sua lettera
di dimissioni – Dan Eastman avrebbe avuto la possibilità di qua-
lificarsi, davanti alla convenzione e al paese tutto, come l'uomo
capace di fare *tabula rasa* in nome del partito. Tutto quello che era
successo – la sua lite col presidente Baker, i suoi due sbalorditivi
annunci alla tivù – tutto questo gli offriva l'occasione di presentarsi come un cavaliere senza macchia e senza paura, come un
eroe carismatico, un principe della costituzione. Quelle di cui
aveva un bisogno disperato erano le parole, le belle parole capaci
di assicurargli l'ingenua fiducia del popolo americano. Se almeno
lui e chi scriveva i suoi discorsi avessero trovato le parole...

Si chinò sul foglio, esasperato, e cancellò l'ultima riga. Poi la
porta si aprì e la sua segretaria, Dale, entrò nello studio.

«Adesso che c'è?»

«Signor vicepresidente, c'è un uomo che insiste per vederla.
Ha detto di darle questo.»

Dale mise sulla scrivania un ritaglio di giornale. Era l'identikit della donna del Four Seasons Hotel diramato dalla polizia.
Qualcuno aveva scritto sotto il disegno: LA CONOSCO.

Eastman depose il ritaglio sul suo discorso e chiuse la cartella
su ambedue. «Va bene» disse. «Lo faccia entrare.»

La segretaria uscì. Poi la porta si aprì e Mancuso entrò nella
stanza, con il cappello in mano e l'impermeabile fradicio e goc-

ciolante. Quando la porta si chiuse alle sue spalle, Eastman chiese: «Chi diavolo è lei?».

«Mancuso. Dell'FBI. Ho una cosa per lei.»

Eastman girò nella poltrona per guardarlo in faccia. «Cosa?»

«Il nome della ragazza del Four Seasons.»

«Perché non lo dà alla polizia?»

«Si limiterebbero ad arrestarla. Io ho un'idea migliore.»

L'altro sorrise e si dondolò nella poltrona. «Quale?»

Mancuso ficcò una mano nella tasca dell'impermeabile e ne trasse una vecchia busta gialla legata con lo spago. Tolse lo spago e lasciò cadere la busta sulla scrivania: il contenuto si sparse sopra la cartella col discorso.

«Che diavolo è...»

Eastman s'interruppe. Raccolse una delle fotografie. Era di una donna bionda, giovane e molto carina, una ragazza tra i venti e i venticinque anni. Assomigliava moltissimo alla donna dell'identikit.

Ma la ragazza della fotografia giaceva nuda su un letto sgualcito. Aveva i polsi legati alle caviglie con cinghie di cuoio.

«Come si permette di entrare qui dentro con queste...»

«Non ha guardato abbastanza attentamente» disse Mancuso. E spinse le altre immagini sotto il naso del vicepresidente.

Era la stessa ragazza in ogni foto. In alcune era sola, con le braccia legate dietro la schiena o assicurate a una colonna del letto, con funi ruvide e taglienti che le segavano il petto. In altre aveva le mani legate dietro le ginocchia e giaceva sul pavimento, carponi, voltandosi indietro per sorridere all'obiettivo. Nella maggior parte delle immagini c'era un oggetto che la violava. In alcune fotografie un'altra donna era a letto con lei.

Dan Eastman le guardava con gli occhi sgranati. Erano di un grottesco che superava qualsiasi cosa avesse mai sperimentato. Ma la ragazza era di una bellezza ipnotica. Era una bionda dal corpo perfetto con due candidi occhi celesti e uno stupendo viso aperto e lentigginoso. Guardò ancora una volta quegli occhi azzurri e schietti e capì, improvvisamente, dove li aveva già visti.

«Dio onnipotente» esclamò. «Ma è... è...»

«Già» disse Mancuso. «Che gliene pare?»

Eastman voltò la testa, disgustato. «Dove ha trovato queste porcherie?»

«La moglie di un mio amico.» Mancuso consultò l'orologio. «Se alza il culo da quella poltrona, fa ancora in tempo per le edizioni del mattino.»

Eastman strinse i pugni. «Figlio di puttana» sbraitò. «Per chi mi hai preso?»

Mancuso tolse la mano dalla tasca e lasciò cadere alcuni piccoli oggetti metallici che tintinnarono sul vetro della scrivania. Eastman abbassò gli occhi. C'erano quattro piccoli distintivi da mettere all'occhiello: un cerchio, un quadrato, la lettera "S" e la bandiera americana. Poi Mancuso si chinò sopra la scrivania, e alcune gocce d'acqua caddero dal suo impermeabile sulle fotografie.

«Lei ha incaricato un agente del servizio segreto addetto alla sua scorta di compiere un'operazione di spionaggio politico» disse. «È un reato. E l'agente si è fatto accoppare. Questo è un omicidio di secondo grado.»

Il vicepresidente alzò lo sguardo: il suo viso era pallido, grigio di paura. Un muscolo gli vibrava sotto l'occhio sinistro. Si passò il dorso della mano sulla bocca. «Senta» disse. «Dovremmo parlare e...»

Mancuso raccattò la bandierina e se la mise in tasca: «Faccia quello che deve fare e si trovi un altro lavoro».

Gli voltò le spalle e uscì.

Ore 22.10. Lou Bender si introdusse silenziosamente nello studio del presidente e si sedette nella grande poltrona di cuoio sotto la finestra, sorseggiando un brandy. Quando Sam Baker chiuse finalmente il libro che stava leggendo e alzò lo sguardo, disse: «Hai sentito?».

«Che cosa?»

«I governatori appoggeranno la nomina di Terry Fallon a vicepresidente!»

«Perché?» chiese Baker.

Bender si scosse. «Come?»

«Perché? Perché lo hanno appoggiato? Non mi giudicano abbastanza competente per prendere una decisione simile?»

Bender alzò le spalle e scosse la testa. «Sam, non credo che il problema sia questo.»

«Sto facendo una domanda. Sono il presidente degli Stati Uniti e il leader del partito, sì o no?»

«Certo che lo sei. Ti stanno solo inviando un messaggio che dice che senza di loro potresti non essere più né l'uno né l'altro.»

Sam Baker incrociò le braccia e chinò la testa sul petto.

«Devi affrontare la realtà, Sam. Non puoi vincere senza Fallon. Se alla convenzione dovesse sfidarti per la nomination, potrebbe metterti alla porta su due piedi. Od offri a Fallon la vicepresidenza oppure...» Fece una pausa.

«O tanto vale non andare a St. Louis.»

Sam Baker, per un po', rimase là seduto a riflettere. Poi disse: «Lou, ti è mai capitato di pensare che Ramirez e i suoi sicari potrebbero aspirare a qualcosa di più del controllo dei *contras*?».

Bender alzò lo sguardo. «Cosa, per esempio?»

«Se Ramirez ha assoldato Petersen per uccidere Martinez, forse il suo piano non era semplicemente di cambiare la direzione dei *contras*. Forse Ramirez vuole eleggere il prossimo presidente degli Stati Uniti.»

«Chi?»

«Fallon. Ammetterai che la cosa non è priva di una sua plausibilità.»

Lou Bender scosse il capo. «Sam, credo che tu ti stia lasciando trasportare.»

«Dammi questa soddisfazione.»

«Be'... se questo è un esercizio di dialettica, allora devi credere che Terry Fallon faceva parte del complotto.»

«È possibile.»

«Sam. Davvero. Stai dicendo che tu credi che Terry Fallon sia salito su una pedana con Martinez e abbia lasciato che un uomo gli sparasse addosso... nella speranza che la ferita non fosse fatale?»

«Forse la ferita di Fallon è stata un caso.»

«Sam, per piacere. Tu corri troppo con la fantasia.»

«O forse Fallon crede davvero di essere tra gli eletti.»

Bender sbuffò. «Tra gli eletti?»

«Mi ha detto che è stato il destino a metterlo su quella tribuna.»

Bender depose il bicchiere. Stava perdendo la sua spensieratezza. «Ti ha detto cosa?»

«Che il destino...»

«Il destino? Ha parlato del destino?»

«Sì. Ha detto che era stato il destino a scegliere il luogo dell'assassinio di Martinez.»

Bender aveva drizzato la schiena ed era teso e attentissimo. «Che altro ha detto?»

«Il destino ha indicato il luogo. Ma io ero ambizioso. Ed ero...»

Bender continuò al posto suo. «Ed ero là. E ho avuto, questo sì, la fortuna di sopravvivere. Non posso scusarmi per questo.»

Il presidente lo guardò fisso. «Come sapevi che ha detto così?»

«Per amor di Dio!» Bender balzò in piedi. Il bicchiere gli cadde sul pavimento, ma lui non se ne accorse. «Per amor di Dio, è tutta una commedia!» Si stringeva la fronte con una mano, appoggiandosi con l'altra alla spalliera della poltrona.

A un tratto, sapeva chi era il terzo giocatore.

«È una maledettissima commedia, Sam. È tutto scritto e provato. Il destino ha indicato il luogo. Ha detto proprio così?»

«Be'... sì.»

«Sam, stammi a sentire!» Bender attraversò la stanza fino alla poltrona del presidente. «L'ho visto alla televisione, quel mattino. L'ho visto alzarsi e raggiungere barcollando il microfono con una ferita di arma da fuoco nel fianco. E quel che ha detto... Le parole... Ho pensato: Cristo, questo è un miracolo. Ma non era un miracolo. Era scritto nel copione. Era una commedia.»

Il presidente scosse la testa. «Lou, ora sei tu a essere ridicolo.»

«Ascoltami, Sam. Quel figlio di puttana sapeva che Petersen avrebbe ucciso Martinez. Cristo, se lo sapeva. L'aveva organizzato lui. E aveva il suo discorso bell'e pronto. Per amor di Dio, Sam, Terry Fallon ha ucciso Octavio Martinez. Lui e Ramirez hanno assoldato Rolf Petersen e poi lo hanno fatto uccidere. Chissà quanta gente ha assassinato per arrivare dov'è. Sam, per carità...» Poi, tutt'a un tratto, Bender s'interruppe.

«Lou» mormorò piano il presidente. «Anche se fosse vero, senza prove non possiamo farci niente.»

Bender abbassò la voce, e il suo tono era sinistro, minaccioso. «Chi ha detto che dovresti far qualcosa?»

Poi attraversò la stanza fregandosi le mani. «Questa è bella, Sam. Questa è bellissima.» Si voltò indietro. «Ora senti questo. Tu dai a Fallon il secondo posto in lista. Fate insieme la campagna elettorale. Tu vinci le elezioni. Come diavolo potresti perderle, con un eroe come quello al tuo fianco?»

«Lou, sei diventato matto?»

Ma Bender continuò come se non avesse udito. «Tu vinci le elezioni. Poi metti con le spalle al muro Ramirez e quelle altre carogne dei *contras*. Li torchi finché non sputano tutto quello che sanno di Fallon.» Scoppiò in una risata. «Allora non dovrai far altro che sventolarlo sotto il naso di Fallon, e lui si dimetterà e tornerà a fare il professore di storia. Tu avrai altri quattro anni, e troveremo qualche marmittone per riempire il posto vacante.»

Il presidente lo guardò con due occhi assenti e inespressivi. «Lou, parli sul serio?»

«Più serio di così...»

«Hai idea di quello che stai dicendo?»

«Non c'è altro modo, Sam» disse Bender. «Non c'è altro modo.»

Sam Baker si appoggiò allo schienale. «Dovrai darmi il tempo di pensarci su.» Consultò l'orologio. «Si è fatto tardi.»

«Ne parleremo domani.» Bender si avviò alla porta. «E non temere, Sam. Li teniamo per la gola.» Con la destra si mollò un pugno nel palmo della sinistra. Quindi uscì.

Sam Baker si adagiò nella poltrona e abbassò lo sguardo al libro posato sul tavolino accanto a lui. Poi sollevò il ricevitore. «Vorrei parlare all'onorevole O'Donnell, per piacere.»

«Sì, signore.» Di lì a un attimo, O'Donnell era in linea.

«Sì, signor presidente?»

«Charlie, hai saputo della decisione dei governatori?»

«Sì.»

«Vieni domattina presto» disse il presidente. «Ti darò la risposta che aspettavi.»

O'Donnell tirò un profondo respiro. «Va bene.» E il colloquio finì lì.

Ore 23.50. Sally si era appena addormentata quando il telefono squillò. Gemette e si girò dall'altra parte. Sentiva il vento e la pioggia sferzare la strada di Georgetown sotto la sua finestra. Il telefono squillò una seconda volta. Sally sollevò il ricevitore e se lo portò faticosamente all'orecchio.

«Sì... Sono qui...»

«Sally Crain?» Era una voce di donna, una voce che lei non riconobbe. Ma pronunciava il suo nome con un marcato accento del sud.

«Sì. Chi...»

«Il tuo amico ti ha appena tagliato la gola» disse la donna.

«Co...?»

«Tu hai pagato Petersen. Poi hai spedito le teste di cuoio a farlo arrosto.»

Sally balzò a sedere, perfettamente lucida. Accese il lume di fianco al letto. «Chi parla?»

«Tu hai fatto uccidere Ross.»

«È una menzogna!»

Ma la donna si limitò a ridacchiare, una risatina chioccia. «Ti sei sempre tirata su le sottane per Fallon da quando facevi la giornalista per il *Post* di Houston. Non è vero?»

Sally strinse il pugno. «Chi l'ha detto?»

Ora la voce della donna era amorevole. «Perbacco, tesoro, ma l'uomo che sa tutto. L'onorevole Terrence Fallon in persona.»

Sally si alzò in piedi e gridò: «Cagna bugiarda!».

«Io?» La donna rise, una risata cupa, gutturale. «Be', dolcezza, mi ha confidato un piccolo segreto. Mi ha detto che una sera, a Houston, si portò a casa un'amica perché lo aiutasse a violentare sua moglie e a spedirla in manicomio.»

Sally rimase a bocca aperta. Aveva praticamente smesso di respirare.

«E quest'amica?» continuò la donna. «Be', quest'amica non era quello che potresti immaginare, tesoro. Vedi, quest'amica era una bella ragazzina. Sai? Di quelle che, quando fanno l'amore, si divertono a renderlo più eccitante con qualche pezzo di cuoio.»

A Sally cominciarono a tremare le gambe, tanto che dovette appoggiarsi al comodino per non perdere l'equilibrio.

«La sua mogliettina non aveva mai visto questa ragazza, e non l'ha mai più vista da allora. Non sa nemmeno come si chiama.» La donna rise. «Ma tu sì, non è vero, tesoro?» Poi il tono diventò di ghiaccio. «Perché eri tu, tesoro. Eri tu, carogna. Eri tu, Sally Crain.»

Sally aprì la bocca per parlare. Ma non aveva più fiato nei polmoni.

«Guarda i giornali del mattino, carina» sussurrò la donna con voce soave. «Sogni d'oro.»

Sally lanciò un urlo. «Chi diavolo parla?»

Ma il telefono rimase muto.

Attese un attimo, guardando fuori, nella notte piena di vento e di pioggia, fra le tendine e le veneziane. Poi gettò il telefono per terra, strappò l'accappatoio da un attaccapanni e corse alla porta.

Mandy tolse il dito dalla forcella e vi depose il ricevitore. Poi si voltò a guardare Mancuso.

Era seduto sulla sponda del letto, di fianco a lei, con addosso soltanto le mutande. Non guardava lei, ma fissava la parete, perso in qualche fantasticheria. Alla luce della lampada sul comodino, sembrava più vecchio di come lo avesse visto mai.

«Joe» disse con dolcezza.

Meccanicamente, senza guardarla, Mancuso aprì la mano. Quando Mandy abbassò lo sguardo, vide che nel palmo c'era un biglietto da cinquanta dollari.

Lei mise la mano intorno alla sua, gli chiuse le dita e la strinse. «No, no, tesoro, l'ho fatto per amore.»

Lui rimase là dov'era, greve e immobile come una pietra, con l'identica espressione sul viso.

Mandy allora si piegò verso di lui, gli si strinse addosso e nascose il viso sotto le ispide rughe del suo collo. Poi aderì teneramente col proprio corpo al suo.

«Oh, povero, povero tesoro» mormorò con voce sommessa. «Il tuo cuore si è proprio inaridito?»

Sally spalancò la porta d'ingresso e si lanciò fuori nella notte gelida e frustata dalla pioggia. Era una pioggia fitta, martellante, una pioggia fredda che l'investiva mentre entrava e usciva di corsa dalle pozzanghere, sollevando schizzi lungo il marciapiede pieno di buche nella direzione di Wisconsin Avenue. L'acqua fredda le inzuppava l'accappatoio e le impastava i capelli e le gelava i piedi nudi. All'angolo, attraversò di corsa l'acciottolato della via, nei fari di una macchina in arrivo. Il guidatore pigiò sul freno, suonò il clacson e la evitò per un pelo mentre lei continuava la sua corsa, lungo l'ultimo isolato verso le luci del viale, togliendosi la pioggia dagli occhi.

Ignorò la gente che la guardava a bocca aperta, buttò un dollaro all'edicolante, strappò un giornale dal mucchio che stava slegando, girò la prima pagina e accostò alla luce le foto a pagina tre. Disperata, sbarrò gli occhi.

Le foto erano state ritoccate e tagliate con cura, ma lei le riconobbe. Erano foto per cui aveva posato una volta, tanti anni prima, in un appartamento di Houston in Faculty Row. Erano foto per cui si era lasciata usare, uno dei tanti modi in cui si era lasciata usare. Sapeva che avevano dato piacere a un uomo da cui una volta lei era ossessionata, un uomo che una volta doveva conquistare, a ogni costo. E mentre correva con lo sguardo in fondo alla pagina, all'identikit e a una sua foto recente, il respiro fumante le sibilava tra i denti serrati.

Restò ferma all'angolo della via sotto la pioggia scrosciante insistente, gelata, col fiato che, condensandosi, le formava una nube pulsante davanti al viso. Qualcun altro avrebbe potuto trovare quelle fotografie. Ramirez sapeva di lei e di Petersen. Ma solo un uomo sapeva quello che aveva fatto a Harriet Fallon: l'uomo che gliel'aveva visto fare.

I capelli gialli erano neri d'acqua gocciolante e le spiovevano sulla fronte. E il suo volto si tramutò nella maschera di Medusa mentre con le unghie faceva a pezzi il giornale.

MERCOLEDÌ 17 AGOSTO 1988

L'ultimo giorno

Ore 00.10. Ogni volta che aveva qualcosa di grosso da festeggiare, Chris Van Allen faceva ordinare al suo domestico giamaicano, Maurice, un chilo di caviale Beluga e qualche bottiglia di Dom Perignon. Poi mandava Maurice di sopra a cambiarsi, e quando il domestico tornava giù con qualcosa di lungo e provocante festeggiavano insieme finché il bere e la stanchezza non avevano il sopravvento. Stavano festeggiando a questo modo allorché squillò il telefono. E non smisero quando la segreteria telefonica entrò in azione. «Pronto, sono Chris. Mi dispiace di non essere qui a ricevere la vostra telefonata...»

Fu solo quando sentì la voce di Terry dire: «Maledizione, Chris. Se sei lì, rispondi a quel telefono» che Chris corse a sollevare il ricevitore.

«Sono qui. Terry?»

«Hai visto... Maledizione, hai visto il giornale?»

«No, Terry. Cosa c'è?»

«C'è...» Poi s'interruppe. «Guarda il giornale. E prepara qualcosa. Subito. Fallo subito!»

Quando Terry riagganciò, Chris si precipitò giù per le scale e aprì la porta d'ingresso. Il vento impetuoso gli spinse la pioggia fredda sul viso facendogli venire la pelle d'oca. Guardò dappertutto, ma sulla soglia non c'era niente.

Chiuse la porta, andò ai piedi delle scale e gridò: «Maurice!».

«Sì, amore?»

«Maledizione! Corri all'edicola a prendermi un giornale.»

«Che giornale, mia cara?»

«Maledizione, non lo so. Prendili tutti!»

Ore 00.15. Quando Sally aprì la porta di casa, il telefono stava suonando. Indugiò solo il tempo sufficiente per togliersi di dosso l'accappatoio inzuppato dalla pioggia, sotto il quale si sentiva gelare. Poi agguantò il ricevitore.

«Sally? Sono Aud. Mio Dio...» Era la sua amica del *Washington Post*, la donna che era entrata in quel giornale la stessa settimana che vi era entrata lei, l'unica giornalista di cui potesse veramente fidarsi in tutta la città.

«Sally, è vero? Sono... Sei proprio tu in quelle fotografie?»

«Aud, ti prego, non chiedermi questo.»

«Dio, Sally... Quando sono state fatte?»

Sally s'irrigidì. «Aud, mi hai chiamato come amica o come giornalista?»

«Tesoro, è una storia esplosiva...»

Sally sbatté giù il ricevitore. Ora sapeva cosa doveva aspettarsi. In un'ora – forse meno – la strada avrebbe formicolato e la casa sarebbe stata circondata da giornalisti e furgoni televisivi, avvoltoi pronti a gettarsi sulla loro preda inerme. Non le restava molto tempo.

Tolse dall'armadio un accappatoio asciutto, si avvolse i capelli bagnati in un asciugamano, andò alla porta della cantina e accese la luce del sotterraneo. Per un attimo esitò, guardando, ai piedi della scala di legno, il pavimento di cemento sottostante. Non era il momento di fare gli schizzinosi.

Corse giù per i gradini, oltre la sagoma scura arrotolata nella coperta in un angolo. Aveva pensato di occuparsene nel pomeriggio, ma poi Terry si era fatto vivo e le aveva chiesto di mettersi al lavoro sul discorso per la convenzione. Adesso, in meno di un'ora, poliziotti e giornalisti le sarebbero stati addosso. Mancava il tempo per impedire che quel segreto venisse svelato, e Sally non poteva avere una crisi di nervi proprio adesso.

Si attaccò alla maniglia della vecchia cassetta militare che giaceva tra le ombre e le ragnatele del sottoscala. Era pesante, e i suoi angoli metallici stridettero sul cemento mentre la trascinava sotto la luce. Sul coperchio c'era uno spesso strato di polvere che copriva il nome scrittovi a stampatello da lei cent'anni e cento vite addietro. Il vecchio lucchetto Yale era arrugginito e da un pezzo Sally aveva perso la chiave.

Prese da una mensola un martello, colpì il lucchetto, ripetutamente, ma quello non cedeva. Alla fine impugnò il martello a due mani e lo calò sul lucchetto, che si aprì. L'odore tenebroso che si sprigionava dall'interno la sommerse come un mare gonfio e minaccioso.

Verde, era; puzzolente di marciume. Un nero fetore: di corteccia corrotta e foglie decomposte. Odorava di melma putrefatta, felci muffite e assenzio. Era l'odore della giungla sulle sponde del Rio Coco, il sentore della morte che l'aveva attesa al varco per tutti questi anni. E l'avvolse come una benedizione.

Cadde in ginocchio come se pregasse e lentamente passò le mani sul ruvido involucro di tela mimetizzata. Era freddo e appiccicoso, coperto da un'umida muffa vecchia di anni. Sally sentiva l'odore dei batteri che ne rosicchiavano le fibre. Aveva sulle mani l'untume della corruzione. In ginocchio, a capo chino, cercava a tentoni il mistero e la forza della giungla.

Di sopra, il telefono squillava senza tregua. Il vento faceva tremare le persiane e la pioggia scrosciava sul tetto. Ma giù in cantina Sally strinse quella tela tra le mani come per spremerne i ricordi che vi erano intessuti.

Sì, sì. E mentre le mani carezzavano il contenuto della cassetta militare, i ricordi ne traboccarono e si spansero intorno a lei.

Sally poteva vedere la giovane infermiera che era andata nell'Honduras, tutta innocenza e luce. Poteva vedere le sue unghie screpolate e le rughe scavate dagli affanni che le segnavano il volto lentigginoso mentre la giungla sibilava e fumava sopra la sua testa. La vide aiutare le donne a partorire e deporre i neonati nelle loro fosse in miniatura. Vide quell'esercito brutale dare la morte tra i cespugli. Vide i *gringos* senza volto nelle loro camicie bianche con le maniche corte e nei calzoni cachi progettare l'annientamento dei poveri, analfabeti *campesinos*.

Là nella sua cassetta, sepolti fra i teli mimetizzati, fra le cinghie e le armi e le scatole di cartucce... si celavano i ricordi, che non occupavano spazio ma ne uscivano serpeggiando come rettili per disperdersi tutt'intorno a lei.

Nel 1971 avevano mandato Rolf Petersen a interrogarla, a scoprire quello che sapeva quando era tornata dal suo primo incontro con Fonseca a Cabo Gracias a Dios. Avevano voluto passarla al setaccio per vedere se gli poteva essere utile a schiacciare la ribellione sandinista. E nel loro supremo cinismo – perché lei era solo una bella ragazza impressionabile, perché era *La Putita* – avevano mandato un uomo alto, un uomo biondo, con grossi muscoli nelle braccia e nel torace.

Ma la mattina che sbarcò dallo sporco vaporetto sulle assi e sui bambù del traballante molo di Santa Amelia, lei lo riconobbe. Era uno di loro, come l'uomo che nell'ufficio dell'ambasciatore a Tegucigalpa, gli occhi nascosti dietro gli specchi delle lenti, aveva ascoltato le sue patetiche proteste per i delitti di Lagrimas.

Là in piedi sul molo, scalzo e in blue jeans, mentre, nudo fino alla cintola, si caricava la sacca in spalla, avrebbe potuto essere un altro volontario del Peace Corps. Invece non lo era. Aveva l'occhio del killer e non sorrideva mai. Lei non esitò un momento. La sua prima notte là, se lo portò a letto, lo svuotò di ogni energia e cominciò ad attuare il suo piano per impadronirsi di lui. Fonseca era stato un bravo maestro: un vaso vuoto è facile da riempire.

Per tutto l'inverno lo affascinò con la magia del proprio corpo. Finché da ultimo, ossessionato da lei, lui sedeva sulla soglia della sua capanna, le spalle ingobbite sotto il poncho nelle piogge senza fine dell'inverno, a guardarla lavorare in mezzo ai poveri: assistendo le donne che sudavano in preda alle doglie, curando i bambini con la febbre, pulendo le piaghe dei malati. Per tutta la stagione delle piogge lui rimase accovacciato sulla porta mentre lei ricuciva le ferite dei machete, medicava le ulcere della gonorrea, iniettava la penicillina e amputava le dita in cancrena.

E in primavera, quando gli uomini stracciati dell'FSLN di Fonseca si trascinarono oltre il confine col Nicaragua dopo i loro scontri disperanti con le forze di Somoza, lei curò anche le loro ferite e li aiutò a guarire mentre lui sedeva, muto, su una panca vicino alla porta, con un grande manifesto rosso di Ho Chi Minh sulla parete alle sue spalle.

Quell'estate, quando l'esercito honduregno attaccò finalmente Santa Amelia come aveva fatto con Lagrimas, era suo: e insieme si batterono per i *campesinos*.

Ricordava di aver giaciuto all'aperto tutta notte nell'opprimente oscurità dell'estate, senza avere mai il coraggio di prender sonno, sentendo la giungla tenebrosa muoversi intorno a lei, tendendo l'orecchio per cogliere il rumore di un ramo spezzato, o un colpo di tosse, o il suono gorgogliante che mandava uno stivale immerso nell'acqua. E quando questo accadeva, riempivano l'aria di piombo rovente e di urla.

Dopo aver ucciso facevano l'amore, e si spalmavano il suo seme sulla pancia come se fosse un balsamo per riconsacrare la loro vita. Poi lui andò a farsi cacciare tra gli uomini cacciati. E lei tornò a casa per trovare un modo di volgere la guerra in loro favore.

Passarono gli anni. E il tempo aveva fatto i suoi giochetti col significato del bene e del male. Il mondo aveva continuato a girare e quando s'incontrarono di nuovo, nel 1976, lei era l'esca che daveva attirare Fonseca verso la morte. E Rolf Petersen era l'assassino.

Com'era stato ironico, perciò, apprendere, un mese prima, che Ramirez avrebbe mandato proprio Rolf Petersen a uccidere Martinez per fare un piacere a Terry Fallon. Com'era stato ironico incontrarlo all'Holiday Inn, appena sotto Baltimora, e sentirlo muoversi di nuovo nel buio sopra di lei, udire i suoi gemiti e l'ansito del suo respiro. E in tutto il tempo che passarono insieme per organizzare il ferimento di Terry Fallon e la morte di Martinez, lei aspettava di vendicarsi per quello che lui aveva fatto a Carlos Fonseca.

«Puoi farlo?» chiese lei.

«Naturalmente.»

«Non lo ucciderai. Ti limiterai a ferirlo.»

«Martinez?»

«No. Martinez deve morire. Sto parlando di Fallon.»

«È il tuo amante.»

«No.»

«Non ti credo, *putita*.»

«Okay. È il mio amante.»

«Allora sono centomila.»

«Per ferirlo?»

«No. Per non ammazzarlo.»

Così il cerchio si era chiuso.

Era perfetto: la ferita, il discorso, gli idioti che avevano messo sulle sue tracce. Tutti i tentativi dell'amministrazione, tutto quello che facevano, tutto sembrava sollevarsi come un'onda irrefrenabile per portare Terry Fallon dal senato, oltre la vicepresidenza, di gran carriera fino alla Casa Bianca e alle redini di un potere sconfinato. Avevano la nazione ai loro piedi. E una volta alla Casa Bianca lei avrebbe mostrato a quei codardi come si fa la guerra.

Quanto a Ross, la colpa era sua. Ross era un innocente, impegnato in un gioco mortale che fino alla fine non aveva mai compreso. La magia del suo corpo lo aveva ipnotizzato, come era successo per tutti gli uomini che l'avevano amata sul serio. Solo Fallon ne sembrava immune. E ora Sally sapeva perché. Lui non l'aveva mai amata: amata per davvero, come Ross, Fonseca, Carter o Petersen.

Fallon non era mai stato il suo amore. Era stato la sua ossessione. E ora capiva perché: perché lei era stata capace di forgiarlo, ma non era mai riuscita a raggiungere la sua anima. Non era mai andata oltre la facciata. Terry si era preso cura di una sola persona: se stesso. Terry aveva una sola passione: il potere. E tutta quella sua freddezza aveva fatto nascere in lei un'ossessione scura come la notte, incandescente come il fuoco. Le dispiaceva per Ross. Sentiva la sua mancanza. Ma se non lo avesse ingannato non avrebbe mai saputo che Mancuso stava andando a Baltimora. Non avrebbe mai avuto il tempo di avvertire le teste di cuoio con la sua telefonata su un terrorista armato che progettava per la mattina seguente un attentato al Friendship Airport. E se non avesse fatto uccidere Ross dai *contras*, lui avrebbe potuto smascherarla.

Eppure... Eppure soffriva per lui. Ma si buttò alle spalle quella sofferenza.

Anche per Mancuso la colpa era sua. Non avrebbe dovuto lasciarsi usare come esca un'altra volta. La goffa ignoranza di quell'uomo l'aveva ingannata: e lui l'aveva messa nel sacco inchiodandola a uno squallido reato da due soldi. Se l'avesse seguita dopo il funerale di Ross, avrebbe pensato lei a toglierlo di mezzo.

Anche così, se Terry le avesse dato retta, se Sally avesse potuto fare a modo suo, avrebbe funzionato. Ma da quando era circolata la notizia dell'assassinio dell'agente del servizio segreto, Terry Fallon aveva cominciato a perdersi d'animo.

Pensando a lui, le si riempì la bocca di saliva. In fondo era un impostore, un ciarlatano, la pallida imitazione di un uomo spinto da vane ambizioni, un uomo incapace di dar piacere a una donna, che godeva solo a degradare le donne che lo adoravano. Sally aveva tentato di far qualcosa di lui, di accrescerne la risolutezza. Ma al primo allarme lui si era ritirato. E ora aveva reso pubbliche le fotografie gettandola in pasto ai lupi. Peggio ancora, aveva confidato a un'altra donna i loro più oscuri segreti.

La rabbia le divampava dentro. Sally prese dal fondo del baule il lungo pacco avvolto nella plastica e lo svolse. Era una carabina M-16, che rotolò rumorosamente sul cemento e rimase immobile, nera e minacciosa. L'alzò, toccando il legno e il freddo metallo dell'arma. Sapeva di polvere da sparo bruciata e di morte. Tirò la leva dell'otturatore e lo aprì. Era ancora unto, ancora pulito, con l'acciaio dell'interno che brillava.

Vestita di tela grigioverde, con i capelli umidi legati in una coda di cavallo, si mise in tasca due caricatori, s'infilò calzini e stivali, e andò su. Appoggiò la carabina vicino alla porta di servizio, e vi depose accanto l'impermeabile e il cappello. Poi si affacciò a una finestra sul davanti.

La strada era ancora libera. Gli avvoltoi non si erano ancora posati. Quando si voltò, vide la giacca di Tommy Carter sulla poltrona dove l'aveva lasciata. Frugò nelle tasche, trovò il suo pass di giornalista e se lo appese al collo.

Portò la giacca fino all'uscio della cantina, la buttò giù per le scale e chiuse la porta. Ma quando tese la mano per spegnere la luce della 'camera da letto colse la sua immagine nello specchio del tavolo da trucco.

Lentamente, come una donna che cammina in un sogno, attraversò la stanza fino al tavolino e si sedette sul bianco cuscino guarnito di pizzi. Alle sue spalle poteva vedere una stanza da letto bianca tutta fronzoli: forse la camera da letto di una bambina conosciuta tanto tempo prima. Ma la donna nello specchio non era un'estranea. Indossava una maglietta di cotone di un color marrone sbiadito, una tenuta da combattimento grigioverde, e sul viso non aveva ombra di trucco. E le sue labbra erano sottili, la mascella ferma e risoluta. Ma nello specchio c'era qualcosa che non le apparteneva, qualcosa che non quadrava con tutto il resto. Sguainò il lucido coltello seghettato dal fodero che aveva alla cintura. Poi si tirò su con l'altra mano la lunga e bionda coda di cavallo. Si guardò nello specchio; si disse addio.

Quindi tagliò alle radici.

Ore 5.50. Il presidente Samuel Baker era già vestito con un elegante completo blu quando Michael, il suo cameriere, depose il vassoio del caffè sul tavolo nella sala da pranzo privata. Sul vassoio c'era una busta. Dentro la busta c'era un foglio di carta intestata col sigillo del vicepresidente degli Stati Uniti. Sul foglio c'era una riga scritta a macchina:

Con la presente rassegno le dimissioni dalla vicepresidenza.

Era firmata "Daniel J. Eastman" e senza data. Il presidente piegò il foglio e lo rimise nella busta, poi si fece scivolare il tutto in una tasca della giacca.

«Michael, c'è il direttore?»

«Sì, signore. Nella Treaty Room.»

Quando Baker scese al pianterreno, l'ammiraglio Rausch lo stava aspettando nella sala verde attigua all'Oval Office.

«Buongiorno, signore» lo salutò, e si alzò in piedi.

Il presidente chiuse la porta. «Non si scomodi, la prego. Ha portato l'agenda, come le avevo chiesto?»

«Sì, signore.» Era un'agenda da tavolo rossa e giaceva sul lustro piano di mogano davanti a lui.

«Tra un attimo le manderò la mia segretaria» disse il presidente. «Lei deve dettarle tutto quello che sa del complotto per avvelenare il colonnello Martinez con l'AIDS. Non voglio omissioni.»

Rausch non rispose.

«Se non ha obiezioni da fare, la rimetterò immediatamente in servizio attivo per un anno. Dopodiché potrà andare in congedo senza la tradizionale promozione. Sono stato chiaro?»

«Sì, signore» disse Rausch a bassa voce.

«È d'accordo?»

«Sì, signore.»

Il presidente schiacciò un bottone sotto lo spigolo del tavolo. Dopo un attimo la porta della stanza si aprì e un sergente dei marines entrò e si mise sull'attenti.

«Questo ufficiale non deve lasciare la stanza senza il mio permesso» disse. «Se cercherà di farlo, lo metta agli arresti. Se fa resistenza, spari per uccidere.»

Il sergente dei marines aveva lo sguardo fisso nel vuoto davanti a sé. Poi aprì la bocca e rispose: «Signorsì».

«È tutto.»

Il sergente uscì.

«Dunque» continuò il presidente. «Quali ordini le ha dato il signor Bender quando l'ha visto ieri pomeriggio?»

Rausch s'inumidì le labbra.

«Per l'ultima volta, quali ordini?»

«Mi ha ordinato di... di far uccidere l'agente Mancuso.»

Baker s'irrigidì. «Quando? Come?»

Rausch consultò l'orologio da polso. «È troppo tardi, ormai.»

Ore 6.10. Quando il telefono squillò, Mancuso balzò a sedere sul letto. Mandy aprì gli occhi e lo guardò. Il telefono squillò di nuovo. Lui si schiarì la voce. «Okay» disse. «Rispondi.»

Mandy sollevò il ricevitore. «Sì?» Quindi gli passò il telefono.

«Joe? Sei tu?» Era la voce di Gertie.

«Cosa?»

«Ieri sera tardi è passato di qui un amico tuo.»

«Chi?»

«Non so. Ha detto che si chiamava Wilson.»

Mancuso buttò i piedi fuori dal letto. «Gli hai detto dov'ero?»

«Sì. Mi sembrava di non far niente di male. Poi ci ho ripensato.»

«Grazie.»

«Già.» Riattaccò.

Proprio allora qualcuno cominciò a bussare alla porta. Mancuso mise la mano sulla bocca di Mandy per impedirle di urlare.

Uscì nudo dal letto, prese la trentotto da sotto il guanciale e passò nel vestibolo. Puntò la pistola contro la porta e col pollice alzò il cane. Mandy stava sulla soglia della camera da letto, coprendosi col lenzuolo.

«Joe» bisbigliò. «Mio Dio...»

A un tratto i colpi cessarono. Poi una voce gridò: «Agente Joseph Mancuso?».

Non era la voce di Wilson.

«Mancuso, se è lì dentro, apra.»

«Tocca ancora quella porta e ti ammazzo» disse Mancuso a bassa voce. Nel corridoio si udì uno scalpiccìo, poi tornò il silenzio.

«Senti, amico, non ti emozionare» fece la voce. «Dovrei solo scortarti alla Casa Bianca.»

«Sicuro. Il presidente vuol fare colazione con me.»

«Non il presidente. Il signor Bender.»

Mancuso ci pensò su. Poi disse: «Sta indietro. Mettiti dove possa vedermi». Attese un momento, poi si avvicinò alla porta e mise l'occhio alla lente dello spioncino. Era una lente grandangolare e si vedeva tutto il corridoio, a destra e a sinistra. Con le spalle al muro di fronte c'era una di quelle tipiche gatte morte del servizio segreto, genere bello ma scemo, in un elegante vestito grigio, che teneva le mani lontano dal corpo per mostrare a Mancuso che non impugnava nessun'arma. Non sembrava che avesse più di venticinque anni.

«Come ti chiami, figliolo?»

«Halvorsen. Howard E.»

«Fammi vedere la tua tessera. Mettila qui davanti, molto vicino. E niente scherzi, o ti sparo nelle palle.»

Il ragazzo si sfilò dal taschino la tessera plastificata e la tenne davanti allo spioncino. Il nome corrispondeva.

«Okay» disse Mancuso. «Ora ficcala sotto la porta.»

«Ehi, bello. Mi serve.»

«Anche a me. Perché, se qualcosa va di traverso, la mia amica deve sapere il nome di chi mette nella cassa. Okay?»

«Merda» sibilò il ragazzo, ma infilò il tesserino sotto la porta.

«Adesso torna a metterti con le spalle al muro finché non sono pronto.»

Mancuso tornò indietro, si vestì e passò il tesserino a Mandy. Poi prese l'altra pistola che portava sempre infilata nella cintura sulla schiena, alzò il cane e gliela porse. «La sai usare?»

Mandy annuì.

«Chiunque cerchi di entrare dopo che me ne sono andato,

sparaglieli tutt'e sei. Capito? E quando ti telefono per dirti che la via è libera, molli quella tessera in una buca delle lettere. Poi ti trasferisci da un'altra parte per una settimana. Capito?»

Lei si morse le labbra e annuì frettolosamente.

«Ehi, scusa se ti ho messo in quest'impiccio» disse lui.

«Non importa.»

La baciò. «Vieni.»

Lei lo seguì fino alla porta. Quando lui guardò dallo spioncino, l'agente del servizio segreto era sempre fermo contro il muro. «Rimetti il catenaccio appena sono uscito» le raccomandò.

Infilò la pistola nella tasca della giacca e tenne il dito sul grilletto. Poi aprì la porta. Il ragazzo abbassò gli occhi al rigonfio nella giacca di Mancuso e sbiancò.

«Ehi, amico» disse il ragazzo. «Sta calmo.»

«Sta calmo tu. Fa anche solo una scoreggia e ti sparo nel culo. Capito?» Chiuse la porta e sentì Mandy, alle sue spalle, che metteva il catenaccio.

«Certo. Certo.»

«Coraggio, principessa. Andiamo» disse Mancuso, e lo seguì lungo il corridoio e per le scale.

Sul portone, lo fece aspettare mentre guardava in strada. C'erano un ragazzo che distribuiva i giornali, due atletici giovanotti in tuta che facevano jogging, una mendicante con i suoi sacchetti e un vecchio che portava a spasso un bulldog. C'era una macchina senza contrassegni ferma in doppia fila con un'altra mammoletta al volante.

«Quello è il tuo socio?» chiese Mancuso.

«Sì.»

«Dove vi trovano, a voi? A Fantasyland?»

«Come sarebbe?»

«Siete tutti così bellini, cazzo. Perché non avete la stessa faccia della gente qualsiasi?»

Il ragazzo inclinò la testa e gli lanciò un'occhiata di traverso. «Ehi, vaffanculo, amico» disse. «Basta con queste palle. Vieni o no?»

Mancuso gli diede un colpetto sulla spalla. «Questo si chiama parlare. Va a sederti davanti. Di' al tuo socio di badare a dove mette le mani.»

Seguì l'agente fino alla macchina. Quando aprì lo sportello e scivolò sul sedile posteriore, il socio alzò lo sguardo e chiese: «Che succede, Chick?».

Il ragazzo indicò Mancuso col pollice. «Quell'idiota ci tiene sotto tiro.»

«Ehi, bello» fece il socio. «Cos'è? Una barzelletta del cazzo?»
Mancuso puntò il revolver all'orecchio del guidatore. «Se vuoi sentire il finale, dillo.»

«Ehi. Non volevo offendere nessuno. Sta calmo.»

«Piantala con le raccomandazioni e muoviti. Sposta quella macchina.»

La macchina si staccò dal marciapiede per immergersi nel traffico e Mancuso gridò: «Ferma! Immediatamente!».

Il guidatore pigiò sul freno e i due uomini sui sedili anteriori per poco non sbatterono la testa contro il parabrezza.

Ma Mancuso non guardava loro. Guardava un uomo sull'altro marciapiede, fermo nell'ombra di un androne. Era Wilson.

Abbassò il vetro. «Ehi, tu! Sì, tu... dico a te, spregevole individuo!» urlò. Wilson si fece piccolo piccolo. «Hai fatto fiasco, brutto stronzo! Barbone, mangiamerda... Non saresti capace di spiare una vecchia mentre caga!»

Il ragazzo che consegnava i giornali fermò la bicicletta e i due tizi che facevano jogging smisero di correre, saltellando e guardandosi intorno. La mendicante con i sacchetti era proprio davanti al portone dove Wilson cercava di nascondersi, e lo scrutava con aria diffidente. E il vecchio col bulldog cominciò a ridere.

Mancuso non smetteva di gridare. «Vaffanculo, Wilson! Guardatelo, l'asso della CIA! Sì, capo...» urlò all'uomo col cane «parlo proprio di lui, quello là! Quel mangiacazzi nascosto nel portone! Sì! Quello! Si chiama Harry Wilson! Il grande spione della CIA... sorpreso col cazzo in mano!»

Loro malgrado, ormai ridevano tutti: il ragazzo, i corridori, il vecchio, persino l'accattona.

Wilson si guardava intorno, imbarazzato. Poi si aggiustò gli occhiali neri sul naso, si abbassò il cappello sugli occhi e si affrettò a girare l'angolo.

«Va! Corri! Spia del cazzo! Sicario del cazzo! Non sapresti colpire mia nonna, faccia di merda!»

Quando ritirò la testa, i due agenti del servizio segreto erano ancora accucciati sul pavimento.

«Ehi» disse Mancuso. «Che vi piglia a voialtri? Mi avete salvato la vita.»

Ore 7.10. Quando Mancuso varcò la soglia dell'ufficio, Bender aveva un giornale aperto sulla scrivania davanti a lui. Il titolo diceva:

E, sotto:

Balletti rosa con delitto per una collaboratrice di Fallon.

«Sei stato tu, figlio di puttana!» scattò Bender.

«È stato Eastman. Lo dice il titolo.»

«Sei stato tu. E la pagherai.»

«Forse» disse Mancuso. «E forse tu sarai disoccupato, il prossimo novembre.»

Bender gli fece un sorrisetto. «Non scommetterci, Mancuso. Non funzionerà. Terry Fallon è il candidato al teflon. Questa robaccia gli scivolerà via come la sporca calunnia che è. Tra quattro giorni lo candideranno alla vicepresidenza, e non puoi fare nulla per fermarlo.»

Mancuso si strinse nelle spalle. «Vedremo.»

«Presentati all'ufficio di Scott. Sei finito. Liquidato. A partire da questo momento.»

«Sì. Lo so» rispose l'agente. «Sono passato di qui solo per lasciarti un ricordino.» Depose un cartoncino quadrato sulla scrivania.

Bender piegò la bocca in una smorfia di disgusto. Era un'altra fotografia di Sally, legata con cinghie di cuoio, distesa sul fianco, nuda, con una gamba tirata su. Ma in questa foto c'era un uomo con una bardatura di cuoio che la stava sodomizzando. L'uomo era giovane, muscoloso e rosso di capelli. Era Terry Fallon.

Bender alzò bruscamente lo sguardo. «Ne hai delle altre?»

«Se mi succederà qualcosa di strano, lo scoprirai.»

Bender, cupo in volto, annuì. Poi prese l'accendino e ne accostò la fiamma a un angolo della fotografia. «Stupido bastardo» sibilò mentre il fuoco anneriva la fotografia. «Dovevi dare questa ai giornali. Questa avrebbe rovinato la carriera di Fallon, oltre a quella della ragazza.» Lasciò cadere la cenere in un piattino.

Mancuso, in piedi, guardò la foto che bruciava. «Lo so» disse piano.

Bender lo guardò.

«Per qualche ragione, non mi sembrava sufficiente.» Mancuso si mise il cappello e uscì dalla stanza.

Passò qualche istante prima che Bender capisse. Allora picchiò il pugno sulla scrivania e urlò: «Mancuso!».

Bender friggeva ancora quando andò a trovare il presidente. «Quelle foto...» disse.

«Sì.»

«Mancuso.»

Il presidente appoggiò le spalle alla poltrona. «Davvero?»

«Quel figlio di puttana di O'Brien...» Bender si lasciò cadere nella poltrona davanti alla scrivania. «Nella sua suprema ignoranza, ha affidato il caso all'unica persona capace di risolverlo. Un solitario, spregevole misantropo senza alcun rispetto per l'autorità.»

«Hai visto questo, Lou?» chiese il presidente, e spinse verso di lui un lungo memoriale dattiloscritto.

«No, non credo...» Bender s'interruppe. Lesse una cartella. Poi passò alla seconda e lesse quella. Poi corse all'ultima, per la data e la firma.

Poi guardò Baker. «È...»

«Una confessione. Sì» disse il presidente. «La tengo per O'Brien.»

L'altro sorrise. «Ma non gliela darai, naturalmente.»

«Lou... Sì, questa volta sì. Ho tutte le intenzioni di dargliela.»

Bender si sporse in avanti. «Ma, Sam... C'è il mio nome. Si parla di me... Mi si accusa. Non puoi...»

«Penso che la commissione di vigilanza sui servizi di sicurezza vorrà interrogarti su alcuni dettagli.»

Bender impallidì. «Ma sarò disonorato, Sam. Dovrò dare le dimissioni. Non potrò più...» S'interruppe. «Il mio lavoro» si giustificò.

Il presidente non batté ciglio.

Bender si appoggiò alla spalliera, ridacchiò tra sé e scosse la testa. «Il mio lavoro» ripeté. Poi scoppiò in una risata.

«Quale lavoro, Lou?»

«Allora è opera tua. Ieri Greisman mi ha offerto uno di quei lauti posti dove non c'è niente da fare al vertice di una delle sue società. E io non capivo perché. Sei stato tu, no?»

«Era il meno che potessi fare» rispose Baker.

«E Rausch?»

«Torna in servizio per un anno. Poi va in pensione.»

«Ben studiato» ammise Bender. «Così, se tutta la faccenda finisce davanti alla commissione di vigilanza, i colpevoli sono già stati buttati fuori. Il che dimostra che il sistema funziona. Così la storia di come la CIA ha avvelenato Martinez resta un segreto: per non mettere a repentaglio la sicurezza nazionale. E la commissione torna ai suoi sonni. Giusto?»

«Lou, ho una mattinata pesantissima» disse il presidente, e si alzò in piedi.

«Be'» disse Bender, imitandolo. «Mi sono dimesso per accettare un posto nel settore privato: è così?»

«L'ufficio stampa diramerà il comunicato alle nove di questa mattina.»

Bender consultò l'orologio. «Non mi resta molto tempo. Devo sgomberare la scrivania e...»

«Ti manderemo la tua roba.»

«Devo telefonare a Greisman e...»

«È nel suo ufficio di New York in attesa che tu lo chiami.»

Lou Bender lo guardò fisso. Poi tornò a ridacchiare. «Vedo che il tempo che ti ho dedicato non è stato sprecato.»

«No» disse il presidente. «E... Lou: abbiamo passato tanti bei giorni insieme. E ci sono molte cose di cui devo ringraziarti. E anche questo paese ha motivo di esserti grato.»

Bender si ficcò le mani in tasca, si tirò su i calzoni e si guardò le scarpe lucide. «Allora a che serve tutta questa commedia?»

«Se non lo capisci da solo» disse il presidente «non sono l'uomo che te lo possa spiegare.»

Per qualche attimo rimasero così, due uomini che avevano avuto tante cose in comune e che in comune non avevano più niente. Poi Bender aprì la porta e uscì.

Ore 7.20. In piedi davanti alla finestra panoramica nel soggiorno della sua casa di Cambridge, Terry leggeva un dattiloscritto alla luce del mattino. Indossava un completo grigio e una cravatta regimental rossa e blu. Aveva un'aria molto *eastern*, molto intelligente, molto giusta

Chris Van Allen arrivò di corsa, con la borsa in mano e il viso paffuto lucido di sudore. «Scusa il ritardo. Il traffico...»

«È buono, Chris. Buonissimo» disse Terry, e accennò ai fogli che aveva in mano. «Con questo il problema di Sally e delle foto è sistemato. Definitivamente.»

Chris lo guardò senza capire.

Allora Terry gli domandò: «L'hai scritto tu, no?».

Lentamente Chris scosse la testa.

Fallon guardò i fogli che aveva in mano. «L'ha portato un fattorino stamattina. Credevo che tu...» E si fermò lì, abbassando gli occhi al testo ordinatamente battuto a macchina. Poi sorrise, teneramente. «Le cose che fa la gente per amore...»

«Lo sappiamo che sa scrivere» disse Chris.

«Hai sue notizie?»

«No.» Poi Chris aprì l'agenda. «Ecco il programma. Una rapida conferenza stampa in diretta alla WRC. Io ti presento, tu fai il tuo discorsetto e rispondi a qualche domanda. Poi intervengo io e dico che alle altre risponderemo a St. Louis nel pomeriggio.»

«Bene.»

«In macchina al National. Ho fatto anticipare il volo di un'ora. Arriveremo alle undici ora locale.» Chiuse l'agenda, soddisfatto di sé.

«Okay» disse Terry, piegando i fogli e mettendoseli in tasca. «A proposito» aggiunse in tono indifferente «assicurati che il servizio segreto abbia una foto recente di Sally.»

Ore 7.40. Quando fu al Bureau, Mancuso andò direttamente nell'ufficio di Scott. La segretaria gli indicò di entrare.

«E adesso?» disse Mancuso quand'ebbe chiuso l'uscio.

«Sei fuori, Joe!» gridò Scott. «Oggi stesso. Subito. Andato. Finito, brutto figlio di puttana!»

«Mi mancano tre mesi.»

«Hai chiuso, Joe. Da questo momento.»

Mancuso strinse i denti. «Ricorrerò. Non crederete di fregarmi la pensione.»

«Giustissimo. Infatti non te la freghiamo.»

Gli passò un foglio di carta. Mancuso lo prese e lo tenne a un braccio di distanza, sforzandosi di decifrare quei caratteri così piccini.

«Che roba è?»

«Prepensionamento, ragazzo mio. Controllando il tuo fascicolo, il magnanimo Bureau ha scoperto che hai una vagonata di congedi per malattia non utilizzati e di ferie non godute.»

«No, non è affatto vero.»

«È verissimo, da oggi. E bastano a farti arrivare alla fine, bello mio. Ti pagano, ti mandano in pensione, ti mettono in soffitta. Firma.»

«Con piacere.»

Prese una penna a sfera dalla scrivania e si chinò sul foglio per firmare. E quando l'ebbe fatto Scott si sporse in avanti e disse, pianissimo: «Hai freddato un agente del servizio segreto, testa di cazzo».

Mancuso alzò lo sguardo. «Faceva un doppio lavoro. È stato

Eastman ad autorizzarlo, per rovinare Fallon. Vuoi che anche questa storia finisca sui giornali?»

Per un attimo Scott lo guardò male. Poi si afflosciò nella poltrona, come svuotato di tutta la sua aggressività. «Gesù Cristo! Doveva essere un lavoro d'ufficio. Lo sapevi, Joe. Perché cazzo l'hai trasformato in un incubo? Che te ne fregava?»

Mancuso lo guardò fisso. «Niente. Forse sono soltanto un vecchio idealista.»

Scott fece una smorfia. «Va' alla cassa, idiota.»

Mancuso lasciò cadere carta e penna sulla scrivania e uscì.

Ore 7.50. Steve Chandler era indaffarato come un polpo col piede d'atleta. Tra il solito *Today* a New York e la conferenza stampa di Fallon alla WRC, gli sembrava di essere il direttore di un circo. Perciò, quando nella cabina di regia dello studio 3B squillò il suo telefono privato, non aveva nessuna voglia di perdersi in chiacchiere. «Di che si tratta?»

«Ti andrebbe un'intervista esclusiva con una donna che è stata presa a calci in culo?»

Gli ci volle un momento per capire di chi era quella voce. «Dove sei? Ti ho cercato per tutta la notte.»

«In un posto sicuro.»

«Davvero?»

«Mi fai parlare alla tivù?»

«Quando vuoi» disse lui.

«Fallon a che ora è?»

«La solita. Otto e undici.»

«Okay» disse Sally. «Risponderò alle accuse dopo la pubblicità. Ti va bene?»

«Benissimo. Dove?»

«Lui da dove parla?»

«Dallo studio uno della WRC. Possiamo farlo da lì.»

«No, grazie. Non puoi trovare un angolino nascosto nella galleria della stampa del senato?»

«Va bene. Saremo lì. Per commentare il discorso di Fallon.»

«Fammi lasciare un pass intestato a Susan Lane.»

«Ma lì ti conoscono tutti.»

«Be', sono cambiata» fece lei. «Mi sono fatta tagliare i capelli.»

«Le donne» sospirò Chandler. «Okay. Come vuoi tu.» Scrisse il nome. «Senti. C'è una cosa che dovrei dirti. Stanotte, quando nessuno riusciva a trovarti...»

«Cosa?»

«La polizia ha ottenuto un mandato di perquisizione della tua casa. C'è una notizia d'agenzia...» S'interruppe. «Capisci?»

«Ci vediamo in diretta dopo Fallon» tagliò corto lei, e troncò la comunicazione.

Ore 8.05. Quando Chris Van Allen si diresse verso il podio sulla tribuna della WRC, lo studio uno sembrava un alveare. Vi avevano piazzato trenta file di poltroncine pieghevoli – quasi quattrocento in tutto – e ogni posto era occupato. Le troupe televisive affollavano il fondo della sala e le pareti. Sembrava che tutti i giornalisti di Washington fossero riusciti a entrare nella sala. Da sotto il vetro nero della cabina dell'annunciatore che sporgeva dal muro di fondo fino ai piedi della tribuna si accalcavano i giornalisti, discutendo animatamente tra loro.

Chris si chinò sui microfoni. «Posso avere un momento di attenzione, per favore?» disse, e nella sua voce amplificata vibrò una nota di paura. Solo due o tre giornalisti si guardarono intorno. Qualcuno ridacchiò. «Per favore!» ripeté Chris. «Signore e signori! Sedetevi, per cortesia!» Gli altoparlanti sembravano amplificare non soltanto la sua voce ma tutto ciò che c'era in lui di effeminato.

I reporter, con riluttanza, cominciarono a sedersi.

«Per cortesia» ripeté Chris. «Per piacere, signore e signori. Sedetevi. Grazie.»

Sedettero, irrequieti, fra tonfi e cigolìi.

Chris spiegò un foglio di carta sul podio davanti a lui. «Il senatore Fallon farà una breve dichiarazione» annunciò. «Il senatore considera le rivelazioni dei giornali d'oggi una questione privata che riguarda esclusivamente la signorina Crain.»

Qualcuno gridò: «Hai detto "intima"?» e qualcun altro: «Sally Crain è stata licenziata?». E tutt'a un tratto sembrò crollare il soffitto. I giornalisti della prima fila scattarono in piedi, gridando le loro domande. Poi si alzarono quelli alle loro spalle, e in un attimo tutta la sala era in piedi. Quelli che non urlavano ridevano.

«Per piacere! Mi rivolgo a tutti voi! Per piacere!» urlò Chris nel microfono. «Se non tornate ai vostri posti, il senatore andrà all'aeroporto e questa conferenza stampa si terrà a St. Louis! Per piacere!»

A poco a poco, tra colpi di tosse e brontolìi, i giornalisti tornarono a sedersi.

Chris si schiarì la voce. «Le fotografie pubblicate dai giornali risalgono chiaramente a un periodo che precede quello in cui la signorina Crain ha prestato servizio nell'ufficio del senatore...»

«Già» urlò qualcuno. «Sono le foto di quando era un bebè!» E la sala scoppiò in una risata.

Van Allen proseguì, alzando la voce per dominare il brusìo. «... E queste fotografie non hanno alcun rapporto col senatore o con questa campagna elettorale!»

Un reporter in fondo alla sala gridò: «Lo sapeva che aveva avuto una relazione con Weatherby?». Un'altra dozzina di voci si levarono qua e là, e in pochi istanti tutti furono di nuovo in piedi.

Steve Chandler sedeva davanti al monitor della WRC nella cabina di regia dello studio 3B al numero 30 di Rockefeller Center. Erano le 8,08, e quel pagliaccio del nuovo addetto stampa aveva tre minuti per fare silenzio in sala e portare Fallon davanti al podio. Se non ci fosse riuscito, quando *Today* avesse mandato in onda la diretta della WRC, l'America avrebbe visto i rappresentanti della stampa far polpette di Chris Van Allen. Chandler si sporse verso il monitor e diede una gomitata al regista.

«Perché i migliori spettacoli televisivi non vanno mai in onda?»

Quando ebbe raggiunto la cassa, al secondo piano dell'Hoover Building, Mancuso tamburellò sul vetro corazzato e Myrtle, la signora con i capelli bianchi che si occupava delle indennità, lo salutò con la mano e gli aprì la porta. Era una simpatica vecchietta, con le guance rosse, un sorriso per tutti e un antiquato orologio da taschino appeso, capovolto, sopra il cuore.

«Entra, Joey» lo invitò, e indicò con la testa la sedia di fianco alla sua scrivania.

«Come va la vita, Myrtle?» Mancuso si sedette e mise il cappello sulla scrivania.

«Allora, finalmente hai tirato via il tappo?»

«Già.»

«Mi mancherai, figliolo» disse lei.

Mancuso alzò le spalle. «Già.»

«Be', vediamo cos'abbiamo qui.» Inforcò gli occhiali e aprì la cartella marrone sulla scrivania davanti a lei. «Sarà meglio che leggi questo, prima di firmare.»

Era il solito corpo piccolissimo, e lui faceva una gran fatica a decifrarlo. «Che roba è?»

«Dice che perdi il diritto alla pensione e alle indennità – tutto, insomma – se spifferi qualche segreto.»

Mancuso scoppiò in una risata. Il telefono squillò.

Myrtle rispose. Poi disse: «È per te» e gli passò il ricevitore. «Sì?»

«Joe?» Era Jean, la biondona del pool delle segretarie.

«Che c'è?»

«Te ne vai?»

«Vado in pensione, sì.»

«Be'…» Parlava col naso chiuso, come se avesse il raffreddore.

«Ehi, si può sapere cos'è che vuoi? Ho tutte queste carte da firmare.»

La sua voce era sottilissima. «Non vieni… a salutarci?»

Mancuso guardò Myrtle, poi il muro, poi fuori dalla finestra. «Sì, certo. Quando avrò finito.»

«Ti passo una chiamata» disse Jean.

«Chi è?»

«Non lo so. Dice che è importante. Non ha voluto dire chi è.»

Mancuso ci pensò su. «Va bene. Passamela.» Ci fu un clic, poi una voce parlò: «È lei, Joe?».

Mancuso fece per alzarsi in piedi. Poi vide Myrtle che lo guardava e non si mosse. «Sì, sono io.»

«Ieri sera lei è andato da Eastman, no?»

«E con questo?»

«E ha detto a Bender che sapeva del… del veleno. Lo ha gettato nel panico.»

«E allora?»

«Sapeva che hanno cercato di ucciderla?»

«Sì, lo so.»

«Non ci proveranno più. Ci ho pensato io.»

«Comunque, non si sono mostrati tanto in gamba.»

«Joe, vorrei farle una domanda: perché?»

«Perché cosa?»

«Avrebbe potuto lasciar perdere. Perché non lo ha fatto?»

Mancuso alzò le spalle. «Non c'è un motivo.»

«Non ci credo.»

«Forse ho pensato che bisognava dare a questo paese un'altra possibilità.»

Dall'altra parte ci fu un lungo silenzio.

«Pronto? E lì?» disse Mancuso.

«Non potremo mai saldare, nemmeno parzialmente, il debito che abbiamo verso di lei» continuò la voce. Poi la comunicazione s'interruppe.

Mancuso rimise il ricevitore sulla forcella. Poi lo guardò senza parlare.

«Cos'era?» chiese Myrtle.

Mancuso si accese una sigaretta. «Niente. Solo un tizio al quale ho fatto un favore.»

Un uomo davanti all'ingresso laterale dello studio mostrò i pugni con i pollici rivolti all'insù e Chris Van Allen tornò ad avvicinarsi al podio. «Azione» ordinò.

Nello studio della NBC, Bryant Gumbel guardava in macchina e diceva: «...Con la WRC di Washington, dove il senatore Terry Fallon sta per tenere una conferenza stampa in diretta sugli avvenimenti che hanno messo a rumore il mondo politico».

Today mostrò un'inquadratura di Chris Van Allen sul podio. Chris attaccò: «Signore e signori, il senatore del Texas, l'onorevole Terrence Fallon». Come per magia, nella sala piena di giornalisti cadde il silenzio.

«Che fine ha fatto la sua bionda?» domandò il regista a Chandler.

«Credo che forse ce lo dirà lui» rispose quello, e si appoggiò soddisfatto alla spalliera con il suo bicchierino di plastica pieno di caffè.

Terry attraversò la parte anteriore dello studio, salì sulla pedana e prese posto davanti al podio. «Ho una breve dichiarazione» disse. «Stamattina ho ricevuto una triste e inquietante telefonata da una donna che è stata una colonna del nostro ufficio in tutti i miei anni al senato.»

C'era molta pena, nei suoi occhi, e in tutta l'America i milioni di telespettatori che assistevano alla trasmissione potevano vedere che la pena era reale.

Myrtle mise i moduli davanti a Mancuso, illustrandoglieli con pazienza a uno a uno, mostrandogli dove doveva firmare.

«E adesso questo» disse, e aprì una cartelletta blu. «Questo mette su base pensionistica la tua assicurazione contro le malattie. E questo è per il servizio sanitario.»

«Che roba è?»

«Se dovessi ammalarti sul serio.»

«Che differenza c'è?»

«Be', hai pagato tutti questi anni. Adesso lo utilizzi e non devi pagare.»

«Per tutti questi anni ho pagato e non mi è servito. Adesso potrebbe servirmi e non devo più pagare?»

Myrtle sorrise. «È il governo, Joey. Nessuno ha detto che doveva essere una cosa ragionevole.»

«Vallo a immaginare.» Mancuso firmò i due moduli.

«E adesso questo qui...» Myrtle cambiò i moduli davanti a lui. «Questo è per i buoni del tesoro.»

«Cioè?»

La vecchietta si strinse nelle spalle. «Non è che devi smettere di comprarli, se vuoi. Solo, be', d'ora in poi dovrai vivere con i soldi della pensione.»

«Quant'è?»

«Dodici dollari e mezzo due volte al mese.»

«Lasciamo stare» disse lui. «Può darsi che lo zio Sam abbia bisogno di questi soldi.»

Si scambiarono un sorriso.

La porta posteriore dell'ufficio si aprì e una ragioniera ficcò dentro la testa. «Myrtle, è cominciato. C'è Fallon alla tivù.»

«Va' pure, Dot. Ti raggiungo.»

«Vuoi vederlo?» chiese Mancuso.

«Tu no? È su quella povera ragazza.»

«No» disse Mancuso. «Io ho chiuso con tutto questo, ormai.»

Era una rara esperienza, per Terry Fallon, affrontare i volti arcigni di giornalisti ostili. «Non voglio lasciar dubbi sul fatto che io considero indecenti e vergognose le rivelazioni dei giornali di oggi» disse, e li guardò negli occhi.

«Come Sally Crain si è comportata da ragazza – o ultimamente nella sua vita privata – solleva questioni per le quali non è facile trovare una spiegazione. Queste sono forme di comportamento per le quali io non nutro alcuna simpatia, verso le quali nessuna persona perbene può trovare altro che repulsione. E tuttavia» soggiunse, e il suo tono si fece più profondo «io sono costernato, signore e signori, dal fatto che la tragedia personale e il reale significato di questi avvenimenti sono stati, finora, ignorati.»

Fece una brevissima pausa e scrutò i visi induriti di coloro che lo stavano guardando. Il suo occhio era pungente, e intrepido. Aveva l'aria di un uomo che sapeva la verità e voleva parlar chiaro, anche se il cielo gli fosse caduto addosso.

«Oggi una giovane donna ha avuto la carriera rovinata. Perché una volta, nel remoto passato, è caduta nelle mani di uomini senza scrupoli che l'hanno sfruttata nel più crudele dei modi immaginabili. Quel che è successo a Sally è colpa sua, e lei deve risponderne. Ma non è stata solo colpa sua, e io non permetterò che diventi il capro espiatorio di colpe che devono essere divise con altri. Sally non è caduta da sola. C'erano dei complici.»
I giornalisti si agitarono nelle poltroncine.

«E adesso questo qui» disse Myrtle. «Questo non è male.» Mise un assegno davanti a Mancuso, che zufolò tra i denti.
«Per me?»
«Sì, caro.» Si sporse in avanti per toccare i numeri e le caselle via via che le indicava. «Questa è la somma forfettaria che ti viene corrisposta per ferie non godute e congedi per malattia non utilizzati. Meno le tasse. Visto?»
«Sì.»
«Meno le imposte federali e del Distretto. E questa è la cifra netta. Piegalo e mettilo nel portafoglio.»
Mancuso obbedì. «Potevano darmene uno alla settimana. Sarei stato a posto.»
Myrtle passò a un'altra serie di moduli. «Hai pensato a quello che farai?»
«Quando?»
«Quando sarai in pensione.»
«Non so» rispose lui. «Forse andrò a Hollywood e mi darò al cinema.»
Myrtle sorrise.
«Ehi, non ridere» disse Mancuso. «Sono piuttosto in gamba, come attore.»

Steve Chandler aveva Fallon su uno dei monitor dello studio 3B. Ma il monitor che stava guardando adesso era quello dello studio di *Today* a Washington. I macchinisti stavano piazzando una poltrona davanti alla telecamera e i fonici provando l'audio per consentire a Bryant Gumbel d'intervistare in diretta Sally Crain. Era una di quelle esclusive per le quali i giornalisti avrebbero dato un occhio della testa. Nel preciso momento in cui Fallon avesse finito di lavarsene le mani, Sally Crain avrebbe aperto il fuoco con quelli che dovevano essere anni e anni di panni sporchi. Non avrebbe solo alzato gli indici d'ascolto, ma l'intera redazione di *Today* sarebbe vissuta di rendita su quel "colpo" per un mese.

Chandler prese il microfono della linea che lo collegava al suo direttore di scena a Washington.

«È al trucco?»

«Non s'è ancora fatta viva» disse il direttore di scena.

«Senti in portineria. Assicurati che la facciano passare. Fallon non starà su quel podio in eterno.»

Terry disse: «Sally Crain aveva tutto quello che una ragazza potrebbe desiderare: intelligenza, bella presenza, personalità, una famiglia che le voleva bene e un'istruzione di prim'ordine. Credeva nel sogno americano. Credeva nella costituzione, e negli obiettivi del nostro governo. Doveva essere amaramente delusa.»

Alzò lo sguardo dalle pagine sul podio davanti a sé.

«Molti di voi hanno conosciuto Sally. Molti di voi l'ammiravano.» I suoi occhi si posarono sui volti dei giornalisti, passando dall'uno all'altro. «E avete visto, al pari di lei, come le false dichiarazioni e gli inganni abbiano caratterizzato un'amministrazione americana dopo l'altra, dal Watergate allo scambio armi contro ostaggi dell'Iran.»

«Merda, mi spezza il cuore» disse Steve Chandler.

Sam Baker stava guardando Fallon che parlava alla televisione quando arrivò Charlie O'Donnell.

«Non volevo interromperti» disse O'Donnell.

«Per carità» disse il presidente. Toccò il telecomando e lo schermo si oscurò. «Fallon si sta arrampicando sugli specchi per cavarsi dall'impiccio in cui s'è messo con quella donna.»

«Disgustoso.»

«Triste.»

«Be', sono venuto appena ho potuto» fece O'Donnell, per sbloccare la conversazione.

«Sì, lo apprezzo, Charlie. Volevo che tu fossi qui in persona per ascoltare la mia decisione.»

O'Donnell intrecciò le dita sul ventre.

«Ho deciso di chiedere la nomination» disse il presidente. «E di fare di tutto per ottenerla.»

O'Donnell deglutì. «Con... chi?»

«Non con Fallon.»

«Allora Fallon potrà chiedere a sua volta la nomination presidenziale.»

«Ecco perché mi presento io, Charlie. Sono costretto a ricusarlo.»

O'Donnell scosse il capo. «Non credo che la convenzione ti vorrà, Sam. Non con Eastman.»

«Charlie, ho in tasca la lettera di dimissioni di Dan Eastman.»

«Cosa?»

«Non è datata. La renderò ufficiale quando vorrò io. È nei patti.»

«Maria, madre di Dio» mormorò O'Donnell.

«Quando avrò scelto il mio compagno di gara, Eastman si tirerà in disparte e l'accoppiata sarà quella del presidente in carica.»

O'Donnell sorrise. «È una mossa furba, Sam, ma non funzionerà. Non sono certo che tu possa vincere, chiunque si candidi con te.»

«Allora dovremo scegliere un veterano con tutte le carte in regola che abbia il coraggio di affrontare una possibile sconfitta.»

O'Donnell si strinse nelle spalle e aprì le braccia. «Non so proprio chi ci starebbe.»

Il presidente tacque.

E a un tratto O'Donnell capì.

«Sarà una lotta dura, Charlie» disse il presidente. «È una pillola amara da inghiottire, tutto considerato. Non posso prometterti altro che rancori alla convenzione e delusioni dopo. Ma avremo compiuto un atto di coraggio. E io sono pronto a correre il rischio.»

O'Donnell chinò il capo. Per qualche attimo parve biascicare qualcosa. Ma stava ridacchiando sommessamente tra sé.

«Vicepresidente O'Donnell» disse infine. «Ah, io.»

O'Donnell si appoggiò allo schienale e ficcò i pollici sotto le bretelle. «Oh, certo. Sono stato al congresso fin troppo. Quei bastardi vorrebbero azzannarmi le caviglie. È ora di prenderli a calci. Io dico: facciamogli vedere i sorci verdi, Sam. Se mi vuoi, sono tutto tuo.» Gli tese la manona sopra il tavolo e il presidente la prese. «Chi ha detto che siamo troppo vecchi per combattere?»

«Dio ti benedica, Charlie» disse il presidente, e gli strinse la mano. «Ma c'è un'altra questione. E tu devi sapere la verità prima d'impegnarti.»

O'Donnell annuì con aria cupa. «Martinez.»

«Sì.» Il presidente schiacciò il tasto dell'interfono. «Katherine, preghi il direttore di raggiungerci.»

La porta si aprì e Henry O'Brien entrò nella stanza.

«Signor presidente, signor speaker.»

«Prego, Henry. Accomodati.»

O'Brien prese una sedia in fondo al tavolo. Il suo sguardo corse dall'uno all'altro dei due uomini. Nessuno, era chiaro, lo aveva preparato per questa convocazione.

«Henry, voglio che tu riferisca allo speaker sull'autopsia del colonnello Martinez. In particolare, cosa si è trovato negli esami del sangue.»

Per un attimo O'Brien parve confuso. Poi si frugò in tasca, ma non aveva il taccuino. «Gli... esami del sangue?»

«Sì.» Baker si piegò in avanti sulla sedia. «Henry, ti ricordi quando abbiamo parlato nella sala riunioni, all'S-3? E tu mi dicesti che potevo contare su di te?»

«Sì.»

«Bene, ora sto contando su di te.» Il presidente si rimise comodo e aspettò.

O'Brien guardò quegli uomini potenti. Poi pensò a Joe Mancuso. Mancuso aveva ragione: O'Brien non avrebbe dovuto permetterglielo.

Tirò il respiro. Poi disse: «Il colonnello Martinez aveva l'AIDS».

Nel silenzio che seguì, O'Donnell mormorò: «Oh, mio Dio. Così... è vero».

Baker sorrise. «Grazie Henry» disse. «Grazie per aver detto la verità.» Volse lo sguardo verso O'Donnell: in tutti quegli anni non lo aveva mai visto così scioccato.

«Sì» fece il presidente. «È la verità. L'esecutivo del governo degli Stati Uniti ha complottato per avvelenare Octavio Martinez.»

Poi si alzò, andò alla scrivania, prese due copie di un documento dattiloscritto e le diede a O'Donnell e O'Brien, una per ciascuno. «Ecco il rapporto dell'ammiraglio Rausch sul tentato omicidio per avvelenamento del colonnello Martinez. È tutto lì dentro. Chi ha ordinato di usare il virus dell'AIDS, come lo si è ottenuto, il nome del medico che lo ha somministrato... Tutto. Henry, voglio che venerdì prossimo tu consegni questo rapporto alla commissione di vigilanza sui servizi di sicurezza. Insieme al tuo rapporto completo.»

O'Brien strizzava gli occhi a cento chilometri l'ora. «Sì, signore...»

O'Donnell aveva già dato una scorsa alle prime pagine. «Per amor di Dio, ragazzi. Questo è...» Voltò un'altra pagina. «Rausch, Bender...»

«L'ammiraglio Rausch tornerà in servizio attivo per un anno prima del suo pensionamento» disse il presidente.

«E Bender?»

«Il signor Bender andrà...» Ma s'interruppe.

«Che c'è, Sam?»

«Niente.» Poi Sam Baker sorrise tristemente tra sé. «Mi sono reso conto solo adesso di quanto sentirò la sua mancanza.»

«Non c'è uno di noi...» stava dicendo Terry Fallon «... non uno di noi, vissuto in America negli ultimi quarant'anni, che non abbia qualche responsabilità nella tragedia di Sally Crain. Questo non è un atto di sfruttamento isolato. Questa è un'altra prova dell'erosione dei nostri valori. Pensate agli ultimi quarant'anni. Pensate a quello che abbiamo visto.

«Abbiamo visto il nostro governo mentire al paese e ai suoi alleati, condurre sporche guerre clandestine mentre predicava una dottrina di pace. Abbiamo visto i nostri agenti infiltrarsi e annientare movimenti popolari di liberazione qui e all'estero, trattare con i terroristi e contribuire alla creazione di un mercato su vasta scala di tutte le armi che servono alla distruzione. Il nostro governo ha gabellato la ragione per il torto e il torto per la ragione tante volte in questi ultimi quattro decenni che... Chi è più capace di distinguere il bene dal male?

«Questa immoralità che corrompe le più alte cariche dello stato è un morbo contagioso e virulento. Corrompe qualcosa di più della semplice politica estera: corrompe e indebolisce il cuore stesso del popolo americano. Siamo stati così arroganti? Siamo stati così ciechi? Abbiamo creduto di poter spargere questo contagio in tutto il resto del mondo e restarne, noi stessi, immuni?»

Guardò dritto negli obiettivi delle telecamere, dritto negli occhi di milioni di persone in tutto il paese.

«Che fine hanno fatto i nostri ideali, America? Che fine hanno fatto quelle verità che ci sembravano tanto chiare? Che fine hanno fatto i nostri sogni?»

S'interruppe, e l'accusa rimase sospesa nel silenzio. Poi abbassò la voce e proseguì. «Le spregevoli fotografie pubblicate oggi dai giornali sono uno spettacolo indecente. Ma io vi chiedo di cercarle e di guardarle con i vostri occhi. Guardate attentamente il volto della donna raffigurata in queste fotografie.

«E quando le avrete viste, ricordate che era una ragazza battezzata nel nome di Cristo, un'eroica infermiera che assisteva malati e bisognosi nelle giungle più intricate e tenebrose dell'America centrale. Era una ragazza che tornò a casa con un'idea di quale dovrebbe essere il nostro ruolo in questo emisfero. È una donna che ha fatto la sua parte. Che sognava un modo migliore. E che credeva di poterlo realizzare.»

Scosse il capo. «Eppure... quando guarderete il viso della ragazza in quelle orride fotografie, non vedrete altro che confusione e disperazione. Perché – come questo paese – sotto lo smalto della carriera e del successo si nascondeva un'anima tormentata. Era una ragazza – come noi siamo una nazione – che aveva perduto i suoi ideali. E quando guarderete queste orride fotografie, ricordate... che non sono soltanto uno spettacolo. Sono un avvertimento.»

Dietro il vetro nero della cabina dell'annunciatore in fondo allo studio, nella fresca oscurità tra le pareti imbottite, c'era una figura che aspettava. Avrebbe potuto essere un ragazzo con i capelli corti, corti e biondi, vestito con sgualciti indumenti militari scartati dall'esercito. Ma non era un ragazzo. Era Sally Crain.

Metodicamente, Sally infilò il braccio nella cinghia della carabina e regolò il parallasse del mirino telescopico per una distanza di cinquanta metri. Poi tirò la leva dell'otturatore. Tra le ganasce d'acciaio, il bossolo d'ottone della cartuccia brillava come l'oro.

Myrtle divise i documenti in due mucchietti: uno per Mancuso, l'altro per l'archivio. Poi sfogliò l'agenda sulla scrivania, contando le settimane. Mancuso guardava da sopra la sua spalla. «Dunque» disse lei. «Il primo assegno della pensione ti sarà spedito l'8 novembre. No... Il 9 novembre. L'otto è il giorno delle elezioni.»

L'ironia delle coincidenze gli strappò un sorriso.

«Voterai quest'anno, Joe?»

«Ho già votato» disse Mancuso.

Steve Chandler cominciava a preoccuparsi. Fallon stava per finire, e nello studio di *Today* a Washington la poltrona era sempre vuota. Prese il microfono e chiese al direttore di scena:

«Nessuna traccia di lei?».

L'uomo sullo schermo scosse la testa e aprì le braccia. Poi si voltò bruscamente al rumore di una porta sbattuta e di alcune voci accalorate fuori campo.

«Che diavolo succede?» urlò Chandler. «Camera uno, fammi vedere.»

La camera fece una panoramica sulla destra, e tra le ombre dietro i padelloni delle lampade e i tecnici Chandler vide che un gruppo di poliziotti nelle divise del Distretto di Columbia erano entrati nello studio con le armi spianate. Attraverso l'audio, Chandler sentì un uomo in borghese discutere col direttore di scena.

«Dov'è?» chiese il poliziotto.

«Maledizione» mormorò Steve Chandler tra sé.

«Gliel'ho detto, capo» rispose il direttore. «Non è qui.»

«Abbiamo saputo che la state aspettando.» Passò dall'ombra alla luce dei riflettori, battendo le palpebre e schermandosi gli occhi, e si guardò intorno. «Ehi, tu» disse a un cameraman. «C'è un certo...» disse guardando un pezzo di carta che teneva in mano. «C'è qualcuno, qui, che si chiama Steve Chandler?»

Chandler schiacciò il pulsante e la sua voce rimbombò nello studio di Washington. «Sono Steve Chandler.»

«Io sono il tenente Driscoll della polizia del Distretto di Columbia. Venga qui, signore. Devo parlarle.»

«Sono a New York.»

«Col cazzo che è a New York.»

«Vuole scommetterci il culo? Avanti. Dica. E spero che abbia un mandato.»

«Ho un mandato d'arresto per Sally Crain. Omicidio premeditato. Ora, signore, se sa dove si trova, me lo dica.»

Steve Chandler boccheggiò. «... Omicidio?»

«Un certo Carter. C'erano le sue impronte digitali.»

«Sally Crain... ha assassinato Tommy Carter?»

«Gli ha piantato un cacciavite nel cervello. Ora, se sa dov'è, coraggio, sentiamo!»

Steve Chandler si portò una mano alla bocca per vincere i conati di vomito. Poi si strappò la cuffia dalla testa, uscì dalla cabina di regia e si precipitò nel corridoio. Non fece in tempo ad arrivare in fondo.

Terry Fallon abbassò gli occhi. «Vi farò una confessione» disse, e un fremito passò tra i giornalisti. «Sapevo qualcosa del passato di Sally Crain quando sono venuto al senato. Sapevo che era stata un'idealista che era entrata nel mondo piena di speranza, e che invece di trovare la strada per l'amore e per l'onore aveva perso un pezzo della sua anima. Sapevo che aveva sbagliato. Sapevo che aveva sofferto. E sapevo, soprattutto, che cercava soltanto una cosa: un'occasione per riscattarsi.

«Io credo nella remissione dei peccati. Chi non ci crede, tra voi?» Terry fece una pausa e guardò in faccia i giornalisti e le giornaliste che aveva davanti. Non erano più irritati. Ora sedevano come penitenti, soli con i loro pensieri. «Quelli di noi che sono al governo, e voi della stampa, noi e voi sappiamo, meglio di chiunque altro, che il mondo vacilla sull'orlo di un precipizio. E l'unica cosa che potrà impedire a questo paese di cadere nell'abisso è la tenacia con cui resteremo attaccati ai nostri ideali.»

Scrutandoli in faccia, Fallon vedeva che le sue parole andavano a segno. Perché adesso non stavano pensando solo a Sally, ma a se stessi e al mondo che avevano contribuito a creare. Da un capo all'altro dell'America, gli uomini e le donne che guardavano Terry Fallon nel telegiornale del mattino sapevano che stava dicendo la verità. Non avevano, ciascuno di essi, né dato né chiesto abbastanza a se stessi e a chi li guidava.

Ora guardavano i loro teleschermi come se fossero degli specchi, e vi vedevano riflessa la loro vergogna.

Terry raddrizzò la schiena e terminò: «Io credo in questo paese e in ciò che rappresenta. Credo nei nostri ideali. Credo in un mondo di uguali e di libere nazioni. E credo che l'America debba smetterla di mentire a se stessa e al mondo».

Qua e là nella sala echeggiarono gli applausi.

Sally abbassò la carabina e tese l'orecchio. Quelle erano le parole che aveva scritto lei. E cantavano.

Myrtle ficcò le carte in una grossa busta commerciale, la chiuse con una graffetta e la consegnò a Mancuso.

«Be', questo è tutto, figliolo. O quasi» disse.

Mancuso si alzò, prese il cappello e si mise la busta sottobraccio. «Grazie, Myrtle.»

«Aspetta, aspetta» disse lei. «Quasi me ne dimenticavo. Un'ultima cosa.» Aprì il cassetto della scrivania e gli porse una tessera plastificata grande come un portafoglio.

Mancuso strizzò gli occhi per vedere di cosa si trattava. Era una nuova tessera dell'FBI con la sua fotografia. Scritta di traverso sul *recto* della tessera, a grandi caratteri rossi, spiccava la parola PENSIONATO.

«Potrebbe farti comodo, se ti fermano quando passi col rosso» disse Myrtle.

«Io non sono qui per fare l'apologia di Sally Crain» disse Terry. «Ma sono qui per accusare questo paese di complicità nei suoi delitti contro se stessa.»

S'interruppe per tirare un profondo respiro. «E oggi vi do la mia parola che questo paese rinascerà, indomito e onorato, temuto dai nostri nemici, ammirato dagli amici, fulgida luce di coscienza e di speranza per il mondo.»

L'occhio di Terry spazzò la sala. «Sally Crain era uno degli amici più devoti di questo emisfero nell'establishment federale. Comunque la storia possa giudicarla, sentiremo la sua mancanza. I poveri delle Americhe hanno perso un campione e un benefattore. E se oggi lei fosse qui davanti a voi, direbbe a voi e a loro: *valentia*, coraggio; *persistencia*, perseveranza; *esperanza*, fede.»

Terry raccolse le carte che aveva davanti a sé e alzò il viso. «Da parte mia, io m'impegno a costruire un'America in cui una tragedia come questa non possa succedere mai più. E con tutto il cuore, Sally, ti auguro di iniziare al più presto una vita nuova e feconda.»

Restò là fermo nel silenzio che seguì, fermo nell'alone delle luci dello studio. I giornalisti sedevano in un silenzio attonito; alcuni con in bocca l'amaro sapore del pentimento, tutti in reverente soggezione davanti al miracolo che era successo. Terry Fallon aveva trasformato lo scandalo in una vittoria morale per se stesso e per la sua candidatura.

Nella cabina dell'annunciatore sopra l'ultima fila di sedie, Sally Crain si portò alla guancia il calcio di legno della carabina. Il suo occhio sfavillava nel mirino telescopico. Sotto il reticolo, vide Terry Fallon sorridere e alzare gli occhi, e guardare, come se potesse vederla, proprio verso la cabina dell'annunciatore. E il dito le scivolò sul grilletto, senza premerlo.

Ancora una volta si meravigliava del suo portamento e della sua dignità. Ancora una volta le scaldava il cuore il lampeggiare del suo sorriso. Era, in fondo, una bellissima creazione: qualcosa che lei stessa aveva evocato dalla polvere delle stelle, dalla voce della luce, dai ritmi dell'acqua, dai flutti dell'aria.

Quando lo aveva trovato, era un uomo ambizioso, ingenuo e un po' confuso. E lei lo aveva nutrito ed educato fino a renderlo l'eguale del più carismatico leader del pianeta. Gli aveva insegnato, lo aveva addestrato, aveva scritto per lui e lo aveva adorato. Per lui aveva ucciso. E lo aveva amato.

E lo amava ancora.

Abbassò la carabina.

Era come lo aveva fatto lei. Era tutto. Sarebbe diventato presidente degli Stati Uniti.

E lei? Che sarebbe stato di lei?

Si guardò le mani che stringevano la carabina. Guardò l'uniforme che indossava, stinta, muffita, ridicola. Lei era niente: qualcosa di strano e grottesco, una figlia bastarda della giungla. E in quel momento seppe. Seppe esattamente che cos'era. Era la cosa che era nata per essere.

Era la staffetta di Carlos Fonseca.

Era la puttana di Carlos Fonseca.

Si premette con forza sulla guancia il calcio della carabina. Poi lanciò il suo grido di vendetta. Poi aprì il fuoco.

La parete di vetro che separava la cabina dallo studio esplose e si disintegrò in migliaia di frammenti acuminati, taglienti come lame di rasoio, che piovvero sulla folla sottostante dei giornalisti, urlanti e accucciati tra le sedie. Il primo dei proiettili colpì Fallon in pieno petto e lo scaraventò dal podio contro il muro dello studio. Una massa scarlatta di sangue, di ossa e di carne a brandelli gli eruppe dalla camicia. Fallon aprì la bocca per urlare. Un momento prima di morire capì quello che era successo. Quando il suo cadavere scivolò a terra, sussultando, lasciò una lunga striscia di sangue sul muro.

Gli agenti del servizio segreto sparsi qua e là nella sala caddero in ginocchio e alzarono le armi. Ma quando il loro fuoco concentrato frantumò quel che restava della cabina e scrostò l'intonaco dai muri, Sally aveva già aperto con un calcio la porta di dietro e si era messa a correre lungo il corridoio del secondo piano verso l'uscita di sicurezza.

Due poliziotti in divisa sbucarono di corsa dall'angolo in fondo al corridoio, con le pistole spianate. Sally tirò il grilletto tenendo l'arma all'altezza della cintola. La raffica del fucile automatico buttò gli uomini l'uno addosso all'altro in un mucchio sanguinoso sul linoleum. Sally toccò la molla che espelleva il caricatore con le munizioni sparate e ne inserì uno nuovo.

Un agente del servizio segreto aprì il fuoco con una Uzi da una porta all'altro capo del corridoio. Sally si gettò sul pavimento a pancia in giù, mentre tutt'intorno a lei piovevano pezzi d'intonaco dai muri e dal soffitto, e si mise in posizione di sparo. Poi tirò il grilletto e la raffica si sgranò sulla porta e sul muro. Si udì un urlo e la porta si chiuse di colpo. Sally si tirò su, sulle mani e sulle ginocchia, e strisciò, senza fiato, fino in fondo al corridoio. Poi aprì la porta d'acciaio dell'uscita di sicurezza e passò dall'altra parte.

Si trovava in un pozzo di cemento con tre rampe di scalini d'acciaio che portavano in strada sul retro del palazzo. Sally corse giù per le scale e si gettò con tutto il suo peso contro la sbarra che controllava il meccanismo di apertura dell'uscita di sicurezza. Era bloccata. Fece un passo indietro e ritentò. Ma la sbarra non cedeva. Alzò il fucile e martellò la sbarra con il calcio. Ma anche così la sbarra resistette.

Sul pianerottolo, due piani sopra di lei, sentì una porta che si apriva, grida e un rumore di gente che correva. Fece un passo indietro, puntò la carabina sulla serratura, chiuse gli occhi e sparò l'intero caricatore. Il meccanismo si disintegrò e le schegge di metallo rovente le passarono davanti al viso e rimbalzarono follemente sulle pareti della tromba delle scale.

Buttò via la carabina scarica, sfilò dalla cintura la quarantacinque automatica e mollò un calcio alla porta. Era bloccata. Un altro calcio. Sentiva gli uomini che si radunavano di sopra. Lanciò un grido e diede un calcio con tutta la sua forza. La porta si aprì e la luce del sole inondò i muri di cemento. Sally si coprì gli occhi con la mano e si fermò.

Qualcuno gridò: «Attenti! È il terrorista!».

La gente sul marciapiede e nel parcheggio urlava.

«Eccolo là!»

Urlavano e correvano e cercavano riparo.

Poi una voce gridò: «Ehi, è soltanto Sally!».

E un'altra disse: «Non è un terrorista. Quella è Sally Crain!».

«Sally? Sei tu?»

«Ehi, guarda!»

«Guardate, tutti! È Sally Crain!»

Smisero di correre e affacciarono la testa da dietro le macchine ferme nel parcheggio. Sally si schermava gli occhi e cercava con lo sguardo la macchina di Tommy Carter per fuggire.

«Ehi, gente! È Sally Crain!»

E quando i suoi occhi si adattarono all'accecante luce del giorno, Sally vide che il marciapiede e il viale d'accesso si stavano riempiendo di reporter e di troupe televisive e di fotografi che correvano verso di lei.

Urlavano: «Ehi, Sally! Sally!».

Poi si accesero le lampade al tungsteno e cominciarono a brillare i flash. Sally batté le palpebre e si protesse gli occhi dalle luci accecanti che la circondavano.

«Da questa parte! Sally! Per favore!»

La stringevano da tutte le parti per una migliore inquadratura, per una migliore angolazione. Qualcuno le spinse un microfono sotto il naso.

«Sally, com'è stato? Ammazzare il senatore Fallon?»

«È stato lui a dare le foto ai giornali?»

«Era il tuo amante?»

«Cristo, come ti sei conciata?»

Sopra la testa dei giornalisti che formavano un cerchio disordinato intorno a lei, Sally vide gli agenti del servizio segreto sbucare dall'ingresso principale della stazione televisiva e correre verso di lei, lungo la strada, con le armi in pugno.

Fece un passo indietro e sparò in aria con la sua quarantacinque. Qualche giornalista si chinò, ma la massa continuava a stringerla d'assedio, tagliandole ogni via di scampo.

«Fantastico!» urlò uno.

«Ancora!» strillò un cameraman. «Spara ancora!»

Sally cercò di aprirsi un varco nella calca per fuggire. Ma i giornalisti la stringevano in un nodo impossibile da sciogliere, bloccandole il passo con le loro telecamere, spingendole i microfoni davanti al viso. Non c'era modo di uscirne. Non c'era tempo. Sally guardò fisso gli obiettivi delle telecamere e capì che quella era la sua ultima occasione per parlar chiaro, per dire ciò che aveva visto e imparato in quelle notti lungo il Rio Coco.

Disse: «L'uccisione del senatore Fallon è stato un atto rivoluzionario compiuto nell'interesse dei poveri e...».

«Uffa, dài, Sally, non rompere.»

«Raccontaci quello che c'è sotto, dolcezza.»

«Facevate l'amore in tre?»

«C'erano delle orge?»

Sally gridò: «L'uccisione del senatore Fallon è stato un atto rivoluzionario per...».

Ma i reporter soffocarono le sue parole. Non volevano ascoltare. Se ne infischiavano, come tutti gli altri.

«Chi era l'altra donna? Conosci il suo nome e l'indirizzo?»

«Sally, ancora una.» Lampo. «Ancora una.» Lampo.

«Eravate soltanto voi tre?»

«Partecipavano altri senatori?»

Inutile. Il cerchio dei giornalisti era sempre più stretto e Sally, muta e con le spalle al muro, aveva le braccia penzoloni sui fianchi, con l'automatica in una mano. Fuori dal gruppo, gli agenti del servizio segreto stavano cercando di farsi largo in quell'intrico di corpi e di telecamere e di aste di microfoni. Ma la calca sembrava impenetrabile.

«Dicci cosa c'era sotto, Sally.»

«Dov'era il nido d'amore?»

«Ci sono dei film?»

Proprio davanti a Sally c'era una ragazza bionda. Una giovane cronista che la guardava e basta, con due occhi azzurri e dolci. Sally la fissò. Avrebbe potuto essere una ragazza di campagna con le lentiggini sul naso, o la corrispondente di uno dei giornali delle regioni settentrionali del Midwest. Era una ragazza che Washington non aveva ancora corrotto. Era una ragazza che aveva tutta la vita davanti. Forse lei le avrebbe dato ascolto.

«Lo amava?» chiese la ragazza.

Sally s'interruppe. «No» rispose. «Mai.» Poi un agente del servizio segreto riuscì a fendere la ressa dei giornalisti e spinse la ragazza da una parte. Prese brutalmente Sally per un braccio.

Sally lo guardò fisso. «Levami di dosso quelle mani sporche» disse. «Porco.» Poi si mise la canna della quarantacinque nell'orbita dell'occhio destro e tirò il grilletto.

Ore 8.55. L'immagine sullo schermo era quella di Terry Fallon, afflosciato in una massa insanguinata tra la pedana e il muro dello studio. La voce era quella di Bryant Gumbel, e stava dicendo: «Se avete appena acceso i vostri televisori, il senatore Terry Fallon, il più promettente candidato alla vicepresidenza, è stato ucciso a fucilate stamattina. L'assassina è Sally Crain, una delle impiegate del suo ufficio. Ieri alcuni giornali l'avevano accusata di complicità nell'omicidio dell'agente del servizio segreto Steven Thomopoulos... e anche di essere l'organizzatrice, a Washington, di balletti rosa ai quali il senatore potrebbe aver partecipato».

Sul teleschermo apparve l'immagine di Sally attorniata dai reporter nel parcheggio, che agitava una pistola e gridava qualcosa: ma le sue parole erano incomprensibili, soffocate dalle domande che urlavano i giornalisti. Gumbel continuò: «Secondo la polizia, si tratterebbe di un delitto passionale. L'ipotesi più verosimile è che la signorina Crain abbia reagito con violenza alla rottura della sua relazione amorosa col senatore Fallon. Il suo aspetto bizzarro, tuttavia, e una confusa dichiarazione resa prima di togliersi la vita fanno pensare che fosse psicologicamente turbata».

L'immagine di Sally svanì e sul teleschermo riapparve Bryant Gumbel, seduto nello studio tra Jane Pauley e Willard Scott.

Gumbel disse: «Questa sera alle 23, ora della costa orientale, e alle 22, ora degli stati centrali e montani, i servizi giornalistici della NBC presenteranno uno special di un'ora intitolato *I delitti del*

Campidoglio, una divagazione storica sugli scandali e sulle relazioni illecite di Washington e su come hanno cambiato il corso dei governi. Stamattina *Today* durerà un'ora in più per seguire gli ulteriori sviluppi di questo avvenimento».

«Sì» intervenne Jane «ma *Wheels of Fortune* andrà in onda alla solita ora.»

Ore 9. Joe Mancuso uscì dal portone dell'Hoover Building e scese la breve scalinata che finiva in Pennsylvania Avenue. Portava un'elegante borsa da ginnastica blu col manico di una racchetta da squash che sporgeva dalla cerniera lampo. Si fermò sull'ultimo gradino per guardare la sua tessera nuova. La foto somigliava più a suo padre che a lui. FBI del cazzo. Non erano neanche capaci di far bene una fototessera da dieci cent. Se la mise nella tasca della giacca. E mentre lo faceva, si sentì pungere un dito da qualcosa di acuminato. Si frugò in tasca e lo tirò fuori.

Era il distintivo da mettere all'occhiello, la bandierina americana: quello che, la sera prima, non aveva voluto lasciare sul tavolo di Eastman. Rifletté un momento. Era successo solo la sera prima?

Contemplò il distintivo sotto il sole d'agosto. Era smaltato di blu, di rosso e di bianco. Un po' del blu era colato sul rosso, e un po' del rosso era andato a coprire il campo blu di stelle bianche. Era una bandierina misera misera: le solite cianfrusaglie di merda che facevano a Taiwan o in Corea. Ma a lui andava bene. Gli andava benone. Se la mise all'occhiello. Sentiva di essersela meritata.

Poi raccolse la borsa da ginnastica e guardò a destra e a sinistra. La gente correva per la strada, nei due sensi, tutti con l'aria di avere una gran fretta, tutti con un posto importante dove andare. Ma lui non doveva andare in nessun posto, quel mattino. Né quel mattino né tutti gli altri. Allora consultò l'orologio. Il sole batteva sul cristallo graffiato, e Mancuso stentò a capire che erano quasi le nove. Uno di questi giorni sarebbe andato a farselo cambiare. Forse avrebbe comprato addirittura un orologio nuovo. Non oggi, però.

Oggi sarebbe andato solo a fare quattro passi fino al Lincoln Memorial e magari a sedersi sui gradini fino a mezzogiorno e a prendere un po' di sole e a guardare i padri e le madri che parlavano ai loro figli di Washington e di com'era grande il paese in cui vivevano. Ecco quello che avrebbe fatto oggi. E stava proprio per mettersi in cammino quando udì le sirene ululare nella parte settentrionale della città. Non una sola sirena, ma una cinquantina, si sarebbe detto. Come se tutte le macchine della polizia e tutte le ambulanze del Distretto stessero correndo verso il North Side. Gli impiegati statali che di buon passo andavano in ufficio non alzarono lo sguardo, non prestarono alle sirene la minima attenzione. Invece Mancuso alzò la testa e tese l'orecchio a quel suono, come se fosse una musica. Tirò fuori dalla tasca il tesserino e diede un'altra occhiata alla faccia nella foto. Vecchio stupido di un bastardo di un macaroni che non era neanche capace di trovare l'uccello per pisciare. Sì. Aveva proprio la faccia giusta.

Poi si mise a camminare lungo l'isolato, canterellando tra sé un'arietta senza nome. All'angolo, indugiò il tempo sufficiente per buttare la tessera in un cestino per i rifiuti. Poi attraversò la strada e si perse tra la folla dell'ora di punta.

INDICE

MARTEDÌ 9 AGOSTO 1988
Il primo giorno . . . . *pag.* 11

MERCOLEDÌ 10 AGOSTO 1988
Il secondo giorno 27

GIOVEDÌ 11 AGOSTO 1988
Il terzo giorno 55

VENERDÌ 12 AGOSTO 1988
Il quarto giorno 107

SABATO 13 AGOSTO 1988
Il quinto giorno 175

DOMENICA 14 AGOSTO 1988
Il sesto giorno 259

LUNEDÌ 15 AGOSTO 1988
Il settimo giorno 361

MARTEDÌ 16 AGOSTO 1988
L'ottavo giorno 449

MERCOLEDÌ 17 AGOSTO 1988
L'ultimo giorno 515

Finito di stampare nel mese di febbraio 1988
dalla RCS Rizzoli Libri S.p.A. - Via A. Scarsellini, 17 - 20161 Milano

Printed in Italy